LA CANICULE DES PAUVRES

DU MÊME AUTEUR

chez le même éditeur

L'obéissance impure, poésie, 2001.

Parle seul, poésie. 2003.

JEAN-SIMON DESROCHERS

La canicule des pauvres

roman

LES HERBES ROUGES

Les Herbes rouges remercient le Conseil des arts du Canada, ainsi que la Société de développement des entreprises culturelles du Québec pour leur soutien financier.

Les Herbes rouges bénéficient également du Programme de crédit d'impôt pour l'édition de livres du gouvernement du Québec.

L'auteur remercie le Conseil des arts et des lettres du Québec pour son soutien à la création de ce livre.

Catalogage avant publication de Bibliothèque et Archives nationales du Québec et Bibliothèque et Archives Canada

DesRochers, Jean-Simon, 1976-

La canicule des pauvres

ISBN 978-2-89419-284-9

I. Titre.

PS8557.E842C36 2008 C843'.6 C2008-942067-5
PS9557.E842C36 2008

Dépôt légal : Bibliothèque et Archives nationales du Québec,
Bibliothèque et Archives Canada, 2009
ISBN : 978-2-89419-284-9

Le « dernier homme », c'est le consommateur mystique, l'utilisateur intégral du monde – c'est-à-dire un individu qui ne se reproduit pas, mais jouit de lui-même comme d'un état final de l'évolution.

PETER SLOTERDIJK,
Essai d'intoxication volontaire

Impossible de ne pas envier l'homme qui peut mettre de côté la raison, bien qu'on sache ce qui doit en résulter.

CHARLES SANDERS PEIRCE,
Comment se fixe la croyance

L'erreur de ceux qui saisissent la décadence est de vouloir la combattre alors qu'il faudrait l'encourager : en se développant elle s'épuise et permet l'avènement d'autres formes.

EMIL MIHAI CIORAN,
Précis de décomposition

Je fis encore tomber des trucs. Je m'en foutais. Les trucs continuaient à tomber.

RAYMOND CARVER,
Les vitamines du bonheur

Samedi 1er juillet

Something Like Smoke And Fog

L'ÉVEIL DE LA FEMME PLASTIQUE

6 h 2 – Humidex : 31 °C

Il reste sept minutes avant la seconde sonnerie. Monique est consciente. Elle sait à quel point la sonnerie du radioréveil de Christian est stridente. Christian à côté qui dort encore, bouche ouverte. Monique reste étendue, les yeux plongés dans la pénombre du minable appartement. Il fait chaud. Tant au-dessus du drap qu'en dessous. Plus que six minutes.

Comme tous les premiers du mois, Monique passera la journée à la réception. Une journée à écouter les excuses des uns, à recevoir les chèques des autres, sauf si les locataires décident de régler avec leur petite monnaie accumulée, roulée en tubes, comme le Marsouin depuis trois mois. *Comment il fait pour ramasser autant de pièces sans les boire ?* Monique imagine ce boiteux en train de rouler des dollars accumulés au fond d'un contenant d'eau de dix litres. Elle le voit entasser ses piles avec une certaine fierté, s'assurer de rouler l'argent avec les faces placées du même côté. *Trois cent cinquante dollars pendant trois mois... mille cinquante pièces dorées roulées en paquets de vingt-cinq...* Plus qu'une minute avant la sonnerie. *Il n'en a plus pour longtemps avec ce qu'il boit, le Marsouin... comment peut-on arriver à rouler des dollars et se soûler avec de l'alcool à friction... au moins, il paie son loyer... de l'alcool à friction, franchement... ça doit lui brûler l'intérieur, il y a de quoi crever...*

Monique tourne les yeux. Voilà un moment que l'heure est bloquée à 6 h 8. Dès qu'elle passera à 6 h 9, Monique pressera le bouton *snooze,* se lèvera, grattera sa cicatrice sous le sein gauche. Elle tentera de ne pas regarder l'état de l'appartement. Autrement, l'envie de dévisager Christian deviendra insurmontable. Son médecin lui a déconseillé les expressions qui sollicitent trop de muscles faciaux pour la prochaine semaine. Elle doit sourire légèrement, garder les coins de bouche et les sourcils relevés, les narines détendues. Sinon, la douleur pourrait causer de nouvelles migraines. *Pas une option pour un premier du mois, surtout avec cette maudite chaleur…*

Ses pieds touchent le tapis de la chambre-salon. Elle sent des miettes sur sa peau. *T'en fais pas, regarde tout ça du bon côté…* En cherchant un aspect positif à la situation, Monique fronce les sourcils et sent un bref élancement. Elle voudrait bâiller, ouvrir la bouche, laisser entrer une forte dose d'air lourd et crasseux. Mais si froncer les sourcils l'élance, bâiller serait une torture. Par dépit, Monique inspire trois grandes bouffées par le nez, retient son souffle. Les poumons gonflés, elle se dirige vers la salle de bains, passe devant le miroir, expire par la bouche, soulève délicatement sa robe de nuit, s'assied sur la cuvette en prenant garde de ne pas accrocher les cicatrices sous ses fesses. *Au moins, pisser fait pas mal cette fois…*

Dans le lit, Christian doit se rendre à l'évidence. Sa nuit a pris fin. Ses besoins commencent. Se gratter la barbe d'abord, le fond de la tête ensuite. Décoller quelques plaques de psoriasis avec ses ongles, se demander s'il commencera par un café, une cigarette ; ça ou allumer la radio du bout des doigts, sans quitter le lit. Tout est petit dans cet appartement. À l'exception du lit *queen,* arrivé avec Monique. Deux doigts malhabiles atteignent un bouton. La radio. Une chanson d'amour dans la dernière mesure. Elle est suivie d'une pub de meubles « à prix imbattables / imbattables ? / oui, imbattables ». Christian ne prête pas attention au flux de paroles et d'effets sonores. Il se racle la gorge, crache dans un kleenex, regarde son paquet de cigarettes avec un air hébété. Une publicité chantée s'enchaîne. La chanson est aussi stupide qu'accrocheuse : «Au Gros Dépôt, c'est ce que vous voulez / Au Gros Dépôt, économisez / Au Gros Dépôt, on a ce que vous voulez / Au Gros Dépôt, éco-no-mi-sez ! » Sans le savoir, Christian enregistre la chansonnette dans un coin obscur de sa mémoire. Elle lui hantera l'esprit pour la journée.

— Christian, c'est quoi la chanson ?

— Hein ?

— C'est quoi la chanson qui jouait ?

— C'tait une maudite pub. Veux-tu un café ?

— Quoi ?

— VEUX-TU UN CAFÉ ?

Monique ouvre la porte et sort la tête pour répondre avec son sourire de convalescence. Oui, elle veut un café. Deux laits, deux sucres, comme d'habitude. Elle aurait aussi besoin d'un avis sur ses cicatrices, celles sous sa ligne de fesses. Christian en est conscient. Conscient aussi que ce premier juillet représente sa vingt-cinquième journée sans sexe. Dix de plus que sa limite acceptable, proclamée devant témoins à bord d'une Buick Skylark fraîchement volée, il y a plusieurs années.

Christian a les mains posées sur le comptoir de cuisine. Il attend la demande de Monique. Son œil demeure éteint. Il essaiera de tâter le terrain, se fera repousser une quinzième fois, reviendra au même bout de comptoir mettre du café dans le percolateur. Il s'en doute.

— Minou… j'aurais besoin de toi…

Monique pourrait se servir d'un petit miroir pour vérifier l'état de ses cicatrisations. Constater d'elle-même que tout se porte à merveille. *Puisqu'il est là, aussi bien qu'il serve à quelque chose, le mâle…* Elle contemple son visage parfaitement lisse, aussi tendu qu'à ses vingt ans, mais avec un petit quelque chose en plus. *L'expérience…* Le chirurgien avait fait un travail de maître. Il lui avait promis de lui enlever dix à quinze ans. Il avait réussi à lui effacer le double. *Ce type est un génie… un artiste… vraiment…*

Christian pousse la porte avec deux doigts. Monique se contemple dans le miroir. Elle est nue. Ses seins, refaits l'année passée, pointent fièrement vers le haut. Son ventre, liposucé il y a six mois, est aussi plat que celui d'une ballerine. Ses fesses, rondes et relevées, tiennent du miracle médical, dignes de figurer dans une revue spécialisée. L'intervention de début juin lui a sculpté un parfait cul de vierge.

— Dérange pas si je pisse ?

— Soulage-toi. J'ai vu pire.

Christian baisse le jeans dans lequel il a dormi. Il ne regarde pas trop le corps nu à son côté, sachant ce qui viendra. Monique chantonne l'air de la publicité du Gros Dépôt sans y adjoindre les mots tout en se palpant les seins, à la recherche d'une bosse maligne.

— Peux-tu checker mes cicatrices ?

Christian répond avec un grognement positif. Monique lui sourit et se penche délicatement, présentant son cul en plein dans son visage. La vue est toujours aussi étrange, un cul de vierge avec un vagin de putain quinquagénaire retraitée.

— Sont correctes.

— Oui, mais touche un peu. Sont-tu refermées ?

Christian fait courir un doigt sur la cicatrice de gauche. Tout semble bien. Comme hier, comme avant-hier, comme la semaine passée. *Idem* pour celle de droite, tout lisse. Durant l'examen, Christian ne peut s'empêcher de regarder le con de Monique. Il est si près qu'il parvient à sentir son odeur fanée. Une négociation verbale ne fonctionnerait pas ce matin, Christian en est persuadé. Il a fini de pisser depuis un moment et son pénis commence à durcir entre les doigts de sa main gauche.

— Pis, sont-tu fermées comme il faut ?

Christian n'en peut plus. Son majeur reste posé sur la cicatrice sous la fesse droite, à un saut de puce du vagin. Il suffirait d'un glissement pour toucher une grande lèvre, d'un second pour lui mettre le doigt au clitoris. Il pourrait même se lever, profiter de son érection naissante, la prendre là, maintenant, en lui gardant le cul bien en place avec ses mains robustes.

— Si tu dis rien, c'est qu'elles sont correctes. Merci, t'es fin, minou.

Elle est sortie. Elle s'habille en écoutant les nouvelles à la radio. Un homme a paralysé le métro en oubliant sa valise sur un quai d'embarquement ; le Premier ministre ne sera pas de la Fête nationale pour des raisons de santé ; un anticyclone exceptionnel va engendrer une canicule d'une durée indéterminée ; on a trouvé des momies au Pérou.

Christian a fermé les yeux. Il se branle rapidement, fait diminuer la pression, un peu. Son jet de foutre atterrit sur le rideau de douche. Christian le laisse là. Il a quelques secondes avant que Monique ne reprenne possession des lieux, pour sa coiffure cette fois. Il en profite pour se regarder dans le miroir. Son œil droit regarde son œil de vitre. L'œil de vitre affiche son unique émotion, une détermination froide, l'idée d'un regard vif, *made in USA*. L'œil valide revient vers son reflet, furtivement. Juste assez pour lire la naissance d'une tristesse nouvelle, d'une nouvelle strate ajoutée à des décennies de lourdeur. Voilà Monique. Version habillée cette fois. Elle n'en est que plus désirable. Elle remarque immédiatement la traînée de foutre sur le rideau de douche violet. *Il faudra que je nourrisse davantage mes cheveux si on se tape une vague de chaleur… ça me prendra des traitements… je pourrais faire ça demain, chez Viva, avec Maximo… oh oui, ils sont rêches… ils manquent de légèreté…*

De retour au comptoir, Christian tâche de mettre le percolateur en marche. En actionnant le commutateur, une étincelle bleue jaillit sous le plastique.

— Câlisse…

N'en pouvant plus, il décide d'allumer une cigarette. Pour se venger de la séance de vérification cicatricielle, il pige dans les Du Maurier de Monique. Après trois bouffées devant le percolateur pété, Christian enfouit une main dans la poche arrière de son jeans. Il y trouve un billet de vingt dollars ayant subi un lessivage. Esquissant un bref sourire, il empoigne le percolateur, traverse la chambre-salon en dix pas, ouvre la porte-fenêtre, seule issue secondaire de l'appartement, fait un pas sur le court balcon et balance l'appareil de toutes ses forces. Le percolateur passe du quatrième étage à la ruelle, heurte au préalable le toit d'une voiture brune. Christian sourit. Il regarde la marque laissée sur le toit de la vieille LeBaron GTS rouillée. Son sourire s'accroît discrètement. Frank doit passer vers 17 h, il lui reste neuf heures à tuer et son vingt dollars.

— Tu fais quoi, Christian ?

— Je te sors. On va déjeuner. C'est moi qui paye.

MALARCHE DÉLI

6 h 12 – Humidex : 31 °C

La Vulcan tient bon. Depuis 1963, pas une seule réparation, seulement de légers décrassages, la routine. Ce matin, cette plaque cuit ses 3 624 587e et 3 624 588e œufs. On ne peut pas en dire autant des frigos, les sixièmes depuis l'ouverture, ni des fourneaux, remplacés deux fois. Seule la Vulcan persiste à la tâche. Elle et son propriétaire, un homme devenu obèse par un mélange de frites, de bière et d'âge, un ventre sur pattes surmonté d'une bouille ronde ni méchante ni sympathique. Cet homme, c'est Roland Malarche, propriétaire du Malarche Déli licence complète. Un des rares restaurants du Quartier latin à être resté fidèle à son décor.

Avec grand soin, Malarche caresse sa plaque d'un chiffon blanc imbibé d'huile végétale en jetant un œil sur l'ébullition du chaudron de pommes de terre. *Les patates seront prêtes pour demain, restera qu'à les sauter…* Ce matin, Malarche songe à cette journée d'avril 1963 où il avait opté pour un recouvrement de vinyle orange vif de qualité supérieure, au détriment du tissu pastel sélectionné par sa femme. Il avait lu que la couleur orange stimulait l'appétit. Et il savait que le vinyle pouvait durer des années. « Je veux que la décoration soit bonne pour au moins vingt ans. »

Une fois la plaque soigneusement huilée, Malarche y dépose une quinzaine de portions de patates à déjeuner auxquelles il ajoute du beurre et son ingrédient secret, de la base de poulet au glutamate monosodique. *Le petit quelque chose qui fait bon…* Il remue le tout avec méthode afin de dorer chaque côté des cubes. Il répétera ce geste jusqu'à la réception des premières commandes.

— Ça va être trois crêpes aux bleuets avec deux tournés bacon pain blanc.

Cette voix rauque et néanmoins joviale, c'est celle de Guylaine, serveuse au Malarche depuis 1971 et vieille amie de Simone, femme de Roland. Elle rédige la commande sur son bloc-notes à côté des quatre articles laminés parlant de la place. Sur le plus vieux, on peut lire le titre : « Pour bien manger canadien », d'un article du *Montréal-Matin* de l'été 1963, époque où les ouvriers achevaient l'immeuble au-dessus du restaurant. Sur le second, on lit : « Le meilleur smoked-meat dans l'est », tiré d'une page du *Journal de Montréal* de novembre 1976. Sur la photo, il y a Roland et son chef de l'époque, Roméo McCaan. Le troisième qui porte le titre peu flatteur : « Décoration : exemple à ne pas suivre » est issu de l'hebdo *Voir* de 1989. Simone n'avait pas compris pourquoi Roland avait fait laminer celui-là, pas plus qu'elle n'avait saisi son refus de redécorer et de tout mettre en pastel. De son côté, Roland se contentait de répéter qu'il n'existait pas de mauvaise publicité, que les modes revenaient toujours. Le dernier article, qui vint donner raison au vieux Malarche, date de 2004 et s'intitule : « Must extrême : super déli sixties 100 % original ». Le papier provient encore du *Voir*. Malarche a positionné ce dernier laminé à la hauteur des têtes qui sortent des box au vinyle orange, pour qu'il soit le premier visible.

À une récente époque, Malarche faisait les matins avec sa femme, mais depuis son accident cérébral vasculaire, il y a quatre ans, Simone restait au bungalow avec les chiens. Elle a pris l'habitude de répéter tous les matins, devant ses mots mystères, qu'elle n'a plus toute sa tête. Roland ne la contredit plus.

Même si un restaurant bondé est signe de meilleurs profits, Roland souhaite un matin tranquille puisque Guylaine est seule sur le plancher. Une nouvelle serveuse, une colocataire de Luc, le plongeur, commence demain – *Mélanie, Mirella, Mélina… elle s'appelle comment au juste ?*

— Edward vient d'arriver, Roland.

Par conditionnement, Malarche casse trois œufs sur la Vulcan, place du bacon, des saucisses et du jambon tout en envoyant quatre tranches de pain blanc dans le grille-pain. Il retourne les crêpes, tourne les deux premiers œufs, dresse les assiettes, ajoute un peu plus de melon qu'à l'accoutumée dans le plat de crêpes, par intuition.

— C'est pour qui les deux premières assiettes ?

— Pour le gars, je sais pas c'est qui. Les crêpes sont pour ta Jade.

Roland aimerait corriger Guylaine sur cette remarque, mais elle est déjà partie servir un café à Edward.

Jade est attablée avec un type aux cheveux gras et aux vêtements fripés. Le type sirote un café sans parvenir à comprendre ce qui lui arrive. Cette prostituée l'a non seulement gardé à coucher mais voilà qu'elle lui offre le déjeuner. À moins que ce ne soit lui qui paie, il ne sait pas encore. De sa poche de chemise dépasse un carton, un laissez-passer pour le Salon de la plomberie. Le type travaille sur l'entretien des tuyaux dans le Nouveau-Québec. Il vient donner des conférences sur son boulot, sur la réparation des tuyaux à -40 °C, ce genre de choses. Quand ces conférences ont lieu à Montréal, il en profite pour visiter les putes. En une quinzaine d'années, il a vu plusieurs partenaires de location, mais jamais derrière une table, des crêpes et un café.

— Tu fais ça souvent ?

— Des clients ?

— Non, je veux dire… ça.

— Oh, le déjeuner, le « tu peux rester à coucher si ça te tente » ?

Elle prend une bouchée de crêpe aux bleuets noyée dans le sirop d'érable.

— Oui, ça.

— Non, pas souvent.

Jade lui sourit en léchant une goutte de sirop qui pend au bout de sa lèvre. *C'est tout ce qu'il aura comme information…* Si l'homme persiste, elle lui dira que son envie de dormir seule ne s'était pas manifestée cette fois. Mais le client ne persistera pas. Jade ne voudrait pas dévoiler la raison véritable de ce manquement au code professionnel. *Comment on dit à quelqu'un qui vient de jouir de rester tout près parce qu'il nous rappelle notre grand-père ? Mieux vaut mentir, même si c'est shabbat… quitte à mentir aussi bien rajouter du sirop…* Sirop en main, Jade remarque Monique et Christian, sur le trottoir, à deux pas de passer la porte.

— Ça te dérange de changer de place ?

— Hein ? Euh… non.

Jade a bougé à temps, Monique ne voit pas cette locataire qui lui doit deux mois pour son appartement de travail, sans parler du petit supplément. Monique croise Edward, qu'elle salue d'un mouvement de tête et du sourire qu'elle garde depuis son lever. Christian se contente d'ignorer l'ancien Floridien. Monique ne comprend pas que son amant l'invite à déjeuner. En huit mois de fréquentation, c'est la première fois qu'il lui paie quelque chose. Elle s'est habituée à ses cadeaux ordinaires comme des boucles d'oreille volées, des chandails volés, des disques volés. *Mais un repas au restaurant, ça cache quelque chose… ah oui, le 308…*

— Pendant que j'y pense, Edward, faudrait faire du ménage dans le 308, je suis passée hier et c'est vraiment trop dégueulasse pour quelqu'un qui a payé d'avance.

— *No problem, madam Monique.*

Edward feuillette un journal, à la recherche des annonces classées et particulièrement de la rubrique « Collectibles ». Parcourant d'un œil vide les scandales surfaits et les tragédies communes, il en vient à se demander quelle serait la bonne heure pour ouvrir sa première bière. Huit heures pourrait être envisageable, mais comme il doit nettoyer le 308 et assister les locataires qui emménageront aujourd'hui, il préfère remettre l'ouverture de sa première bouteille à 10 ou 11 heures. Il devrait pouvoir s'en sortir. *Hum... interesting... vintage Life magazines of the fifties, low price...*

Jade a terminé son assiette de crêpes alors que son client entame son deuxième œuf. Monique est partie aux toilettes. Le temps idéal pour filer. Jade essuie ses coins de bouche, mouille ses lèvres.

— Faut que j'y aille.

— Ça va. À la prochaine peut-être.

— T'es mignon...

Jade étire ses longues jambes hors du box avec une sale grâce, se lève, sourit une dernière fois à son client. Arrivée sur le trottoir, elle se glisse hors du champ de vision offert par la vitrine du restaurant. Un éclat attire son œil. Comme un morceau de lumière venant de l'ouest, un rappel du soleil. Des souvenirs lui reviennent, elle revoit l'oncle Aaron qui lui parle de l'étoile du berger et de Mars qui sont souvent les étoiles du matin, malgré le fait qu'elles soient des planètes. Elle revoit ses camarades d'école parler de l'étoile des Rois mages à Noël, de leur sapin à cadeaux. *Pourquoi je pense à tout ça? J'ai besoin de sommeil...* Le mystérieux éclat ne cesse d'exciter son intérêt. Trop gros pour être une étoile, trop petit pour être la lune. Après une minute d'observation, Jade se rend à l'évidence. Ce morceau de lumière, c'est un avion qui reflète le soleil, rien de plus. Jade fait descendre son regard vers l'entrée de son immeuble, regarde les lettres dorées peintes au-dessus de la porte vitrée :

LE GALANT. Jade n'a jamais compris cette mode de baptiser les édifices. Pas plus que le choix du nom. *Comment un immeuble peut être galant?* En replaçant une mèche de sa perruque châtain devant l'ascenseur, sa pensée produit une idée plaisante. *Si le soleil est assez fort pour se refléter sur les avions, c'est qu'il n'y a pas de smog... s'il n'y a pas de smog, je peux passez l'avant-midi à prendre un bain de soleil...*

— Bonne idée, ça.

LE FRANÇAIS DU CINQUIÈME ÉTAGE

6 h 29 – Humidex : 31 °C

Putain, combien il fait ? 31 degrés avec l'humidex… merde, elle va être lourde, cette journée… j'espère que les macérations seront pas foutues… putain de pays… -40 l'hiver, 40 l'été… ça fait 80 degrés de différence… pouvaient pas choisir un autre endroit où la foutre, leur grande ville, ces imbéciles de colons… bon d'accord, c'est plus varié que Toulouse… fait toujours chaud à Toulouse, même quand il fait froid… dire que ma mère chialait toujours à propos du temps… elle aurait pas survécu une année ici… oh non… eh merde… connerie d'entonnoir pété… made in China… fichue camelote… quelle heure ? oh putain, presque 6 h 30… j'ai pas dormi moi… combien de cafés je me suis envoyés ? dix, douze… et ce robinet veut pas cesser de dégouliner… comment je suis supposé me concentrer avec ces gouttes qui plic plic plic sans arrêt… va falloir en parler à Edward… combien j'ai mis dans le bécher 28 ? Attends… c'est pas le 28 celui-là, c'est le 1… pouah, il sent encore l'essence à briquet… il est où le 28 ?

— Putain le 28, il est où ?

Je l'ai tout de même pas jeté. Je serais dans une de ces merdes. Aux toilettes, quand je suis allé couler un bronze ? Ouais, il est peut-être dans les chiottes… merde, il est pas là… bon, putain…

— PUTAIN !

Calme-toi Zach… il peut pas être loin, ce bécher… regarde partout ou t'es passé… t'as fumé combien de tarpets ? ben oui, j'en ai fumé combien au juste… attends… cendrier… sept joints de mari, deux de hasch et un mélangé…

rien de terrible… ah, bien oui, ça explique le stress, ça, c'est vrai, je me suis fait un speed à minuit… c'est bien un emballage de peach… ouais, un speed pour célébrer le changement de mois… déjà juillet, putain que ça passe…

Zach s'immobilise. Le robinet goutte au même rythme depuis des semaines. Zach est debout dans l'appartement qu'il a converti en laboratoire pour payer son Amérique. La porte d'entrée est condamnée, tout comme la porte-fenêtre. Il s'est fabriqué un accès qu'il dissimule derrière une armoire sans fond, dans l'appartement voisin, le 503, son lieu de résidence. Actuellement, une lumière inactinique, don d'un client photographe, éclaire sa table de travail.

Attends mec, tu pensais à quoi ? Tu cherchais quelque chose… quelque chose… mais tu cherchais quoi ? Tes clopes ? Ben non, elles sont là, tes clopes, dans ta poche de chemise… tiens, elles y sont pas… bon, où sont tes clopes… où elles sont les salopes… entre les coussins de la chaise… nan… aux toilettes, nan…

— Putain de merde !

Reprends sur toi… tu cherches tes clopes depuis combien de temps… il est quelle heure ? bordel, déjà 6 h 40… foutue connerie… et j'ai même pas dormi…

Zach s'immobilise à nouveau, à peu près au même endroit que la première fois. Il ressemble à une quenouille par une nuit de faible brise sous une lune rouge.

J'ai fait la macération ou pas ? Bécher 1 : OK. Bécher 30 : OK. Bécher 29 : OK. Bécher 28, bécher 28… il est passé où, celui-là… si seulement je pouvais m'allumer une sèche… prendre des Advil aussi… ah oui, ça me revient… mes clopes sont sur la table de cuisine, dans l'appart…

En se dirigeant vers l'accès au 503, Zach tâche de faire le vide, de se concentrer sur sa respiration, devenue frénétique depuis peu. Après quelques inspirations bien senties, il franchit la porte cachée, ouvre son armoire de l'intérieur, en sort et barre l'armoire de l'extérieur. En effet, ses Lucky

Strikes sont sur la table, à côté d'un bécher marqué du numéro 28 contenant deux cents graines d'*Argyreia nervosa* réduites en poudre. À la vue du bécher 28, Zach fait une gueule de constipé, un pain de mâchoire. Il n'a aucun souvenir d'avoir traversé vers le 503 cette nuit. Et personne n'est passé le voir. Ni Daphnée ni personne de Claudette Abattage.

— Je comprends pas.

Il allume une cigarette.

— Sérieusement, je pige pas.

Sa nuit de travail est tout de même sauvée. Il pourra achever sa fabrication de LSA à temps pour la livraison. À moins d'un contretemps majeur. Les graines d'*Argyreia nervosa* du dernier arrivage étaient de bonne qualité, phénomène rare durant l'été. Sa Lucky éteinte, Zach repassera de l'autre côté, placera la poudre dans un filtre, ouvrira sa bouteille de rhum agricole guadeloupéen Longueteau à 62 % d'alcool, humera le parfum de la boisson, persistera à se convaincre que l'odeur lui rappelle celle des olives dans le vinaigre et finalement, en versera 425 millilitres sur la poudre contenue dans le filtre. Geste qu'il répétera six fois, afin de tout récupérer des graines. La solution finira au frigo dans quatre contenants de 100 millilitres scellés, prêts pour la vente. Les 25 millilitres additionnels iront dans sa réserve personnelle, avoisinant le litre.

Pour le moment, Zach fume encore sa cigarette et pense à Daphnée qu'il a regardée s'endormir, hier vers 23 h. Il aime regarder cette femme ainsi. Observer son visage se détendre progressivement, voir l'actrice jeter ses masques un à un. Il aime aussi assister au processus inverse, compter les minutes entre le moment où ses yeux percent le jour et celui de sa première saute d'humeur. *Je l'aime, cette garce… elle fait chier avec son putain de caractère d'actrice à la con, mais je l'aime… quelle femme quand même… allons… c'est le temps de passer à l'extraction de la substance… je me demande où en est ma réserve, il y a longtemps que je ne me suis pas servi… pourquoi je barre toujours cette armoire de merde… comme si quelqu'un allait forcer la serrure de ma porte… tu deviens parano avec le temps, Zach… fais gaffe… pense au paternel… et au paternel du paternel… oui, d'accord… grand-père a fait le maquis, il a ses raisons de paranoïer… mais le père, lui… c'est pas avec son cocktail Molotov raté de mai 68 qu'il peut justifier son attitude… à moins qu'il fume du shit sans en parler… ouais, ce serait son genre… petit comptable toulousain qui se fait des plombs après s'être sifflé son Pauillac quotidien… vieux connard… il pouvait bien sauter sa cousine quand il était adolescent… pauvre cloche… quand ma mère l'a appris… putain… tu te souviens de la scène… bon… concentre-toi, fait pas chier le filtre. Voilà… on ouvre… vraiment, ça sent les olives, ce truc… on calcule. Voilà… on verse… on retire… on transfère… on reverse…*

PRESQUE LE RÊVE

6 h 49 – Humidex : 32 °C

L'espace entre le labo et son appartement, Zach met généralement quinze secondes pour le traverser. De l'espace entre son appartement et celui de Daphnée, la durée de la traversée peut varier selon une multitude de facteurs. Le parcours, en temps normal, demande trente-trois secondes. Par contre, Zach a l'habitude de croiser un locataire qui lui fait la conversation ou encore, lui demande de passer chez lui. Il lui arrive régulièrement d'être saisi par l'apparence de la cage d'escalier, par ce croisement de béton et de fer à angles droits, par ce design architectural si farouchement américain, ce mélange de laideur et de pragmatisme déglingué qu'il souhaitait trouver en traversant l'Atlantique. Parfois, il passe de longues minutes à contempler la cage d'escalier. Les locataires du Galant en ont pris l'habitude. Mais aujourd'hui, Zach descend les marches à toute vitesse. Sans le savoir, il atteint le troisième étage en moins de douze secondes. La chaleur du troisième est plus douce que celle du cinquième. Plus aérée. Plus respirable. *Rien à voir, ah non alors, rien à voir du tout, c'est bien plus confo ici… tout à fait…*

La porte du 301 se laisse ouvrir sans bruit, signifiant qu'Edward est passé pour graisser ses pentures. Zach s'introduit à pas feutrés dans l'appartement aux stores fermés. *Ne pas se prendre les pieds dans ses fringues…* Faute de pouvoir marcher à son aise, Zach s'immobilise pour permettre à ses pupilles d'atteindre le point de dilatation idéal. Lorsqu'il aperçoit avec netteté le corps de Daphnée étendu sous un mince drap blanc, il s'aventure plus loin dans l'appartement.

Descendu à grand-peine depuis deux mois déjà, le téléviseur haute définition de Zach honore l'appartement de Daphnée, confinant la table à dîner à un coin mal foutu. Sous le téléviseur se trouvent une console PlayStation 3, des boîtiers de jeux et quelques films en DVD, dont le plus visible reste *Dogville* de Lars von Trier. Zach aime la photo qui orne ce boîtier. Nicole Kidman, les cheveux retenus par un foulard quelconque, sous un délicieux éclairage révélant les angles de sa parfaite mâchoire.

La pochette du DVD de *Dogville* est mise en évidence pour une autre raison. Garder intacte l'image de Daphnée venue cogner chez lui, à la recherche d'un gramme de mari, l'été dernier. Zach la revoit, grande, mince, rousse avec de légers reflets blonds, un nez fin qui retrousse, une peau de crème et un foulard de travailleuse sur les cheveux. Pendant une seconde, il a cru que ça y était, que Nicole Kidman était là, que son fantasme se trouvait devant lui, parlant un français impeccable pour lui demander de la drogue.

— Vous êtes bien Zach ?

— Moui, c'est moi… vous êtes ?

Daphnée s'était excusée de le déranger à une heure semblable. *C'est vrai, il était quand même trois heures du mat…* Vaguement coupable de son envie tardive, elle expliqua avoir passé la soirée dans un bar du quartier à profiter des verres payés par de pauvres types en manque de sexe. Elle attribuait le succès de cette opération d'agace au charme indéfectible de sa copine. *Ah oui, putain… elle avait utilisé le mot indéfectible… non mais, pas mal pour une Canadienne…*

— Ma copine s'est fait prendre à son jeu. Après son sixième zombie, elle s'est fait avoir… Un avocat ou un architecte… quelque chose en A…

— Acuponcteur, analphabète, *asshole*…

Daphnée éclata de rire.

— Tu devrais pas parler anglais… les Français savent pas parler anglais… ils arrondissent trop les sons…

Zach profita de cette ouverture pour enchaîner avec une série de phrases anglaises horriblement prononcées. Des caricatures parlées comme « ze machiine is compelitely brokènne » ou « havéiou sinne maille litteule iello beurde ». Zach roula un joint d'une main tout en cherchant un disque de jazz pour meubler cette ambiance de fin de nuit. Le joint fumé, Daphnée, complètement paf, s'endormit sur le sofa. Zach la réveilla avec des croissants et un café.

— Attends… T'es en train de me dire que j'ai dormi ici, soûle, gelée et que tu m'as pas baisée ?

— Putain, tu te souviens de rien ? Je t'ai pris par tous les orifices. Le cul, la bouche, les narines, les oreilles… Mais non, il s'est rien passé.

— Alors t'es gay. Parce que les croissants au réveil, je connais pas d'hétéros chastes qui m'ont fait ça…

Zach se souvient du rictus qu'il lui avait lancé en guise de réponse. Un sourire calme et assuré. Un sourire d'homme droit et fier. Non, ils n'avaient pas baisé, pas même un simple échange de salive. Avec cette fille, Zach avait opté pour la démarche du parfait gentilhomme. Plus de deux semaines allaient séparer leur premier baiser de cette rencontre initiale. Mais aujourd'hui, près d'un an plus tard, la pochette de *Dogville* ne le stimule pas autant que sa PlayStation 3. Écouteurs aux oreilles, manette vibrante dans les mains, Zach file sur une piste de course à bord d'une Ford GT40 virtuelle. Les lèvres closes, il tire sur un joint avec vigueur et réduit l'objet en cendres en moins de deux minutes. Zach active les boutons de sa manette, tape doucement les freins pour maîtriser les virages, négocie les points de corde à la limite des lois physiques virtuelles. Sa course gagnée, il ressent une intense chaleur au bas-ventre. *Fait combien de temps que j'ai pas pissé moi ?* Zach se lève et marche vers la salle de bains. Il est à un pas de découvrir qu'il porte toujours son casque d'écoute. *Merde !* Les écouteurs s'arrachent de son crâne, tombent au sol, sans bris. *Putain de mémoire à court terme… putain de Québec Gold…*

HAVE A BUD LIGHT!
7 h 17 – Humidex : 33 °C

Edward n'a pas vu monsieur McCaan dessiner les voitures garées dans la ruelle ce matin. Son perchoir était vide. Même sa chaise de rotin avait disparu. Edward est inquiet. Dès qu'il sera chez lui, il appellera son vieil ami pour demander de ses nouvelles. Le petit matin est suave sur la peau sèche d'Edward. Son visage affiche une sérénité amère. L'air chaud, lourd et humide, il adore. En comparaison du climat de sa Floride natale, l'été de Montréal est simple à endurer, rien à voir avec l'assommoir estival du Kissimmee de sa première vie.

Cela fera bientôt trente-sept ans qu'Edward a traversé la frontière. Et donc, au moins trente-six ans et onze mois qu'il n'a plus de raison de rester au Canada. En écoutant une cassette dans son vieux walkman, il décide de marcher jusqu'à la fin de la bande magnétique. *McCaan is probably sleeping today, after all, he's got the right to take his saturdays*... Plutôt que de bifurquer à gauche dans sa rue pour aller vers l'artère commerciale, il va vers les vieux appartements transformés en condominiums pour jeunes bourgeois branchés. Il aime cette section, là ou le pavé se rétrécit de manière à ne laisser passer qu'une voiture sous les grands érables. Ed écoute une sonate de John Cage, un cadeau offert par Claude, locataire du 207, lors d'une soirée bières et bières et autres bières de l'hiver dernier. Depuis, il l'écoute au moins une fois par semaine.

— Tu sais, c'est juste du piano. On dirait qu'il y a des percussions et de la guitare, mais en réalité, il y a juste du piano trafiqué.

— *Unbelievable !*

C'est ce qu'il avait dit. *Unbelievable*. Un an après, son opinion restait la même. *Unbelievable music, especially in the morning*. En changeant de rue, une où les arbres ont été ravagés par les maladies et de mauvais émondeurs, son pas ralentit, sa tête se soulève. *Pas possible...* pense-t-il en français, à sa grande surprise.

Sur le trottoir, une femme aux cheveux noirs et ondulés avance avec la grâce d'une danseuse fatiguée. Sa peau basanée semble ignorer la chaleur. Ses hanches un peu larges laissent croire, à cette distance, qu'elle a passé la cinquantaine non sans un certain problème d'orgueil. Elle a la même taille, la même présence que Gina, sa Gina, celle pour qui il avait quitté femme, enfant et pays vers la fin des sixties. *Ça pourrait être elle...* pense-t-il, toujours en français. Ed a le sang qui lui monte à la tête, sa peau prend une teinte rouge violacé, accentuant le gris de ses yeux et le blanc des derniers cheveux qui persistent à pousser. Son cœur commence à battre la chamade un peu partout. Il bat sur ses tempes, dans son cou, ses cuisses. Ed est conscient qu'il y a une chance sur six milliards que cette femme soit sa Gina. L'espace d'un moment, il maudit ce t-shirt « *Have a Bud Light !* » décoloré et le pantalon de coton ouaté troué qu'il a choisi d'enfiler. *Si c'était elle... j'aurais l'air d'un fucking tramp...* La femme approche, elle est à quinze mètres. Edward a besoin d'un plan. Forcément s'il l'aborde, elle pensera qu'il veut lui quêter de l'argent. Il n'est pas rasé. Pas lavé. Pas peigné. Plus que dix mètres. Il regarde son bras gauche pour voir s'il porte la montre qu'elle – Gina – lui avait donnée. *Yes...* Il a la montre. Elle n'indique plus l'heure depuis la guerre des Malouines, mais il la porte toujours. Cinq mètres. Une question. Il doit poser une question. Trois mètres.

— *Excuse me, my watch does not work, can you tell me what time it is ?*

La femme s'est arrêtée. Elle jette un bref regard sur la montre et plonge ses yeux noirs dans l'océan mélancolique des yeux d'Edward. Sa réponse arrive après un silence de deux secondes.

— Il est 7 h 25. *Twenty-five past seven.*

– *Th… Thank you.*

— *You're welcome.*

C'est tout. La femme s'est déjà remise en route. *I should follow her…* se dit Edward en éliminant automatiquement cette idée. Avec la tête qu'il a, cette femme pourrait alerter la police. *Not a good idea. Anyway… where is she?* La femme a tourné le coin de rue. Au pas de course, Edward rejoint l'intersection où elle semble avoir tourné. Combien de temps est-il resté sans bouger ? La femme est introuvable. *Maybe she took a taxi… or went inside a restaurant… Shoot!* John Cage est passé à sa dixième sonate. Ed ne l'entend plus, trop occupé à se maudire. La mine basse, il décide de rebrousser chemin en direction de la ruelle menant à son appartement.

— Hé Eddie ! Ça va ?

C'est McCaan qui l'interpelle de son balcon. Ed lui répond avec un sourire forcé et un geste de la main. Il devra se ressaisir. Une partie de son déjeuner lui crée un reflux gastrique. Il grimace, lâche un rot. Edward a du pain sur la planche aujourd'hui. Jour de déménagements. Sans parler de Monique qui menace de lui retirer son poste de concierge s'il persiste à demander le même salaire. Il sait que Christian Jolicœur cherche à lui ravir son poste depuis des mois. Mais auparavant, Jolicœur ne couchait pas avec la propriétaire. *Anyway, what can I do?* Convaincu du non-renouvellement de son contrat en septembre, il tentera de rester professionnel jusqu'au bout. De cette manière il pourra peut-être garder ses frais de loyer à un coût raisonnable. Toucher du chômage, avec un peu de chance. Attendre les quatre mois nécessaires pour devenir éligible à la pension de vieillesse.

Arrivé devant l'entrée du Galant, Edward ouvre la porte à un jeune homme au nez et aux lèvres percées, coiffé selon les standards punk. Il porte trois exemplaires de journaux dans son sac en bandoulière, les dépose dans la boîte prévue à cet effet, éponge son front avec la toile du sac. Edward hésite, incertain si ce jeune compte parmi les locataires du cinquième. Avant qu'il ne puisse le lui demander, le camelot sort une clé de sa poche et file vers l'ascenseur. *Punks*…

CLAUDETTE ABATTAGE

7 h 38 – Humidex : 33 °C

Mike a trouvé sa première journée difficile. La chaleur et l'humidité n'ont pas aidé. En arrivant au 504, Mike lance son sac dans un coin de la pièce, sans penser à Chloé qui dort aux côtés de Bob et de Mélina. *Avec ce qu'ils ont pris, ils en ont pour quatre heures de ronflette…* C'est Bob qui prend le sac en pleine gueule, sans sourciller. Avec dégoût, Mike enlève son chandail brodé au nom de son employeur pour enfiler l'un des nouveaux t-shirts du groupe. Le motif, sérigraphié il y a trois jours par Lulu, montre une tranche de steak cru surmontée d'un lettrage ensanglanté signalant le nom du groupe : Claudette Abattage.

L'air est empesé dans l'appartement. Il faudrait ouvrir. Mike admet que l'obscurité pourrait avoir engendré un microclimat favorable. Il craint qu'en ouvrant la porte-fenêtre, l'air chaud vienne s'engouffrer dans leur caverne tempérée par le mélange d'humidité, de vieille fumée et de gaz carbonique. Rompant l'obscurité avec son briquet, il part à la recherche de l'appareil photo numérique, volé hier par Chloé à un groupe de touristes allemands. *Elle a dit allemand ou français ? Bof…* Le boîtier argenté de la caméra finit par renvoyer la faible lueur de la flamme vacillante. Une fois l'appareil sous tension, Mike considère avec bonheur que le menu à l'écran s'affiche en anglais. Il pose ses fesses sur le tapis, dos au mur de la cuisine. La photo numéro 1 vient à l'écran miniature accompagné d'un clic imitant les anciens appareils mécaniques.

Clic.

Une église avec trois personnes souriantes plantées devant. Les Allemands, semble-t-il. Ils sont blonds et les hommes ont de jolis visages. *Certainement pas des Français… les Français sont souvent laids…*

Clic, clic, clic.

Voilà ce qui intéresse Mike. Début de la parade de mode. Luc et Mélina arborent les versions noires et bleues du chandail « Les baisemères », image de maman en extase parmi ses rides.

Clic.

Mike et son chandail « Mouette Mouette Batterie ». Il tient un sac plastique.

Clic.

Le contenu du sac : dix grammes de champignons magiques étalés sur le comptoir de cuisine.

Clic.

L'appartement et quelques-uns de ses occupants – il manque Luc et Chloé. Le groupe attend que les champignons intoxiquent leur système en faisant circuler trois joints roulés en cônes.

Clic.

Le sourire de Luc. Il revient de l'épicerie avec une caisse de bière sous le bras et un paquet de Player's entre les dents. Les champignons magiques ont commencé à faire effet.

Clic.

Mélina fait l'événement : elle vient de trouver deux sacs de PCP dans ses poches de jeans.

Clic.

Six lignes de PCP bien proportionnées, dont une qui est en train de pénétrer un nez – d'après le maquillage, ce doit être celui de Bob.

Clic.

Chloé et Mélina. Malgré le flash, leurs pupilles avalent l'iris de leurs yeux. Leur sourire en dit long sur le film qui défile dans leur tête.

Clic.

Bob, assis entre Luc et Lulu, a décidé de se branler. Sa verge énorme reste molle dans sa main. Lulu ne regarde pas la scène. Luc est intéressé par le geste de Bob.

Clic.

Image d'anthologie : dans un cadrage parfait, on voit dans l'ordre Mélina, Mike, Bob, Luc et Lulu exécuter un même mouvement à différentes étapes. Les couleurs sont chatoyantes et vives. Chloé a du talent comme photographe. Bob n'a plus de pantalon. Ni de caleçon.

Clic.

Les cinq mêmes personnes vident simultanément leur bouteille de bière.

Clic.

Toujours les cinq, mais cette fois, Luc expulse son souper sur un manteau de pluie. Les autres rient aux éclats en remarquant que Luc a eu l'idée de former un bol avec le vêtement imperméable.

Clic.

Un plan serré du pénis de Bob. Bandé. Derrière, nimbé dans un flou ni artistique ni volontaire, on distingue un visage.

Clic.

Luc. Avec le pénis de Bob dans la bouche. La main tatouée de Mélina s'occupe des testicules.

Clic.

Photo de groupe. Chloé a réussi à trouver le délai sur l'appareil – une prouesse dans cet état. Bob, Luc et Lulu sont à poil. Mike n'a qu'un t-shirt et le visage de Mélina enfoui entre les fesses. Chloé s'enfonce trois doigts dans le vagin tout en relevant sa jupe de l'autre main. Ses poils sont fraîchement rasés. Mike aime le dynamisme de cette image.

Clic.

Mike en sandwich. Chloé le tient en bouche alors que Mélina enfonce un doigt dans son anus. La scène a lieu devant l'affiche du spectacle de mai dernier. Mike semble apprécier ce genre d'attention. Il ne s'en souvenait plus.

Clic.

Mike se souvient d'avoir pris celle-là. Bob n'avait pas perdu de temps. Immédiatement après avoir pris la photo précédente, il s'est glissé sous Lulu, déjà occupé à jouir de la sodomie offerte par Luc, a lancé l'appareil vers Mike et s'est positionné pour enconner sans effort.

Clic.

Gros plan sur la double pénétration de Lulu. Mike n'avait pas remarqué qu'elle s'était fait poser un nouvel anneau sur les grandes lèvres. *Joli, l'anneau, beau travail…*

Clic.

Photo ratée. Le plafond et une mèche de cheveux.

Clic.

Luc encule Lulu qui lèche Chloé, qui suce Bob et branle Mike.

Clic.

Gros plan de la bouche de Lulu qui aspire le clitoris de Chloé. À cette distance, on perçoit un début de repousse. «La barbe de Vénus», comme elle dit. *Ça ferait un bon titre de chanson…*

Clic.

Photo thématique. Mélina, Chloé et Lulu, assises par terre, les cuisses ouvertes. Chloé branle ses acolytes alors qu'elles lui renvoient la pareille. Difficile de savoir à qui sont les mains.

Clic.

Photo thématique, version 2. Luc, Bob et Mike assis au même endroit que les filles sur l'image précédente. Mike branle Bob qui astique Luc occupé à lécher l'oreille de Bob.

Clic.

Gros plan du onze pouces de Bob avec les visages de Mike, Luc et Mélina qui lèchent le membre sans se bousculer. Il y a encore de la place.

Clic.

Suite logique. Bob s'applique à diriger son éjaculation sur les trois visages. C'est réussi, blanc et généreux.

Clic.

Brochette du *grand finale*. Luc encule Mike qui sodomise Bob – toujours bandé – qui s'enfonce dans l'anus de Lulu. Chloé semble s'ennuyer. *Il paraît que Lulu n'a plus la langue qu'elle avait…*

Clic.

Retour aux touristes allemands.

Mike coupe l'alimentation de l'appareil qui indique une alerte de la pile. Il lui apparaît évident que Chloé n'a pas piqué le chargeur avec l'appareil. En levant le sourcil droit et l'anneau qui le traverse, Mike décide qu'il ne parlera pas de ce qu'il vient de voir. *La caméra n'avait plus de jus à la fin de l'orgie…* C'est ce qu'il dira. « Nous non plus ! » répondra Bob. Mike n'a pas envie d'entendre Lulu le sermonner à nouveau sur le respect de l'esprit de groupe. En déposant l'appareil devenu aussi utile qu'une roche, il prend conscience de sa chance. L'alarme d'incendie s'est déclenchée au moment précis où la caméra touchait la table. Et comme la cloche du cinquième étage est fixée à la hauteur de leur appartement, le bruit insupportable s'accompagne d'une vibration tout aussi désagréable.

— Il faut sortir ?

C'est Chloé qui a parlé en allumant. Son ombre à paupières rose a coulé. Il lui reste du sperme séché sur le visage. Un peu de cendres aussi. Elle fait peur à voir.

— C'est quoi, l'hostie de problème !

C'est Bob qui rechigne en s'enfonçant la tête dans un coussin.

— Il y a-tu de la fumée dans le passage ? Surtout, allez-y pas tous en même temps… Vas-y donc toi, Mike.

— Fuck man, pourquoi moi ? Je viens juste de passer ma run de journaux. Je me suis levé à cinq heures et demie ! Fuck you crisse !

— Il y a pas de fumée.

— T'es certaine, Lulu ?

Lulu balance un sourire aussi maternel qu'ironique.

— Positive.

— T'es pas drôle.

L'HABITUELLE FAUSSE ALARME
7 h 51 – Humidex : 33 °C

Sur les vingt-six occupants officiels du Galant, seulement cinq ont répondu à l'alarme. La plupart portent leurs vêtements de nuit. Du parvis, ils observent Edward qui s'affaire à repérer le lieu d'origine du signal sur le panneau de contrôle. Personne ne remarque l'accrochage provoqué par le camion de pompiers qui grille un feu rouge dans un solo de sirène. Alors que les premiers pompiers sortent du véhicule, Edward hoche la tête. Il devra encore monter à pied au quatrième pour confirmer que rien ne brûle, que le capteur a reçu de l'eau venant du cinquième, qu'il faudrait colmater la fuite, etc. Un pompier vient le rejoindre devant le panneau de contrôle.

— *Same shit, Eddie ?*

— *Looks like it, pal…*

Après un signe de tête, les deux hommes engagent leurs imposantes carrures dans la cage d'escalier. Il y a de fortes chances que rien ne brûle, mais Edward entretient un souci professionnel, par nature.

Les évacués échangent des regards embrouillés, reconnaissent silencieusement leur besoin de café. Les visages sont longs, pesants. Claude fait tout pour ne pas regarder en direction de Miguel et de Juanita, blottis l'un contre l'autre. Claude ne se sent pas bien. Il a mal au foie, au ventre, à la tête. Claude sue, pâlit, rote, tremblote des mains. *Essaye de te maintenir, le vieux… Oui, je sais, je n'avais qu'à rester chez moi… c'est ça… et brûler comme un fossile ? Non merci. Faudra que je prenne une Rivotril… peut-être deux… dire que j'ai même pas rangé le lait… il va tourner. Non… non, ne regarde pas Miguel… ne regarde pas… elle pourrait s'apercevoir de quelque chose. Quel cul magnifique il a… fait chier… et qu'est-ce qu'elle me veut la petite aux lunettes Wayfarer ? Elle a pas compris que c'est plus la mode ? Merde, elle veut parler… oh merde… et les pompiers… je ne peux même pas me sauver chez moi… respire et ça va passer… RESPIRE ET ÇA VA PASSER !*

— Vous allez bien, monsieur ?

Réponds… vas-y, réponds. Non, tu vas pas bien… tu veux tes Rivotril… t'es en train de péter une crise d'angoisse devant le petit allumeur de merde…

— Ça… ça va…

— Vous hyperventilez.

— Oh, ça… c'est rien… non, rien du tout… ça passera…

Elle fait quoi, la noiraude à lunettes ? Elle se prend pour qui ? Me touche pas…

La main de Fanny se dépose doucement contre le cœur de Claude. Elle dit quelque chose pour justifier le geste, mais Claude n'entend rien tant ce toucher l'apaise. Tournant la tête, il s'aperçoit que la femme cache des yeux strabiques et décolorés derrière ses Wayfarer. *Elle est aveugle. Comment elle a pu trouver mon cœur aussi vite ? Le bruit des battements… non, pas possible. En tout cas, je n'ai plus peur, plus peur du tout. C'est presque… presque freudien. Ma mère lui ressemblait pas, mais sa main… oui… sa main avait quelque chose comme ça…*

Aucun doigt ne tressaille, la main de Fanny est appliquée comme un cataplasme sur la crise de Claude. La femme ne parle pas. Un léger sourire suffit. Elle aime faire du bien sans crier gare. C'est de cette façon que Fanny avait gardé son frère en vie, alors qu'il menaçait de se suicider avec un exacto, à quinze ans. C'était il y a longtemps. Elle pense à lui depuis hier, se demande ce qu'il devient, si sa femme l'a quitté à nouveau. Fanny ne porte pas attention au remue-ménage causé par l'alarme. Fanny ne voit rien et les bruits l'amusent. Certains croient qu'elle voit du noir ou des halos. Mais elle ne voit rien. Un rien sans définition, sans existence. Une idée qui déplaît aux voyants.

Marie-Laure, elle, est persuadée que Fanny voit du noir. C'était le sujet de leur dernière querelle. Et comme Marie-Laure ne supporte pas les prises de bec à répétition, cette rencontre avait été leur dernière. Jusqu'à ce matin.

À l'extrémité du groupe d'évacués, Marie-Laure renifle aux cinq secondes. Son jeune et nouveau médecin dit ne pas comprendre ce phénomène. À chaque auscultation, il affirme que de tels symptômes sont présents chez certains enfants, jamais chez les femmes en fin de ménopause. Marie-Laure aime bien ce médecin incapable, trop peu expérimenté pour percevoir l'origine réelle de ses problèmes. N'importe quel autre praticien aurait fait le lien rapidement : son nez ravagé, ses crises d'arthrite, une pression artérielle plus haute que la moyenne, des gencives rongées ; sa dépendance à la cocaïne depuis plus d'un quart de siècle aurait paru évidente.

Le contact avec l'extérieur semble augmenter l'assèchement nasal de Marie-Laure. Elle sait qu'à chaque son émis, Fanny devine sa présence. Elle sait que cette aveugle mesure la distance qui les sépare en nombre de pas, qu'elle a une idée de son haleine matinale, qu'elle a repéré l'odeur âcre de ses aisselles. Marie-Laure déteste cette clairvoyance sensorielle.

Un reniflement. Deux reniflements. Éternuement.

— Vous voulez oune kleenex ?

Un jeune homme vient s'asseoir dans les marches, à son côté. Marie-Laure a les yeux embrumés. Elle n'arrive pas à voir de qui il s'agit. *Probablement un hispano, il a l'accent sud-américain*… Elle voit une forme floue qui lui tend un morceau de matière blanche et légère.

— *Gracias.*

— *De nada.*

Claude, toujours calmé par la main de Fanny, remarque toute l'affaire. Il fulmine. *Le petit arriviste… ne vient pas me dire que c'est ça, ton avenir… si tu penses être un baiseur de femme, petit maricón… pense encore… quand on a un cul comme ça, on ne le donne pas aux femmes…*

— Vous savez, vous devriez faire une marche dans le parc aujourd'hui, je suis certaine que vous en aurez la force, monsieur Robert.

Elle me connaît, l'aveugle… mais comment ? Une ancienne étudiante… pas possible…

— Je fais de l'agoraphobie. Je peux pas. Pas le parc.

— Ne regardez pas les autres. Oubliez-les.

— Vous êtes qui au juste ?

— Je suis une personne gentille, c'est tout.

La porte du hall s'ouvre, le pompier sort suivi d'Edward, en nage.

— Fausse alerte, *false alarm.* Vous pouvez *go back* chez vous.

Personne n'est surpris. Ni rassuré.

— *See you next week, Eddie !* lance le pompier.

— *Yeah… sure…*

LA GUÉRISON DE VINGT MINUTES

8 h 17 – Humidex : 34 °C

Après que Fanny eut retiré sa main, Claude se sentit remis à neuf, presque printanier. Il avait du courage, un courage direct, inédit, jeune. Il respirait librement, se sentait léger, confortable. Sa présence au cœur de la petite cohorte qui retournait dans Le Galant n'avait provoqué aucune angoisse. *Non mais, quelle femme, cette aveugle…*

En posant le pied sur son paillasson, essuyant d'abord le gauche, il décida d'aller lire au parc. Après vingt minutes de recherche, il se retrouva avec sept bouquins en main. Pendant son furetage, emballé par sa force nouvellement acquise, Claude se mit à songer qu'il pourrait peut-être reprendre l'enseignement à l'hiver, mettre fin à ses huit années de convalescence.

Devant sa pile de lectures possibles, entouré de ses quelque six mille livres poussiéreux, Claude s'amusa à imaginer le cours qu'il donnerait, une fois débarrassé de son problème mental. Finie la dissimulation de ses manières. Tous ses étudiants admettraient son homosexualité avant même sa première parole. *J'arriverais, habillé en pantalon de laine brossé et avec un pull en cachemire… mes cheveux seraient splendides et mon eau de Cologne inonderait l'amphithéâtre d'une légèreté sublime… j'aurais le charisme d'un danseur, le geste sûr, long et calme… les gens présents n'auraient pas d'autre choix que de me trouver beau… même les vulgaires connasses et les homophobes. Je leur parlerais des Grecs, des Romains, de leur merveilleuse décadence, des cycles de déclins, de notre faillite en tant qu'espèce condamnée à vivre selon son imaginaire au lieu de sa réalité. Ils m'écouteraient, me trouveraient génial, leurs yeux seraient braqués sur moi, oui, leurs... leurs petits yeux irrespectueux et agressifs.... quatre-vingts paires d'yeux pointés dans ma.... dans ma fichue direction.... pendant trois – assieds-toi un peu, Claude – pendant trois heures... oh misère...*

Il faudra oublier la marche et la lecture bucolique sous le grand chêne. Claude s'est affalé dans son fauteuil et tâche de ne pas regarder la pile de livres sur sa table. Il a chaud. Un nouvel étau lui travaille l'œsophage. Son cœur est une boîte à rythmes qui soulève la soie blanche sur sa poitrine, épilée hier, à la cire froide. Claude ne va pas bien, pire que pendant l'alarme. *Une Rivotril... une Rivotril va tout régler...* Ensuite il ira dehors.

Avec peine, il se déplace jusqu'à la salle de bains, ouvre l'armoire à pharmacie, prenant soin d'éviter son reflet sur la porte miroir. Les flacons sont nombreux, de teintes multiples. Claude en prend un rouge.

— Misère.

Un jaune clair.

— Seigneur...

Un rose.

— Fuck...

Il n'y a plus de Rivotril dans cette pharmacie. Que des Ativan. *Et les Ativan, le matin, c'est pas une option...* Claude ressent un urgent besoin de crier, d'appeler au secours, de frapper le mur, le sol, n'importe quoi. *Calme... calme. Il doit bien rester une prescription quelque part... Respire...*

Claude fouille sur et dans son bureau. Il cherche un papier qui lui permettrait de passer une fin de semaine normale. *Une meilleure normalité, si possible...* Sa méthode de recherche, qui consiste à tout rejeter derrière lui de manière frénétique, rappelle vaguement la technique du Fox-terrier. Autour de Claude, les papiers volent, virevoltent et retombent, mais rien n'y fait. Malgré les efforts déployés,

Claude fait face à une situation de panique accélérée, très mauvaise pour ses artères et son teint. La seule prescription qui reste est pour de la Fluoxétine. Rien pour des Rivotril. *Dernière possibilité… le Français du cinquième… pas question de passer à l'urgence… avec tous ces gens… tous ces malades qui toussent et qui puent…*

LA DORMEUSE DE PEAU
8 h 17 – Humidex : 34 °C

Zach a parcouru sept circuits automobile et trois continents. Toujours derrière le volant de sa GT40. Il termine une course à Monaco, maudissant les rambardes. Techniquement, il en a marre de rouler, mais comme il ne reste qu'un tour à compléter, il s'acharne. Sitôt sa partie sauvegardée, Zach dépose sa manette et zappe vers le canal météo. *34 d'humidex... foutu pays...*

Zach tourne la tête vers le lit. Du point où il se trouve, il voit l'appartement de Daphnée au complet. Le salon-salle à dîner, la cuisine médiane et le couloir de circulation à gauche ; la chambre, la continuité du couloir, la porte close de la salle de bains. Au niveau de la chambre, interrompant la ligne droite du couloir, il y a une chaise couverte d'une pile de vêtements.

S'allumant un joint, Zach décide de marcher vers cette chaise, face au lit, face à Daphnée endormie. Zach remarque le drap descendu sous le galbe de ses petits seins. Chemin faisant, il laisse tomber son pantalon et retire sa chemise sans penser au pétard qu'il garde au bec. La cendre tombe, emportant une branche de marijuana en fusion. Le linoléum sera quitte pour une brûlure additionnelle. *Elle remarquera pas...* Zach est fatigué, a les traits tirés, le teint pâle, mais il n'a pas sommeil.

Daphnée semble rêver. Elle gigote depuis quelques secondes, laissant passer des presque mots entre ses expirations. Ses jambes sont plus actives que le haut de son corps. *Elle doit rêver qu'elle danse ou qu'elle gambade dans un champ... oui, elle a beaucoup de souvenirs dans les champs...*

L'attention de Zach se tourne vers le drap qui descend à nouveau. Cette fois jusqu'à laisser poindre les premiers poils pubiens. La situation reste au beau fixe le temps d'une bouffé de joint. Un mouvement de jambe plus tard, le corps de Daphnée se retrouve à l'air libre. Les bulletins de nouvelles de la veille prévoyaient une température caniculaire pour ce premier juillet et Daphnée avait eu la présence d'esprit de se coucher nue. Devant cette dormeuse de peau dans la pénombre, Zach accélère sa consommation de fumée, prenant garde de ne pas s'étouffer. *Ne la réveille surtout pas… pas comme ça…*

Le rêve tire à sa fin. Daphnée calme ses jambes. La gauche décrit un petit arc pour retomber en pointant vers la cuisine. La droite s'étire gracieusement en s'alignant vers la salle de bains. Zach ignore que Daphnée a le pied gauche qui pointe en direction de l'est et la jambe droite en plein sud, comme le prouve cette boussole posée sur la table de chevet. De sa chaise, Zach est adossé au cadran sud-est et fait face à l'entrejambe nu de Daphnée. Il n'a rien à faire de ce genre d'information géographique. En ce moment, Zach planifie.

Son premier geste sera de se débarrasser du joint sans avoir à se lever, c'est-à-dire de le mastiquer et de l'avaler. Son second mouvement sera de regarder Daphnée en se caressant les testicules. Sa troisième action sera de bander, malgré son délabrement avancé. *Moi qui avais envie de la surprendre, j'avais pas espéré avoir une occasion d'être aussi surprenant…*

À pas de loup, Zach quitte la chaise, glisse vers Daphnée, la tête projetée vers l'avant. Il regarde la courte butte de poils roux et lisses, presque translucides sous le faible éclairage. Avec la pose du prédateur examinant sa proie, il renifle l'odeur offerte par l'intérieur des cuisses de Daphnée. Le parfum lui rappelle les framboises à la crème fraîche et le boisé de bouleaux sous une faible pluie d'après-midi.

Zach avait lu quelque part au lycée que les femmes rousses au reflet blond offrent les odeurs les plus fertiles. *C'était quoi, ce livre, au fait?*

Plus le nez de Zach approche des lèvres vaginales, plus l'odeur prend des teintes musquées et fleuries avec la fraîcheur d'une fine eau de rose. Un complément olfactif est détecté sur quelques poils mal taillés. Une légère pointe d'urine. Zach léchera ces poils en premier. *Un régal...* Son nez frôle à peine la zone clitoridienne. Dans une seconde, il sortira sa langue. *Elle doit sentir que je suis là...*

Voilà, le contact est fait. Sans s'aider de ses doigts, par coups vifs et succincts, Zach travaille minutieusement à découvrir le clitoris de Daphnée qui effectue déjà un millimétrique mouvement de hanches. Désormais, elle rêve qu'une langue caresse son sexe, qu'elle touche doucement ses grandes lèvres, dévoile progressivement les petites. C'est bon. Très bon. Le mouvement millimétrique se mesure bientôt en centimètres. Les paupières de Daphnée semblent vouloir l'arracher au sommeil, même si le rêve persiste. Zach s'aide maintenant de ses pouces pour masser le pourtour de la fente, exciter l'orifice qui répond par un afflux spasmodique d'un miel qui mouillera le rectum jusqu'aux draps. La bouche de Daphnée s'est ouverte pour laisser passer des gémissements bas, profonds. Zach se délecte dans l'abondance. Il goûte, avale, lèche tout ce qu'il peut récupérer des liquides de Daphnée.

Dans le seul lit de l'appartement 301, il y a un long corps de femme au dos arqué, hanches glissantes, jambes tordues. Entre ses cuisses, une tête mal rasée fait de courts mouvements. Une tête perchée au sommet d'un long corps maigre, arborant un tatouage raté entre ses omoplates. Bientôt, une couleur nouvelle paraîtra dans le 301, un gris lumineux, iridescent. Bientôt, Daphnée ouvrira les yeux en mordant sa lèvre inférieure pour retenir un profond gémissement.

En même temps, Zach relèvera la tête pour constater l'éveil de sa belle.

Daphnée a transformé ses mouvements centimétriques en spasmes d'un décimètre. Ses hanches tournoient et vacillent, incapables de garder une position statique sous les chatouillements, les rebondissements intérieurs et cet écoulement de miel qui semble sans fin. Ses incisives entaillent sa lèvre inférieure, gonflée de sang, prête à éclater. Ses paupières se sont refermées, comme si elles tentaient de retenir chaque parcelle de plaisir. Et ces parcelles s'accumulent à une vitesse folle. Elles contractent tous les muscles du corps qui devra bientôt relâcher cette pression générale, perdre le contrôle. Daphnée se tortille en tous sens, agrippe les épaules de Zach avec tant de force que la peau cède sous les ongles. Zach lèche la vulve, aspire les grandes lèvres, pénètre avec sa langue, toujours à la recherche de nouvelles saveurs. Il y a des mois qu'il n'a pas tant léché ; son menton, ses joues, son nez sont recouverts du miel de Daphnée, une Daphnée arquée de partout, à un cheveu de l'implosion.

C'en est trop. Impossible de retenir davantage. Daphnée va céder en deux endroits pour évacuer la pression. Céder par un jet, puissant, clair qui maculera Zach du menton jusqu'aux pectoraux ; céder avec un cri, un sol parfait et soutenu, projeté avec force et longueur. Un chant instantané qui traversera les murs, les fenêtres et fera tourner la tête d'un merle, perché dehors, sur un fil téléphonique.

LA POSSIBILITÉ DES PORTES CLOSES

8 h 32 – Humidex : 34 °C

Au moment de l'orgasme de Daphnée, Claude se trouvait devant la porte de l'appartement 501, celui de Zach. Avant de s'y rendre, haletant, il avait téléphoné, laissé un message, attendu l'appel. Paniqué par le silence, il avait rappelé, laissé un second message, plus insistant et avait de nouveau attendu. Toujours rien. *Misère...* Claude allait devoir sortir de son appartement, prendre l'ascenseur jusqu'au cinquième. *Pas question de monter les marches par cette température...*

Arrivé devant la porte de Zach, Claude cogna d'un poing mal assuré. Pensant que le Français roupillait, il essaya à nouveau en chuchotant assez fort pour faire passer sa voix à travers la porte. Aucune réponse. *Misère de misère de misère... C'est quoi, cette idée de dormir un samedi matin ?* À cette étape de sa crise, Claude ne voyait plus d'options sages, il voulait frapper quelque chose, modifier Zach à coups de talon dans les rotules, lui gueuler qu'il peut le dénoncer n'importe quand, lui distribuer trois ou quatre claques, piquer son carnet d'ordonnances. N'importe quoi.

Puis vint le cri. Ce chant. Cette note. Un sol ou un la, Claude n'était pas certain.

Aussi sûr que le soleil est jaune et que le lait lui donne des crampes, Claude sut que ce cri venait de la gorge de Daphnée, la rousse du troisième, l'actrice sans contrat ni envergure qui se fait ramoner par ce gringalet, ce paquet d'os vertical *made in France* baptisé Zach. *À moins qu'elle le trompe, c'est là que je trouverai ma prescription...*

Transporté par un mince espoir, Claude dévala les escaliers et se retrouva au troisième. Il savait que l'actrice habitait cet étage. Bien qu'utilisant rarement l'ascenseur, il se souvenait avoir vu cette femme appuyer sur le bouton numéro 3.

Il est 8 h 31. Huit portes s'offrent à Claude. Le cri de Daphnée a cessé alors qu'il approchait du troisième. Huit portes. *Quelle merde*… À une autre époque, Claude aurait cogné à chacune sans hésiter. Il se serait amusé à inventer une nouvelle excuse pour chaque tentative. Il aurait pu utiliser le classique : « Vous n'auriez pas du sucre à glacer ? » ou le très célèbre : « Avez-vous des problèmes de plomberie ? Ça coule chez moi. » Son goût pour l'absurde aurait sans doute orienté certaines versions vers des énoncés plus abstraits du genre : « Vous n'auriez pas trouvé un rein, je cherche le mien depuis hier ? » ou alors : « Le gouvernement m'a personnellement chargé de ne rien vous dire. » Mais puisque Claude vibre de toutes ses cellules, il se contentera d'écouter aux portes pour miser juste.

Au 301 – *aussi bien commencer dans l'ordre logique*… –, il entend ronfler. Devant les portes du 302 et du 304, silence. Par la porte du 303, Claude entend de la musique, une pièce sud-américaine, une odeur de pain brûlé semble perceptible. Claude est sur le point de cogner à cette porte quand un bâillement venant de l'occupante le fait changer d'avis – *pas la bonne voix*… En écoutant aux portes des appartements 305 et 308, il retrouve le silence. Claude ignore sciemment l'appartement 307, situé au-dessus du sien, inoccupé depuis des mois.

Arrivé au 306, Claude perçoit des bruits de respiration d'une intensité assez marquée pour connoter une activité sexuelle. *Trouvé !* Il cogne.

LE PRÉSENT EST UNE IDÉE CHANGEANTE

8 h 32 – Humidex : 34 °C

Comme à l'habitude, Tony s'était levé tôt, même si le sommeil avait été l'option choisie *a priori*. L'alarme d'incendie du matin avait bousillé sa nuit, et le colosse miniature s'était résolu à commencer sa journée par un café instantané. Ce café, Tony l'avait bu à petites gorgées, regardant la rue passer de calme à animé en quelques minutes. Il méditait sur l'attroupement du trottoir. *Les lumières des camions de pompier attirent toujours les curieux. Les gens aiment regarder les choses brûler. C'est l'effet feu de camp, ça apaise de voir un truc partir en fumée. Les gens ne crachent pas sur l'opportunité de voir un type en imperméable jaune sortir un corps carbonisé. En poussant leur chance, ils pourront voir le brûlé pousser son dernier souffle à deux pas de leur visage… ça leur ferait quelque chose d'horrible à raconter. Il y a toujours un public pour les récits de morts atroces… ils auraient peut-être droit à leurs quinze secondes de gloire, au téléjournal, comme témoin ému ou fataliste… ils diraient à la caméra avec une larme à l'œil et de la résignation plein la voix : ils n'ont pas eu de chance… ensuite, ils téléphoneraient à leurs amis : hé, regarde les nouvelles ce soir, tu vas me voir, j'suis devenu une vraie star. Quelle médiocrité, ce monde…*

Puisque l'alarme du Galant sonne sans justification presque toutes les semaines, Tony n'a pas cru nécessaire de sortir. Il a considéré un instant que, oui, l'immeuble était peut-être en train de brûler ; que oui, le troisième étage est assez haut pour se briser les jambes en sautant ; et que oui, il n'avait rien à foutre d'être celui qui crève dans les flammes et la fumée. Faute de feu, il a vu les pompiers repartir sans gloire vers leurs parties de poker du samedi matin. Faute de feu, il a entamé une de ses routines d'entraînement, sans autre but que de garder la forme. *La forme pour quoi, je me le demande…*

L'appartement de Tony ressemble à un gymnase plus qu'à autre chose. En plus des poids, du banc d'exercice, des barres, haltères et autres instruments de musculation, un objet monopolise l'espace principal : un cheval d'arçons placé au cœur du salon. Pas de sofa ni de table, ni rien du genre. Un matelas de sol étalé dans l'espace de repos fait office de lit, une planche de bois lui sert de table lorsqu'il se fatigue de manger sur son banc d'exercice. *Minable…* C'est ce que Tony se dit chaque fois qu'il regarde son appartement. *Tous ces efforts pour en arriver là… minable…*

Comme cette journée a un chiffre impair sur le calendrier, Tony a décidé de travailler ses pectoraux au détriment de ses épaules. Après avoir effectué quelques étirements de routine, il a placé sa barre à 45 kg et la souleva vingt fois. Facile. Du gâteau. Sa seconde charge s'élevait à 60 kg. Pour lever celle-là, il produisit un court effort qu'il répéta pour la durée de l'exercice. Il en restera à cette charge pour ce matin. *Une demi-heure devrait suffire.*

Couché sur son banc, la barre de 60 kg retenue par deux montants en acier au-dessus de ses yeux, Tony pense qu'il serait mieux de ne penser à rien. Surtout pas à l'avenir. Il pense qu'il serait mieux de penser au présent et que le présent, puisqu'il cesse d'exister à la minute où il y songe, ne permet pas qu'on y réfléchisse. « Le présent, on le constate… on le subit… », dit-il en laissant ses bras tomber en croix. *Le présent, c'est une idée inventée pour faire croire qu'on existe…*

Tony empoigne sa barre de 60 kg. Il ferme ses mains sur ses points de prise fétiches, pousse un coup et redescend la charge vers sa poitrine. Il inspire. Cette levée est sa dixième série et ses bras commencent à fatiguer. *Le présent, c'est une barre qui se lève…* Il expire. La barre est au-dessus de lui. *Le présent, c'est une barre qui descend…* Il inspire. Ses yeux se vident à mesure qu'il répète son vieux mantra, maigre héritage de son ancien psychologue sportif de qui il aurait mieux fait d'accepter les avances. Pendant l'exercice, sa mâchoire se relâche, un peu à la manière des sprinters, ceux dont les joues ballottent à chaque enjambée, prouvant hors de tout doute que l'athlète, pendant neuf secondes et huit dixièmes, n'est plus qu'une paire de pieds qui griffent le sol. Tony ne compte pas le nombre de soulèvements. Il arrêtera quand la fatigue lui dira de poser la barre sur le support d'acier.

Inspiration. Expiration. Inspiration. Expiration. Inspiration. On cogne à la porte. Expiration.

Le présent, c'est un taré qui frappe chez moi un samedi matin…

LE PRÉSENT RENONCE
8 h 32 – Humidex : 34 °C

Claude ne s'attend pas à ce qu'il va voir. Il est d'accord avec l'idée que Zach soit en colère. Personne n'aime être dérangé pendant la baise. Il est aussi prêt à ce que Daphnée réponde. *Elle est quand même chez elle…* Ces idées lui donnent presque confiance en son avenir immédiat.

Tony ouvre la porte. Il ne porte qu'un caleçon sale. Son corps musclé reluit de sueur.

Claude hésite une seconde, puis deux, puis trois.

Pendant cet instant de flottement, Claude croit que son cœur cesse de battre, explose, se recoud pour pomper un nouveau sang, une huile chaude, noire, de la mélasse. Il a devant lui un homme de petite taille ponctué d'un visage de bambin, mu par un corps tout en muscles. Il n'a jamais vu autant de netteté dans la musculature. Les bras sont ciselés, les pectoraux tendus et galbés, les abdominaux parfaitement découpés, les jambes inspirées de modèles anatomiques grecs. *Cet homme est fort… un athlète, un vrai… rien à voir avec ces baudruches gonflées aux stéroïdes qui peuplent le bar où Miguel travaille…*

— C'est à quel sujet ?

Claude pense à Miguel. Certes il l'aime, ce petit arriviste colombien, mais cet homme commence à l'en faire douter.

— Dites, ça va ?

Claude devrait répondre, sortir de sa torpeur, cesser de regarder l'unique morceau de tissu recouvrant le corps qui lui adresse la parole. Par chance, un éclair de lucidité lui fait comprendre que son angoisse n'est plus là.

— Je… Je… m'excuse. Je croyais que… hum… que je… que je cognais chez quelqu'un d'autre… mais… vous, euh… vous… je vous ai pas déjà vu quelque part ?

Le visage de Tony s'assombrit à la vitesse d'une éclipse. Il répond d'une voix lourde.

— C'est possible, oui.

— Ce n'était pas à la télé… il me semble ?

— Oui, c'est possible. Maintenant, vous m'excuserez, je dois retourner à mes affaires.

— Oh… bien, au rev…

La porte est déjà refermée. Claude ne va plus aussi bien. L'angoisse est revenue, nouvelle, vitaminée par cette rencontre imprévue. *Je peux pas fantasmer sur lui, je peux pas faire ça à Miguel… oui, mais je pourrais le tromper… après tout, il me trompe bien avec son caniche colombien… je pourrais bien… mais… mais…*

Confus, bouleversé, tremblotant de plus belle, Claude décide de s'asseoir dans le couloir et d'être spectateur du vide. Il essaye de ne plus penser à l'apollon miniature du 306, de se concentrer sur sa recherche initiale : trouver Zach, recevoir une prescription de Rivotril, courir à la pharmacie, avaler un comprimé, profiter de l'effet, aller au parc, lire. Il attendra que Zach sorte de chez Daphnée, ses jambes ne coopèrent plus, sa tête tourne.

RETRACER LA SEMENCE

12 h 30 – Humidex : 43 °C

Zach n'est pas certain. Pas certain de se souvenir. Ni dans les détails ni dans la généralité. S'agit-il encore d'une perte de mémoire occasionnée par la marijuana ? Par sa fatigue accumulée ? Il se doute qu'il s'agit d'un mélange des deux. La chose s'est-elle réellement passée ? Dans son cerveau, aucune information n'est disponible sur le sujet. *Si j'ai déchargé, j'ai joui dedans ou dehors ?*

Depuis le départ de Daphnée pour le boulot, Zach se questionne, fronce les sourcils, laisse paraître un réseau de rides précoces. Assis sur le balcon du 301, verre de sangria à la main, il tente de reconstituer le film de l'événement. Deux de ses doigts pincent sa lèvre inférieure. Oui, il a dormi. Environ deux heures au cumulatif, entre dix et midi. *Ça va...* Oui, il avait léché Daphnée avant de se coucher ce matin. Il se souvient de l'orgasme chanté. Il se rappelle la forme ovale qu'a prise sa bouche, de la lumière sur son visage, de sa beauté, magnifiée vingt fois par l'intensité du plaisir. Seulement, il n'est pas en mesure de déterminer comment la suite s'est déroulée. A-t-il rêvé avoir introduit sa verge à l'intérieur de Daphnée, a-t-il vraiment baisé avec elle ? *Encore un souvenir fabriqué ?* Zach patauge dans son brouillard crânien, presque un smog sur ses facultés mémorielles. Pas moyen de sortir une image ni même un bruit pouvant le mettre sur une piste.

— Putain de...

Concentre-toi... bon... arrêt sur image : Daphnée à poil, tu as la bouche collée sur son clitoris... ta langue tourne, donne des petits coups, effectue des pressions, tout le tralala… OK, elle commence à jouir, elle gigote, donne des hanches dans tous les sens… tu continues, elle se démène, elle beugle, chante, se tord et te balance son jus en pleine gueule… ah, oui, et sur la poitrine aussi – c'est donc ça qui colle entre mes poils… faudrait penser à prendre une douche, sinon ça va sentir…

— Concentre-toi Zach, fais pas le con.

OK…. tu étais à poil ou pas… euh… non, c'est vrai, je me suis caressé les couilles il me semble… oui, c'est ça, elle m'a touché le dard et s'est mis à sucer… OK… OK. Ça revient… tu vois sa tête rousse qui avance et recule, tu vois sa bouche qui gobe ton gland et le reste de la verge… elle suce en profondeur… t'aimes ça, c'est bon…

Assis sur sa chaise de patio, Zach commence à soulever son pantalon de l'intérieur. Machinalement, il tâte la zone érectile.

Non, stop, halte. En profondeur ? Daphnée suce pas en profondeur, elle dit que ça lui donne le goût de vomir… impossible qu'elle m'ait sucé de cette manière. Alors pourquoi je me souviens qu'elle a joué à la gorge profonde ? Je suis en train de fantasmer ou de m'en rappeler ? Putain de mémoire…

Zach cesse sa palpation phallique, se masse les tempes. Il étire la peau vers l'arrière de la tête. Ses yeux deviennent bridés quelques secondes. Il regarde le balcon. Sale, poussiéreux, usé. Rien de nouveau.

Putain de brouillard de marijuana… Concentre-toi…

OK, admettons qu'elle t'a sucé… on s'en tient là… profond ou pas, elle t'a sucé… même si on était le matin et que le matin, Daphnée aime pas les fellations… à cause de l'haleine et la bouche pâteuse, qu'elle dit. D'accord… elle suce… il se passe quoi après ? Tu lui doigtes le con ? Tu lui stimules le clito avec le bout de ton gland ? Non, aucun sens, j'aurais été trop excité pour pas la prendre d'un coup… sois logique Zach… as-tu, ne serait-ce qu'une fois, déchargé dans la bouche d'une femme ? Oui, à dix-neuf ans et elle avait tout recraché en te traitant de dégueulasse… donc t'as pas joui dans sa bouche. Alors forcément, tu l'as pénétrée… tu t'es pas mis à te branler comme un imbécile de puceau… tu l'as baisée…

— Une capote.

Ah ! Si tu l'as baisée, tu t'es mis une capote. Et si tu t'es mis une capote, tu pourras retrouver l'emballage dans la poubelle à côté du lit… bravo…

Zach se lève pour vérifier sa théorie. Chemin faisant, il empoigne le joint qu'il avait roulé avant de remplir son verre de sangria.

— Chiotte.

OK, elle est vide… deux choix :

1. T'as pas mis de capote, t'as joui et tu lui as mis un pain dans le four ;

2. T'as pas mis de capote et t'as eu l'intelligence de pas jouir en elle, mais sur elle, comme dans les pornos…

Zach est assis sur le lit. Du côté où Daphnée dort habituellement. Le joint n'est pas allumé et le briquet en plastique orange, posé sur la table de chevet, est atteint rapidement par sa main droite. Son pouce fait glisser le mécanisme et le silex produit l'étincelle désirée. Une flamme de trois centimètres prend forme au bout du briquet jetable. Zach l'approche du bout de joint. Une inspiration moyenne. *Doucement… c'est pas de l'essence que tu veux fumer…* Quelques minutes passent. La fumée du joint monte devant ses traits tirés.

— PUTAIN DE FOUTRE DE CONNERIE DE MERDE !

Zach réalise qu'il y a une probabilité de 50 % qu'il ait joui à l'intérieur de Daphnée. Et sur ce 50 %, il y a entre 2 % et 4 % de possibilité qu'il ait fertilisé l'œuf.

Le calendrier… elle marque toujours les dates de ses règles… où elle le cache ? Non, pas dans la salle de bains, pas dans le... Ah! Oui! C'est écrit sur le calendrier du garde-manger...

Zach se lève, note que la dernière menstruation de Daphnée date d'il y a quinze jours. En reculant de quelques mois, il apprend que Daphnée est réglée sur un cycle de vingt-huit jours.

— C'est pas vrai...

OK, elle est en pleine ovulation... ça expliquerait pourquoi elle m'a balancé tant de jus en jouissant du clito... ça veut aussi dire que de 2 % à 4 %, on passe facilement à 30 % de chance... si on peut appeler ça de la chance. Si seulement elle pouvait prendre la pilule comme une femme normale. Mais non, mademoiselle pense que ça peut donner le cancer des ovaires à quarante ans. Non mais, un cancer, c'est toujours mieux qu'un môme ; le cancer, ça se traite...

Zach décide de monter au labo. Il a du travail. *Ça me prend une solution rapide et discrète... Tant pis pour la commande de mercredi, je dirai que les graines étaient pas bonnes, trop vieilles...* Dans le couloir, il remarque le cerne laissé au mur par la sueur de Claude lors de son attente – *quel phénomène quand même, ce type...*

FLY ME TO THE MOON
12 h 30 – Humidex : 43 °C

Edward a été sage. Déjà midi passé et toujours pas de bière ouverte dans sa main. Il faut dire que l'avant-midi a été chargée. D'abord, il y avait eu le type au matériel d'éclairage photo à qui l'explication des règles du Galant s'était avérée fort complexe. Ensuite il s'était occupé du Chinois (ou Japonais) qui semblait sortir d'un dessin animé et voulait absolument converser avec lui. Le tout complété par un curieux businessman mal rasé avec une tête d'Ontarien qui s'entêtait à lui parler français. Dans ses quelques temps morts, Edward a réussi à réparer son robinet de baignoire, à laver sa vaisselle, à terminer sa lecture du *National Geographic* de mai 1976 et à regarder les infos du midi sur FOXNews. *I deserve a beer now…*

Incapable de différencier la chaleur du dehors de celle de son appartement, Edward décide de boire sa bière dans sa section de balcon. Il savoure sa première gorgée en observant la ruelle transformée en stationnement pour les résidents du secteur. Il repense à la femme vue ce matin, à Gina, à décembre 1968, à ce magasin de machines à coudre qu'il tenait pour faire vivre sa femme et son fils. *Those days are like an old movie…* Il se rappelle de cette soirée du 20 décembre 1968, celle où sa femme, Janet, avait rapporté un chèque de paie à la maison. Il se souvient du silence, de cette guerre froide d'une demi-heure. Sa femme lui avait caché ce travail. Son club de macramé avait été, en réalité, des rencontres de formation Tupperware. Son nouvel engouement pour le bénévolat d'après-midi : des séances de porte-à-porte chez les ménagères des quartiers de classe moyenne de Kissimmee et d'Orlando. Son talent ne faisait aucun doute, vu la somme rapportée pour une semaine de travail. Edward se souvient parfaitement du bungalow de Virginia Drive, à Kissimmee. Il revoit Janet, silencieuse et droite, les bras croisés, adossée à l'évier de cuisine. Il se souvient du malaise, des dix années de mariage qui remontaient dans leur gosier, serraient leur gorge.

Leur fils Jimmy jouait au baseball en ligue d'hiver ce soir-là. Il ne devait pas revenir avant 20 h. L'horloge indiquait 18 h 17.

C'est Edward qui parla le premier. Il reconnaissait que sa boutique n'allait jamais rouler sur l'or, mais qu'elle réussirait à envoyer Jimmy au State College pour lui permettre d'apprendre un métier convenable. Il avait admis que sa voiture ne serait jamais une Cadillac et qu'ils allaient devoir surveiller les rabais chez l'épicier pour acheter de bonnes pièces de viande. La solution du mieux que rien.

– *In life, you have to make choices.*

Cela faisait déjà plusieurs années qu'Edward regrettait ce mariage provoqué par la grossesse à l'origine de Jimmy. Edward et Janet vivaient ensemble depuis dix ans et deux mois quand l'événement du chèque Tupperware se produisit. Ils avaient vingt-sept ans. *So young yet so old…*

Le chèque était resté en vue sur la table, exposé comme pièce à conviction d'un quelconque crime moral. Edward hésitait à prononcer l'acte d'accusation. Hésitation entre traiter Janet de menteuse et l'accuser de mécréance envers ses capacités de pourvoyeur.

Edward ouvre une seconde bière, sortie de sa glacière portative. Il se remémore le montant du chèque : 143,94 $. Le double du salaire qu'il peinait à se verser par semaine.

En réalité ni le mensonge ni la perte de sa position de pourvoyeur ne dérangeaient Edward, cet argent ne pouvait que les aider. Le problème, c'était Janet. Elle et ses permanentes, ses faux ongles, son obsession pour les quarts-arrières de la NFL, son culte de Ringo Starr, ses incohérences, son affreux macaroni gratiné au Cheez Whiz. Edward n'en pouvait plus de son couple, de ne faire l'amour qu'une fois par mois, dans le noir, pendant les règles de sa femme et avec capote. Edward avait besoin d'un argument final pour signifier son écœurement, pour briser ce contrat passé entre eux et un dieu trop peu bavard. Après dix minutes de mise en situation, il utilisa deux arguments. Menteuse perfide et femme de mauvaise foi.

— Putain de foutre de connerie de merde !

Edward regarde vers le haut. *The french guy is still yelling… nothing changes in this world…*

En 1968, ce n'était pas lui, mais sa femme qui avait crié. Elle l'avait traité de dinosaure, de *wasp,* de républicain, de *white trash.* Lui avait rappelé qu'elle n'avait plus dix-sept ans, que le State College n'était pas assez bien pour Jimmy, que son fils méritait de fréquenter une bonne université, de celles qui coûtent cher. Et il y avait les assurances. La compagnie Tupperware avait ce fameux plan couvrant les dépenses médicales et dentaires, rien à voir avec la maigre police d'assurance familiale qu'Edward pouvait défrayer avec les revenus de sa boutique. Elle criait avec la fermeté d'un sergent instructeur, avec un regard étrangement placide. Il se souvient du geste qui l'avait poussé à rejoindre Jimmy au parc, de ce livret de banque lancé vers lui, prouvant que ce chèque n'était pas le premier, loin de là.

Un autre bouchon de bière se retrouve dans la ruelle et roule jusqu'à une bouche d'égout. Il y a des années qu'Edward n'a pas remâché ces vieux souvenirs. Ils ont toujours ce même goût vaseux. Il se souvient de Jimmy, surexcité par sa performance au jeu. Un blanchissage au monticule additionné de deux coups de circuit. *That little brat had talent, sure thing…* Mais Jimmy avait une autre raison de sourire. Il avait fait la rencontre de Carroll Sembera, un joueur professionnel qui avait décidé d'assister au match en compagnie de son épouse. Le type avait fait partie de l'alignement des Astros de Houston comme releveur de troisième ordre avant d'être repêché par la nouvelle équipe du Canada. Sa femme affichait un air boudeur qu'Edward remarqua instantanément. Après une conversation sur les talents de Jimmy pour le sport national, Edward tenta d'en connaître un peu plus sur la femme de Sembera.

– *Oh, she's mad because I won't be able to take her to the rocket launch tomorrow morning… We have a team meeting at eight o'clock and some physical tests during the afternoon… these Montreal guys are serious… Even Rusty Staub will be there, can you imagine!*

Edward émit quelques commentaires sur l'obligation de travailler le dimanche qui firent sourire la femme de Sembera. Jimmy était fasciné de voir son père devenir copain avec un pro du baseball. Il explosa de joie lorsqu'il fut invité à manger des hot-dogs avec eux au snack-bar du coin. Edward était persuadé d'une chose : il était hors de question de passer la journée qui suivait avec sa femme, même s'il devait se lever à cinq heures du matin. C'est ainsi qu'il osa une proposition, entre deux gorgées de 7Up.

– *You know, I'm going to Cape Canaveral tomorrow… It was supposed to be a Christmas surprise for Jimmy but… maybe I can take the Mrs with us, if its OK with both of you.*

En disant cette phrase, Edward avait gardé la main gauche sous son menton, histoire de rendre son alliance bien visible. La femme de Sembera sauta sur l'occasion, ne laissant à son mari aucune possibilité d'objection. C'est à ce moment qu'Edward découvrit à quel point le visage de cette femme était émouvant.

Au petit matin, malgré l'absence du soleil, le déjeuner avait été routinier. Janet avait préparé les assiettes, le café et un chocolat chaud pour Jimmy. Elle avait hâte de regagner le lit. Jimmy n'arrêtait pas de répéter à quel point cette fin de semaine était la meilleure de sa vie. *He was probably right…* Edward espérait seulement avoir assez d'essence dans sa Polara. Après être passé prendre la femme de Sembera dans leur maison louée sur Francis Street, il alla rejoindre la 528 en direction de l'océan. La journée s'annonçait fraîche et magnifique sous le mince croissant de lune matinal. Jimmy enchaînait les questions à un rythme fou. Est-ce que les astronautes étaient des êtres humains normaux ou des super héros, quelle était la hauteur de la fusée, combien de temps pour se rendre à la lune. Après une rafale de questions, Jimmy et la femme de Sembera firent un pacte.

— *I will answer all your questions, but quit calling me Mrs Sembera, just call me Gina.*

Elle fit son premier clin d'œil à Edward succédé d'un ravissant sourire. Edward restait stoïque au volant de la Polara. *She was gorgeous in that pastel dress…*

La circulation se fit plus dense aux environs du pas de tir. Les spectateurs étaient tenus à une très grande distance de la fusée. Qu'importe, l'engin spatial éclairé à l'aide de projecteurs dans la lueur matinale avait la hauteur d'un gratte-ciel, majestueusement paré de blanc et de noir, entouré d'un fin halo de fumerolles blanches. Edward avait été saisi par cette vision, comme si dans un battement de paupières, il avait compris que le génie humain ne connaissait plus de limites.

Il y avait un monde fou malgré l'heure matinale, des gens de presque tous les États, des Canadiens, des Français, des Italiens, même des Japonais. Edward n'avait jamais vu tant de visages ni autant de caméras de télévision. C'était le cirque. Edward décida de prendre Jimmy par la main pour éviter de le perdre. Le lancement devait avoir lieu dans la demi-heure, à moins d'imprévus. Une voix dans les haut-parleurs confirmait le tout.

– *We are at T minus thirty minutes and counting…*

À ces paroles, la tension monta d'un cran. Jimmy voulait s'avancer davantage, ne comprenant pas pourquoi il devait se tenir loin de la fusée. Gina lui expliqua avec minutie qu'il y avait des possibilités que l'engin explose au décollage.

– *Is it true Dad?*

– *Oh, yeah, it's dangerous.*

Edward était fasciné par Gina. Comment pouvait-elle savoir ces choses ? Comme pouvait-elle connaître les noms des astronautes, le fonctionnement de la fusée ? Comment faisait-elle pour vivre avec un type comme Sembera ? Quel âge avait-elle ? D'où venait-elle ?

– *T minus fifteen minutes and counting…*

Des rumeurs commençaient à s'élever dans la foule. L'une d'elles suggérait que le lancement allait être reporté à cause d'une défaillance du système de refroidissement, une autre faisait état d'une cellule orageuse océanique ayant dévié de son parcours normal pour tout foutre à l'eau, une autre disait que les astronautes n'étaient pas à bord parce qu'ils avaient la grippe. La plus populaire parlait d'espions communistes ayant placé un minuscule engin nucléaire sous les propulseurs.

– *T minus ten minutes and counting…*

– *If the commies want to start a war, the timing would be perfect,* avait dit un homme à l'accent texan.

Jimmy ne put retenir sa réplique.

– *We'll just have to duck and take cover then.*

Cette réplique dérida Edward et Gina. Cet éclat de rire autorisa leurs regards à se croiser pendant plus d'une seconde. Plusieurs militaires patrouillaient dans la foule. Un adjudant posté près d'eux apostropha le Texan en objectant que l'armée d'Oncle Sam ne pourrait jamais être aussi dupe. Leur discussion dura quelques minutes et alimenta l'hilarité d'Edward et Gina.

— *T minus five minutes and counting...*

Un type obèse coiffé d'un chapeau de plage placé derrière Gina se mit à collecter les paris. Décollera, décollera pas ? Un dollar, cinq dollars, dix dollars. En moins de temps qu'il n'en fallait pour avaler un burger, son carnet était rempli. Gina fit remarquer à Jimmy que la passerelle d'embarquement ne touchait plus la fusée.

— *T minus two minutes and counting...*

Cette dernière annonce fit taire la foule qui crut déceler un début d'activité autour de l'énorme fusée Saturn V. Une augmentation de vapeurs blanches. Jimmy demanda à grimper sur les épaules d'Edward. À l'instant où il fut en place, un mouvement condensa la foule et rapprocha Gina. Son bras vint toucher celui d'Edward. Gina eut un léger sursaut avant de s'accoler à lui pour de bon. Edward sentit un frisson lui traverser la poitrine, comme si son âme s'était concentrée sur la peau de son avant-bras. Il commença à transpirer de la tête.

— *T minus one minute and counting... reporting all systems cleared for takeoff.*

Un bruit sourd commença à se répandre. Il ne provenait pas de la fusée, mais de la foule qui respirait d'un seul souffle, une foule devenue muette, figée dans un instant qui défilait au ralenti. Chaque seconde les rapprochait d'un moment historique : soit le lancement du premier vol habité destiné à orbiter autour de la Lune, soit le plus tragique feu d'artifice que la NASA pouvait produire.

— *T minus thirty seconds and counting.*

L'énorme cadran numérique ne mentait pas, tout allait se dérouler d'ici peu. Le bruit de la foule s'entremêlait à celui de la fusée qui s'éveillait. Edward n'arrivait pas à déterminer si la terre vibrait ou c'était son cœur qui s'emportait.

La main de Gina vint rejoindre la sienne, leur prise se resserrait en accord avec le compte à rebours. Elle se rapprochait de lui. Le cœur de Gina battait à grands coups contre son bras. Il sentait son parfum. Un parfum français, fruité, sublime. Sous la fusée, de nouvelles fumerolles paraissaient.

— *T minus fifteen, fourteen, thirteen, twelve, eleven, ten, nine, and we have ignition sequence start…*

Le type au chapeau comprit qu'il était sur le point d'encaisser une jolie somme et se mit à crier des encouragements. Le Texan et le militaire restaient bouche bée, mâchoires serrées. D'autres spectateurs demandaient à leur dieu de protéger les astronautes. Gina était blottie contre Edward. Sa cuisse, ses hanches, son sein gauche. Ils étaient un seul cœur, un seul battement. Eux et cette foule en apnée qui ressentait chaque vibration provoquée par l'allumage des propulseurs.

— *The engines are on. Four, three…*

— *I'm scared Edward…*

— *Two, one, zero… we have liftoff, liftoff at 7:51 a.m. Eastern Standard Time.*

Jamais Edward n'avait entendu un tel bruit ni ressenti si forte vibration. Le nuage de fumée avait presque caché la fusée pendant un moment, laissant croire le pire. Lorsque le monstre s'arracha du sol, treize longues secondes après la fin du compte à rebours, la foule laissa échapper un cri de joie digne d'un Super Bowl. Les gens sautaient, dansaient, levaient les bras au ciel, criaient *UP, UP, UP!* Gina restait collée contre Edward qui entendait son fils participer aux cris de la foule. L'extase dura jusqu'à la disparition de l'engin spatial dans la stratosphère. Plusieurs restaient immobiles à contempler la ligne de fumée, d'autres tombaient dans les bras l'un de l'autre et s'embrassaient, la majorité retournait vers sa voiture, riche d'un nouveau souvenir à partager en famille pour le temps des fêtes.

— Ça va Eddie ?

– *What ?*

— T'es dans la lune ou quoi, ça te ressemble pas.

– *Just daydreaming, Claude. Wanna beer ?*

LES JOURS DU TEMPS QUI PASSE

13 h 58 – Humidex : 45 °C

Assise dans son lit face aux ventilateurs qui remuent la même moiteur depuis le début du jour, Henriette visionne le canal météo en attendant que commence *Les jours du temps qui passe*. Elle connaît déjà les prévisions, mais espère une révision de dernière minute, un changement subit provoqué par une tempête, un coup de pluie, la chute d'un corps céleste, l'arrivée du messie. *Cette chaleur... maudite chaleur...*

Henriette peine à quitter le lit depuis son retour de l'hôpital. Quand le cancérologue lui avait annoncé qu'elle pouvait poursuivre la chimiothérapie ou regagner son appartement, elle n'avait pas hésité une seconde. Elle voulait en finir avec ce calvaire. À sa sortie de l'hôpital, elle avait demandé à Roméo de lui acheter un paquet de Benson & Hedges 100 mm. Son mari l'avait regardée longuement sans dire un mot et avait poussé le fauteuil roulant jusqu'au dépanneur du quartier. Les médecins lui avaient donné deux mois, dans le meilleur des cas. La canicule écourte cet ultime sursis. Elle le sait. *Et pas question de retourner là-bas... de quoi j'aurais l'air...* Henriette jette un regard de temps à autre en direction du soluté qui l'alimente. L'infirmier qui passe la voir aux trois jours a augmenté le débit d'écoulement en raison de la chaleur. Il a aussi suggéré qu'un climatiseur l'aiderait à passer les jours qui viennent. *Un climatiseur... et avec quel argent... certainement pas avec ma pension et celle de Roméo... c'est tout juste si on arrive à se payer le satellite avec leurs maudites augmentations. Ah, voilà... il était temps...*

La musique de la télésérie favorite d'Henriette entame ses premières mesures. Elle jubile à l'idée de savoir si le docteur McNichols est le père biologique de la femme qu'il désire épouser. Cela fait trois mois qu'elle attend de connaître le dénouement de cette intrigue. Selon sa compréhension de l'histoire, il serait probable que Lana soit bel et bien la fille du docteur. En se fiant à la piste remontée grâce au visionnement de ses multiples vidéocassettes, la première femme du docteur s'était enfuie pour participer à la reconstruction d'un village angolais détruit par la guerre civile. C'était en 1984, dans l'épisode 1 256. Le pauvre docteur avait passé quinze ans à s'en remettre. La petite Alana, fille du docteur, avait alors cinq ans, des boucles blondes et des yeux verts. McNichols possède toujours sa photo dans son portefeuille, mais ne l'a jamais montrée à sa fiancée. Pas plus qu'il ne lui a mentionné son passé douloureux.

Henriette est interrompue dans sa réflexion par une quinte de toux. Elle devra cracher. Un peu de sang et de tissu pulmonaire sont mêlés à sa salive. *Faudra que je prenne ma morphine après l'émission… autrement, je passerai pas la soirée…*

Le premier plan de l'épisode 3 147 lui montre Lana, une brune aux yeux bleus, en train de regarder par la fenêtre de son salon. Soulevant ses mains, elle lèche une enveloppe adressée à l'Institut gériatrique de Johannesburg, en Afrique du Sud. On entend des violons. *Elle doit écrire à sa mère pour l'inviter au mariage. Je suis certaine qu'elle est la fille du bon docteur… elle s'est teint les cheveux et porte des verres de contact de couleur… ça me paraît évident…* La seconde scène montre l'inspecteur Allbright en pleine conversation téléphonique. Il est sur le point de mettre le grappin sur maître Lowell Stockton, qui serait responsable de la mort de son frère. *Pauvre maître Stockton, s'il savait ce qui va lui tomber dessus… si seulement il pouvait s'ouvrir les yeux... il verrait que sa chipie de femme est responsable de la mort du frère d'Allbright... quelle salope, cette Suzy... tuer son amant parce qu'il menace de se dévoiler au mari...* La troisième scène montre Suzy Stockton en train de boire un martini avec son nouvel amant, un jeune premier s'étant fait connaître dans une autre série avant de se faire offrir un meilleur contrat dans *Les jours du temps qui passe*. La quatrième scène montre le docteur McNichols qui rentre chez lui et embrasse sa fiancée sur la nuque. Elle lui parle de la lettre qui doit partir. Le docteur lui raconte à quel point il meurt d'envie de connaître la mère d'une si belle créature, une certaine Carola Muth-Thamy. *Attention... moment important...* C'est la première fois qu'est prononcé le nom de la mère de Lana. *Carola Muth-Thamy? C'est quoi ça, Carola Muth-Thamy? Il y a personne qui porte ce nom dans aucun épisode...*

Henriette active son crayon sur la page du cahier qu'elle vient d'ouvrir. *Oublie pas ce nom-là... tu feras ta recherche après... Carola Muth-Thamy... la première femme de McNichols... elle s'appelait comment... ah oui, Mary-Lou Chattham... je comprends rien...* Une nouvelle quinte soulève Henriette, juste avant les publicités. *C'est chiant, ça, j'ai manqué ce qu'il lui a dit... maudits poumons... vous pouvez pas me laisser tranquille une demi-heure...* Henriette s'étouffe davantage. Un peu de sang mêlé de bave lui coule sur le menton. *Maudite canicule du diable... si tu penses que c'est ça qui va m'empêcher de savoir ce qui arrive à la fiancée de McNichols, tu te trompes royalement... fais-moi tousser tant que tu veux, je n'aurai qu'à repasser la bande pour voir ce que j'ai manqué... tu gagneras pas...* La douleur se fait plus intense, les yeux d'Henriette se remplissent d'eau. Des spasmes pulmonaires suivent d'horribles impressions de déchirement. *Peut-être pas seulement une impression... où elle est, cette morphine... bon Dieu, je l'avais laissée sur la table de chevet... et Roméo qui vagabonde… qu'est-ce qu'il peut bien faire de ses… oh… ça va pas… vite… morphine…* Henriette cherche de sa main droite, fait tomber sa télécommande, son verre d'eau, sa tisane, ses cigarettes, sa boîte de mouchoirs en papier. *Ah, je te tiens…* Elle trouve enfin la seringue préparée d'avance en se plantant l'aiguille sur le bout de l'index. *Je lui ai dit de remettre le capuchon de sécurité… m'écoute jamais… vieux singe… perd pas de temps, allez pique… injecte… ah… c'est mieux… bien mieux…*

Alors que l'épisode tire à sa fin et que le docteur McNichols pleure comme un bambin devant Lana, alitée dans un lit de son hôpital, Henriette redescend tranquillement du nuage provoqué par une dose au-dessus de la normale. Elle regagne une part de lucidité juste à temps pour comprendre que la belle fiancée a eu un accident de voiture et s'est retrouvée dans le coma. L'épisode se termine avec un gros plan sur le désespoir du médecin.

Henriette arrête l'enregistrement et en profite pour s'assoupir. En fermant les yeux, elle espère rêver à la solution du mystère de Carola Muth-Thamy.

LE GROS CLIENT

14 h 46 – Humidex : 43 °C

Jade est redescendue du toit il y a cinq minutes. Elle examine les résultats de sa séance de bronzage devant son grand miroir, celui où ses clients contemplent leurs ébats. En observant son ventre, Jade se demande ce qu'elle doit blâmer. Cette nouvelle crème solaire FPS 45, le smog venu enrober la ville ou sa génétique slave. *Peut-être un mélange des trois, qui sait…*

Parce que son appartement du cinquième étage est en état de surchauffe, Jade a préféré descendre à l'appartement de travail, climatisé, situé au troisième. La décoration y est plus minimale, voir même tristounette avec ses murs blancs et sa moquette industrielle, mais elle note une différence de douze degrés sur le thermomètre intégré à sa montre. *C'est pas rien…* Jade doit réfléchir avant de donner son accord à la proposition enregistrée sur la boîte vocale de son cellulaire. Angelo lui fait une offre qui demande réflexion. Pour mieux soupeser le pour et le contre, elle écoute de nouveau le message.

— Oui, bonjour Jade… C'est Angelo… Oui, je sais, ça fait longtemps. C'est bien que t'aies pas changé ton nom, c'est mieux pour la business de rester stable… enfin… j'ai eu ton téléphone sur montrealescort.com… très belles photos, en passant, t'es comme le bon vin, toi… c'est rare dans le métier… Je passerai pas par quatre chemins, *bellissima…* j'aurais un client pour toi… un cas spécial… rien de pervers… le gars est un gentleman… il veut une fille pour passer dix jours… mais pas tout le temps, il veut juste passer trois heures par jour… il est prêt à payer huit mille… mais il a une condition… tu pourrais pas faire d'autres clients… c'est presque un congé payé, imagine… être à ta place, j'hésiterais pas, j'attends ton call… j'ai le même numéro qu'avant… *ciao bella*.

Depuis qu'elle travaillait comme indépendante, Jade n'avait pas eu de contrats de la sorte. Sa page sur montreal-escort.com lui avait attiré un peu de clientèle des États-Unis, mais selon les rumeurs, les gros contrats allaient aux mêmes filles, celle du West Island, protégées par les Russes. À l'époque de l'agence Sensualgoddess, Angelo ne lui avait jamais refilé de cas problèmes ni demandé une faveur, une rareté dans le domaine. Quand les filles lui demandaient pourquoi il ne les baisait pas, il se disait esthète, vieux jeu. Jade l'a toujours tenu en haute estime.

Jade parcourt son vieux carnet d'adresses. Elle devra payer les frais de l'interurbain. *Mais bon, on est samedi, c'est moins cher… je devrais faire shabbat le lundi, ce serait plus simple…*

— *Angelo speaking*.

— Angelo, c'est Jade…

— *Jade of the Galant ?* Comment ça va ? Paraît qui fait une chaleur dégueulasse à Montréal…

— Oui, très chaud…

— Comme ça, t'as commencé une carrière de films pornos ?

— Oh ça, non… c'était juste pour une fois… le gars était trop gentil, je pouvais pas dire non…

— T'as pas eu l'air d'haïr ce qu'il t'a fait en tout cas…

— Je suis une pro, Angelo.

— *Sure thing*… en tout cas, c'est là qu'il t'a vue, mon client… Bonne pub… T'as bien fait de garder ton nom… *Anyway*… t'as eu le temps de penser à l'offre ?

Jade inspire profondément et garde le silence.

— *Hello… damn fucking cell phone… Jade, honey,* t'es là ?

— *Si Angelo, cuore mio…*

— Toujours ton *sweet talk* hein… garde ça pour les clients… *so,* on est en business ?

— Tu prends combien sur ça ?

— T'es rendue une vraie *businesswoman*… j'prends seulement dix pour cent… *real deal.*

— Dans ce cas-là, j'accepte, mais pour dix mille.

— Hum… va falloir que je lui en parle… donne-moi deux minutes.

L'appartement de travail est plongé dans la pénombre, Jade hésite à ouvrir les rideaux par peur de surcharger son climatiseur. *J'espère que j'exagère pas avec ma contre-offre… c'est vrai que ce serait un peu comme des vacances… un client par jour… seulement trois heures…*

— Jade ? T'es là ?

— Et puis ?

— T'es chanceuse… il dit que c'est correct pour dix mille. Il va arriver demain. Je t'envoie un e-mail dans la minute. Pour les consignes.

— Quelles consignes ?

— *Oh, nothing big,* il veut juste que tu lises un livre et que tu sois au courant d'une couple de petits détails, *that's all…*

— OK.

— T'es la meilleure, *make me proud.*

Make me proud… il a pas changé, l'Italien. Va falloir que je remonte pour le courriel. Ça va régler mon problème de loyer impayé. Ça va faire du bien…

LECTURES

15 h 50 – Humidex : 41 °C

Luc fera un échange pour le prochain mois. Il habitera avec Bob et Lulu. C'est Mélina qui prend sa place dans l'appartement 508. « Tu pourras pratiquer ta guitare avec Bob », lui avait dit Mike, sourire en coin, en l'aidant à transporter ses vêtements. Cet après-midi, ce même Mike a perdu un pari qu'il avait fait avec Mélina. Résultat, il se tape la corvée de bouffe et concocte l'unique recette de son répertoire. Spaghettis au beurre et aux fines herbes séchées. Mike commence à croire que, par ce temps, l'ébullition de trois litres d'eau n'était pas une idée géniale. Sa sueur déjà abondante se transforme en torrent. De grosses gouttes tombent dans la casserole, d'autres se perdent sur le linoléum. Sa chemise a pris deux colorations, le bleu humide un peu partout et le bleu foncé aux aisselles. La douche ne sera pas un luxe. Froide, si possible, cette douche. Mélina ne semble pas être affectée par cette humidité accrue et poursuit une sieste entamée à 14 h.

Accoudée à la rampe du balcon, Chloé fait mine de lire une revue underground. La chaleur l'incommode peu. Ses trois années d'enfance à São Paulo lui ont fait vivre pire. Chloé s'étonne quand même de subir une journée aussi chaude si loin des tropiques. *Fichu réchauffement climatique… ce sera pas joli dans dix ans. Papa le prédisait depuis longtemps… personne écoutait dans les années 90… on en avait rien à foutre, du climat… surtout au Canada… si ce pays pouvait se réchauffer, ce serait merveilleux… c'est ça qu'on disait… on était tellement stupides. C'est pas encore 2010 et c'est déjà le Brésil en juillet…*

Entre les phrases qu'elle tente de parcourir, Chloé revoit le visage de son père, un bonhomme rondouillard aux cheveux hirsutes, bouche large et longs doigts. Les mêmes qui lui permettent d'aligner ses mélodies sur les claviers.

De son balcon du cinquième étage, Chloé observe les ondes de chaleur qui brouillent les rares lignes d'horizon disponibles. *De cet angle, c'est presque São Paulo... sans l'odeur. On aurait fait mieux d'y rester...* Chloé revoit son père devant le piano droit de l'appartement brésilien où ils jouaient des morceaux à quatre mains. *Il serait heureux de savoir que je pianote pour gagner ma croûte... j'en suis sûre... même pour un band comme Claudette Abattage...*

Dans l'espace cuisine, Mike commence à perdre patience. Il a oublié de minuter la cuisson des pâtes. Il devra renoncer à sa cuisson *al dente*. Ses spaghettis seront mous et gonflés.

— Chloé... c'est combien de temps les spags ?

— Sais pas.

Chloé avait connu Mike deux semaines après la fin de sa pneumonie. Le doc avait parlé de guérison miracle vu son état. Sitôt retournée à la rue, elle s'était jointe à un petit groupe de revendeurs de drogues du Quartier latin. Mike et Luc faisaient partie du lot. Fugueurs comme elle, ils lui offraient squat et drogue en échange de son cul. Ils passaient leurs soirées à philosopher sur leurs misères. Pour elle, mieux valait avoir un toit que retourner à l'hôpital.

— Si on veut renaître, genre, il faut tuer ce qu'on a été, descendre full bas, plus se laisser le choix : tu crèves ou tu survis.

— Pis, si on veut pas renaître ?

— Même affaire. On décide de rien. C'est fucké, mais c'est ça.

C'est lors d'un *jam-session* où circulaient bouteilles, cigarettes, buvards et joints que Chloé avait été présentée aux membres de Claudette Abattage. *Pourquoi pas...* qu'elle s’était dit dans la confusion avant d’épater la galerie à l’aide d’un clavier qui traînait dans le local. Elle leur avait balancé une fugue de Bach avec une sonorité techno-trash. Trois heures après, elle devenait un peu amoureuse de Lulu, comme les autres membres du groupe. C’était il y a deux ans.

— Pis, la critique du show ?

— Hein ?

Mike lui flatte la fesse droite avec une cuiller de bois.

— Allô ? La critique…

— Oh, ça va, c’est correct… Ils ont hâte d’entendre le disque. Ils comprennent pas les paroles, ils trouvent ça génial… Lulu s’est pas trompée.

— Mouais…

LA CARAVANE PAUVRE

17 h 50 – Humidex : 37 °C

Monique reste devant l'entrée du Galant et allume une Du Maurier. Elle regarde s'éloigner la guimbarde rouillée appartenant à l'ami de Christian. Le Dodge Caravan tourne le coin de rue en rajoutant une épaisse volute de fumée bleue au smog verdâtre. Christian avait difficilement enduré le retard de son ami, faisant les cent pas dans le hall, les dents serrées. Il avait imploré Monique de sortir de la réception pour se dégourdir les jambes. Comme plus personne ne venait payer son loyer, l'invitation avait été appréciée.

Monique n'aurait su dire si c'était l'émotion causée par cette séparation temporaire, mais rarement Christian n'avait été aussi attentionné. Massage des épaules, remarques sur la dure journée qu'elle avait eue, courtes blagues réussies sur l'allure ridicule de ses bagages, compliment sur l'état de sa coiffure malgré la chaleur. L'homme avec qui Monique couchait depuis huit mois lui révélait une facette attachante, presque touchante, même pour elle. *Qu'est-ce que ça cache ? Peut-être il préfère être gentil au lieu de ronger son frein... peut-être qu'il reviendra pas... depuis quand on part en camping avec autant de bagages ?* En lui refilant une cigarette, Monique avait fait une remarque sur le volume imposant de son paquetage. Peu avant de répliquer, Christian avait gratté le bout de son nez. Vu l'amoncellement de détails, la réponse fut longue : lui et Frank avaient planifié une virée jusqu'à Natashquan, au bout de la route 138. Ils avaient prévu des arrêts à Tadoussac puis à Sept-Îles. Comme le chemin allait jusqu'à frôler le cinquantième parallèle, il préférait traîner sa garde-robe, question de ne pas choper un rhume, voire pire. En cas de pluie, car il disait les averses aussi fréquentes qu'imprévisibles sur la Côte-Nord, Christian avait préféré emporter de quoi se divertir. Ce qui expliquait la présence de ses disques, sa radio CD avec adaptateur d'allume-cigare, ses quelques livres, ses magazines de mécanique, son mini-téléviseur à piles. Par peur d'être à sec, il avait décidé d'apporter son bar, attestant que la gueule de bois est impossible si l'on dort en plein air. Toujours par crainte de manquer d'argent en cours de voyage, il traînait le restant de sa caisse de Native, ses cigarettes amérindiennes achetées le mois dernier. « Oui, mais y'a pas de réserves d'Indiens là-bas ? » avait demandé Monique.

— C'est sûr, mais peut-être qu'ils vendent pas de cigarettes.

Concernant la présence de ses bottes et de son manteau d'hiver, Christian avait dit les apporter au cas où son anorak et ses souliers deviendraient trop trempés par journée froide. Pour les quatre assiettes et paires d'ustensiles, il objecta ne pas vouloir laver la vaisselle tous les jours. Les cendriers étaient pour éviter de jeter les mégots dans la nature tandis que la literie visait à régler d'éventuels problèmes d'humidité avec son sac de couchage.

— Shit !... J'ai oublié ma montre... tu pourrais pas aller me la chercher pendant que je loade mes affaires ?

Monique avait jeté un regard vers la réception, dont la porte était restée ouverte.

— T'inquiète pas, tes locataires ont peur de moi, il y en pas un qui va entrer là-dedans tant que je reste icitte.

En pénétrant dans l'appartement de Christian, Monique balaya les lieux du regard. La montre restait introuvable. Ni sur la table de chevet ni dans la cuisine. La place semblait vide. Presque aucun objet n'était visible, mis à part les verres fêlés, au fond de l'évier. *Où elle est, cette montre ?* En passant à la salle de bains, Monique ne put s'empêcher d'analyser sa coiffure. Elle tenait bon. *Idem* pour son sourire de convalescence, malgré certaines crampes circonstancielles. Une intuition orienta sa recherche vers l'arrière de la cuvette aux croûtes d'urine séchée. *La voilà*… cadran contre le sol, parmi la faune microbienne. Monique redescendit au hall. Les bagages de Christian avaient été chargés dans la Caravan.

— Pis ?

— Désolée, je la trouvais pas… Qu'est-ce qu'a foutait derrière la toilette ?

Christian fronça ses épais sourcils.

— La toilette ? Hostie… je l'avais laissée sur le réservoir avant ma sieste… est peut-être tombée… Écoute, minou… va falloir se dire salut, Frank veut qu'on arrive à Tadoussac avant minuit… tsé, pour le terrain de camping…

Une chaste bise plus tard, le Dodge Caravan sortait aussi péniblement de son trou qu'à son entrée, accélérait en crachant une fumée huileuse et disparaissait en tournant le coin de la rue.

Il reste une bouffée à la Du Maurier de Monique dont l'intuition travaille toujours. D'une pichenette, elle transforme sa cigarette en mégot et retourne à la réception où l'attend un type asiatique aux cheveux rouges. Il veut savoir si son appartement a bel et bien été payé. Après avoir mis ses lunettes, Monique confirme la réception d'un chèque d'une banque japonaise, deux jours avant. Le type la remercie gravement, la complimente pour sa courtoisie et souligne la délicatesse de son sourire. *Bizarre, lui…* Une autre Du Maurier. Elle approche le briquet de l'embout et retient son geste. *Et si Christian avait fait ça ?* De la main droite, Monique vérifie le contenu de sa petite caisse, caché dans le troisième tiroir de son bureau. Les cinq billets de vingt dollars qui s'y trouvaient ont disparu. Monique éclate d'un rire strident pour marquer sa découverte. *J'ai bien fait de transférer l'argent dans ma sacoche... le petit bandit... toute cette affaire de montre pour cent dollars... ça explique son air constipé avant de partir... cent dollars... pauvre Christian, t'avait qu'à les demander...* Une voix féminine arrache Monique à ses pensées.

— Bonjour, madame Laramée, je viens vous dire que je vais payer mes retards demain, avec le petit extra, c'est sûr.

— *Good,* Jade, très bien... t'as eu un contrat ?

— Non, grosse journée hier... Je savais pas que vous portiez des lunettes... en tout cas... à demain.

Shit ! mes maudites lunettes... Monique enlève ses verres à monture dorée, passés de mode depuis dix ans. *Je pourrais me faire opérer au laser... pourquoi je n'y ai pas pensé avant ? Je téléphone demain...*

DÉFINIR « FUCK »

19 h 20 – Humidex : 35 °C

Mélina n'a jamais aimé l'appartement de Zach, particulièrement avec le rideau tiré. Elle ne comprenait pas que l'on puisse vivre dans un espace aussi triste. Avec les mois, elle a compris que son occupant le conservait par sécurité. Au cas où sa copine déclarerait forfait sans prévenir. Sa discussion avec Zach commence à peine.

— Alors Mike a perdu un pari ? Il se tape quoi ? Bouffe ? Ménage ?

— Bouffe.

— C'était quoi cette fois ?

— La bouffe ? Des spaghettis dégueulasses. Mike est à chier dans une cuisine…

— Je parlais du pari.

— Oh, ça… On avait parié sur la définition du mot fuck. Il pensait que ça voulait dire baiser, se mettre, enculer, tu vois le genre ?

— C'est pas ça aussi ?

— Tu veux parier ?

— Je suis pas con à ce point Mélina. Ça veut dire quoi, fuck ?

— *For Unlawful Carnal Knowledge*. Pour connaissance charnelle illégale. C'était ça que les Anglais écrivaient sur les tombes des gays pis des pédophiles, dans l'ancien temps.

— Et comment tu sais ça, mademoiselle dix-neuf-ans-je-sais-tout ?

— Lulu.

Zach pèse les cocottes de marijuana et opine du chef. *Lulu... elle et sa harde, sa secte d'anarcho-fouriéristes, comme elle le dit sans arrêt...* Zach avait eu plusieurs discussions avec Lulu peu avant qu'elle ne monte son groupe post-punk. Il l'avait trouvée timbrée, suicidaire et dangereuse. Son opinion reste inchangée. Mais selon la logique de Zach, cette femme mérite un respect sans borne et des tarifs préférentiels.

— Si Lulu le dit, ce doit être vrai. T'en prends combien ?

— Tu me fais un prix pour trois et demie... je commence une job demain matin, je voudrais pas avoir la... comment tu dis... la tête dans le cul ?

— T'apprends vite pour une Canadienne.

— Québécoise.

— Tu sais, je veux pas être chiant, mais votre foutu problème d'identité, ce serait vachement bien de le régler un jour. Ça craint, votre truc.

Zach pèse ses cocottes de mari par principe plus que par souci de précision. Sa balance décale à son avantage. Comme ses clients ont tendance à se méfier du poids de ses grammes, il préfère leur offrir cette apparence de preuve. Zach ne s'attend pas à se faire payer immédiatement par Mélina. La chanteuse de Claudette Abattage lui doit déjà quelques centaines de dollars. Et le paiement en nature n'est pas envisageable avec celle-là. *C'est bien ça, le problème... si belle et déjà intouchable... la vie est conne parfois...* Zach se souvient de cette fois où elle lui avait fait un remboursement de cinquante dollars en lui offrant un strip et une démonstration d'orgasmes par masturbation digitale. *Elle jouissait bien pour une fille de dix-neuf ans... et quel petit cul mignon, tout ferme... mais bon... ça m'avait pas aidé à garder la saine distance...* Zach utilisait ce souvenir lors de certaines branlettes de laboratoire.

Zach ensache le Québec Gold dans un sac plastique refermable et le dépose dans la main de Mélina. Il s'étonne en voyant apparaître vingt-cinq dollars en échange de la drogue. Zach tente de ne pas regarder les déchirures des bas de nylon de Mélina. *Ses yeux, regarde ses yeux seulement…* Un autre client frappe à la porte.

L'ÂGE SÉRIEUX
19 h 24 – Humidex : 35 °C

— Zach… Zach… t'es là ?

— C'est l'heure de pointe icitte… *so*… vingt-cinq, c'est correct ? Super, merci Zach…

En sortant, Mélina croise un homme aux cheveux blancs. Cet homme, c'est Claude qui la dévisage avec un air mi-ahuri mi-intéressé, voyant là une source de commérage potentiellement intéressante. Mais là n'est pas le but de sa visite. Claude vient payer Zach pour le dépannage du matin. Claude aurait envie de lui raconter sa journée. Sa main tremblotante en donnant sa fausse ordonnance de Rivotril au pharmacien, ses bières bues avec Edward dont le moral l'inquiète, sa promenade jusqu'au parc, ses pieds qui trempaient dans l'eau de la fontaine, les livres feuilletés sous un grand chêne, comme il s'était promis. Depuis un an, les journées de Claude sont encadrées dans une solide routine. Une succession d'émissions de télévision, de films loués par Edward, de baises rapides avec Miguel et d'expériences de lecture impartageables avec les locataires du Galant, à l'exception de Zach, avec qui les discussions tournaient autour de certaines périodes historiques, sans plus.

Comme Edward, Zach semble préoccupé ce soir. *C'est dommage, moi qui voulais lui parler de ma rencontre… seigneur, juste d'y penser, j'en ai des palpitations… mais qu'est-ce que je me raconte comme histoire ? Il n'en aura rien à faire de savoir que j'ai croisé Miguel dans le parc… qu'il m'a adressé un sourire, même s'il marchait avec Juanita. Si seulement il était pas si tourmenté… je pourrais le questionner. Ça veut dire quoi un jeune homme qui sourit de cette manière ? Qu'il est désolé ? Qu'il m'aime encore ? Avec cette maudite génération cynique... plus moyen savoir ce qu'ils ont dans la tête...*

— Tu... hum... C'était qui la fille ?

— Une cliente, Claude, une cliente. Alors, la prescription, ça a marché ?

— Cent pour cent, numéro un, *perfecto*...

— Ça va, j'avais compris du premier coup. Je peux faire quoi pour toi ? Ma soirée est chargée... j'ai du boulot à rattraper...

Claude voudrait demander s'il vend toujours du speed et de l'ecstasy à Miguel, s'il lui a parlé récemment, si Juanita semble vouloir s'incruster au Galant ? Mais Zach n'a pas une tête de conversation amicale. Ses cernes, généralement diffus, creusent de profonds sillons obscurs sur la peau blême de son visage. *Il est en manque de quelque chose... peut-être que sa copine l'a encore engueulé... si c'est le cas, ça semble sérieux cette fois... sale tête... pire que la mienne ce matin... il va mal vieillir s'il continue de cette manière... il devrait surveiller ça...*

— Je voulais te remercier pour ce matin, Zach. Prends soin de toi, jeune homme.

— Ouais, c'est ça.

— Je suis sérieux.

— Il y a rien de sérieux, Claude, rien du tout. Salut.

Claude restera devant la porte close plusieurs secondes. Il cherchera à se souvenir du moment où la vie est devenue sérieuse. À partir de quand il avait perdu son insouciance juvénile, celle qui l'avait autorisé à faire les pires conneries, en son temps. *Dans mon temps*... Claude accrochera sur cette expression. *Je ne suis pas mort... ce temps est le mien. Alors pourquoi « dans mon temps » ?* Claude descendra chez lui se demandant s'il désire absolument différencier le temps qui était sien de celui, plus récent, qui ne l'est plus. Décider entre avoir la vie ou ses peurs devant soi. Sentant le terrain glisser, Claude préférera boire un coup, avaler un second Rivotril, ne plus y penser.

SE MASTURBER EN PLEURANT

20 h 32 – Humidex : 35 °C

Tony revenait d'une séance de natation quand il trouva sa table de cuisine. Une de ces tables de jardin en PVC décoloré, souillée par les poussières cuites au soleil et le calcium hivernal. En la portant sur son dos, Tony examinait ses possibilités d'avenir. L'argent de la Fédération de gymnastique lui permettrait de tenir trois mois. *Après, ce sera l'aide sociale ou l'armée… crisse… soit je me fais payer pour ne rien faire, soit je me fais payer pour servir de chair à canon… faut dire… c'est mieux que rien… avec la forme que je tiens, ils me prendraient sans poser de questions… me lever à quatre heures du mat pour cirer des bottes… tuer des gens… partir en Afghanistan… franchement, entre ça et me tourner les pouces… je me demande bien. Si c'est l'armée, faudra aller en Ontario… ouais… l'Ontario… pas sûr… certain qu'avec l'aide sociale, mon état mental va pas s'améliorer. Au moins, dans l'armée, ils te laissent pas le temps de penser… entre un entraîneur roumain et un sergent instructeur… pas trop dépaysant… mais quand même… l'armée… peut-être la marine… paraît qu'on mange mieux sur les bateaux… dans quel film j'ai vu ça ? Tiens… elle cache quoi, cette pile de matelas ?*

Au bout de la ruelle où Tony analysait une pile de matelas jaunis, un vieux pick-up se faisait remplir par toutes sortes d'objets récupérables. Deux hommes trop bronzés, mal rasés et malpropres s'affairaient à tout balancer dans la benne du véhicule. Devant les matelas, Tony opta pour la technique coup de pied. *Tiens, une télévision… elle a pas l'air trop moche… lourde, mais pas trop moche… c'est une bonne journée pour se meubler gratis…*

Tony déposa la table, empoigna le téléviseur et le souleva en bandant le plus de muscles possible. *Bien répartir l'effort…*

— Eille, ti-cul, tu fais quoi ?

La question émanait du plus corpulent des deux brocanteurs. Tony ne les avait pas vus se rapprocher. Il leur jeta un regard creux, soulignant la bêtise de la question et continua son chemin avec le téléviseur.

— T'as pas l'air de comprendre… *Speak french asshole ?*

Tony garda le silence et s'arrêta.

— Tu comprends, ti-cul, nous autres, on fait notre job… pis toé, tu nous empêches de la faire… la ruelle, c'est notre ruelle… Ça fait que la télé que t'as dans les bras, elle s'en va dans notre pick-up… *Understand ?*

Le brocanteur bavard lui barrait le chemin. Le silencieux, un type sec et raide, n'avait pas plus une tête de négociateur. Tony ne tenait pas vraiment à ce téléviseur. Cela faisait déjà cinq ans qu'il se passait de ce genre d'appareil. Mais la voie facile ne l'intéressait pas ce soir. La chaleur probablement. *Ça rend agressif, un temps pareil…*

– EILLE, TABARNAK, T'AS-TU FINI DE NOUS NIAISER, SACRAMENT ?

Tony répondit avec un sourire. Le même qu'il adressait aux juges à la fin de ses routines. Ni sympathique ni généreux. Une contraction des zygomatiques, ultime figure de toute routine compétitive.

— En plus, tu ris de moé ! Amène-toé, ti-cul…

L'éventualité d'une bagarre n'effrayait pas Tony. Même si sa dernière empoignade remontait à son adolescence, il ne douta pas un instant de son potentiel de violence. Lorsque le bavard s'approcha, Tony plaça une main derrière le téléviseur de ving-sept pouces et visualisa le geste qu'il répétait chaque jour impair sur son banc d'exercice. Quand le brocanteur se trouva à cinq pas, Tony projeta le téléviseur en expirant d'un coup. Le type reçut l'appareil en pleine poitrine, tomba à la renverse, cogna sa tête contre l'asphalte. D'un bond, Tony se positionna devant le brocanteur silencieux, pétrifié par la vélocité du projectile qui venait de frapper son partenaire.

— Man, t'es malade…

Tony feinta un mouvement d'attaque en serrant les dents. Il rigole encore en revoyant le silencieux bondir dans le pick-up en remontant les vitres. Tony n'a aucune idée du sort réservé au bavard. *Peut-être une côte fêlée, quelques ecchymoses, une commotion cérébrale… bof… il avait l'allure d'un gars qui en avait vu d'autres. C'est quand même dommage pour la télé… au moins, j'ai une table…*

Faute de téléviseur à regarder, Tony s'est payé le journal du samedi. Depuis une heure, il feuillette le quotidien qu'il a disposé cahier par cahier sur son matelas de sol. Il avait commencé par lire le cahier culturel. Il mangea des raviolis Chef Boyardee dans la boîte de conserve en lisant le cahier politique, rota le glutamate monosodique en se tapant le cahier économique. *Une petite pause…*

Tony se lève pour regarder l'heure et chasser les fourmis imaginaires venues grignoter ses jambes. 20 h 32. Par réflexe, il tend et détend ses mollets, garde ses jambes bien droites, touche le sol de ses paumes, relève la jambe gauche en même temps que le torse, ramène son genou vers l'épaule sans décentrer les hanches, pointe le pied vers le plafond, redescend sa jambe à demi, se place en arabesque parfaitement droite, plie sa jambe de soutien, se baisse vers le sol, ramène la jambe gauche vers l'avant, pose ses mains à plat sur le matelas de sol, étire sa jambe d'appui vers l'arrière, laisse descendre au sol ses jambes en extension maximale. *J'ai toujours été fort en flexibilité, c'est pas demain que ça va disparaître...* Sans changer sa position, Tony abaisse le tronc vers sa jambe gauche, étire le bras droit en gonflant son triceps et ramène vers lui la section des sports. Il feuillette les pages avec de fins mouvements de doigts qui créent des réseaux de tressaillements dans l'avant-bras. Ses testicules commencent à lui suggérer de modifier sa position de lecture. Tony endure une quinzaine de secondes et se replace en position assise. *J'aurais peut-être mieux fait de porter un caleçon pour soutenir mes couilles...*

Tony regarde les photos de la section sport. Beaucoup de cyclisme à cette période de l'année. Il y a un dossier sur les spécialistes féminines locales de la discipline.

Tony sait qu'elle sera là, qu'il verra les photos des championnes en premier, mais qu'il finira par découvrir celle de son ex-copine parmi les espoirs. *En effet...* Elle y est, en trois images couleur. L'une d'elles prise en course lors d'un contre-la-montre, une autre, plus personnelle, dans son appartement de Côte-des-Neiges. C'est la dernière, celle du podium, qui l'a transformée en étoile montante, cette image où elle lève les bras, vêtue de son cuissard et de son maillot. *À quoi j'ai pensé... à quoi j'ai pensé ?* Tony regarde les cuisses moulées, ces cuisses sculptées, plus endurantes que les siennes, ces mollets galbés, presque aérodynamiques. Ses yeux se figent sur cette photographie, commencent à se mouiller, ses lèvres sont prises d'un fin tremblement. Tony renifle un coup, empoigne son sexe d'une main, gardant l'autre tout près de la photographie. Malgré la fatigue et la chaleur, il bande sans difficulté. Du bout des doigts, Tony se branle sans quitter la photo des yeux. *J'ai été cave... tellement cave...* D'ici une minute, sur la page du journal, il y aura une courte traînée de foutre blanc, trois gouttes de sueur et une larme.

— J'aurais dû lui mentir.

Dimanche 2 juillet

Inventaire des corps en sueur

L'AUTRE BOUT DU MONDE

9 h 8 – Humidex : 36 °C

Takao ne dort plus. Il regarde le plafond parsemé de taches brunes et jaunes, replace une mèche de cheveux pour éviter d'en goûter la pointe, renifle deux fois, se frotte les yeux, note la présence de ses chaussures Diesel à ses pieds. *J'ai réussi... on m'avait dit que ça prendrait des jours... c'est formidable!* En effet, Takao a réussi. La montre digitale à son poignet le confirme. Il a vaincu le décalage Osaka / Montréal en moins de vingt-quatre heures. Douze cafés lui ont permis de résister jusqu'à 20 h, la veille. Il avait tenu trente heures avant de tomber comme un arbre dans un typhon. Il a dormi d'un sommeil sans rêves pendant treize heures, trop épuisé pour remuer un membre.

Takao palpe ses cernes. Il devra les dessiner profonds et sombres. Un peu plus que la réalité apparente. *Il faut amplifier certains détails pour les rendre visibles...* À la gauche de son futon, Takao remarque une table de nuit en plastique mauve marquée par les brûlures d'une dizaine de cigarettes. Un peu plus loin, il aperçoit son ridicule espace cuisine, quatre fois plus petit que celui de son loft dans le quartier Minami, à Osaka. Le frigo vieux de trente ans fait un bruit de vent polaire en activant son moteur. Le prélart usé se retrousse à chacun des coins. Takao sue. Sa peau est moite, collante, gluante. *Je dois puer... il paraît que les odeurs dérangent moins par ici... je me laverai quand même... ne pas prendre le risque... pas dans les premiers jours... je dois m'acclimater au milieu d'abord...*

Takao entend sonner son cellulaire contre son cœur, dans la poche de sa chemise. Une vieille chanson de Violent

Femmes, *« Blister In The Sun »*. Takao laisse sonner, le temps d'écouter le refrain avant de répondre.

– Mmm ?... hai......... hai......... hai......... fukanou desu...... hai...... hai... sa...... sayounara... sayounara.

Éditeur stressé… ça va lui coûter cher s'il persiste à téléphoner… c'était probablement son seul appel… il enverra des courriels… il va me laisser tranquille…

Takao ne veut pas entendre parler du Japon pour un temps. Il a besoin d'une pause. Une pause complète. Il ne veut pas manger de poisson, ne veut pas enlever ses chaussures en passant les portes, ne veut pas voir de marques nippones, ne veut plus parler sa langue, ne veut plus penser en japonais. *Un congé… un congé total…* Cette envie d'exil lui était venue il y a un mois, sans raison apparente. *Une fatigue, un écœurement…* Son éditeur avait parlé d'un passage à vide, lui avait mentionné que Samuel Beckett avait eu des problèmes similaires avec l'Irlande et sa langue maternelle. Un truc freudien. *Qu'est-ce qu'il peut connaître de Beckett ou de cet imposteur de Freud… il ne publie que des gekiga… foutu Matsudori… j'espère qu'il écrira ses courriels en romaji au moins… si je vois du katakana ou de l'hiragana, je crie…*

Takao hésite à se lever du futon. Il se demande en combien de temps il pourra transformer ce lit inconfortable en sofa inconfortable. Il cherche l'armoire dans laquelle il lancera ses draps, se questionne sur la table qui accueillera son équipement informatique, sur la normalité de cette canicule qui l'étouffe et l'obligera à utiliser son Ventolin quotidiennement. *Pourquoi ai-je cette impression que je tomberai sur elle en mettant le nez dehors. Comme si ma tête n'était pas arrivée en Amérique. Ce doit être normal, cette désorientation…* Les bruits extérieurs et les odeurs ne mentent pas. Takao n'est plus à Osaka. Il est à l'autre bout de son monde, dans un immeuble pauvre, en plein cœur d'une ville sale, canadienne, francophone. *Alors pourquoi cette crainte de tomber sur elle ?*

Takao devra s'y faire. Suki ne viendra pas l'envahir. Elle ne l'aurait pas plus visité s'il était resté dans son loft du Minami, mais ça, Takao ne le croit pas. *Je l'avais pourtant prévenue… je ne dessine que la réalité… ma réalité. C'est elle qui m'a utilisé… elle voulait se faire connaître. Eh bien, elle est connue maintenant…* La journée où Takao terminait l'encrage de la dernière planche de l'épisode *Suki-Stop,* tout semblait clair dans sa tête. Suki allait apprendre la fin de leur couple en lisant son *gekiga,* qu'il la laissait, car elle n'était plus intéressante, tant pour lui que pour son histoire. Trop banale, avait-il écrit. Pas assez d'excès pour être digne d'une attention soutenue. *Comment je pouvais savoir qu'elle était pour me poursuivre, cette salope. Tant pis… mes lecteurs me préfèrent quand je vais mal. Et pourquoi je perds mon énergie à penser à cette profiteuse ?*

Takao pose un pied sur le sol. Des trucs dont il ignore la nature ont craqueté sous son talon. Le reste de Takao, toujours couché, n'a pas suivi la manœuvre. *Je suis à l'autre bout du monde… l'autre bout du monde. Ça devrait suffire pour me changer les idées, non ?*

LE FIL TENDU ENTRE DEUX MIROIRS N'EST PAS INFINI

10 h 24 – Humidex : 37 °C

Trevor Adamson voit tout en bleu. *Maudit Viagra... aujourd'hui, ça va être du Cialis...* Trevor regarde ses murs blanc bleuté, son ordinateur Vaio argent bleuté, son tapis gris bleuté, sa bouilloire vert bleuté, le reflet bleuté de son visage dans le miroir fissuré, accroché au mur bleu troué. *Fucking pills...* Trevor est le premier à le reconnaître, son nouvel appartement fait pitié à voir. *Bof... tout est sordide de toute façon...* Le sac plastique qu'il a déposé sur le coin de sa nouvelle table laisse paraître les bouchons de deux bouteilles de scotch. Trevor leur jette un coup d'œil. *Elles tomberont pas... ça va. Allez... tu vas télécharger... connexion crappy. J'aurais besoin de dormir un peu avant-midi... le modem est OK... doit être le serveur qui déborde...* Trevor hésite à ouvrir une bouteille. Sa tête fait encore mal. Sans parler de son système digestif usé, avec le foie en première ligne. *Que du jus de tomate... pas d'alcool ce matin... un peu de sagesse...* La page Web commandée sur Explorer apparaît finalement sur l'écran de son Vaio. Sans perdre de temps, Trevor se met à la rédaction de sa critique du jour. Il tape cinq lignes avec une habileté certaine, puis cesse tout mouvement, les mains suspendues au-dessus du clavier. *No way... j'ai ma réputation...* Trevor glisse un doigt sur le *trackpad,* sélectionne l'ensemble, décide d'effacer. *C'est quoi, ce style à chier? Et j'ai vu combien de filles hier... fuck. La mémoire commence à manquer... je devrais boire moins... peut-être que ça commence... ce serait dans les temps. Ce serait même plus tard que prévu... c'est ça qu'il avait dit... deux à trois mois. God... I must write...*

Trevor a quitté son précédent appartement à la hâte, hier matin. Problème d'insectes. Cafards, mille-pattes, araignées. Trevor s'était réveillé en sursaut avec une demi-douzaine de bestioles dans les poils du thorax et une énorme blatte coincée entre les molaires de son partiel, posé sur la table de chevet. Même s'il restait une semaine à sa location, Trevor a préféré lever le camp, sans le dentier partiel. Dans l'urgence, Angelo l'avait aiguillé vers un immeuble similaire, mieux situé. Une bâtisse appelée Le Galant. Là où sa pute de la semaine travaillait. « Ça te fera moins long pour y aller. Tu dois te ménager, *my friend.* »

— Tant qu'il y a pas de bestioles, je suis OK.

Trevor avait payé son loyer avec cinq billets de cent dollars fraîchement expulsés d'un guichet automatique. « Seulement pour un mois, l'appartement ? » avait demandé la blonde liftée de la réception.

— Un mois, c'est déjà beaucoup.

Trevor s'est choisi un appartement à l'étage de sa putain. Il a pris le 405. La fameuse Jade of the Galant, annoncée sur merb.ca, travaille au 408. *Pour les salons de massage et les autres putains, j'aurai qu'à prendre le taxi ou faire livrer, au besoin... plus je dépenserai, mieux ça ira...*

Côté finances, selon son estimation, son compte de dépense doit être à près de cinquante mille dollars. *De quoi tenir pour longtemps... trop longtemps... je pourrais me payer du meilleur scotch...* Trevor suppose que ses comptes *offshore* croissent à leur rythme habituel. *Anyway... c'est plus mes affaires... c'est Angelo qui gère...* it's *finished business. Je dois écrire... What's that? Qu'est-ce qui bouge ? Shit !... il y a un truc qui gigote... la voilà... bitch...*

Une blatte file sur le tapis à vive allure. Trevor bondit de sa chaise, traque l'insecte, l'écrase d'un vif coup de talon. *Va chier...* En retournant vers son Vaio, Trevor ne remarque pas l'absence de cadavre d'insecte sur le plancher ni sous sa chaussure DKNY. Il doit écrire sa critique sur merb.ca pour prouver qu'il a toute sa tête. Que les tumeurs n'ont pas abîmé les aires du cerveau qui lui permettent d'être Trevor Adamson. Que la fille mise à ses trousses par Angelo n'aura pas à passer au plan B. *Ce serait bien de pouvoir passer au travers du mois de juillet… ce serait bien… shit!… encore une autre… elles m'ont suivi… fuckers…*

JAM-SESSION
10 h 28 – Humidex : 37 °C

— Regarde l'écureuil ! Il va se faire zapper !

— Hein, où ça ?

Luc tourne la tête. Il voit des balcons. Des voitures déglinguées garées n'importe comment. Des clôtures en bois, en métal, en treillis. Une bouche d'égout mal fermée. Un cycliste qui évite les trous. Les seins de Lulu qui pointent sous sa camisole. Des immeubles en brique. Fils électriques. Poteau. Transformateur électrique. Un éclair bleuté.

— Pauvre écureuil.

— Ta yeule, man.

L'écureuil retombe vers le sol et atterrit sans rebondir. Bob examine la petite bête grillée avec le bout du pied. Il répète à Luc qu'en partageant leur appartement, il pourra pratiquer son *picking*. Luc reste muet devant l'animal mort. Lulu regarde ailleurs.

— R'garde le plein… un autre qui est allé voir la putain du quatrième… sortir par en arrière… plus discret… hostie d'trou de cul…

Luc regarde dans la direction où pointe le menton de Lulu. Il voit un homme en complet Armani terracotta qui se glisse dans une BMW décapotable. Luc se demande comment Lulu va réagir. *Elle est à vif avec la canicule… peut-être ses menstruations qui arrivent…* Luc observe Lulu qui marche vers le type en complet. *On dirait qu'elle va le mordre… calme-toi Lulu… il va rester riche même si tu lui fais la peau…*

— Hé sexy… Oui, toi…

— Ça y est, elle recommence…

— Combien tu donnerais pour me la mettre dans l'cul ? Deux cents, trois cents ? Accouche… J'ai pas toute la journée… Tout est à vendre dans la vie, hein ? Combien y vaut, mon cul… ? Tu veux le voir ? Ah oui, c'est sûr qui t'intéresse…

— Lulu, tabarnak…

Bob lève les yeux au ciel et note qu'il n'y a pas de ciel. Que du smog. Gris. Jaune. Lourd. En un tour de rein, deux pincements de doigts, Lulu fait tomber sa jupe. Elle ne porte aucune culotte, approche ses fesses de la voiture, les écarte avec vigueur. L'homme au costume Armani rigole, incrédule, tourne sa clé, embraye en première et lance une pièce d'un dollar avant de s'éloigner. Lulu lance un rire rauque.

— T'es folle… crisse que t'es folle.

— *So what ?*

Lulu récupère sa jupe d'un mouvement du pied et marche fesses nues dans la ruelle. Le dollar reste au sol.

— Habille-toi, au moins…

Arrivé au garage de pratique, Luc ouvre la répétition de Claudette Abattage en racontant la dernière frasque de Lulu. Sitôt terminé, Bob plaque un accord distordu pour marquer le coup d'envoi du *jam-session*. Rien à faire, Mike et Chloé ne peuvent enchaîner, ils n'ont pas cessé de rigoler.

— On est là pour pratiquer…

— Veux bien, Bob… mais y manque la chanteuse…

— Au fait, elle fait quoi, la Mélina superstar ?

Au moment où cette question est lancée, Mélina oublie des commandes, tutoie des clients qui désapprouvent, échappe des assiettes trop chaudes, récolte des pourboires minables, transpire à grosses gouttes sous sa blouse blanche, se bat avec les touches de la caisse enregistreuse, souhaite qu'elle s'éveillera de ce cauchemar, que sa vie recommencera bientôt, qu'elle se réveillera sur un banc d'école, en deuxième année, deux minutes avant les vacances d'été.

— Mélina, elle a commencé à travailler au Malarche. Elle finit pas avant 15 h.

Privée de chanteuse principale, Lulu décide que le groupe répétera une version extra longue de *Catapulte à bébés,* une pièce où Mélina se charge uniquement des cris de bébés catapultés.

— Une... deux... Une, deux, trois...

Mike ouvre le morceau avec une série *snare-tom-snare-bass-bass* à 140 bpm. Il sue déjà. Lulu entre à la cinquième mesure avec des vrombissements de basse modulés par deux pédales nouvellement achetées au prêteur sur gages du quartier. Bob et Luc entrent sans tarder dans la mélasse sonore avec des grattages de petites cordes sur leurs Fender Stratocaster placées sous haute distorsion avec contrôle de *feed-back.* Chloé active le *beat-box* et ses échantillonnages de cris d'asile recueillis lors d'un trip collectif de champignons magiques. Tout semble bien aller. Lulu décide d'improviser au micro pour tester la forme du groupe. Après une mesure de décalage, Mike modifie sa suite en rajoutant des coups de *hi-hat* çà et là. Chloé répond en modifiant la modulation des rythmes synthétiques. Tout colle à merveille. Chloé oscille de gauche à droite pour marquer le rythme. Comme d'habitude, Bob prend les devants sur Luc qui serre les dents et augmente la violence de son grattage de cordes. Bob lance des murs de distorsion en parfaite harmonie avec les conneries que Lulu s'acharne à répéter au micro : « Combien pour mon cul – Combien pour mon cul – Combien pour mon cuuuuuuul ! »

— KATAPULT À BÉBÉS !

Le chœur formé par Bob, Mike et Chloé appuie le délire de Lulu.

— KAKAKAKAKAKAKAKATAPULT À BÉBÉS !

— OUIIIIINNNNN...

Chloé surprend tout le monde en balançant un échantillonnage de Mélina qui chiale et minaude. Cool... se dit

Luc en osant l'amorce d'un pont vers une nouvelle étape de déconstruction.

— *All right* Luc ! *Yes sir !*

La porte du garage de pratique est restée ouverte pour donner l'impression que l'air circule. Marie-Laure, qui passe par là, se laisse attirer par le bruit. Lulu remarque cette soudaine spectatrice et lui envoie un clin d'œil entre deux cris, transformés en « Cul-mon-combien-chien-sale-va-te-faire-licher » sous haute distorsion.

La pièce terminée, une version de douze minutes et des poussières, Mike est en nage derrière sa batterie. Marie-Laure applaudit aussi fort qu'elle peut.

— Pour une fois, c'est une réaction unanime.

Marie-Laure demande à quel moment les t-shirts seront prêts. Elle n'a pas vu que Luc porte un exemplaire de la collection. Lulu plonge une main dans son sac à dos et lui lance le chandail imprimé avec le design des « Baise-mères ».

— Merci ! Il est magnifique... beau travail... vraiment... Le disque, lui, il sort quand ?

Lulu se renfrogne, jette un œil en direction de Bob qui répond.

— Septembre. La compagnie dit qu'il se vendra mieux comme ça. Faut que ça soit en même temps que la tournée.

Mike est allé rejoindre Chloé derrière les claviers. Il se frotte contre ses fesses pendant qu'elle explique des idées pour une nouvelle combinaison rythmique. Luc examine les cordes de sa Fender d'un air absorbé. Il fumerait un joint. *Je joue mieux quand je suis gelé...* Lulu s'allume une cigarette en se grattant la nuque.

— C'est quand le prochain show ?

— On fait la première partie des Georges Leningrad au mois d'août. Après, on fait une tournée nord-américaine avec We are Wolf. Écoute la prochaine… OK gang, on fait *Sue Aside* pour Marie-Laure.

— Cool.

— *Let's go.*

CETTE GAMINE AUX CHEVEUX D'ARGENT

11 h 7 – Humidex : 37 °C

Marie-Laure laisse les membres de Claudette Abattage à leur répétition. *Ils vont aller loin avec leur folie… pas de doute… complètement déjanté, leur truc…* Elle quitte la ruelle pour regagner le hall du Galant. Côté canicule, la journée semble pire que celle d'hier. Aucune pluie prévue. Ni pour aujourd'hui ni pour demain. Pas la moindre averse en fin de journée, aucun orage qui pourrait remuer la masse polluée qui casque la ville. *Réchauffement climatique… c'est mauvais, tout ça… si ça continue, il y en a qui vont y laisser leur peau…* Devant l'église près du Galant, une marelle dessinée à la craie jaune est abandonnée par trois fillettes. Marie-Laure ne peut résister à l'invitation. Elle passe de la case numéro un jusqu'au ciel, revient à reculons sans erreur puis remonte au ciel. Un type garé en double file sourcille en apercevant une femme de cinquante ans sautiller avec tant d'adresse. À cinq pas du ciel de cette marelle, il y un tas de détritus dominé par un frigo, des chaises cassées, un matelas taché. *Rebuts de déménagement, ça finira jamais, cette pollution… le ventre de la terre est bien mal nourri… mais qu'est-ce que je peux vraiment y faire…*

En passant la porte du Galant, Marie-Laure sort de sa poche une courte clé dorée et ouvre sa boîte postale. Trois enveloppes cachetées. Un rappel de paiement pour Internet, un relevé bancaire mensuel, sa cocaïne quotidienne en trois sachets. Marie-Laure sait qu'elle a du travail en retard. Deux articles sur les relations syndicales à corriger et les trois derniers chapitres d'un mauvais roman britannique traduit par un analphabète fonctionnel. Le tout à envoyer par courriel avant demain, 8 h. Debout dans l'entrée du Galant, Marie-Laure soupèse l'enveloppe contenant ses trois sachets de coke. *Ce sera pas assez pour faire ma journée... j'en ai au moins jusqu'à minuit... surtout avec ce roman merdique... j'espère que Zach est chez lui... je suis mieux d'éviter l'escalier...*

L'ascenseur dépose Marie-Laure au cinquième étage du Galant. Zach n'a pas fermé sa porte.

— *Génial...* Zach, c'est moi... je peux entrer ?

— Ouais, ouais. Marie-Laure ? Putain, quel bon vent ?

Marie-Laure n'est pas venue dans l'appartement de Zach depuis l'hiver dernier. Au premier regard, peu de choses ont changé.

— J'ai oublié de te livrer ? C'est ça ?

Il fume trop... c'est presque dommage... Zach consulte son agenda papier en mouillant ses doigts pour mieux tourner les pages.

— Ah non... je suis passé ce matin... Il est où, le problème, alors ?

— J'en ai pas assez. *Et viens pas me dire ce que je serais supposée faire...*

— Marie-Laure... on s'est entendu sur le système des enveloppes pour que tu consommes pas trop...

— J'ai l'argent sur moi... trente... OK ?

— OK... mords pas... c'est ton affaire...

Zach passe dans la cuisine, sort trois sachets de son frigo, les pose sur la table, tire un joint de son paquet de cigarettes, glisse une flamme sous l'embout, inspire. « T'en veux ? » *Je devrais pas... je vais pas pouvoir travailler si je fume. Pourquoi il me plaît encore... qu'est-ce qu'il a fait pour mériter cette place dans mes faiblesses... maudit Français...*

— Pff... Tu sais pas ce que tu manques... c'est ma récolte de Québec Gold hydroponique... Il décape...

Marie-Laure ne doit pas rester dans cet appartement. L'ambiance y est malsaine. Entre le malaise et le flirt. Si elle n'avait pas tant de boulot, elle fumerait avec Zach. Cela fait des mois qu'elle n'a pas été invitée à partager quelque chose. Elle fumerait et snifferait avec lui, comme avant. En se servant de l'état second pour excuser ses paroles, elle dirait: «Alors… je te fais encore bander?» Zach se contenterait de sourire. Elle en profiterait pour palper sa cuisse, glisser sa main, déboutonner son jeans. Chaque fois que Zach lui a offert de partager un joint, ils avaient baisé. *Tu peux pas… et pourquoi il me veut maintenant? Sa rousse lui suffit plus? Il s'ennuie de sa mère? Allez, faut que je dégage…*

— Merci Zach… Je dois vraiment rentrer chez moi.

— Ta perte.

Marie-Laure passe la porte sans s'autoriser le luxe du dernier mot. *J'espère que mon PC va pas surchauffer comme la dernière fois… autrement, j'en aurai jusqu'à l'aurore. Pourquoi il m'a invitée aujourd'hui? Hier… j'aurais peut-être dit oui… il a ce don de faire chier le peuple…*

Marie-Laure sort de la cage d'escalier et passe au couloir du troisième, son étage. *Qu'est-ce qui se passe ici?* Le bout du couloir est brillamment illuminé. *On dirait des floodlights… drôle d'endroit pour un photographe…* Marie-Laure tourne sa clé, entre dans son appartement aux murs jaune soleil défraîchi. Elle regarde son PC. *OK… OK… une ligne et au boulot…*

LA PHILOSOPHIE DES LUMIÈRES
11 h 31 – Humidex : 38 °C

Le choix avait été difficile. Idéalement, Kaviak aurait pris des appartements voisins et négocié pour installer une porte entre les deux. Faute de disponibilité, il s'était contenté d'un premier avec vue sur la ruelle et d'un second avec vue sur la rue. La logique commandait qu'il établisse ses quartiers privés dans l'appartement côté rue. Question de quiétude nécessaire à ses tournages. Mais quelque chose n'allait pas dans l'appartement côté rue. *Mauvaise impression... je le sens pas...* Kaviak avait donc fait placer ses objets personnels dans l'appartement 307.

Les tests du studio n'avaient pas été concluants ce matin. *C'était prévisible...* Trop de bruits filtraient par la porte-fenêtre. Klaxons, motos, gueulards, impatients, schizophrènes, enfants, ambulances, pompiers. Kaviak téléphona à son père pour qu'il livre les matériaux et les outils nécessaires pour condamner cet accès. Son expérience d'ouvrier de la construction aidant, Kaviak boucha sa porte-fenêtre en moins d'une heure. Après vérification de son colmatage improvisé, le micro de la caméra ne captait plus les bruits de la rue. *Par contre... je vais avoir un sérieux problème d'aération... bof... des ventilateurs suffiront... cette canicule, ça va pas durer...* Vers midi, avec les murs luisants de peinture blanche à reflets bleutés, Kaviak contemplait son nouveau studio dans sa forme finale. *Faudrait que je boive davantage... je vais tomber si je continue... les gars sur les chantiers doivent être en train de cuire...*

Kaviak passa dans son appartement personnel, déboucha une bouteille d'eau, la vida en deux gorgées et se força à manger un sandwich. Entre ses bouchées, il regardait ses boîtes de carton, son lit, ses bureaux, ses ordinateurs en état de veille. L'air était meilleur dans cet appartement. *Plus frais... ce doit être l'orientation... la porte-fenêtre au nord-est... j'ai bien choisi...* Son père adoptif ouvrit sa porte d'entrée sur ces entrefaites.

— Déjà en pause ?

— C'est terminé... T'as pris congé de la quincaillerie ?

— Mon associé me remplace jusqu'à 13 h.

— Viens voir.

Kaviak sortit un melon miel du frigo et passa dans le 308. Son père apprécia le travail. Il vérifia du regard la solidité des panneaux vissés. Il n'allait pas facturer son fils pour ces matériaux.

— Tu n'as pas tiré les joints ?

— Pas nécessaire, je vais mettre un rideau pour mettre un peu de couleur.

— Alors c'est ici que tu vas...

— Oui.

— Hum...

Kaviak regarde son père adoptif. Un homme petit, mince, aux yeux en amande. Il regarde le matelas *queen* recouvert de draps aussi blancs que les murs. Un espace pur. À l'exception du tapis gris qui jure avec l'ensemble.

— Tu pourrais mettre des tuiles blanches sur le plancher... ça ferait des meilleures images... non ?

— Je pense pas que la propriétaire soit d'accord... Déjà que je vais devoir m'expliquer pour la porte-fenêtre...

Kaviak regarde son père adoptif pincer les lèvres en regardant le lit sous les *floodlights*. Son silence occupe tout l'espace.

— Je veux pas te chasser, mais je dois continuer à travailler p'pa...

— Hum... OK... je saluerai ta mère de ta part ce soir. Sois bon, Kaviak.

Le père adoptif de Kaviak quitte le studio en laissant derrière lui le vacarme de son silence. Kaviak tente de ne rien ressentir. Oublier cette argumentation sourde. Il se concentre sur la fraîcheur du fruit qu'il garde entre ses mains. *Travailler… travailler…* Kaviak pose délicatement le melon miel au centre du lit, recule d'une dizaine de pas. *La lumière doit être vive et onctueuse à la fois… je dois atteindre une texture satinée pour la couleur du melon… éliminer les ombres potentielles… créer une lumière plane. La lumière, c'est presque la moitié du chemin. C'est qu'une question d'esthétique, de forme. Des corps lisses, des filles aux yeux pâles, des liquides génitaux généreux. Recette simple. Un peu plus à droite peut-être… voilà… d'ici, ça semble bon… une gélatine blanche de plus… adoucir…* Kaviak passe derrière sa caméra. Il oriente l'objectif sur la chair du melon miel. L'écran à cristaux liquide matérialise l'image d'un melon trop pâle. *Ne pas perdre de vue que les filles et moi, on sera plus massifs que ce melon… le plafond est un peu bas…*

— Hum…

Je pourrais utiliser le plafond pour diffuser plus large avec une troisième lumière… disons… celle-là… faut bien profiter de cette formule à électricité payée. Ça élimine certains problèmes… pas mal comme ça. Le vice suit la voie de la lumière… Kaviak a vu juste, le melon miel commence à prendre l'allure désirée à l'écran de la caméra. Le fruit semble plus appétissant que jamais. *Dommage que je lui ai demandé de partir… on aurait pu le manger ensemble, ce melon… il va pourrir avant que je le finisse…*

Kaviak connaît l'inconfort de son père adoptif concernant sa carrière de pornographe. Ce métier reste incompatible avec les valeurs qu'il croyait lui avoir inculquées. Kaviak sait aussi que sa mère adoptive n'apprendra rien de la visite de son père. *Elle le bouderait pendant un mois… il y a pas plus rancunière qu'une Thaïlandaise quinquagénaire.*

Comment elle pouvait croire que je finirais en parfait petit bouddha… pauvre maman. Elle est pas mauvaise au fond… juste bornée, rancunière… Un fin parfum de melon se mêle à l'odeur de peinture du studio. Les *floodlights* accélèrent sa décomposition tranquille. *Mieux vaut éteindre…* Kaviak s'essuie le front avec sa manche de chemise. Il pense à cette femme qui remplaça sa mère biologique, cette personne qui lui apprit à méditer, à penser, à sourire. *J'espère qu'elle finira par comprendre… ce serait si simple si nos mères étaient des hommes…*

LE MARSOUIN, APPARTEMENT 202
11 h 39 – Humidex : 38 °C

Ça va être aujourd'hui… trop mal… La jambe. L'estomac. Le foie. Le crâne. Surtout le crâne. *Fait trop chaud pour continuer…* Le Marsouin veut cesser de vivre, il en a la conviction. Voilà deux mois qu'il prépare son estomac à cette ultime étape. L'alcool à friction avalé au quotidien avait une double fonction : le soûler à moindres frais et lui démolir le système gastrique pour de bon, sans espoir de retour.

Le Marsouin avait grandi, puis grossi selon la conviction que «la vie sert à préparer une mort honorable, une mort choisie». Cette idée, son père la lui avait répétée chaque jour jusqu'à son prévisible suicide. Dans le dernier souvenir de son père en vie, le Marsouin regarde un homme fatigué enfiler son dernier chandail propre, il voit un œil lourd croiser le sien, il sent cette paume chaude toucher sa joue. Le Marsouin revoit son père cueillir les premières fleurs de juin au pied d'un talus. Il forme un maigre bouquet qu'il ne dépose pas sur la tombe de sa femme, enterrée au pied du seul bouleau accroché au terrain. Son père reste longtemps devant la sépulture, immobile, ses quelques fleurs fragiles à la main. Sa sœur et lui avaient faim. C'était l'heure du dîner. Le Marsouin revoit un bol de gruau gris comme une averse. Ensuite, plus rien, le vide. Un saut de mémoire. Il voit des flashs, des images suspendues entre la fixité et l'imperceptible mouvement. Il se rappelle vaguement du visage bleu. De la langue rose, sortie entre les lèvres. L'odeur d'une terre qui implorait les pluies. La poutre usée, équarrie à la hache. La colère des voisins à la découverte du corps dans leur grange. Le bouquet de fleurs tombé non loin du pendu. C'était il y a longtemps. Il y avait la guerre en Europe. *Dans le temps...*

Dans quelques minutes, le Marsouin se lèvera sans utiliser sa jambe ravagée par la gangrène. Il sautillera jusqu'à sa porte, la fermera à clé pour la première fois en près de trois mois. *Pourvu qu'elle ferme... c'est pas un show que j'ai envie de donner...*

— Ayoye ! Maudite jambe...

La porte se ferme sans résister. *Bon signe...*

Le Marsouin ne brûlera aucune étape. À midi, il regardera le bulletin de nouvelles télévisé. À 12 h 30, il appellera sa sœur, toujours à Marsoui, dira avoir les moyens de payer l'interurbain. Sa sœur sera heureuse de parler sans contrainte. Elle ne soupçonnera rien de ses projets. À 13 h 30, il se fera couler un bain. Son dernier coup de savon remonte à plus de trois semaines. Il se décrassera par déférence pour les employés de la morgue. À 13 h 45, il terminera son journal personnel. Voici le texte qu'il écrira :

2 juillet 2006

13 h 45

Appartement 202, immeuble Le Galant,
Montréal

Dernière entrée. Pas de récapitulation, vous n'avez qu'à lire les pages précédentes. Si quelqu'un veut publier ce journal, il a ma permission. Il n'aura qu'à poster les chèques à ma sœur, Gertrude Sergerie, qui habite une maison mobile dans le canton de Marsoui. Sinon, tant pis, j'aurai écrit ça pour rien. Ce serait en suite logique avec le reste. Pour rien.

Est-ce que j'ai vécu pour rien ? Tout à fait. Est-ce que j'ai bâti quelque chose, fondé une famille, apporté quoi que ce soit au monde ? Non. J'ai consommé de l'air, de l'eau, de la viande et de la bière. Rien d'autre. Parce que j'en avais le droit.

Si je n'ai pas soigné mes maladies, c'est par dégoût. Je ne mérite pas de mourir naturellement parce que je n'ai jamais vécu naturellement. Je me console en sachant ne pas être seul dans cette situation ridicule. Ça donne presque un sens à ma mort.

Adieu.

Mon nom était Guy Sergerie, surnommé le Marsouin, mort et fier de l'être.

Le Marsouin achèvera son journal à 14 h 32. Il aura révisé son brouillon à deux reprises avant d'écrire la version finale avec une attention quasi monastique. Il placera son cahier Canada à la base d'une pile contenant deux cent vingt et un cahiers similaires, écrits à simple interligne, au crayon à mine. Il ficellera le paquet, collera un papier portant la mention « Ne pas jeter ». Après un dernier regard posé sur ses mémoires, il marchera de nouveau sur sa jambe valide pour contempler la rue. Il y verra une femme rousse allumer une cigarette sur le trottoir devant l'entrée du Galant. Il hochera de la tête. *Je croyais que les putes racolaient plus devant l'immeuble*... À 14 h 55, le Marsouin sera allongé dans son lit pour avaler quinze cachets d'Ativan suivi de soixante cachets de Coumadin avec une ultime rasade d'alcool à friction. Le Marsouin fermera ses yeux, posera les mains sur sa poitrine, attendra une mort qu'il voudra douce et soyeuse comme la chevelure d'une reine. Il découvrira que mourir n'est pas si simple.

DEVANT, CE DEVAIT ÊTRE LA MER

13 h – Humidex : 40 °C

Christian en a marre d'attendre. D'autant plus qu'il a les moyens d'agir, maintenant. Christian s'attendait à ce détour. Quand son pote Frank avait braqué les roues du Dodge Caravan dans la direction de l'île Notre-Dame plutôt que dans celle de l'embranchement de l'autoroute transcanadienne, Christian avait levé son œil vers le ciel. Frank se sentait en veine, qu'il disait. Il voulait avoir le moyen de s'offrir de meilleures vacances. « Juste une heure... »

En ce moment, Frank ignore qu'il vient de passer dix-huit heures à se nourrir de Pepsi et de croustilles au vinaigre. Seules ses prochaines cartes importent. Frank a la certitude inébranlable : il est sur le point de se refaire, ce n'est qu'une question de minutes. Quelque part ce matin, il était à mille dollars de gains. Tout allait bien jusqu'à l'arrivée de cette croupière asiatique qui lui rafla la moitié de son magot en vingt minutes. En ce début d'après-midi, Frank se débat pour ne pas sortir du casino avec une dette de cinq cents dollars sur l'ardoise d'un Grec rencontré aux toilettes. Il aimerait s'en remettre un peu dans les poches. Sinon, adieu les vacances. Frank sent que le coup est bon. Il mise ses derniers trois cents dollars. Il ne peut pas perdre. Il a deux valets sur la table.

Contrairement à son pote, Christian n'a jamais été joueur. Devinant que l'heure allait être longue, il prit place devant une machine à sous et la garda jusqu'à ce qu'il ait envie de pisser. Pendant ces pauses, il faisait garder sa machine par un type du casino mandaté à cet effet. À midi, sa mise initiale de dix dollars lui rapportait 3 232 $. Christian estima avoir fait le plein. Un des employés du casino lui glissa à l'oreille qu'il avait établi le record de la journée pour les gains aux machines. Christian fit changer son ticket pour trente-deux billets bruns, trois billets mauves et une pièce à l'effigie d'un ours polaire. Avec un des billets mauves, il se paya un hamburger, une frite, un café. Repas qu'il dégusta avec un léger sourire au coin des lèvres et de profonds cernes sous les yeux.

Quand il rejoignit Frank, il analysa la posture de son pote. Épaules vers l'intérieur, dos courbé, tête lourde, jambes nerveuses. Frank avait perdu. *Pas question de lui parler de mes gains… il va vouloir me les emprunter pour les perdre. Crisse de twit… perdre autant de cash. Qu'est-ce qu'il fout ? Il va pas jouer ses derniers dollars… retire-toi, Frankie…* Christian se doute que Frank joue son été, ses vacances et la future réparation de sa Caravan. *Il ferait quoi si son Caravan le lâchait ? Il devrait déménager… se rapprocher de son travail… partir à Laval…* Il s'est approché de la table de black-jack de son pote. Christian regarde les deux valets posés devant Frank. La croupière s'est distribué un quatre. « Si j'ai bien compté les cartes, elle devrait tirer un dix, pis comme sa carte cachée, c'est un dix, je peux pas perdre… » Comme prévu, la croupière tire un dix et arrête. Voici le moment de vérité. La carte cachée.

— Tabarnak.

Frank blêmit en voyant ses derniers jetons partir sans espoir de reprise. Un sept. La croupière avait un sept dans la donne. Elle fait vingt et un.

Sans perdre le peu d'orgueil qui lui reste, Frank se lève en inspirant et offre à Christian d'aller prendre un café. Christian se doute de ce qu'il va entendre. *Il va me dire qu'il est désolé, que ça va mal… bien sûr, c'est moi qui vais le payer, ce café…*

— Écoute vieux… ça va pas bien pour les vacances…

Christian ne répond rien. Il ferme les paupières de son œil valide en laissant son œil de vitre dévisager son pote. Christian a besoin de prendre une pause visuelle de la tête morte que fait Frank.

— J'ai perdu beaucoup… un peu plus que le cash des vacances… on va pas pouvoir y aller… à moins que t'aies gagné quelque chose…

— J'ai roulé avec le même vingt.

— Pendant… shit !… pendant dix-huit heures ?

— Hep.

Christian évalue la situation à la seconde.

1. Il n'a rien laissé au Galant en prétextant ne vouloir manquer de rien en camping (et Monique a semblé le croire à demi) ;

2. Il compte s'établir à Rivière-au-Tonnerre où se trouve la maison qu'il vient d'hériter ;

3. Il projette de vivre de l'aide sociale, se soûler régulièrement avec les Innus du secteur, pêcher l'été, chasser l'automne, faire de la motoneige l'hiver, oublier l'existence de la ville ;

4a. Il compte revoir Monique dans huit jours pour la baiser un dernier coup, puis la laisser si la maison en vaut la peine (ce qui doit être le cas s'il se fie à ses souvenirs) ou bien :

4b. Revenir vivre avec Monique si la maison est une chiotte, la mettre en vente, faire comme si rien ne s'était passé.

Voilà le bilan des intentions originales de Christian. La situation actuelle demande toutefois une remise en question de ses plans. S'il avait dormi, la chose serait plus simple. Christian se frotte l'œil et tente d'évaluer la situation avec objectivité. *Toutes mes affaires sont dans la Caravan de Frankie… il pourra jamais se rendre jusqu'à Rivière-au-Tonnerre avec la tête qu'il a… J'ai 3 327,12 $ dans mon portefeuille, un permis de conduire valide, pis un talent naturel pour voler des chars sans antidémarreurs… je dois trouver quelque chose à dire au plus crisse parce que Frank commence à me regarder avec un air de chien castré… je pourrais lui péter la gueule pis partir avec son Caravan, mais ça serait pas digne de moi… Faudrait que je me grouille parce que le soleil, il tape dur en sacramant.*

Christian et Frank sont immobiles devant le capot de la Dodge Caravan chargée à pleine capacité. Derrière eux, le casino ressemble à une tache blanche posée sur le fleuve. Ses drapeaux multicolores semblent dépressifs sous la chaleur. Au sol, l'asphalte noir tourmente l'air qui ose s'en approcher.

— Frankie, faut qu'on parle.

En cherchant une solution simple, Christian décide de penser en parlant, faire du jazz avec les idées qui viennent.

— Ouais… Écoute. Il y aurait toujours mon frère Thomas, dans le coin de Joliette, à la campagne… Ça me ferait des vacances de rechange… rien de trippant… c'est certain que tu pourrais pas rester… je peux pas lui demander ça. Mais j'ai pas l'intention de me taper la canicule en ville à cause de tes problèmes, Frankie…

Son pote l'écoute avec des yeux baissés. Il ressemble à un gamin repentant.

— Je m'excuse, Chris…

— Dépose-moi chez mon frère, pis on en parle plus.

— Correct.

Christian a gagné, encore une fois. *J'ai de la chance, on dirait…* Chez son frère, Christian pourra acheter une bagnole usagée à prix familial. *Pourvu qu'il prenne pas ses dimanches… non… ce serait pas son genre… mon petit frère, il arrête jamais…* En route, Christian racontera à Frank qu'il jouera au baseball avec les garçons, fera le cheval pour la fillette, boira des bières avec le frangin.

— Joliette, c'est quand même des belles vacances…

Christian fixe intensément Frank, crispé derrière le volant.

— Comme tu dis, quand même…

PIEDS NUS ENTRE LES SCORPIONS

13 h 30 – Humidex : 40 °C

Zach quitte son appartement pour se diriger au quatrième étage. Celui où les murs sont lilas et les portes, rose bonbon. Là où le tapis brun à poils longs rend l'ensemble aussi laid que ridicule. Zach active un daltonisme temporaire pour éviter les nausées. Il marche vers l'appartement 402 en pressant le pas. Zach déteste cet étage. Le plancher craque, le tapis fait figure d'écosystème autonome, une odeur de désodorisant industriel – brise océane – recouvre un fond de moisissure dégueulasse. Le plafond est taché. Pourri. Des taches verdâtres. Des champignons aussi. Des colonies entières évoluent autour des taches.

Zach doit collecter soixante dollars chez Sandeep Narang, un Pakistanais qui n'avait su dire adieu au haschich. Zach frappe avec la tranche du poing, engendre un bruit sourd, presque menaçant.

— Oui, un instant…

Il est peut-être avec un ami… il a plus le même accent, le Paki. Putain, c'est qui, celui-là ?

— Bonjour.

— Euh… je viens voir Sandeep Narang… l'auriez pas vu ?

Un Chinois ? Non, trop marginal, le look… aucun Chinois n'a les cheveux rouges… peut-être un Jap… ouais, il a une gueule de Jap… trop fashion pour être Chinois…

— Je ne connais pas de Sandeep Narang, mais puis-je vous accommoder, monsieur ?

Qu'est-ce qu'il cause propre… putain… un vrai bouquin…

— Euh… ben… monsieur Narang me doit de l'argent.

— Puis-je oser demander quel montant l'occupant antérieur vous devait, monsieur ?

Il cause comme un vrai maître d'hôtel, ce bridé… il doit avoir un sabre de samouraï dans le cul… c'est pas possible…

En tentant de calquer la politesse de son interlocuteur, Zach relate que Narang lui doit soixante dollars.

Après une réponse aussi surprenante qu'inattendue de la part du supposé Japonais, Zach avoue ne pas comprendre qu'un étranger veuille régler pour Narang. Néanmoins, il récolte les trois billets à l'effigie de la reine d'Angleterre. Ce faisant, Zach ne peut s'empêcher d'étirer le cou pour vérifier les changements survenus dans l'appartement de Narang. Un grand miroir attire spécialement son attention. Zach demande s'il peut entrer, jeter un coup d'œil. Une intuition lui suggère de se déchausser.

— Oh, pas besoin d'enlever vos chaussures ! Pas du tout !

Ce grand miroir l'intrigue. Il n'en a jamais vu de cette taille. *Comme dans les salles de ballet…* Le miroir fait presque la moitié de l'appartement. À sa surface, une grande part du contenu du 402 s'y reflète : une table à dessin avec loupe éclairante articulée au joli design, une table lumineuse, un long bureau de bois teint en noir qui supporte une panoplie d'instruments Apple, une chaise dernier cri placée devant. *Putain… je savais pas qu'ils faisaient un écran de cette taille… il doit bosser dans le design pour être équipé de la sorte… doit y en avoir pour quinze mille balles. Qu'est-ce qu'il y a d'autre ? Un futon… des valises… le frigo et la cuisinière standard du Galant… on dirait qu'il est ici pour travailler… comme un bureau…*

— Joli comme équipement. Vous partez pour la lune ?

Takao regarde attentivement la première personne venue cogner à sa porte. Cet homme est de taille moyenne. À peine plus grand que lui. Selon son accent, il n'est pas Canadien. *Français ou Belge, probablement Français... Un mélange de nerfs et de muscles développés par la nervosité... Un corps mince, élancé, d'apparence fragile, mais qui doit révéler une force surprenante si nécessaire. Il n'a pas la bouche molle des Belges. Tête expressive... joli à voir... au moins cinq expressions à la minute... pourquoi il collectait? De la drogue sans doute... un dealer... ses vêtements sentent le cannabis à plein nez... ça réglera la question de l'approvisionnement... j'aurai de quoi passer le temps...*

— Je savais pas qu'ils faisaient l'écran dans ce format, ça doit valoir une fortune...

Takao fait osciller son regard du visage de son invité au reflet de son dos, dans le miroir. Takao répond à la question de Zach avec un bref signe de tête. *Reste humble... les gens ne sont pas riches ici... ne les provoque pas...*

— Moi, j'ai le vieux iBook G3, pour mes notes de cours...

— Désirez-vous un thé? Il est recommandé de boire chaud lors des canicules.

— OK, pourquoi pas...

Takao se dirige vers sa minuscule cuisine. Ses thés sont dans leur boîte de transport. *Je vais lui sortir un thé de qualité moyenne... il le trouvera excellent, sans doute... les Français ne connaissent rien au thé. Est-ce que je lui demande comment je peux me trouver du cannabis dans cette ville? Non... ce serait trop tôt pour respecter les bonnes convenances. Malgré que... trop tôt pour Osaka, mais peut-être pas pour le Canada. Des études disaient que les Canadiens aiment la spontanéité... pour les Français, ça ne doit pas être bien différent...* Takao garde le même visage depuis qu'il a ouvert sa porte. Il espère ne pas commencer à suer devant un étranger.

— Vous m'avez pas répondu pour la lune ? Savez… je blaguais… C'était une manière de savoir sur quoi vous travaillez…

Sur le corps de Takao, seule une mèche de cheveux rouge est en mouvement, suivant un fin mouvement d'air chaud près de la bouilloire. *Tu ne sueras pas…* Takao hésite avant de répondre à son invité. *Il se méfiera si je suis trop direct… pas facile… marchons pieds nus entre les scorpions…*

— J'avais saisi pour la blague… Je fais des bandes dessinées, mon éditeur est à Osaka.

— Quel genre de BD ?

— Je crois que le terme exact serait… autobiographique. Je dessine ma vie et celle des gens qui gravitent autour de moi.

Takao tend une tasse de thé à son invité. Il connaît par cœur le questionnement soulevé dans l'esprit du Français. Un mélange d'intérêt et de terreur. La curiosité enfantine de se voir apparaître dans une bande dessinée par opposition à la peur d'être dépossédé de son image, de se condamner au regard subjectif d'un inconnu. Pendant un bref instant, Takao regrette d'avoir révélé si vite le but de sa présence à Montréal. *J'aurais pu lui dire que j'opère une petite boîte de design et l'histoire serait terminée… oui… mais j'ai besoin de personnages… et il sera facile à dessiner, celui-là… que des lignes… plein de visages différents… et un dealer, ça connaît des gens…*

— C'est cool, la bédé… Putain c'est pas banal… T'es connu ?

— J'ai été traduit en français… mais je ne crois pas que personne ne me connaisse ici. À Osaka, c'est autre chose, pas moyen d'être tranquille.

— Ça veut dire que tu vas me dessiner ?

Zach prononce cette phrase avec une lueur d'espoir dans l'œil. La position de son corps a évolué de manière intéressante. *Il pose bien... sa peau est luisante... presque une tête de méchant... un méchant inoffensif... non... pas si défini... quelqu'un d'ambigu, de flou...*

— Je dessine uniquement les gens que je connais.

— Bien moi, c'est Zach Leduc... Enchanté.

— Enchanté Zach Leduc. Mon nom est Takao Ibata.

Dans le grand miroir de l'appartement 402, il y a le reflet d'une poignée de main ponctuée de deux sourires. Les raisons fondamentales de ces sourires sont fort différentes. L'un y voit un nouveau client qui fera de lui un personnage de BD, tandis que l'autre, plus méthodique, attire un nouvel insecte dans ses filets pour analyse et consommation ultérieure. Mais avec leurs dents révélées et leurs paumes jointes, Zach et Takao ressentent un confort étrange enrober leurs ossatures, une communion à des profondeurs qu'ils ne fréquentent pas. Il est vrai que ces deux hommes se sentent loin du terrain de leur enfance dans cette ville d'Amérique, où ils utilisent les faiblesses des autres pour s'offrir le luxe d'une vie meilleure. Si les rideaux de l'appartement 402 laissaient passer plus de lumière, ces deux hommes remarqueraient à quel point leurs regards se ressemblent. Takao notera cette curieuse ressemblance après avoir pris la dernière taffe d'un joint trop fort pour ses habitudes, d'ici une demi-heure. C'est à ce moment qu'il commencera à mépriser ce Français en exil. Zach, lui, ne remarquera rien avant des mois.

LA FATALITÉ DES COULOIRS

14 h 52 – Humidex : 41 °C

Daphnée a terminé plus tôt. Ses pourboires ont été maigres. Presque insultants. L'affluence dans le café qui l'emploie est en chute libre depuis l'hiver. *C'est la faute au décor... pas assez tendance... je savais que le rouge et les nouvelles chaises, c'était pas une bonne idée...* Daphnée se doute que le chômage sera son unique revenu d'ici la fin de l'été. *À moins d'un contrat. Faut pas désespérer...*

Cinq minutes et Daphnée sera chez elle. Sa démarche est gracieuse, légère. Celle d'une ballerine transformée en comédienne. Daphnée ne donne aucun signe d'intolérance à la chaleur. *Question d'orgueil, de maintien...* Sa peau reste d'une étonnante blancheur sous le soleil. Une peau d'albâtre constellée de diaphanes taches de rousseur. N'importe quel observateur serait convaincu qu'une fraîcheur émane de cette femme au pas souple.

L'apparente noblesse et l'exceptionnel maintien de Daphnée auraient été impossibles sans ses quatre années au conservatoire d'art dramatique, car elle a oublié ses cigarettes ce matin. Le manque de nicotine lui a fait serrer les dents une bonne partie de la journée. *Plus que cinq coins de rue avant l'appart...* Daphnée accélère la cadence. Elle passe successivement devant une épicerie, une buanderie, une fruiterie. Derrière chaque vitrine, elle perçoit une ou deux paires d'yeux qui l'accrochent au passage. Des yeux qui la scannent de pied en cap. *Je laisse personne indifférent, personne...* Dans l'épicerie, une caissière nerveuse l'accuse silencieusement de faire reculer la cause des femmes. Un client qui lui tend un billet de cinq dollars se laisse hypnotiser par le rebondissement de sa chevelure rousse. Dans la buanderie, une fillette qui surveille le lavage de sa mère décide que cette passante aux cheveux de feu sera son modèle ; pendant tout l'été, elle implorera ses parents de lui payer une teinture. Toujours dans la buanderie, un homme ventru qui lit d'un œil une revue à potins croit apercevoir Nicole Kidman et reste pantois. Une étudiante aux hanches larges qui plie un chandail la regarde d'un œil triste. Elle marmonne : « Avec des femmes comme ça dans le monde, il reviendra pas… » Dans la fruiterie, un étalagiste distrait à son passage fait tomber une pyramide d'oranges. Le gérant de l'établissement qui vient à sa rescousse découvre que son commis n'est pas l'homosexuel qu'il laissait croire à l'embauche.

Daphnée tourne un dernier coin de rue. Elle traverse une marelle abandonnée en effaçant des cases avec ses pas. La voilà sur la rue du Galant. *Plus que deux cents mètres et deux étages pour les clopes…* Son pas accélère de nouveau. Elle arrive devant le hall, ouvre la porte principale, prend l'ascenseur, sort au troisième, se lance vers la porte de son appartement, passe au frigo, saisit une bouteille d'eau, boit, avale quelques bulles d'air, cherche ses cigarettes en éructant du bout des lèvres. *Elles sont où ? J'espère que Zach me les a pas piquées… peut-être le vortex… bingo !* Le temps de sa recherche, une fine couche de sueur a recouvert sa peau. *Mon appart est plus chaud que l'extérieur… les fenêtres… j'ai pas fermé le rideau… mes plantes sont en train de cuire… tant pis… priorité nicotine…* Daphnée sort de chez elle sans barrer la porte. Elle fumera sa Benson sur le trottoir. *Je devrais prendre mes messages…*

Debout devant Le Galant et sa brique jaune crasse, Daphnée ressemble à une statue de marbre coiffée d'un incendie. Elle reste immobile, fumeuse, une main posée sur la hanche. Une pose sculpturale inspirée de Catherine Deneuve dans les sixties. *Avec un petit quelque chose de Kate Moss dans l'indécence... faire du Kate Moss, c'est une question de mâchoire et de hanches...* Daphnée sait qu'elle maîtrise à merveille cette posture mi-désarticulée, mi-hautaine. *Le vrai secret est dans les épaules, on doit les avancer un peu... question d'affiner les lignes... casser la silhouette classique...* Daphnée décide de ne pas sourire, d'afficher le visage d'une poupée de porcelaine. Elle fume sa Benson avec délectation. La fumée grise se dépose sur les alvéoles de ses poumons, stimule la production d'un épais mucus qui apaise son manque. La nicotine passe par son cœur, irrigue le cerveau qui fabrique un contentement attendu, une récompense étourdie.

La Benson est fumée à moitié. Daphnée prend ses messages, cellulaire et cigarette dans une main. L'autre reste sur la hanche. *Garder le style... toujours...*

— Vous avez... 1 message non entendu... appuyez sur... premier message : Oui, Daph, c'est Dieu qui parle... T'as du travail. C'est pour un concessionnaire automobile... Travail double en plus. Tu joues dans la pub, pis tu chantes le jingle. Tu te fais trois mille avec ça... Il était temps que ça débloque... Je suis content pour toi, *baby*. J'attends ton appel de confirmation.

Mets-en qu'il était temps... Depuis les auditions du printemps dernier, rien n'avait bougé. *Ça va me donner quelques mois...* Sur cinquante auditions passées, une seule avait fonctionné, un second rôle dans un théâtre d'été minable. *Tellement minable qu'il a fait faillite avant de monter la pièce...* Peu importe, Daphnée a récemment décidé de ne plus monter sur scène. *La télé, le cinéma...* Les mêmes ambitions, depuis son premier jour de conservatoire. *Mon jeu est trop nuancé pour la scène... je suis du matériel d'écran... pas de doute... je serai hyper pro dans cette pub... ils vont m'adorer...* Daphnée rappellera son agent de chez elle. Ses minutes de cellulaire sont trop coûteuses pour être dépensées de la sorte.

Dans l'ascenseur, Daphnée se conditionne pour l'appel à son gérant. Elle hésite entre utiliser son sourire personnel et son rictus à la Meryl Streep, ne sachant plus lequel des deux produit un meilleur effet sur sa voix. Comme elle décide d'opter pour une forme hybride, Daphnée met un pied hors de l'ascenseur et remarque une silhouette particulière au bout du couloir. Elle tourne la tête pour en voir davantage. Son étonnement est réel, imprévu. Une surprise qui lui fait entrouvrir la bouche d'une manière peu photogénique. Le rouge lui monte aux joues, un rouge différent de ses cheveux. Daphnée sent un malaise poindre en elle. Un malaise accompagné d'un bref mal de cœur. Elle rote encore du bout des lèvres. *Qu'est-ce qu'il fout ici, lui ?*

— Daphnée ?

Il m'a reconnue… bien sûr qu'il était pour me reconnaître… je lui joue quoi ? La colère… l'indifférence… je dois faire vite… il va prendre les devants…

— T'habites ici, Daphnée ?

Fuck, il vient de me poser une question… tant pis… joue franche… de toute manière, il verrait la différence…

— Bonjour Kaviak, t'as l'air en forme.

— Écoute, je veux pas que tu te sentes mal à l'aise… C'est cool de te revoir.

Daphnée ne croyait pas revoir cet homme. Sa présence au Galant pourrait compliquer certaines choses. *Plusieurs choses…* Son agent attendra. Elle doit parler avec Kaviak. Pas ici, pas dans ce couloir, ils pourraient être vus. *Zach pourrait nous voir…*

— Tu fais quoi par ici, Kaviak ?

— Je viens juste d'emménager sur l'étage, là c'est mon appart, et là, le studio.

Kaviak pointe les appartements 307 et 308 en souriant. Daphnée tente de faire pâlir ses joues, d'effacer cet horrible indice de timidité.

— Tu veux visiter ?

— Oui, bien sûr.

Daphnée réfléchit à la vitesse de la lumière. Elle comprend que Zach finira par rencontrer Kaviak. *Question d'heures, de jours ou de semaines... peu importe... ça va se produire. Comme tout le monde aime Kaviak, Zach et lui deviendront copains... Zach ira voir le travail de Kaviak, c'est assuré... et il me verra... et il verra la date... et c'est mauvais, ça, très mauvais... à moins que... oui, ce serait simple...*

— C'est toujours aussi zen chez toi. Tu changes pas.

— Qu'est-ce qui va pas, Daphnée ?

— C'est à propos du deuxième film... faudrait changer un petit détail.

LA DÉCOUVERTE DU TEMPS PERDU

15 h 1 – Humidex : 41 °C

Voilà une minute d'écoulée. Une minute de plus. *Une minute de moins...* Le Marsouin, étendu sur son lit, garde ses paupières closes. Une idée nouvelle lui est venue à l'esprit avant de passer à l'acte. La dernière fantaisie d'un homme jetable. Ses vêtements. Les enlever. *Mieux vaut terminer avec ce que la nature m'a donné... on sera quitte...* Le Marsouin a décidé d'arrêter son cœur vêtu seulement de son vêtement de chair. Une peau râpeuse, usée, rongée, brûlée, gangrenée. Un document d'archives de la vie qu'elle enveloppe. *Tout nu, ce sera humble...*

Le goût des comprimés avait été amer. Le Marsouin s'y était préparé, conscient de l'impossibilité d'avaler soixante comprimés de Coumadin sans qu'une demi-douzaine de pilules commencent à se dissoudre dans la bouche. L'alcool avait presque tout rincé, sauf cette traînée médicamenteuse qui lui monte en gorge.

Le Marsouin a franchi le point de non-retour, son suicide sera un succès. Le Coumadin est en voie de se répandre dans le système sanguin. Si le Marsouin avait été un samouraï, en cette minute, son *katana* serait planté profondément dans l'abdomen et il commencerait à remonter le tranchant pour sectionner les viscères. Son plus fidèle ami serait à son côté pour le décapiter au moment convenu. Mais le Marsouin n'a rien d'un samouraï. Il se trouve à Montréal à l'aube d'un siècle trop jeune pour les traditions. Sur la terre qu'il quitte, le suicide est une plaie sociale, une donnée honteuse qu'on se renvoie d'un ministère à l'autre au moment de compiler les statistiques. « C'est la faute de la pauvreté / C'est une question d'identité / C'est l'éducation qui est à blâmer.» Le Marsouin aurait adoré se suicider sur le mode samouraï, transformer sa mort en expérience. *Prendre une lame de qualité... me la planter ici... en finir avec force et honneur. Je vais crever sans avoir connu l'effet de l'acier dans mon corps. Tant pis... trop tard...* C'était ce qu'il avait pensé en avalant les Coumadin. Le Marsouin y songe toujours, sans précision ni netteté, occupé à flotter dans des limbes chimiques. Les quinze Ativan pris en amont du Coumadin commencent à œuvrer. Le Marsouin gagnera bientôt une nuit artificielle, sans étoiles.

— Aeehmm...

Un sursaut. Un reste d'instinct de survie. Son système réclame une bouée. Le Marsouin n'a qu'une idée en tête : regarder une dernière fois son appartement.

— Eheemmm...

Trop tard, ses paupières sont soudées, sa dernière vision du monde réel aura été celle d'une bouteille d'alcool à friction déposée sur une table de chevet en mélamine jaunie. Ses tressaillements mollassons n'y changeront rien.

Vu de l'extérieur, le Marsouin semble déjà mort. Sa poitrine bouge discrètement pour faire circuler l'air dans les poumons, son cœur soulève à peine la poitrine avec ses battements fuyants. Son visage suggère un calme plat. Visage dur, fermé, une expression de vieux banquier. De l'intérieur, le Marsouin commence à expérimenter son dernier délire. Un amas instantané de souvenirs bruts, montés en vrac. Ce fameux film de fin de vie, ce débriefing du cerveau avant l'abandon définitif du réseau neural. Une dernière pensée consciente : *tiens, ça arrive pour vrai ce...*

Le Marsouin n'est plus le Marsouin. Il est Guy Sergerie. Il a deux ans. Sa mère lui donne le sein en chantant. Une odeur marine lui monte au nez. C'est la morue qui sera mangée au repas du soir.

Le jeune Guy mange un dessert. Il a cinq ans. Du gâteau sec, très sucré. Son verre de lait se vide sur son pantalon. « C'est pas ma faute. » Sa mère lui donne une claque en arrière de la tête. Son père rigole.

Son père pleure. Il sent le gin. Il regarde son fils, sa fille. Regarde l'enfant mort-né qui a tué sa mère en naissant. Guy a six ans.

Debout au bord de la falaise de Marsoui. « Papa ne revient pas » et le vent se lève. De l'orage à l'horizon. Des éclairs bleus. Des coups de tonnerre qui rebondissent du fleuve aux falaises. « Reviens, papa ! »

L'école. Sœur Cécile. Ses vieilles mains rudes. Comment tracer un *L* majuscule en lettres attachées. « C'est impossible. » La plume glisse sur le papier poreux. La tache d'encre. La colère. Il n'est bon à rien, comme tout le monde le répète.

Son père. Il signe des papiers. Il a perdu le bateau, perdu les rêves. « Demain, je vais avoir neuf ans et j'ai plus d'avenir. » La frustration. Les coups de poing dans les murs. Les cris. Son père et lui. Le sang à leurs jointures.

Trois semaines après. Le mois de juin. La terre sèche. Les fleurs tombées sur le sol en terre brune de la grange. Le voisin qui demande un coup de main. Son père est lourd. Difficile à décrocher de sa corde. Sa grande sœur en robe bleue, elle parle. « C'est lui qui va s'occuper de nous maintenant, petit frère. »

Quinze ans. Derrière un volant. Camion Ford. La première fois. Il vole. Il est un harfang qui fend l'air du val. « Ne rien briser, fais attention. » Une bosse et il rebondit sur son siège.

Il tombe sur les fesses. Elle l'a poussé dans le box de King, le percheron du voisin. Elle s'assoit sur ses hanches et lui promet des étoiles. Dix-sept ans, comme lui. Sa peau sent fort. Elle est d'un autre village. « Mauvaise réputation ou pas, je l'aime bien, moi. » Un coup d'œil jeté en vitesse.

La poutre où s'est pendu son père. Un autre coup d'œil. Yolande Martial qui danse sur lui en insultant Jésus.

Un soleil se lève sur le fleuve. Il glisse entre la côte et le fleuve. Le Marsouin a mal. Sa jambe. Ce souvenir date de l'été dernier. Sa sœur est là. Vieille. Fatiguée. Comme lui. *Comme moi…*

Quelque chose ne va pas, le Marsouin revient à lui sans parvenir à ressentir son corps. Le doute persiste pendant trois secondes. Une éternité quand ces trois secondes sont les dernières. L'esprit du Marsouin fonctionne à pleine vitesse, produit une dernière pensée avant la fin. Le Marsouin comprend : sa vie n'aura jamais été ailleurs qu'à Marsoui. Toutes ces années de ville, ces décennies passées à couper les cheveux, à raser les barbes, à louer des chaises d'un salon à l'autre, à envoyer la moitié de l'argent à sa sœur, à boire l'autre à la brasserie ; ces années à parler sport avec ses compagnons de bouteille, celles passées avec des femmes mal aimées, mais aimées quand même, toute cette vie effacée à l'instant suprême, ces années sans valeur, noyées à l'alcool. Ces années, le Marsouin ne s'en souvient pas directement. Elles sont des idées froides avant la mort, son jugement du temps perdu.

Quelque chose d'autre ne va pas. Ouverture des yeux devenus aveugles. Spasme. Douleur. Extrême douleur. Le corps nu du Marsouin prend la pose d'un danseur étrange et rebondit sur le matelas. Un rebond suivi d'un cri, fort, long, atroce.

Le Coumadin a déclenché un mécanisme imprévu. Sa propriété vasodilatatrice a ramolli les veines du Marsouin, y compris les artères obstruées par des caillots. Libérés par cette dilatation soudaine, les caillots ont circulé. Un nombre impressionnant est venu congestionner diverses parties de son cerveau. Le cri du Marsouin provient d'un réflexe neural qui échappe à ce qui lui reste de conscience. Un neuro-ue estimerait que ce patient est cliniquement mort, que le cerveau ne fonctionne plus, que ce cri est l'équivalent d'un spasme post mortem. Le Marsouin contredirait cette science s'il en avait la capacité.

Le Marsouin est toujours debout devant ce paysage figé avec sa sœur figée, forcé à regarder les cellules de son corps se disloquer. D'infimes poussières de chair, à peine visibles. Il y en a des milliers, des millions. Elles s'enfuient vers le fleuve. Le Marsouin crie avec tout ce qui lui reste d'air dans les poumons, car jamais il n'a connu pire douleur. De nouveaux caillots l'assaillent. Le Marsouin n'en peut plus de mourir. Il sent sa cervelle se gorger de sang à différents endroits, un nouveau spasme propulse son corps contre le sol. Encore d'autres caillots. Il aura vidé ses poumons en cessant son cri.

À la dernière image qui lui appartient, le Marsouin regarde l'ultime cellule de son corps s'effondrer sur elle-même et aspirer son regard à la manière d'un trou noir. Et puis plus rien. Ni âme ni paradis, ni mémoire.

Dans l'appartement 201, un radioréveil indique qu'il est 15 h 11. Les rideaux sont tirés et un corps nu gît à côté du lit. Le visage, face contre terre, garde les traces d'une douleur plus forte que la vie. Les yeux sont ouverts, exorbités, gorgés de sang. Autour du corps, il y a un vieux téléviseur éteint, une pile de cahiers ficelés avec, sur le dessus, une note manuscrite mise en évidence. Il y a une marchette, des béquilles, des rouleaux de monnaie posés sur une table pliante, près d'un fauteuil décati. Cinq mouches domestiques se régalent d'une tache de mélasse sur un comptoir, deux se nourrissent autour de la cuvette des toilettes, trois autres économisent leur énergie après une lutte contre la perfide technologie des fenêtres. Ces mouches s'activeront bientôt. D'ici quelques minutes, elles découvriront un territoire inespéré pour engendrer une nouvelle génération vorace.

RENAÎTRE VIEILLE

15 h 12 – Humidex : 42 °C

Enfin, l'horrible cri a cessé. Juanita va reprendre l'assiette maculée de jaune d'œuf sec. Continuer le récurage. Les œufs secs ont presque fusionné avec la vieille porcelaine brune. Juanita doit utiliser ses ongles pour les arracher sans rayer l'assiette. Son mari n'a pas remué un muscle lors du cri. Il est resté couché sur le ventre, torse nu, vêtu d'un simple pantalon de lin, noué à la taille. En le regardant dormir, Juanita songe de nouveau que ce pantalon de lin pourrait lui aller, que sa coupe est ambiguë, ni pour homme ni pour femme. Vêtu de la sorte, Miguel n'a pas l'air aussi masculin que le jeune homme de ses souvenirs. Mais après trois années de distance, malgré le malaise causé par l'ambiguïté de ce vêtement, Juanita ne peut s'empêcher de regarder son mari. *No culpabilidad… tengo el derecho… estoy su mujer, puedo mirar al cuerpo*[1]…

Avant la sieste, Juanita n'avait pu se retenir d'exprimer sa perplexité quant à ce vêtement. La réponse de Miguel avait pris forme dans une voix rieuse :

— *Es un pantalón para hacer yoga, Juanita, chica*[2].

Puis il avait souri. Ce fameux sourire. Celui qu'il avait servi aux agents d'immigration pour accélérer l'obtention de son statut de résident permanent malgré son mauvais dossier. Celui servi au gérant du bar qui l'emploie, aux professeurs de l'université, à la propriétaire de son appartement.

---

1. Aucune culpabilité… j'ai le droit… je suis sa femme, je peux regarder son corps…

C'est un pantalon pour faire du yoga, petite Juanita.

Miguel a fondé sa vie sur l'efficacité diplomatique de ce sourire. Et jusqu'ici, tout fonctionne à merveille.

À la réplique de son mari sur la vocation du vêtement, Juanita avait répondu avec une moue d'approbation forcée, bien qu'elle ignorait la signification du mot yoga. *Probablemente « jugar » en francés*[3]... L'adaptation à ce nouveau pays lui demande plus d'énergie qu'elle anticipait. Deux nouvelles langues à se mettre en bouche, une nouvelle culture à décortiquer, un mari à retrouver, un nouvel emploi à exercer. Lourde tâche. Peut-être trop pour elle. Juanita commence à le croire.

Le jaune d'œuf résiste dans l'assiette. Son ongle n'arrive pas à déloger la pellicule séchée. Elle devra utiliser une laine d'acier. Juanita admet qu'elle part les mains vides dans cette nouvelle vie. Ses bons coups, sa réputation irréprochable, ses heures passées à aider les autres, plus rien ne compte. Tout est à refaire dans ce pays où même les œufs semblent affecter différemment les fonds d'assiette. Juanita se doute que la lettre de recommandation du Padre Nuñes ne change en rien la situation. Son ancien confesseur lui manque. D'autant plus qu'elle n'a toujours pas trouvé un Padre qui parle sa langue pour confesser ses fautes. Par mesure de sûreté, elle s'impose quatre chapelets par semaine, estimant que deux heures en prières sauront racheter une part de ses péchés hebdomadaires. *Es mejor que nada*[4]...

Les vieilles de Boyacá l'avaient prévenue avant son départ. « *Exiliarse es reaparecer vieja*[5]. » Juanita se souvient de sa sœur Paola qui lui avait montré une carte postale du Canada. Un paysage figé dans le verglas.

---

3. Probablement jouer, en français...
4. C'est mieux que rien...
5. Partir, c'est renaître vieille.

— *¡Te vas a vivir a un país donde el frío transforma el paisaje en cristal*[6] *!*

Juanita y pensait à cette petite sœur, juste avant le cri. Paola aurait pu la suivre, l'accompagner au nord. Elle n'avait rien voulu entendre. Pour elle, le Nord, c'était le pays du diable.

Dans une demi-heure, Juanita servira le repas à son mari qui sera grognon de la première à la dernière bouchée. Juanita voudra l'accompagner pour voir le bar où il gagne son argent, par simple curiosité. *« Quizá mañana*[7]*… »* dira Miguel d'une voix lasse. Mais demain, Juanita commencera sa seconde semaine de travail. Impossible de s'absenter. Sa supérieure avait apprécié sa rapidité d'exécution sur les élastiques de caleçon. Elle lui a promis un boni si elle persistait à ce rythme. Juanita sait qu'elle devra augmenter la cadence pour mériter sa grâce cette semaine. Juanita veut devenir la meilleure employée. Honorer son ancienne réputation et travailler à la création de sa nouvelle. En laissant caler l'assiette au fond de l'évier, Juanita se voit marcher dans les rues de Montréal d'ici une dizaine d'années. Ses vêtements du dimanche sont griffés, ses souliers neufs, sa coiffure impeccable. Dans cet avenir parfait, Juanita marche la tête haute comme une Canadienne de bonne famille. Elle n'a pas besoin de dire un mot, sa présence est un discours.

— *Obsérvame. Triunfo*[8].

---

6. Tu t'en vas vivre dans un pays où le froid transforme le paysage en verre !

7. Peut-être demain…

8. Regardez-moi, j'ai triomphé.

BŒUF

16 h 2 – Humidex : 42 °C

Décidément... maudite température... il va être beau, le nouveau siècle... heureusement qu'il m'en reste pas long à faire... j'espère que les frigos vont tenir le coup... au prix qu'ils ont coûté... il y a des limites. Bon... allez... une pause... Roland Malarche retire son tablier pour passer dans la salle à manger de son restaurant. La journée est calme. Quelques réguliers sirotent des Pepsi, un sans-abri avale des hot-dogs, Monique picole au vin blanc, en solitaire. *Tiens... son ancien voleur de chars est pas avec elle aujourd'hui...* Malarche regarde la jeune fille qu'il a engagée en se pliant aux recommandations de son plongeur. *Elle se débrouille bien comme serveuse, cette Mélina... faut dire que Guylaine lui laisse pas le temps de penser... elle a toujours aimé ça, le pouvoir... dominer... elle doit s'ennuyer de ses anciens clients... pauvre Guylaine... perdre un sein... ça doit pas être facile entre les deux oreilles...* Malarche s'accoude derrière le comptoir bouffe. Il porte un t-shirt blanc qui moule son ventre rond et dur. La cafetière derrière lui dégage son odeur amère caractéristique. Malarche ne remarque pas qu'ils seront bientôt à court de tarte au citron, très populaire par cette chaleur. Son attention est ailleurs.

Une tête rouge se balance derrière la vitrine du restaurant. Lecture du menu. *C'est pas quelqu'un d'ici...* Quiconque connaît Montréal ne prend pas la peine de lire le menu d'un restaurant comme le Malarche. Hamburger, club-sandwich, pizza, poutine, brochettes marinées, smoked-meat, fish and chip, poulet BBQ. Le restaurant gras et salé au décor orange et brun. Un endroit qui sert de la soupe aux pois le vendredi, puis un spécial les midis de la semaine. *Il en met du temps…* La tête rouge analyse toujours le menu. Si ce type entre dans le restaurant, Malarche fera renaître sa vieille tradition. En somme, il dirigera le client vers le comptoir pour engager la conversation. S'il s'avère sympathique, le repas sera gratuit. *Comme ça, il reviendra manger pendant son séjour… qu'est-ce qu'elle fait ?* Monique a vu la tête rouge entre deux gorgées de chardonnay. Elle se lève, replace sa jupe, s'assure de la solidité de son contact avec le sol – *elle est complètement paf…* – se dirige vers la porte. *Depuis quand elle fréquente les touristes ? Tu devrais pas boire autant Monique… ça te fait enfler… ça efface tes chirurgies, ma belle. Tiens, il entre… un bridé… j'espère qu'il parle comme il faut…*

— Bonjour Roland… je te présente… euh… Katako Bitaba, il vient d'Azoka, au Japon… c'est un nouveau au Galant ; monsieur Bitaba, Roland Malarche. Maintenant, excusez-moi, mais j'ai du travail. Bye-bye Roland.

Malarche opine du chef vers Monique et tend la main à la tête rouge.

— Bonjour monsieur… Batiba… c'est ça ?

— Ibata. Takao Ibata.

— Savez, moi, le Japonais…

— C'est mon nom. Takao Ibata.

Les imposantes pommettes de Malarche prennent une teinte violacée. Il porte une main à sa bouche. Pendant une seconde, il ressemble à un bébé joufflu.

— Oh… désolé… J'ai pas l'habitude… Qu'est-ce que je peux vous servir, monsieur… Ibata… oui… Ibata ?

— Du bœuf, s'il vous plaît.

Malarche hésite un instant. *Du bœuf… il veut du bœuf ?*

— Et… c'est tout ?

— Oui, du bœuf.

— OK… et je vous l'apprête comment ?

— Cuit. Si possible.

— Du bœuf cuit. OK…

Malarche retourne dans la cuisine avec un début de mal de tête et des joues rosies. *Il voulait dire un steak, j'imagine… mais j'ai pas de steak assez gros pour faire un repas… et quelle coupe… filet… faux-filet… bavette… coupe du roi. À moins que je lui fasse une assiette dégustation… comme les grands restaurants font pour les fromages. Ils sont bizarres, les Japonais. Du bœuf… en tout cas, il va le payer son bœuf… tant pis pour la tradition…* Malarche ouvre le frigo à viande, analyse les possibilités. Luc avale un hamburger au bout du comptoir de travail, entre deux piles d'assiettes. Une coulisse de moutarde pend à son menton.

— 'Cherchez quoi, msieu Malarche ?

— Bœuf.

— Bœuf ?

— Bœuf.

— C'est pas très clair.

— C'est pour un Japonais.

Luc prend une autre bouchée de hamburger. Sa coulisse de moutarde gagne en volume.

— Ça change quoi ?

Malarche ne répond pas immédiatement. Il est le patron. Il n'a pas à se presser. *Ça change que si quelqu'un vient de l'autre bout de la planète pour aboutir dans mon restaurant, il doit repartir avec des bons souvenirs… c'est une question de fierté… mais on sait bien… les jeunes et la fierté…*

— Ça change qu'on va lui faire kekchose qu'il va aimer. Chauffe le grill.

PARLER SEUL

17 h 45 – Humidex : 41 °C

L'appartement 308, surchauffé par les *floodlights,* sent encore la peinture fraîche. Kaviak est assis en lotus au milieu de son lit de travail, face à la caméra. L'écran ACL de l'appareil tourné vers lui confirme qu'il se trouve au centre de l'image, cadré à mi-corps, le visage bien visible. Kaviak appuie sur un bouton de télécommande et dissimule l'objet entre ses jambes.

« Voilà… C'est fait… (il regarde autour de lui). Je suis déménagé… Un nouvel immeuble, un nouvel appartement… Du changement, comme on dit… (Kaviak baisse les yeux, le temps d'une inspiration). Du changement. Fascinant à quel point le changement est devenu un phénomène positif… Avant, c'était risqué… aujourd'hui, c'est en certitude d'un changement pour le mieux. (Il se gratte l'avant-bras.) Le changement est devenu la nourrice de notre lassitude… c'est charmant comme évolution. Plus les changements sont possibles, plus nos contentements sont brefs… L'instabilité s'est transformée en constance, en loi élémentaire… et l'obéissance à cette loi a transformé la nouveauté en absolu moral… (une goutte de sueur coule de son front vers son nez)… Changer de territoire, de pays, de vêtement, de partenaire, de religion, d'éthique, d'orientation sexuelle… N'importe quelle nouveauté est une expérience précieuse depuis que la vie fait autre chose que survivre… »

Kaviak prend sa télécommande, appuie sur le bouton pause, se lève du matelas *queen,* boit un verre d'eau. La saveur terreuse du liquide le fait grimacer. Sans lâcher son verre, il regarde sa caméra. *Faudrait pas que j'aille trop loin… pas tout de suite…* Kaviak jette l'eau restante dans l'évier et retourne sur son lit de travail. Télécommande, bouton *rec*.

« J'ai choisi cet appartement pour un ensemble de raisons, mais surtout parce que je crois que ce changement est susceptible d'améliorer mon existence… Améliorer ma médiocrité quotidienne, réduire l'importance des léthargies, me permettre de vivre mieux, ce genre de choses. Quand vivre sa vie est le seul absolu disponible, il y a juste l'amélioration qui compte. (Il regarde autour de lui.) Au fait qu'est-ce qui s'améliore vraiment avec ce changement ? Mon corps est le même… ma mort reste une issue certaine… mes souvenirs ne changent pas. Qu'est-ce qui s'améliore si je reste identique ?

« Et si l'amélioration, c'était une hausse de médiocrité… (Kaviak sourit en terminant sa phrase, heureux de s'en sortir sans prendre trop de temps.) Et si c'était que la nouveauté nous obsède parce qu'elle demande une période d'adaptation, un temps mort où on s'attarde sur des questions de surface ? Est-ce que j'ai bien placé ce lit ? Est-ce qu'il me manque une table de chevet ? Est-ce que je vais aimer le quartier ? (Kaviak se gratte l'arête du nez en constatant l'authenticité de cette dernière interrogation.)

« En général, notre pensée possède la profondeur de nos angoisses… et sans gravité, sans urgence vitale, pourquoi perdre notre énergie à réfléchir ? Pourquoi chercher la profondeur quand la surface nous séduit ? La nouveauté que je m'offre ici (il pointe son appartement d'une main), elle m'apporte le luxe de la futilité jusqu'à épuisement de l'effet d'adaptation… Un peu comme des vacances de la pensée… (il s'éclaircit la voix). Vu de cette manière, le changement, c'est une médication contre la réflexion… »

Kaviak interrompt l'enregistrement. Il a suffisamment de matériel pour arriver à ses fins. Sans perdre de temps, il éteint les *floodlights* et s'essuie le front avec le bas de sa chemise. Un renvoi acidulé lui monte à la gorge. Il n'a pas eu le temps de passer à l'épicerie. *Manger… et vite…*

— C'est vrai, le resto en bas… j'espère que leurs frites sont bonnes.

CETTE FEMME EST UNE AUTRE

20 h 27 – Humidex : 38 °C

Trevor songe au texte qu'il écrira pour résumer sa première séance avec la fameuse Jade of The Galant. Il note des idées générales, tente d'aller à l'essentiel, mettre de l'ordre dans sa tête bordélique. Trevor n'a pas dormi depuis son arrivée au Galant. Il y avait laissé ses quelques affaires en arrivant hier, puis il s'était dirigé vers le Pussy. Comme à ses précédentes visites, le propriétaire de l'endroit l'avait accueilli avec une accolade et s'était chargé de commander de la pizza et du scotch. Le Pussy, samedi soir oblige, offrait une dizaine de filles à ses clients. Trevor prit rendez-vous avec chacune d'elle à intervalle d'une heure et organisa quelques doublés avec celles dont les noms rimaient, par caprice. Il étala mille cinq cents dollars dans la paume du proprio et garda le double pour s'assurer d'obtenir les services désirés de la part des masseuses. L'emploi du temps de sa soirée s'annonçait comme suit :

19 h : Kim, minuscule asiatique spécialisée en prostate ;

20 h : Tatiana, grande Russe blonde au pouvoir d'aspiration légendaire ;

21 h : Justine, jeune étudiante aux seins refaits ;

22 h : Stéfie, longues jambes, seins d'adolescente, bavarde, mais expérimentée ;

23 h : Sabrina, dominatrice de courte taille, très recommandée, excellent service ;

Minuit : Alex, androgyne à la peau de lait et aux cheveux courts, amateur de tantrisme ;

1 h : Ange-Marie, grande Haïtienne aux allures de top modèle décati ;

2 h : Tatiana et Sabrina, la succion et le fouet ;

3 h : Lynn, anglophone baptiste réactionnaire à tendance nymphomane ;

4 h : Justine et Lynn, le silicone et l'obsession ;

5 h : Cassiopée, la meilleure pour faire voir des étoiles ;

6 h : Pénélope, amateur du style grec, moyennant supplément.

Pour profiter de ses séances, Trevor avait avalé un premier comprimé de Viagra avant son premier rendez-vous. Il avait répété l'ingestion d'une dose aux deux heures, chaque fois rincée par de franches lampées de scotch. Lorsque Pénélope avala ses minuscules dernières gouttes de foutre, l'horloge au mur marquait 7 h 12. Pénélope avait terminé sa longue soirée et le Pussy fonctionnait avec le personnel de jour. Trevor mit fin à son marathon dépravé à la vue des nombreuses rougeurs sur son gland. Il réclama un sac de glace, ses bouteilles de scotch restantes, laissa cinquante dollars de pourboire sans raison précise, marcha jusqu'à son nouveau chez-lui.

Vidé, oubliant la moitié des filles vues, soudoyées, palpées et pénétrées la veille, après quelques heures de mauvais sommeil, Trevor rédigea sa critique quotidienne sur merb.ca de manière impressionniste. Devant l'écran du Vaio, il s'expliquait mal ses difficultés syntaxiques. Plusieurs phrases se retournaient contre lui, narguaient ses prétentions à l'éloquence, brisant ses élans, déboîtant ses tentatives de métaphores, d'allégories. *Il y a des jours comme ça… faut pas lâcher… fucking insects… ils pourraient aller ailleurs que sur moi aussi… ça déconcentre…* Lorsqu'il publia son texte, Trevor fit passer un long bâillement entre ses dents. *OK, let's go back to sleep…*

— *Ah shit!… this can't be…*

Il ne restait que trente minutes avant son rendez-vous avec Jade.

Visite éclair aux chiottes. Marche rendue difficile par l'alcoolémie avancée (sa résolution de se mettre au jus de fruit dura jusqu'à midi). Culottes baissées, le constat était positif. Non seulement son gland présentait de nombreuses marques d'irritation, mais de profondes gerçures s'étaient formées à proximité de l'urètre. Trevor versa une lampée de scotch pour tester le niveau de sensibilité.

— Mmmmhhrrrrr…

Trevor ne cria pas. Il devint crispé, souffla avec force, tapa du pied, frappa un coup contre la céramique du mur. En relevant la tête, il esquissa un léger sourire. *No sex for a couple of days… OK… perfect… tout marche comme prévu… tout est sous contrôle…*

Trevor se pointa à la porte de Jade à 15 h, bouteille de scotch à la main. La prostituée lui ouvrit, souriante, professionnelle. La ressemblance avec Jenny était troublante. *Oh my God…* Trevor dissimula son étonnement en accroissant la froideur de son regard. *C'est pas croyable…* La photo du site Internet de cette putain lui avait donné une vague impression de ressemblance avec son dernier amour. Trevor avait traîné un maigre espoir de s'offrir cette similitude avant d'en finir. *Question de boucler la boucle…* Le visage qu'il avait sous les yeux était celui d'un sosie, d'un clone, un calque presque parfait. *Juste les cheveux qui fonctionnent pas… juste les cheveux… arrête de la regarder… speak up…*

— Bonjour.

— Bonjour, je parle anglais vous savez.

— Non, non. Français… Angelo vous a parlé de moi… bien… vous avez fait vos devoirs ?

— Oui, bien sûr.

— *Good…* Appelez-moi Adamson. Ce sera mon nom pour vous.

Trevor avait utilisé un ton sévère. Le même qu'il sortait pour rassurer ses clients paniqués quand le marché tombait.

Une voix militaire, aussi carrée que sa mâchoire. Cette putain devait lui obéir. Au moindre mot. Au moindre geste. *Tout est question de contrôle…*

Les trois heures de la rencontre, Trevor les passa assis, face à Jade. Il fixait sa putain, sans répit, trempant les lèvres dans le scotch pour se maintenir éveillé. Une phrase revenait dans son esprit, une suggestion. *Cette femme est Jenny… cette femme est Jenny… cette femme est Jenny…* Jade rompit le charme à quelques occasions, demandant à boire et à pisser. Il n'en était pas question. Elle devait rester là, devant lui, à lui. *Le contrôle est la clé…*

Trevor regarde le document Word à l'écran de son Vaio et se questionne sur les notes qu'il doit prendre. *Comment faire état d'un moment où il s'est rien passé… how can I do that? Ce serait pas une critique… à moins que j'écrive une anticipation… ce serait bizarre. Il faut que j'écrive… juste quelques lignes… j'aurai qu'à les publier en me levant demain…* Trevor renoncera bientôt à sa prise de notes. Le manque de sommeil le rattrape. Il se demande s'il brûlera le livre demain. *Je vais dormir là-dessus… mais je pense que j'ai de l'avance sur le programme. Thanks to her makers… what a piece of work they did. Quelle chance, ce sera comme avec Jenny. Peut-être demain, le livre…*

LE PARADIS DES MOUCHES

22 h 43 – Humidex : 35 °C

L'appartement 201 baigne dans une lumière artificielle, filtrée par des rideaux diaphanes. Dehors, les lampadaires plantés sur les trottoirs dessinent des cônes de smog au-dessus de la rue. L'appartement du Marsouin est à l'abri des regards. Fenêtres closes, rideaux tirés, porte barrée. L'air y est stagnant, lourd. À première vue, rien ne s'y passe, rien ne bouge. Pourtant.

Le Marsouin ne respire plus depuis près de sept heures. Ses cellules ne reçoivent plus leur nécessaire livraison d'oxygène. Celles du cerveau ont été les premières à renoncer. À peine trois minutes après l'ultime prise d'air. Celles de ses muscles ont combattu pendant quelques heures. Leur abandon biochimique a rigidifié chaque fibre musculaire, transformant le Marsouin en une masse de chair raide. À cette heure de la soirée, les dernières cellules vivantes de son corps sont celles de la peau et des os. Avec cette canicule, elles ne résisteront plus longtemps. La peau du Marsouin est déjà très pâle. Un cuir livide, exsangue, distendu par la chaleur.

Le Marsouin est figé dans la position de ses dernières douleurs, nu, face contre terre, bras, doigts et jambes tordues. Son ventre rond fait en sorte que ses fesses se trouvent légèrement soulevées vers le haut. Depuis l'arrêt du cœur, les bactéries qui, autrefois, se nourrissaient de sa merde, se sont mises à dévorer l'intestin, devenu sans défense. Parce que la température extérieure ne permet pas au corps de se refroidir, ces clostridiums et coliformes ont mangé avec appétit. Elles en sont maintenant aux organes vitaux. Foie, cœur, estomac, poumons. Le pancréas, gorgé d'enzymes digestives, s'est digéré lui-même à la première occasion. Les nombreuses bactéries du Marsouin produisent de fortes quantités de liquides et de gaz. Les liquides feront gonfler le corps de l'intérieur. Les gaz, eux, servent de signal aux insectes.

Les insectes. Il y a déjà une première espèce présente au rendez-vous. Une cinquantaine de mouches domestiques ont rapidement flairé la bonne affaire. Elles ont pondu leurs œufs dans les cavités disponibles. La bouche, les oreilles, les yeux, les narines, l'anus, l'urètre. Une dizaine d'entre elles étaient dans l'appartement au moment du décès. Elles ont pondu quelques minutes après les derniers mouvements du Marsouin. Les autres mouches sont passées par la fente sous la porte. Elles ont pris d'assaut les mêmes cavités. Près de deux cent cinquante œufs par ponte. Chacun produira une larve carnivore. De nouveaux insectes se joindront à la fête lorsque les premières odeurs de putréfaction sonneront l'heure de leur repas. La chair pour certains, les larves pour d'autres. Jusque-là, les mouches seront les seules maîtresses.

Grâce à cette chaleur d'étuve, les œufs se développeront rapidement. Les premières larves commenceront à se délecter des chairs avant douze heures. Demain soir, le Marsouin sera déjà envahi entre peau et muscle par de minuscules larves blanches, grouillantes. Autour de lui, de nouvelles mouches continueront de pondre des œufs, de se battre pour assurer leur pérennité. Habituées aux pigeons morts, ces mouches viendront en grand nombre dans l'appartement du Marsouin. Elles bourdonneront, se percheront dans les rideaux, chercheront des miettes de nourriture, des sucres ; elles reviendront vers le corps, songeront déjà à effectuer une nouvelle ponte. Aucune ne sortira de l'appartement. Elles arpenteront le corps du Marsouin avec la satisfaction biologique du devoir accompli. Malgré tout, les mouches demeureront sur le qui-vive, effrayées par la possibilité d'être repérées par un prédateur. Elles ne trouveront aucun repos dans l'abondance.

PARENTS-ÉCOUTE, BONSOIR

22 h 43 – Humidex : 35 °C

Il y a longtemps, très longtemps que cette musique a visité les oreilles de Fanny. Malgré les années, elle la reconnaît sans peine, son compositeur possède une signature, une touche sérielle caractéristique. Fanny ouvre une bouteille de vin blanc pour souligner l'événement. Elle se souvient du concert de Philip Glass comme s'il avait eu lieu hier. Elle y était allée seule, ne connaissant personne susceptible d'apprécier la finesse de ce compositeur. Et voilà que l'occupant du dessous lui fait grâce de cette musique. *Ça commence bien... bien mieux qu'avec l'attardé mental qui se rinçait les tympans au Rod Stewart...*

Fanny a déposé ses Wayfarer sur la table de salon. *Aucune raison de me coller du plastique sur le tour d'oreille quand personne me regarde...* Elle est de quart cette nuit, ce qui ne l'empêchera pas d'écouter les bruits nocturnes entre les appels. Analyser les cris des fêtards, surprendre les conversations des passants, sentir les va-et-vient qui animent Le Galant des beaux soirs. Elle entend Jade faire les cent pas chez elle. *Ça lui ressemble pas... quelque chose doit la préoccuper... j'espère que c'est pas son père... une troisième crise l'achèverait...* Un peu plus bas, des jeunes s'amusent à chanter dans la rue. Leur chœur approximatif a quelque chose de touchant. Fanny repère trois voix masculines et trois voix féminines. Il semble y avoir quelqu'un qui marque le rythme avec de curieux bruits de bouche. *Il est pas mauvais, il tient le rythme...* Ce boucan sympathique l'empêche d'en apprendre davantage sur l'homme qui a emménagé à côté de chez elle. Fanny présume qu'il s'agit d'un homme par la lenteur et le poids de sa démarche. *Il pose le pied avec un poids qui n'a rien de féminin… je me trompe peut-être. Ce voisinage sera pas dérangeant si l'année se déroule comme ce soir…*

Depuis une dizaine de minutes, Fanny pétrit un morceau de pâte à modeler en buvant du riesling à petites gorgées. Elle malaxe la pâte, la serre entre ses doigts, crée un négatif de sa paume, recommence la manœuvre. Quand les bruits extérieurs diminuent, elle cesse de pétrir pour analyser l'empreinte laissée dans la pâte à modeler. Elle tente de savoir quelles formes ses mains prennent avec l'âge. Presque chaque fois, elle s'étonne de la taille des marques qu'elles laissent. *Des mains de travailleuses… c'est toujours ce qu'on me dit… des mains de gros ouvrages… des mains d'homme… mon grand-père…*

Son téléphone carillonne. Elle laisse sonner trois coups, le temps d'installer son casque d'écoute. Elle reprend sa pâte à modeler en répondant.

— Parents-Écoute, bonsoir.

La voix est masculine, confuse, haletante. Elle dit : « Je regrette, je regrette tellement », et plus rien. La respiration qui la suit devient un calque des battements de cœur de l'homme au bout du fil.

— Vous regrettez quoi, monsieur ?

La voix hésite, bégaie. Elle a peur d'être jugée. Elle dit avoir appelé par erreur. Par désespoir.

— Les cris de désespoir, ce sont jamais des erreurs, monsieur. Je suis ici pour vous écouter, c'est tout. Je juge personne.

La voix souligne que si elle parle, elle sera jugée coûte que coûte, qu'elle est désolée d'avoir appelé.

— Raccrochez pas… Monsieur ?

L'homme a raccroché. Fanny détache un petit morceau de pâte à modeler, le porte à sa bouche. Elle mastique doucement, mélange un peu de riesling au casse-croûte.

Il va rappeler… dans cinq secondes… il va rappeler… Carillon.

— Parents-Écoute, bonsoir.

— Oui… C'est… c'est moi… je viens juste d'appeler… Je panique… C'est terrible… mon Dieu… c'est terrible… Je voulais pas raccrocher… j'ai… j'ai peur… Je sais même pas si c'est de ma faute…

— Respirez, monsieur, doucement… c'est ça. Encore une fois… doucement… voilà.

— Je suis pas pédophile madame… j'ai jamais fantasmé sur les petites filles… jamais… je regarde même pas de porno, je trouve ça dégueulasse… je comprends pas ce qui arrive…

Fanny demande à l'homme de lui dire la raison de son appel. L'homme hésite avant d'arriver à entreprendre son récit. Il dit être : « Marié, deuxième femme. Depuis quatre ans. Très heureux. On habite une grande maison à Saint-Lam… en banlieue. Je suis ingénieur informatique, ma femme est cancérologue. On a la garde partagée de nos enfants. Les miens, c'est des gars, huit et onze ans. Les enfants de ma femme, c'est des filles, onze et seize ans… Ma femme est partie en voyage à Marineland, elle a invité sa plus jeune avec elle. Mes fils sont chez leur mère pour deux semaines… La fille de seize ans est restée à la maison… son nom, c'est… »

— Il y a pas de problème, tout est confidentiel, monsieur.

— Elle s'appelle Milly. Milly. Elle était supposée dormir chez une amie… J'avais ma première soirée solitaire en presque cinq ans… j'ai eu envie de me taper une journée de gars, comme avant… avant tout ça… en tout cas… J'ai ouvert un saint-estèphe 1990 vers deux heures… L'ai bu sur ma véranda…

— Il était bon ?

— Vous vous y connaissez ?

— Un peu, c'est une excellente année pour les saint-estèphe, non ?

— Il était meilleur que tout… de la vraie pisse de dieu…

Fanny laisse poindre un léger rire qui détend l'atmosphère. L'homme ralentit son débit.

— Après le vin, j'ai bu des verres de grappa, pis d'armagnac… sais plus combien, mais j'étais soûl avant les nouvelles de six heures… En bouffant, j'ai entendu Milly qui rentrait… Il était quoi… sept, sept et demi ? J'sais pas. Elle avait magasiné toute l'après-midi… pis elle avait bu… Je savais qu'elle picolait avec ses amies de temps en temps… on a tous fait ça à seize ans… pis, de toute façon, j'aime mieux ça que la drogue… voyez ce que je veux dire… en tout cas… Elle m'avait jamais vu comme ça… je veux dire, je bois jamais devant les enfants… Je lui ai dit : « Je peux voir que je suis pas le seul qui a trinqué. » Elle a rougi. « T'as bu quoi ? » – « Du Big House Red », qu'elle m'a dit… Le père de sa copine les avait surprises, pis leur avait pété un plomb… En tout cas… comme on était réchauffés, je lui ai offert un verre d'armagnac… j'ai pensé que c'était ma chance de jouer copain-copain avec elle… savez, c'est pas facile de se faire respecter par une adolescente… j'ai voulu être cool…

— Et puis ?

— Elle m'a trouvé phat… j'imagine que ça veut dire cool. Elle pensait pas ça de moi… vraiment contente… Après son premier verre…

— Il y en a eu d'autres ?

— Oui. OK… Je sais ce que vous allez penser… moi, je voulais seulement qu'elle apprenne c'est quoi une vraie gueule de bois… je suis vraiment trop épais… … … En tout cas… après le premier verre, elle a voulu me montrer les vêtements qu'elle avait achetés avec son amie… moi, je pensais qu'elle allait seulement les sortir du sac… mais non… elle voulait faire une parade de mode… et en plus, j'ai dit oui… je voulais juste être cool… … … En premier, elle m'a montré ses jupes, pis ses camisoles… elle tenait l'alcool, marchait bien droite… Elle voulait des commentaires sur ses vêtements… elle voulait savoir si ses bas mettaient ses cuisses en valeur, si ses épaules étaient pas trop carrées dans tel ou tel chandail… Moi, je suis auditif, je remarque rien… mais là, j'étais soûl, pis je me rendais compte que Milly… eh shit ! je peux pas croire que je raconte ça à une inconnue… … de toute manière… aussi bien continuer… Je veux dire… je découvrais qu'elle avait pas seulement un joli visage, disons. La fille de ma femme… Fuck… elle est belle à faire bander un mort… … … Après – je sais plus combien de verres on avait bu –, elle a voulu transformer ça en parade de sous-vêtements… j'ai refusé… j'ai dit que ça se faisait pas… elle a boudé… elle a dit que sa parade de mode allait pas être complète sans les sous-vêtements…

— Et vous avez cédé…

— Je voulais juste être cool…

— …

— La parade s'est bien passée… hum… Des soutiens-gorge noirs, des rouges, à dentelle, sans dentelle, toujours avec les culottes assorties… Si elle ressemblait pas autant à sa mère aussi… le même visage, mais sans l'âge… les mêmes yeux fragiles qui disent « aime-moi, aime-moi »… si seulement elle ressemblait pas autant… … … Je savais que je bandais. Dur. Raide. Plus qu'avec ma femme. Vraiment. Pis elle est apparue dans un ensemble string et soutien-gorge d'un blanc parfait… Crisse, on aurait dit une nymphe… Pis son, hum… son string avait été mal placé… je voyais une partie de son, de sa… vous comprenez. J'ai figé. Complètement figé devant ce petit maudit bout de peau rose… tellement rose… Je pense que mon cœur faisait bouger ma poitrine… Elle m'a dit « tadam ! Le défilé est terminé » en venant s'asseoir à côté de moi… Le pli du sofa l'a fait tomber vers moi, pis un de ses seins est venu toucher mon bras gauche… Son petit bout de peau rose paraissait encore plus… Je lui ai demandé d'aller s'habiller avec une voix très calme… « Il fait tellement chaud, André, j'ai pas envie… puis de toute façon, c'est comme si j'étais en costume de bain. » J'ai pas dit un mot de plus… je voulais pas qu'elle remarque la bosse dans mon pantalon… J'suis allé aux toilettes… « Pour pisser mon vin », j'ai dit… J'ai ouvert l'eau, m'en suis passé dans le visage… j'ai regardé ma face dans le miroir… mes maudits cheveux gris, les veines qui me tapent dans le front quand je pense trop… Je sais pas combien de temps j'ai passé aux toilettes… Mais je me suis crossé… trois fois… J'essayais de penser à ma femme, mais à chaque fois, je revoyais l'hostie de bout de peau rose, pis j'explosais… … … je suis un sale… un hostie de pédo…

— Respirez doucement, monsieur… ménagez votre cœur…

— Comment vous savez pour mon hypertension ?

— L'intuition… Qu'est-ce que vous avez fait après les toilettes ?

— Le salon… je suis retourné au salon… Elle s'était endormie… Je l'ai emmenée dans son lit, je l'ai bordée… C'est fou, elle a la même odeur que ma femme, mais en mieux. J'ai écouté les nouvelles à la CBC pour me changer les idées, pis je vous ai appelée…

— Pourquoi vous avez parlé de pédophilie ?

— Franchement, ça me paraît évident, c'est la fille de ma femme !

— Quand j'avais seize ans, j'étais plus une enfant. On peut légalement se marier à cet âge-là. Il y a pas de pédophilie là-dedans…

— Vous… vous êtes certaine ?

— Vous êtes pas un pédophile, André.

— Attendez, elle s'est réveillée, elle descend… je peux vous rappeler ?

Fanny n'est pas supposée donner son numéro personnel, mais dans ce cas particulier, elle préfère assurer le suivi elle-même. Philip Glass ne joue plus dans l'appartement d'en bas. Encore une petite bouchée de pâte à modeler. *Je pense qu'une salade au thon serait une bonne idée pour demain midi… je pourrais rajouter des tomates cerise… avec cette chaleur, il faut pas se charger l'estomac… pauvre gars… je me demande à quel point la fille a fait exprès… il va la trouver pénible, sa semaine…*

Lundi 3 juillet

La richesse des odeurs pauvres

LE CONTRAT DE SARAH

8 h 23 – Humidex : 34 °C

Il pourra pas savoir… non… il pourra même pas s'en douter. Je suis chanceuse qu'Adamson ait pas claqué. Quelle chaleur… elle va être atroce, cette journée… ça accélérera le contrat, peut-être…

Le contrat Adamson, Sarah planche dessus depuis trois mois aujourd'hui. Sarah n'y songera pas, n'ouvrira aucune bouteille pour marquer l'événement. Elle passera sa journée enfermée, aspergera son visage d'eau à chaque demi-heure. Sans plus. Sarah est persuadée qu'Adamson l'a identifiée. Les chassés-croisés ont été inévitables en trois mois de traque.

En regardant les données affichées sur son Palm, Sarah repense à l'incident d'il y a deux semaines. Son Palm affichait le cœur d'Adamson à 42 bpm. Sarah s'était dit que ça y était, qu'après dix semaines de boulot, son contrat allait cesser de respirer et mettre un terme à cette sordide poursuite. Adamson résidait dans un immeuble semblable au Galant, une de ces constructions du type cages à poules sixties du Centre-Sud. Un immeuble avec balcon commun garantissant l'accès aux escaliers de secours, à l'arrière comme à l'avant. Adamson poursuivait sa phase bas-fonds, comme Sarah l'avait baptisée, nostalgique de son époque cinq étoiles. Le Palm restait stable à 42 bpm. Trois fois plus lent que le rythme habituel. Selon les archives de cette journée, en une heure, le cœur d'Adamson était passé de 124 à 68 et dans la dernière demi-heure, avait atteint les 42 bpm. *Pas de doute, il tombe dans le coma… commençait à être temps…* De sa mallette grise, Sarah sortit son Beretta Px4

Storm, installa le viseur laser, vérifia son chargeur, prit son silencieux, rangea l'arme dans le fourreau de sa bandoulière, enfila une légère veste et sourit avec sa large bouche, s'imaginant déjà loin de Montréal, du Canada, de l'Amérique.

Adamson logeait deux appartements plus loin, sur le même palier. Par le balcon commun, Sarah allait pouvoir se glisser en silence jusqu'à son logement.

Arrivée aux abords de la porte-fenêtre d'Adamson, Sarah inspira profondément et regarda son Palm de nouveau : 41 battements par minute. Tout allait bien. *Un petit coup d'œil furtif d'abord… rien… pas de visu… est-ce que j'entre… non… trop risqué, ça me prend un visu… si seulement il avait pas tiré son store vénitien dans cette direction… marche normalement vers l'autre côté… reste cool…* D'un pas normal, décontracté, Sarah passa devant la porte-fenêtre d'Adamson, fit demi-tour, revint sur ses pas. Coup d'œil.

Fuck! Il fait chier…

Adamson n'était pas comateux, il ronflait dans un fauteuil de cuirette brune. Son visage était paisible, comme si la sieste parvenait à ralentir son métabolisme, à étirer son sursis. Sarah l'observa un moment. *Tout pourrait finir maintenant et personne verrait la différence…* Sa main alla rejoindre la crosse de son pistolet. *Tant pis, j'y vais, le moustiquaire me gênera pas…* Comme elle était sur le point de sortir le Beretta du fourreau, le Palm émit un tintement aigu. Le cœur d'Adamson remontait la pente. Il affichait déjà 63 bpm. Sarah ne pouvait lire les données, mais elle connaissait les signaux de son appareil. Les paupières du dormeur sautillaient, suggérant qu'il rêvait. Le Beretta était sorti du fourreau. Comme Sarah vissait le silencieux, le visage d'Adamson se contracta. Il ouvrit un œil glauque et baragouina *« can see you… »*, avant de replonger dans le sommeil.

Sarah interrompit l'opération et rejoignit la ruelle au pas de course. Il pleuvait dru cette journée-là. Le temps de regagner son appartement en passant par le devant de l'immeuble, même sa petite culotte avait pris l'eau. *Il est pénible, ce contrat... très pénible...* Depuis cet épisode, Sarah avait décidé de ne plus bouger avant que le Palm n'indique 0, comme prévu.

Non, il pourra pas savoir, le patron... Quand Sarah vérifia le cœur du client, en arrivant tôt ce matin, le 104 bpm à l'écran autorisa la détente de ses nerfs. Elle sourit presque. L'âcre odeur de moisissure de l'appartement la ramena dans le cadre étroit de sa réalité. *N'importe qui... faites qu'il crève cette semaine...*

Trois jours plus tôt, Sarah était arrivée dans l'appartement 404 du Galant. Adamson devait arriver peu après elle, mais le GPS suggérait qu'il allait passer sa nuit au Pussy. Sarah avait regardé son paquetage, son Palm, les quelques livres achetés pour tuer le temps, son arsenal portatif, sa mallette anonyme. Ses objets tenaient sur une fraction du lit. Un lit sale, encore rempli des effluves acides de son usager antérieur. Sarah avait regardé les murs troués du 404, l'évier rongé par le calcaire. *J'en peux plus... c'est trop absurde... pas question qu'il me fasse moisir encore longtemps, le vieux salaud...* Le mur se brouilla partiellement. *Il est où le problème maintenant?* Sa main se dirigea vers son œil gauche. *C'est pas vrai...* Ses doigts confirmèrent une improbable humidité. Elle larmoyait. *Tu vas pas te mettre à chialer pour ça... sois pas faible... tu vas pas brailler comme une fillette...* Des larmes se formaient dans son œil gauche, le droit donnait aussi des signes de détresse. *T'as pas chialé depuis des années... c'est pas ce chien sale qui va te réveiller les lacrymales. Tu pleures pas... tu pleures pas...* Rien à faire, les yeux de Sarah coulaient. Des gouttes salées atteignaient le bas d'un visage rond aux traits durs, rappelant les paysannes de Bruegel le vieux. Sarah avait besoin de vacances, de se rappeler que la vie pouvait être agréable, par moments. *Si le contrat claque pas, le patron saura rien…*

Sarah avait près de mille dollars répartis dans ses quatre poches de jeans, pour les cas d'urgence. *C'est un cas d'urgence… pas de retrait par guichet, personne pourra me retracer…* Sarah cacha ses objets sous le lit, garda son paquetage intact, fonça hors du Galant, loua une voiture, prit le premier pont et roula jusqu'à la tombée du soleil. Chemin faisant, elle acheta une tente et un sac de couchage. Tente qu'elle planta aux abords du lac Mégantic, à deux pas de la frontière américaine. *L'impression d'être ailleurs… c'est déjà mieux…*

Sarah l'avait fait. Elle se sentait coupable, mais elle l'avait fait. Après douze semaines de villes et d'analyses compulsives des données retransmises sur le Palm, Sarah avait eu l'audace de foutre le camp. *Mon premier et mon dernier contrat, pas de doute, même si c'est payant…* Le contrat, c'était une allocation hebdomadaire de 4000 $ déposés par virements automatiques pendant la durée d'exécution, des prestations compensatoires de 10 000 $ par semaine une fois le travail accompli, plus un boni de 100 000 $ si le contrat durait plus de huit semaines. Le gros lot. Le tout placé dans un compte suisse, ouvert pour l'occasion.

Couchée dans l'herbe du camping municipal de Piopolis, Sarah estimait recevoir 250 000 $ si le client claquait dans les sept jours. *Assez pour ne plus avoir à me faire chier… de quoi vivre en riche dans un pays pauvre…*

Même si elle ne voulait pas l'admettre, la décision de la police de Vancouver lui pesait sur le cœur. Oui, elle regrettait d'avoir tiré ; oui, elle reconnaissait avoir visé cou et non pas genou ou cuisse et oui, elle se repentait d'avoir agi de son propre chef, avant l'arrivée des renforts. Elle avait eu une fenêtre de tir idéale et le *timing* ne mentait pas. Un tir parfait. Sa balle coupa net l'épine dorsale du preneur d'otages. N'importe quel tireur aurait parlé d'exploit, de chirurgie. Au Texas, ce coup lui aurait valu une promotion. Mais les hauts gradés de la force policière de Vancouver avaient fourni une autre évaluation. Mécontents sur toute la ligne, qualifiant la survie de l'otage de miracle. Ils mutèrent Sarah la journée suivante, ajoutèrent une sévère réprimande à son dossier, remirent son cas au comité de discipline, lui vissèrent le cul derrière un bureau. Sarah démissionna après huit jours, sans préavis. Le service ne la retint pas. Son dossier changea d'arborescence dans les fichiers centraux pour tomber dans un oubli relatif. Trois semaines après sa démission, son condo et ses biens vendus à rabais, Sarah se retrouvait à Toronto, à la demande d'un type ayant entendu parler de son histoire. Un type sans nom. Le patron.

En acceptant ce boulot, Sarah se retirait de manière permanente de ce qui avait été sa vie des dernières années. Finies les attentes de promotions, finis les week-ends de ski à Whistler avec les copines, finie sa relation sans avenir avec cette femme mariée qui se bornait à rester mariée. Quand le patron lui parla du contrat, il avait parlé d'une période se situant entre aujourd'hui et dans deux mois. À l'époque, cette incertitude la laissait indifférente, comme tout le reste. Malgré l'allongement de la période prévue, tout se déroulait sans histoire. Jusqu'à cet après-midi du 30 juin où ses glandes lacrymales lui envoyèrent un signal.

En nageant dans l'eau claire du lac Mégantic, Sarah comprit quelque chose de vital. Elle ne parvint pas à définir ce qu'elle avait saisi, mais une émotion nouvelle allégeait sa poitrine, une forme de renonciation tranquille. Mais là n'était pas le but de son escapade. Avec un visage redevenu neutre comme la pierre, Sarah chassa toute pensée de son esprit et passa la fin de semaine à nager, heureuse d'être libre, loin de ses engagements.

Ce matin, ce sont des crampes qui l'avaient éveillée. Sarah quitta Piopolis juste avant le lever du soleil et laissa sa tente sur place. Lorsqu'elle passa Granby sur l'autoroute, elle nota la couleur de l'air, une soupe épaissie, grisâtre. Arrivée au pont Champlain, la soupe était devenue purée. Sarah n'aperçut aucun gratte-ciel, encore moins la montagne. Le port restait une image diffuse, à peine visible. Le smog avalait tout, jusqu'à la fin du pont. Les animateurs de radio répétaient les avertissements de chaleur accablante, d'humidité, de smog. Leurs blagues tombaient systématiquement à plat. *J'espère qu'il a pas eu la mauvaise idée de claquer… avec la chaleur, il serait en mauvais état… non… il est pas mort… il est pas mort…*

Dès qu'elle eut passé la porte du 404, Sarah s'agenouilla pour prendre le Palm sous le lit. Une fois en marche, le programme d'électrocardiogramme indiquait zéro et le GPS situait Adamson à quelques mètres, dans l'appartement à côté. *C'est normal, il a pas reçu le signal… il doit digérer l'information… vas-y… télécharge tes données… allez…*

— Bip.

Génial… 104 bpm… pourvu que le patron découvre rien… ce sera comme si rien s'était passé…

Sarah aimerait trouver le sommeil dans ce nouvel appartement. *Si seulement j'avais pu laisser mes crampes là-bas… faut dire que je retardais ce mois-ci. Je devrais me coucher sur le ventre… ça pourrait aider. Quelle heure il est ?* Il est 8 h 24. Dès 9 h, Sarah entrera dans une pharmacie du quartier, achètera des Motrin et deux paquets de serviettes sanitaires, se souvenant d'une parole de sa mère : « Tu sais, moi, avant d'accoucher de ton grand frère, je voulais mourir à chaque fin de cycle. » Tout en payant, Sarah se promettra de se faire enlever l'appareil génital pour ne plus jamais ressentir de pareilles douleurs. *Ça fera ça de gagné…*

LA FAUTE AU SOLEIL

10 h 33 – Humidex : 38 °C

Henriette regarde Roméo. Il est assis au bout du lit pour regarder le téléviseur. À travers ses propres effluves de crasse médicamenteuse, Henriette parvient à déceler des pointes subtiles de l'après-rasage de son vieux mari qui se palpe les joues en regardant le canal météo. Un jeune homme à la diction impeccable explique qu'un anticyclone figé au sud de la province restera ainsi pour une période indéterminée. Il ajoute que ce système de haute pression doit sa stabilité à la présence de trois dépressions stagnantes à ses crêtes. Le jeune homme répète pour une énième fois les mécanismes de formation du smog : la basse atmosphère et le soleil qui jouent au chimiste avec les composés organiques volatils et l'oxyde d'azote, l'humidité qui n'aide pas, les automobiles, les usines, les centrales au charbon, etc. Roméo ne comprend rien à ce charabia savant, Henriette le sait. Il ne fait qu'attendre les prévisions pour la journée. Quand le météorologue lance le chiffre de 35 °C en après-midi avec un humidex à 47°, Roméo incline la tête vers son épaule gauche, passe la télécommande à Henriette, se lève tranquillement, sort de l'appartement.

— Je vais chercher de la glace en bas, au Malarche.

Henriette ne parle pas. Trop peur de s'étouffer, que la toux provoque de nouvelles ruptures pulmonaires. Sa bonbonne d'oxygène mise en fonction hier l'aide à passer le temps sans trop d'horreur. L'air dispensé est frais, presque une caresse dans sa trachée. Elle prend soin de garder la langue collée contre le palais pour éviter de laisser entrer la moindre parcelle de smog dans son système. Le retour d'un manque de nicotine menace toutefois l'étanchéité de sa raison. Croyant se sentir mieux, elle essayera d'allumer une Benson 100 mm un peu plus tard dans la journée. Elle passera à deux doigts de brûler ses draps en échappant la cigarette. Sa toux sera violente. Si douloureuse qu'Henriette comprendra avoir inhalé son ultime bouffée. Mais présentement, Henriette songe à cette Benson comme un enfant pense à un bonbon. Elle pense à l'odeur du tabac, se rappelle le goût de la fumée, sa douce tiédeur, les ronds qu'elle sait sculpter en expulsant ses volutes. *Une bonne cigarette. Arrête de te mentir, la vieille… tu y penses… t'arrêtes pas d'y penser… maudite misère. Qu'est-ce qu'il va dire si je lui en parle… il va être fâché… je sais… peut-être qu'il l'oubliera le soir même… peut-être pas avant ma mort. Non… penses-y pas… ça viendra assez vite… pas besoin d'y penser… ça se fera tout seul… une cigarette… ça ferait du bien il me semble… il est où, mon feu ? Il a pas fait ça… il est parti avec… vieux crotté… maudite misère…*

Les ventilateurs malaxent l'air ambiant exempt de fraîcheur. La chaleur s'épaissit avec l'avancement des heures. Rideaux fermés, ventilateurs, aucune solution n'est fonctionnelle. Plus que tout au monde, Henriette espère que son téléviseur résistera à la chaleur humide. L'appareil rouspète à intervalles rapprochés depuis la venue de l'été. Il décolore l'image, garde un halo verdâtre pendant ses quinze premières minutes de fonctionnement. *Tant qu'elle brise pas, ça ira…* Henriette sait que sa survie dépend de cette boîte à images. Elle sait qu'en cas de panne sérieuse, leur compte de banque ne saurait permettre l'achat d'un nouvel appareil. *Idem* pour le réfrigérateur, le magnétoscope VHS, le fourneau, la radio ou le téléphone. *Maudite pension…*

En respirant tranquillement par le nez, Henriette passe du canal météo à un poste de nouvelles en continu. Là aussi, on parle de canicule. Une jeune lectrice de nouvelles interroge deux experts. L'expert n° 1 affirme que cette vague de chaleur sera la pire au Canada depuis juillet 1936. *Comme s'il était là pour s'en rappeler… il a pas cinquante ans…* L'expert n° 2 parle des relations possibles entre cette canicule, les gaz à effet de serre et le réchauffement planétaire. *Ça doit sûrement être ça, la vérité… c'est de notre faute encore… le bon Dieu veut nous punir…* Comme Henriette termine sa réflexion, l'expert n° 1 coupe la parole au n° 2 et affirme qu'il n'existe aucune preuve concrète pour défendre ce genre d'affirmations. Il suggère que la climatologie est une science trop jeune pour élaborer des modèles saisonniers fiables et fonctionnels. *Dit comme ça, c'est pas bête…* L'expert n° 2, piqué au vif, coupe l'animatrice, plisse les yeux et pointe son collègue du doigt. Avec un ton acide mais professionnel, il explique que si les États-Unis, la Chine et l'Inde persistent à produire des gaz à effet de serre à ce rythme, d'ici un siècle, peu de gens auront le luxe de questionner les défenseurs du protocole de Kyoto. *De quoi il parle, l'agressif?* L'animatrice tente de reprendre le contrôle en produisant quelques sons assimilables à des gargarismes de bègue, mais la réplique de l'expert n° 1 la dépossède de son illusion de contrôle. Pointant du doigt lui aussi, l'expert n° 1 accuse l'expert n° 2 de faire du lobby et non de la science. *Ça, c'est bien envoyé!* L'expert n° 2, insulté, plisse les lèvres et distille un ton vitriolique pour accuser l'expert n° 1 d'être à la solde des compagnies pétrolières. L'animatrice tente sans conviction de signaler à ses invités qu'il est temps de passer à la pause, mais aucun des deux panélistes ne l'écoute. *Quel bordel… c'est joli à voir!* L'expert n° 1 répond ne pas faire de lobby ni de religion ou de philosophie, mais de la science et qu'en ce sens, il n'a aucune leçon à recevoir. L'expert n° 2 ne répond pas. Il fait courir son regard de son interlocuteur à l'animatrice. Faute d'expérience, la lectrice de nouvelles ne saisit pas cette opportunité de reprendre le contrôle du plateau. Sans hésiter, l'expert n° 1 se racle la gorge et renchérit avec cette tirade, plus calme :

— Cher collègue, j'ai l'impression que vous croyez à un phénomène issu d'une idée environnementale née dans les ONG et autres Greenpeace de ce monde. La responsabilité humaine d'un réchauffement climatique est un phénomène social, rien d'autre. En tant qu'expert, cher confrère, je préfère croire en des faits vérifiés, non pas en des idées à la mode. Si vous prêchez que la planète se réchauffe à cause de l'homme sans pouvoir le prouver, vous faites de la propagande, du marketing… pas de la science. La science ne cherche pas le pouvoir. Elle cherche, c'est tout. Je ne nie pas que le climat puisse se réchauffer, je dis simplement qu'il n'existe aucune preuve scientifique que ce soit la faute de l'huma… / Cette semaine, faites votre plein d'essence chez Pétro…

Henriette sourit en appuyant sur le bouton *mute*. Elle adore voir des grosses têtes s'affronter avec des mots dont elle ne saisit qu'une fraction du sens, un peu comme l'amateur de boxe admire un crochet sans être capable de frapper sans se fracturer une jointure. Henriette a une préférence pour les débats de campagne électorale. Faute d'élection, cette empoignade de spécialistes l'a ravie. Une fine lueur brille dans son œil. Elle est persuadée que le scientifique n° 1 a gagné le combat. *Et en plus, c'était le plus distingué et le mieux habillé… de beaux cheveux… un vrai monsieur…* La pause commerciale terminée, un bulletin régional débute et Henriette décide de surfer de poste à poste. Entre la chaîne 29 et la chaîne 58, elle solutionne le problème du réchauffement climatique. *S'il fait plus chaud, c'est parce que le soleil brille plus fort… il me semble que c'est simple… pas besoin de science pour comprendre ça…* Si elle retournait à la chaîne de nouvelles en continu, elle verrait un autre expert appuyer cette théorie. Mais Henriette n'est plus intéressée à ces controverses climatiques. D'ici quelques heures, elle aura peut-être la réponse au mystère qui plane depuis une semaine dans son téléroman favori. L'émission étant absente de la grille horaire les dimanches, elle a profité de sa journée d'hier pour réviser trois fois le dernier épisode. Alors que la morphine lui cirait les méninges, elle avait manqué une scène essentielle. Celle où Lana, fiancée désormais comateuse du docteur McNichols, termine un appel avec sa mère, la fameuse Carola Muth-Thamy. L'appel semblait tendu. Malheureusement, la voix de Carola Muth-Thamy demeurerait inaudible. Impossible de tenter une identification vocale. Lana disait : « Mais nous voulons tous vous voir par ici, pourquoi remettriez-vous votre voyage ? Vous êtes malade, maman ? (silence de deux secondes, léger sourire sur le visage de Lana) / Dans ce cas, vous n'avez aucune raison de… (Lana est surprise, elle reste bouchée bée, le regard dans le vide) / Mais… ce n'est pas… (une émotion nouvelle, de la tristesse dans ses yeux. Aucune larme, mais de la tristesse) / Il faut que je lui parle… c'est… c'est terrible (Lana fait trembler le combiné du téléphone contre son visage ou aucun muscle ne bouge) / Non maman… Je ne vous attendrai pas… NON ! (Lana projette le téléphone au sol et sort par une porte pour disparaître de l'image). »

Après avoir regardé cette scène une fois de plus, Henriette reste persuadée de l'efficacité de sa théorie concernant Lana. *Aucun doute, c'est la fille de McNichols… Carola Muth-Thamy, c'est un faux nom… oui… ça me revient maintenant… quand Mary-Lou Chattham avait laissé McNichols, elle lui avait dit qu'il n'arriverait jamais à la trouver… elle a pris un faux nom… à moins que…*

Henriette saisit son calepin de notes sur *Les jours du temps qui passe* et entame une nouvelle page. Sur la première ligne, elle écrit :

« Mary-Lou Chattham ».

Sur la seconde, son crayon trace la mention suivante : « Carola Muth-Thamy ».

À chaque passage, les ventilateurs oscillants soulèvent les pages du calepin d'Henriette. Elle porte le crayon à mine sous son nez, renifle l'odeur de l'efface, mâchouille le bois tendre avec son dentier usé. Henriette cogite. Cherche des liens, des évidences.

— Ah !

Idiote... Henriette aurait eu avantage à rester silencieuse. Elle s'étouffe. Râle, racle, crache, cille et râle à nouveau. Ses cordes vocales sont trop mouillées. La douleur monte. Un poids. Une pierre. Un bloc de ciment lui compresse la cage thoracique. *Non... ça va passer... calme-toi...* Henriette a les joues rouges, presque pourpres. L'air manque. *Pas maintenant... pas maintenant...*

Après cinq minutes de tremblement et convulsions bronchiques, Henriette ne bouge plus. Elle s'est tranquillisée. La douleur est sous contrôle. Pas besoin de morphine pour l'instant. *Une Benson... pourquoi j'ai envie d'une Benson...* Elle s'endort sur cette idée. La crise lui a volé la dernière part d'énergie laissée intacte par la canicule. Son magnétoscope est programmé pour enregistrer l'émission, au cas où le réveille-matin tomberait en panne. Elle pourrait dormir le reste de la journée. Mais il n'en est pas question. D'une main molle, Henriette soulève un bouton du réveille-matin. Il sonnera à 13 h 55. Juste à temps pour ne rien manquer.

RU 486

11 h 40 – Humidex : 40 °C

Hier, à la sortie de chez Takao Ibata, Zach trouva la solution à son problème de paternité potentielle. En franchissant la distance et l'étage séparant son appartement de celui du bédéiste, Zach pesa les pour et les contre d'un avortement chimique.

Pour : tu seras certain de pas avoir de mauvaises surprises avec Daphnée…

Pour : elle pourra pas soupçonner quoi que ce soit avec la première dose, j'aurai qu'à glisser les capsules dans son cocktail de vitamines…

Contre : j'ai pas son dossier médical, ça pourrait faire des problèmes…

Sans interrompre sa marche, Zach chercha un second argument négatif. Il n'y parvint pas. Chez lui, il ouvrit son iBook, effectua une recherche sur l'avortement chimique. L'après-midi glissait vers le soir quand il décida de passer à l'action. Il ne remarqua pas le fumet douteux de son tas de vêtements sales ni celui de sa pile de vaisselle.

Zach téléphona à son cousin Rémi qui terminait sa première année comme pharmacien, à Toulouse.

— Pharmacie Roquelaine, Rémi Gascogne à l'appareil.

— Salut vieux suceur de bite.

— Zach ! Putain mec… t'es encore vivant !

— Ben ouais.

— Et puis le Canada, les meufs, elles font kiffer ?

— Un peu trop ouais…

— Toi, t'es dans la merde, vieux. T'as la voix d'un type dans le cirage…

Zach expliqua la situation de manière télégraphique. Rémi n'osa pas parler de paranoïa, se souvenant du sixième sens de Zach pour les cas dramatiques. La manœuvre était simple. Trois pilules de 200 mg de RU 486 dans un paquet scellé, un appel à Federal Express – de chez lui pour éviter les soupçons – sans plus. Zach recevrait les comprimés le lendemain, dans l'avant-midi. L'idée ne plaisait guère à Rémi, mais au nom de l'amitié pour ce cousin qui lui avait présenté ses première, deuxième et troisième baises, il accepta en moins de sept minutes.

Le cellulaire fermé, Zach félicita silencieusement l'inventeur de l'avortement chimique. Il prit son calepin de prescriptions volé, écrivit Cytotec (misoprostol) 200 mcg X 30, prescrit à son propre nom. Sur l'écran du iBook, il révisa le mode opérationnel des médicaments. Le premier, le RU 486, avait pour mission d'interrompre la production de progestaltine sur la paroi utérine. Sans cette hormone, le ventre de Daphnée deviendrait une plaque de marbre ou rien, pas même le plus entêté des embryons, aurait la capacité de s'accrocher. En lisant plus attentivement, il ne comprit pas pourquoi cet abortif chimique n'était pas disponible au Canada vu ses faibles effets secondaires. *Putain de politique arriérée... pays de fils de bûcherons attardés...* Le second médicament, le Cytotec, très commun au Canada, apporterait une dose parfaite de prostaglandine synthétique au corps de Daphnée, ce qui provoquerait d'importantes contractions. Assez pour faire le vide. *Elle croira avoir des menstruations irrégulières... elle verra rien... ouais, c'est parfait... elle saignera, se plaindra pendant quelques jours et ce sera passé... fini le cauchemar... et après ça... les capotes mon vieux... tu t'en colles une en permanence...*

Fier d'avoir trouvé une solution à son problème, Zach roula un joint et commença une partie de Civilization III sur son iBook. *Avec la chaleur qui fait, aussi bien pas bouger...* L'air empesé par les fumées diverses était visible. Le soir venu, Zach interrompit sa partie alors que sa tribu persane allait envahir la ville de Brême. Il regarda l'heure, prit son téléphone, composa le numéro du Malarche, commanda une pizza. Il jouait depuis quatre heures consécutives. Il savait que Daphnée était en bas, au troisième. *Attends un peu mec…* Zach eut une nouvelle idée.

S'il était pour gaver Daphnée de RU 486, il pouvait la baiser sans protection ni remords pendant quelques jours. *Au diable la retenue… je pourrais lui remplir le con jusqu'à plus soif… pourquoi j'y ai pas pensé avant ?* Comme il allait sortir la rejoindre, on cogna à sa porte. *Putain… la pizza… enfin… il y a qu'à bouffer en jouant…*

11 h 40. On sonne. Le signal est sans équivoque. Un buzzer. Petite palette métallique aimantée qui oscille à grande vitesse sur une cloche. Zach n'a pas tenu toute la nuit. Sa tête est affalée devant son écran de veille. En s'éveillant, il touche son clavier. La date de sa partie de Civilization III est à 1820. S'il n'était pas si embrumé par le sommeil, il verrait son empire couvrir la moitié de la planète. *J'espère que c'est pas la vieille pédale qui veut encore du Rivotril…*

Arrivé à l'interphone, Zach appuie sur le bouton *talk*.

— Mouais…

— Monsieur Zaché Leduc ?

Cela doit faire trois ans qu'il n'a pas entendu ce nom. Celui que ses parents et ses professeurs utilisaient. Pendant un bref instant, il croit qu'une mauvaise nouvelle arrive par cette voix. Un décès ? Sa mère ? Son frère ? Son père ? Les trois dans un crash d'avion ? Un non-renouvellement de son visa d'étudiant ? La police qui vient perquisitionner son labo ?

— C'est à quel sujet ?

— Federal Express, il y a un paquet pour vous, je monte ou vous descendez ?

La mémoire lui revient en séquence. Les pilules. Daphnée. Le cousin de Toulouse.

— Oh, le con.

Zach se souvient qu'il voulait baiser Daphnée avant sa pizza d'hier.

— PUTAIN... *salope de marie-jeanne... foutue sape mémoire... j'en ai fumé combien hier ?* Son cendrier contient treize filtres de carton brûlés, il embaume les environs d'une solide odeur de cendres.

Le colis réceptionné, signé et déposé sur son comptoir de cuisine, Zach passe aux toilettes. Une douche lui ferait du bien. Sa peau semble fusionner avec une strate de poussière, comme si son corps se liait à l'air. Parmi les poussières, plusieurs particules de cendre constellent son thorax. Son crâne demande un rasage, sa repousse révèle cette calvitie précoce qu'il refuse de voir. Zach regarde l'image de son corps dans le miroir. Sous ses couches de fatigue, ses réactions aux drogues, à la crasse caniculaire, Zach se sent comme si le doute et le désespoir s'étaient donné rendez-vous pour chercher des fleurs dans un dépotoir. *Ne pense pas... agis... ne pense pas. Laisse couler ce qui t'emmerde... ça passera... tout finit pas passer...*

— MERDE MERDE ET MERDE !

Le visage de Zach prend des couleurs. Le rouge violacé domine les teintes. L'œil terne devient agressif. *Qu'est-ce que tu vas foutre en septembre... déjà qu'au printemps, t'as fait des miracles pour garder tes notes à flot... tu vas continuer longtemps comme ça ? T'as jamais été aussi con de toute ta vie. Pourquoi je fais ça ? Elle est où ma raison de faire ça ?*

Zach aimerait crier. Lancer un cri primal, animal, libérateur. *Tu parles, ouais, le meilleur moyen d'attirer les flics*. Plutôt que de crier, il inhale l'air vicié de la salle de bains et éteint le néon pour obscurcir son reflet. Tout est calme. Pas un son. Aucun robinet qui goutte, aucun locataire dans le couloir. Dans une minute, Zach sera sous la douche. Il en profitera pour chialer un coup, assis au fond de la baignoire sous l'averse artificielle. Il restera là jusqu'à midi et demi. Il oubliera de se raser le crâne. Il oublie tout ces derniers temps.

UN CHIEN EXPLOSE DANS LA BENNE
11 h 52 – Humidex : 40 °C

Tony a eu un pressentiment. Une impression, sans plus. *Brancher mon téléphone…* Dans l'attente d'un potentiel appel, Tony a fait des étirements, pris une douche, lavé sa vaisselle. Le téléphone sonna dès que Tony eut séché sa dernière assiette. C'était Armand. Armand Gadbois de Matrec. Son ancien patron, du temps de l'entraînement. Armand disait que trois de ses gars s'étaient déplacé des vertèbres et qu'aucun remplaçant n'avait rappelé.

— Je sais qu'avec la chaleur, c'est pas facile… je me suis dit que toi, Tony, t'en avais vu des pires… pis le syndicat est correct avec toi…

— Je t'avais dit de pas me rappeler, Armand.

— T'es mon dernier espoir, Tony… Je suis vraiment dans marde.

En grinçant des dents, Tony émit un timide « OK ». *Moi et mes pressentiments aussi…* À la demande d'Armand, Tony prit un taxi jusqu'au centre de triage, porta la course sur le compte de la compagnie. Armand avait déjà tout réglé. Tony serait payé au noir. Trois cents dollars pour sa journée. Presque un mois de survie. *Un de plus…* Surpris d'éviter une négociation, Armand lui fit prendre la route avec deux types nouvellement embauchés.

— On va où ?

— Brossard, chez les pleins.

La collecte a lieu dans le quartier O de cette banlieue de la Rive-Sud. Par la vitre du camion, Tony regarde les noms de rue défiler : Océanie, Orsini, Odéon, Odessa, Oslo, Osaka, Oasis, Othello. *Qu'est-ce qu'ils vont trouver quand ce sera le quartier X? Xénon, Xénophobe, Xylophone, XXX… et le Y… Yamaha, Yamachiche, Yaya…* Tony rigole à cette idée. *La rue du Yaya… ils oseront pas…* Ses partenaires de collecte ne comprennent pas son hilarité. À 47 °C de prévision humidex, il n'y a pas de quoi rire. Surtout qu'ils ont du retard.

Le camion dégage ses odeurs caractéristiques. Même vidée, la benne garde toujours une part de jus d'ordures fermentés. Tony regarde ses collègues. Derrière ses lunettes fumées, nul ne peut discerner ses yeux. Il voit le conducteur se curer le nez avec un doigt. Il remarque la sueur sur le front du type à sa droite. *Il fera pas sa journée s'il transpire déjà…*

Rue Oméga.

Commencement :

Deux éboueurs (Tony et le détrempé) quittent la cabine et joggent vers leur première pile de détritus. Tony empoigne quatre sacs noirs et les lance, l'autre se charge de la poubelle. Un sac éclate et laisse filer une imposante quantité de mouchoirs ;

Seconde pile :

Deux vélos rouillés irrécupérables, une boîte renfermant du verre cassé, six sacs lourds dont un laisse filer un liquide qui pue le poisson pourri ;

Troisième pile :

Un chat a fait un sale travail. Des morceaux de poulet à demi mangés maculent le sol. Tony ramasse le sac percé en s'assurant de ne pas le faire céder, l'autre se charge de pelleter les morceaux ;

Quatrième pile :

Un matelas taché de pisse, un fauteuil de vieillard, un meuble, des boîtes garnies d'objets viables. *Le grand-père incontinent est mort y'a pas longtemps par ici…* Tony jette un coup d'œil à son collègue. Même en nage, sa cadence est bonne.

Cinquième pile :

Une poubelle sur roues conçue pour le déchargement automatique. Le collègue l'apporte, Tony la fixe sur la bascule, actionne le compacteur. Il remarque un petit aquarium coincé dans un vélo, le bruit du compacteur est particulièrement grinçant ;

Sixième pile :

Des sacs verts, des boîtes, un nègre en plâtre et un enfant asiatique. Six ou sept ans, l'enfant. Il fixe une boîte pleine de jouets. Lorsque Tony l'empoigne, il fait attention de ne pas regarder le petit. Sitôt la boîte atterrie dans la benne, l'enfant file vers sa maison sans dire un mot ni modifier son expression faciale ;

Septième pile :

Un barbecue transformé en musée de la rouille, des sacs verts, deux plantes. Tony demande à son collègue de lui donner un coup de main avec le barbecue.

Septième pile :

Deux sacs ouverts contenant un grand nombre de sandwichs, de légumes tranchés et un gâteau. Les légumes sont frais, les sandwichs n'ont pas l'air toxiques. Pour le gâteau, des brindilles de gazon gâchent son crémage. *Quel gaspillage… imbéciles…*

Après deux rues, Tony reconnaît la ténacité de son collègue en levant le pouce. Celui-ci répond en tirant la langue. *Il a raison, ce serait le temps de boire un coup…*

— T'es pas pire pour un remplaçant. Bonne endurance. Tu transpires presque pas !

— Question d'habitude.

— Tu fais quoi dans la vie ?

— J'étais gymnaste. Bon, *let's go…*

Soit par compassion, soit par orgueil, Tony passe ses premiers tours pour conduire le camion et profiter de la cabine climatisée. *Quand j'aurai mal au cœur, pas avant...* La chaleur a transformé les sacs à ordures en réserves de biogaz. Les odeurs sont infectes. Puanteurs acides, mélanges entre moisissures et pourritures. Sur la rue Orion, un imbécile a emballé un cadavre de chien dans un sac ; c'est le mouvement du compacteur qui a révélé l'animal. Un colley rongé par les larves de mouches, une charogne affreuse. *Rien d'exceptionnel...* Mais Tony a perdu l'habitude du boulot. La vision de la tête du chien qui éclate sous le compacteur lui donne envie de vomir. Sans parler de l'odeur douceâtre, écœurante, qui colle déjà à sa peau. *Je vais attirer les mouches pendant des jours...*

— OK, je vais prendre mon tour dans le truck.

En passant près d'une heure sous le soleil de midi, Tony a opté pour une stratégie d'adaptation directe à la chaleur. *Comme il fait plus chaud à midi, je vais être mieux pour faire ma journée...* Tony sera étonné de ressentir une hausse progressive de la température jusqu'à 16 h, contributions généreuses des rues asphaltées et des toitures goudronnées, véritables accumulateurs de chaleur. Derrière le volant du camion, jouant du frein et de l'accélérateur au rythme des chargements, Tony se replace l'estomac en pensant à son prochain repas. *J'espère que les distributrices ont des hot-dogs au tofu... y' avait juste ça de mangeable à l'époque...* Il regarde les deux éboueurs derrière lui, des types qui travailleront six ou dix-huit mois avant de claquer la porte, comme la majorité des éboueurs. Lui, il avait fait huit ans à temps partiel. Shit !... Son mal de cœur ne passe pas. L'image du chien qui éclate. Tony pose une main contre son estomac, rote deux fois. Par chance, son déjeuner est déjà loin.

RETRACER LA SEMENCE, LA SUITE

12 h 52 – Humidex : 43 °C

— QUOI ?

Zach a une excellente idée de la tempête qui couve en Daphnée. *C'est immanquable... garanti... le contraire serait inquiétant...* Daphnée va péter les plombs. Elle va emplir ses poumons de cet air flasque et crasseux pour donner vie à une attaque bien tournée. Présentement, elle donne de légers coups de tête, de brefs hochements affirmatifs provoqués par une montée de pression soudaine. Dès l'émission du « QUOI » de Daphnée, Zach a deviné son avenir à court terme.

— Tu te souviens pas si t'as joui en moi ? C'est ça ?

Zach connaît la rythmique. Daphnée attend une réplique pour commencer la scène de ménage. Un mot de sa part, n'importe lequel. Une onomatopée, un borborygme ferait l'affaire. Zach se reproche cette faiblesse. Avoir parlé. *À quoi j'ai pensé aussi... j'aurais mieux fait de la baiser sans rien dire...* Avec son expérience, il aurait dû voir venir, se contenter de ses impressions. Mais non, il avait fallu qu'il questionne. *J'avoue qu'être une femme, je me sentirais un peu insulté...* Zach pourrait tourner le dos à Daphnée, sortir du 301, rejoindre un îlot tranquille pour passer la tempête. *Pas mon genre...* Zach regarde devant lui. Daphnée ressemble à un ballon près d'atteindre la pression maximale. Elle a assemblé sa colère avec la minutie d'un horloger et attend l'occasion idéale pour décharger son fiel. Zach sait qu'il se fera interrompre en ouvrant la bouche. C'est une question de centièmes de secondes. *Le spectacle sera lourd...*

— Écou...

— VA CHIER !

Dès la fin du mot «chier», Zach passe en mode alternatif et lève les yeux. Son audition équivaut désormais à celle d'un vieillard sous trois mètres d'eau. Il perçoit des saillies sonores, capte des fractions de mots. Daphnée le vilipende à grande vitesse, multiplie les injures, les sursauts, les cris. Un critique de théâtre parlerait d'un jeu physique convaincant et d'un dialogue créatif.

Zach reste sur place, tête légèrement inclinée vers le sol – *ne pas trop la regarder, elle en rajouterait… prends un air coupable, ça aidera…* Zach observe le tapis gris du salon, note la présence de sa PlayStation 3 sous le téléviseur. *Je devrais la monter chez moi quand elle aura fini… au cas où… pour la télé, par contre…*

— ET REGARDE-MOI QUAND JE TE PARLE !

Zach replace ses yeux sur Daphnée. *Elle est mignonne quand elle beugle… par chance. Et son odeur… du jasmin… oui… une pointe de jasmin mêlé à de la framboise…* Zach remarque à quel point le sang colore les joues de Daphnée. *Ou bien c'est la chaleur, ou bien elle y met le paquet cette fois… À moins qu'elle ne soit sincère… non… elle est incapable de l'être. Ça signifie qu'elle s'améliore…* Daphnée en ajoute en agitant ses bras d'une manière inquiétante vu l'espace disponible. *Tiens, elle a mis un antisudorifique à la lavande… ça lui va bien…* D'un point de vue extérieur, n'importe quel spectateur percevrait Zach comme un élément du décor, au même titre qu'une chaise ou le frigo. *Combien de jours elle va me congédier maintenant… trois jours… une semaine ? Même si tu t'améliores dans tes colères, tu deviens prévisible Daphnée… et je m'en fous de tes humeurs… j'ai neuf semaines devant moi avant de te balancer mon abortif dans le système…*

Daphnée se calme. Ses yeux sont secs et injectés de sang. Sa bouche, encore tordue. Elle va sortir une phrase assassine et expulser Zach d'ici quelques secondes. Elle va vers l'évier, se remplit un verre d'eau, en avale une gorgée.

— Yark… l'eau est dégueulasse… pas moyen d'avoir de l'eau buvable dans cette hostie de ville !

— Ben quoi ? Elle est normale, l'eau.

Zach regarde Daphnée. Daphnée regarde Zach la regarder. Elle inspire, laisse filer un long soupir. Elle va parler.

— Va falloir que tu passes à autre chose, Zach. Avec les joints que tu fumes, t'as plus beaucoup de cerveau, tu sais. Mais ça, on s'en fout. Moi c'est une queue que j'ai besoin, quelqu'un qui me baise pis me demande : « Chérie, tu sais si je t'ai mis du sperme dans le ventre il y a deux jours ? »

— …

Daphnée met la main dans un tiroir de sa table de chevet. *Qu'est-ce qu'elle fout à chercher comme ça ?* Après une courte recherche tactile, Daphnée extirpe un long vibrateur noir qu'elle lance vers Zach.

— Si je veux une queue sans cerveau, je vais me servir de ça… C'est plus simple. Décrisse, maudit Français. Fais de l'air.

Alors que la porte se referme derrière lui, Zach entend Daphnée le traiter de minable une dernière fois. Comme un boxeur accepte le round qui lui file entre les gants, il marche vers l'ascenseur, imaginant recevoir les conseils éclairés d'un entraîneur. *Tu punches et tu bouges, tu punches et tu bouges… si elle te tient dans les câbles, ferme la garde et attaque au corps…*

— Attaque au corps… attaque au corps… ouais, bonne idée.

PUISQUE TOUT VA SI BIEN
13 h 14 – Humidex : 43 °C

Après analyse, Zach se sent mal. Rien de tragique, il a l'habitude. Sur une échelle, il s'estimerait rendu à un désespoir de force moyenne; celui d'un gardien de musée, une heure après sa pause-repas. Une lassitude à profondeur variable. Si on l'invitait à une fête, il n'irait pas. Si cette fête se tenait dans un lieu climatisé, il reconsidérerait. Son état n'a rien à voir avec un désespoir profond, cet état exceptionnel où la vue d'une image pornographique fait pleurer sur la fragilité de la vie. Zach reste en possession de ses moyens. *Ou bien elle s'améliore vraiment dans ses colères, ou bien elle me cache quelque chose… C'était trop senti… peut-être la chaleur… mais j'en doute…*

De retour chez lui, Zach remarque une flaque d'eau sur le linoléum de sa cuisine. *C'est pas possible… le congélo a pas dégelé aussi vite…*

Oui, le frigo a dégelé. Pour ainsi dire, le frigo est mort. Décès confirmé par cette odeur huileuse et métallique provenant du moteur inactif.

— Putain… c'est pas ma journée…

En ouvrant le congélateur, Zach analyse l'état du contenu. Sa crème glacée coule au travers du carton, le bœuf haché semble vivre une mutation sérieuse. Seul le poulet tient le coup, vu sa taille. Zach devra le cuire dans la demi-heure s'il ne veut pas le perdre. Mais la cuisine ne l'inspire pas. Pas plus que la chaleur de son four, lui aussi, sur le point de rendre l'âme. Zach regarde son iBook. Il pourrait balancer des ogives nucléaires sur Washington, New York et Boston pour se détendre.

— Bonne idée ça, un holocauste américain. *Et un tarpet.*

Zach sort un sac plastique d'un litre rempli de cocottes duveteuses. Il en sélectionne une au hasard, note la similitude entre la cocotte et un sapin de maquette architecturale, dépose la substance dans le compartiment de son moulin à café, referme le couvercle, actionne l'appareil. La lame émoussée tourne une vingtaine de secondes. Des effluves d'urine boisée s'exhalent. Lorsque cesse le bruit, Zach remarque le calme étonnant qui plane sur la ville. *Comme si la chaleur avait réduit tout le monde au silence… enfin… presque tout le monde…* Le moulin se vide sur sa table de cuisine, Zach évalue la quantité. *Jolie colline verte… ça devrait suffire pour un spécial querelle…* D'un geste souple, il extrait quatre feuilles de papier à rouler, les raboute deux par deux. *Quatre papiers… devrait suffire… ouais…* En s'étirant le bras, il ouvre la porte du frigo mort, atteint son récipient à tabac, retire une forte pincée de brindilles goudronnées, les ajoute à la colline verte.

En confectionnant son joint grand format, Zach se surprend à penser au Japonais rencontré hier. *Katako… Macao… putain… il s'appelait comment? Kitano… Tanaka… ah! Takao… oui, c'est ça… Takao Ibata…* Il repense à sa transformation en personnage de bande dessinée. *Je suis peut-être allé un peu vite… après tout, je sais pas comment il les dessine, ses personnages… peut-être qu'il prend que les mauvais côtés… ou pire, peut-être qu'il est objectif… ça, ce serait la merde…* Zach interrompt ses mouvements et plisse un œil. *Il m'a dit que ses BD étaient traduites en France? J'ai pas rêvé?*

Zach lèche la bande adhésive de ses papiers à rouler.

OK, panique pas… tu vas te trouver des trucs qu'il a publiés et tu verras si t'as raison de t'énerver… Ben oui… Internet… ducon…

Zach se met le pétard dans la bouche, l'allume et active son navigateur Web. Sur Google, il tape Takao Ibata. En

0,9 seconde, le moteur de recherche lui offre 22 438 pages. Zach tire une première grande bouffée, retire le joint d'une main, recrache des miettes de tabac vers le sol. Son choix sera simple : www.takao-ibata.com.

— Putain, c'est tellement pas ma journée.

CALCULS

13 h 1 – Humidex : 43 °C

Monique songe à passer à sa maison de banlieue. Non pas que cette dernière soit climatisée, mais elle estime impossible de trouver plus chaud qu'ici, en pleine ville, coincée sous le microclimat du mont Royal. *Au moins, il y a le sous-sol qui doit être frais...* Monique hésite. Se gratte le nez. Avec précaution. *Fais attention, ça reste fragile même après un an...* En vérité, la banlieue n'a jamais conquis Monique. Trop calme. Trop prévisible. Après avoir habité sa maison en solitaire pendant deux années, elle avait décidé de se prendre un appartement dans son immeuble, Le Galant. Pour être plus précis, Monique avait pris *son* appartement. Celui où elle avait gagné sa vie pendant plus d'un quart de siècle, avant de raccrocher, « devenir adulte », comme elle disait.

Monique songe à sa maison. Voilà près de trois mois qu'elle n'y a pas mis les pieds. *Il doit y avoir de la poussière partout... j'ai pas envie de faire du ménage dans la grosse chaleur... et si je vois de la poussière, je pourrais pas me retenir... elle est bien, cette maison... je suis certaine que je pourrais en avoir un bon prix si je voulais. Pourquoi je pense à ça ?*

Monique se souvient de sa réflexion d'il y a deux ans. Elle reprenait son appartement pour déterminer si elle préférait la ville à sa banlieue. Sa maison restait un exutoire potentiel en cas de problèmes avec des locataires. *Pourquoi je pense la vendre alors ?*

— Je prendrais un café, s'il te plaît... Mélina, c'est ça ?

— Oui madame Laramée, bravo pour la mémoire.

L'air climatisé du Malarche apporte des idées nouvelles aujourd'hui. *Vendre… Planter une pancarte sur la pelouse. Pourquoi pas au fond… je pourrais la décorer un peu… la rendre belle… en tirer un max. Je pourrais aussi la laisser telle quelle… après tout, elle m'a rien coûté, cette maison… comme tout le reste…*

Monique n'est pas rendue au point où elle découvrira l'ironie derrière son idée. Elle finira par la remarquer, cet automne, par un jour de pluie, lorsqu'elle se souviendra du rêve de ses vingt ans : posséder sa maison, planter des fleurs, avoir des enfants, un mari normal. Aujourd'hui, derrière sa tasse de café en porcelaine blanche et orange, Monique se trouve à l'étape où un mot triomphe dans son esprit. Un mot sans passé, rempli de promesses. *Vendre… vendre…*

Monique se lève de la banquette, ne paie pas et se dirige vers la sortie du Malarche. De la cuisine, l'œil entre un plat de spaghettis fumant et une assiette de hamburger, Roland Malarche a la certitude d'avoir vu cette image des milliers de fois. Il a raison. Exactement 5 079 fois depuis 1965. *Toujours ses petits pas secs et rapides… elle change pas… elle pourrait encore travailler si elle voulait. Qu'est-ce que je dis… elle doit faire des spéciaux à ses vieux clients… c'est pas son Christian qui doit la contenter…* Debout derrière le passe-plat, Malarche reste songeur en regardant la porte se refermer derrière Monique. *Chirurgie ou non, elle a un aussi joli cul qu'à sa première journée…*

— Vous êtes pas un peu vieux pour checker le cul des femmes, m'sieu Malarche ?

— Jamais Luc, jamais… Comment tu la trouves, ta propriétaire ?

Luc dépose une pile d'assiettes bouillantes, parfumées au savon industriel, sur le dessus du passe-plat.

— Madame Laramée... Un vieux bloc de glace sèche. Jamais dans cent ans.

— Si tu savais ce que tu manques, mon jeune...

Luc reçoit un message qu'il n'attendait plus. Malarche le bourru, Malarche l'infatigable guerrier du smoked-meat vient de lui ouvrir une fenêtre sur son ancienne vie. Luc sourit. Un sourire un peu niais, qui rappelle celui d'Harrison Ford dans ses mauvais films.

— Parce que vous et madame Laramée...

— Ça fait longtemps... T'as fini ta journée, le jeune. *Scram.* Il y aura pas personne aujourd'hui, je te paie pas pour jaser.

Passant la porte à son tour, Luc reçoit un mur de chaleur sur l'ensemble de son corps. Avec l'humidité de l'air, il a presque l'impression de s'hydrater en respirant. Les cinq mètres pour atteindre l'entrée du Galant semblent plus longs. Les portes du hall sont ouvertes. L'éclairage et les murs blancs du premier étage permettent pratiquement de voir à quel point les molécules atmosphériques sont dilatées. L'air reste flou, même à portée, même à l'intérieur. Luc n'est pas fâché d'avoir quitté son lave-vaisselle et ses club-sandwichs. Il remarque madame Laramée, enfermée dans la réception. Sa peau moite et tendue prend des teintes rougeâtres. Elle garde les yeux baissés sur une calculatrice. Luc se demande quelle tête avait cette femme lorsqu'elle avait le privilège d'être naturelle. Une tête qui se relève et le salue en silence.

Monique l'avait entendu entrer. Elle savait qu'il était jeune, probablement un des punks du cinquième étage. *Il n'y a que les jeunes pour mâcher de la gomme comme ça...* En levant ses yeux, elle avait analysé rapidement l'individu. *À peine vingt ans, poli parce que timide, pas bavard, généralement soumis, une petite âme tendre qui joue les durs...*

— Oui jeune homme ?

— Pardon... désolé... je... je vous regardais...

On peut ajouter franchise, caractère passif, naïveté...

— C'est toi qui travailles comme plongeur au Malarche ?

— Oui, c'est ça.

— Roland t'a déjà parlé de moi ?

— Pas beaucoup... Pas vraiment.

Monique décoche un sourire complice. Son sourire complice. Celui avec le coin de bouche retroussé, la lèvre inférieure subtilement mordillée et une lueur fine dans le bleu de ses yeux d'acier.

— J'imagine que tu serais curieux d'en savoir un peu plus, non ?

Luc ne comprend pas la soudaine métamorphose. Il se trouve devant une momie métamorphosée en nymphe. Il cherche un mot pour décrire l'attitude de cette femme. Aucun ne vient, panne de vocabulaire. Salace, lubrique, aguichante sont les termes qu'il cherche.

— En savoir plus... sur Malarche ? Oui, c'est sûr.

— Approche.

Luc s'introduit dans la réception en prenant soin de ne rien déplacer. Monique se lève, effleure l'avant-bras de Luc avec la pointe d'un sein, approche sa bouche de son oreille.

— Répète ça à personne... si tu veux savoir c'est qui, ton patron... tu fais exactement comme je te dis...

Une lueur s'allume dans l'œil de Luc. Comme s'il venait de découvrir la réalité derrière l'âge, la notion fondamentale du concept d'expérience. Même si la faible pression effectuée par le sein de Monique l'excite et l'odeur de son fixatif à cheveux lui chatouille le nez, il se concentre sur la recette qu'elle lui verse dans le crâne. Monique exagère un peu la pression du sein en terminant, juste pour accentuer le malaise de Luc. *Ça les fera jaser pendant des jours quand Roland lui racontera… ça mettra un peu de vie…*

IDIOTHEQUE
13 h 53 – Humidex : 45 °C

Chloé donne un coup de pédale. Un autre. Et un autre. Sa bicyclette roule sur un asphalte surchauffé, son corps fend un air lourd comme le nouveau siècle. *J'en peux plus… j'en peux plus…* Le foulard blanc noué sur sa tête laisse retomber son épaisse chevelure noire en touffes éparses. Chloé devra s'arrêter pour essorer son foulard, boire une grande, une très longue gorgée d'eau. Elle atteint sa limite. *Ici, maintenant… stop…* São Paulo lui avait fait vivre des journées semblables, mais au Brésil, elle ne parcourait pas la ville en vélo pour gagner sa croûte. Chloé pose un pied à terre. Ses jambes ont la tremblote. Un coup de chaleur la guette. Comme son souffle prend une saveur caoutchouteuse, elle décide de poser son autre pied sur le sol et d'appeler à l'aide. *Avant, boire et vite…* Le précieux liquide enfermé dans sa bouteille a la chaleur de l'air.

— *Homebase,* j'ai pris un taxi… en retard pour un *Defcon 4,* coin Maisonneuve et Stanley. *Fuck-in.*

— OK, Bob est dans le coin, je te l'envoie. T'es *scrap-over ? Fuck-out.*

— Journée *scrap-over,* on se voit demain. *Fuck-in over.*

— Soigne ta bécane, sexy. *Fuck-out over.*

À ses débuts dans le courrier, Chloé avait mis du temps à s'adapter aux codes du service de messagerie. Dans cette compagnie, « prendre un taxi » signifiait une collision mineure avec un véhicule. Comme les taxis avaient perdu une sérieuse part de marché avec l'apparition des coursiers à vélo, plusieurs chauffeurs transformaient leur véhicule en outil de règlement de compte. Pour les cas extrêmes, il y avait « prendre un autobus ». Ce code, moins utilisé, signifiait qu'un coursier partait en ambulance et venait de passer près de « prendre un train », code encore vierge, à employer pour indiquer le décès d'un camarade dans l'exercice de ses fonctions. Pour ce qui était des *« fuck-in »* et des *« fuck-out »,* ils étaient en usage pour éviter l'abus de termes insipides comme *« roger »* (nom d'une importante corporation médiatique), « 10-4 » (ancien titre d'une télésérie à succès moyen) ou « à toi » (chanson de Joe Dassin dont personne ne voulait se souvenir).

Sur la rue Stanley, devant l'endroit où Chloé s'est arrêtée pour boire, un type gare sa voiture et laisse sortir une femme en Chanel. Il attend, mains sur le volant, écoute de la musique ; *Idiotheque* de Radiohead. Le volume est ridiculement fort. Chloé ressent les coups de basse jusque dans son estomac. En attendant l'arrivée de Bob, elle se monte un vidéoclip instantané avec la trame sonore offerte. Elle y incorpore trois travailleurs sur un échafaudage, de l'autre côté de la rue. Ils suivent le rythme des cymbales avec leur marteau. Ensuite, Chloé dirige son attention sur deux jeunes femmes asiatiques qui marchent main dans la main.

Who's in bunker, who's in bunker ?
Women and children first...

Les femmes asiatiques se parlent en sautillant, presque en marquant le rythme. Une Harley-Davidson lui fait tourner la tête. La moto déchire la musique en pétaradant, le temps de son passage.

I've seen too much
I haven't seen enough
You haven't seen enough...

Un homme s'engueule avec un autre, le pousse contre une voiture stationnée, l'autre semble désemparé et se confond en excuses. Ils parlent une langue nouvelle aux oreilles de Chloé. *Une autre gorgée…*

Ice age coming, ice age comming…
Let me hear both sides…

Voilà Bob, il tourne le coin en vitesse, fait un bout de trottoir, évite gueulard et repentant, dépasse les Asiatiques, tourne à droite pour regagner la rue. Bob ne voit pas la Audi TT qui grille un feu rouge en accélérant ferme. Chloé non plus. Bob pédale en la regardant. Elle le regarde avancer. Le type de la Audi compose un numéro sur son cellulaire.

— FUCK ! BOB !

Chloé voit la part aérienne de l'accident : le vélo de Bob propulsé sur une Smart garée en parallèle, Bob qui disparaît sous la Audi. Le reste prend la forme d'une succession de bruits. Chloé entend le crissement des pneus, le cri de Bob, un hurlement de douleur, la chanson de Radiohead, le klaxon de la Audi.

We're not scaremongering
This is really happening, happening…

L'homme des Radiohead n'entend rien. Il chante à tue-tête, rate la note et ne prononce pas les bonnes paroles. Chloé est debout, droite. L'adrénaline l'a fait bouger. Elle laisse tout en plan. Son vélo, son colis, son eau. Elle court pour voir si Bob s'en est tiré. Le propriétaire de la Audi est sorti, lui aussi. Il beugle, crie, postillonne, parle anglais, porte un complet DKNY mal ajusté.

— *YOU FUCKING DAREDEVIL JACKASS I'M GONNA MISS MY CLIENT !*

L'homme saisit Bob au collet.

— *WHO PAID YOU FOR THIS, LITTLE FUCKER ? WHO'S YOUR FUCKING BOSS ?*

Un homme en chemise Comme des Garçons vient à la défense de Bob. Il neutralise l'agressif d'une prise de jiu-jitsu.

— On se calme. *It's an accident… and as far as I can see, you're the one in trouble, pal.*

Un attroupement se forme autour de l'accident. L'homme des Radiohead a coupé sa musique. Lorsque Chloé arrive à voir Bob dans son ensemble, elle remarque l'état de sa jambe droite et la douleur sur son visage. Le tibia s'est cassé sans déchirer la peau. La cassure est curieusement nette. Aucune vis ne sera nécessaire. Bob s'en fout.

— BOB !

Chloé devrait avertir *homebase* que Bob a pris un autobus, qu'il est *scrap-over* pour l'été. Elle pourrait aussi penser au colis qu'elle devait livrer, à l'eau qu'elle devrait boire, à son vélo déjà parti dans le bas de la ville, sous les fesses d'un clochard dégourdi ayant saisi sa chance. Mais Chloé reste là, occupée à tenir la main de Bob en attendant l'arrivée d'une ambulance et d'une essentielle dose de n'importe quoi.

— Il m'a roulé sur la jambe, l'hostie de trou d'cul.

— Je peux-tu t'aider ?

— Ambulance… CÂLISSE !

SADE ET LA CENDRE
15 h – Humidex : 47 °C

Il y a vingt-quatre heures, Jade ne savait pas à quoi s'attendre. Elle avait ouvert en souriant. Professionnelle. Son client était debout, solide sur ses jambes, froid du regard. Il tenait une bouteille de scotch. *Un homme triste, blasé… peut-être la chaleur qui l'affecte…* Le type parlait un français propre, coloré d'un léger accent anglophone. Il demanda si elle avait fait ses devoirs.

Comme convenu, Jade avait lu les *Cent vingt journées de Sodome* en s'arrêtant à la description de Michette, huitième et dernière fillette du sérail. Pendant ses longues heures de lecture, Jade s'interrogea sur les intentions de ce client. Pourquoi lui faisait-il lire un bouquin parlant de quinquagénaires pédophiles d'un autre siècle ? Quel lien devait-elle établir avec cette lecture pour mieux satisfaire ses besoins ? Qui était cet auteur, ce Sade (non pas Sade, la chanteuse de *Smooth operator,* un hit de son enfance). Après un contact visuel, ce client ne semblait pas être du genre à répondre aux questions.

— Appelez-moi Adamson. Ce sera mon nom pour vous.

Assis dans l'unique fauteuil de l'appartement, Adamson déboutonna le haut de sa chemise en critiquant les performances du climatiseur. Son regard balayait les lieux, analysait chaque détail : le lit aux draps blancs, le solide crochet d'acier vissé au plafond près de la cuisine, le harnais de cuir posé sur le comptoir, le sofa recouvert d'un tissu rouge, les murs sans art ni affiche, l'horloge digitale, la table bistro avec ses deux chaises, la copie de poche du livre de Sade, la stéréo miniature éteinte. Adamson ouvrit sa bouteille de scotch d'une main.

— Prouve-moi que t'as lu ce que je t'ai demandé.

Sans perdre sa normale expression courtoise, Jade résuma les premières pages du livre de Sade, non sans difficulté.

— OK. Maintenant, plus un mot. Je veux te regarder.

D'un signe du doigt, Adamson indiqua à Jade de prendre une chaise, de la poser devant son fauteuil. D'un second geste, il lui signifia de s'asseoir, de le regarder droit dans les pupilles. Jade obtempéra.

Après une heure passée dans cette position, Jade commença à douter sérieusement des intentions de son client. *C'est un dérangé… il me regarde et il boit tranquillement… son œil change pas… aucune émotion… qu'est-ce qu'il pue… ce doit être l'odeur de vieux cigare qui intensifie le parfum… je vais devoir pisser bientôt. Tant pis… je me lève…*

Jade bougea une jambe, commença à lever ses fesses de la chaise. Adamson hocha de la tête. Il ne voulait pas qu'elle bouge. *Un dominant… c'est bien ma chance… ça devenait évident…*

— J'ai envie d'aller aux toilettes monsieur Adamson.

— Chhhhut.

Jade devina la suite. Elle allait rester sur cette chaise jusqu'à la fin de la séance. Il restait cent quinze minutes avant 18 h. Sa vessie n'allait pas tenir le coup, elle en était convaincue. Jade tentait de lire le regard du client, cherchait à savoir s'il désirait qu'elle se pisse dessus ou non. *Réfléchit… peut-être qu'il attend que je me pisse dessus pour venir me lécher… ce serait une drôle d'entrée en matière, mais j'ai vu pire… s'il veut que je me pisse dessus, il me ferait boire… et je boirais bien un coup d'eau…*

— Je peux boire ?

— Chhhut.

Difficile, le client... Et s'il me réprimandait après que j'aie pissé... c'est peut-être ça qu'il veut... me traiter de malpropre... me baiser pour me punir.... je pourrai plus me retenir longtemps...

Jade serra les jambes pour réprimer son envie. Son client restait enfoncé dans le fauteuil. Il trempait ses lèvres de scotch à intervalles réguliers. Depuis son arrivée, la bouteille avait à peine baissé. Pour passer le temps, Jade songea à l'argent qu'elle gagnait à ne rien faire. Elle pensait aux vêtements qu'elle pouvait acheter, aux dettes diminuées, à un probable voyage, comme récompense, l'hiver prochain. Jade s'imaginait sur une plage où ruisselait l'eau de pluie, de fins torrents tièdes s'écoulant vers l'immensité océanique, insérant leurs clapotis dans le vacarme régulier des vagues. *Arrête de penser à de l'eau...* Jade ferma les paupières, resserra ses jambes un peu plus.

— Tu gardes les yeux ouverts et tu me regardes.

Ce client commençait à lui pomper l'air. Jade portait des bas filets et une culotte à cent dollars sous sa minijupe. Son justaucorps noir ajusté irritait le bout de ses seins. Jamais elle ne l'avait porté aussi longtemps. *Fuck it...* Il restait cent six minutes à la séance lorsque Jade relâcha ses muscles et laissa filer l'urine. Non sans malice, elle ne quitta pas son client des yeux lors de la miction. Contre son attente, Adamson n'eut aucune réaction, sinon celle de lui dire un sombre « à demain » en quittant son appartement, à 18 h. *À demain... c'est tout ?*

Ce demain, il se déroule actuellement. Adamson passe la porte de l'appartement en lançant un glauque « bonjour ». Sans en dire plus, il prend place dans le fauteuil et indique d'un signe de tête que Jade devrait déjà être assise sur la chaise. Jade note qu'Adamson traîne un sac plastique peu rempli.

— T'as nettoyé la pisse. T'es une fille propre.

— Oui, monsieur Adamson.

Pour aujourd'hui, Jade a tenté de parer à certaines éventualités. Afin de ne pas mouiller un sous-vêtement de valeur, elle n'en porte aucun. La jupe de vinyle noir devrait résister au contact d'un liquide organique. Jade s'est fait un devoir d'expulser toute déjection potentielle de son système il y a quinze minutes. Et cette fois, une pleine bouteille d'eau l'attend derrière sa chaise.

— Comme hier, monsieur Adamson ?

— Peut-être. On va voir… T'as encore le livre ?

Jade pointe la table d'un mouvement de tête gracile. Son client en prend bonne note en pinçant les lèvres.

— T'as pas lu plus loin ?

Jade fait signe que non.

— Hum… OK… Apporte-le.

Sitôt le livre entre les mains d'Adamson, Jade retourne à sa chaise. Le client regarde le bouquin. Il est comme neuf, sa tranche ne porte aucune trace de manipulation.

— OK…

De son sac plastique, Adamson sort un rouleau de papier d'aluminium. Il en déroule trois longues bandes, les étend au sol, entre son fauteuil et la chaise de Jade. *Pas le même menu aujourd'hui… qu'est-ce qu'il prépare ?*

D'une main, Adamson tient l'exemplaire des *Cent vingt journées de Sodome*. De l'autre, il ouvre un Zippo, tourne le silex, met feu à l'ouvrage. La flamme se débat de longues secondes avant d'embraser les pages du livre. *Il va se brûler s'il ne le lâche pas… à moins qu'il veuille se brûler la main… maudit contrat… on ne pourrait pas juste baiser…* Adamson laisse les flammes monter et lécher ses doigts. Son visage se crispe. Plusieurs veines saillent sur ses tempes et son cou.

— Ahhrg !

Le livre est tombé. En plein centre des feuilles de papier aluminium. Adamson sourit en regardant le petit brasier. Sans se lever, il retire sa chemise à la manière d'un t-shirt et laisse tomber le vêtement sur le livre. *Il est fou… il va foutre le feu… au moins j'ai ma bouteille d'eau… si ça dépasse le papier alu, j'arrose… et fuck sa réaction…* Les tissus synthétiques de la chemise émettent une mince fumée noire et malodorante qui se dissipe rapidement dans l'appartement. Le feu ne dépasse pas les limites sécuritaires. Au tour du pantalon d'être livré aux flammes. *Il veut pas foutre le feu… il se fabrique un rituel… ça doit pas être joli dans sa tête, celui-là… l'alarme ne se déclenche pas… elle est vraiment détraquée…*

Le pantalon transformé en cendres, Adamson se relève pour rallumer les restes du livre. Sitôt la flamme ranimée, il y jette ses bas et son caleçon. Le feu prend quelques minutes pour mourir. La dernière braise passée à l'inertie grise, Adamson s'éclaircit la voix avec force. Sa nudité n'ajoute aucun degré à la froideur de son regard.

— Tu peux ouvrir pour faire sortir l'odeur, si tu veux.

Jade décline l'invitation avec un sourire qui sonne faux.

— Tes vêtements. Tu peux les enlever…

Jade hésite. *Il ne va pas les brûler… non… il oserait pas… et je le laisserai pas faire…*

— …tu les enlèves comme si j'étais pas là. Je veux pas de show.

Sans cérémonial, conformément à la commande, Jade retire sa blouse, son soutien-gorge, sa jupe de vinyle noir. Son client ne la quitte pas des yeux. *Il a rien à foutre de mon corps…*

Jade regarde l'heure. Il reste près de deux heures à la séance. *Et maintenant ?*

— Maintenant, tu vas prendre les cendres, pis t'en mettre partout sur la peau.

— Même là ?

— Même là.

Avec la sueur, la cendre grise colle sans problème à l'épiderme. Jade dose les poignées qu'elle applique en s'assurant de pouvoir couvrir sa peau complètement. Elle y parvient presque. Sa cheville et son pied droits restent à découvert. *J'espère que ça me causera pas une infection vaginale… sinon tant pis pour lui…*

Adamson lui fait signe de s'asseoir de nouveau. Son regard n'a pas changé. Le silence et l'immobilité regagnent l'appartement. Jade ressent le lent travail de la sueur qui transforme cette cendre en boue grise. Cette fois, elle boit son eau sans gêne et urine comme si elle se trouvait sur la cuvette.

Cinq minutes avant la fin de séance, Adamson fouille dans son sac plastique. Il en extirpe un t-shirt ainsi qu'un short, tous deux de coton rouge. Il se met debout.

— Habille-moi.

Jade s'agenouille devant son client qui lève une jambe. Elle enfile le short jusqu'au mollet et passe à l'autre jambe qui se soulève automatiquement. Le pénis de son client pend à proximité de son visage, elle en sent l'odeur. Un musc boisé recouvert d'effluves caoutchouteux. *Il a porté un condom il y a pas longtemps… bizarre…* Sans cérémonial, Jade prépare le t-shirt pour faciliter le passage de la tête. *Pourquoi j'ai l'impression d'habiller un enfant ?* Cette pensée la suivra jusque dans son lit, très tard ce soir. Une fois le t-shirt déroulé sur le torse du client, Jade se met à la recherche d'une paire de souliers. Elle regarde dans l'entrée, autour de la chaise, dans la minuscule cuisine. *Pas de souliers…* Elle n'avait pas remarqué les pieds nus d'Adamson à son arrivée. *Je devrais noter ce genre de chose… il semble accorder beaucoup d'importance aux détails…* Jade regarde son horloge digitale. Il est 18 h. La cendre forme une désagréable croûte sur sa peau. Sitôt son client parti, elle passera sous la douche.

— Pour demain, attache tes cheveux, laisse tomber des mèches.

LEBARON ET SES CAPRICES

18 h 34 – Humidex : 41 °C

Edward avait ignoré sa première intuition pour une question d'éthique. S'il avait gardé sa rouille motorisée, c'était pour faciliter la vie des sans-volant. Après mûre réflexion, Edward admit que cet été allait être le dernier pour sa vieille Chrysler LeBaron. Le miracle sur roues ne pouvait se prolonger éternellement. *When an old car helps others, the Lord helps it...* Cette phrase, c'était celle qu'il utilisait quand un connaisseur s'extasiait devant sa relique roulante, classée parmi les pires automobiles de la fin des années 80. Pour rester fidèle à sa mission, Edward sut qu'il devait accepter la demande de Malarche. « Tu te souviens de Mireille, l'ancienne serveuse ? Oui, la folle. J'aimerais ça que tu la traites comme au temps qu'elle habitait au Galant. » *Same rule for all...*

Edward avait profité de cette sortie pour démêler ses derniers cheveux. Il s'étonnait qu'un brossage de dents eût effacé l'odeur des onze bières avalées au cours de la journée. La chaleur exagérée ne lui avait pas pesé sur le système, il suait décemment. *Still not smelling...* Cette situation glandulaire prévalut avant qu'il ne pénètre dans sa LeBaron. La voiture était restée close pendant des semaines. Pratiquement deux mois de chaleur accumulée. Une serre sur roues qui puait la poussière, l'essence, l'huile, la moisissure sèche, le plastique surchauffé. Lorsqu'il avait embarqué Mireille devant son appartement situé à trois rues du Galant, le volant commençait à peine à tiédir sous ses paumes.

Quand l'ancienne serveuse de Malarche l'avait informé de la destination par téléphone, Edward s'était empressé de vérifier l'emplacement sur sa vieille carte de la ville. *Shoot…* Le lieu d'arrivée demandait un passage obligé sur l'autoroute transcanadienne. *That might be problematic…* Au moment de sa précédente sortie, la LeBaron avait aidé Claude à transporter des fleurs du marché Ontario jusqu'au Galant. Edward savait qu'à 50 km/h, sa voiture tenait bon, mis à part les ondulations inquiétantes de sa suspension, le monstrueux roulis aux freinages, les tremblements saccadés du volant, les claquements du tableau de bord. Rien qui ne lui avait donné envie de s'aventurer sur une voie rapide. *Let's pray for a final miracle…*

La nuit dernière, Edward a rêvé à Gina. Et dans l'espace lumineux de ce rêve, il revivait leur escapade aux Everglades. Il n'y avait que la voiture de changée, la Dodge Polara des sixties était devenue sa LeBaron déglinguée. Chemin faisant, Edward contemplait sa guimbarde en désagrégation sous la pression aérodynamique. Des morceaux de carrosserie volaient de part et d'autre, l'asphalte devenait visible à mesure que le plancher se détachait en larges feuilles de rouille. Gina riait en tortillant une mèche de ses épais cheveux autour de son index. Malgré le danger, Edward riait de bon cœur avec elle. Son rêve acheva avant la fin du trajet original. Il restait le volant, les deux roues avant, le pare-brise et au loin, à l'horizon, les Everglades. Les quatre bières avalées après le déjeuner lui avaient remis les idées en place. Les sept autres, dégustées en après-midi, avaient prolongé la confuse euphorie de l'alcool. Mais maintenant qu'il roule sur l'autoroute, des visions de rouille volante lui reviennent à l'esprit. Heureusement, il y a le trafic et les embouteillages. La vitesse ne dépasse pas les 40 km/h, au grand dam de sa passagère, insupportable, qui proteste contre le gouvernement incapable de gérer le nombre de voitures, contre les inaptitudes des automobilistes, contre les pollueurs au volant des véhicules utilitaires sport, contre les riches en Mercedes qui ne partagent pas avec le tiers-monde. Edward ne prête pas attention aux élucubrations de Mireille. Pour l'instant, sa LeBaron tient la route en un morceau. *Let's keep it that way...* Jusqu'ici, la chance est de son côté. La circulation opte pour la lenteur, quand les voitures avancent. Ce qui n'est plus cas depuis le dernier coup de frein.

— Oups... *Sorry about that...*

— Qu'est-ce qu'ils font en avant?

Mireille étire le bras et frappe le klaxon à coups de poing. Sans effet.

— *Broken in 1998...* Marche pas...

Mireille ne réplique pas directement. Elle se pince le nez, enfile une série de jurons cléricaux, éternue, se pince le nez à nouveau, éternue, jure, éternue, jure, éternue encore. Et encore. De sa main libre, elle indique à Edward de fermer sa vitre. Sans comprendre pourquoi, Edward obéit.

— Nnnuage a... a... tchoum...

Mireille repart de plus belle. Elle voulait dire «nuage de pollen», mais y renonce déjà. L'accalmie des éternuements correspond avec la fermeture des vitres. Mireille sort un mouchoir de tissu qu'elle remplit d'une épaisse morve translucide. Son nez produit un irritant bruit de trompette. Mi-découragé, mi-écœuré, Edward ouvre la radio en souhaitant qu'elle fonctionne toujours.

— ... alors on vient d'entendre la chanson *Je t'aime pour pleurer les larmes de mon cœur infidèle* de la gagnante du concours Star Académie et c'était précédé du hit alterno-pop *Your Love Tastes Like Me* des Decadents. Alors avant de poursuivre avec *My Boat Will Go On,* je vous rappelle que vous êtes à l'écoute de la station NUMÉRO UN à Mont...

Edward change de poste en tournant un bouton.

— *... and you're listening to the number one rock station in...*

Un autre poste.

— … gros dépôt économisez… au gros dé…

Edward ferme la radio et repose ses mains sur le volant. Il songe à sa douzième bière, se mouille les lèvres. Cette chaleur, il la supporte. *But without any beer, even a Floridan can lose his temper…*

— C'est quoi, la lumière rouge qui flashe ?

— Oh shit!…

Un témoin lumineux du tableau de bord signale une hausse de la température du bloc-moteur. C'est le ventilateur. Ce détail revient à Edward. Quand sa LeBaron ne roule pas, le ventilateur ne tourne pas, la pièce reconditionnée a rendu l'âme il y a trois étés. Edward pourrait couper le moteur, mais comme son départ avait demandé une douzaine d'essais, la crainte de ne plus repartir élimine cette option. Reste le chauffage. Évacuer la chaleur par l'habitacle. *Shit… she'll start sneezing all over again…* Edward regarde Mireille et les vitres fermées. *God that beer will taste good…*

— Va falloir mettre le *heater at maximum… or else,* fini la moteur…

À la grande surprise d'Edward, la femme ne rouspète pas. Au plus, elle fige en prenant l'allure d'une grenouille qui voit fondre le corbeau sur sa position. Elle regarde Edward tourner un bouton et déplacer un levier. *Jesus Christ… too hot for me…* Les bouches d'aération du tableau de bord crachent l'air du moteur dans l'habitacle. Un air bouillant qui pue l'huile et l'essence. Après quinze secondes de cuisson, Mireille ouvre sa fenêtre. Et ses éternuements reprennent.

Au Galant comme au Malarche, Edward est reconnu comme un homme patient, poli, posé. Un gentleman. Celui qui ne rouspète jamais, effectue le travail, fait passer le boulot avant tout. Mais avec les jets volcaniques qui lui balaient le visage, son intense besoin de bière, la passagère qui éternue aux trois secondes, Edward estime que son droit à l'impatience est légitime. À sa droite, Mireille semble sur une lancée phénoménale. Elle éternue, morve, se mouche et répète le cycle. Edward reçoit une bruine d'éclaboussures salivaires ramenées par les jets d'airs brûlants. Pour vaincre cette impression de cuire à la vapeur, il sort la tête par sa fenêtre afin de prendre un semblant de fraîcheur. C'est ainsi qu'il remarque la convergence des quatre voies de l'autoroute en une seule, à trois cents mètres de leur position.

— *Workers… Should not be too long…*

— Aatchoum !

Cet éternuement est le soixantième en six minutes. Edward les a comptés. Lorsqu'il était à quarante, quelques images ont surgi dans son esprit. La tête de sa passagère sous les roues d'une bétonneuse ; son corps maigre en trempette dans un bocal d'acide sulfurique ; ses yeux enfoncés au creux des orbites. Au soixante-dixième éternuement, Edward décide de relier ses envies meurtrières aux informations recueillies dans sa collection de *National Geographic*. Il songe aux sacrifices aztèques, aux cannibales papous, aux guérillas sud-américaines, aux incessantes guerres de clans africains, aux terroristes intégristes musulmans. *Heat is responsible for violence… tropical means violent… interesting… gonna be nice with global warming… geez…*

— Ça y est… hum hum… je crois que c'est terminé.

Edward tourne la tête vers sa passagère. Son nez a pris des couleurs irritées, ses yeux coulent.

— Cent et huit atchoums… c'est une *world record.*

Peut-être est-ce l'épuisement, le pollen, la chaleur, mais pour la première fois depuis son arrivée dans la voiture, Mireille offre un rictus à Edward. À moins que ce ne soit une grimace. Avec ces rides tournées vers le bas, les sourires sont douteux sur ce visage.

— *Hey, we're moving !*

Après de longues minutes barbares, les conducteurs des véhicules immobilisés vivent un commun accès d'intelligence. En remplacement du traditionnel chacun pour soi propre aux heures de pointe, un vent de civisme permet une animation lente et continue des mécaniques. À tour de rôle, chaque voiture passe le col. Les travailleurs en pause n'en croient pas leurs yeux. Rarement ont-ils vu une si bonne coordination. L'un d'eux plisse les yeux pour se convaincre qu'il voit passer une Chrysler LeBaron GTS 1988. Un autre crache au sol et dirige son attention vers une Volkswagen et une Infiniti qui se tamponnent et paralysent l'unique voie disponible. Lorsque les conducteurs abandonneront l'idée de signer un constat à l'amiable en s'envoyant poings et pieds à la figure, l'homme au crachat pariera dix dollars sur le type en chemise noire.

POST-BOUDDHISME

19 h 19 – Humidex : 40 °C

Kaviak médite. Tout est installé dans ses deux nouveaux espaces. Sa dernière boîte de carton a rejoint le bac à recyclage peu avant 17 h. Pour la première fois depuis le début de sa carrière pornographique, il pourra séparer son travail de sa vie privée. Kaviak reconnaît sa chance. Malgré les risques encourus par le déménagement, aucune pièce d'équipement n'a souffert. Pas même ses précieuses lampes sur pied, sans parler des ordinateurs. Mais en ce moment, les pensées sont derrière lui. Inexistantes.

Kaviak se trouve dans l'appartement qui lui servira de studio, le 308. L'endroit contient un lit douillet et silencieux couvert de draps propres, trois *floodlights* sur pied, un trépied en alliage léger, une caméra Canon GL-1 rangée dans sa mallette. Kaviak voulait ressentir l'énergie de son nouveau lieu de tournage et au besoin, en chasser les mauvaises vibrations.

Voilà près d'une heure qu'il médite. Une heure durant laquelle son esprit a connu plusieurs phases. La première fut dédiée à l'acclimatation : s'habituer au contact du sol sur ses jambes, au tapis désinfecté ayant presque retrouvé sa couleur grise originale; acclimatation aux bruits environnants, aux locataires qui circulent dans les passages, aux fermetures des portes, aux quelques bruits de pas au-dessus de sa tête – *des pas légers, des pas de femme sans doute…* Dans la seconde phase, Kaviak dirigea son énergie corporelle vers le haut de son front en projetant l'image d'un Bouddha rieur sur un écran mental. Durant cette période, il en vint à oublier qu'il respirait. En troisième phase, il fit dévier son énergie vers la partie gauche de sa tête, comme il l'avait appris dans un reportage sur un moine tibétain allergique à la déprime. Lorsqu'il eut atteint le niveau de légèreté désiré, Kaviak passa en quatrième phase, sa favorite. Il se projeta dans l'espace. Cette fois, c'était sous la forme d'un photon issu de l'amas globulaire M13. Le photon-Kaviak traversait le ciel à la seule vitesse qu'il connaît, celle de la lumière. Il faisait son entrée dans le système solaire, sortant du nuage d'Oort, traversant les objets glacés de la ceinture de Kuiper ; ensuite, il croisa l'orbite de Pluton et des planètes extérieures en quelques minutes ; arrivé à la ceinture d'astéroïdes, il dévia sur de fines particules de poussière, continua sa course au-delà de l'orbite martienne. En une seconde, il franchit la distance séparant la Terre de la Lune, pénétra dans l'atmosphère terrestre, plongea vers le nord de l'Amérique, sur l'île de Montréal, traversa les prismes miniatures formés par un nuage de smog, vint rebondir sur le chrome d'une motocyclette de passage, remonta vers sa fenêtre condamnée la veille, se faufila entre deux feuilles de gypse pour se transformer en information visuelle lorsque Kaviak ouvrit un œil pour l'accueillir.

Kaviak referme cet œil en expirant. Il absorbe cette idée du lointain qui le ramène à lui-même. Il est temps de passer en dernière phase, réveiller les sens. L'odorat d'abord. L'odeur chimique de la peinture étendue la veille sur les murs, celle plus citronnée du produit nettoyant qui a débarrassé le tapis de sa crasse, celles de sa chemise mélangeant musc fruité, pointes de lavande synthétique et fibres de lin. Il perçoit ensuite le fumet d'une cuisson de viande entremêlée à la puanteur d'une toiture dont ont refait le goudron. Derrière cette masse olfactive, il perçoit un effluve singulier qui pose problème, celui d'une chair en perdition, *une odeur d'animal mort*... Il y a aussi l'odeur huileuse d'un restaurant qui se mélange avec les détails piquants de l'air. Un air acide, enfumé, lourd de pollens fleuris et d'odeurs d'essence brûlée. *Il y a autre chose aussi...* Un alcool volatil, résultat du travail de la grande distillerie de la ville. Une odeur de rhum industriel.

Au tour des oreilles. Des musiques. Celles des voitures sur la rue, des appartements voisins. Un chien jappe, un cellulaire sonne, une sonnerie aiguë et minimale. *C'est mon téléphone ? Ah oui, c'est le mien... tant pis...*

Kaviak bouscule son retour. Il réactive ses trois autres sens, étire son bras, saisit son cellulaire, ouvre la communication. *Il me semblait l'avoir fermé pourtant...*

— Oui, allo.

— Wow, man, t'es détendu... Va falloir me donner ta marque de pilules, elles ont l'air bonnes !

— C'est seulement de l'air, Vincent, seulement de l'air.

— Ouais, ouais, c'est ça... Écoute, c'est correct si je passe d'ici une heure, j'ai deux affaires à éclaircir avant de signer... on pourrait bouffer ensemble.

— OK, il y a un resto pas loin que j'ai envie d'essayer.

— À plus.

Kaviak se frotte les yeux. Trop d'informations visuelles d'un seul coup. Il doit réactiver ses jambes, les délier. De l'eau sur son visage lui fera du bien. Arrivé à la salle de bains du studio, il se dit qu'il pourra filmer ses introductions de cet endroit si Vincent n'embarque pas. *J'aurai qu'à me servir du miroir...* Techniquement, il reste une heure avant l'arrivée de Vincent. Mais connaissant son ami, il est très probable de le voir arriver d'ici une quarantaine de minutes. Kaviak a tout juste le temps de remplir sa promesse faite hier à une ancienne participante.

En une douzaine d'enjambées, Kaviak passe de son studio à ses quartiers privés, l'appartement 307, situé en face du 308. Il y retrouve ses affaires personnelles. Quelques meubles, un futon, une centaine de bouquins, sa collection de CD piratés, ses machines, enchaînées à un lourd bureau métallique, son lit personnel.

Assis derrière le clavier de son PC, Kaviak tape l'URL http://www.kaviaksex.com/menu, saisit son mot de passe et corrige la date de captation de la seconde séance d'Angel Eyes. À sa demande, il recule la date de six mois. *Bien malin celui qui remarquera le changement. Voilà, elle sera contente*... Kaviak avait presque oublié cette Angel Eyes. Certes, elle était belle, ravissante. Elle l'avait sucé convenablement, s'était donnée à la caméra avec un mélange de pudeur, d'innocence feinte et de pur dévergondage. Sur sa liste professionnelle, Angel Eyes porte les numéros de séances 17 et 62. À ce jour, sa liste compte cent quatre-vingt quatorze films tournés avec cent vingt et une femmes. Kaviak passera le chiffre symbolique des deux cents films d'ici quelques jours, car demain, afin de célébrer le déménagement, il lance son deuxième *Summer Fuck Fest,* un événement qu'il publiera en ligne d'ici deux semaines après avoir complété les montages et bouclé sa campagne publicitaire. Le premier *Summer Fuck Fest* lui avait permis de doubler son nombre d'abonnés en un rien de temps, au grand plaisir de sa boîte de production. Cet été, il aura un cameraman avec lui. Les économies réalisées par le déménagement au Galant lui permettent cet investissement. Il n'en tient qu'à Vincent d'accepter les termes du contrat. *Une formalité*...

THAT CRAZY NERVE-BITCH
20 h 10 – Humidex : 39 °C

La douzième bière du 3 juillet d'Edward, c'est au Malarche qu'elle descend. Edward est un homme patient, mais cette fois, il a failli. Il s'en veut. *That ungrateful bitch…*

Edward était arrivé au magasin ClimaCo une dizaine de minutes avant sa fermeture. Sa passagère s'était jetée hors de la voiture avant qu'il n'achève son stationnement parallèle. *She's fucking crazy…* Edward prit son temps pour garer la voiture. Un bref instant de solitude lui semblait mérité. Lorsqu'il mit les pieds à l'intérieur du magasin, Mireille criait au visage de l'unique commis :

— QUAND J'AI TÉLÉPHONÉ IL VOUS EN RESTAIT QUATRE !

— Je veux bien madame, mais on a tout vendu.

— J'AI APPELÉ À MIDI !

— Je vous dis qu'il en reste plus. Le moins cher maintenant, c'est celui-là.

— IL COÛTE CINQUANTE DOLLARS DE PLUS !

— Je peux vous aider, monsieur ?

— It's OK, I'm with her.

— Dans ce cas, expliquez à votre femme que tout ce qui reste, c'est ça.

Edward eut un sourire malicieux en corrigeant la situation.

— Oh, she's not my wife. Hell no…

— Eille !

Mireille venait de frapper le comptoir d'un solide coup de pied. Le commis, tel le lion devant la hyène, doubla de volume, se mit à rugir.

— ON SE CALME ! OU BEN VOUS ACHETEZ ÇA OU BIEN JE VOUS METS DEHORS ! C'EST CLAIR ?

Mireille fit mine de se tranquilliser.

— D'accord, ça va… Je vais prendre celui-là.

Comme Mireille retenait la porte du magasin afin qu'Edward sorte l'imposante boîte du climatiseur, le commis rouspéta, à mi-voix, en classant des factures. « Vieille crisse d'hystérique, va te faire mettre dans le cul… au moins tu crierais pour une bonne raison. » Cette phrase réanima les hostilités. Volcanique, éruptive, Mireille se rua sur le commis en le traitant de voleur, de castré, de chiure, de rat. Dans l'embrasure de la porte, Edward restait neutre, faussement absorbé par ses théories instantanées sur le chargement du climatiseur dans le coffre de la voiture. La réaction du commis l'étonna. Le type invita Mireille à lui mettre son poing dans la figure, levant les mains dans les airs, comme si elle le tenait en joue. Mireille figea, le poing levé, flairant le piège. Le commis continua :

— Si tu me frappes, hostie de folle, je te signale que t'es filmée… je te garantis qu'on va se voir devant un juge.

Not bad… resourceful guy…

Le retour vers Le Galant se fit en silence. De temps à autre, Edward regardait sa passagère, tentait d'expliquer les raisons de son sale caractère. Il regarda ses rides, son cou tendu et tiré, sa tignasse noire et raide, ses mains crispées, ses dents croches. *Yep, she's a Nerve-Bitch all right… that's her problem…*

Suivant son expérience, Edward classe les Nerve-Bitches dans la famille des parias, ou selon sa nomenclature, les Outcasts. Fanatique d'anthropologie, de zoologie et de tout ce qui remplit les pages du *National Geographic* depuis plus d'un siècle, Edward avait commencé son étude des sous-espèces humaines après les Jeux olympiques de 1976. À ce jour, il a subdivisé les caractères individuels en cinq familles standardisées : les Godsent, les Gentle Regulars, les Dumb-Ass (famille dont il estime faire partie en tant que Gentleman-Sponge), les Digestive Tubes et finalement, les Outcasts. Les qualificatifs de précision, tels Nerve-Bitch, Translucid-Nymph, Liar-Sponge et autres désignations, se comparent aux diverses espèces animales. Récemment, Edward a ajouté deux noms sur sa liste des espèces menacées : les Ingenuous-Fairies de la famille des Godsent et les Merry-Comrads des Gentle Regulars ont rejoint les Sweet-Mothers (fam. Godsent), Wise-Merchants (fam. Gentle Regulars) et Passionate-Leaders (fam. Dumb-Ass) de ce monde. *Good foes are hard to find nowadays…*

Une assiette de smoked-meat gras et fumant apparaît à côté de la douzième bière d'Edward. Roland Malarche avait anticipé la faim de son ancien concierge.

— *Thanks Roland, you're too kind.*

Selon Edward, Malarche appartient à la famille des Gentle Regulars et à l'espèce prolifique des Wise-Bandits. Edward comprend parfaitement son acharnement au travail. Outre Roméo McCaan et Monique Laramée, Edward figure parmi les rares individus à ne pas questionner les décisions de Malarche. Pour les autres, ils ne comprennent pas qu'un vieil obèse passe ce qui lui reste de vie à préparer la nourriture des autres.

— T'as l'air fâché Edward… Ça va ?

— *You have ten minutes ?*

Le restaurant est calme. Malarche a le temps d'écouter son ami. Les cinq premières minutes du récit d'Edward font état de l'aller-retour en automobile. Malarche écoute silencieusement, les mains posées sur son ventre rond.

— Pis elle t'a fait installer son climatiseur en plus !

— *Hum… that bitch… when I arrived at her place, I asked where was the plywood to block the window… she didn't have any... no tools either... nothing... That ain't gonna work, I told her...*

Edward hoche la tête, repassant la scène dans son esprit pour mieux le rendre en paroles.

— *She was hitting her head like that... she was saying* « épice, épice »...

— Épice ? Épaisse, tu veux dire.

— *It's not the same thing ?*

— Pas vraiment.

— *Anyway, she was really blowing some steam... so I went back to the Galant to take a look in Mohamed's old apartement, just in case... He had an air-unit before he got his Muslim ass kicked out of the country... thought I had seen the plywood I needed. Anyway... did not find anything... It's only when I went back that it came to me... the plywood... I used it to make me a beer bottle case. The bitch was sobbing...*

— *Sobbing ?* Ça veut dire quoi ?

Edward porte son poing à son œil et frotte sa joue.

— Elle pleurait ?

— *Kind of crying... That didn't make me flinch a notch... her tears, I mean... Even think it made me happy somehow... I should have left at that moment instead of telling her about my beer bottle case...*

— T'as toujours été trop honnête, Edward.

— *Any normal person would have understood. Not her. So, now, her shit was my fault ! God damn it, Roland... I drove the woman to the end of the world, spent twenty bucks of gas, probably killed my Chrysler, went on my knees trying to install her fucking air unit... and you know how bad my knees are...*

— Oui... c'est pour quand ton opération au juste ?

— *Am I only speaking English here ?*

— Pas grave.

— *Sorry,* sûrement le colère… j'ai plus le *habit* des colères… Je te dirai pas tout ce qu'elle m'a crié, mais c'est comme si son *brain was filled with sewage…* même mon cousine qui a un *Tourette syndrome,* elle parlait pas comme ça…

— T'as fait quoi ?

— J'ai pointé son *air-unit* avec mon *finger,* pis j'ai dit : « *Fuck yourself with it, bitch.* » *And I came here… She must be throwing herself against the walls now… She's completely fucked-up.*

— Ça veut dire que la bière est bonne… Elle vieillit vraiment pas bien, la Mireille.

Edward rigole doucement. De légers spasmes venus du ventre remuent son thorax à répétition. Mélina rejoint Roland et lui souffle à l'oreille la commande qui vient d'entrer. Malarche s'excuse auprès d'Edward avec un clin d'œil et retourne dans sa cuisine.

LA BOUCHE PLEINE

20 h 19 – Humidex : 37 °C

Malarche a disparu dans la cuisine. Edward se retourne, il aperçoit les deux jeunes hommes venus s'asseoir à la table derrière lui. L'un d'eux semble avoir échappé une bouteille d'Aqua Velva sur ses vêtements, alors que l'autre, plus près d'Edward, dégage une odeur de shampoing antipelliculaire. Faute d'avoir mieux à faire, il prête l'oreille à la conversation derrière lui.

— Alors, t'as hâte de commencer, Vincent ?

— Ben oui, certain.

— Essaie d'être le moins visible possible, plus les filles vont sentir ta présence, moins elles vont se laisser aller.

— Tu travailles pas avec des pros, me semble ?

— Pas toujours… pis pas cette semaine… ça me coûterait trop cher… Au fait, j'y pense, t'as rien contre la clause qui t'interdit de participer à l'action j'espère ?

— Oui et non… Oui parce que ma copine va moins me taper dessus, pis non parce que… ben parce que…

— De toute manière, t'aurais pas le profil pour ça.

— Tu veux dire quoi ?

— T'as pas la tête de l'emploi, c'est tout. Pis tu te parfumes trop. La peau parfumée, ça goûte amer…

Edward croque un cornichon en s'assurant de faire un minimum de bruit. *The guy with the shampoo smell… it's the one who took the 307 and 308. Is he talking about what I think he is ? Anyways… that would still be logical for the Galant…*

— Qu'est-ce qu'elle a, ma tête ? Je pensais que c'était une question de queue…

— T'es trop mignon Vincent. Si t'es trop beau, les gars peuvent pas croire qu'ils peuvent sauter des filles comme ça. Si t'as l'air de rien, comme moi, tu deviens un genre de héros… tu devrais lire mes courriels… juste la semaine passée, j'en ai reçu un…

Mélina arrive avec les assiettes de hamburgers des deux jeunes hommes. Edward flaire le fumet unique du burger Spécial Malarche.

— Vous désirez autre chose ?

— Non merci, tout est OK.

— Et vous, monsieur Edward, une autre bière ?

Edward opine du chef en remettant son verre vide à Mélina.

— Pas dégueulasse, la petite serveuse… tu pourrais lui offrir de participer ?

— T'aimerais la voir à poil, c'est ça ?

— Elle a un beau petit cul, il doit bien bouger…

— Si tu penses que je vais sauter la serveuse d'un restaurant qui fait des bons hamburgers…

— Tu préfères ton hamburger au cul de la serveuse ?

— Écoute, je baise en moyenne deux fois par semaine et je mange au minimum trois fois par jour, fait le calcul.

— Voilà votre bière, monsieur Edward, vous avez terminé votre assiette ?

— *Yes, thanks my child.*

Really, the Galant is not changing… porn movies… I thought they where doing that in real studios… Monique is probably behind all this… and taking a cut on the profits, just like in the old days… maybe she's rebuilding Roland's racket… anyways… that's her business now…

— Eddie !

C'est Claude. Sans demander la pemission, il s'assoit à la table d'Edward. Claude sent la crème exfoliante dont il a gardé de fines traces blanches au creux de ses rides. En commandant une tisane aux pommes à la criée, il amorce la conversation en exprimant sa joie de l'avoir trouvé. Claude affirme le chercher depuis des heures. Edward a une idée de ce qui va suivre.

— J'ai un service à te demander Eddie.

Edward range Claude dans sa famille, celle des Dumb-Ass. En tant que Merry-Comrads, Claude figure sur la liste des espèces menacées. Entre Dumb-Ass, il est possible de cultiver une amitié d'égal à égal. *Especially with endangered species...* Edward apprécie la compagnie de ce chargé de cours déchu. Son homosexualité ne l'a jamais dérangé, pas plus que ses régulières crises d'agoraphobie. *To each Dumb-Ass his load of sorrow to carry...*

— Votre tisane.

Claude plonge le sachet d'herbes dans sa tasse d'eau bouillante et embaume l'air d'un parfum de pommes vertes qui recouvre temporairement l'après-rasage du voisin de table. Claude semble embarrassé, ses sourcils blancs restent bas, ses épaules sont crispées. Edward vide son verre de bière d'une gorgée.

— C'est Miguel... j'ai besoin que tu me dises ce qui arrive...

En trente secondes et deux phrases, Edward rassure son ami, lui promettant de passer au 204 pour vérifier la plomberie dès demain.

— *But for now, I'm going home... I'm too tired...*

— Aucun problème... Merci Edward.

La porte du Galant passée, Edward profite de la quiétude momentanée du hall d'entrée. Il jette un regard sur le panneau de contrôle du système d'alarme, sur la réception, sur la salle de lavage où sèchent des vêtements anonymes. Edward inspire à pleins poumons et ne sent rien. Après tant d'années passées au Galant, la combinaison des odeurs de l'immeuble s'annule dans ses narines. Il est ici chez lui. Et un chez-soi n'a pas d'odeur, sinon celle de la rassurante habitude. La quiétude du hall ne durera pas longtemps. Kaviak et Vincent passent la porte en rotant.

— En tout cas, Kaviak, je préférais ton loft… Ça sent le pauvre ici.

Mardi 4 juillet

Le jour je

LES SUPERSTITIONS ORDINAIRES

9 h – Humidex : 37 °C

Kaviak boit une tasse de thé vert sur son lit de travail. Ses nouveaux appartements l'inspirent. Ses idées se bousculent et le temps lui manque. Daphnée doit passer vers 10 h pour lui parler de son copain. Elle semble inquiète. *Je peux comprendre pourquoi… c'est normal… elle est pas pro… c'est jamais simple avec les amateures… elles coûtent moins cher en argent… mais en temps, c'est autre chose…* Kaviak profite du matin pour enregistrer une autre vidéo pour son blogue. Il a mémorisé un court texte. *Faut laisser de la spontanéité… c'est pas un bulletin de nouvelles, mon truc…*

Télécommande. *Rec.* Son visage au cœur de l'image. Gros plan.

« Le 4 juillet, fête nationale des USA. Journée de pétards, de majorettes, de militaires, de bières vidées d'une traite en hommage au Stars & Stripes. Pour le Canada, le 4 juillet, c'est un jour comme les autres… Mais avec la canicule qui fait suer la centaine de millions d'habitants du Nord-Est américain… il y en a qui commencent à se poser des questions… Ça parle de réchauffement climatique, de solutions à trouver, de pessimisme, de gaz à effet de serre. Bien sûr, personne ose questionner l'origine philosophique du problème… Quand on veut comprendre les conneries de l'être humain, on doit examiner ses croyances… analyser ses idioties collectives… ses esthétiques morales.

« Selon moi, le problème vient de la conviction qu'il existe une séparation entre le corps et l'esprit. C'est certain, il faut reconnaître que la distinction entre l'âme et le corps, ça a été très utile pour l'être humain... C'est pratique pour un corps de posséder une option de continuité qui dépasse la vie... ça aide à rendre la mort plus tolérable... Hum... ... ... Selon le concept, le corps serait un véhicule temporaire pour l'âme : la "vraie vie", elle, serait ailleurs. L'esprit serait pur et céleste, le corps, lui, serait vulgaire, terrestre. Dans ces conditions... pouvez-vous me dire quel impératif moral peut retenir les propriétaires d'âme de saccager leurs vulgaires territoires terrestres ? Personnellement, j'en vois aucune... »

Stop.

Kaviak se lève du lit, jette un coup d'œil à son texte original. *OK... faut pas que j'oublie cette partie... cool, ça va jusqu'ici...* Il retourne sur le lit, prenant soin de rester dans le cadrage.

Rec.

« Quiconque posséderait une âme serait en droit de détruire la planète parce que l'âme échapperait au monde matériel. Ça expliquerait en partie pourquoi l'idée reste aussi populaire au XXIe siècle... Ça doit être une question de morale tolérable, même si l'issue finale ressemble à un suicide collectif. Faut dire que les sectes finissent souvent comme ça... » (Kaviak respire trois coups, passe une main dans ses cheveux.)

« Mais dans l'urgence climatique, vous conviendrez que ça devient difficile à défendre. Si l'être humain était aussi fervent dans sa croyance envers la fragilité de la biomasse que dans sa dévotion envers le capital, les religions, la peur, le plaisir... plus personne oserait contaminer le seul milieu de vie de l'humanité. C'est une question de cohérence avec ce qu'on pense être soi... (Kaviak durcit son regard) Entre la continuité de la sottise ordinaire et l'évolution nécessaire, il y aurait juste un effort de conviction à fournir... le reste viendrait tout seul... »

Stop.

Kaviak a besoin de faire le point. Il sait qu'il pourra éditer cette vidéo à sa guise, mais il hésite à poursuivre. Son analyse risque de finir en prêche. Et cette idée le dérange. *Je le fais, je le fais pas ? Qu'est-ce qu'ils vont dire ? Tiens, voilà le pornographe qui nous fait un sermon écolo. Va falloir que j'enregistre autre chose avant de publier celui-là… un truc sur la décadence. LE truc sur la décadence… celui qui faut que je finisse avant de publier ça… sinon… ce sera pas cohérent… sinon rien sera cohérent. Je suis mieux d'attendre…* Kaviak éteint les *floodlights,* souffle sur une goutte de sueur qui perle au bout de son nez. Il songe à la maigre centaine d'abonnés de son blogue vidéo, neuf mille de moins que pour son site porno, mais deux fois plus que le mois dernier. *Je me demande ce qu'on retiendra de moi dans vingt ans. Le cul ou les idées… ce serait bien que ce soit les deux… Non… c'est pas possible…*

LE PERDANT MAGNIFIQUE

10 h – Humidex : 37 °C

Pour deux cents dollars... jolie comme aubaine... un vrai gymnaste... un olympien... c'est Matsudori qui va être heureux... il aime tellement les gymnastes... petits, forts, flexibles, infatigables. Curieux endroit pour vivre... ils sont maltraités, les olympiens, dans ce pays... pas étonnant qu'ils remportent si peu de médailles. Ah ! C'est la bonne pose... il est pas mal... de bons muscles... un peu court sur pattes... bien sculpté... ça fera de bonnes photos. Un athlète... c'est original. Comment je vais m'en servir. Hum... oui... une histoire comme la sienne, c'est toujours utile pour du remplissage... je pourrais faire un truc en parallèle... peut-être travailler en flash-back. Ce serait agréable de dessiner des épreuves olympiques. Ce serait une première. J'aurais qu'à travailler l'idée de passer à un cheveu de la gloire et se planter au dernier moment. C'est très nippon comme échec. Oui... oui... travailler mon histoire autour de la seconde fatale... parler de la petite seconde où tout bascule du mauvais côté... en quelle position il a fini à son concours ?

— Tony, vous ne m'avez toujours pas informé sur votre position au concours gymnastique, ce serait utile pour moi de savoir...

— Quatrième. J'ai fini quatrième au cheval d'arçons.

Parfait... splendide... je ferai une nouvelle série sur les secondes où les locataires de cet immeuble ont raté leur vie... un truc à la Yoshihiro Tatsumi... ça marquera un changement... moins personnel... Cet immeuble doit être rempli de ratés, de perdants... une vraie mine d'or... je vois déjà les dessins... une seconde sur six pages... des mouvements de mains sur le cheval d'arçons... du cinétique... Matsudori va pleurer de joie...

— Quatrième... c'est triste finir quatrième... vous pouvez relever la tête s'il vous plaît...

Vers 8 h ce matin, Takao était passé à l'action. Il avait besoin de personnages. *Les bonnes histoires viennent des bons personnages...* Il décida de cogner aux portes du troisième étage. Sa tablette à dessin sous le bras et son coffre à crayons fusain lui donnait l'attitude requise pour gagner rapidement la confiance des gens. *Idéal pour réussir la première impression... j'ai l'air aussi inoffensif qu'un artiste...* À son grand dam, les occupants des appartements 302 et 304 ne donnèrent aucun signe de vie. *Ça commence mal... il est peut-être trop tôt... allez... 306...* Takao patienta. Il était sur le point de se diriger vers le 308 quand il entendit tourner la poignée de porte du 306. Un type de petite taille vêtu d'un short et d'une camisole parut dans l'embrasure. Il dégageait une forte odeur de sueur mélangée à un fond indistinct rappelant les ordures.

– Oui ?

— Bonjour monsieur... je suis votre nouveau voisin... du 402... j'arrive d'Osaka... euh au Japon. Je voudrais simplement savoir comment mes voisins vivent dans ce pays... c'est une recherche...

— Vous faites des études ?

— On peut dire ça...

Sans avoir à fournir plus de détails, Takao passa à l'intérieur sous le regard dubitatif de son hôte.

— J'ai pas grand-chose... de l'eau ou du café inst... non... désolé, il m'en reste plus... il y a de l'eau ou de l'eau...

— Ça va. Rien. Merci...

Les gens d'ici ne se méfient pas du tout... c'est très particulier... ils cadenassent leurs vélos... ils verrouillent leurs portières de voiture, leurs portes d'appartements, mais ils ouvrent à des étrangers sans poser de question... soit ils aiment les paradoxes, soit ils sont inconscients. D'accord... faudrait pas généraliser... j'ai peut-être été chanceux. Curieuse coutume... offrir de l'eau. Si on a que de l'eau... on n'offre rien. C'est nul, de l'eau. Allez... n'y pense pas... garde ta chance en vie... tu as déjà le Français dopé, ce Zach. Et maintenant ce type. Au moins, jusqu'ici, ma moyenne est de cent pour cent... je devrais peut-être garder la même formule pour les prochains...

Takao prit la peine d'analyser l'appartement dans ses moindres détails avant de poser ses premières questions. *C'est plus une palestre qu'un appartement... à part la table de jardin, il n'y a pas de meubles... comme si c'était un gymnase clandestin...* Après un échange d'une dizaine de minutes, Takao comprit que cet appartement était l'unique milieu de vie de Tony Campagnella. Il apprit que cet athlète s'était fait renvoyer par sa fédération, qu'il avait participé aux Jeux olympiques de Sydney, que sa carrière s'était mal terminée, qu'il était en brouille avec ce qui lui restait de famille, qu'il se foutait d'un peu tout. *C'est ça, la tristesse qu'il a dans les yeux... difficiles à décrypter ces visages à front bas... ils semblent traîner une lourdeur génétique... c'est à cause de la compression des lignes... le toupet, les sourcils... trop rapprochés... ça brouille les cartes. Je devrais écouter ce qu'il me dit... rester attentif... et les yeux... ses yeux parlent plus que sa voix...*

— Excusez-moi... pourriez-vous répéter, j'ai mal compris votre dernière phrase ?

— Désolé... Je disais que j'ai ramassé les vidanges hier... les déchets... C'était un travail d'une journée... Après, je sais pas comment je vais faire pour l'argent... Je pense que je m'en fous aussi...

— Vous avez fini en quelle position aux Olympiques ?

— Pourquoi ça vous intéresserait ?

OK… joue franc… ils aiment la franchise ici. Ça a fonctionné avec Zach… tu les mets à l'aise et dès qu'il y a un bon contact… tu fonces… au pire… je pars et je travaille de mémoire avec ce qu'il m'a donné… au mieux… je lui achète son histoire… il refusera pas… il n'a plus rien à perdre… Takao expliqua son travail sans trop entrer dans les détails. Il mentionna son œuvre, son éditeur, sa panne créative, son besoin de changer d'air. *Moins il en sait… moins je perdrai de temps…*

— Et ça marche la BD au Japon ?

Reste prudent… il voudra négocier si tu dis tout…

— Assez pour vivre humblement… Les vedettes vivent plutôt bien… il y en a peu…

Intéressant… son visage reste de marbre… pire qu'un Japonais… ce doit être son entraînement de gymnaste… ses yeux par contre… c'est autre chose… beaucoup de regards et d'attitudes différentes… trop même… question de paupières, d'angle, de lueur, d'intensité… ses épaules aussi… elles sont noueuses, pesantes. Ce type s'exprime avec les yeux et les épaules… curieux mélange. Ça peut être intéressant côté graphique, par contre… exactement le genre d'exotisme que je suis venu chercher… tout va bien…

— J'aimerais dessiner votre histoire… si vous m'y autorisez, bien sûr.

— Bof…

— Je suis prêt à payer.

— Payer. Combien ?

— Combien vous pensez qu'il vaut, votre passé ?

Quelle tristesse dans ce regard… cet homme est un échec sur deux pattes… un perdant magnifique… c'est Leonard Cohen qui avait écrit ça, je crois. Fallait bien venir dans sa ville natale pour en trouver un…

— Mon passé ? Il vaut ce qu'il m'a apporté jusqu'ici…

Ses yeux se remplissent… il va pleurer… non… c'est pas possible… et j'ai pas mon appareil photo. Un tas de muscles qui pleure… c'est inouï. Le laisse pas se déshonorer si tôt… fais-le craquer quand tu pourras archiver…

— Est-ce qu'il vaut deux cents dollars ?

— Bof… pourquoi pas ?

Takao termine une esquisse au fusain. Ses gestes sont amples et précis. Il n'a pas perdu cette habitude héritée des beaux-arts à l'européenne dont son père était féru. Il compte produire une quinzaine d'esquisses. Une douzaine sont déjà éparpillées au sol. Ses fusains ne servent pas longtemps, ils aident à cerner les formes primaires du corps qu'il observe. *À chaque fois, ils ont l'impression de faire affaire avec un véritable artiste. Allez… j'en fais deux autres et je vais chercher mon Nikon… j'espère qu'il est toujours capable de l'utiliser, son cheval…*

LE CŒUR AU FOND DE LA GORGE

10 h 21 – Humidex : 38 °C

Daphnée ne travaille pas avant la soirée et Zach n'allait certainement pas se pointer chez elle au petit matin. Résultat : son sommeil s'est étiré jusqu'à 9 h. *J'aurais préféré me lever à midi... fichues crampes... elles sont d'avance...* Sitôt levée, Daphnée remarqua la présence d'une odeur douceâtre qui recouvrait le mélange normal de moisissures poussiéreuses du Galant. *Peut-être de la viande dans ma poubelle. Non, vide... peut-être la toilette qui refoule... non plus... peut-être le frigo qui a lâché... ce serait chiant... ça non plus. La fenêtre est fermée... un voisin... sûrement... ça devrait passer...* L'odeur se fit un peu plus insistante après que Daphnée eut terminé sa séance de yoga. *Peu importe ce que c'est... ça donne mal au cœur...* Daphnée rota. Un reflux acide. Une faim partagée avec une envie de vomir.

En grignotant une tartine du bout des lèvres, elle songea à la scène qu'elle avait faite à Zach, la veille. *Je sais pas ce qui m'a prise... normalement, j'aurais joué un peu plus avec lui... je l'aurais torturé davantage... il me laisse pas beaucoup d'occasions de le prendre en défaut depuis un moment. Non... j'ai surjoué... ça me ressemble pas... j'étais en contrôle... et ça a pété... je suis devenue vraiment fâchée. Par chance que je me suis retenue... je lui aurais sauté au visage. Ouais... peut-être les crampes... ça aurait du sens... si je suis en syndrome, ça expliquerait un peu...* Daphnée s'approche du calendrier pour vérifier ses dates. *Pas logique... je suis pas dans le bon temps... deux semaines d'avance... c'est peut-être des crampes intestinales qui ressemblent à des contractions utérines… ça peut pas être mes menstruations… j'ai toujours été régulière. À moins que…* Daphnée grimace face à une idée qu'elle refuse de verbaliser.

— Non non non et non. Ce sont des crampes d'intestin. Je vais chier un coup et ça va passer.

Daphnée fait de grands gestes en parlant seule. Ses sourcils sont froncés, sa bouche reste pincée. Un air sévère joué pour se convaincre elle-même. *Tu n'y penses pas… tu n'y penses pas… ce sont des crampes d'intestin… c'est le fromage que j'ai bouffé hier qui coince… un café noir et une cigarette… un peu de lecture… la toilette… et tout ira mieux…*

Sur la cuvette, expulsant comme prévu d'abondantes quantités de matières fécales, Daphnée pensa à Kaviak, au site, à ces vidéos auxquelles elle aurait préféré ne pas avoir participé. Boudinant une mèche de cheveux avec les doigts de la main gauche, se pinçant le nez avec ceux de la droite, Daphnée, écœurée par sa propre odeur, condensa ses réflexions entre ses contractions péristaltiques. *J'ai besoin d'un plan offensif. Je dois lui couper l'herbe sous le pied. Le mettre sous mon contrôle pour un moment. Le rendre coupable de quelque chose…* Daphnée tira la chasse d'eau avant la fin de sa chiée pour atténuer la puanteur. Cela ne l'empêcha pas de ressentir un haut-le-cœur qui l'obligea à se retourner vers la cuvette pour expulser sa tartine et son café. *Ne me dis pas que je vais me taper une gastro avec cette chaleur. C'est pas juste…* À l'idée d'être atteinte d'une gastroentérite, Daphnée vomit à nouveau. *Au moins j'ai flushé le pire avant… ça aurait été trop dégueulasse…* Daphnée rota bruyamment, signe du vide complet de son estomac. *C'est peut-être un empoisonnement alimentaire… avec Guido dans la cuisine du café, ce serait presque normal…* La tourmente gastrique terminée, Daphnée acheva de vider son intestin en regardant sa douche d'un œil absent. *Ça me fera du bien, me laver…*

Sous l'eau de la douche, Daphnée continua à travailler son plan offensif. *Comment je pourrais rendre Zach coupable après qu'il ait découvert mes vidéos… Je pourrais revenir sur son histoire avec sa vieille cocaïnomane…*

— Ça serait faible… *Ça semblerait désespéré aussi… et c'est rien en comparaison avec une fille qui fait se baiser sur Internet… non… ça me prendrait quelque chose d'équivalent… ou pire…*

— OK… Il va penser que les deux films datent d'avant lui… donc… je l'ai pas officiellement trompé…

Alors… zut… je vais devoir acheter du shampoing. Alors… si Zach me trompe, on serait à peu près à égalité… mais c'est pas d'une égalité dont j'ai besoin…

— Qu'est-ce qui est pire… se faire tromper ou apprendre que sa copine excite des pervers sur le Web ?

Qu'est-ce qu'il y a de pire ? Voyons voir…

Daphnée rince ses cheveux sous l'eau tiède de la douche. De la mousse plus blanche que sa peau file le long de son corps.

— Bien sûr ! *Ce qui est pire, c'est se faire tromper SUR le Web… avec ça… j'ai de quoi le tenir à ma poigne pour des mois… suffit de convaincre Kaviak. Pas facile…*

Daphnée s'est assise nue sur son lit, enturbannée d'une serviette. *Si Kaviak est fidèle à lui-même, il sera en train de lire ou de monter des vidéos à cette heure-là… comment je m'habille pour lui faire ma demande…* Daphnée hésite entre une robe d'été à bretelles spaghetti *(ça risque d'être trop sexy… je veux pas être sexy… je me sens vraiment pas sexy…),* une jupe rouge carmin Mexx avec camisole assortie *(trop banal… ça manque de flamboyance…),* un pantalon de toile et un t-shirt Gap stretch *(contemporain…*

minimal, féminin... peut-être...), un short semi-athlétique avec le même t-shirt Gap *(une bonne manière de montrer mes jambes sans trop les sexualiser...),* une jupe hippie avec blouse ample *(peut-être... si j'ai envie de ressembler à une gitane... j'ai envie de ressembler à une gitane ?)* un jeans Levi's taille basse, coupe évasée avec un t-shirt troué *(un peu chaud pour porter un jeans...).* Comme elle enfile un string en coton blanc, Daphnée décèle une faille potentielle dans son plan. *Qu'est-ce qui me dit que Kaviak va accepter ? Pourquoi il accepterait ? Qu'est-ce qu'il gagnerait ?* Daphnée ajuste le string du bout des doigts et passe au salon pour y faire les cent pas.

— Un avantage... un avantage... Kaviak ne connaît pas Zach... Zach est dealer... il est pas méchant, mais ça sous-entend qu'il aurait les moyens de l'être... *Peut-être qu'il les a...* D'un autre côté... Kaviak pourrait mal réagir... chercher la confrontation... *Ce serait pas son genre... à moins qu'il ait changé depuis le temps.* Réfléchis... *quel avantage il aurait à filmer Zach... Qu'est que Kaviak veut avant toute chose... Baiser... c'est certain... mais pour ça il a besoin d'aide de personne...*

Daphnée cesse de tourner en rond dans son minuscule salon. Elle se masse les tempes. Le mal de cœur revient avec sa réponse. *La paix... Tout ce que Kaviak veut... c'est la paix... et la paix, ça coûte quelque chose...*

Daphnée esquisse un fin sourire. Elle marche vers le vortex, extirpe son pantalon de toile et son t-shirt Gap stretch. *J'espère qu'il est chez lui, le pornographe... Je devrais me brosser les dents avant d'y aller...*

LA FEMME ROUGE ET L'HOMME AU PISTOLET TATOUÉ

11 h 23 – Humidex : 38 °C

Daphnée quitte l'appartement de Kaviak. Elle marche avec de souples enjambées. Kaviak la regarde s'éloigner en observant son derrière légèrement retroussé sous son pantalon d'été. *Cette fille serait sexy même si elle portait un sac de jute…* Kaviak n'avait pas été étonné de voir Daphnée cogner à sa porte. Pas plus qu'il n'avait été surpris de l'entendre parler à nouveau des craintes à propos de son copain, ce Zach. *Son argumentaire n'était pas mal… en effet c'est une bonne manière d'acheter la paix… pour elle…* Kaviak retourne dans son appartement, s'assoit devant son écran d'ordinateur. Un gros plan de son propre visage est figé à l'écran. *Certainement, c'est moi qui ai le plus à perdre… Si ce Zach découvre que je le fais participer pour « m'excuser » d'avoir utilisé Daphnée… et il va finir par le découvrir… il va peut-être mal réagir. Et qui me dit qu'il accepterait… À moins qu'il soit inconscient, il voudra jamais…* Kaviak regarde son visage figé et fait courir la langue sur ses dents. *J'ai l'impression que l'attitude suisse serait la meilleure… être actif en restant neutre… Par contre…*

La question que je dois me poser… Est-ce que je suis mieux de rester en retrait pour laisser Daphnée se débrouiller… je vais la croiser souvent en habitant ici… Mouais…

La logique serait de laisser tomber… trop de facteurs imprévisibles dans cette histoire. Alors pourquoi j'ai un feeling qui me dit de tenter le coup… de lancer l'appât sans rien agiter, vérifier si le poisson mord. Peut-être parce que ça se fera pas ? Ce Zach mordra pas et Daphnée sera satisfaite… solution diplomatique. Quoique je me la taperais bien une troisième fois… sans caméra, ce serait intéressant… En glissant sa souris, Kaviak ouvre le fichier de la seconde séance de Daphnée. Il passe la vidéo en mode plein écran. *« So, Angel Eyes… ready for your second session ? » – « And you… are you ready for my beautiful tight pink pussy, fuck boy ? » Elle jouait vraiment bien… de si jolis yeux…* Kaviak stoppe la vidéo sur un gros plan du visage de Daphnée. *OK… je le fais… sans mettre de pression… si Zach mord… ce sera son problème… reste à savoir comment je pourrais lui proposer sans m'impliquer… bof… si la situation se présente… je force rien… OK… la rivière coule où elle peut…*

Kaviak prend le cellulaire qui traîne sous l'écran, retrace le bout de papier sur lequel il a noté le numéro de Daphnée, signale les dix chiffres.

— Oui Kaviak ?

— Ça irait… mais à deux conditions.

— Parle.

— La première, c'est que j'essaie de le convaincre sans insister… j'ai pas envie de trop me compromettre…

— Ouais… OK… je peux comprendre… c'est mieux que rien… Ta seconde condition, c'est quoi ?

— Une nuit avec moi.

— Sans caméra ?

— Sans caméra.

— OK.

— Super… je te laisse… ça cogne à ma porte.

J'espère que c'est pas toujours comme ça dans cet immeuble… pas facile de travailler dans ces conditions. Kaviak regarde dans l'œil magique. *Sa tête me dit quelque chose à ce type. Attends… qui c'est ?* Il ouvre.

— Bonjour, je peux quoi pour vous ?

— Bonjour monsieur… je suis un de vos nouveaux voisins… j'habite au 402… j'arrive du Japon… je voudrais simplement savoir comment les gens vivent dans ce pays… c'est une recherche que je fais…

Japonais… cheveux rouges… souliers Diesel… vêtements sobres qui valent une fortune… une tablette à dessin… un appareil photo. Non… ce serait pas croyable qu'il soit ici… faudrait qu'il s'approche pour que je sois sûr… je dois gagner du temps… en savoir un peu plus…

— Et vous dessinez le fruit de vos recherches, c'est ça ?

— Oh… euh… ça…. euh… oui… bien… je suis un artiste… si on peut dire…

— Regardez-moi dans les yeux…

Ça alors ! Qu'est-ce qu'il fout à Montréal ? Et qu'est-ce qu'il fait dans ce trou ? Avec tout l'argent qu'il gagne… Kaviak sourit en regardant l'homme à sa porte. *Ce doit être le seul Japonais aux cheveux rouges avec un tatouage de pistolet au coin de l'œil gauche… Je pensais pas qu'il pouvait avoir l'air aussi sympathique en vrai…*

— Monsieur Ibata, c'est bien ça ? J'ai une bouteille de Moskovskaia au congélateur… ce serait un honneur de la partager avec vous… entrez… je vous en prie…

C'est dingue… j'espère qu'il voudra signer mes copies… lui… ici… pas croyable…

TANT QU'IL Y A LA MOLSON ET LE SEL

11 h 40 – Humidex : 39 °C

Le rush du midi n'a pas commencé. Malarche réfléchit à sa mise en place, prend une gorgée de Molson Export, surveille l'état des frigos, du congélo, de la Vulcan, des fours, du gril. Une autre gorgée. Malarche produit une brève pensée pour la femme de Roméo McCaan. *Pauvre Henriette… ça achève pour elle…* Roméo vient à peine de quitter le restaurant, un sac de glace sous le bras, pour aider sa femme à s'hydrater. Son congélo n'arrive plus à solidifier l'eau avec la canicule qui persiste. *Roméo sera mieux quand ça sera fini…* Malarche vide sa Molson Export d'une traite, ouvre un frigo, sort une autre bouteille, la décapsule, laisse tomber du gros sel dans le goulot, boit un coup, deux coups, trois coups. *Ça va commencer bientôt… Martel était pas en forme à matin… sa livraison était moins grosse pour la poudre… et le prix a pas changé… Zach devra vendre plus cher… c'est Marie-Laure qui va crier… peut-être les douanes qui ont fait chier un arrivage. Ça faisait longtemps que j'avais pas vu Martel avec une tête comme celle-là…*

— C'était qui le gars à matin, m'sieu Malarche ?… On aurait dit un motard.

— C'était un vieux client, Luc. Va laver de la salade, les clients commencent à entrer.

— OK… il dit quoi, votre thermomètre ?

— Celui à mon poste, il dit 53 °C, le tien ?

— Moi, je suis à 47 °C.

Malarche avale une autre gorgée de Molson Export.

— La bière… je comprends, m'sieu Malarche… mais pourquoi le sel ? Ça donne mauvais goût, me semble ?

— Le sel, c'est pour garder l'eau, Luc.

— Ouais, mais c'est pas bon pour le cœur, ça.

— Il y a rien de bon pour le cœur dans la vie.

Malarche jette un œil sur l'horloge : 11 h 45. Une autre gorgée. *Pas trop... juste assez pour être feeling... une dernière...* 11 h 46. Toujours pas de commande malgré la salle qui se remplit. Malarche a le temps d'effectuer une dernière vérification des mises en place qui devront être comblées à la fin du rush. *OK... la salade de chou commence à être vieille... les brochettes... ça va... les frites... faudra faire deux bacs... les hamburgers... OK jusqu'à demain. Il boit trop vite, le jeune... il va être soûl avant midi à ce rythme-là... bof... tant qu'il fait sa job...*

Mélina et Guylaine déposent chacune quatre commandes individuelles sur le passe-plat.

— OK le jeune... tu me montes trois clubs pain blanc, viande blanche... une salade verte ordinaire, une autre SANS vinaigrette... prépare quatre frites... *Et moi, j'étale quatre hamburgers, je sers une soupe du jour et une minestrone... je monte une assiette avec légumes chauds, je pars deux brochettes sur le gril... let's go...*

— D'autres commandes, monsieur Malarche... Ça rentre en fou... juste des tables d'une personne...

— On va y aller une à la fois, Mélanie...

— Mélina.

— OK... Mélina...

Il a du goût pour les filles, le jeune... style un peu rebelle... tatouage sur la main... des anneaux un peu partout sur le corps... je lui aurais fait servir un peu plus que des assiettes, dans le temps... les filles étaient pas si différentes à l'époque... c'est une question de mode... de look... la peau, ça reste de la peau... les gens... ils sont toujours les mêmes. Elle doit bien sucer... elle a une tête à ça... ça fait quoi comme sensation des anneaux de babines qui glissent sur une queue? Doit pas être mauvais... bon... les commandes... pauvre jeune... il va pédaler...

— Luc... écoute-moi... t'as cinq clubs pain blanc, viande blanche avec deux pas de mayonnaise, pis un pas de bacon... t'as quatre clubs pain brun, deux viande blanche, deux viande brune... une salade du chef, une salade verte, deux césars au poulet... pis oublie pas de partir mes quatre pains hamburger... Ça va?

— On va dire...

Malarche déteste monter les clubs-sandwichs et les salades. Cela n'a rien de nouveau. «Je suis pas monteur... je suis cuisinier...» C'était ce qu'il répétait à ses patrons peu avant d'aller travailler avec les Italiens, il y a très longtemps. *Il va s'en sortir, le jeune... il est capable...*

— Si tu me sors toutes tes commandes en dix minutes, je te fais un faux-filet gratuit pour ton lunch... *De toute manière... je vais perdre le morceau de viande s'il sort pas à midi... pis il fait trop chaud pour que j'avale un steak... juste de la bière, pis des hot-dogs aujourd'hui... comme hier... pis avant hier... Molson, sel et gras... le classique des grosses chaleurs...* Luc... Grouille... tes salades vont ramollir...

Il va y arriver... il a pas l'agilité du Roméo d'antan, mais il va s'en tirer... faudra que je l'augmente si ça continue... il va finir par se plaindre. Voyons, qu'est-ce qui se passe? Entre deux commandes, Mélina a donné un solide coup de poing sur un chaudron.

— T'es chanceuse qu'il ait pas été chaud... Pas blessée? *Elle a fait une bosse... solide, la fille...*

— C'est la.... la tabarnak de cliente... elle voulait pas de vinaigrette... je me suis excusée... j'ai été polie. L'hostie de vieille sèche... elle s'est mise à me crier des noms... une crisse de folle. Si elle me dit un autre commentaire... je lui arrache les yeux... sérieux...

Crisse de folle… une salade verte sans vinaigrette…

— La femme, elle est pas grande, assez laide, avec des cheveux secs pis un air qui donne envie de frapper, c'est ça ?

Mélina hoche la tête vigoureusement, les dents serrées, les yeux plus injectés de sang qu'à l'habitude.

— Ça va, je m'en occupe… Occupe-toi des autres tables… Luc… termine les hamburgers… j'en ai pour deux minutes en avant… Tu vas l'avoir, ton steak, le jeune…

SALADES

12 h 54 – Humidex : 40 °C

Marie-Laure n'en pouvait plus d'endurer ce mélange de chaleur et d'odeur putride. *Le Malarche… ils ont l'air climatisé… les salades sont pas mauvaises. J'ai combien en poche ? Dix dollars… ça va… j'en ai assez… après tout… j'ai pas sniffé ce matin… ça mérite une petite récompense…* Forte de ce constat, Marie-Laure sortit de son appartement, prit l'escalier, arriva au hall, évita sa boîte postale. *Quand je reviendrai… pas avant…* Marie-Laure sortit du Galant sans noter de variation de température entre l'intérieur du Galant et la rue. Le Malarche était à dix pas. Marie-Laure ouvrit la première porte du vestibule, puis la seconde. *L'air frais… enfin…* À la recherche d'une table libre, son regard fut attiré par un homme de son âge qui tapait des doigts de manière frénétique en avalant une soupe – *il est pas mal pour un quinquagénaire… un peu nerveux, mais pas mal… il pue le scotch à plein nez… oh… il me regarde…* Ses yeux se tournèrent vers une femme vaguement masculine au visage terne qui sirotait un Coca-cola sans conviction. *Une nouvelle pute ? Peut-être, certainement pas une femme d'affaires… en tout cas… elle a le type au scotch dans sa mire…* Chemin faisant vers la dernière table disponible, Marie-Laure remarqua la présence de Mireille, une ancienne serveuse de l'endroit. *Encore vivante, la folle… elle doit pas se souvenir de moi…*

— Marie-Laure ! Comment ça va ?

Shit… elle m'a reconnue…

— Ah… Mireille… Ça va ?

— Viens t'asseoir.

Marie-Laure balaya du regard la salle à manger. La dernière table disponible venait de trouver preneur. *Edward… maudit chanceux… si tu savais…*

— J'ai entendu dire que vous avez eu une alarme samedi matin ? C'est pas possible comme ça arrive souvent dans votre immeuble.

Au moins, elle a l'air calme…

— Est-ce que vous allez manger, madame ?

— Bonjour Mélina… Je vais prendre une salade César.

— Très bien, madame.

Elle m'a pas reconnue… elle doit être débordée… c'est vrai qu'il y a beaucoup de monde…

— Tu sais qu'il y a plein d'additifs chimiques dans la vinaigrette… ça donne le cancer, les additifs chimiques…

Réponds rien… fais comme si tu savais pas… soulève les épaules… voilà… fais comme si t'avais affaire à une enfant à problèmes…

Mélina revint rapidement à la table avec une salade verte et une salade du chef, « voilà… bon appétit » et fila aussitôt vers la cuisine.

— Oh… c'est pas vrai, il y a de la vinaigrette ! Mademoiselle… MADEMOISELLE ! HÉ !

Mélina revint vers la table, excédée.

— C'est quoi, ça ?

— Votre salade madame.

— Pis ça ?

— C'est vrai… désolée… il y a eu une erreur… la vinaigrette… je vous en apporte une autre…

— ÉCOUTE-MOI, ÉPAISSE ! JE SUIS ALLERGIQUE ! SI J'AVAIS RIEN VU, IL SE SERAIT PASSÉ QUOI ? TU VEUX ME TUER, CIBOIRE ? HOSTIE DE DROGUÉE !

Marie-Laure gardait ses mains devant son visage, désespérée, honteuse. En manque de coke aussi, soudainement.

Elle ne vit pas que Mélina avait quitté la scène avant que Mireille achève sa tirade.

— ELLE S'EST MÊME TROMPÉE POUR TA SALADE !

— Calme-toi, Mireille… c'est pas grave… j'aime ça les salades avec du jambon…

— C'EST TOXIQUE LE JAMBON !

Je fais quoi… je crie par-dessus… je la frappe… je fais quoi ? Un coup de pied au tibia… pour la ramener à terre ? Les moines zen… ils font ça, se frapper pour se ramener à leur corps… juste un coup. Non… mieux pas… elle en rajouterait… si on frappe cette femme, c'est pour la tuer et rien d'autre. Quelle honte… et elle fait retomber ça sur moi… et j'ai pas ma coke… même pas moyen de me sniffer une ligne aux toilettes… ça m'aiderait à penser… juste une ligne…

— MIREILLE ! TU TE CALMES !

C'est Malarche. Il semble gigantesque avec cette voix qui saisit son ancienne serveuse à l'échine.

— Mon apprenti cuisinier a fait une erreur et il est désolé… La voilà, ta salade… ET TU TE CALMES !

— Est-ce qu'elle est bio, la salade ?

Malarche la regarde avec la sévérité d'un père.

— Oui, Mireille, elle est bio… tu sais que je prends soin de toi…

Malarche croise les bras sur son ventre et s'assure que Mireille avale sa première bouchée. *Il l'a calmée…* Les clients ramènent leurs yeux vers leur assiette, comme si rien ne s'était passé. Malarche tourne sa tête ronde vers Marie-Laure.

— Il y a un truc que je voudrais te montrer en arrière…

Merci Roland… mille fois merci… t'es vraiment un chef…

— Oui, oui… le truc… Désolée Mireille… je… je vais emporter ma salade avec moi… pour pas qu'elle réchauffe…

Marie-Laure n'a pas mis les pieds dans la cuisine du Malarche depuis des années. *C'est fou... rien a changé...* Malheureusement, en franchissant les portes battantes, elle quitte la zone climatisée et reçoit un mur de chaleur en plein visage. Au fond de la cuisine, Luc semble en avoir plein les bras. Roland sourit à Marie-Laure. *Qu'est-ce qu'il veut dire avec ce sourire en coin...*

— Tu devrais mieux choisir tes fréquentations, Marie-Laure...

— Toi, tu devrais peut-être songer à empoisonner certaines ex-employées... ce serait ta contribution pour un monde meilleur...

Malarche cligne de l'œil, comme s'il allait s'y mettre.

— Roland... tu peux m'en faire une petite ? À cause de la folle...

Malarche fait un signe de tête, regarde l'allure approximative des assiettes sur le passe-plat, récupère sa bouteille de Molson Export d'une main, se dirige vers le frigo principal.

— Tiens, cadeau. Pas un mot à Zach sur ça.

— Bien sûr.

L'OBSESSION DE LA TRISTESSE

14 h 12 – Humidex : 42 °C

Roméo McCaan passe un glaçon sur les lèvres de sa femme. *Elle avale pas... c'est juste pour pas sécher vivante...* Henriette ne détache pas les yeux du téléviseur, complètement absorbée par l'image rectangulaire. Plusieurs oreillers lui permettent de garder une position assise dans son lit. McCaan, lui, ne regarde pas la télé. Il regarde sa femme. McCaan sait qu'il ne lui en reste plus pour longtemps. Henriette n'a rien avalé de solide depuis un mois. Des myriades de veines bleutées lézardent sa peau devenue mince comme une pelure d'oignon. Son torse n'est qu'un amas de côtes. Ce qui lui reste d'haleine produit une odeur plus pharmaceutique qu'humaine. Ses hanches sont saillantes, ses jambes, laissées à l'air libre, sont aussi décharnées que recouvertes de varices. *Son cancer doit lui bouffer tout ce qui lui reste depuis déjà longtemps... j'aurais presque mieux aimé qu'elle soit restée à l'hôpital...*

Henriette n'avait pas voulu de l'hôpital. De l'oxygène, du soluté, de la morphine et un infirmier par semaine. C'était ce que le programme de soins à domicile lui avait consenti. Henriette n'avait pas donné de raison précise concernant son refus d'être hospitalisée. Légalement, elle n'y était pas contrainte. *Elle voulait pas écouter la télé à l'hôpital... le son et l'image sont mauvais, elle peut pas enregistrer. Au moins... là-bas, elle aurait eu l'air climatisé. Anyway... moi aussi, je préférerais finir dans mon lit...*

Roméo est fatigué. La canicule lui fait ressortir mille et une douleurs. Ses tendinites de cuisinier, son syndrome du canal carpien, sa sciatique, son arthrose. Il a le regard creux des futurs veufs. Des yeux épuisés de regarder l'être aimé s'éteindre sans mourir. Roméo se sent seul. Assez seul pour se convaincre de prier, à sa manière.

C'est terrible… mon Dieu… c'est terrible… je suis épuisé… ça dure depuis si longtemps… et pourtant… je veux pas… je veux pas qu'elle meure. C'est ma femme. Mon Dieu… pourquoi j'ai l'impression que je me sentirai mieux quand elle sera plus là ? Je la regarde… pis c'est plus elle que je vois… je vois juste des restes qui respirent. Oui, je sais… son visage. Son visage… c'est tout ce qui reste de ma femme… son beau visage triste que vous lui avez donné, mon Dieu… Roméo regarde les yeux gris d'Henriette. Une scène de soap-opéra s'y reflète tant ils sont vitreux. *Je sais… je vous ai pas parlé souvent… c'est que je crois pas vraiment en vous… anyway… pas de la manière qui faut. Mais je vais devenir fou si je parle pas à quelque chose. Voulez-vous m'expliquer pourquoi vous m'avez fait aimer ce genre de beauté-là… hein mon Dieu ? Pourquoi les visages tristes sont les plus beaux ? C'est pas supposé être beau, la tristesse. Pourquoi j'aime ça, moi ? Pourquoi c'est sa tristesse qui fait que je l'aime ? Pour que je me sente mal de l'aimer… pour que je me sente coupable de la trouver belle ? C'est ça… hein mon Dieu ? Tu voulais pas que je me sente bien d'aimer ma femme ? C'est pas parce qu'on se parle jamais que je suis pas capable de comprendre ce que tu veux…* Henriette tousse. Des bruits secs et humides à la fois. Rien de rassurant. Un fil de sang baveux s'échappe de sa bouche. Roméo l'essuie avec une débarbouillette humide. D'autres matières opaques semblent rouler dans sa gorge.

— Doucement. Parle pas… tu vas t'étouffer… tu veux une piqûre ?

Henriette a les yeux gorgés d'eau, sa tête vibre en direction d'un oui. *Ça ressemble à un oui…* Roméo pose une main sur le front de sa femme. Il dépose un baiser sur son crâne dégarni par les mois de chimiothérapie. Deux larmes coulent des yeux d'Henriette. La douleur.

— T'es belle, ma petite face de fouine...

Henriette ne peut retenir les larmes qui suivent la piqûre. Oui, elle a mal, mais la morphine émousse les pointes qui lui perforent l'intérieur. Ces nouvelles larmes sont des gouttes de peur. Elles coulent sur ses joues, vont se perdre dans le creux de ses rides. *Les larmes, ça quitte jamais le visage des vieux.* Roméo regarde Henriette se figer dans sa triste panique. *Elle a les yeux d'une petite fille...* Roméo s'approche de nouveau pour la cajoler sans sourire.

— T'es la plus belle... la plus belle...

Mon Dieu... t'es le pire des trous d'cul... pourquoi tu me fais vivre ça?

Henriette se raidit de tous ses nerfs en un centième de seconde. Roméo la sent sous sa main. La morphine n'y peut rien. Roméo sent un affreux picotement lui parcourir l'échine. *Non... pas maintenant... pas tout de suite...* Henriette respire avec difficulté. L'air n'entre plus. Elle s'étouffe. Ses lèvres bleuissent. *Non... non...*

— Reste avec moi, ma petite fouine... reste avec moi...

La voix de Roméo est un murmure. Le torse d'Henriette tressaille sous l'effort d'une respiration noyée. *Ça y est... ça y est. Au moins je suis avec elle... je suis avec toi...* Roméo pose sa main sur la poitrine d'Henriette avec la délicatesse d'un orfèvre, une main plus fraîche que l'air. Henriette plonge ses yeux dans les siens. Roméo a la certitude que le temps va lui manquer. *Dis-lui... dis-lui...*

— Je... je t'aime Henriette...

Henriette dessine une moue dégoûtée à mesure que Roméo lui parle. Elle va tousser de nouveau. *La débarbouillette... peut-être qu'elle va cracher... il faut qu'elle crache...* Henriette tressaille avec une violence impensable pour un corps si faible. Elle s'étouffe en silence, fait remonter le liquide qui la bloque.

— Vas-y… tousse… bats-toi…

Roméo sent la main de sa femme serrer son bras. Il a presque mal. Deux spasmes secouent Henriette. Sa tête cogne contre le mur. Un troisième sursaut provoque l'expulsion d'une épaisse masse sanguinolente, un horrible crachat qui atterrit dans la débarbouillette. *Respire… respire… respire…*

Henriette lève les yeux vers Roméo, les referme en douceur, se cale dans les oreillers.

Elle respire. *Elle respire !*

PIENSE, MARICÓN (VERSION TRADUITE)
15 h 4 – Humidex : 43 °C

Faut pas déconner... non, faut pas... je lui ai promis... maudite tapette... il devait savoir quelle merde il me laissait... petite salope de Rafael Galofre Montes... petite salope... si t'étais pas mort... je te tuerais bien, moi...

Miguel est assis dans une chaise de PVC blanc installée sur le balcon de son appartement. Quelque part dans un *sweatshop* du nord de la ville, sa femme, Juanita, entame sa septième heure de travail. *Ça me laisse deux ou trois heures de liberté...* Miguel fouille une de ses poches de pantalon, sort un flacon de Rivotril. Il agite les cachets et tape du pied sans prétendre créer un rythme agréable. *Ça fait un mois depuis trois jours... je lui avais dit pas plus d'un mois. Pas plus d'un mois... à quoi elle pense, la villageoise ? Deux baises en trois ans... elle doit bien se douter de quelque chose... mes manières sont claires, il me semble...* Miguel se lève, fait sortir un cachet de Rivotril du flacon, le roule entre son pouce et l'index, le place sur une molaire, le croque, laisse fondre ses éclats amers.

Je devrais tout lui dire quand elle va arriver. Non... après... après le repas... ce sera mieux... faudra qu'elle m'écoute... Miguel retourne à l'intérieur. Il s'immobilise devant le miroir de la chambre. Il analyse la posture à adopter, la crédibilité de son visage. *Ne souris pas... ne montre pas les dents... reste froid... ferme et froid...*

— Juanita ! *Non... trop ferme... elle va avoir peur...*

— Juanita... *Pas bon... trop artificiel... je parle jamais comme ça...*

— Juanita. *Mieux...*

Miguel se masse le front du bout des doigts. *OK… je vais employer le ton professionnel… comme si elle était cliente…* Miguel s'éclaircit la voix, relève sa tête, fixe son reflet.

— Juanita. Il faut qu'on parle. Il y a une promesse que j'avais faite à ton grand frère avant qu'il se fasse tuer. *Elle va dire : « Quelle promesse ? »…* Tu sais que j'étais très proche de ton frère… c'était mon meilleur ami… *Pas besoin de lui dire plus…* Quand ton frère m'a dit que les Loperas en avaient contre lui, il m'a fait promettre de t'épouser et de te sortir de Colombie s'il lui arrivait malheur. *Je vais faire une pause à ce moment-là… elle dira rien… elle va mieux écouter…* Quand j'ai promis, j'avais bu beaucoup d'aguardiente, je pensais qu'il disait n'importe quoi… qu'il était pas en danger… tu sais comment il était… *J'ai surtout accepté en déconnant… j'avais dit que Juanita lui ressemblait tellement que je verrais pas de différence. Qu'un cul, c'est un cul… et j'avais promis. Sale tapette de merde… il s'est fait descendre la semaine après…*

Miguel regarde ses yeux. Les pupilles se fondent dans la noirceur des iris. Il doit poursuivre. Mettre ses idées en place. Rien ne doit être laissé au hasard devant sa femme.

— Quand j'ai appris sa mort, j'ai compris que moi aussi, j'étais sur la liste. C'est pour ça que le mariage – *elle dira quelque chose comme « notre mariage » pour me corriger…* – que le mariage a été rapide. C'est aussi pour ça que je suis parti deux jours après. *Elle va me dire : « Oui, ça va, je connais l'histoire, j'ai lu tes lettres »… elle va me poser un tas de questions… elle comprendra pas ce que je cherche à lui dire… elle comprend jamais rien si on lui fait pas un dessin…*

Miguel a soif. Il porte une bouteille bleutée à ses lèvres. Sa gorgée de Bombay Sapphire rince l'arrière-goût du Rivotril, la prescription qu'il avait piquée à Claude avant l'arrivée de Juanita. *Claudio... il doit être à bout de nerfs... je lui avais dit trois semaines... un mois au maximum. Il allait pas bien quand l'alarme a sonné... je veux pas le perdre à cause d'elle. Il vaut trop cher pour être perdu à cause d'une promesse à un mort... C'est plus la Colombie ici... et je l'ai remplie, ma promesse...* Miguel prend une autre gorgée. Il tourne le liquide à saveur de genièvre épicé sur sa langue. Il se doute que son discours ne pourra sortir de cette manière devant Juanita. Miguel n'y peut rien. *Il y a toujours une partie de moi qui veut chialer quand je la regarde... elle ressemble tellement à son frère... Il faudrait que je lui dise... que son mari est une tapette, comme son frère... il faudrait que je lui dise... ça réglerait tout...*

— Tu parles... ça réglerait rien...

FUCKING WHITE NOISE
15 h 25 – Humidex : 43 °C

Elle est bizarre, la réalité, aujourd'hui... faut que je pense sans arrêt pour me convaincre que j'en fais partie, de la réalité... penser, parce que si j'arrête le cerveau... il y a ce bruit, ce brouillage... un white noise qui fait chier. Depuis hier qu'il lâche pas... quand j'ai brûlé le livre... les cendres sur la pute... c'était pas mal. Is there a link ? Et pourquoi y'aurait un lien ? Un bruit, ouais... un bruit de fond... comme de la neige dans un écran de télé... ça et des dizaines de voix en écho métallique... un brouillage... ouais... c'est le bon mot... de la purée... mon cerveau qui perd du terrain... ça peut pas être bon... ... ... faut pas que j'arrête de penser... ne pas arrêter... ça étouffe le bruit... ça calme. Je pourrais penser aux trucs que je ferai avec ma pute... faire des trucs qui m'obligent à penser tout le temps... question de pas perdre ce qui me reste de conscience... faudrait que ce soit dérangeant... ce qui dérange fait toujours penser... c'est connu. Faire des trucs pas nets... immoraux... dégueulasses... j'ai jamais fait des trucs sadiques... comme dans le livre que j'ai brûlé hier. Des idées, des idées... je sais... je sais... j'en étais là dans mon agenda... les perversions non réalisées... le dernier salut... finir en horreur pour repousser l'idée de la beauté... utiliser ma tragédie comme excuse... qu'est-ce que je dis ? Comme si je l'avais prévu. Non... j'avais rien prévu... c'est du faux souvenir que je m'injecte dans la mémoire... je pouvais pas anticiper ce white noise qui me grafigne le crâne... je pensais pas à des perversions où il fallait que je réfléchisse... plutôt le contraire... ... ...

Shit!... shit!... va falloir que je défonce... fucking noise. That whore... cette Jade. Elle pourrait devenir Jenny pour de vrai... suffirait d'une perruque bien coiffée... je me sentirais pas bien si j'étais avec Jenny. Ça, ça me ferait réfléchir... ... ... mmmh... fucking white noise... ça va me rendre fou... la chaleur aussi... ça va m'achever. Qu'est-ce qu'elle me dit ?

— Monsieur Adamson, vous êtes certain que vous voulez seulement me regarder ?

Réponds pas... pas tout de suite... t'as pas à lui répondre... c'est elle qui travaille pour toi... c'est juste une pute. Malgré qu'elle pourrait me sucer pendant que je réfléchis... j'avais le cock en meilleure forme ce matin... il me semble... ... ... Ahhrg... le médecin m'en avait parlé du bruit... ça peut provoquer ce genre de fucking problems si ça finit par toucher les aires de l'audition... zones critiques... l'audition et la vision... mais j'hallucine pas... est-ce que j'ai des hallucinations ?... ... ... God damn it... comment je vais faire pour écrire avec ça dans le crâne. OK, OK... si je peux bander... je peux écrire.

— OK, tu peux me sucer. Fais ça *bareback. Just don't touch the balls.* Mets un doigt dans mon cul. *Go deep.*

Si demain, elle devient Jenny... ouais... elle pourrait devenir Jenny... la même coiffure je veux dire. J'ai encore une photo. Faudrait pas qu'elle voie le visage... elle paniquerait... elle lui ressemble trop... faut pas qu'elle dise non, la pute. Tout est question de contrôle... de contrôle... de contrôle. C'est pas un visage que je demande... elle l'a déjà, son visage. Juste des cheveux comme Jenny. Tout va être parfait. Jenny... here I come. Faudra que je commence avec des trucs honteux... il faut que je la dégoûte... qu'elle me crie des noms... ça va m'occuper. Je pourrai pas m'empêcher de penser à elle... de la trouver énervante. Ouais... bon plan... ... ... Damn fucking white noise. Faudrait que je fasse des trucs dégueulasses... des choses que Jenny pourrait pas comprendre… ni moi ni personne. C'est logique… si je baise une belle femme… je pense plus… I shut the brain and work the prick. Si je vais bareback and kinky… le tordu… le pas imaginable… ça va me forcer à penser. Le Cialis me fera bander… pas besoin du cerveau pour ça… just a yellow pill. N'importe quoi pour pas entendre ce fucking white noise. Elle suce pas mal, la petite. Could be better if it was sloppy… je pourrais lui parler aussi… peut-être que ça fait le même effet que penser… parler… ouais…

— Tu peux baver un peu plus… crache dessus aussi… *Good…* Je le veux *clean and shiny, just like a tail pipe…*

Yes… ça marche…

— Fait le tourner sur tes lèvres… *like that…* touche pas les couilles… elles sont à moi… ce sont mes couilles, pas les tiennes. Crache encore… je veux voir un filet de bave quand tu recules ta bouche. On t'a déjà fait un *bareback facefuck* ?

— Mmmph.

— J'imagine que ça veut dire oui. Je serai pas méchant… enlève ton doigt de mon cul… fais-moi des *deep throat* pour t'étirer le fond de gorge… tu vas voir… elle est pas trop longue… pas trop grosse… juste assez.

Wow !… j'ai même pas pris de pilule… elle me fait bander sans… bonne pute…

That's it… Ahhh… au fond… encore… oh God… let me stand up…

Retire une jambe de ton pantalon… faut que tu puisses bouger comme il faut… that's one fucking good sloppy blow job… the merbites where right… she's good… elle se met à quatre pattes… parfait… elle sait ce qu'il faut faire… parfait… parfait. Un premier coup de hanches…

— Oumh…

Un autre…

— Oummf…

Again. Again. Encore… fuck… fuck… je sens sa gorge on my cock… fucking tight throat. Continue… ça lui donne mal au cœur… normal… Again… again… elle fait des sons comme si elle allait vomir. Je peux aller plus creux. Elle vomira pas… she's a pro. Ah yeah…

— *Ah yeah… fuck yeah*… AH…. AHHG… ARRRRR-GHHHH !

Ah yes… full of cum dans ta gorge… tout plein… Oh fucking God! OK… OK… get it out… laisse-la respirer. Elle tousse… normal. Elle s'étouffe même pas. Shit! I came so hard. Elle boit une petite gorgée d'eau… elle replace une mèche de cheveux… sourire… that's it… une vraie pro…

— Je t'ai pas dit que tu pouvais boire…

What time ? Il me reste une heure trente… faut que je trouve d'autre chose. Elle veut boire… elle va boire… et elle va pisser… it's all about control…

— Je veux que tu pisses. Non… pas sur moi… je veux que tu remplisses une bassine… un seau… n'importe quoi qui contient… Je veux que tu la remplisses devant moi… le plus possible… *now…*

Et moi pendant ce temps-là… je vais frotter mon cock tout mouillé sur ton visage et dans tes cheveux… Si je bande encore… tu vas me sucer. Ça va me permettre de réfléchir à mon plan pour demain… j'ai besoin d'un plan pour demain. Pourquoi il y a pas d'insectes ici ?

CE PAYS DE CINGLÉS PRATIQUES
16 h 37 – Humidex : 43 °C

Je devrais continuer à boire… sinon je vais perdre ma soirée en dégrisant… Je dois être à sec. À moins que… peut-être ici ?

— Ah !

Splendide… Matsudori a pensé à me monter une petite réserve… brave éditeur… il sait qu'il doit la nourrir, sa vedette… que de la Moskovskaia… à cause du soufre qu'ils mettent dedans… meilleure pour éviter le mal de tête… sans parler de l'étiquette de la bouteille… trop laide pour être malhonnête…

Takao remplit un verre à jus de Moskovskaia pure. Il sait que son congélateur ne contient aucun glaçon. *Température ambiante… tant pis… juste pour éviter que mon énergie baisse trop vite. Avoir su que j'avais des fans dans le porno… je serais venu ici bien avant. Faut que je complète mon courriel à Matsudori. Il va péter les plombs…* Takao se dirige vers son MacBook Pro déjà ouvert, ranime l'écran d'un mouvement de souris, active la fenêtre d'un courriel déjà entamé. Au bout d'un long paragraphe de détails sur Zach et Tony Campagnella, Takao appuie trois fois sur *enter,* avale une gorgée de vodka tiède et se met à la rédaction. Il compte envoyer son texte à Matsudori en français. *Juste pour le faire chier…*

Troisième spécimen : Kaviak (nom de famille inconnu pour l'instant).

Kaviak est le premier Canadien qui me reconnaît. Un admirateur, selon ses dires. Il ne ressemble pas à mes fans nippons. Il ne se méfie pas de moi. Peut-être parce qu'il a choisi une vie proche de la mienne, qui sait ? Cette hypothèse me semble vraisemblable, pour l'instant.

Kaviak ne ressemble pas à l'idée que je me faisais d'un Canadien (pas plus que Zach ni Tony). Les différences physiologiques sont très prononcées dans cette partie du monde. Plusieurs visages typés, travaillés par des vies anarchiques, dépourvues de sens éthique, comme s'ils étaient les porteurs génétiques d'une décadence, d'un danger plus fort que leur volonté.

Si je me fie aux paroles de Kaviak (ce qui est difficile puisque le mensonge semble être un mode de fonctionnement aussi généralisé que banal par ici), il est Canadien de naissance et Thaïlandais d'adoption. Kaviak dit avoir perdu ses parents à quatre ans dans un accident de voiture (épisode à éclaircir avec lui). Sa garde aurait été confiée à des amis de ses parents, un couple d'immigrés thaïs arrivés en 1974 (douteux comme histoire, je le questionnerai là-dessus aussi). Kaviak est élégant dans ses manières. Il semble appliquer certaines théories zen à son rapport avec les objets. Son appartement ressemble vaguement à mon loft, côté aménagements.

Assez pour les détails personnels. Voici ce qui est intéressant :

Kaviak gagne sa vie en baisant des filles sur Internet. Porno amateur. Vous pouvez vérifier en allant sur www.kaviaksex.com. Il m'a offert un accès gratuit à son site, mais je garde ce privilège pour le bonheur de mes yeux. Désolé. Autre fait intéressant : malgré ses aspects invraisemblables, Kaviak m'inspire confiance comme peu de gens l'ont fait jusqu'ici. Et visiblement, cette confiance se construit dans l'échange : il m'a déjà parlé d'un plan qu'il compte réaliser. Kaviak savait d'avance que j'adore forcer la réalité pour me donner du matériel (je vous l'ai dit, il n'est pas du tout comme mes autres lecteurs…). En gros, je dois contacter le Français, Zach, pour l'attirer vers Kaviak. Je lui demanderai de me livrer de la marijuana demain matin. Je ferai en sorte qu'il reste avec moi et on fumera en buvant. Il faudra que je ramollisse sa capacité de raisonner. Quand il sera mûr, je lui parlerai de Kaviak qui se cherche un partenaire masculin pour filmer un trio.

Je sais… il y a peu de chances de réussite… mais ce Français n'a pas une tête à refuser ce genre d'occasion. Et le plus joli dans tout ça, si le plan fonctionne, ce sera moi le caméraman. Imaginez l'histoire que ça fera.

Takao prend une autre gorgée de Moskovskaia. Toujours aussi tiède, sinon plus. Il grimace en avalant. Takao décide de relire son long courriel à partir du début, de changer quelques phrases, d'en éliminer d'autres. Takao est heureux d'avoir trouvé matière à création si rapidement. Il sait que son éditeur n'attend rien de sa part avant un mois. *Oui… pourquoi pas… je pourrais me le permettre… certainement… profiter de l'effet de surprise. Je suis certain qu'il ne dira pas non…*

J'en conviens, c'est plus de matériel que j'espérais récolter dans mes premiers jours. Ou bien le Canada est un pays de cinglés, ou bien je suis tombé dans une mine de diamants. Peu importe : c'est la preuve que je ne me trompais pas en venant ici. Pour arriver à mes fins, j'aurai besoin d'un accroissement de votre soutien. Le seul moyen de garder Zach à ma portée est de devenir son client. Et comme je n'ai aucune idée des prix de la drogue au Canada, je préfère ne pas manquer de fonds. J'imagine que 500 $ pourraient suffire. Et puisque nous sommes dans les considérations monétaires, il y a aussi Tony, l'Olympien. Tony est prêt à me laisser son épisode olympique en échange de…

Takao lève les yeux de l'écran. L'alcool dans son sang ralentit sa focalisation. Il louche un bref moment et replace la mèche rouge responsable de ce strabisme. *Matsudori a déjà payé 1 000 000 ¥ pour l'histoire de cette Ikuyo qui s'était fait violer par son frère… hum… je pourrais essayer un entre-deux…*

… en échange de 5000$ canadiens (seulement 500 000 ¥ pour une véritable histoire olympique… imaginez… j'appelle ça une aubaine…). Alors, je vous demande de m'envoyer 5 500 $ canadiens dans les prochaines douze heures. Je serai à un comptoir Western Union demain le 5 juillet à 8 h 30. Je vous laisse effectuer la conversion pour l'heure d'Osaka. Vous aurez des planches préliminaires d'ici une semaine si tout se passe bien. Ibata est de retour. Soyez heureux.

Takao recule d'un pas devant son MacBook Pro. Il sait que Matsudori va lui obéir sans hésiter et qu'il pourra lui extorquer à nouveau quelques milliers de dollars lors de son séjour. Takao sourit en révisant son courriel une dernière fois. Il l'enverra à trois reprises avec la mention *kinkyuu*[1]. *Bon… maintenant… appeler Zach… prendre rendez-vous… grosse journée demain… bonne journée. Ça me manquait…*

---

1. Urgent.

ANNIVERSAIRE
17 h 5 – Humidex : 43 °C

C'est jour de fête. À 20 h 14, Fanny aura quarante ans. Pour souligner l'occasion, elle a débranché ses téléphones. Celui de Parents-Écoute, en matinée. Sa ligne personnelle en début d'après-midi. *À défaut d'avoir ma fumette festive, j'aurai la soirée tranquille…* Fanny s'était levée ce matin avec l'intention de s'offrir un gramme de haschich pour enfumer sa journée. *Une petite gâterie… pour finir mes trente-neuf ans la tête légère…* Mais Zach était introuvable. Fanny considéra son ex-copain comme une option de rechange pendant quelques secondes. Elle se ravisa en songeant à leur dernière rencontre. *Je n'ai pas envie de me retrouver au lit avec lui… ce serait trop moche… surtout pour ma fête… ce serait désespérant…*

Fanny tâte délicatement les aiguilles et les bosses de sa montre Reizen : 17 h 5, précisément. *À moins que j'aie déréglé mes aiguilles en palpant…* Pour confirmer, elle se dirige vers le meuble qui soutient sa radio – *un pas, deux pas, trois pas…* – laisse glisser sa main contre la surface de mélamine usée, atteint l'appareil de son index. *Va falloir faire l'époussetage…*

— … routes complètement congestionnées au niveau des ponts, vraiment parmi les pires périodes de pointe de l'été… – Alors merci Gilles… Dans l'actualité, Véronique… – Oui, on parle de la saisie record de cocaïne dans le port de Montréal, il semble que cette opération soit uniquement la pointe de l'iceberg puisque de nouvelles arrestations ont eu lieu aujourd'hui… on parle de plusieurs membres des groupes de motards criminalisés… des noms devraient surgir d'ici peu... Sur un autre registre, Environnement Canada maintient toujours son avertissement de chaleur accablante et de smog pour le Grand Montréal. Malheureusement, on prévoit que le pire est à venir... en effet, le facteur humidex devrait dépasser les 50 °C pour la journée de vendredi... – Je sais qu'il y a des limites à parler de la température, mais ça commence à devenir inquiétant tout ça... – En effet... – Alors il est 17 h 8 à Montréal et il...

Parfait, ma montre tient l'heure... 17 h passé... faudrait manger... manger quoi ? De la salade sans doute... si elle est vivante... je déteste la laitue trop molle... sans parler de ces bouts gélatineux. Pas les moyens de me payer un vrai restaurant cette année. Tant pis... j'espère qu'il me reste du vin dans la réserve... au moins je pourrai boire un coup. Cette chaleur aussi... je m'étais juré d'aller fêter mes quarante ans dans un bar de blues. Fait trop chaud pour s'enfermer dans une caverne du centre-ville. On dirait qu'il y a des forces mystiques qui veulent pas que je m'amuse. Peut-être qu'il y a rien à fêter, au fond. C'est vrai... qu'est-ce qu'on célèbre à son anniversaire... sa naissance ? Rien de très réjouissant, une naissance... c'est le début de tous nos problèmes. On souligne quoi alors ? Le fait de pas être mort ? Qu'on se rapproche progressivement de la pension de retraite... quelle tristesse, les anniversaires...

Fanny se raidit en fouillant dans son frigo. Sa laitue est molle, fanée, rebutante au toucher. Les cuisses de poulet ne sont pas décongelées. Elle n'a rien de préparé. *Maudit...* Fanny se déplace vers le garde-manger, espère mettre la main sur une conserve invitante. Sa réserve de ragoût dans le bac de gauche est vide. *Idem* pour sa réserve de pâtes en sauce. La main continue sa promenade, à la recherche d'une conserve de thon. *Rien... je vais devoir me taper une épicerie...* Après vérification, elle n'a qu'une boîte de macaroni au fromage. *Calvaire...*

Fanny est souvent citée en exemple chez les gens qui la connaissent. Toujours souriante, droite et fière, qu'ils disent. Ces personnes vantent son moral inébranlable, son écoute, son courage. Ces mêmes gens estiment que son penchant pour le vin est largement compensé par son souci d'aider les autres. Bonne joueuse, Fanny accepte ces bons mots en souriant avec pudeur. Mais elle n'a jamais été dupe. Elle sait qu'il est plus aisé de complimenter à distance que de partager les ratés du quotidien, que ces compliments permettent aux autres de la placer au loin, sur un fragile piédestal. *Parce que je respecte ton image, je peux me foutre de ce qui t'arrive réellement. L'image… concept ridicule…* Fanny sait que son unique mérite est de vivre seule, semi-autonome malgré ses yeux inutiles. Et en cette fin d'après-midi, elle n'a pas envie de savoir qu'on la respecte parce qu'elle mène une vie ordinaire. *Me foutre des autres, pour une fois… ce sera ça, mon cadeau… je parie que personne m'a laissé de message sur la boîte vocale… Me foutre des autres… je devrais peut-être le faire plus souvent…*

¿DÓNDE ESTOY? (VERSION TRADUITE)
17 h 58 – Humidex : 39 °C

Juanita n'a pas pris le bon chemin. Mauvais choix d'autobus, mauvaise ligne de métro ; mauvaise journée. Juanita ne panique pas, elle laisse filer le temps d'un trajet exagérément long. Debout dans un wagon rebondissant, la main accrochée à un tube métallique graissé par des milliers de mains moites, elle laisse ses pensées animer sa route, faute d'avoir mieux à faire, mis à part un petit exercice de rancœur. Juanita en veut à Miguel et à ses explications nonchalantes sur les transports en commun, elle en veut aussi à sa collègue Marianna qui a préféré aller au cinéma plutôt que de l'accompagner comme à l'habitude, elle en veut à ce pervers assis sur le banc d'à côté qui ne cesse de regarder ses seins, à ce conducteur de métro qui n'a pas appris à freiner en douceur, à cette population qui ne parle pas la bonne langue, à cette chaleur, cet air poisseux, étouffant, immobile, pollué, souterrain. En somme, Juanita s'efforce de ne pas perdre patience. *C'est parce que j'ai faim... je suis toujours en colère quand j'ai faim. Qu'est-ce que les gens puent aujourd'hui...*

Une voix synthétique vibre dans les haut-parleurs de la rame.

— Station Snowdon.

La rame s'immobilise. Les portes s'ouvrent, laissent entrer plus de passagers qu'il n'en descend. Les gens s'entassent, se serrent. Des Asiatiques, des Noirs, des Indiens, des Arabes et quelques Blancs s'intègrent dans une masse de corps en manque de points d'appui. Les Asiatiques forment une bulle étanche, se tiennent très serrés sans entrer en contact avec quiconque. Les Noirs parlent fort, agitent leur tête, entrecoupent leur discours d'insultes codées en roulement de salive. Les Indiens semblent méditatifs tant ils sont calmes. Ils dégagent des effluves de sudation douceâtres qui font tourner le nez aux Asiatiques. Les Arabes, absorbés dans une discussion passionnée, semblent vouloir se convaincre mutuellement en gesticulant dans le peu d'espace disponible. *Aucun Hispano... personne... C'est les nations unies par ici... alors pourquoi il y a pas d'Hispanos ? De quoi ils parlent les Arabes... on dirait qu'ils sont fâchés...*

— Station Villa-Maria.

De nouveaux Arabes entrent dans le wagon. L'un d'eux est un jeune imam. Ils sont suivis d'une adolescente noire et d'un petit Bolivien quadragénaire. Si petit que Juanita ne l'a pas repéré. Les portes se referment. Personne n'est descendu à Villa-Maria. Le pervers regarde toujours les seins de Juanita. En prime, le revers de sa main effleure son mollet nu à chaque rebondissement du wagon. *Regarde-le dans les yeux... fais-lui ton regard méchant... il pourra pas continuer...* L'imam a été reconnu et salué par le groupe d'Arabes. Malgré la distance, ils conversent au-dessus des autres passagers comme s'ils étaient seuls. Les Noirs ont remarqué la jeune femme, ils envoient quelques phrases en créole. Phrases bien accueillies, car la jeune femme sourit. Les Asiatiques ne disent pas un mot et s'observent sans croiser leurs regards. Le pervers ignore aussi les yeux de Juanita. Sa main frotte toujours. Les Indiens donnent l'impression de dormir debout, malgré la cohue générale provoquée par les conversations des Arabes, des Noirs et les bruits du métro.

— Station Vendôme.

Enfin... de l'air... Certains passagers sont descendus, un nouveau est monté. Ce nouveau passager semble connaître des gens, lui aussi. Des Blancs qui s'avèrent être roumains s'engagent dans une autre conversation forte en exclamations. Le pervers n'a toujours pas bougé. Pire, c'est maintenant son poignet qu'il frotte contre le mollet de Juanita. *Pas moyen de bouger… les Arabes sont trop nombreux…* Juanita ne trouve qu'une option, se plaquer contre les portes du côté où elles ne s'ouvrent pas. Sitôt son déplacement effectué, deux Arabes récupèrent l'espace, la comprime davantage contre la porte. Juanita est coincée entre les Arabes et les Indiens aux yeux vitreux. Le bruit des uns lui donne mal à la tête, l'odeur des autres, mal au cœur. *N'y pense pas… fais le vide… ta station va arriver…*

— Station Place-Saint-Henri.

Le pervers s'est levé. Contrairement à ce qu'elle croyait, il n'a rien essayé. Il ne semble pas voir avec grande précision derrière ses épaisses lunettes. *Peut-être pas un pervers finalement…* Techniquement, Juanita était la mieux placée pour prendre le siège libéré par le supposé pervers. C'était sans compter sur la rapidité de cette jeune Asiatique enfermée dans la bulle de son iPod. *Tant pis…* Le front appuyé contre la vitre de la porte, Juanita regarde défiler le mur du long couloir sombre. Elle repense à son mariage, à la vie qu'elle désirait avoir à l'époque où exister était simple. Juanita repense souvent à son mariage. Elle avait épousé Miguel pour un ensemble de raisons. Parce qu'il était le meilleur ami de son frère, parce que le mariage allait plaire à sa mère encore endeuillée, parce qu'il fallait bien qu'elle se marie, un jour.

— Station Lionel-Groulx.

À l'ouverture des portes, la masse vivante se bouscule vers la sortie. Près des trois quarts des occupants quittent le wagon. Ils sont remplacés par des Blancs anglophones, quelques Italiens et trois Salvadoriens que Juanita ne remarque pas, occupée à revisiter ses souvenirs. *C'est certain… la promesse de partir… elle faisait du bien à ce moment-là… c'est surtout pour cette raison que tu as accepté de l'épouser… partir de Colombie… ça, et l'autre chose…* Cette autre chose, c'était le respect. Des hommes de Boyacá, le seul qui n'avait jamais tenté de lui mettre la main au cul, c'était Miguel. Le seul qui n'avait jamais parlé à double sens. Le seul qui s'était comporté en homme civilisé, vertueux. *Les hommes… qu'est-ce qu'ils ont avec le sexe… il n'y a rien d'extraordinaire là-dedans… c'est ridicule… tant d'énergie dépensée pour si peu de chose…*

— Station Georges-Vanier.

Le changement de passagers a soulagé les sens. Moins de bruit. Moins d'odeurs différentes. Seulement le tintement des iPod, l'odeur âcre de la sueur des Blancs mêlée aux haleines alliacées des Asiatiques. *Pas que ce soit mieux, mais je suis habituée à ces odeurs…* Comme par magie, les Asiatiques ont fait main basse sur presque tous les sièges. Plusieurs d'entre eux ignorent volontairement une femme blanche et enceinte qui peine à se retenir lors des freinages. Un vieillard boiteux que Juanita n'avait pas vu se lève en disant : *« Madam… Madam… please… have my seat. »* Sitôt la femme assise, il s'agrippe solidement à un poteau, pointe sa canne vers les Asiatiques et lance, le visage grimaçant : *« You should all be ashamed! »* Personne ne fait mine de l'entendre.

— Station Lucien-L'Allier.

Juanita regarde le vieillard fulminer en silence contre les Asiatiques. Il peine à se tenir debout. La femme enceinte l'interpelle, lui offre une moitié de siège. Le vieillard lui renvoie un signe de tête négatif, dépité. Le Bolivien est toujours du trajet, les yeux figés sur une section du plancher. Juanita l'a vu. Elle a aussi noté la présence de la carte du métro à côté de lui. *J'ai manqué le nom de la dernière station…* Juanita n'a pas envie de passer pour une de ces immigrantes idiotes et désorientées. Elle attendra.

— Station Bonaventure.

Bonaventure... Bonaventure... où elle est, cette station... ah... ici... OK... fantastique... je suis sur le bon trajet... il y en a des stations par ici... ce doit être le centre-ville... Juanita sourit. L'idée de se trouver sous les gratte-ciel de Montréal lui fait quelque chose dans la poitrine. Une fébrilité naïve qui transforme sa journée en expérience presque agréable. Selon sa compréhension du plan, elle devrait être chez elle d'ici une demi-heure. *J'espère que Miguel ne sera pas fâché... j'ai pas lavé la vaisselle ce matin... ça va sentir mauvais. Il est bizarre depuis quelques jours... comme si je le dérangeais...*

— Station Square-Victoria.

Peu de mouvements, sinon quelques Blancs qui s'échangent les rares places non monopolisées par les Asiatiques. Juanita pense au centre-ville. Elle imagine, plantée solidement au-dessus de sa tête, des dizaines de tours de verre dessinant un paysage de cristal. De Boyacá, c'était le Canada qu'elle espérait atteindre. Des gratte-ciel de verre sur lesquels se réfléchissaient des lacs et des fleuves démesurés. Un pays parfait, pur. Le front appuyé contre la vitre tachée d'un graffiti, Juanita se rappelle la promenade avec Miguel sur le belvédère de la montagne, trois jours après son arrivée. Les gratte-ciel étaient si près qu'elle avait l'impression de pouvoir les toucher. Ils étaient moins nombreux que dans son rêve, mais ils étaient là. Le grand fleuve aussi. Ne manquait que la blancheur de la carte postale. C'était presque parfait.

— Station Place-d'Armes.

D'un mouvement, les Asiatiques se sont levés, ont patienté devant les portes, sont sortis dès leur ouverture. Juanita observe les publicités sur le quai. Certaines sont en caractère chinois. Elle devine être sous le Chinatown où habitent certaines filles du *sweatshop*. Dans le wagon, il ne reste que des Blancs, mis à part ce Noir plongé dans un livre de Hegel. Juanita est fatiguée. Elle ne voit pas à quel point les immigrants sont rares dans son quartier. Pas plus qu'elle n'était consciente du nombre d'immigrants dans les autres secteurs de la ville. Juanita n'avait jamais vu tant de gens d'origines différentes réunies dans un si petit espace. Lorsqu'elle comprendra qu'elle habite un quartier majoritairement occupé par des Canadiens de naissance, elle ressentira une fierté qu'elle aura du mal à cacher. *Encore quelques stations et je suis chez moi. Ou chez Miguel. Non… qu'est-ce que je dis ? C'est chez moi maintenant…*

L'ILLUSION DE JOUIR

19 h 48 – Humidex : 39 °C

Lulu avait renoncé à imprimer pour la durée de la canicule. L'encre séchait mal sur les feuilles, l'émulsion décollait de ses soies, l'aération de l'atelier de sérigraphie s'avérait inopérante. *Aussi bien boire, doper et baiser alors... quand rien ne rapporte, tout se dépense. Il n'y aura que ce petit contrat... je le ferai le 10... il devrait faire moins chaud, le 10...* Lulu avait l'habitude de retarder ses contrats d'impression lors des grandes chaleurs. Ça lui faisait des vacances. Mais cette fois, même si la température dépassait de beaucoup le seuil tolérable, l'idée de quitter l'atelier ne lui plaisait pas. Avec Bob plâtré, l'ambiance s'annonçait lourde à l'appartement. Sans parler de Luc, dans son rôle de nouveau colocataire. Luc qu'elle avait toujours trouvé sans saveur avec son attitude de suiveur. *Fuck it... il y a pire... je pourrais être caissière. Un mois avec Bob et Luc... ce sera pas mortel...*

Lulu était passée par le parc en revenant de l'atelier. Cette idée était celle de Dana, une partenaire d'atelier prisonnière d'un contrat ignorant les contraintes climatiques. Les deux femmes s'étaient acheté une bouteille de rosé au passage et l'avaient bue assise dans l'eau de la fontaine. Sous les rayons solaires amplifiés par le smog, Dana et Lulu profitèrent des effets de l'alcool sans attendre. Dana s'étira, fit craquer son cou, utilisa l'épaule de Lulu comme appui-tête. Lulu ne comprit pas ce qui s'était produit lorsque la tête de Dana toucha la peau de son épaule. *Ce devait être l'eau qui collait ses vêtements sur sa peau... peut-être ses cheveux mouillés. Non, pas que ça... c'est elle qui m'a effleuré un sein en voulant voir mon collier… c'est elle qui m'a fait ce petit sourire avec des yeux qui disaient sexe, sexe, sexe. J'ai pas rêvé… c'est elle qui a commencé. Allumeuse… elle est avec un gars pourtant… et pas un imbécile en plus. Faudrait peut-être que je lui dise qu'il se passera jamais rien…* Lulu quitta Dana et la fontaine en invoquant avoir oublié un truc vital à son appartement. Dana saisit l'occasion pour proposer de l'accompagner. *Elle voulait vraiment baiser… shit!… faut pas qu'elle boive trop avec moi… ce sera mieux pour elle… VIH ou pas, je suis pas faite en plastique…*

— Non, c'est mieux pas… mes colocs sont toujours là… ils sont chiants de ce temps-ci.

Dix minutes séparaient le parc de l'appartement. Dix minutes pour oublier les courbes de Dana. Ses petits seins pointus, sa taille d'anorexique, son microscopique derrière, ses cuisses d'enfant de douze ans. Dix minutes. *Comme si c'était assez…* Sitôt chez elle, Lulu se glissa dans la salle de bains, referma la porte, retira ses vêtements, fit couler un bain le plus frais possible et se tourna la bille en se doigtant généreusement pendant près d'une heure. Elle pensait à Dana qui lui léchait le con, Dana qui frottait son cul sur sa langue, Dana qui recevait quatre doigts au vagin et deux au cul en miaulant comme une chatte, Dana qui lui projetait un liquide clair, tiède, salé en plein visage. Sa longue masturbation achevée, Lulu décida de cuver son rosé en roupillant dans l'eau.

— Mélina est pas avec toi?

— Nan. Elle travaille jusqu'à la fermeture. Tu bois quoi?

— Rhum industriel.

Lulu n'était pas certaine d'avoir entendu la première phrase concernant Mélina. La voix qui l'avait prononcée restait floue. La seconde phrase, plus claire, lui fit comprendre que Luc rentrait du travail. Lorsqu'elle entendit «rhum industriel», elle était éveillée. Animée par l'idée d'observer Luc et Bob en toute discrétion, Lulu sortit du bain sans bruit, ne vida pas l'eau, s'épongea avec une délicatesse incompatible avec son physique de joueuse de hockey.

Lulu espérait surprendre une conversation. Elle eut droit à un début de fellation. *Je suis certaine que si c'était moi qui étais rentrée il y a cinq minutes, c'est moi que Bob aurait dans la bouche. Il va être insupportable cette semaine… il aurait pas dû accepter le shoot de morphine, hier. Avec sa jambe dans le plâtre, il a sa parfaite excuse pour recommencer l'héro… à moins qu'on lui laisse pas le temps d'y penser…* Lulu observa Luc un peu plus en détail. *Il ne s'en doute pas le petit, mais il fait exactement ce qu'il faut… l'occuper… lui garder la tête ailleurs… pour quelques jours au moins… l'héroïne… de la pure merde… je l'avais prévenu cette soirée-là… dire qu'il a commencé par défi… juste pour me faire chier. Il a l'inconscient tellement catho…* Lulu s'avança à pas de loup vers le salon. Les deux hommes, trop occupés, n'entendaient rien. *Il a besoin de divertissement… on va lui en donner. D'abord… on ré-alcoolise… toujours faire le plein avant la longue route…* Lulu tapa d'une main dans le paquet de Player's de Luc, saisit délicatement la bouteille de rhum de l'autre. Elle avala une première gorgée pour goûter la boisson (57 ml), une seconde pour enlever le goût industriel désagréable (153 ml), une troisième pour se mettre en train (421 ml). Elle révéla sa présence en demandant à Luc s'il avait du feu, finalisa sa ré-alcoolisation avec un digestif (92 ml), pour le plaisir. Elle allait bien. Beurrée, heureuse. *Relâchée, mais en contrôle. On salive bien les doigts… de la bave épaisse si possible. On rajoute un peu de miel empoisonné. On enfonce en serrant les doigts. Pas trop fort, rien déchirer. Voilà… la prostate… léger massage avec le bout du majeur pour épaissir la sauce, on laisse mijoter…* Lulu se pencha. Sans retirer ses doigts de Luc, elle avala la trompe mollassonne de Bob. *OK… on y va profond… on avale tout pendant que ça bande mou…* Lulu retira la trompe de sa bouche, appuya un peu plus sur la prostate de Luc, aspira une longue bouffée de la Player's qu'elle gardait entre les doigts de sa main libre. *Il bande encore rapide notre Bob… juste assez mouillée, cette trompe… c'est le bon moment…*

— Luc, tu vas t'asseoir en face de lui. Je veux de la place… Ça irait mieux si t'étais couché, Bob.

Au moins il y a ça de pris… pas besoin de lui faire un dessin… pratique, les caractères passifs… ils saisissent bien les ordres, à défaut de comprendre leur logique…

— Hoooouuu…

Te fie pas trop à ma salive, Luc… il glisse bien, mais il est large notre cher Bob…

– Mmmmgrrrr…

Et on dirait qu'il apprécie l'étroitesse… tant qu'il déchire rien, qu'il reste calme. Pauvre petit… il fait un drôle de visage… c'est compréhensible. Je vais le sucer un peu… ça va lui faire passer le temps…

Lulu prend position par-dessus Bob, place sa vulve contre sa bouche, aspire le gland ramolli de Luc entre la lèvre supérieure et sa langue. Bob lèche exactement à l'endroit qu'elle voulait. Après quelques lampées internes, Lulu décide d'imaginer que cette langue appartient à Dana. *C'est sans conséquence… sans conséquence du tout…* Avec cette vision du visage de Dana enfoncé dans l'entrejambe, Lulu commence à gémir. Elle sent la langue de Dana remonter le long de son périnée, s'attarder un moment sur la délicate zone reliant sa vulve au rectum. Quand la langue s'enfonce au cul, Lulu la reçoit avec la déférence d'un maître d'hôtel. Elle note que le suçon de peau tiède dans sa bouche s'est mis à vibrer de manière inquiétante. Elle le relâche. La personne au bout se sent mal.

— On change.

Cette fois, Dana porte un énorme godemiché. Lulu se l'enfonce dans la fente en deux coups de bassin savamment dosés. Dana travaille comme une experte. Elle baise en femme, sans pilonnage intensif, que de vastes et profondes caresses. Lulu sait qu'une deuxième Dana se tient derrière elle, équipée d'un gode-à-cul plus petit, bien mouillé. Lulu relève son derrière pour l'inviter à suivre la voie socratique. Dana n° 2 répond sans attendre et vient rejoindre Dana n° 1. Lulu sent leurs godes travailler un plaisir qui n'a rien à voir avec l'orgasme. *C'est une tout autre chose…* Un plaisir de ressentir deux présences en elle, deux vies trop près du plaisir pour prétendre à la mort. *Deux délices qui donnent cette illusion que la vie est douce…*

LA PAIX AUX COULEURS CALMES

20 h 2 – Humidex : 38 °C

Christian arrive à Rivière-au-Tonnerre. *Pas trop tôt...* L'air du village est transparent. Chaud, poisseux, lourd, mais translucide. *Allez, une cigarette... ça va me réveiller...* Une Native fumante entre les dents, Christian jette un œil à l'odomètre de voyage. *Mille neuf kilomètres... pas mal... il aura fallu rouler jusque-là pour sortir de ce maudit smog. À moins qu'il finisse par me rattraper encore. Ça devient ridicule, cette pollution...*

Christian avait vu juste en débarquant chez son frère cadet. Fidèle à lui-même, Thomas se trouvait dans la grange, affairé à démonter des voitures pièce par pièce. Personne ne l'avait visité depuis trois semaines. Sa fille et ses garçons étaient partis chez leur marraine pour l'été, sa femme n'avait pas obtenu sa libération conditionnelle.

— C'était prévisible... Elle s'est battue le printemps passé...

— Pourquoi ils prennent ça en compte ? Je me battais tout le temps au pen...

— Deux des trois filles qu'elle a frappées sont dans le coma...

— Elle change pas...

— Pas pantoute...

Face aux frères Jolicœur, Frank donnait des signes qui suggéraient qu'il préférerait retourner chez lui. Il refusa la bière qu'on lui tendait, bougeait constamment, tapait du pied. Son empressement à foutre le camp permit à Christian de tâter le terrain plus rapidement qu'il ne l'espérait pour régler son problème de transport.

— Au fait, Thomas, t'aurais pas un Econoline de trop dans ta cour… j'en ai besoin d'un pour une semaine… j'aurais du stock à transférer de la Caravan à Frank… Ça sauverait une étape de le mettre direct dedans…

— Ah… oui… J'en ai un… tu tombes bien… Le vert, là-bas…

Thomas souriait comme s'il venait de faire éclater une bombe puante. L'Econoline était marqué aux anciennes couleurs des forces provinciales. L'écusson et les lettres du mot « POLICE » hantaient en fantômes sombres la carrosserie verte. Christian rigola intérieurement à l'idée d'être au volant d'un ancien panier à salade.

Frank aida Christian à transférer ses biens de la Caravan à l'Econoline sans poser de questions, encore pétri de honte. Thomas était retourné dans la pénombre de sa grange. « Pour finir d'enlever les ailes d'une Civic que j'ai reçue hier. » Frank détala à la minute où la Caravan fut vidée. *C'est ça, sauve-toi… maudit gambler… va te faire arracher la tête par ta grosse… tu l'as mérité… tu mérites même qu'elle divorce… hostie de twit…* Sitôt la Caravan passée la ligne d'horizon, Christian passa voir son frère dans la grange. Il travaillait à décapsuler une nouvelle bière.

— Tu pensais pas que j'étais pour t'aider à déménager… Sers-toi…

— Câlisse ! Depuis quand tu bois de la Laurentide ?

— Depuis qu'est en spécial au dépanneur. Pis, ta poupée de plastique ? Pas trop dur sur les nerfs ?

Christian avala une gorgée pétillante en haussant les épaules. *Pas nécessaire de répondre… les femmes finissent toujours par me taper sur les nerfs…* Son frère lança sa capsule de bière contre le capot d'une Acura Integra à repeindre. La canicule faisait suinter le bois de la grange, produisant un mélange d'odeur hésitant entre l'huile à moteur, l'ensilage et le troupeau de vaches. Thomas rota sans bruit, expulsa l'air par son nez.

— Comme ça, mononcle Germain a fini par crever…

— Mouais…

— Qu'est-ce qui t'a laissé ?

— La maison. C'est là que je vais… Toi… il t'a laissé quoi ?

— Le chalet… Tu restes-tu à coucher ? J'ai du jamaïcain.

— Tu sais que je peux pas dire non à la famille.

L'Econoline n'avait rien coûté à Christian. Cadeau fraternel. Les plaques du véhicule étaient en règle. Les assurances, enregistrées au nom de Thomas. Christian était impressionné. *C'est presque trop gentil… ça doit cacher quelque chose…* Côté qualité, l'Econoline en arrachait. Son moteur avait avalé plus de sept cent mille kilomètres. Chacune de ses courroies geignait à l'effort. Les freins criaient. L'échappement fumait. Les essuie-glaces rayaient le pare-brise fissuré. Les clignotants ne voulaient pas clignoter. La radio ne captait que le AM. Les pneus ressemblaient à des bouées de sauvetage. Mais dans l'ensemble, tout fonctionnait, y compris l'indicateur du réservoir à essence.

— Tu me téléphoneras pour me dire comment elle a vieilli, la cabane. Je suis curieux.

— Sans faute.

Christian fit sa première halte à un poste d'essence en bordure de l'autoroute 40 pour remplir le réservoir. L'opération dura presque dix minutes. *Cent quarante piastres… tabarnak ! OK… OK. Normal. C'est fait pour rouler longtemps… pis l'essence coûte cher… calvaire… payer autant pour polluer. J'espère que j'aurai pas à faire ça trop souvent… faut dire que je transporte pas mal d'affaires. Hostie… ça va me coûter un bras… faut que j'en aie assez pour me rendre à Tadoussac, c'est un minimum…*

Tel qu'espéré, la seconde halte carburant se fit effectivement à Tadoussac. Christian avait presque paniqué à l'idée de ne pouvoir redémarrer à la sortie du traversier. *L'alternateur... tu vas fonctionner mon sacramant... je vais tourner la clé pour une dernière fois, pis TU VAS PARTIR...* Sous la menace mentale, l'Econoline obéit.

Pour célébrer la docilité forcée de son véhicule, Christian gorgea le réservoir de cent quarante-trois dollars d'essence, acheta une brassée de bois, un 375 ml de Jack Daniel's, une caisse de bière et roula en direction des dunes. *J'ai une tente... je pourrais camper... comme quand j'étais jeune...* Christian remarqua quelques pancartes interdisant le camping sur les lieux. *Je pourrais coucher dans l'Econoline... c'est pas du camping, ça. Pas de pancarte qui interdit les feux, pas de pancarte qui interdit les Econoline... parfait...* Christian trouva un endroit à l'abri des regards, prépara un feu de camp, fit descendre le Jack Daniel's et les bières. *Comme dans le temps...*

Au matin, Christian s'est réveillé avec le soleil. Il crut voir une brume matinale sur le fleuve. Pendant quelques secondes, il trouva le paysage féerique. *Non, c'est pas vrai...* Cette brume, c'était le smog. *Pourtant... il était pas visible hier... peut-être qu'il m'a suivi...* Christian secoua le sable de ses vêtements, sorti de l'Econoline, s'étira en bâillant. Une dernière bouteille pleine l'attendait dans la caisse de bière. *Super... mon déjeuner... J'avale ça et je décolle. Pis pourquoi partir maintenant... j'ai rien qui presse... je pourrais marcher sur les dunes... c'est pas interdit, marcher... prendre un peu de soleil... pour l'air pur, on repassera... mais le soleil, lui, il est pas si mauvais...*

Christian reprit la route vers midi. Il était au tiers du trajet. Gavé de six hot-dogs grillés, d'un Pepsi et de deux cafés achetés à une cantine du village, il estimait pouvoir tenir jusqu'au McDonald's de Baie-Comeau. *Maintenant c'est le bout plate...* Plus Christian avançait, plus le paysage prenait les allures d'un film projeté en boucle. *Du sapin, du sapin, du sapin, des camions de bois, encore des hostie de sapins… pourvu que je tombe pas en panne ici…* La distance entre les zones habitées s'étirait à mesure qu'il avançait. Des dizaines d'insectes venaient mourir sur le pare-brise. Aucun poste de radio disponible. *La belle province qu'ils disent… ciboire…*

Au bout de la route du conifère éternel, il y avait les usines métallurgiques de Baie-Comeau. Les étangs aux mouettes mortes ceinturant la ville n'avaient pas évolué depuis son dernier passage. Ici, le smog reprenait de la vigueur. Christian commanda un trio Big Mac au comptoir du service à l'auto et mit les gaz sans chercher à jouer les touristes. Vers Franquelin, des pancartes vertes comme la forêt soulignaient à rebours l'incroyable distance entre l'Econoline et la prochaine agglomération digne de porter le nom de ville. Par chance, le paysage commençait à changer de registre. *Des rabougris… des sapins… d'autres rabougris… belle vue sur le fleuve… d'autres rabougris… tiens, un orignal… salut mon vieux, viens me revoir cet automne…* Le paysage commençait tranquillement à se conformer aux souvenirs de Christian. Quelque chose d'atrophié et de grandiose, une immensité monotone, une paix aux couleurs calmes. Il n'y avait que cette chaleur doublée de ces pointes de smog qui ne cadraient pas avec l'endroit. *Je devrais pas suer rendu ici… devrait pas faire 34 degrés… on est au-dessus du cinquantième parallèle… trop au nord pour qu'il fasse 34 degrés avec du smog. Le climat est vraiment fucké…*

Le réservoir de l'Econoline cria famine à proximité de Sept-Îles. Cent cinquante-cinq dollars d'essence, trois cheeseburgers *all dressed* avec frites, Pepsi, cafés. Christian était presque arrivé. Plus que deux heures de route en appuyant ferme sans trop se laisser charmer par les vues splendides du golfe du Saint-Laurent. *Ça achève…* Le smog semblait s'être épuisé passé Sept-Îles. *Il était temps…*

À l'angle d'une baie, Christian gara l'Econoline sans arrêter le moteur, soulagea une pressante envie de pisser en plongeant son regard vers l'horizon infini du golfe. Il ne sut pourquoi, mais son œil devint humide. *Sûrement des poussières… ça peut pas être autre chose que des poussières…* Rivière-au-Tonnerre était à quinze minutes de route. Le soleil baissait rapidement à l'ouest. *Ça me dit quelque chose, cet endroit. Ouais. Mieux vaut pas tarder… je veux arriver avant la noirceur…* Christian ne reconnut pas la baie où à neuf ans, il avait tué son premier phoque sur la banquise. Le paysage avait changé, il manquait deux maisons, des arbres, il y avait la grève, dangereusement rapprochée de la route. *Allez, mieux vaut pas tarder. Ça va être étrange de revoir le village… je me demande s'ils vont me reconnaître…*

DÍA MUY MALO (VERSION TRADUITE)
20 h 48 – Humidex : 38 °C

Juanita est arrivée tard. Trop tard pour laisser la chance à Miguel de livrer son discours de la manière voulue. *Je travaille à 21 h 30... pourquoi il a fallu qu'elle rentre à une heure pareille... pourquoi aujourd'hui ?* Juanita était rentrée colérique, suante, affamée. Il avait fallu qu'elle se douche, qu'elle avale un morceau, qu'elle prie. Miguel devait partir à 21 h au plus tard.

— Juanita. Il faut qu'on parle.

— Pas maintenant Miguel, laisse-moi arriver... j'ai pris le mauvais bus et en plus, je me suis perdue dans le quartier... une vraie journée de malheur...

Miguel patienta. Il écouta l'eau de la douche heurter le corps de sa femme et redescendre dans la baignoire. Il regarda Juanita cuisiner, puis avaler une omelette aux tomates sur lit de quinoa. Il écouta les incantations répétées d'une prière de vingt minutes. Juanita releva la tête en se signant, lui adressa un premier sourire. Il était 20 h 19. *Plus assez de temps... et merde...*

— Juanita. Il faut qu'on parle.

— Ça, tu me l'as déjà dit. De quoi tu veux qu'on parle ?

Miguel introduisit son idée rapidement. *Un peu trop rapidement...* Il tenta de lui faire comprendre qu'il s'était marié par obligation, non par amour, que cet arrangement avait été la seule manière d'honorer son frère Rafael. Juanita l'écoutait avec des yeux ronds, calmes, fatigués. Un visage placide, capable de recevoir n'importe quelle nouvelle, même la pire.

— Miguel, qu'est-ce que tu essaies de me dire ?

Il était 20 h 41.

— Je crois que… que le mariage a fait son temps. J'avais promis à Rafael de te marier, de te sortir du pays, de t'aider à te construire une vie nouvelle. Ma promesse est remplie, voilà…

Juanita ne disait rien. Elle hésitait à modeler sa réaction. Miguel voyait poindre une colère dans ses yeux, une rage tenue en laisse par une peur d'égale puissance. Rafael lui avait adressé ce regard à plusieurs reprises dans les semaines ayant précédé sa mort. Miguel ressentit un pincement dans la poitrine en revoyant ce regard posé sur lui. *Ce n'est que la sœur de Rafael… ce n'est que la sœur de Rafael…*

Juanita inspira bruyamment avant de répondre à Miguel. Elle appuya sur chaque mot comme s'ils menaçaient de sauter hors de sa phrase.

— Tu-veux-dire-quoi ?

Miguel regarda sa montre : 20 h 43. *Si je dis tout, elle va péter les plombs… ou se tuer… elle est assez tragédienne pour ça… pire que son frère. Tous des fous, ces Galofre Montes. Fichus descendants Mayas. J'ai seulement à parler de divorce. Elle va gueuler… va se réfugier dans ses bondieuseries. Elle va me traiter de pécheur, de diable, de traître… mais elle va me laisser partir travailler… je peux pas arriver en retard… pas ce soir…*

— Ce que je veux dire, Juanita, c'est que je veux un divorce.

Miguel avait fait glisser cette phrase entre ses lèvres avec un calme exagéré. Il n'avait pas souri. Il en était incapable. Immédiatement après la prononciation du mot fatidique, Miguel vit les yeux de Juanita se remplir de liquide. Les mêmes larmes qu'avait Rafael quand il ouvrait les vannes. *Regarde plus ses yeux… lui laisse pas ce pouvoir sur toi…* Miguel ne vit pas la première larme couler sur la joue de sa femme, pas plus qu'il ne vit arriver la pluie de coups de poing atterrir sur son visage et sa poitrine. Juanita n'avait rien dit. Une larme, puis des coups. Telle avait été sa réaction. Quand Miguel l'immobilisa, Juanita se dégagea en criant avec une force qui ne cadrait pas avec sa petite taille. Elle recula dans un coin sombre de la chambre, le plus éloigné de lui. Elle ressemblait à un volcan éteint préparant l'éruption sous un couvercle de roc. Ses yeux résumaient cette activité tellurique. Des yeux de meurtre, de condamnation, d'accusation, des yeux pour rendre coupable jusqu'à la fin des temps. Des yeux que Miguel refusait de voir.

Une clé pénétra la serrure de la porte. Le loquet tourna. Quelqu'un ouvrit.

— *Anybody home ? Oh... sorry...*

Miguel n'espérait pas recevoir un coup de main de ce genre. Il regarde sa montre : 20 h 48. *Parfait... parfait comme timing...* Ce coup de main, c'est Edward dans l'entrée qui tient une clé anglaise. Il vient d'ouvrir la porte avec son passe-partout de concierge. Juanita le regarde avec un air à donner des cauchemars. Edward ne change rien à sa nonchalance habituelle.

— *I need to check the sink, there's a leak in the basement... Emergency.*

— *It's OK Edward, I was leaving for work.*

Edward se penche sous l'évier de cuisine. Il joue de la clé anglaise sans habileté particulière. Juanita n'a toujours pas réagi verbalement à la demande de divorce de Miguel. *Elle pourra pas déconner... elle est trop orgueilleuse pour péter les plombs devant un étranger... béni sois-tu Edward...*

— Tu as quelque chose à me dire avant que je parte au travail ?

Juanita s'extirpe du coin de la chambre, s'approche de Miguel, lui murmure à l'oreille.

— Nous nous sommes mariés devant Dieu. Devant Dieu. Je n'irai pas brûler en enfer pour tes caprices. Tu en aimes une autre… eh bien va la rejoindre. C'est toi qui vas brûler. Toi et toi seul. Mais le divorce… jamais.

— Autre chose à me dire ? Non ? Bonne soirée.

Miguel franchit la porte et la referme avec délicatesse. *Je m'en suis pas mal tiré… ça peut aller… ouais… dans les circonstances, ça peut aller…* Il entend un mouvement derrière lui.

— Euh… Miguel… I'll have to come back… need to change a pipe… too much rust… When can I come by tomorrow ?

— I don't know… maybe around 16 h…

— You'll be alone ?

Pourquoi il veut savoir ça… qu'est-ce que ça peut changer ?

— Yes, I'll be alone.

LA RAISON EST SANS MORALE

23 h 18 – Humidex : 35 °C

Ça y est. Dès demain, Trevor se retrouvera avec une copie de Jenny. Il n'a aucune idée à quel point cette rencontre viendra le perturber. Aux dernières nouvelles, la véritable Jenny remontait la pente. Angelo la faisait surveiller depuis la rupture. «Pour éviter qu'elle fasse une connerie», avait dit Trevor, en payant d'avance pour le service.

Si Trevor Adamson avait su que sa vie se terminerait à cinquante-sept ans, son parcours aurait pris une autre forme. Certainement pas Bay Street pendant trente-six ans. Certainement pas cette quête d'argent infinie, cette mise en hypothèque d'une jeunesse pour la promesse d'une retraite idéale. *Si seulement j'avais pu avoir un signe… quelque chose… n'importe quoi… damn it…*

Dans l'hermétique milieu de la finance torontoise, personne ne voyait Trevor Adamson finir d'une manière aussi sordide. Un des plus jeunes cadres de l'histoire de la RBC Capital Markets. Le gestionnaire des portefeuilles des héritiers Seaman pendant vingt ans. Quand un gros client se pointait dans les bureaux, c'est lui qu'on voulait; la vedette, le *golden boy*. C'était les années 1980. *La belle époque…* Trevor passait ses semaines à travailler. Il n'attrapait jamais le moindre virus, dormait trois heures par nuit, entretenait sa femme, son fils, une demi-douzaine de maîtresses dociles. Il changeait de voiture aux six mois, travaillait un handicap 3 au golf, allait sniffer avec les joueurs des Maple Leafs après les grosses victoires, avait sa table dans chaque grand restaurant de la ville. Sa mère francophone l'avait appelé «Monsieur Chance». Les héritiers Seaman le surnommaient

« Our Golden Boy ». Le magazine *Fortune* l'avait gardé dans le top 10 des meilleurs gestionnaires de portefeuille pendant douze ans. La reconnaissance, l'argent, non-stop.

La bonne fortune commença à bouder son disciple alors que Trevor se dirigeait vers ses cinquante-deux ans. Une succession de pertes difficiles à justifier, le divorce, son fils. Pour les pertes, la situation était hors de son contrôle. Pour le divorce, en état de choc depuis le suicide de son fils, Trevor accepta un jugement agressif qui l'allégea de dix millions de dollars. Adamson n'avait pas livré bataille. « Ce jugement est juste », avait-il déclaré au juge avant de quitter la salle d'audience. Même la greffière avait été surprise de cette remarque.

Ce soir, dans la chaleur crasse du Galant, préférant ses souvenirs en pièces détachées au bruit blanc qui lui déchire la tête, Trevor repense à son garçon. Son fils, son Michael aux yeux bleus qui était venu le voir dans l'ancien bureau de Bay Street. Son fils qui faisait semblant de classer des papiers en disant qu'il attendrait la fin de sa réunion pour dîner avec lui. *Ses yeux étaient tristes... plus qu'à l'habitude... j'aurais pu comprendre... j'aurais pu lui demander ce qui n'allait pas...* Trevor n'allait pas à une réunion, il allait baiser une escorte de luxe dans une chambre du Four Seasons. Il lui lança cette dernière phrase :

– *You can play Solitaire on my PC if you wanna kill off some time.*

Trevor n'avait pas fait vingt pas hors du bureau quand la détonation retentit. Un claquement sec suivi d'une panique sur tout l'étage. « Michael... » Trevor fut le premier à repérer l'origine du coup de feu. Son fils. Son corps adolescent affalé contre la moquette beige du bureau. L'arrière de la tête ouvert par l'impact de la balle. Rien à voir avec les petits cercles parfaits vus dans les films. Son fils avait placé le pistolet dans sa bouche, canon pointé vers le palais. La balle était ressortie par le haut de sa tête, à l'endroit où, jadis, sa fontanelle pulsait sous les battements de son jeune cœur. « Michael... » Trevor l'avait pris dans ses bras. Il murmurait son nom, comme pour le ramener à lui.

Trevor avait fouillé dans son bureau et dans son ancienne maison pendant des jours. *Une note, une lettre, un courriel, n'importe quoi*... Il n'y avait rien. L'avocat de sa femme avait saisi l'opportunité pour lui imputer la responsabilité morale de ce suicide. *« Obviously, he wanted his absent father to notice him, your honor. »* Trevor empêcha son avocat de s'objecter. *Michael*...

Les dirigeants de RBC Capital Markets avaient accordé un congé à Adamson. La compagnie s'était payé une psychologue parisienne spécialisée dans ce genre de situation délicate. Trevor se prêta au jeu, à sa manière. « C'est de ma faute... c'est vrai... Michael a fait ça pour me condamner... le moins que je puisse faire, c'est accepter sa condamnation. Comprenez... de cette manière, son geste a un sens... J'ai besoin qu'il ait un sens... »

— Si vous êtes convaincu de cela, votre vie va devenir un purgatoire, monsieur Adamson.

— J'avais vécu au paradis jusqu'ici... Tout ce qui monte doit redescendre.

— La vie n'est pas une cote boursière.

— La vie, c'est ce qu'on décide d'en faire.

La psychologue remit un rapport négatif à RBC Capital Markets. Elle conseillait de remettre Adamson au travail sur un autre étage, de l'affecter à des tâches subalternes. Une semi-retraite.

À son retour sur Bay Street, tout avait changé. La maison mère avait avalé plusieurs nouveaux joueurs, ses profits grimpaient à une vitesse folle. Trevor se félicitait d'avoir laissé l'ensemble de ses actions à son ex-femme. *Elle sera plus riche que riche, c'est ce qu'elle a toujours voulu*... Les dirigeants avaient eu la délicatesse de détruire son bureau.

En remplacement, un mobile de Calder pacifiait l'espace. Trevor savait ce que signifiaient ses quelques mois sur la touche. Avec la volatilité des marchés et l'enflure de la bulle techno, il n'était déjà plus dans le coup. Exit les portefeuilles des héritiers Seaman. Un nouveau *golden boy* de vingt-cinq ans avait pris le relais et fournissait des rendements jamais vus. Le nouveau poste de Trevor était devenu une affaire d'ornementation. Il rencontrait toujours les gros clients, servait de conseiller senior sur les comités, travaillait ses coups de départ au golf, s'était tapé une cure de désintox pendant les heures de travail. *Rien de néfaste, en somme…* Trevor avait aussi renoncé aux femmes. *Fini ce genre de connerie…* Il était ailleurs. Trevor dormait dans une grande maison vide d'Elgin Avenue et sortait de la ville uniquement pour le golf.

Le jour de ses cinquante-quatre ans, Trevor calcula. Si ses nouveaux placements montaient comme prévu, il allait pouvoir s'expatrier aux Caïmans vers soixante ans. Le jugement de divorce n'avait pas touché aux fonds cachés de sa réserve *offshore,* placés essentiellement sur les marchés asiatiques. Trevor estimait les besoins de sa retraite à neuf millions. Il aurait pu quitter Toronto le jour même avec cinq millions en poche, mais sa manie d'atteindre les objectifs l'immobilisa dans la grisaille de la ville reine.

Le jour de ses cinquante-cinq ans, Trevor entra chez un fleuriste de Yorkville avenue. Il avait envie de s'offrir des fleurs. Lys jaune et marguerites. Une jolie fleuriste dans la mi-vingtaine assembla le bouquet. Cette femme souriait comme si la gravité opérait en sens inverse sur son visage, un sourire léger, aérien. Lorsqu'elle apprit que ce client s'offrait un cadeau d'anniversaire, ses lèvres retombèrent. Elle posa quelques questions très personnelles, puis, sans prévenir, l'invita à souper. Cette femme avait l'âge des putains qu'Adamson aimait se payer. *Elle était belle comme son âge…* Bouquet de fleurs en main, Trevor hésita à confirmer sa présence au restaurant. Il acheta du temps en feignant un appel sur son cellulaire satellite. *Elle était au-delà de la beauté... un état de grâce...* Le faux appel terminé, quelque peu incrédule, Trevor accepta l'invitation de cette fleuriste nommée Jenny.

Après un mois de restaurants, d'opéra, de concerts, de cinéma underground (le dada de Jenny), Trevor s'autorisa à aimer cette femme. Le mois suivant, ils habitaient ensemble. Le quotidien de Trevor Adamson avait gagné l'aisance de l'eau vive. Jenny passait des heures à l'écouter avec un intérêt sincère. Tous les sujets y passaient : sa conviction d'avoir été un père inapte, son infidélité systématique, sa mère qu'il avait laissée mourir à l'hospice, les huit cent quarante-deux putains qu'il avait évaluées, puis critiquées dans un carnet rouge enfermé dans son coffre-fort privé, les délits d'initiés à l'origine de son premier million. Même l'existence des comptes *offshore* était apparue sur l'oreiller. Jenny l'écoutait, souriante, sans juger, sans rire de ses erreurs ni applaudir ses bons coups.

— Je t'aime Trevor. Et ce que j'aime, c'est ton passé qui l'a créé... Inutile de le juger.

Il est 23 h 18. Trevor sait qu'il ne dormira pas avec cette chaleur. Il remet une dernière fois son idée en question. *Je veux vraiment revoir Jenny ? Une copie... enfin... pas la vraie... Jade en Jenny...* Il repense à son fils, à cette impression que ses tumeurs cérébrales suivent un parcours similaire à la balle de son suicide. Trevor inspire en gonflant son ventre, expire en le contractant, comme Jenny le lui a appris. Il tente de faire le vide.

Shit !... damn fucking hell... this noise...

Trevor doit le reconnaître, ce bruit est un compte à rebours, l'annonce du contrôle qu'il perdra d'ici peu de temps.

Must think... must think...

En mars dernier, un increvable mal de tête l'avait mené chez le médecin. Pour éviter de d'inquiéter Jenny, il avait dit que Bay Street le réclamait. Le médecin pensa qu'il s'agissait d'un autre cas de surmenage. Pour s'en persuader, il demanda des prises de sang et un test par résonance magnétique. La théorie du médecin ne résista pas aux preuves de l'image. Tumeurs au cerveau.

— *Is it cancer?*

Non, elles n'étaient pas cancéreuses, les analyses de sang avaient été claires. C'était bénin.

— *So it's not that bad?*

Le médecin avait contracté son visage avant de répondre.

— *What?*

Les cinq tumeurs logeaient dans divers secteurs de son cerveau. Sur l'image du scanner, leur emplacement ressemblait à une constellation dont Trevor n'avait jamais su retenir le nom. Le médecin préféra ne rien expliquer sur le moment et demanda un second test, dix jours plus tard.

Trevor ne parla pas de sa condition à Jenny. Il décida plutôt de partir à Londres, à l'improviste. Revenu à Toronto, dix jours plus tard, Trevor s'étendit sur la planchette rétractable du scanner avec la conviction d'entrer dans un tombeau futuriste. Lorsqu'il en sortit, son médecin n'avait pas un visage de bonne nouvelle.

— *Mr. Adamson… I can't tell when they are going to do damage, but at the rate they are growing, they surely will. And there is nothing we can do about it… We are six months late… I am deeply sorry.*

— *Talk to me, doctor… Now.*

Trevor apprit que la tumeur principale était apparue au pire endroit. Sa proximité avec le bulbe rachidien menaçait d'arrêter sa respiration à tout moment. « *No willpower can do a thing about that… nothing can. If it grows beyond this point, your body will simply stop breathing.* » Deux tumeurs, plus petites, logeaient dans le lobe frontal gauche. L'une se dirigeait progressivement vers l'aire de Broca et menaçait de perturber sa capacité de parler ; l'autre, selon les plus récentes recherches neurologiques, menaçait sa notion d'identité, son comportement et l'essentiel de sa mémoire. *« But those two might not have enough time to cause any major problem. »* Les deux dernières, à peine plus grosses, logeaient dans le lobe médio-temporal, près de l'hippocampe. *« If I am right, those two will be the first to strike. You might have some hallucinations, some difficulties knowing what is real and what is not, just like schizophrenia. You might also hear a permanent sound… some kind of white noise. »* Le médecin prit une pause, le regarda, plaça une main sur l'épaule de Trevor.

– A group in Sweden is working on something, but they are still experimenting with rats…

– My head doesn't even hurt anymore… … … How much time I've got ?

– At best, four months. At worst, one second.

Trevor n'était pas rentré à la maison ce soir-là. Il devait marcher, penser, agir. Jenny lui téléphonait aux dix minutes. À bout de nerfs, Trevor jeta son cellulaire à lien satellite sous les roues d'un tram qui passait devant lui. Trevor n'avait aucun doute sur les origines de ses tumeurs. *Fucking micro-waves… God damn it, god fucking damn it…* Trevor devait réfléchir, malgré ces excroissances qui lui bouffaient le cerveau, malgré le goût de sa propre mort qui lui venait en bouche pour la première fois, beaucoup trop en avance sur l'agenda. *Je pourrais poursuivre les fabricants de téléphones cellulaires… et pourquoi, plus de cash ? Pour crever devant un juge… fuck off… je vais claquer avant… Jenny… oh motherfucking god… pas question de faire vivre ça à Jenny… elle est trop jeune pour perdre son temps avec un mort-vivant… solution… solution…* Trevor était fébrile, frénétique. Il devait peser le pour et le contre de sa situation. Décider rapidement. Il pouvait mourir n'importe où, n'importe quand. Chaque expiration devenait une partie de roulette russe. *Faut que je disparaisse… oui… non… elle va me chercher… pense old fucker… il faut qu'elle refasse sa vie… now… il faut plus qu'elle m'aime… c'est ça. Now you make sense… elle aura moins mal si elle te déteste… oui… me haïr… il faut qu'elle me haïsse… I need a set up… a good one… a final one. Angelo… he's the perfect man for that…*

En moins d'une minute, le même laps de temps que Trevor prenait pour favoriser un titre au détriment d'un autre, sa relation avec Jenny était réglée. En chemin vers le bureau d'Angelo, Trevor extrapolait ses dernières possibilités d'avenir, sur leur faisabilité, leurs coûts de réalisation.

Deux heures et quatre verres de scotch plus tard, assis au bureau d'un des principaux chefs mafieux du pays, Trevor Adamson avait finalisé les détails de son dernier projet d'acquisition.

— Pourquoi tu veux pas finir tes jours avec ta Jenny ?

— J'ai fait souffrir assez de gens dans ma vie… Elle aura moins mal comme ça.

— Tu sais que si on commence, il y a pas de retour possible.

— C'est le but… *That's my problem.*

— OK… *as you wish…* On récapitule. Si c'est ta respiration qui arrête, mon gars va s'assurer qu'on retrouve ton corps décapité dans une voiture brûlée… ça va ressembler à un règlement de compte à l'ancienne…

— Ça me va.

— Si c'est toi qui perds le nord… J'attends deux jours. Deux jours où tu publies rien sur le forum de Montréal, j'envoie un gars pour t'effacer…

Angelo le toisa longuement.

— *So ?* On y va comme ça ?

Trevor hésita. Il pensa reculer au dernier moment. Question d'instinct. Sa vie d'antan allait prendre fin avec sa réponse. Il songea à Jenny. Il pensa à Michael mort entre ses mains. Il pensa à ces masses de chairs impalpables qui lui ravageaient l'intérieur du crâne sans qu'il n'ait un mot à dire.

— C'est le seul moyen d'avoir un semblant de contrôle sur ma vie… *It's all about control…*

Angelo se leva, lui fit l'accolade. L'œil terne, Trevor ajouta : « J'aimerais mieux que ce soit une femme qui fasse le travail… Ouais… une femme, c'est mieux… Lui dis rien pour la deuxième option, pour le plan B… si je perds la tête, t'enverras les instructions en temps et lieu… Ouais… c'est mieux comme ça… c'est plus *safe…* »

Mercredi 5 juillet

Cette impression de jouer dans un film qui ne finira pas

L'IMAGE DE L'ŒIL

5 h 7 – Humidex : 34 °C

Un œil. Un iris marron serti d'une couronne pourpre. Au centre, une pupille, compacte, noire. Le blanc de cet œil n'a rien de pur. Outre les veines qui le lézardent, une brume rougeâtre moire sa surface. L'âge de cet œil semble avancé tant il témoigne du passage de la vie rude, de la vie vraie ; un œil lourd, celui d'une femme âgée peut-être.

Une femme. Parce que la forme de cet œil suggère des courbes trop félines pour appartenir à un corps mâle. Autre indice : un crayon trace une ligne blanche sous la paupière inférieure. Voilà le deuxième œil qui apparaît, presque identique au premier, seuls les zigzags des veines gonflées diffèrent. Des cernes mal fardés s'additionnent aux bas des paupières.

La lumière est drue, artificielle. Un tube néon vissé au plafond. Son murmure gazeux emplit la pièce. Voilà un nez, un front. Un nez à la pointe légèrement arrondie, paré d'un zircon sur une de ses ailes. Un front, lisse, jeune. Cette femme n'a pas l'âge de ses yeux. Une mèche de cheveux retombe, cheveux bruns aux reflets roux.

— Ça devrait suffire pour ce matin…

Mouvement. La jeune femme quitte la salle de bains. De minces lèvres percées d'anneaux complètent son visage. La femme porte un verre à sa bouche, elle boit. Jus d'orange. Les anneaux contre le verre produisent un tintement clair. Le visage devient identifiable. Mélina.

En arrière-plan, il y a deux corps nus couchés en cuillère. De pâles raies lumineuses zèbrent ces dormeurs. Il y a Mike et ses tatouages dorsaux. Sa main droite est posée mollement contre le sein de Chloé qui ronfle comme une enfant. Le regard de Mélina se pose sur le couple endormi. *On dirait qu'ils se sont endormis en baisant... je parie qu'il est encore en elle... il va avoir le gland couvert de taches rouges...*

Dernière gorgée. Mélina dépose son verre vide et marche vers la porte. Derrière elle, défile un écosystème de traîneries anarchiques, d'empilements fragiles, de vaisselle encroûtée, salie à mort. Mélina franchit la porte, avance dans le couloir jusqu'à l'ascenseur, appuie sur l'unique bouton disponible : vers le bas. Elle chantonne un air sans paroles qui rappelle *Le disque usé* de Piaf. Les portes s'ouvrent et Mélina sourit en apercevant un tag illisible de Mike. L'ascenseur tremblote et geint sous l'effort de la descente. Mélina songe à sa mère. Voilà un moment qu'elle n'a pas pensé à cette femme.

Avec cette trame sonore de bruits métalliques et autres claquements, Mélina songe à son Rivière-du-Loup natal. Elle pense à l'appartement de la rue Fraser. Elle y revoit sa mère derrière la fenêtre du salon, occupée à l'attendre jusqu'au petit matin. *Je me demande si elle m'en veut toujours... elle et ses problèmes... son chèque d'aide sociale qui rétrécit... son mari introuvable pour éviter de payer la pension...*

Mélina repense à sa mère qui buvait ses cafés froids à petites gorgées. Elle se souvient de l'été ou ses soirées se terminaient derrière les pneus usagés du garage d'en face, juste pour éviter de rentrer avant l'aube, juste pour l'inquiéter.

Je lui avais dit... avec ça dans le système, impossible de perdre mon temps. Je préfère qu'elle sache rien de ce qui m'arrive... servir dans un restaurant minable pour payer son loyer... elle me dirait que je vaux mieux avec les résultats scolaires que j'avais. Comme si elle en sait quelque chose... elle a jamais gardé une job plus de deux semaines...

Mélina sort de l'ascenseur et s'aventure dans le hall du Galant. La blancheur crasse des murs détonne à côté de celle de sa peau. Mélina se souvient du dernier matin à Rivière-du-Loup. Celui où sa mère avait persisté à regarder dehors. À contempler ce poste d'essence dans la lumière matinale. Elle avait compris qu'à force de patience et de cafés, sa fille surgirait de cet emplacement. *Qu'est-ce qui la rendrait triste aujourd'hui ? Savoir que je joue les serveuses… que j'habite une commune positive… que je chante des insanités en m'égosillant dans un micro ? Peut-être seulement de rien savoir sur moi. Pour ce que ça changerait…*

Mélina longe les boîtes postales métalliques à l'entrée du Galant. Elle n'a pas pris la peine de vérifier le courrier ni de retenir la porte vitrée qui claque derrière. Le souvenir de sa mère rétrécit jusqu'à disparaître à mesure qu'elle approche du Malarche. Mélina aura beaucoup de travail aujourd'hui. Après quatre jours, elle est supposée maîtriser son travail comme une experte. Du moins, c'est ce qu'elle se demande.

LES APHORISMES BARBARES
9 h 12 – Humidex : 37 °C

L'appartement 302. Un lit jumeau et des oreillers déformés appuyés contre un mur. Une table de cuisine en métal et en arborite. Une commode en mélamine grise défraîchie par la poussière. Au-delà de la minuscule cuisine équipée d'un petit frigo sixties et d'une cuisinière électrique pétée, il y a un tapis gris taché en divers endroit par des huiles, des colas, des bières, du mauvais vin. Sur ce tapis, un fauteuil au tissu jaune et brun, une table de salon en mélamine, une causeuse de vinyle noir craquelé, une chaise bistro aux pattes croches, un meuble de métal rouillé soutenant un téléviseur noir et blanc, brisé, lui aussi. Mais ce tableau de l'appartement 302 reste incomplet, une partie demeure plongée dans une semi-obscurité. La salle de bains.

Sur le lit défait, des objets attirent le regard. Quelques livres, deux ou trois vêtements fripés, un Palm piaillant chaque minute, un appel à la recharge de la pile.

— Bip.

D'autres bruits sont perceptibles. Des clapotis, comme si quelqu'un ou quelque chose s'amusait dans une mare d'eau.

Si seulement j'arrivais à dormir plus de deux heures. J'avais quel âge la dernière fois que ça m'a pris aussi fort, les crampes ? Vingt ans, il me semble. C'était la semaine avant les derniers tests pour l'école policière… j'avais manqué la finale du cours de déontologie… peut-être pour ça que j'ai jamais été forte en déonto. S'il faisait moins chaud aussi… j'espère que ça finira bientôt. Comme si l'espoir y pouvait quelque chose. Je me demande si elles sont normales, mes crampes… et puis après… je fais quoi ? Aller chez le médecin… j'suis pas répertoriée ici. C'est peut-être mon esprit qui me tord le ventre… si seulement Adamson pouvait crever…

— Bip.

— Pourquoi tu crèves pas, Adamson ?

— Bip-Bip-Bip-Bip.

— Oui, je sais, je sais…

Après quatre autres bips, le Palm expire. *Il était temps… un peu de silence…*

Sarah craque une allumette dans la salle de bains. La flamme révèle un lavabo, une cuvette et une baignoire en fonte émaillée bleue. Le carrelage en carreaux de céramique multicolores ressemble à un mauvais tableau formaliste. La flamme embrase la mèche d'une chandelle et une lumière vacillante repousse la pénombre derrière les obstacles. Sarah est étendue dans l'eau, seul endroit où ses menstruations lui donnent congé. Elle étire un bras pour saisir un livre trouvé dans le bac à un dollar d'une bouquinerie du quartier.

Sur la couverture, il est possible de lire le titre du livre *(Les aphorismes barbares)* sans parvenir à repérer le nom de son auteur. Sarah ouvre le bouquin au premier tiers et reprend sa lecture à la page cornée. Un chapitre intitulé « Scories ». Sarah lit à voix basse, se laissant bercer par la résonance sèche de sa voix dans la salle de bains.

« – Les contestataires des sociétés confortables trouvent leur contentement au fond d'une bouteille. Ceux des sociétés en transition, dans l'atteinte d'un statut social sécuritaire. Ceux des sociétés pauvres, dans la participation à une lutte dont les victoires ne dépassent jamais le symbolisme.

Les révolutions sont des parcours initiatiques pour découvrir que le contrôle du destin échappera toujours à ceux qui le provoquent. » *Il est dur…*

« – Le fanatique religieux vit dans un état de doute et de détresse totale. Affamé d'absolu, il ne sait tolérer les différences. Si le fanatique était assuré de la totale véracité de sa croyance, il ne ressentirait aucune urgence à détruire les idées contraires. Au plus fort des affronts, il rigolerait en tournant le dos. » *Faudrait pas qu'un intégriste lise ça… l'auteur se taperait une fatwa… c'est peut-être déjà le cas…*

« – La pensée ne dépasse jamais son conditionnement initial. En plaçant les mots ou les chiffres comme symboles des idées, l'humain élimine tout ce que le langage codé ne saurait cerner. Pourtant, la pensée humaine est plus âgée que les langages. » *Pas mal pour un livre à un dollar…*

« – La vérité est l'instrument du pouvoir. Comme le pouvoir, elle change périodiquement, résout les questions sans réponses, monnaie grassement ses défendeurs. Hors de la vérité du moment, l'existence devient une erreur, un combat, une quête de sens qui tourne à vide. Hors de la vérité qui définit son époque, l'humanité existe sans mémoire. » *Tu l'as dit…*

Sarah lève les yeux de son livre. Elle cogite. Une réflexion sans mots, comme si son esprit ouvrait la porte sur un lieu où ses idées étaient devenues des couleurs, des frissons, des odeurs. Elle regarde le livre avec perplexité, comme s'il venait de modifier l'ensemble de son réseau neuronal. Elle imagine une infinité de neurones et de dendrites occupés à configurer une nouvelle manière d'envisager l'existence. En clignant rapidement des yeux, elle s'arrache à cet univers mobile et dépose son livre au sol.

Mes crampes… elles sont parties. Presque parties… Sarah retire le bouchon de la baignoire et se lève. Une serviette miniature éponge l'eau qui dégouline sur sa peau. Une fois séchée, elle sort et enfile sa culotte additionnée d'un protège-dessous.

Sarah allume le néon de la salle de bains. Elle sent les effets de sa reconfiguration neuronale. *Au fond… si j'accepte que je suis menstruée plus qu'à l'habituel, j'aurai peut-être moins mal… peut-être que la tranquillité vient d'elle-même si on arrête de combattre. Qu'est-ce que je dis ? Je vais pas me mettre à philosopher… je connais rien en philosophie… ouais, peut-être, mais ça ferait passer le temps… avec cette chaleur… pas grand-chose d'autre à faire que de réfléchir en silence… ça ou lire les idées d'un type qui pense à ma place… n'importe quoi sauf ce vide infernal…*

TRAVELLINGS

10 h 26 – Humidex : 39 °C

Zach oublie quelque chose. Sa démarche est saccadée, nerveuse. Son corps longiligne active des mains qui déplacent une grande variété d'objets. Sa patience diminue à chaque battement de paupières.

— Où il s'est caché, ce putain d'agenda ?

Le livret recouvert de cuirette noire se trouve sur un comptoir, à côté de son cellulaire, derrière une paire d'Adidas bonne à jeter. Zach parcourt son laboratoire à la manière d'un chien renifleur. Il trouvera l'agenda vingt secondes après la sonnerie de son cellulaire.

— Et le portable qui se met à sonner, bordel ! Qu'est-ce qu'ils ont ce matin ?

Zach saisit son cellulaire sans remarquer l'agenda. Son visage est crispé. Il appuie sur un bouton, porte le téléphone à son oreille, fait craquer son cou.

— Oui ?

— Zach… C'est Marie-Laure… Tu m'as rien laissé ce matin, dans ma case postale je veux dire…

— Ça va, je passe dans dix… Quantité normale ?

— Ben, oui…

Zach se retourne pour déposer son cellulaire à son emplacement initial. Il décoche un bref sourire. Voilà l'agenda.

« Mercredi 5 juillet 10 h 20… passer chez Marie-Laure pour livraison + augmentation… 11 h… passer chez Takao, livrer QG + spécial LSA… » *Bon… maintenant je sais à quoi m'en tenir…*

Zach passe au frigo. Il saisit trois grammes de cocaïne triés, pesés d'avance et met la main sur sa bouteille de LSA maison. Dans l'éclairage du frigo, Zach prend un moment pour regarder sa spécialité. *Si les gens savaient à quel point c'est simple à fabriquer... ce ne serait pas de la bière qu'ils prendraient...* Bouteille en main, Zach revoit défiler quelques souvenirs de son dernier trip de LSA : Daphnée qui observe une mouche engluée dans une goutte de miel ; Daphnée aux pupilles entièrement dilatées qui chante en imitant une bande passée à l'envers ; Daphnée qui tente de définir la taille de l'univers en se masturbant sans jouir.

Zach s'étonne de l'abondance de sa réserve. *Takao va pas croire ce qui va le frapper... est-ce qu'ils ont des hallucinogènes du genre au Japon ?* Zach saisit deux éprouvettes, les remplit de son mélange maison, les ferme d'un bouchon avec précaution. *Il va adorer la présentation...*

Travelling. Zach défile comme une phrase en lecture. Il écoute de la musique. Deux minces fils blancs d'un iPod lui induisent un rythme hip-hop 96 bpm, armé de choristes aux voix charbonneuses ; un air qui rappelle une messe gospel où Dieu se serait transformé en claquements de mains. Zach ne sait pas d'où provient cette musique. Il n'a jamais entendu cet hymne qui cadence les mouvements de ses épaules, de ses hanches, de son corps complet. *Comment c'est arrivé sur mon iPod ?*

Escalier. Le travelling continue. Le son de ses Adidas neufs contre les marches de granit adhère à la musique comme un aimant sur le rail. Zach n'en peut plus. Il tressaille de la tête, remonte ses bras, imite le batteur électronique à l'origine du groove. La mélodie lui monte à la gorge. Il ne chantera pas. *Non, tu ne chanteras pas, personne mérite ça...*

Troisième étage. Zach grimace en mimant des paroles qu'il ignore. Quelques pas encore. Un coup d'œil à sa montre : *10 h 31. Pas trop mal... faudra qu'elle paie en vitesse*... Zach interrompt sa danse et lève le poing. Il ne frappe pas. La porte s'ouvre en coup de vent.

Zach entre dans l'appartement 303, gratte sa tête rasée. Marie-Laure va poser son derrière sur le sofa. Cette femme est nerveuse. En manque.

— Ça va, Marie-Laure ?

Zach glisse un doigt sur son iPod pour entendre la réponse.

— Tu sais très bien que ça va pas.

Bien sûr que ça va pas... t'as pas ta coke... tes trois petits sacs que tu laisses traîner sur la table jusqu'au début de l'après-midi... tu sniffes plus le matin... mais tu paniques si t'as pas tes putains de sacs... vieille peau... t'es une foutue épave...

— Pourquoi ça va pas ?

— Fais pas l'imbécile, Zach. Tu l'as ?

Oui, Zach a la coke. Elle est là, entre ses doigts, dans sa poche à billets. Il ne la sort pas. Pas tout de suite.

— Tu sais qu'il y a une raison pourquoi t'as pas eu tes enveloppes ce matin ?

— J'imagine...

Marie-Laure s'éloigne sans bouger, son regard se planque dans une tranchée, prêt pour la guerre.

— T'as lu le journal hier ? Le port ? La saisie ?

— Tu vas pas me dire ça.

— Hep.

Avoir lu le journal n'avait pas été nécessaire. L'événement avait fait le tour des médias planétaires en quinze secondes. La plupart s'étaient entendus sur le terme de « saisie record ». Près de 500 kg de colombienne avaient été retrouvés dans le conteneur d'un cargo panaméen baptisé le *Washington Empire*.

Zach a toujours ses écouteurs dans les oreilles. Si Marie-Laure pète un plomb, il s'injectera des décibels orchestrés.

Marie-Laure n'est pas du genre à débloquer… trop pragmatique…

— Combien de plus et pendant combien de temps ?

Zach esquisse un sourire mis entre parenthèses par les deux fils blancs qui pendent de ses oreilles.

— Parce que c'est toi, Marie-Laure, je mets seulement cinq de plus par gramme. Et on attend les nouvelles pour réviser.

— Tu peux être tellement méprisant, Zach… tu…

En portant la main à son portefeuille, Marie-Laure laisse filer un grognement, une fuite de patience.

— Prends ça. C'est assez pour les cinq jours qui viennent ?

— Mouais, ça va… Fais pas ces yeux-là… Ça fonctionne plus… tu le sais, je le sais.

— Va chier Zach… Sors de chez moi…

Doigt sur *play*. Musique. Même chanson. Même rythme. Zach marche en sens inverse. *Un joint… pas trop gros, assez pour qu'il en reste à Takao… briquet, étincelle, flamme… voilà… on se sent tellement mieux…* Zach imagine la surprise qui l'attend chez Takao. Des dessins de lui, des cases alignées où ce Japonais a reproduit ses moindres gestes. *Quelque chose dans le genre… autrement, je vois pas à quoi il bosse, le bridé…* Appartement 402. Zach frappe d'une jointure. Il est en avance.

CAMÉRA À L'ÉPAULE
12 h 18 – Humidex : 41 °C

— Tu as juste à vérifier qu'y ait pas de buée dans la lentille, Takao.

— Et s'il y en a, hein, dis-moi… dis-moi, hein, hein… dis-moi ?

— Tu m'avertis, pis on prendra une pause.

Quelqu'un cogne à la porte du studio de Kaviak.

— C'est elle. Je vais m'occuper du blabla. T'es en forme Zach ?

— OUaaaahhh. Ouais, ouais, ouais, elle va y goûter, la salope…

Kaviak sait ce qu'il fait. Il aurait été plus aisé d'opérer avec des individus sobres, mais d'une certaine manière, seul le résultat final a de l'importance. Par son œil magique, Kaviak évalue sa visiteuse.

— Elle est bonne, meilleure qu'en photo.

— Ouais, ouais, ouais.

Stop.

Des questions se posent.

a. Quel est le lien entre Kaviak et Zach ?
b. Pourquoi ce trio est si enthousiaste ?
c. Que s'est-il passé aujourd'hui entre 10 h 51 et 12 h 18 ?

Rewind. Retour à 10 h 51. Défilement sur avance rapide.

Takao ouvre à Zach. Salutations. Regards jetés sur les planches dessinées récemment. Zach impressionné. Zach tend son joint à Takao. Takao fait bouillir de l'eau. Zach dépose des sacs de Québec Gold sur le bureau. Échange d'argent. Conversation. Pas de son, la bande défile trop vite.

Play.

— Alors, ta surprise, Zach, elle ressemble à quoi ?

Zach extirpe deux éprouvettes de la poche de sa chemise.

— Alcool ?

— Nan. LSA.

Takao sourcille.

— Je croyais que ça venait en pilule ou sur papier buvard.

— Tu parles du LSD. Le LSA, c'est pas pareil… c'est plus subtil, plus… chamanique.

Takao regarde le liquide translucide d'un œil suspicieux. Son expression semble accentuée par la forme de ses yeux.

— T'en fais pas, je reçois mon diplôme de pharmacien dans moins d'un an et j'ai passé mon enfance à jouer au chimiste. Et entre toi et moi, je revends ça à cent dollars la dose. Paraît qu'il y a que moi qui fait ce truc, à Montréal.

— Et quel effet ça produit ?

— Tu veux une réponse pharmaceutique ou impressionniste ?

— Un équilibre entre les deux, pourquoi pas ?

Zach sourit, dépose ses éprouvettes sur un linge à vaisselle à côté de l'évier, relève ses manches de chemise.

— T'as déjà fait de la fièvre ? Forte, la fièvre.

— Oui…

— Rappelle-toi l'effet de la fièvre sur ta pensée, oublie les douleurs que tu ressentais. Bien… Le LSA, c'est une intoxication volontaire : une toxine met ton corps en mode défensif, sans douleur. Ça ouvre la pensée… Ça crée des possibilités nouvelles. Tu vas adorer, je te garantis.

— …

— Et ça te fera dessiner des trucs auxquels t'aurais jamais songé.

Le visage de Takao change d'expression. Le dernier argument était le bon.

Retour au moment présent. 12 h 19.

Une femme entre dans l'appartement 308. Elle porte des vêtements ajustés de couleur rose bonbon ainsi qu'une paire de souliers à talons aiguilles. Ni petite ni grande, cette femme. Jolies courbes sous les vêtements. Kaviak note immédiatement qu'elle a déjà été professionnelle. *Pute… ou danseuse… sa peau… son cuir ne mentent pas… la vingtaine usée… elle va mal vieillir…* Ses cheveux sont d'une blondeur naturelle surprenante. Le visage est convenable. Un peu vulgaire, mais convenable. *J'ai eu pire…* Son maquillage ne demandera pas de retouches. Pour ses dents, rien à faire.

— On s'était entendus pour un trio, me semble…

— Lui, c'est le cameraman.

— OK, c'est logique… il a pris quoi, ton cameraman… de l'acide ?

Stop. Des informations manquent.

Retour à la prise du LSA. 10 h 58.

Comme convenu, Takao et Zach font tourner le liquide dans leur bouche pour deux minutes et recrachent par la suite.

— Sinon, t'as des crampes terribles quand t'avales, dommage, parce que c'est un bon rhum que j'utilise.

— Ça fera effet quand ?

— À cette dose… trente minutes je dirais… peut-être moins.

Pour passer le temps, Zach roule un autre joint en expliquant que, selon son expertise, ces deux drogues sont hautement compatibles.

Avance rapide. Le joint se fume, l'heure avance. Quelques causettes sans conséquence.

11 h 14. *Play.*

— J'y pense Takao, tu m'avais pas parlé d'une proposition ?

— Oh désolé… complètement oublié… la proposition… oui…

— Ça commence à faire effet ?

— Peut-être… je ne sais pas…

— Alors, la surprise…

— Ça fait peut-être effet… tu as raison…

Takao frissonne malgré la chaleur écrasante.

— Bizarre ça… OK… La proposition… Hier je me promenais au troisième. Je cognais aux portes pour prendre contact avec des gens – j'ai besoin de nouveaux personnages. Quand je suis passé à l'appartement 307, un type m'a ouvert. Un homme, à peine plus jeune que nous… Pour faire une histoire courte… il m'a reconnu.

— Putain, t'es sérieux ?

— Si ! Même ici, il y a des gens qui me connaissent, c'est fou. Il m'a invité à boire une vodka – il savait que je déteste la bière – et il m'a parlé de lui… Tu ne devineras jamais ce qu'il fait ici.

— Vas-y.

Takao ressent un second frisson. Un spasme. Il commence à se gratter le bras gauche.

— Takao… fais gaffe.

Zach pose la main sur celle de Takao pour briser son mouvement frénétique.

— Si tu commences ça maintenant, t'auras plus de bras d'ici à ce soir.

— Ah… OK… Surveiller les gestes obsessionnels… OK… J'en prends note… En tout cas, il fait moins chaud avec ton LSA… Bon, on y va ?

— Aller où ?

Takao fige un moment et commence à taper du pied.

— Mmhph… *hai… watashi ha monogatari no kono bubun wo tobashi ta…*

Zach regarde Takao avec étonnement.

— Oh… désolé… je disais avoir sauté une partie de l'histoire… Je parlais de Kaviak, c'est ça ?

— Kaviak ? C'est le nom du type qui habite au 307 ?

— Hai ! euh… oui !

— Et tu me disais ce qu'il fait…

Takao lève les yeux en souriant.

— *Hai ohaio shuu, odoroki!* La proposition ! Zach, c'est très intéressant ton LSA… Je me sens très… comment dire… *henkei sa seru…* euh… métamorphosé…

— Arrive au fait, Takao.

Zach rigole en observant le mélange de confusion et d'émotions vives sur le visage de Takao. Tout le contraire de l'attitude distante qu'il avait gardée jusqu'à maintenant.

— Kaviak… Eh bien… Il fait des vidéos pornos sur Internet…

— Chic.

— Et il veut que je sois son cameraman pour cet après-midi.

— OK, mais la proposition, c'est quoi ?

— Je t'amène avec moi.

— Ça va pas le foutre en pétard ?

— Non non non… je lui ai parlé de toi et il veut que tu participes au film… Comme acteur… Tu imagines…

Mute.

À cette minute, Zach commence à ressentir les premiers effets du LSA. Il comprend et admet qu'il peut participer à un film porno. L'idée lui semble agréable, distrayante, nouvelle. Il affiche un sourire élargi, similaire à celui de Takao. Zach n'a aucune pensée pour Daphnée. Zach ne pense plus, sinon à ce qu'il fera dans les prochaines minutes.

Sous l'effet du LSA, Zach ne croit pas utile de se questionner sur les raisons ayant mené Takao et Kaviak à parler de lui. En temps normal, avec sa paranoïa suralimentée par le cannabis, Zach aurait demandé pourquoi Takao ne participait pas au film en tant qu'acteur ; pourquoi l'avoir choisi lui, spécialement ; pourquoi tourner ce film immédiatement ? Ce genre d'interrogations. Mais d'après le balancement de plus en plus rapide de sa tête, il devient clair que Zach fera passer son envie d'action au-devant de ses doutes usuels.

Avance rapide. Retour aux vingt minutes précédant l'entrée de la starlette au 308.

Si Zach avait eu vent du plan élaboré la veille par Kaviak et Takao, il n'entrerait pas dans le 308. Zach n'a aucune appréhension dans le regard, seulement un mélange d'envie et de curiosité. Grâce à la franche robustesse de la poignée de main échangée entre les deux hommes, Zach accepte l'amitié de Kaviak sans hésiter. Une seule interrogation, dernière expression de sa personnalité normale, lui triture les méninges.

— Kaviak… c'est pas un nom très canadien, il me semble…

— Non, c'est thaï. C'est le nom qu'on me donnait à la maison quand j'étais adolescent.

— Curieux… t'es pas Thaï.

— Je t'expliquerai une autre fois… Allez… On n'a pas beaucoup de temps… J'ai expliqué hier à Takao ce qu'il doit faire… Donc on va se concentrer sur toi, Zach…

— OK.

— C'est ton premier film ? OK… c'est cool… T'en fais pas, t'es parfait pour la caméra… mes abonnés vont t'adorer… T'es français hein ? Alors tu dis bite pour parler de ce que t'as entre les jambes.

— Ça peut arriver…

— D'ac… Il va seulement falloir que tu me la montres, cette bite.

— Comme ça, à froid ?

— Oui. Et bandée si possible… Je veux seulement m'assurer que tu bandes facile…

Pour encourager, Kaviak se dirige vers sa caméra et fait reculer la bande. Lorsqu'il appuie sur *play,* les cristaux liquides de l'écran miniature prennent la forme du corps de Kaviak qui enconne une jolie brunette à gros seins.

— Retire ton pantalon et regarde ça…

Zach obtempère sans rouspéter. Le film fait rapidement effet sur la consistance de son sexe.

— Je peux savoir ce que vous avez pris au juste ?

— Du LSA, Zach dit que c'est meilleur que le LSD…

— Et puis ?

— Je n'ai jamais pris de LSD, mais c'est très particulier !

Comme Takao prononce cette phrase, il regarde Kaviak avec des yeux aux pupilles complètement dilatées. *Il ressemble à un prêtre maya sur le point de sacrifier une vierge… bon, le Français maintenant…*

— Alors Zach, fait un petit effort, c'est pas le temps de bloquer… La fille arrive d'ici une dizaine de minutes…

Zach se ressaisit et se concentre de nouveau sur un gros plan du sexe de Kaviak pilonnant le con de la brunette.

— Voilà, c'est mieux comme ça… T'es circoncis… c'est bien, les filles préfèrent ça… plus propre… Qui veut du thé glacé en attendant ?

Retour au présent. 12 h 19.

— Lui, c'est le cameraman.

— OK, c'est logique… il a pris quoi, ton cameraman… de l'acide ?

— Son médicament contre les allergies, ça le gèle un peu… Maintenant, si tu veux bien, on va juste répéter rapidement avant d'y aller. Ça commence avec toi sur le lit.

— Je suis toute nue ?

— Non, habillée. On entre dans la chambre, lui et moi, on parle un peu, pas trop pis en anglais si possible. Ensuite, tu nous suces à tour de rôle, mais tu te concentres sur moi. Quand je vais être dur, je vais te déshabiller, pis te lécher jusqu'à ce que tu jouisses, si ça vient pas, fais semblant. Pendant que je te bouffe, tu continues à sucer sa bite. Ensuite, j'enfile une capote pis j'entre. Tu le suces encore. Après, c'est lui qui va te pénétrer, pis moi je vais te lubrifier le cul. Quand il va être prêt…

— Non, pas une bonne idée.

— Comment ça, pas une bonne idée. Pour le cul, je paye deux cents dollars de plus…

— J'ai pas chié depuis deux jours.

Kaviak lève les yeux vers le plafond.

— OK, c'est ton cul… Dans ce cas, je vais te prendre en levrette, pis lui, il va retourner dans ta bouche. J'aimerais ça qu'il jouisse avant moi. Zach, t'as pas d'inconvénient à lui jouir dans la bouche ?

— Ah non, pas du tout.

— Quand je termine, je jouis sur ton visage… Garde les yeux ouverts, je m'en fous si ça chauffe. Ah oui, si je te tape les fesses, c'est pas pour faire sado-maso, c'est juste pour raffermir, au cas où ça ferait comme du jello…

— Ça va… Tu payes quand ?

— C'est du cinéma ici, on paie après… C'est une assurance performance. Pis si tu joues bien, t'as un bonus. *Elle l'aura pas… pas avec ces dents…*

— Qu'est-ce qui me dit que t'as de l'argent ?

Kaviak extirpe une liasse de billets de cent dollars de sa poche de pantalon.

— Je paie cash, par contre je demande une facture, question de business.

— Une facture, t'es sérieux ? Bon, correct. J'veux juste dire que j'embrasse pas beaucoup… pis toi, quand je vais te sucer, tu tires pas mes cheveux, sinon je mords… c'est clair ?

— T'as saisi, Zach ?

— Ouais !

— Takao, la caméra est prête ? J'allume les lumières et on y va.

L'AIR, COULEUR MORTE

12 h 19 – Humidex : 41 °C

Au milieu du couloir du deuxième étage, une silhouette courbée avance en traînant la jambe droite. Un pas, une traînée, un pas, une traînée. La distance semble grande tant la vitesse est lente. Pourtant, seuls quatre mètres sont franchis. Quatre mètres. C'est ce qui sépare les portes du 203 et du 201. L'appartement des McCaan et celui d'Edward.

La silhouette courbée est celle de monsieur McCaan dont le nerf sciatique est coincé aujourd'hui. Devant la porte du 201, il lève un bras, ferme le poing, cogne sous l'œil magique. Aucune réponse.

— Mmm…

Edward n'est pas chez lui.

Roméo McCaan traîne sa jambe raide jusqu'à l'ascenseur, trois mètres plus loin. Il appuie sur le bouton d'appel, attend l'ouverture des portes. L'odeur qui l'agace semble plus forte dans le secteur. Si l'air adoptait la couleur de son parfum, il serait jaune ocre, putride. À vomir.

Faute de parler à Edward, McCaan opte pour une visite au Malarche. Un café à l'air climatisé lui fera du bien.

De la cuisine du Malarche, la salle à manger apparaît entre les étages chauffants du passe-plat. À l'entrée de cette salle à manger, il y a Mélina en discussion avec Guylaine qui fume une Craven A, sur le trottoir. Aux tables, il y a la maigre foule du midi. Quelques passants, tentés par l'air climatisé, deux box occupés par des occasionnels, un autre par un quinquagénaire solitaire qui sent le scotch. Et il y a le box d'Edward. Edward qui mange gratis au Malarche depuis 1969. Edward qui, par respect, n'ose pas prendre plus de deux repas par jour. Bien que Malarche n'entretient plus de lien professionnel avec le concierge du Galant, il a préféré garder cette tradition intacte. Même si Malarche ne demande rien en retour, par gratitude, Edward nettoie les vitrines aux deux jours, s'assure de garder les rats à distance, trie les déchets pour le programme de recyclage, se tape les inventaires secs à chaque fin de mois.

Edward pique des morceaux d'œuf et de steak avec sa fourchette. Il porte encore son t-shirt *« Have a Bud light! »*. La bouchée arrive à ses incisives déchaussées, recouvertes de tartre. Toutes les dents y sont, d'une couleur horrible, solidement plantées. Edward mastique. Sa bouchée éclate sous la pression des dents, son nez siffle en expirant, ses mâchoires produisent une série de claquements sourds.

— Edward!

Roméo McCaan entre dans le restaurant. Guylaine jette sa Craven A et se dirige vers la cafetière pour remplir sa tasse. Elle n'émet aucun commentaire. Comme le café arrive, McCaan achève de ramener sa jambe douloureuse sous la table.

— J'te cherchais.

Edward avale une tranche de tomate et savoure son jus acide.

— *Why?*

McCaan se gratte un favori.

— S'il te plaît, Eddie, en français... Ça sent mauvais sur l'étage.

Edward boit une gorgée de bière et rote avec les lèvres closes.

— Oui. Ça pue. C'est sûrement le femme *colombian* qui fait du *homecooking*.

McCaan renifle un coup. L'air climatisé lui fait couler le nez.

— Ça pue la viande pourrie.

Edward dépose son verre vide, s'éclaircit la voix.

— J'ai pas eu des plaintes… *You're the first, Roméo…* Claude a rien dit… Le Marsouin non plus… *and you know him…* toujours le premier à crier… *Remember* quand le Tamoul fabriquait son yogurt…

McCaan avale une gorgée de café.

— Le Marsouin avait appelé la police… pauvre Tamoul… il s'en est jamais remis…

Les deux hommes interrompent leurs gestes, se regardent en souriant. Beaucoup de souvenirs partagés flottent dans ces regards. Un respect approfondi par l'âge.

— *So…* tant que le Marsouin dit rien… y'a pas le feu. *And, Roméo, if I can help for Henriette…*

Roméo baisse les yeux vers une mouche posée sur la table.

— On peut plus rien faire pour Henriette.

LE PASSÉ EN NOIR ET BLANC, PREMIÈRE PARTIE

12 h 39 – Humidex : 42 °C

Cette odeur… cette pourriture… c'est ma mort que je respire… c'est un message… misère… si seulement je pouvais fumer une cigarette… une dernière… misère…

Depuis ce matin, Henriette n'a plus aucun espoir pour son avenir à court terme. Elle sent qu'un processus final s'est déclenché en elle. Un écoulement intérieur, une noyade goutte à goutte. La morphine est devenue un baume essentiel, un engourdissement opiacé qui lui permet d'oublier son corps, quelques minutes. Henriette sait qu'elle pourrait s'injecter une dose létale de son soluté, elle en a la force, mais pas la volonté.

Ce midi, Henriette se voit au cinéma. Le vieux Loews de la rue Sainte-Catherine. Un souvenir. Sa reconstitution des lieux en fait une vaste salle baroque. Ses colonnes torsadées supportent un plafond ouvragé. Des angelots, des roses, des feuilles, fondent un royaume kitsch figé dans des feuilles d'or. Henriette se cale dans un confortable siège en velours pourpre. La projection commencera bientôt.

La première image à l'écran prend la forme d'un poste de radio General Electric. Un imposant meuble de chêne porté par quatre hommes en sueur. Henriette vient d'avoir neuf ans. Juin 1937. Son père a réussi le coup qu'il avait prédit après avoir vidé sa bouteille de gin, deux semaines auparavant.

Le voici justement, son père. Deux semaines avant l'arrivée de la radio. Un homme aux mains calleuses, salies en permanence par les graisses minérales et les suies de l'ouvrage infini qui est le sien.

— Le maudit Gagnon… si il pense qui va le garder son prix de tirage… je vas le pogner aux cartes, le maudit… il va voir de quel bord, a vire la chance… tu serais pas contente… avec un beau radio…

— Mets-y pas des idées toutes croches dans la tête, pis va te laver… tu pues la *shop*.

Sa mère. Henriette ne se souvenait plus de sa mère. Aucune photo, aucun dessin. Mais sur l'écran du Loews, tout semble net. Une femme ronde au nez croche et aux lèvres minces, un visage blême orné d'épais cheveux bouclés. Elle porte une robe de ménagère. Sa robe de ménagère. *Ma mère avait celle-là pour la semaine et une plus propre pour la messe, le dimanche… pauvre maman… pourquoi je t'ai oubliée ?*

Henriette voit une larme couler sur le visage de sa mère après sa septième et dernière fausse couche. *On a jamais su pourquoi elle en avait autant après ma naissance… c'est probablement ça qui l'a tuée…*

Retour à la radio qui descend de la voiture à cheval du livreur de glace. Gagnon est parmi les quatre porteurs. Son humeur est sombre. Le père d'Henriette vient souffler un mot à l'oreille de sa fille unique.

— Y'a pas seulement perdu sa radio… comme il voulait se refaire, pis que j'avais une *full,* je me suis arrangé pour qu'il paie la livraison. LÂCHE PAS GAGNON… *WATCH OUT,* C'EST FRAGILE !

Nouvelle image. Henriette a douze ans. Elle est assise entre sa mère et son père sur l'étroit sofa de l'appartement de la rue Dézéry. Un bulletin d'information radiodiffusé annonce le massacre du débarquement de Dieppe. Henriette fait la moue. Son père est dévasté, certain d'avoir perdu deux de ses frères dont il est sans nouvelles depuis deux mois. Il fait tourner un élastique entre ses doigts jusqu'à ce qu'il casse. *Je leur en voulais d'avoir reporté mon radioroman… ça s'appelait comment… ah oui… Jeunesse dorée, présenté par la soupe Campbell…*

Sur l'écran du Loews, la lumière blanche du cadran de la radio prend progressivement la forme d'un paysage. Un printemps clair aux arbres nus se dessine dans la blancheur. L'air traîne une odeur boueuse qui efface les sourires. Ciel gris au-dessus du cimetière Côte-des-Neiges. Voilà qu'un cercueil entre dans la terre à peine dégelée. Celui de sa mère. Henriette revoit la tombe de granit avec les inscriptions :

Olivine Lacasse née Campeau
1911 - 1944
épouse de
Adélard Lacasse
1907 -

Henriette a presque quinze ans. Elle ne pleure pas. Elle pense à son père qui pue le gin. *J'aime pas ça… voir son nom sur une pierre tombale… ça porte malheur. Il va falloir que je lâche l'école pour m'occuper de lui… c'est certain… de toute manière… l'école…*

Nouvelle image. L'été 1944. Mois d'août. Le fils aîné des Gagnon dans l'embrasure de la porte d'entrée du logement. Il porte les vêtements de la *shop* Angus. Il travaille comme apprenti avec son père et celui d'Henriette. Comme tous les employés d'Angus, il pue la *shop*. Son souffle est court.

— Grouille-toi, Henriette, c'est important !

Ne pas penser et réagir. Obéir à l'urgence. Se dépêcher. Monter la côte de la rue Dézéry au pas de course, perdre son souffle dans la rue Rachel et traverser Saint-Michel sans penser aux tramways qui y circulent. Entrer dans la *shop,* se boucher le nez pour ne pas vomir en inspirant sa pleine odeur, sa suie, sa fumée épaisse. Oublier de constater que tout est arrêté, qu'aucune machine ne tourne, que les hommes regardent les quelques femmes traînées par la main vers un même point de rencontre. Déduire en chemin que le moment sera terrible.

Se rappeler les rumeurs : quand un accident majeur se produit, quand les corps sont trop mutilés pour êtres exposés, un jeune, un apprenti va chercher les femmes dans leur cuisine pour leur offrir l'occasion d'un ultime adieu avant la mise en terre. Ne pas y penser. Arriver sur les lieux. Ne pas penser. Faire courir le regard sur les étapes de la catastrophe. Ne pas pleurer. *Rester droite devant le malheur… ne pas pleurer…* Ne pas imiter ces épouses qui caressent un bras ou un éclat de crâne ensanglanté. Arriver à l'évidence d'une solitude totale. Rester impassible. *Ne pas pleurer…* Voir son père, le torse coincé sous une masse de fer tordu. L'autre moitié éparpillée en lambeaux sur le plancher.

— C'est terrible, Henriette… c'est terrible… tout allait comme il faut, pis là… pis là… deux *tanks* sont sortis de la chaîne… un *safety* qui a dû sauter… pis ton père… ton père, y'était juste en dessous… y vissait des plaques… des plaques, hostie… y pouvait rien faire…

Rester calme dans la cohue. Remarquer la distance entre le torse et les restes du corps. Plusieurs mètres. Une douzaine. Regarder la tête du père devenue presque le double de son volume naturel, tête et gorge gonflées par le sang retenu sous la chenille cassée du *tank*. Ne pas toucher. Aucun mouvement du cadavre, plus rien ne respire. *C'est ce que tu voulais, papa… tu voulais la rejoindre… dis-lui bonjour de ma part…*

Plusieurs semaines après l'accident. Chez les Gagnon. Henriette assise à côté de sa radio General Electric. *Jeunesse dorée,* commandité par la soupe Campbell. On vient la déranger. Un homme d'Angus, un cravaté. Il exhibe une lettre et la lit à haute voix. « À l'intention de Mlle Henriette Lacasse, Montréal, le 18 août 1944 : Monsieur Adélard Lacasse, mécanicien et employé aux shops Angus depuis dix-neuf-cent-trente-trois, est dégagé de toute responsabilité relative à l'incident ayant causé son décès. Par conséquent, vous ne serez pas tenue de rembourser la compagnie pour la perte de production occasionnée par cet événement. Incidemment, puisque le décès de Monsieur Lacasse fait de vous une orpheline, nous avons mandaté notre messager de vous remettre un chèque de $40.00 ainsi qu'une inscription gratuite au collège de secrétariat. Dès que vous aurez complété votre formation, Angus se fera un plaisir de considérer votre demande d'emploi en priorité. Sur ce, nous vous souhaitons la meilleure des chances. »

Sur l'écran du Loews imaginaire, Henriette s'observe avec le chèque et le formulaire d'inscription sans savoir comment réagir. Elle remarque à peine le père Gagnon qui jette le messager à la rue en l'invectivant. Elle regarde l'appartement où elle partage sa chambre avec les trois filles Gagnon. *J'ai passé quoi, deux ans comme ça ?*

Nouvelle image. L'école de secrétariat. Les salles aux grandes fenêtres couvertes de givre. Apprendre QWERTY. Taper cinquante mots à la minute pour satisfaire les patrons potentiels. *Certainement pas Angus...* Henriette s'observe dans sa robe de laine bleue. Elle peine sur une vieille Remington aux touches qui coincent et qui abîment ses doigts. Par chance, il y a Adèle qui lui offre le café après les cours. Henriette a dix-sept ans. Tout comme Adèle la riche, une fille d'Outremont avec un père ingénieur et vivant.

L'appartement des Gagnon est petit, surpeuplé. Un des plus jeunes a échappé de l'eau sur la radio dans la journée. Elle est grillée, kaput. Le père Gagnon annonce la nouvelle. Henriette a quelques larmes dans les yeux. Des larmes qui ne coulent pas. *Tout peut partir, sauf ma radio...*

De son siège pourpre du Loews, Henriette se demande pourquoi la mort de cette radio lui avait mouillé les yeux. Sa réponse arrive par l'entremise de l'écran, sa voix hors champ comble les interrogations.

— Pas le temps d'être triste quant tout ce qu'on fait, c'est survivre pis rêver... Quand on perd le rêve, il y a plus de raison de survivre.

Une musique remplace sa voix, une chanson d'Ella Fitzgerald. Le décor est celui du restaurant Le Marmiton. Un visage se distingue de la petite foule. Celui d'un adulte. Un homme bien rasé. Un homme aux yeux qui glissent sur son corps osseux. Henriette sent les yeux de cet homme qui frôlent sa nuque, son épaule, ses petits seins, son ventre creux, ses hanches pointues, ses jambes maigres. Le sang lui monte aux joues. Et aux lèvres. L'homme s'approche. Il a de la farine sur les mains.

— Vous seriez pas la fille d'Adélard Lacasse, par hasard ?

Henriette ne répond rien. *Adèle, sauve-moi, dis quelque chose*... Adèle n'a rien d'une pucelle et sourit de voir son amie attirer si joli parti.

— Je suis sûr que c'est vous. Je vous ai vue la journée de l'accident... Vous avez pas pleuré... Pas une larme... Mais votre visage, c'est le plus triste que j'ai vu... Vous êtes très belle quand vous êtes triste, mademoiselle... En vous regardant, on sent... on sent que la vie est importante...

— Méo ! Depuis quand tu parles aux clients ? Y'a des commandes.

— Ça sera pas long boss, j'arrive.

L'homme retourne vers la cuisine du restaurant. Une serveuse vient immédiatement remplir les tasses de café.

— En tout cas, mademoiselle, vous êtes chanceuse rare... Le beau Méo m'a jamais dit plus que dix mots collés dans une journée... Il parle jamais...

Une semaine après cette première rencontre.

Adèle oblige Henriette à la suivre au Marmiton. Le cuisinier est là. Seul à ses fourneaux. La petite salle à manger est vide.

— Tiens, je vais aller m'acheter des cigarettes à l'épicerie du coin...

Non Adèle, fais pas ça…

Henriette sourit en revoyant cette scène. Elle ne l'a jamais revue avec tant de précision.

L'homme porte ses habits de cuisinier. Tout de blanc vêtu, sans couvre-chef. Ses cheveux sont peignés au Brylcreem. Henriette porte encore sa robe bleue, même si la journée n'est pas si fraîche. L'homme tourne la pancarte de la porte pour prévenir toute intrusion.

— Vous avez le droit de fermer le restaurant ?

— Personne va savoir.

— …

— Je vais aller droit au but… Je… je voulais vous dire merci, mademoiselle Lacasse… Merci à vous, pis à votre père… Quand j'ai vu l'accident à *'shop*… j'étais pas loin… ça a failli me prendre moi aussi… quand j'ai vu que dans les usines où on fabrique la guerre, c'est aussi pire qu'au combat… j'ai pensé à demander un autre poste… mais c'est quand… c'est quand j'ai vu votre visage… votre tristesse… j'ai compris pourquoi il fallait que je parte, que je reste libre…

— …

Henriette a le cœur en boule, des papillons plein le ventre, les joues d'un rouge volcanique. *Faudrait que je parle… ah oui… faudrait que je dise quelque chose…*

— On s'est pas présentés… moi, c'est Roméo, Roméo McCaan. Et vous, mademoiselle Lacasse, votre petit nom, c'est quoi ?

— Hum… Henriette.

— J'aimerais ça qu'on se revoie Henriette… Je pourrais vous inviter au cinéma. J'ai des billets pour le Loews.

Le Loews. *C'est pour ça que je rêve à ce cinéma… c'est là qu'il m'a embrassée et m'a demandée en mariage.* Le Loews, le vrai, rempli d'un public en habits du dimanche, les hommes laissent leur chapeau sur leurs cuisses, les femmes les gardent, par pudeur. À l'écran, il y a un film avec Fred Astaire et Ginger Rogers. Entre les deux, il y a Henriette et Roméo, leurs têtes très proches.

— Désolée... je voulais pas cogner vos dents... j'ai jamais embrassé personne...

— On va recommencer... sortez vos lèvres avant...

— Comme ça ?

— Mmm...

De son siège pourpre, Henriette regarde deux jeunes fantômes s'embrasser dans l'obscurité grise. Elle s'attend à revoir la demande en mariage, ses fiançailles, ses noces. Rien du genre n'apparaît à l'écran. Aucune image. Aucun souvenir. L'histoire passe directement en 1951, dans le salon de leur appartement, rue du Couvent, dans Saint-Henri. Henriette et Roméo fêtent leur cinquième année de mariage en mangeant des steaks. Dix jours auparavant, Henriette a reçu confirmation de son problème de fertilité. Elle se sent abandonnée, bonne à jeter. Roméo la regarde avec intensité. Depuis l'annonce de la nouvelle, il ne cesse de lui faire l'amour, de lui répéter à quel point il la trouve belle. Henriette ne sent plus rien, pas même sa tristesse. *J'étais comme morte... pis plus j'étais triste, plus il voulait me faire l'amour... je comprenais plus rien...*

Nouvelle image. Une lame sur son poignet. Roméo n'est pas supposé revenir du Marmiton avant minuit. Elle aura tout le temps pour devenir exsangue, froide. Une première entaille. Le liquide gicle. Plus fort que prévu. Henriette n'a jamais eu peur du sang, sauf cette fois. Elle sent une vapeur lui prendre la gorge, les yeux, la tête. Henriette s'écroule sur elle-même, le poignet ouvert sous le poids de son torse. *Le médecin a dit que c'était ça qui m'avait sauvée...*

Le voici, ce médecin. Docteur en psychiatrie. Un cabinet aux tapis luxueux et aux murs décorés par deux dizaines de diplômes. Il parle essentiellement à Roméo. Diagnostic : Henriette n'a aucune raison de vivre et s'ennuie à mourir dans leur appartement.

— Vous proposez quoi, docteur ?

— Vous avez des économies ? Partez en vacances quelque part, changez d'air…

— On n'est pas aussi riche…

— Achetez-vous un poste de télévision dans ce cas… il paraît que c'est comme des vacances.

Dans la salle imaginaire du Loews, la projection s'éteint. Henriette cherche les causes de l'interruption pendant un court moment. *Ce doit être l'entracte… ça peut pas finir comme ça… je peux pas finir comme ça…*

STILLS

13 h 15 – Humidex : 43 °C

Chloé est assise sur une chaise en plastique. Elle regarde les corps qui peuplent la salle d'attente d'une clinique spécialisée. Chloé a choisi une chaise d'où il est possible de voir une partie du Galant, coincé quelque part entre une dizaine de clochers, des tours à condos, des hôtels. Bien qu'elle sache apprécier la vue, Chloé n'a jamais fait confiance à ce mur de verre. *On sait jamais, il peut y avoir un tremblement de terre, des fissures et c'est fini…* Lulu vient à peine de la quitter pour sa consultation. En la regardant marcher vers les salles d'oscultation, Chloé suit le balancement de ses fesses. *Toute seule…* Chloé devra tuer le temps sans complice. *Vingt minutes au moins…* Après un bref balayage visuel, elle décide qu'aucun des magazines disponibles ne l'intéresse. Elle jouera plutôt au *Stills,* un des jeux que son père pratiquait avec elle dans les salles d'attente et les aéroports.

N'oublions pas la méthode… dresser l'inventaire des sujets disponibles : sept hommes et cinq femmes. Pas plus qu'une minute et quart par sujet… et une maxime inventée à la fin… sinon, c'est pas une partie de Stills, c'est rire des gens… allons-y…

Chloé choisit le plus court chemin pour commencer. Un homme en complet assis à trois bancs de distance. *Monsieur-je-suis-pressé… et nerveux… peut-être qu'il ignore qu'aucun rendez-vous est respecté dans cette clinique… il durcit son visage à chaque regard vers sa montre… il a pas l'air malade… sûrement un dépistage VIH/MTS… il a couché avec une personne à risque et commence à être rongé par le doute… ça fait quelques semaines qu'il attend…*

il s'est dit : ça va, je vais oublier et ça va passer… mais tous les matins, il se lève en sueur, se demande s'il s'est trompé. Maxime : Être nerveux, c'est anticiper l'erreur déjà commise…

Le second sujet est une femme anorexique qui traîne un regard vide sur le plancher.

Tête de junkie en fin de parcours… personne d'autre ne porte des manches longues avec une chaleur pareille… comme camouflage, c'est raté… absolument rien dans les yeux… plus rien à tirer de ce corps, c'est ce qu'elle se dit… elle l'a vidé de toute substance vivante pour laisser place aux joies chimiques… une démission, cette femme… rien de plus… elle pourrait apprendre qu'il lui reste un mois à vivre et son visage changerait pas… son visage changera plus… elle va mourir avec cette expression. Maxime : Lorsqu'on sent plus rien, l'idée de mourir devient banale…

La troisième personne à tomber sous l'œil de Chloé s'impose d'elle-même en poussant un soupir chevrotant.

Une victime… un abandon à la faiblesse… un peu trop de Jésus dans la tête… pauvre type… les victimes ont pas la cote au XXIe siècle… si t'étais si mal en point, tu serais à l'hôpital, branché de partout, vêtu d'une de ces maudites jaquettes… ton fantasme idéal serait que quelqu'un vienne te parler, te plaindre… mais tout le monde a ses problèmes… les tiens intéressent personne… c'est pour cette raison que ton monde, il va si mal… Maxime…, trop facile celle-là : Ceux qui désirent attirer la pitié souffrent avant tout de solitude…

Un homme portant des écouteurs qui crachent une musique un brin trop forte devient le quatrième sujet.

Gay… très gay… ses gestes le disent… il est ici par habitude… dépistage de routine… probablement un abonné des saunas… et il est pas question qu'il change son style de vie… la légèreté… l'absolue légèreté. Il a plus vingt ans… il fait au moins quarante, si c'est pas plus… il écoute du techno pour prouver qu'il est dans le coup... disponible pour les jeunes culs serrés... il est ridicule avec son chandail qui moule ses petits bourrelets. Un jour, il va se réveiller, découvrir qu'il est vieux, moribond, que la fête est finie... Maxime... une classique de papa : L'obsession de la légèreté dissimule les pires angoisses...

Chloé prend une courte pause. L'homme qu'elle visait vient d'être appelé dans la salle n° 4. Hésitation entre deux autres sujets potentiels. Mordillement de la lèvre supérieure par les quatre incisives du bas. Elle regardera l'horloge pour choisir. Si la trotteuse se trouve dans les premières trente secondes, elle choisira le dépressif, sinon, ce sera l'accompagnatrice de l'homme parti dans la salle n° 2.

13 h 23 min 34 s.

L'accompagnatrice donc... c'est pas sa femme... pas du tout... sa maîtresse peut-être... ou une amie... j'en doute... elle regarde le dépressif comme si c'était un lépreux... elle est pas du quartier... peut-être même pas de la ville... elle a un look de banlieusarde... proprette, bronzée... elle ira probablement se laver les mains avant de prendre l'ascenseur pour quitter la clinique... elle veut pas être de cette foule... ça la dégrade. Grosse idiote... membre du Parti conservateur... pas facile pour la maxime. Peut-être celle-ci : On ne va pas au zoo si ce sont nos semblables qui sont en cage... ouais... pas mal celle-là... ça se placerait bien dans une chanson...

Chloé fouille dans son sac, sort un calepin refermé sur un stylo à bille. Elle note sa dernière maxime en visualisant les possibilités de cette idée. Mais elle doit continuer. Autrement, elle cesserait de respecter les règles du Stills, telles qu'établies par son père à l'aéroport de Fort de France en 1988, alors que l'ouragan Gilbert semait le chaos sur la Martinique.

Le dépressif maintenant... d'accord.... il va pas bien... tout son corps nous indique qu'il a ses raisons d'avoir ce visage… il s'attend à un verdict médical sans pitié… un mois, trois mois ? On dirait un meurtrier texan qui attend sa sentence… problème de trithérapie… peut-être qu'il commence à développer le virus… ni victime ni sûr de lui… il est… normal… ouais… normalement triste… une maxime avec ça. OK : Rien de pire que la normalité, car elle reste invisible. Je m'en tire pas mal…

Les yeux de Chloé se dirigent sur une fille de son âge qui mâche une gomme sans retenue. Cette fille est arrivée dans la salle d'attente alors qu'elle analysait l'homme à la musique techno.

Rebelle… mignonne aussi… elle doit avoir de jolis seins sous sa camisole noire… OK… pas le temps ni la place pour flirter… c'est pas dans les règles… réfléchis un peu… elle te ressemble… ça peut pas nuire. OK… elle se fout de tout… on peut annoncer la fin du monde et elle s'en fiche… elle respecte rien ni personne… shit !… elle me regarde…

Chloé baisse les yeux vers le plancher, attend une vingtaine de secondes. Quand elle replace ses yeux sur la jeune femme, elle croise un regard fixé sur ses cuisses nues.

Crisse ! OK… faut continuer… mais qu'est-ce qu'elle fait ?

La jeune fille observée s'est levée et marche vers elle. Une distance de dix pas vite franchie. *Fuck, fuck, fuck…* La jeune femme s'assoit sur l'unique chaise à côté de Chloé.

La tête de Chloé se condamne au silence, à l'écoute, à la préparation d'une quelconque répartie. La jeune femme lui envoie un sourire. Elle porte ses cheveux mauves sans aucun produit coiffant. Son sourcil gauche est traversé par trois anneaux, tout comme ses oreilles. Ses épaules sont larges, solides. Chloé sent qu'elle va parler.

— Tu jouais au Stills, c'est ça ?

Chloé fige un moment. *Allez, réponds…*

— Je savais pas que c'était connu, comme jeu.

— Ça l'est pas… sauf si on connaît Lulu…

Chloé a plissé les paupières. *Pose une question… c'est ta porte de sortie…*

— Et qu'est-ce que Lulu connaît du Stills ?

— C'est sa claviériste qui lui a montré… et sa claviériste, c'est toi… Chloé… C'est ça ?

Chloé a l'impression de faire la guerre armée d'un lance-pierre.

— Pose-toi pas trop de questions… j'suis une de ses ex du temps de l'université… on travaille au même atelier de sérigraphie… je couchais avec elle avant… ben… avant… j'imagine que tu sais de quoi je parle… Tiens, voilà madame la reine !

— Pis Lulu, les nouvelles ?

Lulu regarde sa camarade d'atelier sans comprendre l'objet de sa présence dans cette clinique. Ses yeux pivotent vers Chloé pour transmettre le diagnostic.

— Ça se maintient. On est en forme pour la tournée d'automne.

— Cool… j'ai très hâte à votre prochain show… on y fait toujours des rencontres… je dirais… sympathiques…

Chloé et Lulu restent muettes face au commentaire. Elles doivent partir. Il y a un malaise. Lulu déteste les malaises dont elle n'est pas la source.

Le trajet d'ascenseur s'effectue en silence. Chloé décide de poursuivre sa partie de Stills. Elle se donne jusqu'à l'arrivée au trottoir pour arriver à une maxime sur Lulu…

Lulu… toujours plus sauvage avec le temps qui passe… Lulu sur qui on connaît presque rien mis à part sa folie, sa franchise, sa culture… elle a pas l'âge qu'elle suggère… vingt-huit et non pas vingt-quatre ans… elle perd du poids depuis trois mois aussi… ses épaules en ont perdu… Lulu qui nourrit l'amour avec son mystère… ce maudit mélange de solidité et de tendresse. Est-ce que je l'aimerais autant si elle faisait pas ces yeux-là si souvent ? Ces yeux qui font croire qu'on est important, essentiel.

Lulu qui est née quand... où... de qui ? Depuis combien de temps qu'elle vit en condamnée ? Elle répond jamais... répète toujours qu'il y a juste le présent qui compte... elle sait qu'on s'accroche à ses pieds... c'est elle qui nous traîne... c'est elle, le groupe... Mike a raison... il faut commencer à penser par nous-mêmes... pas le choix...

Lulu et Chloé sortent de l'ascenseur. La sortie et le trottoir sont situés à quelques mètres.

Une maxime... une maxime inspirée de Lulu... shit !... y'en aurait des tonnes... allez... décide...

— Alors Chloé, tu me la sors ta maxime ?

Chloé baisse les yeux en souriant.

— Le silence est le pire mensonge.

— Tu t'améliores. Faudrait que tu les écrives, tes maximes. Ça ferait changement de lire quelque chose d'intelligent.

— Oui, je sais.

MONIQUE ET LES TENTATIONS

13 h 42 – Humidex : 43 °C

Monique n'a aucune raison de rester enfermée dans la réception. Les loyers sont payés. Elle n'a aucun rendez-vous. Elle pourrait profiter de l'air climatisé du Malarche, acheter des vêtements au centre-ville, prendre un rendez-vous pour une chirurgie de la rétine au laser. Mais non. Monique reste assise dans la chaleur poisseuse, chez elle. *C'est ma chaleur...* Si Monique avait une propension à la mélancolie, elle lèverait le regard vers le hall qu'elle a si souvent traversé avec ses clients bras dessus bras dessous, elle perdrait une ou deux secondes à philosopher sur le temps qui passe. Elle verrait à quel point Le Galant est loin de ses bonnes années avec sa peinture vieillissante, ses portes croches, son plancher taché. Mais ces détails qui l'agacent dans ses quartiers privés, la laissent froide comme un iceberg depuis l'estimation des coûts de réparation, il y a trois ans. Monique avait accepté d'apposer son nom sur les titres de propriété du Galant pour gagner plus d'argent, certainement pas pour en perdre. Malarche l'a narguée quelquefois sur le sujet, sachant qu'il n'aurait pas agi différemment, à l'époque. Monique pourrait voir bien des choses dans cet immeuble où s'entassent quatre décennies de souvenirs. Mais Monique déteste regarder ailleurs que droit devant. Et droit devant, il y un papier laissé à son intention par une main anonyme.

Puisque Monique refuse de porter ses lunettes de lecture depuis la remarque de Jade, elle tient la feuille de papier à cinq centimètres de ses yeux. Le papier est une infopublicité sur le DHEA. *Intéressant...* Les yeux de Monique sont voraces et ronds. Elle y apprend avec ravissement que « les femmes utilisant le supplément hormonal DHEA bénéficient d'améliorations de leurs fonctions neurologiques, immunitaires et hormonales ; que ce traitement prévient les maladies cardiovasculaires, plusieurs cancers, l'alzheimer, l'ostéoporose, le lupus et le diabète ». Se rappelant une tante décédée d'alzheimer avancé à l'âge de quatre-vingts ans, Monique songe à discuter de la substance avec son plasticien. Lorsqu'elle découvre « qu'une étude de l'Université de Californie démontre que l'administration orale quotidienne de 50 mg de DHEA pendant six mois suffit à restaurer des taux sériques juvéniles chez les hommes et les femmes », elle songe très sérieusement à essayer le DHEA dans les jours qui suivent. *Un taux sérique... c'est quoi un taux sérique... bof... tant qu'il est juvénile... ça me suffit...* En poursuivant sa lecture, elle apprend que « cette restauration du taux sérique s'associe à un accroissement important du bien-être physique et psychologique chez 82 % des sujets. » *C'est parfait !* Monique est maintenant persuadée que ce traitement est essentiel à son bien-être. Ses yeux survolent un paragraphe plus technique et arrivent au bas de la page, directement sur la ligne indiquant que « le DHEA se trouve en vente libre aux États-Unis depuis 1992, alors qu'au Canada, ce produit est prescrit uniquement aux personnes séropositives ».

— Maudit pays de fonctionnaires retardés !

Monique tente d'adopter un air boudeur. Ses efforts pour mettre son visage en phase avec sa déception se heurtent à ses récentes injections de botox. Au lieu d'exprimer son mécompte avec acuité, son faciès affiche un sourire niais, surmonté d'un regard colérique. Sans sortir de la réception, Monique évalue les possibilités d'obtenir du DHEA sans délai ni complications. *Oui, certainement... Zach pourrait m'en trouver... même si j'ai pas envie de lui en devoir une... il pourrait finir par en profiter, ce serait son genre...*

peut-être mon avant-dernier chirurgien plastique... il avait l'air négociable pour ce genre de choses... de qui ça vient, cet article, aussi? Bon... et ça en plus... Le cellulaire de Monique sonne sur l'air de la chanson *Downtown* de Petula Clark. En même temps, Edward passe dans le hall et la salue de la main. Le cellulaire se trouve au fond du sac de Monique, sous une trousse de maquillage, un portefeuille, des lunettes de lecture, des lunettes de soleil, un compte-gouttes de Visine, un couteau suisse miniature, un coupe-ongles, une lime à ongles, un flacon de vernis à ongles, un vibrateur de poche dans son emballage, deux piles Energizer AAA, des bouchons pour les oreilles, trois condoms en sachets, un flacon de Motrin, un flacon de Tylenol, un flacon de Prozac, un paquet de gomme à la menthe, un trousseau de seize clés.

Avec une étonnante efficacité, Monique retrace et dégaine son cellulaire en moins de six secondes.

— Oui, allô ?

C'est Christian. Il est à Rivière-au-Tonnerre et semble avoir une gueule de bois aussi radicale que prévisible.

— T'es certain que ça va ? Tu respires fort...

Christian explique qu'il a trop fumé d'herbe et de cigarettes la nuit dernière. Ces fumées mélangées auraient réveillé un vieux fond d'asthme. Rien de grave, selon lui.

— T'sais, pour les cent piastres, j'te les aurais données...

Christian hésite et tousse en essayant de parler. Entre ses étouffements, Monique entend de la musique en arrière-plan. La respiration replacée, Christian explique n'avoir jamais douté de l'altruisme de Monique et souligne avoir eu plus de plaisir à élaborer un stratagème pour lui subtiliser l'argent.

— Tu serais pas en train de devenir cleptomane avec le temps ?

Christian éclate de rire et tousse à nouveau. Il corrige Monique sur la définition de la cleptomanie pour réfuter l'accusation. Après un bref silence entrecoupé d'un bruissement aigu, Christian ose prononcer une phrase tendre.

— Tu me manques aussi Christian… oh… je dois te quitter, je viens de me rappeler… j'attends un appel de mon agent immobilier…

Sitôt la conversation terminée et le cellulaire à nouveau enfoui dans le fouillis de son sac, Monique fronce ses sourcils avec efforts et difficultés. Elle ne pense pas à la diminution de son sourire de convalescence. Son visage ressemble à un masque pétri par le doute, panifié par le botox.

Une émotion authentique lui travaille la trachée. Un resserrement, un repli.

Pourquoi je me sens comme ça? Christian, c'est un jouet… c'est tout… je l'aime pas… OK… je le déteste pas non plus… mais quand même… pourquoi je me sens triste? Monique repense aux bruits de fond entendus lors de l'appel, particulièrement le dernier, un son aigu. *J'ai jamais entendu un bruit de mauvaise transmission qui ressemblait à ça… c'était trop… trop organique…*

Monique relève la tête, redresse son dos. Elle balaie le hall du regard pour s'assurer que personne ne l'ait remarquée dans cette posture renfrognée. *Bon, ça suffit…* Assurée de se trouver seule, elle se lève, range l'article sur le DHEA dans son sac, passe l'avant-bras gauche sous la poignée de cuir, défroisse sa jupe d'un balayage sec, replace ses orteils dans ses sandales à talons hauts, sort de la réception, ferme la porte à clé et cesse tout mouvement, sans lâcher la poignée. *Et si ça avait été une femme… c'est très possible… Christian baise pas depuis des semaines… il est très loin d'ici et absolument rien l'empêche d'en sauter une autre. Et pourquoi ça me dérangerait? Non, c'est pas ça la question… pourquoi ça me dérange? Shit, je serais pas devenue amoureuse par hasard? Aucun sens… pas possible…* Monique regarde vers l'escalier, retire sa main de la poignée, ajuste sa culotte prise entre ses fesses. Christian lui manque. Réellement. Elle s'ennuie de ses mains, grosses, rugueuses, les seules capables d'induire du plaisir à sa cuirasse épaissie par ses milliers de clients.

Je suis amoureuse ou quoi ?

— Faut que je vérifie.

AMERICAN MELANCHOLY
14 h 39 – Humidex : 44 °C

La bière n'arrange rien. Edward ne peut chasser Gina de ses pensées. Après une nuit sans rêves, Edward, croyait s'être purgé l'esprit. La journée se déroulait parfaitement avant qu'il n'entende ces cinq secondes du refrain de *Downtown,* cette chanson maudite qui saturait les ondes lorsqu'il fit le voyage vers Montréal.

God damn it… it's a conspiracy…

Suite à sa conversation avec Roméo McCaan, Edward est revenu chez lui en reconnaissant l'odeur rebutante du deuxième étage mais sans plus. Edward revenait chez lui pour boire ses bières quotidiennes, non pour jouer au détecteur d'insalubrité. En vidant une bouteille en deux gorgées, Edward abandonna sa lutte contre cette mélancolie qui revenait hanter ses neurones. Gina allait de nouveau occuper ses pensées.

Seems to be God's will… can't fight God's will…

Edward baisse la tête vers le béton de sa portion de balcon. Ses paupières aux cils blancs tombent sur ses yeux comme un rideau devant la réalité. Il revoit l'intérieur d'une maison brune, orange, jaune moutarde. Vissé au mur, un calendrier publié par une banque indique le 26 février 1969.

Edward achevait ses dernières préparations. Les objets à sauver de l'incendie avaient été placés dans le frigo, son gallon d'essence était rempli, le détecteur de fumée venait d'éclater sous un coup de marteau. Il ne manquait qu'un outil pour réaliser son plan. L'arme. Edward n'avait pas l'intention de compliquer les choses. Il s'était vêtu de son plus beau costume, avait vidé ses comptes de banque, réservé son fusil chez l'armurier, puis avalé une géréreuse rasade de Listerine pour masquer son haleine d'alcool. Comme Edward enfilait ses *loafers* pour sortir, un carillon Big Ben résonna. Quelqu'un sonnait. Gina.

Un mois s'était écoulé depuis leur dernière rencontre, à l'improviste, au comptoir du Dairy Queen. Ils avaient échangé de tièdes salutations, sans plus. Edward avait eu la certitude que Gina savait l'avoir séduit. Qu'en bonne épouse catholique, pour garder le diable à distance, elle avait entretenu cette saine distance. Leur rencontre avait eu lieu deux semaines avant que Janet et Jimmy quittent la maison. Mais ce 26 février, Gina se promenait sur Virginia Drive, vêtue d'une robe légère comme le vent. Elle disait passer par hasard. Edward ne sut quoi répondre. Gina entra dans le bungalow sans attendre une invitation. Elle dit que son mari était parti à Jacksonville, pour une série de dix matchs.

— *When did he go ?*

— *This afternoon... So, where are your wife and kid ?*

— *Gone...*

— *By gone... you mean... dead ?*

— *Worst... My wife want's to get a divorce... She's at her mother's flat now... Jimmy's with her.*

En écho à cette réponse, une expression complexe anima le visage de Gina. Une rencontre d'amertume et d'excitation. De fins mouvements de lèvres, des pupilles dilatées, nerveuses. *Only an Italian woman can make up a face like this... she already knew I was alone, she must have spied on me... never gave her my address...* À la vue de cette cascade de réactions sur un si beau visage, Edward renonça à son projet de suicide. Un à un, ses nerfs se détendirent.

Entre ces corps adultes debout dans l'entrée d'un bungalow, le silence s'était mué en désir. Gina s'approcha d'Edward avec une respiration frémissante. Elle posa une main délicate sur son épaule et murmura :

– *So, we're alone…*

Leur têtes se rapprochaient avec un magnétisme naturel. Edward sentait sa vie ratée s'affiner dans le parfum de Gina. Lorsqu'il sentit ses seins Wonderbra contre sa poitrine, il effaça Jimmy et Janet de son esprit. Quand leurs lèvres se touchèrent, Edward eut la certitude d'avoir trouvé sa véritable femme, l'âme sœur, son seul amour.

En décapsulant une bière fraîche, Edward se rappelle la vitesse à laquelle lui et Gina s'étaient retrouvés au lit. Il se souvient de cette nudité instantanée, comme si leurs vêtements avaient été retenus par une seule ficelle. Gina. *Gina…* La première véritable femme nue de sa vie. Aucune lumière fermée, aucun drap tiré jusqu'aux épaules. La pointe d'un sein durci par l'excitation, l'épais triangle de poils noirs à l'entrejambe, la pulpeuse rondeur sous la cuisse, les fesses relevées en forme de cœur, les pieds aux orteils tordus par les chatouillements. Edward croyait rêver devant ces formes inédites, généreuses. Quand Gina le regarda en murmurant *« take me, take me now »*, Edward sentit qu'il allait jouir dans la seconde. Mais par une improbable grâce, il prit Gina avec une étonnante fermeté, peau dure contre peau humide. Edward croyait vivre la fission des milliards d'atomes de son corps. Bombe atomique sur bombe atomique sur bombe atomique. Ces ondes de choc répété ajoutaient à la hardiesse de ses coups de hanches. Gina était parfaitement mouillée. Edward commença à jouir rapidement, une jouissance sèche; il jouissait et gémissait avec Gina qui poussait des cris de jouvencelle extasiée. Edward n'en pouvait plus : ces sons, cette peau, la vue de son sexe avalé par celui de Gina, l'évidence du plaisir sur son visage, ses seins massifs aux aréoles sombres, ce mouvement rond de sa vulve sur lui. Trop de fantasmes réalisés en si peu de temps. *« OH GOD ! »* Edward explosa. Un éclair monta des hanches à sa tête. Il cria. Un cri brut, profond. Ses jambes frétillèrent, puis il roula sur le côté du lit où sa femme dormait, il y avait un mois à peine. Sa tête valsait, son sexe restait droit, raide. Lorsqu'il retrouva le contrôle de ses sens, il regarda Gina comme s'il contemplait un rêve. Elle avait des larmes au coin des yeux.

— *Did I hurt you, I…*

— *Shhh… Edward… it was so… so…*

Gina compléta sa phrase par un baiser qui relança la passion, autre première pour Edward. Le lendemain matin, cernés, dans l'extase de leur épuisement, ils décidèrent de s'échapper aux Everglades. En amants, en adultères, en heureux pécheurs.

Edward se cale dans sa chaise de balcon et cesse de boire. Une pause. Il doit prendre une pause. *Do I want to go over that again… I don't think so…* Edward porte un mince pantalon de coton. Ce qu'il voit poindre entre ses jambes lui fait renoncer à revisiter le souvenir des Everglades. *Please God… help me…* Edward sent son sexe durcir. Une réaction sexuelle. Rien à voir avec ces réflexes musculaires occasionnels. Le souvenir de Gina provoque encore des remous qu'il s'interdit de vivre. *It's for my own good…* Edward jette un coup d'œil rapide aux alentours et frappe son membre de quatre pichenettes. *Just forget the trip to the Everglades… just forget it… skip this part… do as if your memory was a DVD player… find the remote and press skip… and keep drinking…*

Des souvenirs affluent en vrac. Des fragments épars. Des bouées auxquelles il s'accroche pour rester fidèle à sa vieille promesse. Edward combat cette chaleur qui monte en lui. Il n'a pas à se torturer ainsi. Edward se raccroche à une image. Un volant entre ses mains, une pancarte indique Orlando à quinze milles, Gina à son côté qui discute de son mari.

— *If Caroll makes the team, I'll have to move to Montreal… look's like he will…*

Keep skipping…

Trois semaines après le retour des Everglades.

Sembera sera releveur pour les Expos de Montréal. Edward l'apprend sur l'oreiller. Lui et Gina se sont vus pratiquement chaque jour. Pour Edward, l'affaire est déjà réglée.

– *If you go north. I go north.*

I never decided anything so quickly…

Skip this part too…

Dernière nuit au bungalow de Virginia Drive. Gina devait lui rendre visite avant son départ pour Montréal. Elle n'a pas réussi. Par chance, elle lui a téléphoné ce matin, Edward a noté sa nouvelle adresse. Ses valises sont prêtes. À part ses vêtements, Edward n'amène qu'une chose avec lui. Sa collection de *National Geographic*. Le reste sera pour Jimmy.

Sur la route. Interstate 95. La suspension de la Polara est écrasée par le poids des revues dans le coffre. Edward n'est pas rasé. Pas lavé. Mal habillé. Montréal est à trois jours de route. Il l'a lu dans un guide. Edward n'a pas laissé de lettre à sa femme. N'a rien signé, sauf ce papier qui lui laissait la maison. Sur la table de cuisine, il a laissé une vieille carte de Cuba et une copie du manifeste du parti communiste pour brouiller les pistes. En vitesse, il franchit la frontière de la Floride. Celle de la Georgie, de la Caroline du Sud. La nuit arrive. Edward sort à Battleboro, se stationne devant un Orange Julep. Il dort peu et mal.

Toujours l'Interstate 95. *Downtown* de Petula Clark qui revient sur chaque stations radio. Edward ne comprend pas. Il passe les lignes de la Caroline du Nord au petit matin, reste pris dans un embouteillage à Richmond, Virginia et Washington D.C. Il n'a pas faim. Pas soif. Pas envie de pisser. Il veut rouler. Sortir du pays. Revoir Gina. Le soir venu, Edward se félicite d'avoir évité les *state troopers* et leurs contraventions potentielles. Sa Polara l'étonne.

Elle avale les miles sans rouspéter. Il dort à Riverton, une banlieue blanche au nord de Philadelphie. La mécanique cliquette pendant plus d'une heure dans la nuit.

Toujours l'Interstate 95. Encore *Downtown* de Petula Clark à la radio. Edward veut bannir cette chanteuse du pays, brûler ses disques. De sa fenêtre côté passager, à l'horizon, défilent les gratte-ciel de Manhattan. Il pourrait profiter de son passage pour visiter la Statue de la Liberté mais rate la sortie. *Let's keep going then.* À Fort Lee, il passe sur la 9 West, le long de l'Hudson et son odeur pétrochimique. Il roule jusqu'à la State Highway 87. La route devient plus agréable. Il est presque arrivé à destination, son pied droit appuie un peu plus. Des collines et des champs défilent derrière les vitres. Un peu plus loin, le ciel se couvre. Un mur de brouillard se lève à Saratoga Springs. Plus possible d'avancer. Edward est crevé et son réservoir a soif. Dernière nuit aux States.

Matin. Un peu de brouillard persiste. Un café, trois œufs, quatre rôties, un plein d'essence. Son dernier *American breakfast.* Edward tente d'écouter la radio. Aucun poste disponible. La nature est printanière et boueuse. Il approche du lac Champlain, de la frontière. Son passeport est dans la boîte à gants. Le lac défile à sa droite. Les pancartes deviennent plus nombreuses. Des drapeaux flottent à l'horizon. L'un étoilé cinquante fois, l'autre marqué d'une feuille d'érable. Il y est. Un douanier.

– *Why are you coming to Canada?*

– *To see the Expos play, a friend of mine is on the team.*

Une autre bière. À peine sortie du frigo, elle se couvre de condensation. Edward regarde sa LeBaron qui ne roulera plus, sauf pour sa mise en fourrière. Il ne pense plus à Gina. Il revoit des miles de bitume trancher des centaines de paysages encadrés par le pare-brise de la Polara.

— *A man with a good car is always able to get by.*

— T'as bien raison Eddie… Ce doit être pour ça qu'on est pris ici.

— *JESUS CHRIST, CLAUDE! Don't do that… wanna kill me?*

— Désolé… je voulais juste savoir si t'es passé chez Miguel hier.

— Hein? *Oh… yes… yes I did… forgot to tell you… sorry…*

0,32 TONNE MÉTRIQUE
15 h 31 – Humidex : 44 °C

Jade. Assise sur une chaise, contre le mur cette fois. Sa luette et sa gorge démangent depuis la rencontre d'hier. Devant elle, Adamson assis au bout du lit, dos courbé, coude gauche posé sur le genou gauche, l'avant-bras rectiligne, paume ouverte pour tenir le menton.

Depuis une demi-heure, le client de Jade a recommencé son jeu de la première rencontre. Ne rien dire. Laisser planer un doute. Observer son évolution dans les yeux de Jade. Du moins, c'est ce qu'elle croit comprendre.

Jade ne sait pas si elle utilisera la bassine d'urine remplie la veille. *Il doit pas savoir ce qu'il veut… il improvise… il s'amuse…* Cet après-midi, Jade croit son client incapable d'agir de son propre chef. *Capable uniquement de réagir… c'est un réactionnaire… un homme qui fait selon plutôt que faire avec… si je me trompe pas… je pourrais commencer à m'amuser un peu… pas tout de suite. Laisse-le mariner une demi-heure… tu verras ensuite…*

À la demande du client, Jade a placé les cheveux de sa perruque en conformité avec la photo d'une femme au visage découpé. Ce matin, alors que Jade mettait son postiche au point, elle avait médité sur l'identité et l'âge du corps propriétaire de cette chevelure. Ni à la mode ni dépassé, ce style ne semblait pas appartenir à une célébrité ou une époque précise. *Une coiffure ordinaire et complexe à la fois… un peu hippie sophistiquée…* Par la qualité du papier, cette photographie semblait récente et authentique. *Elle vient pas d'un magazine…* Suivant son intuition, la femme sur la photo ne devait pas être vieille ; ses cheveux abondants ne cadraient pas avec une tête de plus de quarante ans. *Peut-être une ancienne maîtresse… peut-être la secrétaire qu'il a jamais pu s'envoyer… trop de possibilités pour élaborer des pistes précises…*

15 h 40.

Cela fait quarante minutes que Jade et Adamson sont assis face à face, en silence. La sonnerie de la porte provoque un sursaut miniature dans les épaules de Jade. *J'attends personne…*

En reniflant un coup, Adamson se lève et appuie sur le bouton d'ouverture de la porte du hall, quelques étages plus bas.

— C'est poupour moi.

Comment ça, pour lui ?

— Desdes call-girls que j'ai commandées.

Jade fronce les sourcils. D'ordinaire, elle n'aime pas le travail d'équipe, sauf si le boulot se fait avec des filles dont elle connaît les bilans de santé. Adamson sourit en voyant Jade froncer les sourcils. Il se penche vers elle. « J-je vais t'attatatacher sur la chaichaise. J-je veux que t-tu fasses cocomme si t-tu étais mama femmeme. J-je veux que t-tu minm'insultes, que t-tu mememe crie des noms et que t-tu pleures en me v-voyant baiser avec les putes… C'est clair ? Et j-je veux pas de *fake*. Il faut que tutu pleures de vraies lalarmes. Si t-tu le fais bien, j-je t-t-te paye cinq cents cinq cents dollars. » Jade ne voit aucun problème dans l'exécution de ce plan à l'énumération douteuse. L'immobilisation physique devant la débauche d'un autre ne l'intimide pas. Pour pleurer, elle pensera à ses chiens morts. Ce qui l'inquiète, c'est le bégaiement nouvellement apparu chez son client. *Ça doit faire partie de son plaisir… tant qu'il paie…*

Adamson attache les poignets de Jade aussi solidement que ses chevilles. *Il pourrait serrer un peu moins…* Jade scanne du regard les trois travailleuses qui entrent dans l'appartement. Elle ne connaît aucune de ces femmes. La première, une culturiste auburn un peu courte, possède une paire d'épaules qui ferait pâlir d'envie la majorité des hommes. Les deux autres sont flasques, grosses, énormes. La plus impressionnante, au seuil de l'obésité morbide, fait osciller la balance à près de 135 kg. L'autre, simplement molle, moche et couverte de vergetures, offre un visage boutonneux agrémenté d'une poussée d'herpès aux coins de sa bouche. *Quelle horreur… il doit y avoir pour 320 kg de chair… j'espère qu'il paie pas au poids…*

Adamson se charge des présentations.

— Vvoici Jenny, mama femme.

— T'es dégueulasse Adamson… si tu baises avec ça… je te jure que tu me reverras plus.

— Trtreès bien chérie… très bien… mais t-tu pleueures pas… jeje vais t-te faire p-pleurer moi. Toi et t-toi, à poil… Toi la mumusclée, tu me su-suces.

La musclée s'agenouille et donne ses premiers coups de langue sur le gland blafard d'Adamson. Elle jette un bref coup d'œil vers Jade. *Elle veut me dire quelque chose…* Adamson chorégraphie un 69 mouvement par mouvement, il garde la tête tournée vers les deux obèses, qui occupent presque tout le lit. Profitant de la distraction, Jade mime cette phrase en bougeant ses lèvres lentement : « Je suis une putain. »

Bien qu'aucun son ne soit émis, la culturiste opine du chef, retire brièvement le sexe d'Adamson de sa bouche et mime un apparent « je sais ».

Elle le sait… bizarre…

17 h 47.

Après une heure d'expérimentations, de pénétrations sans capotes négociées au triple du prix original, de sexe anal sans lubrifiant, d'insertion de poings dans les divers orifices des grosses, d'orgasmes feints et parfois franchement atteints, de saignements légers, de foutre avalé, de claques distribuées, de sueurs mêlées, de salives crachées, les trois femmes déplacent leur masse collective de 0,32 tonne métrique hors de l'appartement, franchissant la porte en file indienne. Au préalable, la musclée, dernière à sortir, a pris soin de détacher Jade.

Lors dc la séance, Jade a suivi le programme imposé dans les moindres détails. Elle s'est même permis certaines improvisations. À la première pénétration, celle de l'obèse morbide, elle avait commencé à pleurer en criant de déchirants :

— POURQUOI ? POURQUOI TU ME FAIS ÇA ?

Jade s'assurait de faire passer sa peine comme une douleur profonde. Une peine ponctuée de saillies imprévisibles à décibels élevés, aigus, entrecoupés de sanglots spasmodiques. Lorsque Adamson encula la femme à l'herpès en léchant la culturiste tout en remuant son poing droit dans la fente démesurée de l'obèse morbide, Jade produisit d'authentiques larmes. Elle s'imposait le visionnement d'une série d'images tristes : sa mère à la gare d'autobus ; la mort de son chien Spiff, celle de son chien Max ; la dernière scène du film *Ghost* où Patrick Swayze monte au ciel ; Gérard Depardieu qui meurt à la fin de *Cyrano de Bergerac* ; etc. Tout allait à merveille. L'image la plus larmoyante restait celle de son chien Spiff tranché par un chasse-neige. Jade en oubliait presque d'invectiver son client. *Si seulement j'avais pas lâché la laisse… shit! le client…*

— Pourri… salaud… t'es juste un trou d'cul…

Jade découvrit qu'en plus de pleurer, elle pouvait baver et morver en quantité. *Parfait, encore plus authentique…* Puis, en criant une insulte particulièrement aiguë, ses cordes vocales se lézardèrent, lui faisant monter des larmes de douleur qui se mêlèrent aux premières.

Vers la fin de séance, Jade avait les yeux bouffis, le nez morveux, les lèvres baveuses et des traces de mascara noir jusqu'à sa ligne de mâchoire. C'est donc avec un sentiment du devoir accompli que Jade accueillit la libération de ses liens. Sa première minute de liberté, elle l'utilisa pour étirer ses membres en éprouvant un très sincère plaisir. Cette séance l'avait vidée. Autant que cette soirée où elle avait fait une dizaine de clients dans un gang-bang de banlieue. *Peut-être plus...* Jade avait hâte qu'Adamson quitte l'appartement. Elle avait envie d'un bain frais, un peu plus haut, chez elle.

Dix minutes avant la fin officielle de la séance, Jade ne savait plus si elle devait continuer à jouer son rôle. Adamson, couché nu dans le lit puant le foutre, la sueur et le sang lui facilita la tâche.

— Montre-moimoi t-ton visage.

Jade s'approcha d'Adamson sans dire un mot, s'assit sur le lit, se pencha vers lui.

— P-parfait. Maintenant, dis-m-moi : « J-je tete p-pardonne. »

— J-je tete p-pardonne.

— Tr-très bien. T-tu es une bobonne fille, bonne f-fille, ouais. J'j'ai cinq cents dollars pour t-toi dans m-mon pantalon. Dedemain, onon fera papareil... mais p-pire, oui, p-pire.

LE SENS DE LA VIE DURE CINQ SECONDES

18 h 15 – Humidex : 43 °C

Claude manque le bulletin de nouvelles télévisé. Il s'en fout. Miguel est là, derrière lui. Claude est calme, si calme qu'il s'en étonne. *Ça ne peut pas être le Rivotril à lui seul… j'y mets du mien… pourtant…* Miguel est assis sur la chaise de lecture. Il ne sourit pas. *Il ne sourit plus…* Dans quinze minutes, sa femme, Juanita, va rentrer à l'appartement 204, à l'autre bout du couloir. *Quinze minutes pour prendre une décision…* Claude vient d'ouvrir la porte de son frigo. *C'est maintenant que ça se joue…*

Suite au rapport d'espionnage d'Edward, Claude s'était rué vers l'appartement de Miguel. Il n'avait pas de plan de match précis, sauf cette impression qu'un ultimatum était la bonne carte à jouer. Lorsque Miguel ouvrit, il s'attendait à voir Edward, un tuyau et une clé anglaise à la main. Surpris, Miguel eut un réflexe qui rassura Claude : il sourit de tout son visage sans reculer d'un millimètre.

Après avoir invité Miguel à boire une bière chez lui, Claude posa les questions d'usage. Comment allait-il ? Son emploi au bar lui plaisait-il toujours ? Tenait-il la forme ? Avait-il lu de nouveaux bouquins ? Miguel répondait aux questions avec son aisance caractéristique, un air léger, presque enfantin, celui d'un serveur maître de sa clientèle, celui du joueur de billard qui sait où s'immobilisera la boule blanche après avoir percuté une autre boule.

Claude rendit la première heure de leurs retrouvailles la plus agréable possible. Pour garder le cap, il se répétait cette phrase que Miguel utilise tel un mantra : « Personne ne va m'empêcher de vivre le plaisir, personne... » *Ça va marcher, ça va marcher.*

Miguel rigola plusieurs fois dans cette première heure. Des rires en soupapes, des masses pressurisées évacuées par saccades. À quelques reprises, Miguel regarda Claude dans les yeux, engendrant de brefs silences où d'agréables tensions montaient. Tensions chaque fois désamorcées par Claude qui désirait procéder par étape, s'assurer le contrôle de l'échange. *Il me désire toujours... c'est clair. S'il croit qu'il pourra tirer un coup et retourner avec son vagin... j'ai passé l'âge de jouer les amants d'occasion... Pourquoi il faut toujours prendre des risques pour avoir ce qu'on veut ?* À la fin de l'heure joyeuse, Claude décida d'aller à la salle de bains, faire semblant de pisser, avaler un cachet de Rivotril pour revenir devant Miguel et plonger dans l'insupportable. *Pourvu que ça fonctionne... faut que ça marche...*

— Tu veux rester pour manger ? Je fais une salade de poulet et mangue, ce soir.

— ... Juanita va rébénir a six heures et demie... ye ne sait pas si ye devrait...

— Tu me manques, Miguel.

— Tou mé manques aussi, Claudio... qu'est-ce que tou penses ?

En utilisant cette dernière phrase comme tremplin, Claude mit en marche sa vieille machine rhétorique pour élaborer un argumentaire sans faille. Il parla pendant près d'une heure et quart, joua sur l'idée du libre choix, de la conscience, de l'éthique, de la morale. Il aborda la question de l'avenir, des contacts professionnels qu'il détenait, des possibilités de lui trouver un poste à l'université. Lors d'un bref instant de virtuosité, un de ces rares moments où Claude devenait spectateur de son discours, il admit qu'une situation d'avocat lui était peut-être passée sous le nez. Profitant de ce moment extralucide, Claude continua à présenter ses arguments pour achever son discours avec sa bière, justifiant un déplacement vers le frigo. *Créer une distance qu'il devra combler lui-même…*

Claude regarde sa montre : 18 h 15. *C'est maintenant que ça se joue…*

Miguel ne sourit pas. Il est presque au bord des larmes.

— Tu veux une bière, Miguel ?

— Ye lui avait promis de l'attendre…

— Tu l'as attendue, tu lui as même trouvé du travail.

— Elle connaît rien ici…

— T'étais mieux quand t'es arrivé ?

Je sens que je vais gagner… il va craquer bientôt… ça me prend le coup final… un uppercut au menton…

— Elle a personne qui l'aime ici…

Il y a un dieu…

— Tu te rends compte… Même toi, tu ne l'aimes pas.

— Ye sais…

— Alors, tu aimes qui, Miguel ?

Miguel regarde Claude avec une tendresse digne du plus sensuel des adolescents. Cinq secondes passent. Claude n'essuie pas la sueur qui coule sur ses tempes. Miguel se lève, vient vers lui. Il est beau comme une victoire.

— Toi, vieux *maricón.*

UN CHEVAL N'EST PAS UN CHEVAL

18 h 44 – Humidex : 43 °C

Mauvaise journée. *Quelle idée j'ai eue?* Tony reste sous la douche et se savonne avec ardeur.

— Maudit cheval…

Hier, parcourant un journal gratuit au Malarche, une offre d'emploi avait accroché son regard. «Cirque recherche personnel pour tournée hiver prochain. Expérience de cirque non nécessaire. Plusieurs possibilités. 514 154-1818.»

Sans trop y croire, Tony avait sorti deux pièces de vingt-cinq cents de sa poche, s'était dirigé vers le téléphone public, situé à l'entrée des toilettes. À l'autre bout du fil, une femme avec un solide accent slave l'avait rapidement questionné sur son expérience. Tony avait examiné les alentours pour s'assurer d'être entendu de personne.

— Vingt-deux ans de gymnastique amateur… j'ai participé aux Olympiques de Sydney et à quatre championnats du monde… … Non, jamais gagné… quatrième place au cheval d'arçon au championnat mondial d'Anaheim en 2003… … Non, j'me suis blessé deux semaines avant les jeux d'Athènes… … … Demain à 17 h. Oui, je connais la place… OK.

Comme à l'époque des compétitions, Tony eut un sommeil agité, découvrant une nouvelle raison de se lever à chaque heure. *Maudit gueulard dans la rue ; maudite envie de pisser ; maudite faim ; maudit matelas de sol pas confortable…* Malgré la densité de sa fatigue, Tony se leva à 6 h pour s'entraîner sans vigueur. Comme tourner en rond dans son appartement jusqu'à 16 h ne lui disait rien, il décida d'aller dehors.

Il marcha sur l'avenue des Pins jusqu'à l'avenue du Parc, décidé à se rendre jusqu'au sommet du mont Royal. Chemin faisant, il contempla le bouchon de circulation matinal du boulevard Saint-Laurent qui engraissait le smog de nouveaux polluants. Au parc Jeanne-Mance, il vit que ce même smog voilait une bonne partie de la montagne. *Ça donne presque envie de porter un masque à gaz…* La montée ne posa aucune difficulté. En trente minutes, ses pieds touchaient le béton du belvédère. Quant au panorama disponible, Tony resta sur sa faim. Un paysage gris et jaunâtre. Un smog épais. Quelques gratte-ciel flous en avant-plan et un horizon étroit, noyé dans la purée. Malgré cette vue incomparable sur la pollution du monde, Tony décida de passer sa journée au belvédère, optant pour l'observation des touristes privés de la vue promise par leur agence de voyages. Lorsqu'un Français se mit à râler après avoir laissé tomber un appareil photo numérique à mille euros, Tony ressentit une morbide satisfaction.

Vers 15 h 30, guidé par son estomac, Tony descendit de la montagne et repéra un comptoir à pizza à 99 ¢. Avec une pointe desséchée de pepperoni/fromage à la main, il se dirigea tranquillement vers le lieu de son audition. Trente minutes avant l'heure prévue, Tony arrivait en rotant sa pizza avalée trop vite. Trois personnes attendaient dans un bureau anormalement grand. Un nain, un clown, une contorsionniste (la femme avait une jambe derrière la tête quand Tony vint s'asseoir). Le nain et le clown franchirent la porte ensemble. La contorsionniste poursuivait ses échauffements comme si personne d'autre n'occupait la pièce. Tony nota qu'elle ne portait aucune culotte sous son collant noir. *Camel toe…* Derrière les portes closes, on entendait rigoler. L'audition du nain et du clown dura une quinzaine de minutes. Les rires aussi. *Ils se sont trouvé un boulot, ceux-là…*

La contorsionniste suivit le duo. Silence complet durant sa prestation. *Elle doit être pas mal… une bonne contorsionniste, ça crée de l'admiration silencieuse…*

En sortant de la salle, tête basse, la femme semblait déçue des résultats de sa prestation. Tony n'eut pas l'opportunité de l'analyser plus longtemps.

— Suivant ! Campagnella, Tony.

Derrière la porte il y avait une vaste salle pourvue d'une piste de cirque. Tony prit un air dubitatif en examinant les alentours. Il ne vit pas qu'on approchait un cheval derrière lui.

— Bon, Mariella nous a dit que vous êtes bon sur le cheval.

— Un cheval d'arçon… je pensais auditionner pour des trucs au sol…

— Ah non l'ami, nous au sol, c'est complet, on vient de signer huit anciens du Cirque du Soleil… Écoute, comme t'es là, essaye quand même… tu sais, un cheval, c'est un cheval… t'as rien à perdre…

Tony n'avait jamais vu un cheval de si près. L'énorme bête n'avait pas l'air méchant. Tony regarda les évaluateurs, regarda le cheval. Il se demanda comment grimper sur un animal de cette taille, fouilla dans sa mémoire pour trouver des images de films où des hommes enfourchaient des chevaux – Clint Eastwood dans les westerns spaghettis lui vint à l'esprit – *fuck, même pas d'étriers…*

— Écoute… si t'es pas capable, fais-nous pas perdre notre temps, OK… on a faim ici…

Sous la douche, occupé à éliminer l'odeur du canasson entremêlé aux restes d'effluves d'ordures, Tony repasse le film de sa contre-performance comme son psychologue sportif le lui avait appris : Tony regarde le cheval, les évaluateurs, le cheval, les évaluateurs, le dos du cheval, le cou.

Pas de poignées… je peux pas faire un ciseau ou un flair… je vais lui taper le cou en ramenant mes jambes… sauf si je me tiens à l'arrière et que je fais des demi-ciseaux… peut-être bien… Tony analyse la hauteur. Il peut sauter assez haut pour se hisser sur le dos de la bête. *OK… un… deux… trois…* Tony saute, s'agrippe au pelage lisse et parvient à se mettre en place. Il est parfaitement conscient de l'inélégance de sa manœuvre. Sans perdre de temps, il se positionne sur la croupe, se lève grâce à la force de ses bras, entame une série de demi-ciseaux rapides. Il sent bien son rythme, tente un *handstand*. Il y arrive pour quelques secondes. Le cheval se met en mouvement. Tony vacille, perd l'équilibre, tombe sur la piste, face première. Aucune douleur majeure. Le sable est chauffé par les projecteurs. *Presque l'impression d'être sur une plage…* Tony reste étendu, le temps de se sentir en vacances. Le cheval hennit comme s'il se foutait de sa gueule.

Sous la douche, Tony aligne silencieusement les phrases d'un conditionnement mental dont il n'arrive pas à se départir. *À partir de quel moment tu as commis l'erreur qui t'a fait perdre ? Quand j'ai ouvert le journal…*

Tony frottera pendant de longues minutes. L'odeur du cheval restera en filigrane sur sa peau. Pour ses vêtements qui trempent dans l'évier de la cuisine, ce sera une autre histoire.

L'ATTENTION DES WAYFARER

19 h 25 – Humidex : 42 °C

Visage pâle. Yeux ternes et cernés. Bouche ouverte, dents jaunies, gencives abîmées par la fumée. Repousse de barbe clairsemée sur les joues, sur le menton. Trois grains de beauté sur le front. Un autre, près de l'œil, ressemble à une saleté. Malgré l'expression crispée qu'a son visage, Zach perçoit la diminution de l'effet du LSA. Il a laissé Takao et Kaviak à leurs affaires vers 16 h. Ces derniers, vodka à la main, travaillaient au montage des images captées ce midi.

Zach n'en est pas à l'étape où ses angoisses viendront lui miner le moral. Il fume trop de cannabis pour qu'un tel phénomène se produise. Sans parler des restes de LSA qui malaxent ses neurones. Fatalement, Zach devra se rendre à l'évidence qu'un individu dont il ne connaît rien détient une parfaite preuve de son infidélité. Mais pour l'instant, aucune crainte. Zach termine une campagne militaire à grand déploiement contre la France. Sitôt Paris détruit, il devra passer chez Fanny. Une livraison de dernière minute. Des occupants du Galant, cette femme est la seule pour qui Zach éprouve un réel respect. Elle commande rarement. Toujours du haschich, petite quantité, payée sur le coup. *Respectable, quoi…*

Zach se trouve en pleine séquence d'attaque. Sa stratégie initiale consistant à bombarder la capitale française se bute à une défense antiaérienne plus musclée qu'anticipée. Il devra risquer plusieurs unités de chars d'assaut, même si l'idée lui déplaît. L'armée parisienne passe près de repousser son attaque. C'est avec soulagement qu'il admire l'enrobage graphique signalant sa victoire. Sitôt la ville soumise à son contrôle, il ordonne de raser la ville pour éviter toute forme de résistance. Zach sauvegarde sa partie, consulte ses statistiques : il domine désormais soixante-dix pour cent du territoire mondial. Pour la première fois en trois heures, il autorise son système mésolimbique à libérer de la dopamine, provoquant une réaction soudaine des muscles zygomatiques, un rictus vaguement cruel surmonté d'un regard hébété. Le temps de cette brève sécrétion hormonale, Zach se sent heureux.

OK... Fanny maintenant.... son numéro d'appart, c'est lequel ? Ah oui, le 407. Combien de shit t'apportes ? Tu la fais payer ou pas ? Dépend.... si on passe un brin de soirée ensemble comme la dernière fois, j'invite... trois grammes devraient suffire... enfin... devraient... sinon je repasserai au labo... pas de mal...

Zach se sent fébrile. Comme si de minuscules vibrations fiévreuses agitaient encore une majorité de ses cellules. Sa vision s'est replacée progressivement devant l'écran du iBook. Depuis une heure environ, il a cessé de voir des décalages linéaires en bougeant ses yeux de gauche à droite. Par contre, le tapis qui défile sous ses pas reste une surface fascinante. *Pas le temps d'admirer le tapis...* Arrivé dans l'escalier, il s'arrête. *Putain d'escalier... tellement génial...* Zach use quelques minutes pour contempler la disposition moderniste de l'escalier du Galant. Il admire la vue en plongée où, cinq étages plus bas, il voit la couleur des tuiles couvrant le plancher du hall. Il regarde attentivement les marches de granit poussiéreux, sans aucune trace d'usure. Il caresse les montants en fer forgé torsadé de la rampe, analyse la résistance de la peinture noire qui les recouvre avec un ongle. Selon lui, l'âme d'un immeuble se cache toujours dans son escalier. Et d'après ses multiples analyses effectuées au Galant, l'âme de l'endroit est celle d'« une sympathique pouffiasse mal fardée et vieillissante, mais d'une pouffiasse increvable… »

— Merde, Fanny…

Au quatrième étage, Zach croise Monique qui sort de son appartement.

— Hé, toi… je veux te parler…

Elle a trouvé le papier, j'imagine…

— C'est possible d'avoir du DHEA ?

— DHEA ? C'est pharmaceutique comme truc. Ouais, c'est possible, mais ça coûte.

— Je peux en avoir quand ?

— Sais pas… donnez-moi quelques jours… et une avance de… disons… deux cents balles…

Zach empoche les deux billets de cent dollars tendus par une Monique ravie d'apprendre pareille nouvelle. *Mélina va pouvoir m'aider pour ce coup… ça réglera une partie de ses dettes…*

— OK, Fanny maintenant.

— Je suis là, Zach… j'ai entendu ta voix.

Zach sourit en apercevant Fanny derrière ses éternelles lunettes Wayfarer. Il voit aussi sa coupe de rouge. *Bon signe…*

Comme prévu, Fanny cherchait un peu de compagnie pour passer sa soirée. Elle offrit un verre de vin et des morceaux de cheddar industriel. Sous l'effet du LSA, Zach avait oublié de se nourrir. Il avala le fromage avec un enthousiasme presque exagéré. Entre les mastications, la conversation resta en surface. Canicule, changements climatiques, attitudes des gens, l'odeur de pourriture au deuxième étage. Sur ce point, Fanny mentionna qu'en se promenant dans les couloirs ce matin, elle avait noté que l'odeur venait de l'appartement du Marsouin.

— Le pauvre, je suis certaine qu'il a dû mourir sans que personne s'en aperçoive... Ça sent la décomposition... c'est affreux.

Zach avala sa bouchée, demanda si elle avait alerté la police. Fanny répondit par la négative. Elle n'avait pas envie de perdre une journée à remplir un rapport. Zach lui jura de se charger de cette tâche dès le lendemain.

Leur bavardage sans conséquence en vint aux nouveaux arrivants du Galant. Fanny utilisa ce dernier point pour passer en mode dialogique intéressé.

— J'ai entendu des cris de jouissance en bas au début de l'après-midi... pas directement en bas... pas au 307... sûrement au 308...

— Fais pas semblant... dis-le... tu m'as entendu.

— Je voulais pas suggérer des choses compromettantes...

— C'est bien parce que je sais que t'es une tombe... de toute manière... un truc comme ça... faut bien en parler à quelqu'un...

Zach résume la genèse de l'événement porno dans ses moindres détails. L'arrivée de Takao, le bédéiste, celle de Kaviak, le pornographe Internet ; l'étrange rapidité de l'évolution de leurs relations, la confiance naturelle inspirée par Kaviak, etc.

— Oui, d'accord, mais ça m'explique pas ce que j'ai entendu...

— J'y viens... Kaviak avait planifié de me faire jouer dans un de ses films... enfin... lui, moi et une nana payée pour ça... je commençais mon trip de LSA... et quand j'ai vu la meuf, elle m'a vraiment fait kiffer...

— Kiffer ? C'est quoi, ce mot ? C'est pas un mot...

— Fantasmer... bander... tu vois le registre... enfin... j'ai vu la meuf et je me suis dit... putain mec... toi et ce type, vous allez lui faire sa fête à cette salope... Takao tenait la caméra... la meuf s'est foutue à poil... elle avait des nichons… putain… et une de ces chattes… bien rasée et tout… enfin… Kaviak et moi, on s'est mis à poil et on s'est placé pour qu'elle nous pompe le dard… comme elle pompait, elle se doigtait le con… après trois minutes, je l'entendais déjà juter… une vraie salope, la meuf, je te dis pas… Kaviak a commencé à lui bouffer la chatte pendant qu'elle continuait de me sucer… quand c'est devenu vraiment mouillé, Kaviak m'a lancé une capote et m'a dit de la baiser… ma queue faisait le travail… la meuf avait du mal à sucer l'autre pendant que je la baisais… je peux comprendre pourquoi…

— Comment tu peux comprendre ça ?

— Ben, je préfigure… j'extrapole… ça doit pas être simple, non ?

— Parce que je devrais le savoir ?

Zach reste silencieux. Son regard s'ennuage, son nez raidit. Fanny remarque son changement d'attitude par une subtile modification de son odeur.

— Putain… si jamais Daphnée voit ce truc. MERDE !

— T'avais pas réfléchi à ça ?

— Ben non… Putain, la merde. Comment j'ai pu faire ça… Le con, le con, le con…

— Zach ?

— Je vais rouler un tarpet… Ouais… un tarpet… ça fera du bien… c'est pour ça que tu m'as appelé, non ? OK, les problèmes, je les règle demain… Aujourd'hui, c'est une bonne journée… fin de l'histoire… j'en roule un gros.

PRESQUE DE LA LUMIÈRE
22 h 44 – Humidex : 39 °C

Un bar. Des bancs. Musique électronique, ambiance cool propice à l'abus d'alcool. Une femme aux longues jambes fait face au bar. Difficile de définir l'identité de ce corps dominée par une courte chevelure blonde. Chose certaine, cette femme est sensuelle. Très sensuelle. Une bombe. Une autre femme s'approche de cette blonde, plus petite, quelconque, presque maladroite. C'est Sarah. D'un pas hésitant, elle vient se poser sur le banc à côté de la femme aux longues jambes.

— Salut, moi, c'est Sarah.

— Vivianne. Enchantée.

Retour en arrière. Sarah dans son lit minable. Elle parle sur son cellulaire. Sarah n'attendait pas cet appel. Le patron ne l'avait pas jointe depuis son arrivée à Montréal.

— J'ai parlé avec Adamson aujourd'hui. Je pense que t'en as plus pour longtemps... *Anyway*... Je voulais juste savoir si tu voulais un peu de compagnie... après trois mois, tu dois en avoir plein le cul...

— Depuis quand vous vous souciez de mon état mental ?

— Depuis maintenant.

— Vous jouez à l'agence de rencontres ?

— Tu veux avoir de la compagnie, oui ou non ?

Sarah regarda le plafond comme si une réponse y était affichée. Rencontrer quelqu'un. *Pourquoi tu t'intéresserais soudainement à une putain ?*

— Si je comprends bien, vous me payez une escorte ?

— Réponds par oui ou par non, j'ai pas la soirée à te donner.

— Oui.

— OK… Tu prendras tes SMS sur ton cell dans les prochains jours… j'aurai peut-être de nouvelles instructions pour toi. Très importantes… Tu les aimeras.

Sarah s'était demandé quels vêtements porter pour sortir. Vu l'absence de choix, elle opta pour les moins usés. Selon ses standards esthétiques, elle ne payait pas de mine. Ses cheveux n'avaient pas eu l'attention d'une coiffeuse depuis six mois, sa peau grasse manquait de soleil, sans parler des douleurs menstruelles qui lui avaient laissé une sale tête.

De toute façon… tu ne vas certainement pas baiser… pas avant que ça soit fini en bas… même si c'est une pro, il y a des limites à ce que je peux exiger…

En chemin vers le Roy Bar, Sarah détermina que la compagnie d'une femme lui serait salutaire. Le patron lui avait indiqué qu'elle pouvait compter sur cette escorte pour ses prochaines soirées. Et contrairement à ce que Sarah avait cru, le salaire de cette professionnelle n'allait pas être prélevé sur son magot final. Un cadeau. Une prime. *Va savoir…* N'empêche que Sarah fut heureuse d'entendre qu'elle devait retrouver une grande fille aux cheveux blonds et courts. Une certaine Vivianne, avait dit le patron.

— Appelle-la Viv, elle sera contente.

Arrivée au Roy Bar, Sarah prit place à une table. Il était 21 h 30. Aucune blonde ne l'attendait au bar, pour le moment. Comme elle avait vaguement faim, Sarah se commanda une Guinness et avala sa pinte en trois gorgées. Vers 22 h, une grande femme vêtue d'une robe d'été très moulante alla s'asseoir au bar. Les cheveux correspondaient au profil. La taille aussi. Sarah l'observa plusieurs minutes.

C'est elle… Sarah ne s'attendait pas à une femme d'une telle prestance. Elle hésita longuement avant de s'approcher de cette Vivianne. Vers 22 h 30, Sarah finit par se convaincre que cette blonde avait été payée pour l'accompagner. *Cesse de faire l'idiote… t'as rien à perdre… il peut rien t'arriver de mauvais…*

22 h 44.

Sarah discute avec la femme depuis une dizaine de minutes. Le barman vient pour demander si elles désirent boire quelque chose. Sarah indique d'un geste de la main qu'elle a son content. La conversation se dissipe dans l'ambiance musicale (*Julie and Candy* de Boards of Canada). Ces deux femmes semblent confortables ensemble. Aux yeux du barman, nul doute, une histoire naît entre ces deux clientes. Un coup de foudre efficace et chirurgical, presque joli à voir. Sans avertir, un client éméché s'insère entre elles, leur adresse la parole. Pour se débarrasser de lui, Vivianne embrasse Sarah à pleine bouche. Lèvres, langue, salive, le complet. Sarah se fige sur son banc. Quelque chose se passe. Quelque chose d'intense, de suave. Le baiser est plus long qu'il ne le devrait. Le connard a levé les pattes depuis plusieurs secondes en les traitant de lesbiennes. Le baiser continue toujours. *C'est si doux… si tendre… c'est impossible qu'elle fasse ça froidement… c'est impossible…*

Dans les minutes suivantes, ces deux femmes marcheront main dans la main sur la rue Roy, en direction du Galant. Elles ne diront rien et presseront le pas, souriantes comme des fillettes qui partagent un précieux secret. Elles ressentiront un immense besoin de se réfugier dans un coin tranquille, de mettre à l'abri des regards la prodigieuse intimité des émotions qui les submergent. Plusieurs passants tourneront la tête en les croisant. Dans leurs yeux, ils verront presque de la lumière.

Jeudi 6 juillet

Le lendemain du sommeil pauvre

LA COMIDA SOLTERA (VERSION TRADUITE)
6 h 22 – Humidex : 35 °C

Juanita déjeune sans Miguel. De profonds cernes assombrissent ses yeux. Elle mâche une bouchée de pain grillé à un rythme anormalement lent. Juanita se tient droite sur la chaise, les avant-bras soigneusement posés sur le rebord de la table, les coudes plaqués contre ses côtes. Elle s'est fait un chignon tenu par trois élastiques pour mieux supporter la chaleur. Son chapelet disparaît sous le col de sa blouse, quelques perles de plastique restent perceptibles dans l'ouverture du col. Juanita prend une nouvelle bouchée, n'utilise que ses incisives pour mordre. Elle n'a pas faim.

Miguel n'est pas rentré la nuit dernière. *Il y a une autre femme…* Juanita en est certaine. *Probablement une Blanche…* Cette suspicion d'infidélité ne la perturbe pas autant qu'elle l'aurait cru. *Tant que je la rencontre pas, ce sera vivable. Et pourquoi il a découché cette nuit… pourquoi pas la nuit qui avait suivi sa maudite demande de divorce ? Pourquoi avoir attendu ?* Juanita prend une autre bouchée. Elle devra partir bientôt. Le *sweatshop*.

La nuit après l'empoignade, incapable de trouver le sommeil, Juanita avait décidé de s'étendre dans la noirceur approximative de l'appartement. Elle avait croisé les bras sur sa poitrine pour parler à la mère de son dieu ; négocier sa part de culpabilité avec la Vierge. Juanita lui demandait si elle était responsable de la situation, si la séparation de trois ans était à blâmer, si elle pouvait survivre seule dans ce pays, si cette insomnie était le résultat de sa sainte présence ou un signe du début de la damnation de son âme. En avançant pas à pas sur ces idées funambules, une heure avant l'aurore, Juanita avait entendu la porte s'ouvrir. Elle avait reconnu l'odeur fruitée de la sueur de son mari. Elle ferma les yeux, décroisa les bras, fit mine de dormir. Miguel vint la rejoindre sur le matelas, ne la toucha pas, ne détailla pas ses formes dans la pénombre fuyante. Deux minutes après s'être étendu, il ronflait.

Juanita ne parvint pas à dormir. La présence de Miguel à cinq centimètres de sa peau alimentait une colère sèche. Presque une envie de meurtre exagérée par la confusion due à l'insomnie. Elle savait que Miguel travaillait plus tôt ce soir-là. Qu'elle ne le reverrait pas avant le lendemain matin ; ce matin. *Ça va lui permettre de revenir à la raison… moi aussi d'ailleurs…*

Ce matin, Juanita entre dans sa quarante-neuvième heure de veille. Elle croit avoir somnolé une heure ou deux, même si ce n'est pas le cas. *Je pourrai jamais faire ma journée si je suis persuadée de pas avoir dormi un peu… j'ai dormi, j'ai dormi…* Juanita mâche son pain grillé dans un appartement vide qui lui semble énorme et minuscule à la fois. Elle comprend que mis à part ses quelques vêtements, rien ne lui appartient entre ces murs. *Puisqu'il y a une autre femme… il va partir… comme c'est arrivé à Maria et à Celina…*

En buvant un essentiel café, Juanita songe à la journée d'hier. Elle avait eu sa patronne sur le dos, sans relâche. « Pas assez productive. » *Une nuit blanche et un mari qui veut trahir une parole donnée à Dieu… si c'est pas une raison pour ralentir la productivité… patronne stupide… c'est mon âme qui est en jeu…* Au dîner, Juanita avait questionné ses quelques collègues hispanophones. Elles étaient unanimes. Le divorce était plus séduisant que la parole divine sur cette terre du Nord. Maria, Flor et Celina étaient unanimes :

Maria : « C'est le malheur de ce pays… on peut gagner plus d'argent, mais on peut perdre son mari. »

Flor : « Il y a rien de parfait. »

Celina : « C'est pas si mal… mon mari, c'est moi qui l'ai mis dehors… cette éponge à bière… je suis bien mieux sans… »

Maria : « Et tu iras en enfer… »

Celina : « J'y allais déjà. »

Flor : « C'est ce que je dis, il y a rien de parfait. »

Juanita enfile ses souliers. Son poignet et sa cheville craquent à chaque étape du mouvement. Juanita imagine que Miguel a peut-être voulu provoquer quelque chose par son absence. *Donner un signe… lancer un message… mais lequel ?* Le manque de sommeil use sa hargne. Juanita a presque l'impression d'y voir plus clair, d'atteindre un niveau de perception stoïque, trop vannée pour ressentir autre chose que la démarche froide de sa pensée. *Il est vrai que le Miguel qui m'a accueilli à l'aéroport, c'est pas le Miguel qui m'a épousée. Trois ans, c'est long. Mais comment il est venu à pouvoir renier une parole sacrée ? Personne peut changer autant… Miguel était si aimé du Padre Nuñes… comment a-t-il pu en arriver là ? Un nouveau pays, ça peut pas modifier quelqu'un comme ça…*

Juanita ajuste sa coiffure. Ses cheveux ont du mal à tolérer les élastiques, des couettes jaillissent de toutes parts. Elle ignore que sa coiffure correspond à la coupe en vogue, cet été. Juanita jette un coup d'œil à son miroir.

— Aïe ! Quelle laideur !

LES ENFANTS AUX YEUX SALES

6 h 45 – Humidex : 36 °C

Lulu ne peut retenir ses larmes ce matin. Elle avait failli éclater devant le médecin hier, mais s'était retenue en songeant à Chloé qui l'attendait. Le processus irréversible était commencé. C'était dans les temps. Le virus avait été détecté il y a cinq ans. Il passait à l'offensive. *Si seulement la trithérapie avait fonctionné…* Depuis hier, Lulu pense aux sidéens qu'elle a connus, à ces squelettes ambulants aux lèvres déshydratées, la peau constellée de sarcomes de Kaposi. Elle sait ce qui l'attend. Techniquement, elle s'y prépare depuis cinq ans. *C'est pas juste… le groupe commence à bien aller… on va enfin finir par faire ce qu'on voulait. C'est minable… minable. Je dois rien leur dire… rien du tout…*

Le groupe. C'est vers lui que les pensées de Lulu vagabondent aux premières lueurs du jour. *Les autres… C'est la seule chose précieuse dans la vie. Les autres… le reste vaut pas l'effort. Comment je vais faire pour les quitter sans rien briser ? Comment ?* Réveillée depuis 4 h, victime de la fébrilité des condamnés, Lulu tente de s'oublier, de garder son rôle intact jusqu'à la limite. D'être l'âme du groupe. *La mère…*

Claudette Abattage, c'était son projet. Elle y songeait dès ses dix-huit ans. Former un groupe subversif. Quelque chose entre la musique punk et l'expérimental. Une fusion sans homogénéité, un son rempli d'impureté. *Quelque chose de vivant, d'imparfait, de grossier… de réel…* C'est le principal projet sur lequel elle s'était jetée en sortant de l'université, un bac en art sous le bras et le poids d'un test positif sur les épaules. Le virus, il pouvait venir de n'importe qui. De Bob qui avait commencé à se shooter peu de temps avant, des *barebackers* avec qui elle faisait des orgies, de cette aiguille qu'elle s'était plantée dans le doigt en faisant le ménage après une grosse soirée. « Probablement les trois », qu'elle avait répondu à Bob quand il avait soulevé la question sur l'origine de la contamination.

— Faut voir le positif… genre, on aura pas à rembourser nos prêts étudiants… on devrait s'inscrire à la maîtrise pis tout lâcher à mi-chemin…

Bob était plus léger à l'époque… peut-être qu'il devrait recommencer l'héro, après tout…

La présence du virus obligea Lulu à passer en vitesse supérieure dans ses projets. Elle et Bob louèrent ensemble l'appartement 502 au Galant, puis commencèrent à rechercher des musiciens. Une semaine venait un bassiste, une autre semaine se pointaient un guitariste, un flûtiste, un chanteur, un claviériste, ainsi de suite. Après un an, le groupe n'avait pas dépassé le stade du duo.

— On a besoin de personnel stable. Ça peut pas marcher comme ça… Passe-moi la mescaline…

— OK… On a besoin de musiciens fixes, genre, mais j'en connais pas qui veulent penser long terme avec des empoisonnés…

— Mmmh. Pis si on cherchait parmi les empoisonnés ?

— Pas fou… Pas intelligent, mais pas fou, digne de toi comme idée, Lulu.

Ni fou ni intelligent, en effet. Lulu venait de réduire son bassin de musiciens potentiels à une infime fraction de la population. Mais à raffiner sa recherche, elle risquait de tomber pile. De mois en mois, son idée se précisait. « On pourrait pousser le concept plus loin… partir une commune. Avec une commune séropositive, pas besoin d'avoir d'excellents musiciens… Ils peuvent pratiquer avec nous… on peut les aider… vivre et jouer ensemble. Et on pourrait recommencer les orgies… qu'est-ce qu'on pourrait attraper de pire ? »

Mélina avait été la première à se joindre à eux. Elle arrivait de Rivière-du-Loup. Une fugue. Elle avait quinze ans, à l'époque. Lulu l'avait remarquée une journée où elle chantait dans le métro, sous la coupole de la station Square-Victoria. Pour être plus précis, Lulu avait eu une envie folle de la faire jouir par tous les moyens possibles. Entendre jouir cette voix d'alto qui sonnait juste et curieusement usée.

Mélina s'était enfuie de chez sa mère trois semaines après son diagnostic positif. À l'époque, elle croyait qu'un type de vingt-deux ans pour qui elle putassait lui avait refilé la bête. L'automne passé, elle apprit par téléphone que l'infection était venue du troisième mari de sa mère, celui qui avait un peu trop profité de ses treize ans. Lulu se souvient de la réaction de Mélina. La terreur d'avoir passé le seuil critique des cinq ans. La tristesse de savoir sa mère atteinte par le même tueur qui lui court dans les veines.

— Tu sais… j'ai jamais été capable de la détester complètement.

— Je sais, Méli… C'est normal…

Lulu en est persuadée, Mélina est son être humain favori. *Quand je crèverai… ce sera elle qui pourra prendre la tête… c'est la seule qui peut mettre Bob et Mike à sa main…*

Lulu repense aux premiers mois de vie commune avec Mélina au 502. Elles baisaient presque chaque matin. Toujours en l'absence de Bob qui n'appréciait pas sa mise à l'écart. Cette tension réduisait encore davantage le peu d'espace disponible dans l'appartement. Lulu devait tenter d'introduire Bob entre elles. L'alcool avait été la première solution pratique. En état d'ivresse avancée, Mélina toléra que Bob les regarde baiser en se branlant. Le mois suivant, Mélina acceptait de voir Lulu et Bob baiser à côté d'elle, le mois d'après elle acceptait les relations orales. Vers le sixième mois, un soir de printemps, sans alcool ni drogue, Mélina accueillit la trompe de Bob en elle. Bob avait saisi l'occasion pour lui faire connaître ses talents particuliers. *Depuis ce temps, c'est Mélina qui a le dessus sur lui... Elle comprend vite comment les choses fonctionnent...*

Après une discussion, Claudette Abattage allait prendre la forme d'un trio. Chant, basse, guitare. Bob avait piqué un PowerBook sur une table de bibliothèque et l'ami d'un ami allait leur refiler des logiciels piratés. Le rendez-vous fut fixé lors d'une soirée organisée par des anciens de l'université. À cette fête, Bob repéra un dealer d'héro à jolie gueule. Lulu les observait de loin. Bob était en grande forme ce soir-là, si bien qu'il se retrouva aux toilettes en moins de dix minutes avec la belle gueule. Ce dealer, c'était Mike.

Mike avait déjà un appartement qu'il partageait avec son « frère ». Les deux jeunes hommes avaient quitté Drummondville en s'échappant de leur famille d'accueil, deux ans auparavant. Ils n'avaient jamais fréquenté l'université, faute d'en avoir l'âge ou les moyens, mais les universitaires avaient grassement alimenté leur commerce.

— Pot, hasch, coke, crack, speed, ice, héro, crystal, mesc, ce que tu veux, je l'ai.

Avec les profits, Mike s'était payé une batterie, avait équipé son « frère » d'une guitare et s'était loué un garage décrépit pour faire du bruit sans problèmes ni perturbations policières.

Lulu avait été réticente à intégrer Mike dans le groupe. *Mélina et Bob... ça va... je leur apporte quelque chose. Lui... il va être plus difficile... Ce sera un lent travail...* Quant à son « frère », celui avec qui Mike avait fugué, un certain Luc, il allait devoir s'améliorer à la guitare pour mériter sa place. *Il est docile... soumis... Si j'ai Mike, j'ai Luc... Question de temps...* Mike s'était joint au groupe pour une multitude de raisons qui plaisaient plus ou moins à Lulu. Les orgies furent leur meilleur terrain d'entente.

— Avec autant de sexe... Moi, j'embarque dans votre Claudette Abattage... je prends même mon prochain appartement dans votre building, *you bet*.

Lulu se rappelle des conversations avec Bob au sujet de Mike. Bob avait attendu qu'elle revienne d'un puissant orgasme pour aborder la question. Il était encore en elle quand il entra dans le vif du sujet.

— Son garage de pratique est à deux minutes d'icitte... te rends-tu compte... Pis il sait jouer...

— Je sais pas... j'ai pas un bon pressentiment...

— *Fuck that*... Moi je le trouve parfait... C'est exactement ce qu'on a besoin.

— Deux autres amateurs d'héro ?

— Un drummer, pis une guitare de rythme.

— Luc sait pas jouer... Il fait semblant qu'il peut jouer... c'est pas pareil...

— Mélina savait pas chanter dans le ton au début...

— C'est pas pareil.

— Parce qu'elle a pas de pénis ?

— Va chier...

— Merci...

— Ce qui m'agace, c'est que je connais pas son histoire à Mike, je sais pas c'est qui... c'est à toi qu'il parle. Je suis bonne pour deviner, mais j'ai mes limites.

— Tu veux la vérité ? C'est un fucké... comme toi... comme moi. Un autre *kid* aux yeux sales tellement qu'on lui a fait voir de la marde depuis qu'il est né. *Thats it*. Pis l'autre vérité, Lulu, c'est que tu lui fais peur... Il comprend pas qu'une fille de son âge en sache autant... qu'elle ait autant de charisme... Il est habitué d'être le plus fort partout où il passe... ça le mélange...

— De la peur, c'est pas du respect.

— T'es la deuxième femme avec qui il a baisé, OK ?

— OK. OK... Je veux juste pas perdre mon temps, tu comprends... Il pense vraiment que j'ai son âge ?

— Hep, c'est beau la jeunesse…

Lulu l'admet sans arrière-pensée désormais, Mike a beaucoup apporté à Claudette Abattage. Un rythme, une violence, un second guitariste dévoué, un local de pratique, sans parler de Chloé. Mais selon elle, malgré ce que Luc a pu lui révéler, Mike reste une énigme.

Selon l'histoire officielle, c'étaient les aiguilles qui l'avaient infecté. L'héro était l'autre option à la marijuana dans leur ville d'adolescence. Et les seringues propres étaient introuvables. Toujours selon le récit de Luc, la Protection de la jeunesse les avait placés ensemble sous le même toit, par hasard. Le manque d'espace les avait réunis dans la même chambre. « On était cinq au foyer… juste des gars… Les adultes, c'était des cathos… Des super-méga cathos… avec le Notre Père qui êtes odieux… le Je-vous-salue-la-Vierge. Moi pis Mike, ça avait cliqué tout de suite… c'était clair. La femme nous a surpris pendant je le suçais dans notre chambre… Elle s'est mise à crier… Mike m'a dit de continuer… j'ai pas arrêté… il m'est venu dans la bouche pendant qu'elle criait… c'était débile ! On a pas attendu que le bonhomme arrive… on a fait la sacoche de la bonne femme, on a ramassé nos sacs à dos pis bang, direct dans le bus pour Montréal. Au moins… c'était l'été… faisait beau. À l'automne, Mike avait vendu assez pour qu'on se paye un appart… moi, je faisais le *runner* entre lui pis le fournisseur. Ça nous a fait du bien de tomber sur vous trois. Je pense que c'est la première fois qu'on a l'impression d'être en famille… en tout cas… un genre de famille… surtout que Mike, ses contacts de dope, ils sont tous en dedans… »

Chloé avait tenu des propos similaires après s'être jointe au groupe. La famille, cette impression d'avoir un clan à soi, des gens qui restaient à ses côtés, coûte que coûte. C'est Mike qui avait invité Chloé au local de pratique. C'était au temps où Bob avait proposé d'ouvrir les orgies à d'autres séropositifs, histoire de varier le menu.

Chloé était une fille silencieuse. Calme. Son silence avait quelque chose de noble. Une douceur amère. Elle traînait la somme de ses possessions dans un sac à dos militaire. Quelques vêtements, son squeegee, un livre d'ATTAC, des capotes, des barres de chocolat volées. Lulu se souvient note pour note de la fugue de Bach que Chloé arracha à l'un des synthés du local. Le *jam-session* n'allait nulle part ce soir-là. Trop de joints tournaient. Lulu tapait du pied et attaquait sa basse avec des coups plus vifs qu'à l'habitude. Elle était sur le point de perdre patience.

— *Break*. Ça marche pas pantoute. C'est pourri.

Et il y avait eu cette musique. Cette enfilade de notes sans faille venue des doigts sales d'une squeegee tatouée. *Une vraie musicienne… une vraie… elle regarde pas ses mains… merveilleux… merveilleux.* C'est à la fin de ce *jam* que Claudette Abattage avait trouvé les riffs de *Baisemère* et de *Catapulte à bébés,* chansons d'ouverture de leurs spectacles. Chloé ne les quitta plus et prit une place entre Mike et Luc dans l'appartement 308.

Lulu a besoin de se rappeler le chemin parcouru pour se remettre en train. Se souvenir qu'elle a su négocier un contrat de disque accompagné d'une tournée nord-américaine. Lulu a besoin de savoir jusqu'où elle pourra poursuivre son rêve. Elle se battra pour faire la tournée avec un regard allumé, des doigts agiles sur les cordes, une voix profonde au micro. *Ne rien laisser paraître… aucune fatigue… rien… surtout pas sur scène…* Lulu voulait tourner en Europe, puis au Japon, le printemps prochain. Trimbaler le premier disque de Claudette Abattage sur le plus de continents possible. Faire voyager la preuve de sa folie réalisée. Lulu éponge ses larmes avec le bas de sa camisole. D'ici un an, elle sera morte, en cendres. Cet été trop chaud est son dernier. Elle le sait. Elle aimerait détruire un objet pour assouvir sa colère triste. Le choix est restreint. Vaisselle en plastique, meubles en PVC, frigo utile, cuisinière essentielle, matelas, oreillers, draps. *Non, pas ça…* Elle ne peut se résoudre à violenter un de ses livres – *c'est immonde…* Déchirer un vêtement – *ils le sont déjà assez…* Frapper un mur – *et me péter la main… non merci…*

Lulu devra se rendre à l'évidence. Il n'y a rien à détruire dans l'appartement, sinon elle-même. Et en dépit de son dégoût naturel pour le suicide, cet après-midi, incapable de récupérer le manque de sommeil de la nuit dernière, rongée par l'angoisse d'abandonner les personnes qu'elle a aspirées dans son rêve, elle songera à l'effet d'une collision entre sa future carcasse et une rame de métro filant à 70 km/h. Seulement pour le plaisir d'y réfléchir.

LES RÊVES EN FORME DE DÉSASTRE

7 h 45 – Humidex : 36 °C

Bob avait ressenti un besoin de solitude. Tant de sa part que de celle de Lulu. Il se doutait que les nouvelles médicales avaient été mauvaises. Il en était persuadé. En voyant Lulu, le regard humide figé sur le trou d'un mur de l'appartement, Bob s'était convaincu de passer la nuit seul au local de pratique avec sa Fender. Le chemin était court et le maniement des béquilles ne posait plus problème. *Trop chaud pour dormir… mieux vaut jouer… mais d'abord, une visite chez Zach…*

Quand Zach échangea deux grammes de Québec Gold contre un billet de vingt dollars, Bob ne sut pas pourquoi il posa une seconde question. Elle sortit de sa bouche comme un postillon. « T'aurais pas un peu d'héro, par hasard ? » *Bien sûr qu'il va en avoir… c'est sa job de tout avoir… pourquoi je lui ai demandé ça ?* Évidemment, Zach avait la substance en question. Tout comme les seringues pour se l'injecter dans le système.

— Je croyais que t'avais raccroché.

— Hum…

— Écoute, Bob… tu me connais… j'ai pas envie d'avoir Lulu sur le dos…

— Tu veux dire quoi ?

— Si c'est ta première dose depuis que t'as raccroché, je te vends rien.

Bob hésita. Deux longues secondes. Il voulait dire la vérité. Zach tendait une perche pour le sortir du trou qu'il se creusait. Bob voulait vraiment dire la vérité.

— Non, j'ai recommencé il y a deux jours, après mon accident.

Zach le toisa brièvement, gratta son crâne sans cheveu, lui offrit une Lucky Strike et compléta la transaction, seringue en prime.

Clopinant sur ses béquilles en direction du local de pratique, Bob sentait la pression de ses paradis artificiels dans la poche de son jeans. Les bosses des deux grammes de marijuana, le rectangle plat d'héroïne, le fin tube de la seringue. Bob n'avait pas menti à Zach. *La morphine et l'héroïne sont deux opiacés... tout le reste, c'est une question juridique, j'y peux rien...* La morphine de l'hôpital avait réveillé le manque. *C'est pas de ma faute...*

Au local, Fender en main, Bob grattait ses cordes sans conviction. Le joint qu'il achevait escamotait difficilement son manque. Ce *fix,* Bob y pensait constamment. Un dernier détail l'éloignait de sa dose. *Pourquoi je vais le faire... si je me shoote, j'ai besoin d'une raison pour être clair avec ma conscience... autrement ce sera pas ma décision... ce sera l'héro qui décide... et je peux pas laisser passer ça... je suis pas lâche à ce point...* Bob continua de gratter sa Fender en promenant des yeux vitreux dans le local. En l'absence des autres membres de Claudette Abattage, Bob avait l'impression que l'espace s'était refermé, que la distance entre les amplificateurs et la batterie s'était réduite, que le plafond devenait anormalement bas, que les ampoules éclairaient avec moins d'intensité. *C'est seulement une impression... arrête de mettre ton attention sur des trucs perturbants... c'est pas le temps...* Bob préféra regarder les affiches collées aux murs. La plupart annonçaient des spectacles passés, d'autres publicisaient la parution future de leur premier album. Les affiches étaient colorées comme des oiseaux exotiques. Des teintes criardes, hurlantes. Lulu avait été à leur origine, du design jusqu'à l'impression. Les plus récentes avaient demandé une vingtaine de passages sérigraphiés. Lulu avait mis deux semaines à produire un tirage de deux cents. *Elle est complètement folle… comment elle peut imprimer autant… Elle va finir par se rendre malade à trop travailler…*

Bob étira une note distordue sur cette pensée. *Lulu… malade…* Il s'épongea le front avec sa manche de t-shirt sans lâcher sa Fender.

— Lulu… malade…

Bob sentit sa pensée s'accélérer au-delà du langage usuel. Son intellect travaillait par schéma, par liens rapides. Il voyait Lulu, son regard, sa tristesse virale. Il pensait à des dates. Au mois de mai d'il y a cinq ans, aux tests positifs, au délai envisageable pour l'achèvement de la phase asymptomatique. Bob repensa à des graphiques lus sur Internet, à des chiffres, à des statistiques de mortalité. Il conclut qu'il était non seulement possible, mais presque certain que Lulu entamait sa phase sidatique, que ses lymphocytes avaient abandonné, qu'elle n'en ait plus pour longtemps.

— *Shit!…*

Bob n'arrêta pas sa réflexion. De nouveaux schémas se dessinèrent. Des souvenirs. Des images datant de l'université, du temps où il faisait partie de Scrotum Follies, son premier groupe punk. Il revoyait les salles de cours, le café étudiant, les partys, la coke, l'héro, l'ecstasy, les orgies du samedi chez Dave, cette grippe de trois semaines qu'il avait eue avant de répondre aux avances de Lulu. Bob déposa sa guitare. Il y avait des années que ces souvenirs n'étaient pas repassés en mode visible. Bob revoyait Lulu dans ses tentatives de séduction. Lulu qui avait ce qu'il fallait de masculin pour retenir son attention. Ils avaient été simples copains pendant un moment, avaient participé aux mêmes orgies, elle en bisexuelle, lui en homo. Bob se souvint des capotes utilisées une fois sur deux, des types qui changeaient de partenaires sans changer de condom, du foutre qui atterrissait sur n'importe qui, n'importe où, n'importe comment.

— Ça peut pas être moi…

Lulu et Bob avaient passé le test ensemble. Par défi. Les participants aux orgies avaient créé une cagnotte réservée au premier qui osait passer le dépistage du VIH. Lulu et Bob avaient attendu qu'elle soit à deux cents dollars pour foncer. *On était vraiment débiles…* Bob se revoit dans la salle d'attente avec son perfecto *« no future »* peint en lettres rouge sang.

— Ça peut pas juste venir de moi…

Personne n'avait été réellement surpris des résultats. À peu près tous les participants des samedis chez Dave s'étaient retrouvés avec le virus. La fête était finie, sauf pour les irréductibles comme Lulu qui voyait une affirmation artistique dans le fait de mourir en bas âge d'une maladie postmoderne. Bob avait aimé sa réaction. *Une réaction cohérente avec ses actes…* Ni elle ni lui n'avaient cherché à savoir de qui était venue l'infection. *C'était inutile…* Il y avait eu cette inquisition miniature, menée par une gouine revancharde qui avait pointé Bob du doigt. Il avait dû concéder qu'il était parmi les rares à fréquenter les saunas gays, qu'un des membres de Scrotum Follies avait été déclaré séropositif avant tout le monde, qu'il avait été le seul à se taper une grippe de trois semaines en début de session. Lulu s'était immédiatement porté à sa défense en révélant l'hémophilie de la gouine en question, jetant un sérieux doute sur ses motivations. L'histoire avait été réglée. « Tous responsables, tous condamnés », avait résumé Lulu.

Grâce aux deux grammes de marijuana rapidement fumés, Bob avait réussi à atteindre un certain niveau de somnolence sans toucher à l'héroïne. Il avait préparé son *fix*, dilué la poudre dans l'eau chauffée, rempli la seringue, contemplé l'objet avec fascination. *Mieux vaut dormir sur l'idée… si je me pique… pas question de somnoler… il faut que ça vaille la peine…* Des coussins jetés par terre avaient accueilli son sommeil pâteux vers 2 h. *Au moins, quand je dors, je pense pas…* Bob ne pensa pas, mais sa courte nuit fabriqua des cauchemars trop crédibles pour passer à l'oubli. Des montages visuels de Lulu à bout de force, crachant du sang, la peau sur les os ; Lulu debout sur une scène où rien n'arrive, sinon sa mort lente.

Bob s'est réveillé ce matin vers 7 h 15, couvert de sueur. Béquilles sous les bras, seringue en poche, il clopina du local de pratique jusqu'au Galant, passa par la porte de garage du sous-sol. Bob laissa ses yeux s'habituer à l'obscurité artificielle du sous-sol du Galant. Il identifia la porte du sous-sol du Malarche ; les deux voitures remisées (la Volvo de Monique recouverte d'une bâche, la vieille Jetta de Marie-Laure qui ne roule plus depuis douze ans) ; les murs suintants tapissés d'une mince couche de moisissure ; la porte qui donne sur le hall ; les poubelles débordantes ; les bacs de recyclage presque vides ; la fournaise inactive avec ses réservoirs de mazout à l'étanchéité douteuse. Tout semblait décrépit dans le garage souterrain. *Comme figé dans une crasse obscure… c'est presque touchant tellement c'est repoussant… je devrais venir plus souvent ici…* Même en respirant par la bouche, l'air restait lourd. *L'odeur…* Un mélange d'humidité, de pourriture, de mazout gras, de poussière collante, de moisi, d'huile à moteur. Bob tentait d'y faire abstraction, de penser à Lulu, à la seringue gorgée d'héroïne dans la poche arrière de son jeans, à la seringue plantée dans une veine pour y déverser sa caresse chimique. *La caresse chimique.*

Vers 7 h 35, Bob décida de replonger dans l'eau où il s'était maintes fois baigné. Ici, dans ce sous-sol aux odeurs fortes. Il choisit une place à proximité des bacs de recyclage, à l'abri des regards. Il cacha ses béquilles, déposa la seringue devant lui, enleva sa ceinture de cuir tressé, la resserra fermement sur le biceps de son bras gauche, retira l'embout protecteur de l'aiguille, élimina les bulles potentielles du mélange, chercha une veine dans l'obscurité, piqua à l'aveuglette mais dans le mille, appuya sur l'injecteur, laissa venir cette plénitude opiacée mille fois meilleure que ses meilleurs souvenirs. Aux premières chaleurs du *fix*, Bob se souvint qu'il avait autrefois l'habitude de se piquer dans les ruelles, généralement à proximité des conteneurs à déchets. *Une autre preuve que rien ne change… rien du tout… du tout rien… du rien tout ne change pas preuve… preuve…*

Vers 7 h 45, après avoir décliné cette idée sous toutes les formes envisageables, Bob regarde autour de lui. Il ne pense plus à Lulu, ni au sida, ni à sa jambe cassée. Il a du mal à se souvenir à quoi il pensait il y a trente secondes. C'est le vide. Le parfait vide où Bob se sent bien. Parfaitement bien. *Parfaitement fait…*

ÉLOGE DE LA RAISON CYNIQUE

8 h 6 – Humidex : 37 °C

Je leur avais dit de la garder fermée, leur porte de garage… ça attire des trucs pires que les rats… j'ai failli péter un infarctus… Marie-Laure ne s'attendait pas à croiser un junkie sur le chemin des poubelles. Mal réveillée, elle n'a pas reconnu Bob. Elle a préféré s'éloigner en vitesse de ce corps fiché d'une seringue à l'avant-bras.

Marie-Laure a mal dormi la nuit passée. Son oreiller était trop chaud, trop épais. Son matelas, trop mou. Ses draps, trop rudes. Sa ligne de 23 h, ne l'a pas aidée à trouver le sommeil. Les tisanes relaxantes n'ont rien réglé. Comme chaque matin depuis des années, Marie-Laure éternue. Ses parois nasales sont asséchées, fissurées. L'air du matin les chatouille. Marie-Laure n'y prête plus attention. Les éternuements sont devenus des automatismes tolérés. Un des nombreux prix à payer pour vivre selon son désir. *C'est vraiment ce que je désire ?* Cette question l'avait tourmentée toute la nuit. Marie-Laure regarde le cadre accroché au mur, près de sa table. Ce cadre, le lit. *Les deux derniers objets de ma vie d'avant… Comme si la nostalgie allait régler mon problème…*

Dans son brouillard d'insomniaque, Marie-Laure s'est condamnée à cultiver ses doutes. *Pourquoi je traîne encore cette idée que j'aurais pu faire mieux ? Pourquoi j'ai pas su apporter quelque chose de bien au monde ?* Marie-Laure redoute ces longues promenades en elle-même. Plus souvent qu'autrement, ces chemins rocailleux mènent à des conclusions lapidaires. Mais Marie-Laure préfère l'acharnement. *Cette fois, j'arriverai à trouver une meilleure raison… une qui explique tout… j'y arriverai…*

À dix-neuf ans, Marie-Laure Chartrand figurait parmi les plus jeunes diplômés de sa promotion. Grâce aux contacts de son père et de sa brillante performance universitaire, elle se retrouva rapidement derrière les machines à écrire du *Journal de Montréal*. Son premier job consistait à donner une saveur maison aux fils de presse sélectionnés par les chefs de pupitre. Un boulot chiant. Rien à voir avec l'idée que Marie-Laure s'était fait du journalisme. Rare femme parmi une horde masculine de fumeurs alcooliques et de fumeurs catholiques, Marie-Laure usa éventuellement des avantages propres à son sexe. *Ou bien je me victimise sous les regards lascifs, ou bien je prends le contrôle de la situation... En baver ou faire baver, là est ma question...* À vingt ans, Marie-Laure montait en grade. Elle assumait la couverture de la politique municipale. Détestable expérience. Elle joua du coude, du cul, puis de la bouche jusqu'à ce qu'on accède à sa première demande. À vingt et un ans, elle couvrait la scène culturelle. Ça, elle aimait bien. Rencontrer les musiciens après les spectacles, interviewer des écrivains, des dramaturges, des acteurs, des cinéastes. Marie-Laure avait atteint un de ses objectifs : participer à la culture sans se compromettre dans la création. *Si nous ne sommes pas créateurs d'une culture, nous sommes ses défenseurs, ses spectateurs armés... et si je suis armée, aussi bien figurer parmi les généraux, avoir une vision globale du combat... être spectatrice, d'accord, mais être celle qui participe à la contagion des idées sous-jacentes à cette culture... être une courroie de transmission... un accélérateur de particules...* À une époque où culture, revendication, politique, lobby et contestation émanaient d'une demi-douzaine de réseaux tissés serrés, Marie-Laure estimait jouir d'un confortable fauteuil dans l'œil de l'ouragan. Journaliste avant toute chose, elle se faisait un devoir d'être de tous les événements et de garder ses idées pour elle-même. Soirée avec des amis marxistes-léninistes, vernissage d'artistes pop, souper-bénéfice du parti indépendantiste, souper-bénéfice des partis fédéralistes, ouverture de musée en compagnie de ministres, spectacle rock, musique classique, théâtre de rue. Elle disait « avoir toute la mort pour se reposer ».

Marie-Laure restait lucide. Elle n'avait aucun ami. Elle possédait un carnet d'adresses, un agenda, des collègues, des événements à couvrir. *Je ne peux m'exprimer librement, je dois rester objective d'un point de vue idéologique... on me tolère car je ne juge qu'une chose : la pertinence des faits à rapporter. La raison d'être de mon métier dépend de ma capacité à raisonner dans la zone qu'il m'est permis d'occuper. Mon expérience des limites s'effectue loin des frontières, de cette manière, je ne ressens aucune contrainte... j'évolue selon une liberté raisonnée...*

En 1976, alors que Montréal n'en avait que pour la préparation des Jeux olympiques, le rédacteur en chef l'envoya en Californie « pour vérifier s'ils sont vraiment quinze ans en avance sur le reste de la planète ». Revenue au pays, Marie-Laure avait retenu trois éléments. « Il y a une tendance écologique qui mérite que l'on s'y attarde d'un point de vue moral ; à Silicone Valley, des *nerds* veulent vendre des ordinateurs comme des pommes ; dans les fêtes, il y a une poudre de coca absolument géniale qui se prend par le nez et qui rend plus intelligent... »

Marie-Laure retourna régulièrement sur la Côte Ouest avant de pouvoir trouver sa précieuse poudre de coca à Montréal, deux ans plus tard. Vers la fin des années 1970, alors qu'elle sniffait une longue ligne sur son bureau lors d'une fête donnée dans la salle de presse, un collègue avait tenté de la sermonner. Marie-Laure avait terminé sa ligne avant de lui répondre d'une manière particulièrement ampoulée : « Tu sais, je n'ai aucune raison de craindre la cocaïne... elle me procure un plaisir, une satisfaction, une accélération de mes capacités cognitives, une amélioration de mon sens rhétorique… Que ce soit illégal, mon cher, je m'en fous… la loi n'est pas la moralité. L'homosexualité était illégale et ne l'est plus… l'alcool a déjà été illégal et ne l'est plus. Que toi, du haut de ta grande morale, tu juges cette substance et ma personne par la négative, tu sais, c'est ton affaire… Tu n'es pas ma morale… Tu n'es pas ma raison… Et je suis une femme de raison… Et ma raison, elle m'encourage à profiter de cette merveilleuse drogue de la même manière que je profite de ce verre de vin ou de cette cigarette. »

Le collègue en question était resté sans voix. Le petit groupe de journalistes avait applaudi sa tirade, l'avait qualifiée de moderne, de progressiste. Lorsque la cible de son invective occupa le poste de rédacteur en chef quelques années plus tard, elle regretta cette rare occasion où une opinion était sortie de sa bouche. *La coke ne veut pas que je me compromette… elle me force à penser mieux… à voir au-delà de mes certitudes… à produire de meilleurs raisonnements. Elle me force aussi à revenir vers elle… mais ça, c'est une autre chose… c'est presque une relation de couple… la seule relation que je tolère… n'empêche, je devrais continuer de me la fermer…*

Marie-Laure laisse le thé infuser depuis près d'une heure. Elle sucre abondamment le breuvage tiédi avant de s'en verser un grand verre. *Ça va m'aider à me remettre les idées en place…* Marie-Laure pense à Zach. À la coke dont le prix augmente, à son PC qu'elle devra changer avant qu'il ne l'empêche de travailler. *Que des distractions vaines, des détails futiles… le nœud de l'affaire, c'est cette maudite impression d'avoir raté ma vie… pourtant…*

Les années 1980 de Marie-Laure passèrent d'un seul élan. Une semaine, elle venait d'avoir trente ans, la suivante, elle sablait le champagne qui arrosait son quarantième.

Alors qu'elle se trouvait à l'âge où la plupart des journalistes atteignent leur meilleur niveau, Marie-Laure avait l'impression de faire partie des meubles, d'être de ces scribes démodés, encombrants. On lui avait offert une chronique culturelle à l'été 1987.

— Je suis journaliste, pas une grande gueule.

Ses affectations diminuaient, son salaire suivait les coupures en vigueur. Marie-Laure avait du temps à tuer. Elle sniffait. Environ deux grammes par jour. Quatre pour les jours de fête (du vendredi au dimanche). La part de son salaire qui n'était pas allée dans son nez était accrochée aux murs de son condo. Deux tableaux et un dessin de Basquiat, une toile de Haring, trois sérigraphies de Warhol, deux estampes de Tapiès, trois sérigraphies d'Ayotte. À chaque réception donnée chez elle, Marie-Laure s'assurait d'avoir une nouvelle pièce accrochée au mur. Au début des années 1990 sa collection valait une fortune. Lorsqu'elle voulut s'en départir en 1995, elle valait tout juste son prix d'achat, sauf pour les deux tableaux de Basquiat que le Musée des beaux-arts avait achetés à bon prix.

Les années 1990 furent austères. Avec les menaces de vente du journal qui revenaient chaque mois, Marie-Laure n'eut pas le choix d'accepter un poste de correctrice payée au tiers de son ancien salaire. Elle avait cherché un poste dans un autre quotidien, mais sa réputation de cocaïnomane l'avait devancée depuis longtemps. Journaliste sans saveur, femme à problèmes, personne irresponsable. Un peu tout le monde consentait à lui attribuer ces titres. *L'injustice est crasse... journaliste ordinaire... pourquoi... parce que je n'ai pas déniché de grandes histoires, de scoops ? Comment j'aurais pu trouver des sujets intéressants dans le cadre qu'on me donnait ? Je faisais exactement ce qu'on me demandait... je jouais en équipe. J'aurais mieux fait de désobéir ? Trahir mon métier... mon équipe ? Ridicule. Femme à problèmes... quels problèmes ? Je vis seule... je n'impose pas mes états d'âme... je suis fidèle à mon raisonnement... je suis conséquente. Et un problème de quoi... de drogue ? Je n'ai aucun problème de drogue... Je suis cocaïnomane, so what ? JFK était un abonné à l'adultère, des dizaines de ministres sont alcooliques, ma mère passait ses journées sur le Valium... On a tous une dépendance à quelque chose... la mienne est illégale... et puis ? Personne irresponsable... elle me fait rire, celle-là... Irresponsable par rapport à quoi ? Parce que je n'ai jamais été mariée... jamais eu d'enfant... jamais habité avec autre chose que mes plantes vertes ? Irresponsable... et envers qui ? Moi-même ? Parce que je m'use le système nerveux avec la coke ? Parce que je dois rien à personne ? Parce que je n'ai jamais cotisé à la caisse d'un parti ?*

En 1996, Marie-Laure vendait son condo et la majorité des biens qu'il contenait pour déménager dans un lieu anonyme. Avec un peu de chance, elle allait pouvoir rester au journal comme correctrice et se trouver des contrats venant de certains éditeurs. Elle choisit d'habiter au Galant. *Tout pointe en cette direction... à côté des parcs, à côté du métro, à côté de la bibliothèque, directement connecté sur ma meilleure source d'approvisionnement...* L'appartement 303 était le sien depuis ce temps.

Marie-Laure désire arriver à un raisonnement final, clore à jamais la question de sa lassitude chronique. Elle se verse un nouveau verre de thé, regarde les murs jaunes défraîchis de son appartement. *J'ai vraiment fait tout ce que je pouvais pour réussir ma vie ? Faut pas se leurrer... il y a pas d'autre question... c'est la pièce manquante de mon casse-tête...* Marie-Laure se lève, replace un pli de son pantalon, avance vers sa porte-fenêtre. Elle pense à un jeune homme avec qui elle avait couché peu avant la fin du siècle, un jeune scribouillard aussi fauché qu'idéaliste. « Ma vie est fondée sur une certitude : je veux écrire. Je peux perdre tout ce que j'ai. Mes parents, mes amis, mes amours, mon argent… Tout ce que je vis me servira à écrire, c'est le seul sens que je donne à ma vie. » Marie-Laure l'avait trouvé mignon, convaincu que le temps aurait tôt fait de corrompre son juvénile enthousiasme. Mais ce matin, cette réflexion d'imberbe semble offrir un nouveau point de vue à Marie-Laure. *Oui… ça pourrait être une solution… oublier les autres… Faire travailler la raison en fonction d'un objectif unique… un objectif à atteindre le plus souvent possible… résumer sa vie en une action…* Marie-Laure sourit, ses yeux scintillent dans la lueur matinale. Elle pense avoir trouvé. Elle n'est pas tout à fait certaine de sa réussite, mais croit avoir réglé la question qui hante ses insomnies depuis des années. La promenade dans son jardin de doutes vient d'arriver à terme. *Et au-delà, il n'y a plus de paysages, que de l'espace à prendre. J'arrive à réaliser mon souhait le plus cher à chaque jour : donc, ma vie n'est pas un échec… au contraire, c'est une réussite… ma réussite. Je laisse rien à ceux qui me suivront, sinon plusieurs tonnes de déchets et des réserves de biogaz… Et puis après ? Pourquoi se mentir ? Les mécanismes de survie ont toujours été les mêmes : la fuite par le plaisir ou la fuite par l'élaboration de nouveaux problèmes à résoudre. On ne peut pas laisser de solutions en héritage… que des problèmes… ou du vide. Ce que je laisserai aux prochains humains, c'est l'espace que j'occupais… c'est bien assez…*

LA BENDICIÓN DEL PADRE NUÑES
(VERSION TRADUITE)
10 h 51 – Humidex : 39 °C

Miguel se réveille. La douleur n'est pas passée. Sa brève nuit de sommeil n'a rien réglé. Claude, trop épris, trop emporté, l'a blessé juste avant d'exploser en lui. Miguel a le cul qui saigne. *Je vais devoir serrer les fesses toute la journée…* Miguel croit que Claude a rouvert la blessure causée par Rafael au temps où les lubrifiants se limitaient à la salive. *Comment il a fait pour me blesser… il est si tendre…* Miguel regarde Claude dormir à son côté. Il semble avoir le sommeil paisible. *Au moins, elle a dormi toute seule, la Juanita… elle va peut-être saisir le message… elle peut pas être aussi acharnée dans sa connerie…*

Miguel a envie de pisser depuis vingt minutes. Il reste couché par crainte de ce qu'il découvrira à l'arrière de son caleçon. *Faut bien y aller un jour…* Miguel se lève en prenant soin de ne pas réveiller Claude. En quelques pas feutrés, il se retrouve devant la cuvette. *Merde…* Il saigne. Rien de terrible, mais ce caleçon ira à la poubelle. *Pourquoi ça m'a toujours donné l'impression d'être menstrué ?*

— Aïe…

C'est le pourtour qui est sensible. *C'est une nouvelle blessure… bordel… je vais en avoir pour une semaine… moi qui étais si heureux de le revoir. Ce doit être Juanita et ses maudites incantations mayas. Elle m'a jeté un sort pour qu'il me défonce le cul. Espèce de vache… tu vas me l'accorder, ce divorce…*

Miguel espère toujours s'en tirer sans avoir à déballer l'ensemble de son histoire. Juanita n'a pas besoin de connaître son homosexualité, pas plus que celle de son frère. Miguel ne veut pas noircir le souvenir de Rafael. *Il mérite pas qu'elle le déteste…* La seconde où Juanita saurait son mari homosexuel, elle saisirait la vraie nature de l'amitié qu'il partageait avec son frère. Elle écrirait à sa mère, à son père, à ses sœurs. La famille Montes au complet irait cracher sur la tombe de son premier amour. *Et je pourrai jamais permettre ça…*

Miguel garde un souvenir impeccable de cet amour. Un amour total. « Une fusion des âmes tendres, celles que Dieu a accordées à quelques rares élus sur la terre. Une fusion si belle que les corps doivent s'unir envers et contre tous pour vivre l'amour divin. » C'était le Padre Nuñes qui lui avait confié cette sainte vérité secrète. Ce Padre du diocèse de Boyacá avait su voir mieux que tout le monde. Il avait perçu la finesse de ses clignements de paupières, de ses sourires purs, de son âme lumineuse. Le Padre Nuñes se plaisait à expliquer, à mi-voix, qu'un amour gagnait en pureté s'il ignorait la barrière des corps. C'était lui qui avait officié d'urgence la noce avec Juanita. C'était lui qui avait insisté pour que Miguel parte en exil vers le Nord au lieu de se rendre au Brésil. *Qu'est-ce que je donnerais pour lui poser deux ou trois questions… C'était un vieux cochon, le Padre… mais un vieux cochon sage…*

Miguel est sorti de la salle de bains. Il regarde Claude se tourner pour éviter un rayon de soleil. *C'est vrai qu'il a quelque chose du Padre… son dos… ses mains… sa manière de parler… de regarder…*

Trois ans avant la fin abrupte de leur union secrète, le Padre Nuñes avait expliqué à Miguel et Rafael qu'il existait un moyen d'obtenir l'accord du Divin, d'éviter la damnation de leur amour. Il leur avait donné rendez-vous à l'église de Boyacá, un dimanche de novembre, trois heures avant l'aube. Le Padre avait déshabillé les deux adolescents de quinze ans, les avait placés ventre contre ventre, les bras en croix. Sitôt qu'ils furent solidement bandés, le Padre saisit son martinet et leur asséna sept coups chacun. « Sept est le chiffre du Seigneur, il prépare vos âmes à le recevoir », avait-il mentionné. Le premier rituel terminé, il fit asseoir les deux adolescents sur un tabouret posé devant le bénitier. Le Padre Nuñes murmura une incantation latine avant de secouer vigoureusement leur sexe dans l'eau bénite. Miguel se souvient du visage allumé de Rafael, ravi de faire la paix avec son dieu dans cette eau fraîche. Pour Miguel, le geste du Padre lui paraissait plus sexuel qu'autre chose, mais le respect qu'il vouait à cet émissaire du seigneur effaçait tout soupçon quant à la sainteté de ses actions.

— Maintenant, je vais vous bénir par le verbe de Dieu, mes fils.

Le Padre s'agenouilla et orienta les sexes des deux jeunes hommes dans la direction de ses lèvres. Le gland de Miguel frottait contre le gland de Rafael quand le Padre les engloutit dans sa large bouche. Le Padre pria en murmurant pendant près de cinq minutes en palpant les testicules et l'anus de ses fidèles. Lorsqu'il sentit Rafael tressaillir sous la prière, il saisit son calice pour récupérer sa semence. À la vue de cette profanation à l'origine de sa rédemption prochaine (et à l'aide du doigt du Padre qui lui massait le rectum), Miguel ajouta sa semence dans la coupe. C'est à ce moment qu'il remarqua la sainte érection sous la robe du Padre. Il devina la suite avec aisance. Le Padre Nuñes vint bénir leurs bouches et culs de son saint dard. Quand Rafael suçait, Miguel et Nuñes récitaient des *Notre Père*. Quand le Padre bénissait en cul, la même prière devait être récitée sept fois en chœur par le trio. Les bénédictions officielles terminées, le Padre autorisa Miguel et Rafael à célébrer leur amour devant l'autel. Il profita de leurs fellations simultanées pour répandre son saint foutre dans le calice.

— Une dernière chose et je vous laisse à votre amour bénit, mes fils.

Cette dernière étape, Miguel l'avait vue venir. Une gorgée pour lui, une pour Rafael et le reste pour le seigneur via le tube digestif du Padre.

— Vous ne vivrez jamais plus dans le péché, désormais. N'oubliez jamais que cette bénédiction est secrète. Elle ne concerne que vous et le seigneur. Allez en paix, mes fils.

Miguel a faim. Il pourrait retourner à son appartement pour casser la croûte. Il pourrait aussi fouiller dans les réserves de Claude. *Ça fait un mois que je suis pas venu ici… ça pourrait paraître déplacé comme geste. À moins que je le réveille. Il est mignon pour un vieux. C'est vrai qu'il a quelque chose du Padre… pourquoi j'avais pas remarqué ?*

NATURE MORTE

11 h 18 – Humidex : 39 °C

On cogne à la porte 304.

— *Watashi wo hanatte oki nasai !*

Takao a eu toutes les misères du monde à s'endormir, pris entre l'impression d'avoir froissé chaque muscle de son corps et la certitude d'halluciner des vacarmes impossibles. Takao ne touchera plus au LSA. Il en a décidé ainsi peu avant de réussir à dormir, tôt ce matin.

On cogne encore.

— *Watashi*. Mmmh… Je dors. Repassez plus tard…

— Takao… c'est Zach… faut vraiment que je te vois… ça urge…

Takao réfléchit avec un oreiller sur la tête. *Si le Français veut me voir, c'est qu'il y a peut-être un problème avec ce qu'il m'a fait prendre hier… ça pourrait être dangereux… mieux vaut savoir ce qu'il veut…* Takao se lève. Il apprécie le retour de la stabilité du sol. Ses yeux sont aussi rouges que sa chevelure.

— Entre.

— Takao… tu vas pas me croire…

Zach parle en gesticulant. Il fume déjà un joint tout en laissant ses écouteurs enfouis dans les oreilles. Ses paroles semblent cohérentes, mais Takao n'en saisit qu'une fraction. Zach lui tend son joint.

— OK… d'abord, fume ça… c'est parfait pour ceux qui ont la tête dans le cul.

Takao ignore pourquoi il obtempère. Curieusement, les bouffés de joint transforment son désagréable état pâteux en un soyeux éveil gazeux.

— J'ai mis une touche de coke dedans... pas mal ?

Takao n'avait jamais pensé à ce mélange.

— Pas mal, Zach... Alors, qu'est-ce qui urge ?

La gesticulation de Zach reprend. Son iPod menace de quitter sa poche de pantalon. *Grosso modo,* Takao comprend qu'il aurait la chance de prendre des clichés d'un cadavre en décomposition avancée. Ce cadavre se situe un étage plus bas. Personne n'est entré dans l'appartement depuis la mort du type. Zach écoute une vieille chanson des Beastie Boys en lui livrant ses informations.

Takao hésite brièvement. *Un cadavre... j'ai pas déjeuné. Quoique. Peut-être est-ce mieux ainsi. Quel pays étrange... depuis quand on laisse pourrir les morts ? À moins qu'ils ne soient débordés par cette chaleur. Peu importe... ça n'arriverait jamais chez nous... c'est une occasion rare... j'espère avoir chargé les piles de mon Nikon...*

Cinq minutes plus tard, Zach et Takao se trouvent devant la porte de l'appartement 201. L'odeur du mort se fait déjà sentir.

— OK... juste avant... deux choses... Il faut pas laisser de traces trop apparentes... on va appeler la police en sortant... ça va finir par être insalubre si ça traîne trop longtemps ici...

— D'accord.

— *Secundo,* mets ça...

Takao saisit un pince-nez, le met en place. Zach l'imite et attaque la serrure avec une broche. La serrure cède.

— Prêt ? On y va...

D'abord, les mouches. Leur nuée noire. *Il doit en avoir des centaines... par où elles sont entrées ?* Ensuite, l'odeur qui perce la barrière du pince-nez. Les effluves putrides qui remontent par la gorge et incitent au vomissement rapide. Aucun doute, de la chair se décompose ici. *Jamais senti pire odeur... c'est affreux...* Le corps n'est pas encore visible. Takao photographie l'emplacement et sa nuée de mouches en mode rafale. Il note les détails sur la lumière du jour étouffée par les rideaux, l'extrême pauvreté du mobilier, l'ambiance sordide du lieu. Takao prend des notes en trois images à la seconde. Zach a trouvé le corps. Son mouvement de répulsion ne saurait mentir. Il détourne la tête, devient pâle. Il va vomir. Non. Il se retient, il ravale, lèvres closes. Takao a saisi l'action sur sa carte mémoire. *Je reste en contrôle… ce n'est que de la matière… ce n'est plus quelqu'un… je reste en contrôle…*

Takao regarde le cadavre. Sa gorge se resserre, ses paumes gagnent en moiteur. Il avait déjà vu des films en accéléré sur le sujet. Mais cette fois, la chose est là, devant lui, réelle, dégueulasse. Un thorax mauve, ballonné par la putrécine. Le détail d'un visage figé dans l'expression d'une douleur insoupçonnable. Les yeux, l'anus, l'urètre, la bouche, les narines, les oreilles, tous ces orifices ravagés par des milliers de larves blanches qui grouillent et ondoient sans répit. Les mouches qui volent de la peau du mort à la sienne. Des mouches, partout.

Takao n'a pas envie de rester longtemps. Il mitraille. Il numérise des milliards de photons qui composent une vision atroce. *Une vision aussi sordide que la réalité…* Zach reste près du comptoir de la cuisine, en retrait. Ses yeux ne regardent pas en direction du cadavre. Il chasse les mouches et semble traverser un épisode paranoïaque. *Encore quelques angles à couvrir…* Takao se place au ras du sol. Il utilise le zoom pour saisir d'infimes détails. Gros plan sur un groupe de larves autour de l'écoulement d'un globe oculaire. Gros plan sur les motifs dessinés par le ballonnement thoracique. Gros plan sur la peau distendue, flasque, morte. *Les détails sont plus supportables que l'ensemble… il y a une philosophie troublante derrière cette idée…*

— Pendant que j'y pense… fallait que j'en parle à quelqu'un… je vais annuler mon loyer… loger *gratos*. La propriétaire… elle est dingue à l'idée de vieillir… Je vais lui vendre de la DHEA… Ça va me rapporter quatre cents balles par mois…

Takao continue à photographier des détails du Marsouin mort. *Ce Zach est une horreur… aucun respect… aucun honneur… on garde le silence devant les morts…*

— Ah oui… pendant qu'on y est… Il y a six punks qui vivent en haut… Trois filles… mignonnes comme tout… mais fais gaffe… elles ont le sida… alors pour tirer un coup, tu sonnes ailleurs…

Comment peut-il parler de telles choses à un moment pareil ?

— Et il y a la jeune vieille… Marie-Laure… attention… c'est une bouffeuse d'homme… elle les prend jeunes… Dis, t'es pas très causant…

— Je travaille, Zach.

— Désolé… désolé… je voulais seulement causer à propos des gens qui habitent ici… ça pourrait t'intéresser… C'est pour ça que t'es à Montréal, non ? T'as vu que des mecs depuis ton arrivée… ça va te prendre des femmes dans ta BD… autrement, ça va être chiant…

Takao se relève. La carte mémoire est pleine.

— Ça va, on peut sortir.

Zach referme la porte de l'appartement 201, tire deux joints de son paquet de Lucky, en donne un à Takao, le plus petit.

— Zach… j'irais prendre une douche avant…

— Tu veux pas qu'on cause avant…

— De quoi ?

— Tu crois que c'est *gratos* un macchabée ? Je t'ai donné ça et toi, tu me dois quelque chose…

Enculé de Français… on règle les termes avant de conclure, jamais après…

Takao ne comprend pas pourquoi le couloir du deuxième étage est si tranquille. Personne ne passe. Rien ne peut contribuer à créer une diversion.

— Je te dois quoi ?

— Deux choses… Tu dessines pas tout sur moi… je me réserve un veto, comme on dit…

Takao serre les dents. Cette demande est la pire qu'on puisse lui adresser. *Tu peux te le foutre au cul ton veto… je publie rien tant que je suis dans ce pays… et tu ne viendras certainement pas me chercher jusqu'à Osaka…*

— Et… j'aurais deux ou trois questions à te poser sur ce que t'as filmé hier…

— Ça me paraît honnête… *aussi honnête que tu peux l'être…*

JOUER N'EST PAS MENTIR

11 h 30 – Humidex : 39 °C

Daphnée entame ce jeudi avec quelques données en poche. Elle sait à quel point Zach est paniqué à l'idée de l'avoir mise enceinte. Elle sait qu'il est tombé dans le piège porno (et qu'elle devra à nouveau coucher avec Kaviak pour le remercier). *Ce sera un moindre mal… et je pourrai savoir s'il est meilleur sans caméra braquée sur lui… j'irai le voir un matin de pluie…*

Daphnée a parlé avec sa mère cet avant-midi. Une conversation banale. Travail, auditions, contrat versus problèmes de santé, tantes malades, cartes du ciel illisibles, mauvais augures et apocalypses de routine. Comme d'habitude, son père avait des vues sur un nouveau tracteur à pelouse. Rien de neuf, à part ceci :

— Il y a Purino Berthier qui dit des choses méchantes sur toi…

— Qu'est-ce qu'il raconte, le puant ?

— Il dit que tu fais des cochonneries sur Internet.

— Il dit n'importe quoi maman… je ferais jamais ça, voyons donc…

Avec sa mère, Daphnée joue à la bonne fille. Celle des films américains, style Winona Ryder dans l'ensemble de ses rôles de jeune fille pubère. La fille généreuse, sensible, asexuée, vaguement sauvage, plus vertueuse que la vertu. Dans la version qu'elle livre à sa mère, Daphnée habite un loft du Plateau Mont-Royal situé à côté d'un studio de télévision, elle travaille comme serveuse dans un restaurant rempli de vedettes. Détail vital au maintien de l'illusion : sa mère ne vient plus en ville depuis que son mari a perdu le droit de conduire au-delà du village. Dans un même ordre d'idées, la version que Daphnée offre à sa propriétaire, madame Laramée, où elle est une ancienne escorte qui tente de raccrocher en belle. Pour parfaire le personnage, Daphnée utilise une attitude désinvolte à la Julia Roberts croisé d'une fatigue troublée à la Marlène Dietrich. Compatissante, madame Laramée lui fait un rabais. Pour la version réservée à ses patrons libanais, Daphnée est une serveuse de métier comme le prouve son curriculum vitæ, sa vitesse d'exécution, son entregent et sa capacité à vendre le gâteau du jour avant qu'il ne moisisse. Grâce à une attitude mêlant détermination (Hilary Swank), engagement (Jodie Foster) à l'autorité froide (Cate Blanchett), elle parvient à garder son poste. Daphnée pense qu'elle finira par se taper le cuisinier qui ne cesse de lui envoyer des phrases à double sens. *Je le ferai languir jusqu'à l'automne... il sera à ma poigne d'ici là. Une bonne serveuse finit toujours par coucher avec un cuisinier, c'est classique...*

En ce qui concerne Zach, son cas particulier, comme elle aime le nommer, Daphnée a longtemps compris que la solution se situait entre la trahison heureuse et la culpabilité profonde ; que son jeu devait rester erratique, explosif, imprévisible. *Après tout, une bonne actrice peut convaincre pendant deux ou trois heures en continu. Pour garder son jeu intact pendant des mois... il faut changer de personnage... braquer à gauche, sauter sans prévenir... faire croire au trouble de personnalité... la maladie de l'actrice... celle qui peut enfiler n'importe quelle identité puisqu'elle n'en possède aucune. La meilleure tactique reste celle qui donne l'impression de ne pas en avoir... impossible de se faire prendre à ce jeu... et ça laisse libre...*

Il est vrai que Daphnée adore jouer avec Zach. *Il est bon public... un peu lourd, mais sympathique...* Elle reconnaît son intelligence particulière et admire sa capacité unique d'hypothéquer son système nerveux pour des broutilles. Elle l'aime bien. Sans plus. *Il est OK... un connard avec un accent toulousain... ça repose. Il se fâche jamais complètement... il frappe pas... il gagne assez d'argent pour m'éviter le chômage en cas de disette... il me fournis gratos en dope... c'est un bon gars... et il va passer une méchante semaine...* Daphnée fera revenir Zach dès ce soir. Elle hésite à lui annoncer qu'elle a des étourdissements (ce qui est vrai), des maux de cœur (ce qui est également vrai) et une intense fatigue (toujours aussi vrai). *Avec cette chaleur... pas étonnant que je me sente ainsi... c'est probablement ce qu'il dira. Mais il va devenir parano... et quand le scandale de son film éclatera... il sera doublement pris... doublement coupable. Il va être à ma botte pendant des mois... ça me fera du bien... un peu de repos avec un esclave docile...*

Daphnée applique un crayon rouge au contour de ses lèvres. Maux de cœur ou non, elle doit pratiquer le *jingle* de la pub qu'elle tournera, lundi prochain. *Pas question de leur faire perdre du temps...* Ce midi, Daphnée ressent une curieuse énergie sous son estomac. *Comme avant de monter sur scène...* Elle s'interroge sur l'authenticité de cette réaction interne. *Si je suis vraiment nerveuse... c'est que ma vraie personne est atteinte par ce qui se déroule avec Zach... et il n'a jamais eu accès à ma personne. Aucune raison d'être nerveuse, donc... aucune raison. Alors c'est du jeu. Un jeu pour moi toute seule... une autoreprésentation. Fuck... c'est compliqué. Alors... si je joue pour moi... je ne suis pas je, mais seulement moi. Ça voudrait dire que je est un jeu pour moi... que je n'est pas vrai. Quel bordel...* Daphnée dépose son crayon rouge et appuie ses paumes contre son front. Une autre envie de vomir. *Je crois que j'ai besoin de prendre l'air... c'est pas une très bonne journée pour penser à ça...*

LE VIEIL HOMME ET LE RIEN

11 h 43 – Humidex : 39 °C

Roméo McCaan est descendu au Malarche. Le restaurant est désert ce midi. Le climatiseur attend un réparateur qui ne viendra pas avant quelques jours.

Roméo n'en pouvait plus de voir sa femme dans le coma. Il en avait assez de vérifier si son cœur fonctionnait, si de l'air s'échappait de sa bouche aux lèvres craquelées. Cela fait déjà vingt heures qu'il surveille ces deux indices de vie aux cinq minutes. Il n'a pas dormi. *Comment j'aurais pu…* Vers 11 h 30 ce matin, Roméo s'est ressaisi. Il a décidé de laisser la vie agir sans lui, pour quelques minutes. Il avait faim. Rester enfermé était hors de question. *Je vais passer voir Roland…*

Roméo est assis seul au comptoir. Malarche le remarque aussitôt, lui fait un signe au travers le passe-plat. Mélina et Luc sont en arrière avec lui. Malarche se tourne, leur dit quelque chose que Roméo n'entend pas. Malarche sort de la cuisine, pose son tablier sur le comptoir, prend un crayon feutre noir. Il gribouille sur le revers d'un napperon en papier. « FERMÉ : AIR CLIMATISÉ EN PANNE. »

— Luc, colle le papier dans la porte avant de sortir.

Roméo, tête baissée, l'œil petit, remarque à peine la présence de Roland. Il frotte ses mains comme s'il les lavait dans un ruisseau, absorbé par le bruissement velouté de sa peau contre sa peau. Malarche se rappelle trop bien ce genre d'angoisse. Le coma de sa propre femme lui est encore frais à la mémoire. La sienne s'en était réchappée, à moitié. Pour Henriette, c'est autre chose, l'issue est certaine. Une question d'heures, de minutes. Roméo est terrifié à l'idée de ne pas être à côté de sa femme quand la mort viendra, mais il a faim.

— Une Molson, Méo ?

Roméo ne répond rien. La noirceur de ses cernes révèle l'intensité de sa fatigue.

— Un thé glacé, d'abord ?

Roméo fait un signe de tête. Il privilégie cette option.

— Je vais te préparer une assiette de flétan… comme tu l'aimes, mon vieux…

Roméo McCaan regarde Malarche entrer dans à la cuisine sans émettre de commentaire. *Il y a rien à dire. J'aurais pas les mots pour expliquer. Maudite tête pauvre…*

Roméo aimerait mettre des mots sur ce qu'il ressent. Il souhaiterait pouvoir dire à quel point sa femme lui manque déjà, qu'il ne sait plus comment agir auprès d'elle. *Elle est vivante, mais plus vraiment…* Roméo aimerait pouvoir dire que la maladie d'Henriette est une injustice, qu'il ne comprend pas pourquoi la vie a choisi de la punir, elle et pas lui. *C'est moi l'homme de mauvaise vie… elle… elle a rien fait d'autre que rester à l'intérieur… tranquille…*

Si Roméo McCaan avait le vocabulaire pour le faire, il se questionnerait sur le sens de la vie, les raisons de la mort, sur la logique des jours sans lendemain. Il se demanderait pourquoi sa vie n'aura été qu'une attente. Attendre l'expulsion de l'école, attendre son frère parti tuer des Allemands, attendre les fins du quart de travail à l'usine Angus, attendre la paye pour être content, attendre que le Canadien gagne la coupe, attendre que la journée finisse, attendre la retraite. Mais Roméo McCaan est un travailleur silencieux, un de ces hommes qui parlent sur demande, un de ceux qui ont trimé dur pour des lendemains aussi prometteurs qu'avortés. Roméo n'a jamais regardé en arrière ni autour de lui. Son intérêt était devant, à l'horizon, indéfini. Une forme de promesse, quelque chose de paradisiaque et de terrestre à la fois. Roméo appelait ça « être bien ». *Coudonc… c'est à quel âge qu'on finit par être bien ?*

Le fumet de la cuisson du flétan s'évade de la cuisine pour glisser jusqu'au seul nez disponible. *Il a pas oublié le citron… c'est bien…* Roméo sourit presque. Ce rictus miniature existe le temps d'une inspiration. Roméo est un penseur pauvre, un homme qui a préféré se tenir loin des idées. Sa pensée s'exprime en exclamations, en colères, en impressions sourdes. Un seul sujet oblige McCaan à se tordre l'esprit. *Le bon Dieu. Lui, il nous donnait des bonnes raisons pour exister. La télé… elle essaie fort de nous en donner des raisons… mais ça prend de l'argent pour faire ce qu'elle nous demande. Les pauvres, ils peuvent pas suivre. La télé, elle le dit : pour être bien, il faut conduire une belle auto, il faut s'habiller chic, faut être jeune, avoir une carte de crédit, faire des gros voyages, des sorties propres… C'est pas compliqué… mais quand t'as pas les moyens… tu fais quoi ?* Roméo regarde le napperon de papier sur la table devant lui. Il regarde la bordure au motif torsadé qui n'a pas changé de style depuis trente ans, comme ces petits dessins qui disent quelque chose comme « Bonjour » ou « Bienvenue ». *C'est sûrement « bienvenue »… ça aurait plus de sens…*

— Tu veux de la *coleslaw,* des navets bouillis ?

— Les deux.

Roméo n'en parle jamais, mais il ne lit pas convenablement. Il sait écrire son nom, lire les chiffres. C'est à peu près tout. Cela ne l'empêche pas de berner un peu tout le monde en se rivant le nez dans ses recueils de mots croisés. Il aime noircir les cases blanches pour former des dessins avec les cases noires existantes. Ça le détend. *C'est comme ma télé à moi…* Roméo songe à son plus récent recueil qui traîne sur la table de chevet, à côté du futur cadavre de sa femme. *J'aurais mieux fait de l'apporter avec moi… ça me changerait les idées…*

Dans le restaurant où il a travaillé presque quarante ans, Roméo tente d'oublier que sa femme peut émerger du coma à tout moment. Qu'elle pourrait expirer à la seconde où elle referait surface. Que tout est peut-être déjà fini. *Mais j'ai faim...* Des étourdissements l'avaient fait vaciller dans sa salle de bains. *C'est pas mieux si je meurs aussi... Faut bien que quelqu'un reste en vie... ça prend des gens qui savent qu'on a existé... qui nous étirent dans le temps...* Roméo regarde deux fillettes courir sur le trottoir. Elles tiennent des craies de couleur. Il est persuadé d'avoir vu des craies dans leurs mains menues. Il préfère imaginer l'endroit où se dirigent ces petites. Penser à des parcs, à des jeux pour enfants, à une piscine publique, à un lieu vivant. N'importe quoi pour l'empêcher de penser à sa santé de fer malgré ses quatre-vingt-quatre ans. Roméo refuse de projeter son esprit dans un avenir où il serait le dernier à partir. Après Henriette, il lui restera Edward, Malarche et Simone, son épouse. Personne d'autre. Edward a le foie malade. La femme de Malarche est pratiquement à demi-morte. Roland se fiche des avertissements concernant son cholestérol et sa rétention d'eau. Roméo sait qu'il ne restera personne pour le pleurer, qu'il emportera la dernière preuve de son existence dans la tombe. *On est un enfant pis on attend de devenir adulte... on est adulte pis on attend d'être amoureux... on est amoureux pis on attend de gagner de l'argent... on en gagne un peu pis on découvre que ça change rien. Pis quand on finit par s'avouer que la vie, c'est jamais comme on veut... on tombe malade pis on se bat pour pas mourir. Pourquoi se battre... ça changera rien... on est toujours déçu... il se passe jamais rien... absolument rien...*

Malarche sort de la cuisine avec une assiette remplie de flétan, de frites, de navets bouillis, de *coleslaw*. Son ventre semble énorme sous le tablier.

— À quoi tu penses, Méo ?

— Au rien, au maudit rien.

LA MAIN CALME

15 h 20 – Humidex : 43 °C

Les draps jonchent le plancher. Sarah est étendue sur le lit. Elle a mouillé l'index et le majeur de sa main droite, qu'elle a glissée sous sa culotte, jusqu'à son clitoris pour lui induire une légère caresse circulaire. Un mouvement mou, délicat. Sarah pense à la soirée d'hier. À cette professionnelle payée par le patron pour son plaisir. Cette Vivianne un peu trop parfaite pour être réelle.

Avec l'arrivée du contrat Adamson, Sarah avait mis sa vie personnelle au rancart. En quelque sorte, ce contrat l'arrangeait. Elle voulait se retrouver seule, loin des gens qu'elle avait connus, loin des lois qu'elle avait défendues. Son plan initial avait été de remplir son contrat, d'encaisser l'argent, de partir au loin, de changer d'hémisphère, de vie. Hier, lorsque le patron l'a contactée pour lui offrir les services de Vivianne, Sarah s'était résolue à décliner l'offre. Elle avait fait le choix conscient de refuser. « Tu veux avoir de la compagnie, oui ou non ? » lui avait demandé le patron, en ultimatum. *Pourquoi tu t'intéresserais soudainement à une putain ?*

— Si je comprends bien, vous me payez une escorte ? *Pourquoi j'ai répondu ça ?*

— Réponds par oui ou par non, j'ai pas la soirée à te donner.

L'aire de Broca de Sarah avait programmé une réponse négative. Sa lassitude, sa fatigue et un réseau neural échappant à son contrôle direct modifièrent l'information. Sarah s'entendit répondre « oui ». Au bar, après que Vivianne l'eut embrassée, Sarah sentit son corps sortir d'une longue hibernation. Elle ressentait un chatouillement intérieur, une incontrôlable énergie pelvienne, un besoin de toucher, de ressentir une chaleur étrangère sous ses mains, sur sa poitrine, entre ses jambes. Ses yeux reflétaient chaque photon disponible, ses lèvres rougissaient, sa respiration soulevait ses seins. *Ce devait être la beauté de son visage, de son corps... peut-être son odeur aussi... une question de phéromones...* Sarah n'avait pas hésité à inviter Vivianne à son appartement minable, pas plus qu'elle n'avait réfléchi à ce qu'elles feraient ensemble une fois sur place. Vivianne s'était jetée sur elle sitôt la porte fermée. Sarah se retrouva au lit, presque dans la même position qu'en ce moment.

— Vivianne... je peux pas... je veux dire... en bas... tu comprends...

— Oh... ça. Ça me dérange pas... si tu savais...

— Non... moi... moi, ça me dérange...

Sarah se souvient des yeux de Vivianne. *Ça l'a touchée que je l'oblige pas... ça l'a déboussolée...*

— On peut s'embrasser... se caresser par-dessus nos vêtements. Je peux vraiment pas plus... je me sentirais sale...

Vivianne quitta l'appartement de Sarah vers 3 h du matin avec des vêtements fripés, les cheveux en bataille, les joues d'un rouge chaud, les lèvres gonflées, la culotte mouillée. Elles avaient parlé par intervalles, de courtes phrases leur permettant de reprendre leur souffle, faire baisser leur rythme cardiaque. Sarah ne voyait plus la putain. Vivianne semblait oublier la cliente. Les corps avaient effacé leurs rôles. L'excitation avait été réelle, partagée. L'odeur des nuques, des cheveux, la douceur des lèvres. Avant que Vivianne ne parte, Sarah lui a demandé avec une moue attachante, presque enfantine : « On peut se revoir demain ? »

— Tu parles !

Ce matin, Sarah a retracé l'odeur de Vivianne dans ses draps, sur ses vêtements, sous ses ongles. *Je connais cette odeur... mais qui elle me rappelle ? Je pourrais pas dire...* Sarah est restée au lit jusqu'à ne plus pouvoir supporter la position horizontale. Ses règles diminuaient. *Je devrais avoir le champ libre pour ce soir…* Sarah déjeuna en repensant à sa montée hormonale de la veille. Sous le ciel smoguleux du lendemain, il y avait un malaise. *Peut-être que j'étais trop excitée hier… ça m'a vidée. Ça ou je suis en train de déprimer. Peu importe… si j'ai pas de raison de me sentir mal, je dois pas me sentir mal…*

Sous la douche, une idée proposa l'origine plausible de son malaise. Sarah n'avait pas batifolé depuis sa dernière nuit avec son ancienne amante. Sarah ne comprit pas l'exacte alchimie de son désespoir. *Pourquoi j'ai l'impression de l'avoir trahie. Je l'ai pas vue depuis l'hiver passé. Et c'est elle qui m'a laissée… alors pourquoi j'y pense ?*

Sarah jette un œil à son Palm. Adamson vit toujours. Son cœur bat à 132 bpm. Un rythme rapide. *Il doit baiser avec sa pute… si seulement il pouvait se taper une crise cardiaque comme la plupart des hommes de son âge… ce serait si simple…* Sarah n'a pas cessé de tourner ses doigts sur son clitoris. Ils se sont asséchés sous le mouvement. Elle les glisse vers l'orifice vaginal pour répandre une humidité nouvelle sur la zone sensible. Sa main gauche est posée mollement contre sa poitrine. Elle rebondit subtilement en accord avec les battements de cœur. Sarah pense aux baisers de Vivianne. Elle hume la trace de son odeur qui persiste à parfumer l'oreiller qui soutenait sa tête. Sarah n'a aucune intention de jouir. Elle tue le temps une seconde à la fois. Tout lui semble se dérouler à une lenteur insupportable depuis l'arrivée de cette canicule. *Il est 15 h 20… une… deux… trois… quatre…* Elle ne prête pas attention aux borborygmes qui troublent le silence ambiant avec une certaine régularité, pas plus qu'elle ne se préoccupe du SMS qui arrive sur son cellulaire. *Quarante-six… quarante-sept… quarante-huit… 15 h 21… même mon cœur est trop calme…*

LA SOUHAITABLE DÉCADENCE

15 h 20 – Humidex : 43 °C

Kaviak regarde son visage à l'écran. L'accroissement du trafic sur son blogue vidéo lui demande plus d'efforts qu'il n'avait prévu. En revanche, ses revenus de publicité trimestriels dépassent maintenant quatre dollars. Un minuscule extra. De quoi se payer une bière. Kaviak fait défiler sa plus récente capsule vidéo une dernière fois avant de la publier.

Play. Visage cadré serré. Gros plan.

« Plusieurs le savent, je fais mon argent grâce à la pornographie… Je gère, administre et participe à un site de porno amateur depuis bientôt deux ans. Avec mon choix de m'exprimer en français sur ce blogue, il y a de fortes chances que vous, mon auditeur, soyez issu d'une des trois religions d'Abraham… Que vous soyez juif, chrétien, musulman, pratiquant ou non, vous entretenez probablement une relation complexe avec la culture pornographique. L'idée admise dans nos sociétés suggère qu'un participant à la culture pornographique ne jouit d'aucune crédibilité en dehors de la pornographie. J'imagine que le phénomène vous dit quelque chose… L'idée derrière ce principe d'exclusion provient de la croyance que la pornographie soit dégradante… (Kaviak fige ses yeux sur ceux de l'éventuel auditeur.) Regardez-moi… Regardez mes yeux… Voyez-vous une trace de honte, d'humiliation ? » (Il quitte l'objectif des yeux.)

« Je réponds très rarement à mes détracteurs… mais récemment, un intégriste de la pureté m'a fait parvenir un courriel où il m'invitait à cesser d'alimenter ce blogue sous prétexte, et je cite : “de ne pas avoir la dignité requise pour attirer l’attention sur mes idées”. Cet intégriste de la pureté se disait athée, progressiste, moral et vertueux.

«Il serait bien de noter que ces quatre termes sont synonymes d’hypocrisie. Personne ne peut parvenir à l’athéisme : le corps croit en la vie sans utiliser la conscience, c’est l’instinct de survie, plus fort que toute idée. Personne ne peut être progressiste : la définition du progrès passe normalement par la croissance, alors que le réel progrès, ce serait une décroissance. Personne n’est moral : la morale, c’est un compromis social avec l’idée du bien et du mal qui change trop souvent pour être crédible. Finalement, quiconque a pris part au déclin d’une civilisation ne peut prétendre à la vertu, parce que la société compromet tous ceux qui y participent.» (Kaviak inspire, cligne des paupières avec lenteur.)

«Mais revenons à moi. Moi, moi, moi… Je me considère à la fois comme un produit et un créateur du carnaval perpétuel qu’est notre époque… Je suis la parade, je suis le spectateur. Je réalise des fantasmes à distance moyennant dédommagement. J’encourage le voyeurisme, la concupiscence, la séparation entre l’amour et le cul… j’utilise le capitalisme, je pousse mes semblables à l’endettement, à l’esclavage bancaire… je corromps l’éducation défaillante des enfants, je plonge des couples dans le mensonge, la solitude, l’obsession. J’accélère la fragmentation sociale. Désolé. Je n’ai aucun idéal précis, sinon celui de contribuer à l’ineptie en accélérant le processus de dégradation… augmenter le rythme de la décadence jusqu’à l’insoutenable. Je profite de la dérive des idées à l’origine de notre grandeur devenue déclin… Je travaille à l’éclatement du sens des mots “liberté”, “raison”, “vérité”, “égalité”. (Kaviak gratte l’arête de son nez d’un geste lent.) Dans l’histoire humaine, aucune civilisation a su interrompre son déclin sans bouleverser l’ensemble des dogmes établis. Personne ne peut arrêter la décadence. Personne n'est libre… personne n'est raisonné… personne n'est vrai… personne n'a d'égal : c'est du rêve, tout ça. Il n'y a plus rien à croire sur terre qui soit une création humaine. Et le jour où ce genre de vide deviendra parfaitement insupportable, l'humanité évoluera vers une nouvelle forme. D'ici là, je vous souhaite une joyeuse décadence. »

Stop. Écran noir.

Kaviak est satisfait. Il a remarqué Vincent qui s'est glissé à l'intérieur de l'appartement alors que la vidéo en était à son premier tiers. Kaviak clique vers son blogue pour publier cette dernière entrée.

— Tu penses vraiment ça ?

— Bien sûr…

Vincent n'ose pas répondre. Il garde les mains dans ses poches.

— Comme ça, la fille d'hier, tu l'as faite sans moi ?

— C'était exceptionnel.

— Ouais, ouais. Elle est prévue à quelle heure, celle d'aujourd'hui ?

— 16 h 30.

— T'as des photos d'elle ? Pour les cadrages, je veux dire… question de profils… ça laisse pas grand temps pour la préparation…

Kaviak termine sa publication et passe au dossier de sa *pornstar* du jour. C'est une fille de l'agence avec laquelle il travaille occasionnellement. Le film de cet après-midi sera son troisième avec elle. Une femme minuscule avec des yeux bleus et un vagin de pucelle. Vincent regarde la seconde vidéo avec intérêt.

— La caméra sur un trépied… c'est moins fort…

— …

— Tu penses vraiment ce que tu disais ou c'est juste du spectacle pour ton blogue d'intello ?

— Vincent…

— Je sais pas moi… Tu connais l'effet de la pornographie sur les gens… Ils s'isolent, ils finissent par voir l'humanité en deux dimensions ; je veux dire, les femmes à fantasmes, pis le reste. Je sais pas si j'ai lu ça, mais la porno, c'est la totale consommation des corps…

— Non, Vincent. La totale consommation des corps, c'est le cirque romain.

— OK… la porno c'est une consommation *soft*… mais c'est de la consommation quand même… pis toi, tu veux aller au bout de ça ? Je veux dire… revenir au cirque romain… prendre le pari que les gens vont s'écœurer par saturation à force de te voir baiser des filles ? Je veux pas te faire chier, mais je suis pas certain que tes intentions sont aussi nobles que tu veux faire croire…

Kaviak reste muet, les yeux calmement posés sur Vincent. Les siens fixent de nouveau l'écran et la fille aux yeux bleus qui suce avec vigueur. « Pis si tu réussis à l'accélérer, la décadence… Si ça fonctionne, ton affaire… quand la société va être allée au bout… ça va être quoi le changement, je veux dire, qu'est-ce qui va suivre ? »

— Quelque chose de différent, de nouveau…

— Pis qu'est-ce qui te fait croire que ça veut dire meilleur ? C'est pas toi qui disais ça : le reste du temps, la nouveauté, c'est rarement bon ?…

Kaviak fronce les sourcils. Rares sont ceux qui parviennent à l'embêter avec une question. Je pourrais travailler là-dessus… anticiper ce qui pourrait suivre… l'exercice en vaudrait l'effort…

— Tu sais que t'es pas idiot, toi…

— C'est ce que je me disais aussi… Bon, à quelle heure elle arrive, ta *pornstar* ?

LA MORT SE RESPIRE LES YEUX CLOS

16 h 33 – Humidex : 43 °C

Cette odeur de mort va me coller à la peau pour des jours... tant pis... j'aurai qu'à rester enfermé... travailler le plan du prochain titre... allez... que de l'eau froide...

Takao ferme les yeux pour mieux ressentir l'eau tiède de la douche heurter sa peau. L'eau froide n'est plus disponible dans Le Galant depuis des jours. Takao se frictionnera avec un savon doux pour éliminer l'odeur de putrescine qui s'accroche à lui. Il se félicite des quelques photos prises en cachette avec son cellulaire, juste avant de quitter les lieux. *Les ambulanciers et les policiers... ça pourra me servir pour une case ou deux...* Il analysera les uniformes, les lignes qu'ils dessinent sur les corps. *Le policier bedonnant semblait ridicule et corrompu... les policiers ventrus ont toujours l'air pourri... ils ne s'en sortent pas. L'ambulancière ne réussissait pas à boutonner sa blouse jusqu'au col... des seins trop gros... ils utilisent des systèmes de communication qui datent de l'autre siècle... personne ne porte de cravate... la chaleur peut-être...* Takao préfère s'attarder à ces détails pour l'instant. Il ne regardera pas les photos du Marsouin avant quelques jours. Ce souvenir ira se loger parmi les épisodes surréels de sa mémoire, à côté des films, des séries télés, des fantasmes, des lectures. Ces photos seront les traces objectives d'un morbide voyeurisme. *Quelle histoire je vais monter avec tout ça ?* Takao baisse la tête et laisse l'eau frapper sa nuque. Ses cheveux rouges forment de fines lignes sur son visage. *Les mêmes problèmes reviennent... les mêmes questions... pourtant... tout est différent ici... ça ne devrait plus arriver...* Il y a autre chose aussi. Takao commence à douter de la notion de pauvreté, du pourquoi il désirait s'entourer d'étrangers sans moyens. Takao se sent loin de cet univers. Trop éloigné pour avoir l'impression d'être un réel participant à la vie de ces gens, de cette ville. Une ville qu'il connaît à peine un peu mieux qu'en théorie. Relevant la tête pour accueillir l'eau contre son visage, Takao ressent une lassitude l'envahir. *J'aurais mieux fait d'y penser avant...* À Osaka, son univers est préétabli, peuplé de réflexes, d'automatismes. Ses personnages secondaires et son quartier ne réclament aucune introduction. Osaka est une toile de fond sûre. Dans ce Montréal, Takao doit non seulement faire état du lieu, mais créer un intérêt pour ces gens qui formeront sa cohorte de personnages secondaires. Takao commence à découvrir qu'il doit repartir à zéro. *Alors pourquoi j'ai le même sentiment... pourquoi j'ai l'impression d'avoir épuisé mon sujet avant de l'avoir travaillé ? Peut-être que moi aussi, je devrais finir en personnage secondaire... laisser place à autre chose. Tout est différent dans ce pays... et en même temps, pas si nouveau. Ça ressemble aux films américains. C'est peut-être le problème majeur... ou bien ce n'est que moi ?* Takao ferme l'eau, ouvre le rideau dégoulinant, agrippe une serviette propre. Il a besoin de Ventolin, sa respiration siffle. L'odeur du mort n'a pas démissionné. Takao ne s'est savonné qu'une fois, sans y penser, trop occupé à chercher une solution aux problèmes qu'il aime se créer. Takao enroule la serviette autour de sa taille et passe à la chambre pour trouver son inhalateur. *Comment je pourrais avoir épuisé mon sujet si je suis le sujet ? Je ne peux pas devenir un sujet vide du jour au lendemain. Sauf si je ne suis plus intéressé à ce que je suis...* Takao secoue et actionne sa pompe. L'angle est mauvais, le Ventolin atterrit sur l'arrière de sa langue. Takao renâcle un coup, crache dans un mouchoir, répète le geste avec plus de précision. *Si je ne m'intéresse plus à ce que je suis, j'ai un très sérieux problème… Zut, je sens encore la mort…* Takao retourne sous la douche, il laisse sa serviette sur la minuscule coiffeuse de la salle de bains. Il se savonne de nouveau, rince, savonne, rince, savonne, rince, ferme l'eau et sort. *Peut-être est-ce temporaire. J'aurais besoin d'un temps d'arrêt. Qu'est-ce que je dis ? C'est exactement ce que je suis venu chercher ici, du temps…* Takao essuie la buée avec sa paume et regarde le haut de son corps dans le miroir fêlé. *Allons… revenons à l'idée de base. Venir ici pour changer la routine… trouver un nouvel univers… m'entourer de gaijins… des pauvres… les riches, on les connaît déjà… ils sont trop prévisibles… trop faciles à détester…* Takao passe au salon. Il laisse l'eau ruisseler jusqu'au tapis. *Je devrais pas marcher pieds nus sur cette surface. Tant pis… trop tard…* Takao reste nu. Il observe la pulsation régulière de la veilleuse du MacBook Pro. En temps normal, cette lumière l'attire comme la flamme le ferait avec un phalène. Elle lui dit « retourne au travail, prouve que ton père a tort, que ton éditeur a tort ». En temps normal, même nu et mouillé, Takao serait occupé à fignoler des images, à perfectionner ses lignes, à ajuster ses encrages, à planifier ses planches. *Pourquoi je suis pas au travail… pourquoi j'ai pas envie ?*

— C'est peut-être cette cochonnerie que Zach m'a fait prendre ?

— Non, je ne travaillais pas davantage à Osaka, le LSA y est pour rien…

— Oui, mais j'avais envie de travailler quand je suis arrivé…

— Vraiment… j'avais envie de dessiner une ville, un avion… ce n'est rien de nouveau… pire… c'est cliché…

— C'est ma vie que je dessine…

— Et si elle ne méritait plus d'être dessinée, ma vie…

Une auréole sombre se forme sur le tapis autour des pieds de Takao. Il ne remarque pas la position entrouverte du rideau de sa porte-fenêtre, pas plus que la secrétaire qui l'observe à partir d'une fenêtre de l'immeuble en face.

— Pourquoi j'ai voulu m'entourer de gaijins pauvres ?

— Pauvres... pauvres... et en rapport à qui ? Ils mangent, ils boivent, ils ont un toit...

— Non, leur pauvreté n'est pas matérielle...

La veilleuse du MacBook Pro continue de l'appeler. Takao fait un pas en direction de sa machine à créer, par habitude. Takao ne s'est jamais questionné sur cette idée de venir s'entourer de pauvres à Montréal. Il avait eu une intuition. Ses amis Daisuke, Jun et Naoki l'avaient confirmé dans son choix. L'idée était bonne, tant pour lui que pour sa BD. Daisuke était déjà passé par Montréal lors d'un voyage en Amérique. « Il y a plein de pauvres là-bas et ils sont sales », avait-il dit.

— Pas une pauvreté matérielle. Bien sûr, ils sont dépourvus d'honneur... tous des barbares. Tous des menteurs aussi...

— Sauf ce Kaviak, à moins qu'il ne cache son jeu plus habilement que les autres...

Takao plisse le nez. Il fait le tour de son interrogation en accéléré. Sa peau est presque sèche. La secrétaire, en face, a interpellé deux collègues. Le trio rigole et gesticule. Takao se palpe le menton. Il ne les voit pas.

– S'ils sont tous menteurs... ils sont tous seuls... abandonnés...

— Zach ne peut avoir d'ami... il le trahirait à la moindre occasion... Tony n'a pas d'ami... ni de famille. Et ce type mort... pour qu'on l'oublie de la sorte... il devait être seul au monde... Même Kaviak qui paie des filles pour baiser... seul, lui aussi...

— À moins que ces gens soient des ermites, ils sont condamnés à vivre sans partage... une solitude sans but... c'est un déséquilibre majeur...

– Moi, ma solitude, elle me sert, elle me permet de travailler, de mieux comprendre…

– Alors ma vie est riche, équilibrée…

– Et la leur est pauvre.

– Hum…

Takao se tape les cuisses. Il fait un autre pas en direction de son ordinateur. Son cerveau développe une structure linéaire à une vitesse fulgurante. Il trace le parcours de son prochain *gekiga,* choisit l'angle d'approche, anticipe les recherches nécessaires. *Écrire… vite…* Il ouvre son ordinateur, pianote sur le clavier. En deux minutes, une page est remplie. *OK… ça commence à prendre forme…* Takao renifle. Encore l'odeur du mort. *Je savais… zut… mes cheveux, j'ai pas lavé mes cheveux…* Takao referme l'ordinateur, retourne vers la salle de bains. Le néon qu'il allume se contente de claquer. Takao ouvre le robinet et actionne la douche en espérant que l'éclairage finira par s'ajuster. Son shampoing ne réussira pas à éliminer l'odeur. Takao devra s'y faire. Avec l'idée qu'il a recommencé à travailler, ce sera plus simple.

LA DOUCE VIE

17 h 25 – Humidex : 34 °C

Christian avait été surpris de la réponse de Monique. En temps normal, à cette heure, elle trinquait au vin blanc chez Malarche, préférant ne parler à personne. Christian avait eu envie de lui laisser un message alors qu'il se faisait sucer par une vieille copine innue. Question de rigoler. Il ne pouvait prévoir qu'elle prendrait l'appel. *Ce qui est fait est fait*… Ce soir, la fille est encore chez lui. Son frère, sa femme et dix autres personnes ont envahi l'ancienne maison de son oncle pour faire la fête. La troisième en autant de soirs. Il y a deux douzaines de saucisses hot-dog qui grillent sur le barbecue et une imposante pile de bois pétrifié domine la plage. L'ambiance est bonne, mais Christian sent que quelque chose lui travaille les boyaux. *Une forme de culpabilité, peut-être… crisse, je verrais pas pourquoi… peut-être parce que je fais la fête chez mon oncle… peut-être à cause de Monique… hostie…*

Christian n'avait pas mis les pieds dans son village natal depuis plus d'une décennie. Et sa dernière visite avait pris la forme d'une escale aussi nocturne que secrète. *Ça fait du bien quand même*… Revenir à Tonnerre, Christian l'aurait fait avant, n'eût été l'obstination de son oncle. « Je t'aime bien, Chris, mais de loin, OK. Je veux pas de voleur sous mon toit tant que je serai vivant. C'est comme ça. » Son oncle n'avait jamais digéré sa première incarcération. Douze jours en prison pour vol à l'étalage. Sa deuxième avait clos le dossier de manière permanente. Christian avait vingt ans, son frère Thomas dix-huit et la Porsche 911 qu'ils avaient volée n'avait pas deux ans. Deux ans moins un jour, c'est ce dont ils avaient écopé. Suite au prononcé de la sentence, l'oncle avait pété les plombs avec une telle vigueur qu'il avait bouclé le trajet Tonnerre-Montréal en dix heures. Un millier de kilomètres de route ne l'avait pas calmé. Il semblait être sur le point de mordre lorsqu'il arriva au pénitencier. Par chance, il y avait les gardiens et les barreaux, car l'oncle pouvait devenir dangereux quand l'envie lui en prenait. Faute de pouvoir frapper, l'oncle avait parlé : « Vous me décevez beaucoup. BEAUCOUP. » C'était tout ce que sa voix avait dit. Le reste était passé par les yeux. Une colère déchirante, une cassure qui faisait mal, quelque chose d'une apocalypse émotive. *Pauvre mononcle...* Les années n'atténuèrent pas sa déception. Le type solitaire partageait son temps entre sa maison, son chalet et son magasin d'articles de chasse, sans femme ni personne autour. « Vous me téléphonerez d'ici quelques dizaines d'années. »

L'oncle de Christian Jolicœur avait joué un rôle de père pendant longtemps. Le père biologique, lui, était parti ailleurs. Personne ne savait où. Des rumeurs sans grand sérieux parlaient de Terre-Neuve, d'autres parlaient du fleuve et d'une marche sur la banquise, au printemps. La mère, elle, écoulait ses jours dans une maison pour malades mentaux. Elle avait eu ses premières crises de schizophrénie en allaitant Thomas. Le reste n'avait pas été joli. L'œil de vitre de Christian, c'était sa faute. Elle ne voulait plus que son fils la regarde. L'oncle était intervenu avant que Christian ne devienne aveugle.

Debout dans sa maison d'enfance, Christian est trop ému pour le laisser paraître. Ses vieux copains font la fête autour. Ils ont pris du poids, leurs cheveux grisonnent avec assurance. Brenda semble vaguement gênée d'avoir couché avec lui, la veille. Elle avait eu le béguin pour lui à l'adolescence. Son frère, Chainsaw Jack, qui a repris le magasin de l'oncle à sa retraite, a rassuré Christian en lui disant que sa sœur était la cuisse légère du coin. « Elle s'attachera pas, t'inquiète pas… »

À son arrivée, mardi soir, Christian trouva la clé à l'endroit indiqué par le notaire. À l'exception du téléviseur et de quelques lampes, rien n'avait changé. Les rideaux, le tapis brun à poils longs, les meubles, le vieux frigo, l'odeur de camphre pour garder les mites à distance. Christian ne put s'empêcher de verser quelques larmes en examinant le décor de son enfance pour la première fois en vingt-cinq ans. Il y avait des photos de lui et de ses frères sur un meuble du salon. Une autre dans la salle de bains. Des photos qu'il n'avait jamais vues. À l'étage, sa chambre était restée identique. Jusqu'à l'affiche d'Iron Maiden qu'il avait oubliée, toujours collée au mur. Christian était sur le point de chialer comme un bambin quand il entendit le carillon de la sonnette. C'était Chainsaw Jack, il avait vu de la lumière et s'était armé d'un fusil calibre 12 pour parer à toute éventualité. Il reconnut Christian au premier regard. En moins d'une heure, la petite maison côtière de l'oncle s'était remplie des copains d'antan, de caisses de bière, de fumées diverses. *C'était ça ou la dépression nerveuse instantanée… sacrament, mononcle aurait pas approuvé ça… mais bon… c'est chez moi astheure…*

Christian fit la fête jusqu'au lever du soleil. Une fête d'adultes transformés en adolescents par la force des souvenirs, de l'alcool et des joints passés en riant. Sous l'œil de Christian, Brenda s'embellissait à chaque gorgée ; Chainsaw Jack et sa femme menaient les festivités en racontant des conneries de jeunesse ; Sissi improvisait des trucs sur l'orgue Hammond ; Patte d'Ours, Ski-Doo et Six-Pack faisaient un poker pour déterminer celui qui aiderait Christian à décharger l'Econoline ; Ruby et La Grosse rigolaient en écoutant Chainsaw ; Rodney était tout simplement ému de revoir son vieil ami revenir chez lui. Christian remarqua les lueurs de l'aube sur le golfe grand comme la mer et décida de faire prendre l'air au groupe. Ski-Doo et La Grosse traversèrent une période de difficultés suite à la transition rapide tapis-gazon-sable et s'écroulèrent l'un sur l'autre en riant. Patte d'Ours et Six-Pack piquèrent un sprint pour se jeter à l'eau glacée en criant qu'elle était bonne. Chainsaw Jack portait sa femme sur ses larges épaules afin d'éviter qu'elle n'abîme sa pédicure. Les femmes regardaient une baleine qui longeait la côte, elles tentaient d'imiter son chant pour l'attirer. Rodney marmonnait que dans le temps « on la ramenait au bord, pis on se bourrait la face ». Christian, lui, avait l'impression d'appartenir à une réalité oubliée. L'euphorie de la fête avait cédé le pas à une béatitude. Christian voyait le fleuve. Son petit morceau de fleuve. Sa plage. Le minuscule morceau de planète sur lequel il avait appris à exister. Celui où il vivrait sa vieillesse – il en était certain ce matin-là. Brenda était restée près de la maison. La lumière matinale lui allait comme un vêtement griffé.

Le lendemain, la nouvelle fit le tour du village. « Christian Jolicœur… il est revenu… C'est à lui, la maison jaune, maintenant… le bonhomme lui a léguée… on savait qu'il l'aimait… » À peu près tous les villageois passèrent en voiture devant la maison en levant le pied, en plissant les yeux pour mieux voir l'action derrière les fenêtres. Christian entendait les gravillons crépiter sous leurs pneus. Même s'il la trouva moins jolie que la veille, Christian baisa deux fois avec Brenda qui était restée avec lui. Et pendant un instant, alors qu'elle lui faisait découvrir les douces capacités de ses gencives, il s'est imaginé vieillir à ses côtés. *On passerait prendre nos chèques à chaque début du mois… elle garderait sa maison sur la réserve, moi je garderais le fort… on boufferait de la viande d'orignal pis de la morue sec…* C'est à ce moment qu'il décida de téléphoner à Monique. *Aussi bien lui dire la vérité…*

Le deuxième moment seul à seul avec la maison, Christian l'a eu ce matin. Les lieux étaient restés relativement propres. Chainsaw Jack s'était assuré de la participation d'un peu tout le monde aux séances de nettoyage. Il avait reconduit Brenda hier, en fin de soirée. Dans le silence approximatif de la maison (le moteur du frigo, l'écho lointain d'un signal radio dans un haut-parleur, le mécanisme d'une vieille horloge à ressort, le bruit de la girouette du toit dans la brise tournante, les vagues au loin qui érodent la plage), Christian crut sentir la présence de son oncle. Comme une chaleur aux épaules, un souffle tiède sur la nuque *Une manière de dire qu'il est heureux de me savoir ici, le vieux crisse. Sa maison a jamais été aussi vivante... peut-être que ça lui plaît. Autrement, c'est au grand frère qu'il l'aurait laissée...* Christian vida le fond d'un pot de café instantané dans une tasse d'eau bouillante, remua la boisson. Il regarda la plage et ses morceaux épars de bois pétrifié. *On va faire un gros feu à soir... nettoyer tout ça. Après, promis... je vais voir sa tombe...*

LA DÉSAGRÉABLE IMPRESSION D'ÊTRE NOMBREUSE

18 h 47 – Humidex : 41 °C

Si elle répète une fois de plus ce *jingle,* Daphnée est persuadée qu'elle va craquer, griffer les murs, se mordre la langue, casser des assiettes. Les paroles sont absurdes, ridicules, insupportables. Idéale pour la radio commerciale. « Chez Groleau Ford on est Ford en gros lots / lot-lot / lot-lot / Groleau Ford. » Daphnée stoppe le CD qui joue en boucle l'irritante musique d'accompagnement depuis une heure. Daphnée ignore pourquoi elle a les nerfs à vif. *Pourtant, répéter… c'est mon métier. Pourquoi je réagis autant ? Ça peut vraiment pas être mes règles…* Daphnée tente de se vider l'esprit en respirant. Elle inspire, elle expire. Inspiration, expiration. *À moins que…*

Daphnée consulte son calendrier avec une nouvelle idée en tête. Ses yeux survolent la surface imprimée. Ses dents retirent une peau morte de sa lèvre inférieure. Ses minces sourcils, très bas, font paraître trois fines lignes à son front. Il y a un doute. *Cette fille au café… elle avait eu des saignements qu'elle avait pris pour des menstruations alors qu'elle était enceinte. Combien de temps elle avait dit que ça avait duré ? Quatre jours… non… trois…*

— Pffff.

Daphnée recompte les jours en expirant sans desserrer les lèvres. Le compte y est. Trois journées rouges pour les dernières règles. *OK… trois jours… trois jours… c'est peu… ça veut rien dire… j'ai déjà été menstruée pendant trois jours et il y avait rien… et c'était en été. C'est la chaleur… c'est tout… c'est rien d'autre…*

— Alors pourquoi je m'en fais ?

Daphnée se ressaisit en faisant craquer ses jointures. Elle inspire un grand coup et capte une odeur nauséabonde qui provoque une envie de vomir. La panique revient immédiatement. Une quatrième ligne paraît à son front. Un cheveu blanchit dans la frange de son toupet. *C'est pas vrai... c'est pas vrai... C'est... C'est l'eau. Ils l'ont dit à la radio... l'eau de l'aqueduc peut donner des nausées... à cause de la canicule... le fleuve est trop bas... il y a des coliformes. C'est pas moi, c'est l'eau...* Daphnée parvient à réprimer son haut-le-cœur. Elle ne peut plus répéter le jingle. Sa tête ne veut pas. *OK... je fais quoi maintenant?* L'inactivité n'est pas envisageable et son porte-monnaie crie famine. *Du ménage... je pourrais faire du ménage. Mon Dieu... je réfléchis comme ma mère. Tant pis... fuck off...* Daphnée défait les draps du lit, les met en boule. Elle sélectionne certains vêtements pâles dans le vortex – *tiens... ma camisole jaune...* – les rajoute à la boule de draps. Elle sort un plumeau, remue les poussières, passe le balai à tapis en appuyant avec force sur le manche – *s'il y a quelque chose qui s'accroche dans mon ventre... ça tiendra pas longtemps...* Elle empile ses sacs à ordures par-dessus les vêtements. *Allez, en bas...* L'odeur du deuxième commence à se dissiper à force de désinfectants chlorés. Daphnée arrive au hall, prend la direction du garage. Les poubelles surchauffées dégagent une odeur fétide. Un peu trop pour son estomac.

— Oh... je suis vraiment désolée... je savais pas que... désolée...

Daphnée a vomi sur un type avec une jambe plâtrée qui roupillait à côté des bacs à recyclage. Rien de terrible. La soupe aux nouilles qu'elle a mangée à 17 h. Le type hausse les épaules en souriant. *Il est complètement défoncé...* Avant d'expulser les restes de sa collation de 15 h, Daphnée préfère battre en retraite vers la salle de lavage. Par chance, les machines sont disponibles et l'odeur d'eau de

Javel lui apporte un nécessaire apaisement olfactif. Daphnée bourre les deux machines, incorpore le savon qu'elle laisse caché dans le faux plafond, insère sa monnaie, regarde l'eau couler jusqu'à l'activation des cuves. Ce vague état d'hypnose lui permet de revenir à la raison.

— C'est la fatigue. L'insomnie.

Oui, la fatigue… je dors mal avec la chaleur… juste la nuit dernière… deux heures… peut-être trois… je dors mal. Pas étonnant d'avoir des maux de cœur… trop chaud pour manger… trop chaud pour dormir… trop chaud pour répéter. Dès que j'ai l'argent du contrat… je me climatise… oh oui. Daphnée laisse sa main gauche posée sur son ventre. Elle ne pose jamais de main sur son ventre, sauf si elle fait une gastroentérite. *Et je fais pas une gastro… à moins que ce soit l'eau… j'aurai peut-être la chiasse ce soir. Faites que ce soit la chiasse…*

Daphnée reste assise sur le métal frais de la laveuse en mouvement. Elle sait qu'elle devra acheter un test de grossesse pour régler la question. *Ça va me coûter un dix piastres que j'ai pas. Au moins… il y a le contrat. Comment je pourrais être enceinte ? Ça a aucun sens… techniquement, je suis pas en retard…*

Daphnée étire ses jambes et ses bras. Sa panique a tendu chaque muscle. Elle doit établir des paramètres si elle désire spéculer dans le calme. Si Daphnée est enceinte depuis une semaine ou deux, Zach a de sérieux problèmes de capotes. Si elle est enceinte de plus de quatre semaines et que ses dernières règles étaient fausses, les choses se complexifient. *OK… le mois dernier, il y a eu cette fois avec mon agent… celle avec mon ex… celle avec le touriste américain rencontré au café. Pourtant, ils ont mis des capotes. À moins qu'une d'entre elles ait été percée… mais j'aurais senti quelque chose, non ?*

Daphnée redoute le verdict du test de grossesse, quitte à favoriser l'ignorance, encore un peu. Au retour de la pharmacie du quartier, elle cachera la boîte dans un tiroir de cuisine et attendra le lendemain matin pour uriner sur le bâtonnet. Elle passera le début de la soirée à ne pas penser à ses deux avortements, à ce refus de donner la vie, à cette peur terrifiante des effets d'une grossesse sur son corps et sa carrière. Daphnée ne pensera pas longtemps à ces choses. Elle sera trop occupée à vomir et à suer dans son étouffante salle de bains, priant qu'elle ait la chiasse.

LE SIGNAL

21 h 41 – Humidex : 37 °C

Trevor n'y arrive pas. Il est incapable d'écrire le rapport de sa rencontre avec Jenny et les deux dominatrices. Son dos lui fait mal, les coups de cravache ont été abondants. Il est étonné d'avoir apprécié les pinces métalliques sur son scrotum et ses mamelons. Ces souvenirs sensibles sont à peu près les seuls de l'après-midi. Ça et le visage de Jenny qui chialait en criant des injures. *C'est normal qu'elle ait été en colère. Pauvre Jenny... lui faire voir ça. Au moins je suis certain. Ah oui... elle m'aimera plus. Plus jamais... elle va être libre... libre...*

De plus en plus, les pensées, les images, les bruits s'entrechoquent dans la tête de Trevor Adamson. L'homme est perplexe, tendu. Il ne garde aucun souvenir d'avoir dormi ni mangé depuis plusieurs jours. *Pff... la fatigue... ça existe pas... fini fini... no more coffee... je fabrique ma caféine moi-même. Et hop une fucking blatte de disparue...*

Trevor n'écrit pas. Il y songe à peine. *Il me semble que je devrais écrire... mais pourquoi? pourquoi quoi quoi? Quoi... hein? Quoi? Quoi?* Trevor recevra un appel sur son cellulaire peu après minuit. Ce sera Angelo. Il voudra savoir si l'absence de texte sur le forum est un fruit du hasard. Trevor ne prendra pas l'appel, terrorisé à l'idée d'entendre piailler un étrange oiseau dans son appartement. Il passera la nuit à chercher l'animal en imitant son chant.

Si Adamson ne publie pas un texte sur merb.ca avant minuit demain, ce sera le signal définitif pour activer le plan B. Trevor croit s'en souvenir. *Ce sera un signal... mais un signal de quoi... pour qui? C'était important, il me semble… important… oui… sans doute… important… important…* Trevor Adamson reconnaît qu'il sait plusieurs choses. Il sait qu'il habite un taudis peuplé d'insectes. Il sait qu'il verra Jenny demain après-midi. Il sait qu'il ne doit pas cesser de réfléchir pour éviter de devenir fou avec ce bruit blanc, dans sa tête.

Ce que Trevor ignore, c'est la vigueur avec laquelle les tumeurs perturbent ses fonctions cérébrales depuis les derniers jours. Même en plissant les yeux, Adamson n'arrive pas à se convaincre qu'aucune blatte ne court vers lui, qu'il n'y a pas de guêpes sur son bras, que sa perception globale de la journée a été altérée par des neurones détraqués. La constellation de tumeurs qui enflent dans son crâne s'est chargée de fragmenter sa mémoire, de la reconstituer en une série de tableaux artificiels. Des scènes où sa personne, ses idées, son identité fonctionnent comme une antimatière. Trevor n'a jamais été enfant. N'a pas eu de parents. N'a jamais étudié. Il a occupé un poste de soigneur pour une équipe de hockey. A gagné sa vie en volant des banques. A détenu des parts dans un chenil. Il en est persuadé.

Ce soir, devant un miroir de poche, Trevor Adamson sera convaincu de ne plus porter ce nom. Il s'appellera Mark Selkirk ou Mark Rutherford ou Samuel Nolan. Des noms fabriqués par des souvenirs en collision. *Des noms qui fonctionnent avec ce visage… ce visage-là… celui-là… le sien… le mien… ce visage… celui du voleur de banque… avec une cagoule… toute noire, avec des trous pour les yeux…* Trevor hésitera longuement sur le nom. Il finira par opter pour Samuel Nolan. Mais Adamson n'en est pas là pour l'instant.

Depuis la fin de sa rencontre avec la putain qu'il confond avec Jenny, Adamson cherche à comprendre pourquoi ses paroles se sont éloignées de sa pensée. Il a voulu parler, être clair, sans succès. Cette distance entre sa pensée et sa bouche l'obsède, même si ce souvenir n'est pas tout à fait réel.

— Sur le coup… j'ai eu peur… Je voulais demander qu'elle retire son poing de mon cul… Et là j'ai dit : « Couchez maison du cœur arrière, Mark Mark *kill more* bleu, savon. » J'étais sûr d'avoir été clair… Comme elle réagissait pas, je me suis fâché et j'ai crié : « Ravin couteau *vadea meacum* ! » Ça allait pas bien… J'ai pensé quoi, quoi ? Je me suis dit : « Replace ta tête sur le bon chariot et avance… avance… » Après… j'ai crié un grand coup, j'ai voulu demander l'heure… une question simple… Ça m'a pris un effort gros comme ça pour mettre ma pensée sur les bons mots… Finalement, j'ai dit : « L'heure… Combien ? »

Trevor raconte cette histoire aux blattes qu'il chasse de son lit avec des pichenettes. Il sait qu'elles ne l'écoutent pas, mais parler lui fait un bien terrible.

La réalité derrière ce faux souvenir est à peine différente. La réalité, c'est Trevor qui a passé l'après-midi à se faire punir en bredouillant des choses incompréhensibles. Trevor qui recevait des corrections sous les yeux d'une putain jouant l'amoureuse éplorée. Le truc du déguisement avait fait son chemin d'une manière plus efficace qu'anticipée. Trevor ne voyait plus Jade quand il regardait Jade. Il voyait Jenny. Et Trevor faisait systématiquement ce que Jenny détesterait voir. Les obèses, les sadiques. Privé de l'apport de sa conscience, Adamson suit son plan initial. D'ici la fin de la semaine, il se sera fabriqué un souvenir de Jenny qui le déteste.

Ce plan tordu, il existe encore dans la cervelle tuméfiée d'Adamson. Il loge en morceaux épars, déterminant ses actions inconscientes, précisant certains gestes. Depuis quelques jours, son plan d'effacement s'est sublimé dans une partie dormante de son système, il est devenu inné, une pulsion mortelle, un programme qui échappe à son contrôle. Il a oublié cette femme qui doit l'abattre, il panique dès qu'il voit son sexe ramollir, il est persuadé qu'il doit affliger une certaine Jenny. *Pourquoi… je sais pas… je sais plus. Parce qu'il le faut... parce que c'est comme ça...* Demain, Trevor n'aura pas conscience de recruter deux transsexuels sur la rue. Il croira qu'il s'agit de femmes à prothèses artificielles et soulagera son érection médicale dans leurs orifices. Il aura envie de quelque chose de sale, de dégoûtant. *Il me semble que Jenny déteste ce qui est sale...*

Adamson pose son regard sur le Vaio couvert de blattes, de guêpes, de frelons, d'araignées. Il compte près d'une centaine d'insectes d'un coup d'œil. *Une belle occasion d'en tuer un tas...* Trevor retire sa chaussure DKNY avec précaution, la saisit par la pointe, s'approche du tas grouillant, frappe une trentaine de coups. L'écran de son ordinateur cède au troisième, les dernières touches du clavier se fissurent au tout dernier. Trevor est souriant. *Bravo... une bonne chose de réglée...*

Vendredi 7 juillet

Bienheureux sont les sourds,
car ils entretiennent le silence

LA SATURATION DES SENS
14 h 45 – Humidex : 48 °C

Claude est un homme comblé. Il avale une dernière gorgée du foutre de Miguel, fait tourner sa langue sur le gland de son amant. D'ici quelques secondes, incapable de supporter les chatouillements, Miguel fera signe d'arrêter. Le sperme de Miguel possède une subtile saveur d'ananas avec un arrière-goût proche du citron vert. *Un délice…*

Claude a cessé de s'excuser pour la blessure infligée la veille. *Un coup de hanche de trop… j'ai perdu l'habitude on dirait… moi qui voulais le faire jouir plus fort…* Malgré les saignements qui recommencent à chaque contraction musculaire, Miguel ne perd pas son sourire. Il étend des mouchoirs propres au fond de son caleçon. Claude regarde le sous-vêtement jaune remonter le long des jambes de Miguel avec des yeux rêveurs. Malgré la chaleur toujours plus suffocante, il se sent bien.

La tête posée sur le ventre moite de Miguel, Claude écoute les borborygmes en faisant courir ses doigts sur l'élastique bleu du caleçon. Des sonorités amples et fluides, avec un cœur qui marque le rythme, un peu plus haut. Claude est heureux de laisser sécher des gouttes de sperme sur sa joue. Aucun doute, il a retrouvé son amour.

— Aujourd'hui, il paraît que ça va être la journée la plus chaude.

— Ye sais, 50 celcius d'houmidex… Tou as déjà vou ça, Claudio ?

— Une fois, quelque part en Inde, mais c'était sec. Dans mon souvenir, avec cette chaleur, il y avait que les oreilles qui se reposaient. Bouger le moindre muscle demandait un effort terrible. Alors tout le monde restait calme, tranquille. Toujours ça de gagné. De la tranquillité, du silence. C'est un luxe dans une grande ville.

Miguel dépose sa main sur la tête de Claude. Il joue mollement dans ses cheveux blancs.

— Tu sais, Miguel, il faut jamais oublier qu'avant d'être un cerveau, on est un corps. Et le corps, son lien avec le reste monde, c'est les sens. Plus on les stimule, moins le cerveau pense.

— Peut-être, mais l'âme, elle est dans lé corps ou lé cerveau, selon toi ?

— Arrête avec tes bondieuseries. Je te parle de choses qui existent. Sors du Moyen-Âge.

Claude lève sa tête du ventre de Miguel. Il fait trop chaud pour garder sa peau contre la sienne. Miguel est luisant de sueur, comme s'il avait été huilé pour un massage.

— Ye comprend pas pourquoi tou dis qu'en satourant les sens, on étouffe le cerveau...

Claude déplace un oreiller et s'allonge à côté de son amant.

— Parce que tout organe est limité, Miguel. C'est pas compliqué. Une main peut pas tenir de la lave en fusion. Un estomac peut pas digérer une vache entière. Le cerveau, c'est pas différent. Plus il est gavé d'informations, plus ses capacités cognitives diminuent, c'est prouvé.

— Par exemple ?

— Par exemple ? La lecture, tient. Ça stimule un sens : la vue. C'est plus facile de penser en lisant qu'en regardant un film ou une pièce de théâtre. Un bon repas, ça fait travailler le goût, l'odorat, l'ouïe, la vue, mais jamais en même temps, ça assure une certaine maîtrise de l'intellect.

— Tou dis n'importe quoi...

— Mais non.

Claude se redresse sur le lit, il prend son allure professorale, les vêtements en moins.

— C'est très rare qu'un corps subisse une stimulation forte des cinq sens. En fait, c'est surtout utilisé pour la torture. Par contre, à l'inverse, une bonne baise, ça permet de toucher, de voir, de sentir, de goûter et d'entendre en même temps. Mmmh, malgré que la vue est restreinte quand on goûte…

— Ça dépend de la longueur.

Claude donne une délicate tape sur l'épaule de Miguel.

— T'es niaiseux. Mais agréable ou pas, la surstimulation, elle permet pas de réfléchir. T'as déjà réussi à penser en baisant ?

— Pourquoi ye ferait ça ? Quand ye baise, ye baise…

— Ben voilà.

Miguel n'est pas convaincu. Il garde ses lèvres pincées, comme s'il avait mangé un citron. Puisqu'il n'a pas envie de se triturer les méninges sous cette chaleur, il se lève et passe au frigo chercher deux bières.

— Merci sexy.

— Alors, selon ta logique, auyourd'hui, c'est presque de la tortoure…

— Presque, oui… Presque tout sent mauvais, l'épaisseur de l'air déforme ce qui est visible, l'humidité colle à la peau, le smog laisse un goût dégueulasse dans la gorge, c'est presque complet…

— Par chance que c'est silencieux…

De l'appartement de Claude, les deux amants nus ne peuvent voir la Buick garée face au hall d'entrée du Galant. Cette voiture anonyme, sans particularité notable, vibrera bientôt lors du passage d'une bétonneuse surchargée. Le propriétaire de cette Buick, accablé par un coup de chaleur, se trouve alité dans la salle d'urgence de l'hôpital du quartier. Cet homme s'en tirera indemne, mais passera la nuit sous observation. L'horloge analogue au tableau de bord de la Buick marque 14 h 49 s lorsque la bétonneuse passe à son côté. La Buick est secouée pendant trois longues secondes. Juste assez pour éveiller le détecteur de son système d'alarme. Un de ces systèmes à sonorités multiples. Klaxons, sirènes, sifflements, grincements, couinements. Une collection de bruits aigus avoisinant les cent décibels passés en boucles de quatre secondes.

Selon le manuel du propriétaire, ce système hypersensible peut se désactiver par trois moyens :

1. la télécommande accrochée au porte-clefs de son propriétaire ;

2. le remorquage du véhicule ;

3. l'épuisement de la batterie du véhicule.

Puisque le propriétaire de la voiture est hospitalisé, la solution 1 semble peu envisageable. Quant au remorquage du véhicule, il faut que ce dernier soit commandé par les forces de l'ordre et les policiers ont d'autres priorités en cette septième journée de canicule. Reste la solution 3. Mais malheureusement pour Claude, Miguel et les habitants du quartier, la batterie d'une Buick peut alimenter une alarme pendant près d'une semaine.

Miguel regarde Claude, dégoûté par le soudain vacarme provoqué par le système d'alarme de la Buick. Il ne peut s'empêcher de rigoler en lui caressant le visage du revers de sa main.

— Finalement, *maricón,* ce sera de la tortoure…

PROPAGATION VIRALE, DÉMONSTRATION

15 h 31 – Humidex : 49 °C

Adamson n'a pas perdu de temps pour cette sixième rencontre. Dès les quinze premières minutes de la séance, il obligeait Jade à le regarder s'échauffer avec deux transsexuels sidatiques défoncés au crystal meth. Jade ne croyait pas son client capable de dépasser l'horreur de la veille avec les dominatrices. *Il a déjà réussi… vieux dégueulasse…*

Comme hier, comme avant-hier, Jade est attachée à une chaise avec la mission d'insulter son client, toujours dans le rôle de l'épouse prise en otage. La tâche lui paraît simple en ce troisième jour de perversions totales, les insultes sortent sans effort. *Comment peut-on vouloir attraper le sida… quel imbécile…*

Jade ne pense plus au seau de pisse fermenté qu'elle garde enfermé dans la salle de bains pour contenir la propagation de l'odeur. Elle n'entend pas l'alarme de voiture qui hurle cinq étages plus bas. Le trio sur son lit est très bruyant. *Plus que trois jours et je suis débarrassée… plus que trois jours. Non… ils vont pas faire ça…* Jade tente de ne pas fermer les yeux, elle doit regarder ces divas sordides, ces *shemales* à gros seins, pénis bandés, couilles épilées. Cela dit, dans la position actuelle, un seul gland reste visible, celui de l'enculé. La fausse blonde. *Oh seigneur… ça fait mal juste de regarder…*

Jade ferme ses paupières quelques secondes pour s'adoucir les sens. Sur le lit de l'appartement 408, Adamson est couché sur le dos et encule une *shemale* blonde qui lui lèche les orteils. Pour Jade, cette vision était tolérable jusqu'à l'arrivée de la *shemale,* la brunette fardée, venue s'introduire en levrette dans l'anus déjà occupé par Adamson.

Je dois regarder... comme si j'écoutais un film... un film... deux dimensions... aucune odeur... deux dimensions...

Jade ouvre son œil droit et tente d'établir une distance entre elle et la progression d'horreur sur son lit. Jade voit les deux verges pilonner à mort le cul de la fausse blonde sur un *high* de meth. La blonde profite de cette torture sanglante pour atteindre un étrange niveau de plaisir. Son visage a tous les traits de la douleur. Mais son sexe, rigide et courbé laisse pendre un long fil de liquide préséminal jusqu'aux draps. Adamson regarde Jade droit dans l'œil. Un regard de tueur, de maniaque dangereux. Jade ne crie aucune insulte devant ce spectacle. Elle a peur. Elle est terrorisée. Avec le sang qui s'échappe du cul de la blonde, avec la somme des lésions engendrées par les frottements, il est clair qu'Adamson reçoit une généreuse part de VIH. *Et il a jamais couché avec moi... et si c'est ça qu'il voulait... me refiler le virus... profiter de mes liens... me violer avec du VIH plein le foutre...*

— Alors Jenny Jenny Jenny Jenny Jenny...

Adamson a le visage rougi par la haute pression, ses sourcils sont placés en accent circonflexe. Il rappelle Jack Nicholson dans ses meilleurs rôles de détraqué. *Réponds... insulte-le... oh mon Dieu... la brunette lui chie dessus maintenant...* Jade ouvre la bouche. Elle ne crie pas. De brefs couinements sortent de sa bouche. Des spasmes du diaphragme. L'odeur de la diarrhée tiède mêlée à la chaleur est parfaitement écœurante.

— JENNY JENNY JENNY JENNY JENNY !

Jade veut répondre, mais son corps bloque. Adamson a interrompu sa débauche, il se lève, s'approche. De la merde liquide coule de son ventre jusqu'à ses cuisses.

Agis... gueule... tu vas crier... CRIE !

Jade tente un cri, une contraction sonore. Rien n'y fait. La peur est un étau sur sa gorge.

Fuck off…

Jade ouvre la bouche. Un seul coup de diaphragme suffit à expulser sa prédigestion de fusillis au pesto sur le ventre et le pubis d'Adamson.

— JENNY ?

— T'es le client le plus dégueulasse que j'ai eu…

— Quoi Quoi QUOI QUOI QUOI ?

Les deux transsexuels ignorent cette discussion et poursuivent leur échange. Adamson se retourne vers eux, gonflé par une soudaine colère. Il lance un cri d'animal enragé, menace de les frapper. En moins de trente secondes, la brunette quitte l'appartement en assistant la blonde qui peine à marcher droit. Comme la *shemale* ferme la porte, Jade perçoit le bruit d'un système d'alarme automobile. Adamson vient s'asseoir au bout du lit, droit devant elle qui vomit à nouveau. Sur ses propres cuisses cette fois. Étrangement, Adamson s'est calmé.

— Jennifer, *my love,* ça va pas ? T'es malade ?

Ces questions sont les premières phrases claires d'Adamson depuis trois jours. Il n'a pas bégayé, ni répété, ni déliré. Mais Jade ne remarque pas ces détails. Sa peur la tient en laisse.

Fuck… il débloque… il pense que je suis devenue sa vraie femme… fuck, fuck, fuck…

Jade tente de détacher ses mains en tournant tranquillement les poignets. Les cordes sont serrées, aucune chance de se dégager.

— Tu me boudes, Jenny ?

OK… OK… je suis prise ici… faut faire avec. Ou bien il joue un jeu très étrange… ou bien il devient fou…

Une image surgit dans l'esprit de Jade. Hier après-midi. Lorsque Adamson a fondu en larmes dans ses bras. Les incohérences de son discours. Son regard amoureux. Les paroles insensées qu'il lançait. Dans l'urgence de la situation, une équation de survie se forme dans l'esprit de Jade. *Jenny = amour = meilleure chance de communication... je suis Jenny.*

— Pourquoi tu m'as traité de client, Jenny ? C'est pour me blesser que t'as dit ça ?

— Hum, non... j'avais mal au cœur, je savais pas ce que je disais.

— Je sais que je t'en demande beaucoup, mon amour. Je veux seulement savoir à quel point t'es prête à me pardonner, tu comprends. C'est important avant que je finisse.

— Oui, je comprends, je comprends. *De quoi il parle ?*

— Dis mon nom. J'aime ça quand tu dis mon nom.

— Oui, Adamson.

Shit!... shit!... SHIT!...

Adamson semble vivre un tremblement de terre facial. Une succession de tics schizoïdes rythmés par le système d'alarme automobile qui submerge Le Galant. Avec l'irritante séquence sonore, son visage repasse au rouge. Son poing se lève. Adamson regarde Jade le temps d'un claquement de dents et redescend le poing à grande vitesse. Ses jointures heurtent la joue et la mâchoire de Jade. Sous la violence du choc, la chaise bascule.

— MY NAME IS NOT AY – DAMM – SONN !

Jade s'est cogné l'épaule en tombant sur le linoléum noir et blanc. La secousse a déplacé la frange de sa perruque. Une courte mèche blonde paraît sous ses faux cheveux. Adamson étire le bras pour révéler le subterfuge. Sa respiration augmente à mesure qu'il découvre les mèches blondes.

— Jennifer ? You are not Jennifer ? WHO ARE YOU FUCKING BITCH ?

Réponds pas... c'est qu'un mauvais moment à passer. Shlof, shlof, shlof, der tate vet forn in dorf, vet er brengen an epele, vet zayn gezunt dos kepele. Shlof, shlof, shlof... der tate vet forn in dorf, vet er brengen a nisele, vet zayn gezunt dos fisele... Vet er brengen an entele, vet zayn gezunt dos hentele... Vet er brengen a hezele, vet zayn gezunt dos nezele... Vet er brengen a feygele, vet zayn gezunt dos eygele[1]... Jade repasse en silence la berceuse yiddish que son père lui chantait quand elle était enfant. Elle est seule dans la chambre. Adamson se défoule dans la salle de bains. Il frappe les murs, brise des carreaux de céramique avec ses poings, se prend la tête entre les mains, se tord et geint, donne des coups de pied, renverse le seau d'urine qui s'écoule vers le couloir. Jade observe la scène grâce au miroir vissé sur son mur d'entrée.

Une pause.

Shlof, shlof, shlof, der tate vet forn in dorf, vet er brengen an epele, vet zayn gezunt dos kepele... Adamson respire profondément, replace ses cheveux mèche par mèche. Il est nu et n'a pas nettoyé les déjections sur son ventre. Idem pour le vomi qui sèche sur son sexe ramolli. Il sort de la salle de bains. Ses yeux ont changé. Ils suggèrent une confusion plus profonde qu'un trou noir. *Vet er brengen a feygele, vet zayn gezunt dos eygele...*

— Je... *I am... I'm not Adamson... NOT Adamson!*

Jade entend un mouvement brusque et le claquement de sa porte principale. Elle n'ouvre pas les yeux tout de suite. *Il est peut-être pas parti...* Jade tente de percevoir une respiration, un bruissement, un craquement d'articulation. Rien. L'urine qui fermentait dans le seau s'écoule vers elle. Sa perruque s'imbibe tranquillement comme la flaque odorante rejoint son épaule meurtrie. Impossible de

1. Dors, dors, dors, ton père va aller au village. Il te rapportera une pomme et ta tête sera guérie. Dors, dors, dors, ton père va aller au village. Il te rapportera une noix et ton pied sera guéri. Il te rapportera un canard et ta main sera guérie. Il te rapportera un lapin et ton nez sera guéri. Il te rapportera un oiseau et tes yeux seront guéris.

défaire ses liens. Elle devra attendre qu'un locataire passe dans le couloir pour appeler à l'aide. Sa porte n'est pas barrée. *Sois patiente… tu es vivante… pas trop blessée… compte-toi chanceuse de t'en tirer de cette manière. À moins qu'il décide de revenir… il a laissé ses vêtements ici. Plus jamais de clients comme ça… plus jamais…*

Dans trois ans, pour en finir avec ce traumatisme, Jade lira les pages restantes des *Cent vingt journées de Sodome*. Elle découvrira qu'Adamson, dans sa folie organique, était parvenu à créer des perversions absentes de cette encyclopédie du vice.

LE PASSÉ EN NOIR ET BLANC, SUITE ET FIN

18 h – Humidex : 45 °C

Henriette s'est assoupie un instant. Un moment de faiblesse, une petite fatigue. Son écran de cinéma s'était noirci pour faciliter le repos. *Juste un petit somme de dix minutes…* Cette sieste, Henriette l'avait commencée il y a cinquante-quatre heures. Certains auraient parlé d'un sommeil profond, un médecin aurait parlé de coma. Pour Henriette, il s'agissait d'un simple repos pendant l'entracte, un dernier sommeil avant la conclusion. Elle a peu de temps pour terminer le visionnement, elle le sait. Ses paupières s'ouvrent, laissent entrer une faible lumière.

Le Loews. Rien n'a bougé. Pas un ange, pas une rose, pas une feuille de vigne. Tout peut reprendre. Sitôt ses yeux dirigés vers l'écran, le film recommence. Mais il ne s'agit plus d'une projection traditionnelle. Le film avance vers elle, envahit la salle obscure. Une troisième dimension s'ajoute. Désormais, Henriette assiste au film de l'intérieur. Du Loews, il ne reste que le siège au tissu pourpre. *Pas pire, la technologie moderne…*

Novembre 1951. Après sa tentative de suicide. Roméo regarde la jeune Henriette qui termine sa broderie en écoutant la radio. Roméo attend quelque chose. Son mari normalement tranquille comme un lac semble fébrile. Roméo sait que le salon connaîtra une transformation radicale. Il faudra déplacer les divans. Déplacer la table, la radio. Faire de l'espace pour le nouveau meuble. On sonne à la porte.

— Peux-tu répondre, Henriette ?

Sans dire un mot ni poser sa broderie, Henriette va ouvrir. Elle sent la fraîcheur de l'air dès son arrivée au vestibule. Elle ouvre.

— Madame Roméo McCaan ? Signez ici.

Une heure plus tard. Le livreur-installateur-instructeur quitte l'appartement. Henriette regarde Roméo. Elle sourit. Dans le salon, il y a un téléviseur. Juste pour elle.

— Tu sais, ma première radio, c'était aussi une General Electric…

Henriette ne pose aucune question. Comment Roméo a-t-il pu économiser pour acheter cet appareil ? Comment a-t-il pu magasiner avec ses semaines de six jours au travail ? Henriette n'a pas envie de parler. Elle veut remercier son mari de l'unique manière qu'elle sache le faire : relever sa jupe, baisser sa culotte, le laisser venir en elle.

Les images se brouillent. Le temps presse pour Henriette. Après l'ébauche d'une scène d'amour, elle se voit, seule, assise sur le divan du salon. Elle passe ses journées entières devant le téléviseur. Les téléromans, les bulletins de nouvelles, les entrevues, les débats, le hockey. En écoutant la CBC, elle apprend l'anglais. Une douzaine d'années défilent sous ses yeux. Ses cheveux raccourcissent, son poids augmente. Roméo travaille toujours. Toujours le restaurant. Jamais Henriette ne cuisine. Son mari fait livrer chaque jour de quoi manger. Lorsqu'il rentre tard le samedi, elle lui résume les matchs de hockey.

Un de ces samedis où les Canadiens de Montréal avaient vaincu les Maple Leafs de Toronto 7 à 4, une partie où Jean Béliveau avait marqué trois buts, un ralentissement se produit. Henriette raconte le dernier filet du capitaine des Canadiens alors que Roméo vide son quatrième verre de gin tonic. Il va l'interrompre sitôt sa gorgée avalée.

— Quelqu'un m'a fait une offre intéressante pour du travail.

— Un autre restaurant ?

— C'est ça. Malarche Déli, avec des licences complètes. Il me veut comme chef. Et le patron fournirait un appartement pas cher.

— Quel genre ?

— Un appartement flambant neuf, comme le restaurant. On déménagerait dans un mois.

— OK. Tant que c'est pas une journée où ils passent *Les belles histoires des pays d'en haut.*

Septembre 1964. Henriette tente de s'habituer à l'appartement trois fois plus petit que l'ancien. Des plafonds de 2,5 m au lieu de trois. Aucune moulure. Du tapis au sol. Certes, tout est neuf, sans tache ni usure. *Il y a au moins ça…* Roméo n'avait rien dit sur la taille de l'appartement. Puisque les enfants sont disparus du programme, cette réduction d'espace paraît logique.

— Ça te fera moins de ménage, Henriette.

Autre point de désagrément. Pour une raison obscure, la télé peine parfois à capter ses ondes. Il suffit qu'une voisine active un appareil électrique et l'électricité statique se met dans l'image. Par chance, lorsque les bonnes émissions sont diffusées, les voisines sont, elles aussi, devant leur poste. *J'imagine que je vais m'habituer…*

Mai 1968. Henriette descend dans la rue. Il y a urgence. Roméo est sur le point de partir vers le marché Jean-Talon pour les achats du jeudi. Elle parvient à l'arrêter avant qu'il ne tourne le coin de rue. La General Electric vient de sauter.

— Elle a fait une grosse étincelle, un peu de fumée, pis plus rien !

Roméo lui répond qu'elle devra attendre jusqu'à lundi prochain pour acheter un nouveau téléviseur.

— Et je vais faire quoi en attendant ?

— Écoute la radio.

Vendredi. Henriette essaie d'écouter la radio. Elle ne trouve plus son vieil attirail de broderie. Comme il pleut, marcher dans la ville n'est pas envisageable. Elle cherche un livre et n'en trouve aucun qui puisse l'intéresser parmi les huit qu'elle possède. Après deux heures passées à se tourner les pouces, elle décide d'ouvrir la Bible au hasard et de lire jusqu'au retour de Roméo. Elle s'étonne d'entendre autant de gens faire l'amour en un même après-midi.

Samedi. Encore de la pluie. Henriette sait qu'elle a manqué des épisodes de *General Hospital* et *Days of Our Lives*. Elle tente de ne pas y penser. Elle regarde son appartement. Un coup d'œil suffit pour en faire le tour. Elle regarde sa Bible. *Pas question d'ouvrir ce livre une autre fois dans ma vie…* Lors du dernier bulletin de nouvelles, Henriette avait vu un reportage sur des manifestations monstres en France. L'idée d'acheter un journal lui vient en tête. Elle rassemble les pièces de un cent que Roméo laisse sur la commode. Elle lira son journal et le télé-horaire à deux reprises. À nouveau, elle entend plusieurs personnes s'envoyer en l'air dans les appartements voisins.

Dimanche. Comme presque tous les travailleurs de l'Amérique du Nord, Roméo est en congé. Son patron lui a laissé les clés de la voiture du restaurant. Il pleut toujours et Roméo insiste pour emmener Henriette en balade. Il veut voir Chambly et son vieux fort français datant de l'époque coloniale. Henriette n'aime pas rouler. La vitesse lui semble contre-nature. Depuis samedi, elle a recommencé à penser à la mort. En voiture, elle y pense à chaque seconde.

— Imagine que tu regardes une émission sur les routes.

Lundi. *Il était temps…* Henriette devient dépressive. Toujours avec la voiture du patron, profitant d'un congé spécial, Roméo procède étape par étape. En premier, la banque. Un retrait. Deuxième étape, Eaton, sur la rue Sainte-Catherine. Roméo prépare une nouvelle surprise. Le téléviseur sera un Motorola couleur de style contemporain à panneaux de *veneer*. Et il sera câblé. Henriette pourra écouter les postes des États-Unis. Sans parler de la fin des problèmes de réception. Cet après-midi de mai 1968, Henriette se sent comme une millionnaire.

À nouveau, les années filent. Au début des années 1970, la multiplication des soap-opéras fait le bonheur d'Henriette.

Elle rêve à un poste qui diffuserait ses émissions favorites toute la journée, sans interruption. Ses cheveux deviennent frisés grâce aux permanentes payées par Roméo. Elle prend toujours du poids. En 1981, à la nouvelle de la mort de Pieter Schmidt, l'acteur vedette de *Days of Our Lives,* Henriette ne peut retenir ses larmes. *Il était tellement talentueux... c'est pas juste...* Ce soir-là, Roméo retrouve une femme en pleurs sur le sofa et pour la première fois en huit ans, il lui fait l'amour.

Mars 1999. La retraite de Roméo. Malarche l'a forcé à s'arrêter. Henriette se demande où sont passées ses années 1980 et 1990. *Peut-être plus assez de temps...*

— Trop vieux pour cuisiner, qu'il m'a dit. Il a peur que je me blesse.

Roméo a été hors de l'appartement six jours par semaine depuis cinquante ans. Le changement s'annonce pénible.

— On va faire comme si je continuais à travailler. J'vais faire du bénévolat ou quelque chose dans le genre. Toi, tu vas pouvoir continuer comme avant.

Sur son téléviseur écran plat Sony Trinitron avec terminal de télé satellite à trois cents postes, Henriette regarde mourir le siècle sous les feux d'artifice et l'insupportable chanson *Mambo Number Five*. Roméo tient parole en partant le matin pour ne revenir qu'au crépuscule. De plus en plus, il lui fait penser à ces personnages de maris taciturnes dans ses téléromans.

Le film achève. Henriette revoit la scène où son médecin lui annonce son cancer du poumon. Du sofa, elle passe au lit. Le téléviseur la suit dans le déplacement. Ses cheveux, devenus fins, secs et gris avec le temps, tombent comme des feuilles à l'automne. Son poids diminue presque à vue d'œil. Elle vomit fréquemment. Elle déteste ses séjours hospitaliers. *Les télés ont juste vingt postes...*

Plus que quelques secondes et Henriette aura rejoint le moment présent. Dernière image. Son carnet de notes, cette Carola Muth-Thamy, ce personnage de *soap*. Elle avait découvert son identité. *Carola Muth-Thamy, c'est une anagramme pour Mary-Lou Chattham... le docteur couche avec sa fille... pauvre lui...*

La projection tridimensionnelle cesse. Le Loews réapparaît. L'écran est vide. Les lumières se rallument. L'appartement commence à paraître en filigrane. Une alarme de voiture résonne au loin.

OK... OK... c'est le temps de partir... c'est fini...

Dans l'appartement 203, par la bouche d'une vieille dame s'échappe une dernière émanation de gaz carbonique suivi d'un râle liquide. Le visage de la femme reste sans émotion. Aucun sourire, aucune douleur. Dans ses poumons, le relâchement nerveux autorise un épais liquide à noyer les dernières bronches disponibles. Lorsque Henriette obéit à son cerveau primitif pour reprendre son souffle, l'air n'a plus d'espace en elle. Un dernier spasme, un dernier sursaut. *Tousse pas... laisse-toi aller...* Sur le téléviseur défile une publicité revendiquant le respect des droits fondamentaux des animaux domestiques. Cette image de chiot joueur dessine un sourire de Mona Lisa sur son visage.

LE CON

18 h 15 – Humidex : 45 °C

En chemin vers son appartement avec Daphnée derrière lui, Zach est sur le point de commettre une grossière erreur. Son assurance est factice, un phénomène de surface. Bien qu'il n'ait allumé que trois joints depuis son éveil, ses idées restent embrouillées par les doses massives de THC absorbées ces huit derniers mois. Son intuition lui ordonne d'aller de l'avant. Il croit réaliser un bon coup et s'exciter un peu, par la même occasion. *Au mieux, j'aurai des munitions contre elle... ça me donnera la balance du pouvoir...*

Ce matin, Zach avait décidé de passer la journée à jeun. Régime sec. Zéro tarpet. À sept heures pile, il entrait dans l'appartement de Daphnée. Connaissant son horaire de travail, Zach était certain de la profondeur du sommeil de sa copine. *Et elle est en congé... pas de réveille-matin hâtif...* Zach venait trafiquer le cocktail matinal de Daphnée. Un comprimé de pépins de pamplemousse pour prévenir les vaginites, une capsule de multivitamines avec supplément ferreux pour endiguer sa propension à l'anémie, deux gélules d'huile de saumon pour affûter ses fonctions cérébrales, trois capsules d'échinacée pour prévenir les rhumes. C'étaient ces capsules qui intéressaient Zach. Assuré du profond sommeil de Daphnée, il retira les trois quarts de poudre d'échinacée de trois capsules et dissimula les huit dernières dans sa poche. *Parfait... j'aurai même pas à lui donner ses vitamines... elle verra rien...* Sectionnées au préalable dans son labo, les trois pilules de RU 486 entrèrent parfaitement dans les capsules ouvertes. Zach combla le reste avec la poudre d'échinacée, referma les capsules, les remit dans leur contenant. *Plus qu'à attendre que madame se lève...*

Zach n'attendit pas longtemps. Vers 8 h 30, Daphnée coupa la sonnerie de son réveille-matin. Zach était posé sur la chaise à vêtements, face au lit.

— Salut. T'étais écœuré de te branler ?

— Non, j'ai pensé éviter de l'usure à ton gode.

— Puisque t'es là, rends-toi utile.

Des faits relatifs à Daphnée, Zach connaissait le principal : cette femme doit commencer ses journées avec un orgasme. Malgré une tension ruinant toute tentative de sensualité, Zach stimula les bonnes parois vaginales. Par automatisme, il éjacula sur les petits seins de Daphnée en se branlant. *Connard... t'aurais pu lui remplir le con. Mais non... ça aurait été le drame. Tu restes ici tant qu'elle a pas avalé le RU 486...*

Essuyant le sperme gluant avec un mouchoir, Daphnée prit un air contrit.

— J'aurais peut-être mieux fait d'utiliser mon gode.

— Ton gode te ferait pas le petit-déj.

Zach passa à la cuisine sans enfiler son sous-vêtement. Après examen du frigo, il remarqua la possibilité de confectionner une omelette champignons-jambon-fromage. L'absence de jus d'orange le contraria.

— T'as plus de jus d'orange ?

— Oui, j'en ai un neuf au garde-manger, j'ai oublié de le mettre au frigo.

Mieux... Une panne de jus d'orange aurait tout foutu en l'air...

Daphnée se dirigea vers son panier à vitamines. Elle sortit son comprimé de pépin de pamplemousse, sa multivitamines, ses gélules d'huile de saumon, ses trois capsules d'échinacée. Zach remarqua l'interrogation sur le visage de Daphnée quand les trois dernières capsules d'échinacée atterrirent dans sa main.

— Quelque chose qui va pas ?

— Non… ça va…

— Voilà. Jus d'orange fraîchement versé.

Vitamines, gorgée, gorgée, déglutition… voilà… prochain rendez-vous le 10 au matin pour ton Cytotec… trop simple, l'avortement chimique… quelle merveille…

Cette manœuvre cruciale complétée, Zach aurait pu retourner chez lui. Il n'avait qu'à mentionner sa livraison de LSA en retard, l'entretien difficile de sa culture de Québec Gold hydroponique, les problèmes d'approvisionnement en cocaïne depuis la saisie du port, etc. Comme Daphnée ne semblait pas revenir sur leur dernière querelle, Zach décida de passer la journée auprès d'elle. À l'usage, Zach avait saisi qu'il fallait tâter le terrain au quotidien avec cette femme. Si elle désirait jouer colérique, elle balançait le grand jeu. La tristesse : la facture de mouchoirs triplait. La rancœur : mieux valait s'armer de solides réparties. Plusieurs détestaient cette inconstance chez Daphnée. Seul Zach restait convaincu du contraire. *Cette femme est d'une constance à toute épreuve. Elle joue, sans arrêt… tout ce qu'elle veut, c'est un public… et ça tombe pile… moi, j'aime bien la mater…* Peut-être était-ce l'effet anticipé des RU 486, Zach ne pouvait le dire, mais Daphnée avait décidé de jouer les femmes attachantes après son deuxième café. Câlins, minauderies, attitude faussement juvénile, sourires complices, échanges de regards mielleux, murmures lascifs glissés dans l'oreille, fellation surprise en milieu d'après-midi avec permission de jouir sur son visage (une première dans l'histoire de ce couple), sortie rapide pour acheter deux bouteilles de riesling froid. « J'ai de l'argent qui va entrer bientôt. Un contrat de pub. »

Hormis la température insupportable, le smog à tailler au couteau et le déclenchement d'une alarme de voiture après leur retour du débit d'alcool, ce vendredi entrait dans la catégorie des jours agréables. C'est en arrivant à ce constat que Zach eut une insurmontable envie de se griller un joint. *Question d'amplifier la perfection du moment*... Daphnée l'aida à rompre sa résolution du jour.

— Le vin me donne un peu mal au cœur... ce doit être la chaleur... je fumerais bien un tarpet, par contre...

L'alarme de la Buick sonnait toujours quand Zach commanda une pizza au Malarche. Daphnée se frottait le bas-ventre d'une main.

— Je me sens bizarre, comme toute brouillée de l'intérieur...

— Tu vas peut-être avoir tes règles...

— Oui... c'est peut-être ça...

Mordant sa pizza du bout des dents, Daphnée reprit un air contrit, différent de celui du matin. Une expression plus proche de la culpabilité. Elle semblait presque intimidée.

— Zach, faudrait que je te dise quelque chose...

— Oui ?

Daphnée se mordit la lèvre avant de parler.

— Je préfère que tu l'apprennes de ma bouche...

Zach ne dit pas un mot.

— Tu sais, avant de te rencontrer, avant de trouver du travail au café... j'ai eu une mauvaise passe... j'avais vraiment besoin d'argent...

— Oui, et ?

— Et... et... j'avais une copine qui venait de se faire huit cents piastres pour une heure de travail... Alors j'ai décidé de faire comme elle...

— De quoi tu parles, t'as déjà fait la pute ?

— Non... pas de la prostitution... j'ai juste fait des scènes.

Zach s'alluma une Lucky et la tendit à Daphnée. Comme elle acceptait, Zach tapa son paquet, sortit une autre cigarette, réactiva son briquet.

— Des scènes... pornos ?

— C'est ça.... avec un gars qui s'appelle Kaviak... sur Internet...

— Et pourquoi tu me racontes ça maintenant ?

Bref silence. Daphnée ressemblait à une enfant qui anticipe la punition d'un père violent.

— Parce que le Kaviak en question a déménagé ici. Je l'ai croisé dans le couloir.

— C'était avant qu'on se connaisse, tes trucs pornos ?

— Oui... c'est sûr ! Daphnée se gratta le nez en parlant.

Zach prit une longue bouffée. La pièce critique d'un puzzle dont il ignorait l'existence venait d'atterrir entre ses doigts.

— Ça me va... Ce que tu faisais avant moi, c'est tes affaires.

Daphnée fut surprise par la magnanimité de Zach. Si surprise qu'elle eut une montée de larmes.

— Ça va ?

— Oui... je sais pas ce que j'ai...

Après une longue accolade consolatrice ponctuée de tendres baisers sur le front et aux tempes ; *elle a utilisé son shampoing à la vanille... merveilleux...* Zach tenta une percée regrettable.

— Je pense à ça... tu les as déjà regardés, tes pornos ?

— Non, pas vraiment. Les tourner, c'était déjà assez.

— As-tu déjà joué dans d'autres films ?

— Pas pour l'instant.

Avec des arguments dignes d'un vendeur de voitures usagées, Zach réussit à convaincre Daphnée de regarder avec lui les deux films de sa jeune carrière.

— Au moins, tu verras comment tu passes à l'écran.

Le couple arrive dans l'appartement de Zach. Sur le bureau trône son iBook. Zach s'assoit derrière, se connecte à Internet. Dans son navigateur, il oriente sa souris vers la barre d'adresses et se tourne vers Daphnée.

— Tu aurais pas l'adresse, par hasard ?

— C'est loin. Tape Kaviak dans Google... Non... attends, ça me revient... kaviaksex.com

Zach entre les treize caractères de l'URL. Il lui reste une seconde pour éviter l'erreur. Si son doigt n'appuie pas sur la touche retour, il sera sauf. D'un geste rapide, automatique, Zach glisse l'auriculaire de sa main droite sur la touche fatidique. Il appuie.

Le modem haute vitesse de Zach télécharge la page de kaviaksex.com en moins d'une seconde. Le coup de poing de Daphnée atteint son oreille à peine six secondes plus tard. *Le con... le con. Comment ils ont fait pour le monter aussi vite... c'est pas possible, bordel de merde...*

Lorsque Zach se relève, il jette un œil vers sa porte. Daphnée l'a frappé si solidement qu'il a cru recevoir une météorite. La page d'accueil du site ne ment pas. Huit photographies font état de la performance de Zach, Kaviak et une certaine Katia Reynolds. Sans parler du court film promotionnel gratuit passant en boucle de trente secondes.

— Le con... qu'est-ce que je peux être con !

Pour terminer la soirée, Zach se servira du code d'accès offert par Kaviak. Il regardera le film de vingt-sept minutes le mettant en vedette. Il cherchera ceux de Daphnée et les trouvera sous un nom d'emprunt. Angel Eyes. Il remarquera la concordance des dates. *En effet, elle m'a pas trompé, pas avec ce type du moins...* Zach regardera le premier film avec stupéfaction et appréciera les détails du document. Cette Angel Eyes aux cheveux très longs gémissant un orgasme en anglais lui fera écarquiller les yeux. Lors du second film, moins bestial, presque tendre, Zach se branlera. Il jouira au même moment que Kaviak, à la fin du film. Son gland essuyé, Zach ira cogner à la porte de l'appartement 308 avec l'intention de trouver des réponses.

LA DIÈTE LIQUIDE

19 h 38 – Humidex : 43 °C

L'intention d'Edward était noble. Acheter du bœuf haché, des tacos, de la salsa, du fromage. Se concocter un repas mexicain tel qu'annoncé à la télé. Il s'était présenté à l'épicerie, avait pris un panier, posé sa quotidienne caisse de Bud Light au fond, avait marqué un arrêt au comptoir des viandes. Lorsque le boucher lui remit son paquet de bœuf sanguinolent, Edward ne put s'empêcher de ressentir un brin de fierté. Dans les allées, il avait longuement hésité devant les choix de salsa. Désirait-il une salsa douce, une salsa douce *chunky*, une salsa médium, médium *chunky*, épicée, épicée *chunky*, épicée trois piments, épicée alerte au feu ? Edward se fia à son espèce. *A gentleman-sponge is better with medium chunky... something soft, alive and generous...* Devant les fromages, l'abondance de choix le rendit perplexe. Cheddar doux, moyen, fort, vieux, extra-vieux. À moins qu'il n'opte pour une des sept marques de mozzarellas disponibles. Chose certaine, l'achat de Cheez Whiz était exclu, banni de son existence en même temps que Janet. Après hésitations et questionnements, Edward opta pour la mozzarella au plus bas prix.

En mettant le pied hors de l'épicerie, Edward vit Roméo McCaan assis sur un banc. Edward songea à le saluer et renonça en le voyant noircir une grille de mots croisés. Une des rares activités sacrées pour McCaan. Le vieillard était assidu, absorbé. Un roc. Sa perception du monde semblait se limiter aux cases de sa grille. Comme Edward renonçait à marcher vers Roméo, une silhouette familière attira son regard vers le prochain coin de rue.

— *Holy shit!*

— Eddie ? C'est toi ?

McCaan n'était plus une priorité pour Edward. Il venait de retrouver la femme. Celle de samedi dernier. Gina. *It is her... now I'm sure of it...* Edward était trop chargé pour une poursuite au pas de course. Une filature prenait la forme d'une option séduisante. Edward posa sa caisse de Bud Light sur son épaule et garda le sac de victuailles entre ses doigts libres.

À 19 h 38, Edward suit la présumée Gina depuis plus d'une heure. La femme se trouve à vingt mètres de lui. Elle se redirige vers le cœur du Quartier latin après avoir marché dans les premières rues du centre-ville. La femme n'a visité aucune boutique, n'a pas reluqué le contenu des vitrines. Elle semble marcher sans but. Pour le sport. *No doubt, that's her... she always liked to walk after supper...* Edward ne souhaite pas nouer le contact. Il n'est pas rasé, pas lavé. Jusqu'ici, il avait généralement économisé sa sueur depuis la canicule. C'était de l'histoire ancienne. Le port de sa caisse de bière sur six kilomètres avait déclenché un mécanisme de sudation massive. Une sueur grasse, acidulée. Également conscient de son imposante stature, Edward sait que son t-shirt noir Jack Daniel's peut lui donner une allure louche. Il ne veut pas courir le risque de renouer un second contact pire que le premier. Une ébauche de stratégie commence à poindre dans son esprit.

Depuis une quinzaine de minutes, sans perdre la femme de vue, Edward songe à son paquet de bœuf haché. *Must have turned bad at this temperature. Helpful experiment... never buy fresh food...*

— Mmmmh... *interesting...*

La femme franchit les portes d'une tour à condos. Edward presse le pas pour parvenir devant les portes vitrées de l'immeuble d'une quinzaine d'étages. *Just in time…* Edward voit la femme retirer sa clé de la porte principale.

— Bingo.

Edward a soif. Une bière serait bienvenue. Selon son estimation, Le Galant se trouve à moins d'un mille. Il espère qu'une bouteille l'attend au fond de son frigo. Edward a horreur de la bière chaude. Surtout lorsqu'il a quelque chose à célébrer.

JADE OF THE GALANT
19 h 58 – Humidex : 41 °C

Sarah s'est décidée. Ce sera ce soir. Depuis la rencontre du Roy Bar, rien ne s'était déroulé comme prévu. Elle et Vivianne avaient passé leur première nuit à s'échauffer mutuellement, a échanger des baisers, des caresses pardessus leurs vêtements. Le goutte à goutte de ses menstruations doublé d'un accès de timidité avait obligé la modération de leurs premiers ébats. Pour leur seconde rencontre, elles s'étaient contentées de rester à l'appartement de Sarah, partageant des mets indiens commandés par téléphone. Vivianne découvrit les papadums et le garam masala, remercia chaleureusement Sarah de l'introduire à cette cuisine. Sarah n'avait pas mangé indien depuis Vancouver. Un des derniers repas avec son ancienne amante.

Hier soir, Sarah avait une envie précise, définie. Rien de sensuel. Rien qui correspondait à la potentielle description de tâche de sa partenaire de location. Sarah avait envie de se blottir comme une enfant. Elle avait envie de pleurer l'échec de Vancouver, de pleurer son angoisse d'être si près de son ancien chez-soi, de pleurer ses quelques actions contestables. *Il y a que les connes qui chialent… les hommes l'ont plus facile… ils frappent, ils gueulent, ils démolissent. Je suis même pas fichue de crier… c'est tellement ridicule. Et pourquoi je pourrais pas pleurer ? Pourquoi je me retiendrais… elle me connaît pas… elle est payée pour être ici… pourquoi je me soucierais de ce qu'une pute pense de moi ? Peut-être parce que je l'aime bien… oui… peut-être…*

Au final, Sarah n'a pas pleuré. Elle a rigolé dans sa sueur en racontant des histoires inventées sur des copines qu'elle n'avait jamais eues dans des lieux dont elle avait entendu parler. Vivianne avait apprécié.

Cet après-midi, obéissant aux nouvelles règles reçues par SMS, Sarah s'est procuré un ordinateur portable doté d'une carte WIFI. Après des heures passées à régler des problèmes de configuration Windows, Sarah pirata une connexion non protégée baptisée « Ibatanet » et releva ses courriels à l'adresse indiquée par le SMS. Le patron avait écrit. Des détails intrigants sur les relations entretenues entre lui et Adamson, sur les raisons de son embauche. *Pourquoi parler d'un arbre ? Drôle de code… il prend aucun risque. Pourtant… rien n'est retraçable… j'espère que le signal tardera pas…*

Sarah médita longuement sur ses nouveaux renseignements. La donne venait de changer. *Pourquoi ce revirement ? Il me paie une fille… me dit de finir le travail selon son signal… à quoi il joue ?* Saturée par la cacophonie du système d'alarme, incapable de trouver une réponse, Sarah décida de se changer les idées en faisant une recherche sur Vivianne. *De toute manière, je finirai pas le travail ce soir… bon, voyons voir… une putain, ça laisse des traces… ça fait de la pub… est-ce que quelqu'un va finir par arrêter ce foutu système d'alarme ? Pas moyen de s'entendre penser ici…*

Sarah ne perdit pas de temps avec le FTP des polices municipales canadiennes. *Mon code doit plus être valide…* Elle se dirigea directement sur Google. Elle tapa « Montréal escorte Vivianne ». En 0,34 seconde, sa recherche l'orienta vers deux possibilités intéressantes : un site d'escortes montréalaises indépendantes, un forum appelé « Montreal Escort Review Board ». Sarah cliqua sur le lien du listage des putains montréalaises. *Aucun classement alphabétique…* Plus de trois cents femmes disponibles. Après un rapide survol, elle repéra une professionnelle œuvrant sous le nom de Vivianne. Malheureusement, ni la photo ni la description ne cadraient. *Elle doit travailler avec un autre nom…*

Vers 17 h, son cellulaire sonna. Le patron.

— Puis… Vivianne et toi… vous vous entendez bien, on dirait…

— Parlez plus fort, on entend rien ici.

— T'AS PRIS MON COURRIEL ?

— Oui.

— J'IMAGINE QUE TU TE POSES DES QUESTIONS.

— C'est possible… J'ai vraiment besoin d'en savoir plus ?

— NON.

— Dans ce cas, j'ai pas de questions. D'autres choses à ajouter ?

— *Nope… HAVE A GOOD LIFE, GIRL.*

La ligne coupa.

Sarah n'était plus policière. Tout savoir ne faisait plus partie de son boulot. *Moins j'en saurai, meilleur ce sera… j'en sais déjà assez… Alors, sous quel nom tu te caches, Vivianne…* Sarah reprit sa recherche et passa les putains une à une. L'info recherchée se trouvait derrière le lien de la septième prostituée identifiée au nom de Jade. *Voilà !* Malgré le visage brouillé au Photoshop et le port d'une perruque noire, aucun doute ne planait sur l'identité réelle de cette femme. C'était Vivianne. Deux liens étaient ajoutés à sa page. Un premier menant vers kaviaksex.com et un autre vers merb.ca.

Sur kaviaksex.com, Sarah confirma l'identité de Vivianne en visionnant un bref extrait promotionnel d'un film porno, tourné il y a dix-huit mois. Vivianne portait une perruque brune pour l'occasion. Sur merb.ca, Sarah aboutit à un forum de discussion dédié à « Jade of the Galant ». Le forum avait été commencé il y a deux ans et sa dernière entrée, effectuée en date d'hier par un certain Sam Nolan, faisait état d'actes peu orthodoxes. En reculant de trois pages dans le fil du forum, Sarah découvrit que cette « Jade of the Galant » passait pour une escorte de luxe à prix imbattable. Que des éloges. Seules les entrées récentes et quotidiennes de ce Sam Nolan détonnaient avec les autres commentaires. *On dirait qu'elle se fait chier avec ce client... il a pas l'air commode... au moins il sait écrire. Pourquoi Jade « of the Galant » ? C'est quoi, ce « Galant » ?* Heureuse des renseignements récoltés sur Vivianne, Sarah pensa sandwich, frites et boisson fraîche. Elle décida d'aller casser la croûte au Malarche sans prendre la peine de traîner le Palm.

Vers 19 h 20, Sarah revint vers l'immeuble avec un cure-dent à la menthe entre les dents. Réprimant un rot, un bruit la fit sursauter. Quelqu'un venait de lancer une brique sur le capot de la Buick au système d'alarme. Comme une deuxième brique atterrissait – sur le toit cette fois –, Sarah chercha l'origine des projectiles. Elle remarqua un type avec une jambe plâtrée perché au balcon du cinquième étage. Baissant les yeux, Sarah remarqua les lettres dorées sur le haut de la porte.

— Le Galant... *tiens... j'avais pas remarqué...*

Après un bref coup d'œil sur la Buick qui recevait une troisième brique, Sarah reconstruisit les liens. *Le Galant... Jade of the Galant... non... ce serait trop facile...* Sarah monta les marches deux à deux et retourna, suant à grosses gouttes, derrière son ordinateur. *Google...* Elle tapa « Jade of the Galant address ». Sa recherche la ramena sur une page de merb.ca qui indiquait l'adresse du Galant ainsi que le numéro d'appartement de Jade. Le 408. *La porte au bout du couloir... shit !... quelle heure ? 19 h 58... je crois qu'il est temps de rendre visite à Vivianne... elle va être surprise...*

Sarah sort de son appartement. Elle referme la porte marquée du chiffre 404 avec la délicatesse d'une espionne.

Environ vingt pas la sépare du 408. Elle passe devant le 402 et le 401. Tout est calme. Elle passe devant l'ascenseur, devant l'accès à l'escalier. Deux punks maigrelets montent les marches en discutant. Ils ne l'ont pas vue. Sarah passe devant le 406 qu'elle sait inoccupé et le 405, logis d'Adamson. *Pourvu qu'il ouvre pas sa porte… et puis fuck… rien à foutre… il est presque mort…* Sarah arrive devant la porte du 408. Elle entend une voix derrière la porte 407, comme si l'occupante parlait au téléphone. *Je cogne ou pas ? Franchement… c'est pas une perquisition… je peux cogner…*

Sarah frappe à la porte.

Aucune réponse.

Elle frappe à nouveau.

Même silence. Peut-être un murmure. *Peut-être pas…*

Serrant les dents, Sarah décide de tourner la poignée.

La porte s'ouvre. L'odeur est forte. Rebutante. De la pisse, de la merde, du vomi, du sang. Plusieurs souvenirs de ses descentes dans les piqueries de Skid Row lui reviennent en tête. *Pourquoi j'ai pas pris mon Beretta ?* Sarah voit Vivianne ligotée à une chaise, affalée dans une flaque jaune collante. Vivianne semble seule. Elle chantonne en gardant les yeux clos. Quelque chose en yiddish.

— Vivianne ?

— Sarah ? Sarah… ! Merci… merci…

L'ARGUMENT DAVID BOWIE

20 h – Humidex : 41 °C

— En tout cas, les briques, elles ont rien changé. Ça sonne encore en bas. Pis en plus, il y avait rien à voler…

— Écoute, Mike, t'étais-tu sérieux tout à l'heure ?

— Faire nos affaires sans Lulu ? Oui, *full* sérieux, Chloé.

— Mais il y a la tournée cet automne… ça serait cave de pas en profiter… on saute pas du char quand il roule…

— On aurait dû prendre l'ascenseur… Hostie, fait trop chaud pour monter les cinq étages d'une *shot*…

— Mike…

— *Come on,* Chloé… Je suis écœuré de l'endurer… elle me pompe l'air avec son attitude de boss… On fera jamais de cash avec cette musique-là.

— Pour le cash, je suis super d'accord, mais ça jamais été le but… *Remarque qu'avec un peu plus de cash on pourrait mieux payer nos traitements… ou juste vivre mieux…*

Chloé interrompt sa montée des marches. Il reste un étage avant d'arriver au couloir du cinquième. Elle regarde Mike, ses piercings, sa chemise de travail avec un badge brodé au nom de Stanley, sa ceinture où il accrochait son squeegee, à une autre époque.

— *So,* Chloé ? J'peux compter sur toi ?

Chloé se remet en mouvement.

— C'est pas avec un *keyboard,* une deuxième guitare pis un *drummer* qu'on fait un band, Mike… Ça nous prend une voix pis une basse.

Chloé entend l'expression de Mike. Le bruit de ses lèvres qui compriment de la salive sur les gencives en se relevant. Un sourire de fierté exagérée.

— Luc est pas pire sur une basse. Meilleur qu'avec une guit. Moins de cordes… c'est moins raide pour lui.

— Pis tu mets qui sur la guit ?

— Bob.

Chloé ne s'attendait pas à ce que Mike trouve une réponse si facilement. *Bob… il lâchera jamais Lulu… il a toujours été avec elle…*

— OK… Pis comment Bob pourrait être intéressé par ton idée ?

— Parce que c'est notre idée, à lui, pis moi.

Chloé a besoin de s'asseoir. Les trois hommes du groupe sont dans le coup. Ils veulent plaquer Claudette Abattage. *Ou bien ils veulent expulser Lulu de Claudette Abattage. Fuck, où sont mes clés ?*

— Laisse faire, je vais débarrer.

Le cinquième étage est de loin le plus chaud et le plus crasseux du Galant. Collé à la toiture, il subit l'effet d'accumulation provoqué par la couche goudronnée. La température des appartements du cinquième dépasse celle du bas de trois degrés, sans parler de l'humidité. Sitôt entrée, Chloé se sert un verre d'eau sans fraîcheur. Mike retire sa chemise imbibée de sueur et la laisse tomber au sol. Le bruit de l'alarme de la Buick transperce les murs comme s'ils étaient en carton.

— C'est quoi, ta solution pour la voix ?

— Mélina.

— Mélina ? Parce que tu penses que Mélina va lâcher Lulu. C'est sa préférée !

— C'est la plus jeune aussi… Mélina est plus facile à influencer.

— Pis tu penses pouvoir planter Lulu à ce jeu-là ?

Mike ne répond pas. Il regarde une tache au plafond en avalant une gorgée de vodka température pièce. Chloé boit son verre d'eau et s'en fait couler un second.

— Tu ferais quoi, comme musique ?

— Genre alterno-pop. J'en ai plein le cul du post-punk. C'est plate à jouer du crisse de *noise*... Je ferais quelque chose qui sonne propre pis crotté, juste assez pour attirer les plus jeunes. Quelque chose comme un mélange d'Arcade Fire, Ziggy Stardust pis Radiohead...

— Si Lulu t'entendait, t'aurais déjà trois dents de pétées...

— T'as pas envie de partager une scène avec David Bowie ? De plus penser au cash ? Te dire que tu pourrais vivre jusqu'à cent ans comme tout le monde ?

— ...

— Ben, c'est pas avec des chansons comme *Catapulte à bébés* qu'on va réussir ça.

Chloé regarde Mike retirer pantalon et caleçon d'un même geste. Il est déjà bandé. *Il est toujours bandé... c'est pas humain...* Chloé n'a pas envie de baiser.

— *So ?* Ça marche, Chloé ?

— Remonte tes culottes, j'ai vraiment pas la tête à ça. Pis il fait trop chaud. *Ça dépendra de ce que Mélina va dire... avec la voix qu'elle a, c'est de loin la plus importante... j'ai pas envie de prendre ce genre de décision... pas du tout....*

— Chloé ? *Hello ?* T'es là ?

— Arrête Mike. J'ai pas envie.

— *Come on...*

LA FABRICATION DE MR. GALANT

20 h 33 – Humidex : 39 °C

Immobile devant la porte de son appartement, caisse de bière à ses pieds, Edward gratte la dernière trace de colle noircie qui marque le haut de sa porte, ultime relique de *Mr. Galant*. Un collant orange et blanc apposé par Malarche en 1972. Edward avait demandé qu'il y soit écrit *Janitor*. Malarche n'avait jamais voulu.

— Tu es *Mr. Galant*. Pas seulement le concierge.

Avec son fatalisme de *gentleman-sponge,* Edward n'avait pas rouspété davantage. Le collant avait tenu jusqu'en 1999, année où un jeune locataire avait eu l'idée de l'arracher, sans raison apparente. On avait parlé d'un pari de collégiens, à l'époque.

La longue marche l'a assoiffé. Maintenant qu'il se trouve à quelques pieds de son frigo, Edward se persuade qu'aucune bière ne l'attend au frais. *Shoot…* Le frigo contient du ketchup, de la moutarde, un pot de confiture de fraises, un œuf craquelé peu recommandable.

— *I knew it.*

Edward roule une salive terreuse dans sa bouche. L'eau du robinet ne lui dit rien qui vaille. Pas par ce temps. *Taste like bleached mud….* Avec méthode, il remise ses bouteilles de bière au frais. Dix-huit bouteilles au frigo, six dans le congélateur. Comme le compartiment givré lui sert aussi d'entrepôt pour quelques vêtements, Edward, retire une paire de bas et un caleçon pour faire place aux bouteilles.

— *Might be drinkable in fifteen minutes…*

Une montée acide lui remonte l'œsophage, provoque un rot de ventre vide.

– *Fifteen minutes.*

Edward referme la porte du frigo, se déplace vers le salon, retire ses vieilles sandales, son short, son t-shirt, son caleçon. *I should cut my toe nails, they're getting yellow...* Il éponge sa sueur avec son t-shirt roulé en boule, enfile les bas et le caleçon réfrigérés, remet ses sandales, s'assoit dans son fauteuil, ouvre sa télé. *Fourteen minutes...*

Première chaîne : documentaire sur les gazelles ;

zap : vidéo de gangsta rap incluant voitures modifiées, vêtements Fubu, agressivité, filles de seize ans en bikinis ;

zap : télé-réalité, une femme complote contre une autre femme qui croit qu'un homme complote contre un autre homme ;

zap : télé-réalité, un laideron boutonneux paré d'un t-shirt Ohio State essaie de ne pas cracher ses cordes vocales en chantant *I Will Always Love You* ;

zap : documentaire sur les hyènes qui emmerdent les lionnes lorsqu'elles chassent les gazelles dans la savane ;

zap : deux astronautes pissent sur Mars en rigolant ; Edward a déjà vu ce film... ;

zap : baseball, les Braves servent une raclée aux Nationals ;

zap : documentaire sur les alligators des Everglades ;

zap : télé annonce, Dodge Polara 1963, pièce de collection, entièrement restaurée, on demande...

– *God damn it !*

Edward éteint son téléviseur. Ses yeux sont ronds, sa bouche reste close. Il est persuadé qu'il s'agissait de sa vieille voiture. Pendant un instant, il croit à un canular, à une farce cosmique. *That's just my old mind playin' tricks... must be the heat... God, I need a beer...* Par prudence, Edward renonce à la télévision comme source de divertissement pour les minutes qui suivent. La fraîcheur des bas et du caleçon s'est évanouie. Pour tenter la chance, il vérifie la température des bières du congélateur.

Long soupir.

Edward passe sur son balcon et s'accoude sur la rampe métallique.

My old Polara... C'était en la vendant qu'Edward avait renoncé à Gina. Il se rappelle l'apparition de Montréal dans son pare-brise. Sa montagne, ses jeunes gratte-ciel, ses élégants ponts métalliques. En roulant pour la première fois dans ses rues, Edward s'était amusé à jouer les touristes. La Floride et sa femme étaient à deux mille kilomètres, Gina, elle, tout près. Il aimait ce sentiment. Plus d'une heure après avoir circulé dans les petites artères, il s'arrêta pour dîner dans un restaurant qui semblait digne de ses moyens.

Assis sur une banquette côté vitrine, Edward percevait une différence impalpable dans cette ville. Les gens n'avaient pas les mêmes traits que chez lui. Leurs attitudes, leurs gestuelles, leurs démarches différaient. C'était encore l'Amérique, mais plus tout à fait la même. Lorsqu'une jolie blonde aux yeux bleu acier vint prendre sa commande, il comprit.

— Salut mon chou, moi, c'est Monique. Qu'est-ce que je te sers ?

— *Hum, do you speak english ?*

— Non chou, on parle français icitte... Je t'envoie le boss... ROLAND... Une tête carrée pour toi.

Edward avait compris « boss » et crut qu'il avait gaffé.

— *Yes mister, I can do what for you ?*

Edward pensa commander un club-sandwich et en rester là. Mais cette histoire de serveuse qui ne parlait pas anglais lui travaillait les méninges. Il demanda plus d'explications.

Deux heures plus tard, Edward était toujours assis au restaurant, attablé avec son propriétaire, un certain Roland Malarche. Ce dernier s'était fait une joie d'expliquer Montréal dans les détails, en offrant le repas et les bières pression *« on the house, my friend »*. À sa septième bière, Edward connaissait le nécessaire pour se tirer d'affaire sans trop de mal.

— *And what brings you to Montréal, Mister Edward? Money? Business? Woman?*

Edward rougit. Il devait des explications à ce Malarche.

— *You are red in the face... It's a woman!*

— *Yep, a woman.*

— Monique, bébé... amène le Canadian Club, deux verres pis un paquet d'Export A.

Edward garde peu de souvenirs de sa première nuit à Montréal. De vagues images lui reviennent à l'esprit. Beaucoup d'alcool, des cigarettes, peut-être une femme. Il n'a jamais cru utile d'en savoir plus. Son premier matin montréalais avait été frais et nuageux, un temps glacial selon les standards météo de sa Floride natale. Edward se leva pour fermer la porte-fenêtre laissée entrouverte. Après mûre analyse, il détermina être dans une chambre d'hôtel ou un petit appartement meublé. Il vérifia ses poches. Il avait son portefeuille, son argent, ses clés. Tout était étonnamment en ordre. Il sortit de la chambre, nota son numéro. La 201. Il marcha dans un couloir, un escalier, un hall. Tout semblait propre, bien tenu. Une jolie jeune femme se tenait à la réception. Brunette, celle-là. Elle lui décocha un sourire radieux tout en poursuivant sa conversation téléphonique. Arrivé sur le trottoir, Edward vit sa Polara garée devant le restaurant de la veille.

— *Hey! My American friend!*

C'était Malarche. Edward s'attendait à recevoir une facture pour la chambre. Il fut plutôt invité à prendre deux cachets d'aspirine et un déjeuner. « *You will see, my restaurant make the best breakfast of the city!* » Edward avalait du bacon quand il saisit le motif derrière cet accueil royal. Malarche lui proposa un boulot. Il avait besoin d'un homme costaud, tranquille et sans passé pour surveiller son restaurant, la nuit. Il ne pouvait payer plus de quatre dollars par nuit, mais il offrait le gîte et le couvert pour les quelques semaines du contrat.

– The 201... you like it? It's yours. You come in at midnight and you get out at six. For the rest, go and get your woman... Malarche glissa un atlas des rues de la ville sur la table. *And don't forget, at midnight, you come back here.*

Trente minutes plus tard, Edward garait sa voiture devant l'adresse laissée par Gina. Il avait opté pour attendre de la voir pour reprendre contact. Il ouvrit la radio de la Polara. Des commentateurs francophones décrivaient une partie de baseball. « Deux balles, une prise contre Joe Torre... Sembera lance... une troisième balle... début de saison difficile pour le jeune lanceur... »

Edward avait compris l'essentiel malgré la barrière des langues. Pour s'aider à décrypter davantage, il fixait sa radio avec intensité. Il avait compris « Joe Torre » et « Sembera ». Le reste était demeuré flou. « Torre s'élance... fausse balle... trois balles deux prises, compte complet... » Un éclair de génie vint à son esprit. *OK... « balle » means ball and « prise » means strike... if only I knew if they're playing here or in Saint-Louis...*

– Are you here for baseball or pleasure, Mister?

Cette voix. Cette odeur. *Thank you Lord...*

C'était elle.

Sembera jouait à Saint-Louis cet après-midi du 14 avril 1969. L'équipe ne revenait pas avant cinq jours. Gina n'arrivait pas à croire qu'Edward l'ait rejointe si vite. Elle était heureuse, ravie, même si son sourire différait de ceux de Floride. *Because of the canadian light probably...*

Le sommeil fut rare au cours de ces cinq jours d'avril 1969. Edward arrivait chez Gina vers midi, faisait l'amour avec elle jusqu'au soir, repartait pour Le Malarche vers 23 h, effectuait son boulot de surveillance en buvant des dizaines de cafés, partait se coucher vers 6 h, dormait d'un œil jusqu'à 10 h 30, avalait un déjeuner en vitesse, retournait chez Gina pour lui faire l'amour. Le matin du 20 avril, un dimanche de pluie glaciale, Edward se leva, passa chez Malarche, déjeuna et roula jusqu'à l'appartement de Gina. L'humidité était pénétrante, à glacer les os jusqu'à la moelle. Edward n'avait aucun vêtement pour contrer cette météo. Il cogna à la porte avec un empressement frisant l'urgence. Une main habituée de cogner à cette adresse. La porte s'ouvrit. C'était Sembera.

Le silence dura une dizaine de secondes. Une éternité.

– *So. It's you...*

Edward pensa répondre *« How do you know ? »* et renonça aussi rapidement qu'il y avait pensé. Il songea à demander *« It's me ?... It's me what ? »* sans croire en ses capacités de feindre l'innocence. Sembera avait le visage d'un condamné à la tristesse, l'œil d'un bambin qui voit sa mère déchiquetée par une bombe. Edward regarda Sembera dans les yeux, baissa la tête, puis les épaules.

– *Yes, it's me.*

Sembera ferma ses paupières et inspira profondément. Edward apprécia l'homme devant lui. Un corps grand et longiligne. Une catapulte sur pattes, un parfait physique de lanceur. Si Sembera devait le frapper, Edward ne riposterait pas, même s'il pouvait lui briser la nuque d'une main. Sembera le regarda de nouveau. Ses lèvres tremblaient. Cet homme aimait Gina, Edward n'en douta pas une seconde.

– *Leave us... please... Get out of her life... Get out of our lives...*

À cette minute, Edward n'espérait qu'une chose, apercevoir Gina, voir son visage, deviner sa présence dans le couloir. Rien ne se produisit. Lorsque Sembera referma la porte, Edward s'assit dans les marches de l'escalier. Il préférait rester, de peur que Sembera se venge sur sa femme. Encore une fois, rien ne filtra à travers les murs. Pas un cri.

Pas un pleur. Quand il renonça à monter la garde pour retourner au Malarche, la pluie glaciale se transforma en pluie verglaçante. De fins glaçons acérés. Edward perçut cette averse comme un message divin. Il resta planté debout sur le trottoir, le visage pointé vers le ciel, pour recevoir le plus de grains possible.

De retour au 201 du Galant, Edward découvrit qu'il n'avait pas le numéro de téléphone de Gina. Paniqué, il passa le reste de la journée à négocier en vain avec les standardistes pour obtenir le numéro confidentiel de Sembera. Le lendemain, il retourna à l'appartement de Gina. Il n'y avait personne. *Idem* pour le lendemain et le surlendemain. Edward se procura un calendrier des joutes de l'équipe. Les Expos étaient partis en tournée sur la côte ouest. Edward conclut que Sembera avait emmené sa femme avec lui. L'équipe revenait le 4 mai. Il décida de patienter et de suivre chaque match à la radio.

Sembera ne lança pas régulièrement lors de ce voyage. Les rares parties où son bras fut requis se transformèrent en désastre. Le 24 avril, contre les Giants de San Francisco, Sembera se fit frapper quatre fois pour quatre points. Son équipe encaissa une défaite de 12 à 3. Un massacre. Les annonceurs radio émirent plusieurs commentaires suggérant que Sembera avait bousillé son travail de relève, qu'il portait la responsabilité de la défaite (Edward avait trouvé un poste de radio anglophone). Deux jours plus tard, l'équipe jouait un match double contre Los Angeles. Sembera lança trois manches, accorda deux coups de circuit, quatre buts sur balle et cinq points. Le désastre. Montréal perdit 11 à 1 et rétrograda Sembera dans les ligues mineures le soir même. Edward, lui, apprit la nouvelle par les annonceurs radio, au début du match du 28 avril, contre San Diego. Le cœur à sec, accroché à sa dernière illusion, Edward se rendit à l'appartement de Gina le 4 mai. Une femme noire avec un accent louisianais lui ouvrit, elle était l'épouse du joueur qui avait remplacé Sembera. Elle ne savait rien à propos des précédents occupants. Après une série d'appels auprès des Expos, le responsable des communications de l'équipe indiqua que Sembera ne tenait pas à être retracé.

Edward avait perdu Gina. Edward avait tout perdu.

Pendant un mois, il ne prononça plus un mot. Au bout de ce silence, il finit par dire *« yes »* pour vendre sa Polara deux cents dollars et *« yes »* pour le poste de concierge du Galant offert par Malarche.

L'année d'après, le 20 avril 1970, Edward passa à l'appartement qu'avait brièvement occupé Gina pour y déposer une rose blanche sur les marches. Ce jour-là, Edward promit devant son dieu de ne jamais plus approcher une autre femme. Trois décennies plus tard, il apprit que Sembera n'avait plus jamais joué dans les ligues majeures après ce match du 26 avril 1969. Cette histoire n'avait fait que des perdants.

— *Shit!... my beer...*

Edward court vers son frigo. Tout va bien, sa bière n'a pas gelé. Elle a même atteint la fraîcheur optimale, tel que recommandé par le fabricant. Il en boit une première. Une deuxième. Une troisième. Une quatrième. Une cinquième. Certains souvenirs demandent un rinçage agressif.

Edward se sent mieux. Il boira la sixième à petites gorgées. Ensuite, il redonnera une chance à la télévision, son unique compagne.

RIEN N'EST PLUS SINCÈRE QU'UN ORGASME

20 h 54 – Humidex : 39 °C

Zach tient davantage de la calculatrice que du fusil. Plus de calculs que de munitions en lui. Question de physique élémentaire, de musculature pauvre, de foi totale en la raison. Zach n'a pas trop fumé aujourd'hui. Son acclimatation à la chaleur extrême progresse. Il se sent d'attaque. *Plus facile avec ce bruit d'alarme, ça cimente dans la réalité...* Zach estime qu'il mérite une récompense pour sa bonne tenue. *Fumer si peu, ça se souligne... Une ligne de coke fera l'affaire. Si le cerveau est une lame, la cocaïne redresse son fil...*

Bien que ses défauts et travers abondent, Zach sait reconnaître la défaite. *Faut rendre à César...* Il accepte que Kaviak l'ait possédé avec son film. *Mais dans la défaite, le nerf de la guerre, c'est l'analyse, la recherche des motivations. Kaviak voulait certainement me mettre dans le même paquet que Daphnée... équilibrer ses affaires... il s'est fait Daphnée à deux reprises et il m'a fait baiser... bonne manière d'acheter la paix. Alors pourquoi acheter la paix s'il a baisé Daphnée lorsqu'elle était célibataire ? C'est pas net... ça cache quelque chose... sans parler qu'il m'en doit une maintenant. Une deuxième ligne et j'y vais...*

Deux étages plus bas, dans l'espoir de générer une forme d'aération, la porte de l'appartement privé de Kaviak est ouverte.

— Salut Zach. Ça va ?

— Je te dérange pas ?

— Non, ça va, entre... je terminais une méditation.

— T'es bouddhiste ou quoi ?

— On pourrait dire ça.

Kaviak offre un rafraîchissement et un siège à Zach.

— T'as faim alors ? Non ? T'es certain ? OK…

Kaviak s'assoit au sol, en lotus.

— Oui, je t'écoute.

Il veut prendre le contrôle… donne l'impression qu'il l'a…

— Je me demandais, t'arrives à vivre avec tes films ? Je veux pas critiquer mais… c'est un peu vide chez toi, question meubles…

Zach fait courir ses yeux dans l'appartement de Kaviak. Un lit double standard, un frigo, une cuisinière, une table de cuisine Ikea non vernie, deux chaises assorties, un bureau similaire à la table, deux ordinateurs dotés d'écrans de bonne taille. Rien de plus. Sinon la chaise de bureau sur laquelle ses fesses sont posées.

— Je suis pas très attaché aux objets… la matière est un phénomène temporaire.

— Bouddhiste zen ?

— Un peu de ça, oui…

— C'est pas un paradoxe d'être un peu zen ?

— Bien sûr.

Silence. Juste assez long pour remettre le système d'alarme de la Buick à l'avant-plan.

— Pourquoi tu poses pas tes vraies questions, Zach ?

Kaviak affiche un sourire impossible à associer à la défiance. Il se lève, sort une orange de son frigo. Avec son pouce, il entaille et soulève l'écorce sans abîmer la chair du fruit. Zach le regarde travailler. Il n'a jamais vu une orange être pelée avec tant d'adresse. *Il est doué…*

— En fait Zach, t'as une question en tête. Si t'étais un mec ordinaire, t'en aurais une dizaine. Comme t'es pas idiot…

— OK… ça va… Les films avec Daphnée… ils datent de quand ?

Kaviak semble satisfait de la question. Il passe devant son ordinateur, navigue sur l'OS et arrive aux fichiers Quicktime originaux. Il double-clique. Les vidéos commencent pour authentifier chaque séquence.

— Elle avait apprécié ma technique la première fois… mais c'est quand même l'argent qui l'a ramenée, comme les autres.

Kaviak laisse défiler les films et ramène la fenêtre des fichiers à l'avant-plan. Ceux de Daphnée sont surlignés.

— Voilà…

Zach étire le cou, lit les dates. La première ne pose aucun problème. Pour la deuxième, c'est autre chose. Dans celle-ci, Daphnée se fait lécher par Kaviak.

— Putain, je savais…

Zach affiche un sourire radieux. Il y a longtemps qu'il n'a pas ressenti une joie pareille.

— C'est pour cette raison que tu m'as fait baiser…

— J'aime équilibrer les choses.

— Dis… je peux aller aux toilettes ?

— Si c'est pour pisser, ça va. Si c'est pour sniffer, je préfère que tu partages.

Zach regarde Kaviak comme s'il était pourvu de pouvoirs divinatoires.

— Fais pas cette tête-là, il t'en reste sur la narine…

Deux longues lignes de poudre disparaissent au bout de deux billets de vingt dollars roulés. Kaviak est heureux de s'accorder cette débauche passagère.

— Tu sais que t'es un putain de veinard ?

— Parce que je baise une tonne de femmes ?

— Ben, si…

— Et toi, la drogue, elle doit pas te coûter une fortune…

— Excellent point, t'as raison… mais toi, t'es célèbre. Je parie que des milliers de mecs se branlent en regardant un de tes films juste pendant qu'on discute…

Kaviak rigole un brin avant de disserter sur ses clients. Après mention des courriels de haine reçus quotidiennement, il explique le fonctionnement technique de son business. L'entente passée avec l'agence Oméga pour l'hébergement du site et sa promotion, les étapes de production qu'il assume, les logiciels à maîtriser. Il exhibe les sites des collègues avec lesquels il échange certaines filles – « T'inquiètes pas, Daphnée a pas travaillé avec eux » –, il dévoile sa liste d'actrices idéales, leur coût d'embauche. « Je peux seulement m'en payer une par mois, sauf pour les Californiennes. » Kaviak explique son fantasme irréalisé. « Tu vois ces deux-là… je vais te montrer une scène qu'elles ont tourné ensemble… le film s'appelle *Squirtwoman 2*… attends… attends… là… regarde le jus sortir… regarde la puissance du jet… c'est pas croyable. Elle, c'est Cytheria… et… attends… voilà l'autre qui jute aussi… elle, c'est Tiana Lynn. Et mon cher, le jour où j'ai huit mille dollars de trop, je me paye ces deux-là et je me fais mouiller de la tête au pied. » Pendant que Kaviak poursuit l'analyse des styles de ses actrices fétiches, Zach émiette un gramme de Québec Gold. Sa coke lui fait serrer les dents et il préfère ménager son émail.

— Kaviak, je me demandais, toi qui es un expert… un bon porno, c'est quoi ?

— Là, tu vois, ça, c'est une très bonne question… tu me files une cigarette ?

— Tu fumes ?

— Seulement quand je sniffe.

— Et tu sniffes souvent ?

— Bof… Ça me fait des lendemains tristes. Mauvais pour le travail.

Zach achève de rouler le joint, il reste le filtre à confectionner.

— Un bon film porno, c'est très simple : une bonne performance fait un bon film.

— T'entends quoi par bonne performance ?

— Une performance sincère.

— Oui et ?

— Quand tu regardes un film porno, généralement, t'es seul. Tu regardes deux, trois, quatre, X personnes jouer avec leur corps. Le procédé gagnant à tout coup, c'est de présenter les acteurs habillés, les mettre en action et les dévêtir. Si une actrice t'allume pas habillée, elle t'allumera pas à poil… Pour vivre la scène dans son intensité, tu dois avoir un lien particulier avec les personnages… Regarder un film, XXX ou pas, c'est comme lire un livre, ça comble la solitude, ça efface les angoisses… c'est du rêve instantané…

– Tu veux une taffe ?

Kaviak regarde le joint deux secondes et accepte l'offre en haussant les épaules.

— Il est bien, bonne saveur… Ce que je dis… Je disais quoi… ah oui… Quand une personne regarde un film, lit un livre, et cetera, elle entre en relation virtuelle, elle oriente son attention et son imagination sur un point de repère ; elle s'attend à un résultat qu'elle peut deviner. Dans un film d'Hollywood, par exemple, le spectateur va être satisfait si le personnage arrive, coûte que coûte, aux buts qu'il s'est fixé ; dans un film français, ça va être si le personnage apprend quelque chose sur lui-même, un truc moral si possible…

— Et dans un film porno ?

Zach prépare deux nouvelles lignes de coke.

— Dans un film porno, le spectateur mâle prend virtuellement la place de l'acteur. C'est pour ça que l'acteur doit ressembler à l'homme invisible… sauf pour des gars comme Ron Jeremy, Randy Spears, Peter North… ceux-là, c'est des exceptions…

— Oui, mais la sincérité dans ta théorie, elle fait quoi ?

Zach et Kaviak sniffent en simultané.

— T'aimes baiser une femme qui fait semblant de jouir ? Non, personne aime ça… Une bonne actrice, c'est une femme qui peut jouir réellement. Le laisser paraître dans ses yeux, dans ses membres, son ventre, son sexe, mais pour la caméra… Ça prend du talent, pas de blague… Un film, c'est toujours faux… pour être crédible, il faut montrer quelque chose de plus intime que la réalité… Les vrais voyeurs cherchent pas un spectacle, ils cherchent des apparences de vérité…

— T'aurais pas du jus d'orange ?

Kaviak bouge vers son frigo, sort un contenant, le vide dans un verre propre.

— Donc, si j'ai pigé… ça te prend une meuf sincère, un homme invisible et des milliers de voyeurs.

— On peut dire ça…

— Et tes *Squirtwomen* là-dedans… elles sont comment ?

— Les plus sincères… et les plus chères.

— Putain de féminisme.

Zach cligne de l'œil en levant son verre de jus. Kaviak répond en rigolant.

POUR UN SOIR SEULEMENT

22 h 31 – Humidex : 38 °C

Monique avait pratiquement perdu espoir. Un seul appel pour la journée, un type à la voix nerveuse qui tint la ligne jusqu'à la mention de son âge. *Fait peut-être trop chaud pour baiser... trop humide...* Heureusement pour son moral, il y eut ce coup de fil vers 21 h 30. Une voix jeune et assurée. Monique négocia à la baisse, elle voulait faire son test. Sans faute.

— Cinquante pour une heure. Tout ce que tu veux, sauf l'anal. Meilleur prix en ville.

— Parfait. J'arrive dans trente minutes.

L'annonce était parue ce matin dans les pages du *Journal de Montréal.* Monique n'avait pas travaillé depuis près de six ans. Une absence trop longue pour profiter de son ancienne réputation. La simple rédaction du message avait monopolisé la fin de son après-midi. La première version allait comme suit :

> De retour pour un soir seulement. Monique du Galant. Blonde, 44 ans, 34-26-34. Service parfait. Exp, douce, meilleure bouche en ville. 514 159-3830.

Satisfaite d'avoir pu s'en tirer sans effort, elle sortit son cellulaire et songea à Christian. *S'il tombe sur une copie du journal... il va savoir que c'est moi... ou bien un de ses amis va remarquer... non... trop risqué de garder mon nom...* Monique descendit au Malarche, demanda un verre de blanc, des napperons de papier, un stylo. Quand Mélina apporta son second verre de vin, Monique croyait avoir terminé le boulot.

Sirène suceuse, blonde, yeux bleus, 42 ans, 36-26-34. Seins très fermes, cul d'enfer, ce soir seulement. 514 159-3830.

Monique mit son texte de côté, avala une gorgée de chardonnay, fit cogner un ongle sur ses incisives. Un doute. Un autre.

— Toi… euh… Mélissa…

— Mélina.

— Oui… bon… j'suis curieuse… tu me donnes quel âge ?

Mélina flaira un piège dans la question.

— Ça dépend.

— De quoi ?

— Hum… ben, de l'angle.

— De l'angle ?

L'exercice diplomatique pouvait facilement dégénérer. Mélina prit soin de structurer sa réponse.

— Si je vous regarde de dos… je dirais cinquante, cinquante-cinq ans…

Monique se raidit sur la banquette.

— Mais si je vous regarde de face, vous faites pas plus que quarante-cinq ans, gros maximum…

Mélina ne laissa pas de temps pour une seconde réaction.

— …De profil par exemple, je dirais trente-cinq ou trente-huit ans…

Monique avala son vin d'une traite, remercia Mélina pour sa franchise, déchira le second texte d'annonce. *Cinquante-cinq ans de dos… pourtant… ma posture est bonne… peut-être les cheveux… de toute manière… j'ai mon rendez-vous demain chez Viva avec Maximo… je vais lui demander quelque chose de plus jeune. Quarante-cinq ans de face… ce doit être ma peau… ma cuirasse… il y a pas une crème qui peut l'adoucir… au moins le profil est bon… le gauche… elle a pas pu voir mon profil droit… je peux pas trop mentir sur mon âge… j'ai pas envie de perdre un client en ouvrant la porte…*

Monique travaillait à sa troisième version lorsqu'elle vit un vieillard défrayer son repas avec des rouleaux de cinq cents. L'image lui rappela le Marsouin dont le cadavre putréfié avait quitté l'immeuble ce matin-là. Elle se rappela l'odeur. Les masques des ambulanciers. Les mouches. Les dizaines de mouches, venues de nulle part. Monique songea aussi à l'appartement vide. Un de plus dans l'immeuble. Il y avait longtemps qu'une annonce n'avait été publiée. D'une main sûre, elle rédigea :

> Quartier latin, 1 1/2, meublé, chauffé, éclairé, à côté métro, libre immédiatement 450 $ mois. 514 159-3830.

Puis, sur sa lancée, elle ratura la deuxième tentative d'annonce de service érotique et gribouilla ceci :

> Femme mûre, allure jeune, service A1, viens jouir de l'expérience, un soir seulement. 514 159-3830.

Certaine de son coup, Monique prit à nouveau son cellulaire, composa le numéro du journal et boucla sa transaction. À la dernière minute, elle corrigea le montant du loyer à 475 $ en dictant la première annonce. Elle ne vit rien de l'expression dégoûtée d'une cliente du Malarche lorsqu'elle dicta la seconde.

Les annonces, c'était hier. Aujourd'hui, Monique s'est levée à 6 h. Aucun réveille-matin. D'expérience, elle savait que de nombreux clients téléphonaient le matin, histoire de tirer un coup rapide avant le boulot. Elle se prépara une réserve de café, alluma une Du Maurier. Vers 10 h, le silence de son cellulaire lui parut suspect. Pour s'assurer de son bon fonctionnement, elle passa chez Christian, pensant loger un appel au moyen de son téléphone. Monique n'avait pas mis les pieds dans cet appartement depuis le premier juillet. Inspection faite, elle vit que Christian était parti avec son téléphone. *Qu'est-ce qu'il fait en camping avec un téléphone sans fil ? Tant pis... j'ai qu'à passer au Malarche...* Vérification faite, son cellulaire fonctionnait sans problème. Monique en profita pour laisser un message d'encouragement sur sa boîte vocale. Son rendez-vous chez le coiffeur approchait. Faisant la moue, elle coupa la sonnerie du cellulaire, sortit du restaurant, héla un taxi, roula vers le salon de coiffure.

Vers 12 h 30, comme elle réactivait sa sonnerie en sortant de chez Viva, elle reçut un appel. Une voix nerveuse.

— Oui... euh... c'est combien ?

— Cent piastres pour l'heure.

— Ah... OK... euh... âge mûr... c'est combien ?

Monique opta pour la moyenne issue des observations de Mélina.

— Quarante-six ans. Allô ? ALLÔ ? Trou d'cul...

Monique revint au Galant une heure avant le déclenchement du signal d'alarme de la Buick. Son téléphone restait désespérément muet. Dans l'attente, elle médita brièvement sur le sort de ses anciennes collègues, celles qui n'avaient pu raccrocher, faire des économies, se trouver un protecteur. Elle pensa surtout à Sheila dont elle avait vu l'annonce en cherchant la sienne dans le journal. *Même annonce, même numéro. Pauvre elle... c'est à croire qu'elle fera ça jusqu'à sa mort... c'est triste une vieille pute...* Comme le cellulaire n'apportait rien, Monique décida d'appeler Sheila, de prendre des nouvelles. *Ça doit faire cinq ans...*

Première sonnerie. Seconde sonnerie. Troisième sonnerie, léger cliquetis, bruit de bande magnétique qui déroule : « Salut mon ange, je peux pas te parler en ce moment, mais si tu veux me laisser ton nom et ton num... » Monique n'avait pas besoin d'en entendre plus. *Finalement, ses affaires ont pas l'air mauvaises...*

Vers 17 h, un deuxième appel. Monique passa à deux doigts de louper la communication. *Maudit système d'alarme... j'entends plus rien... de quoi virer folle...*

— Monique ? Ça va ?

— SALUT CHRISTIAN... PARLE FORT... J'T'ENTENDS MAL !

— ÇA VA ?

— OUI ET TOI ?

— SUPER ! IL FAUT QUE JE TE PARLE.

— QUOI ?

— IL – FAUT – QUE – JE – TE – PARLE.

Le reste de l'appel porta sur les phrases audibles pour l'un, inaudibles pour l'autre. Devant cette impossibilité de communiquer, Christian renonça à parler et hurla qu'il téléphonerait le 9 juillet. *Où quelque chose comme ça...* À bout de nerfs, Monique contacta la police pour signaler le système d'alarme. Un standardiste débordé indiqua qu'ils en avaient plein les bras avec une fusillade dans le Centre-Sud.

— J'essaie d'envoyer quelqu'un dès que possible, madame.

— Appelez-moi pas madame.

21 h 31.

Un appel. Mieux, un client. Au point où elle se trouvait, Monique pensait offrir de l'argent à un homme pour parvenir à ses fins. Elle avait besoin de comprendre. *C'est très important...*

Le client se pointa à 22 h pile. Jeune. Propre en apparence. Du genre design-branché-urbano-épilé-crème-de-jour-dents-blanchies-au-quotidien. Un type dans la publicité sans doute. Il fit un signe de tête affirmatif en la voyant. Elle faisait l'affaire. Comme par miracle, le système d'alarme de la Buick cessa de répandre ses décibels dans le quartier au moment précis où il entrait dans l'appartement de Monique.

— Ça fait du bien… Ça sonnait depuis longtemps ?

— Un peu trop… alors chéri… qu'est-ce que tu veux ?

22 h 31.

Monique est satisfaite. Souriante. Son test a fonctionné. Elle aime Christian. Elle aime ses mains rugueuses qui labourent son cuir, pétrissent ses seins, elle aime son œil valide et son œil de vitre, elle aime ses poils foncés, sa tête de balafré, son odeur robuste, sa gestuelle pesante. Elle aime sa queue, longue, grosse, courbée qui la comble parfaitement. Rien à voir avec ce jeunot épilé, parfumé, pourvu d'un dard malhabile, ce faux mâle qui pose des doigts sans force sur sa poitrine. *On dirait qu'il joue avec une souris d'ordinateur… c'est un sein espèce de twit…* Son client ne ramone pas, il frétille comme un poisson hors de l'eau. Monique en a assez de cette comédie. Elle resserre ce qu'il lui reste de muscles vaginaux sur le client. Le frétillement s'intensifie. Un papillon de nuit sous la lumière. Monique ne sent rien. *Absolument rien…* Elle s'en fiche. Elle est amoureuse. *Je suis amoureuse… je crois… oui… je suis amoureuse…*

La contraction des muscles vaginaux est un truc vieux comme le métier. La femme tend son ventre, resserre ses lèvres et l'intérieur du vagin pour maintenir l'homme très serré à l'intérieur. Sur ses milliers de clients, Monique a utilisé cette technique presque chaque fois. Le jeunot du soir approuve le traitement en remplissant sa capote d'un infertile foutre translucide. Monique ne doit pas rigoler. *Je rirai quand il sera dans l'ascenseur…*

Monique regarde le client enfiler ses vêtements en vitesse, collecte ses cinquante dollars, l'escorte jusqu'à la porte.

— Peut-être à la prochaine, mademoiselle…

— C'est ça, oui, peut-être.

Au final, derrière sa porte close, Monique ne rit pas. Elle analyse ce sentiment qui naît en elle. Cette étrange chaleur au plexus solaire. *Oui… c'est ça… je suis amoureuse…* Monique replace une mèche de cheveux. Elle passe à la salle de bains, se regarde dans le miroir d'un air incrédule.

— Je suis amoureuse. Je suis, amoureuse !

Samedi 8 juillet

Personne n’avait besoin de cette pleine lune

LA LUNE ET L'EAU
4 h 37 – Humidex : 34 °C

Les doigts de Vivianne se sont desserrés. Sarah a pu se glisser hors du lit et replacer le tissu de son t-shirt. Sarah se demande si elle doit encore appeler cette femme Vivianne. *Des noms, elle en porte déjà plusieurs…* Jade of the Galant pour ses clients réguliers, Jade Pink sur kaviaksex.com, Jenny pour Trevor Adamson. *Quoique, Vivianne, ce doit être le vrai… c'est pas un nom qui s'invente…*

Sarah ne s'endormira pas immédiatement. Plusieurs éléments se sont bousculés depuis hier. D'abord ce courriel qui annonçait la venue d'un changement de planning pour son contrat. Ensuite cette recherche sur merb.ca qui révélait l'identité professionnelle de son flirt organisé. Il y avait eu Vivianne, retrouvée battue, ligotée à une chaise, coiffée d'une perruque, croupissant dans une flaque d'urine fermentée. Il y avait eu cet appartement au lit taché par des déjections et du sang. Un décor sordide. Plus tard, après avoir débarrassé Vivianne de ses liens, après les larmes, les remerciements et une longue douche dans son appartement, il y avait eu cette confirmation du responsable de cet acte odieux. Son contrat. Ce Trevor Adamson qu'elle surveille depuis des mois.

Cela fait beaucoup d'informations en très peu de temps. *Bien plus en douze heures qu'en trois mois… ça fait presque du bien…* Par précaution, Sarah a gardé Vivianne chez elle pour la nuit. La putain avait besoin de parler, de revenir sur les derniers jours, de confesser la terreur quotidienne qu'elle vivait avec Adamson. Sarah écouta Vivianne parler de tout et de rien pour diminuer la tension du traumatisme, comme elle l'avait appris dans ses cours de psychologie policière. Vivianne se raconta beaucoup. Sa vie au Galant, son père alcoolique, sa mère partie vivre dans une secte en Saskatchewan, ses frères qu'elle n'avait pas vus depuis des années, son lien d'affaires avec un certain Angelo de Toronto, l'insoutenable désert de sa vie amoureuse, sa peur de se retrouver avec le sida, son imposante dette de jeu qu'elle tentait de régler pour passer à autre chose, apprendre un métier, un truc normal, réglo. « Hygiéniste dentaire, j'aimerais ça, comme job. » Sarah écoutait, même si la tombée du masque entraînait l'idylle dans sa chute. Sarah écouta avec pragmatisme, se réfugia derrière la fonction qu'elle s'était attribuée à l'adolescence. Celle d'une protectrice, d'une arme contre les dangereux. *Le patron… c'est lui qui m'a poussée vers elle. Il me connaît mieux que je croyais. Il peut rien savoir à propos des deux premiers pourtant… c'est pas net, cette histoire. Vivianne a parlé d'un Angelo de Toronto qui pouvait l'aider à se débarrasser de son problème. Le patron a bien un léger accent italien. C'est mince comme lien… parfois le chemin le plus simple reste le meilleur…*

Vivianne est tombée d'épuisement vers 4 h ce matin, tête posée contre le ventre de Sarah, main droite agrippée à son t-shirt. Elle n'a lâché prise qu'à 4 h 37. *Il était temps, il fait pas une température pour avoir une tête sur le ventre…* Sarah prend un moment pour regarder Vivianne endormie dans le lit. Elle porte son t-shirt Mickey Mouse et ses anciennes culottes de jogging. Vivianne est la première femme à porter de ses vêtements depuis des années, mais Sarah n'y pense pas. Elle regarde plutôt devant elle, vers son cellulaire laissé dans la cuisine sur le minuscule comptoir.

Le cellulaire justement, Sarah l'entend émettre un tintement aigu signalant la réception d'un SMS. Derrière elle, Vivianne grogne dans son sommeil. Sarah étire ses bras, bâille, saisit son cellulaire, passe aux toilettes pour consulter le message. Ce SMS est bien celui qu'elle attendait. *« Ève has a bow.»* Profitant du sommeil profond de Vivianne, Sarah revient au courriel du patron, reçu la veille. *Avec mes nouvelles infos… je verrai peut-être un peu plus clair…*

> Bonjour.
> Il semble que l'heure approche pour la récolte. Les signes sont vifs et le mûrissement plus que certain. Tu commenceras ton travail quand Ève aura un arc. Elle pourrait l'avoir bientôt. L'arbre que tu t'apprêtes à couper, sache que je le considère comme un compagnon depuis près de trente ans. Malheureusement, il est rongé de l'intérieur et menace les personnes qui habitent autour.

Sarah relève la tête, quitte l'écran des yeux. Un moustique vient de la piquer au cou. Elle n'a pu l'aplatir, malgré sa courte claque. *Les personnes qui habitent autour… Vivianne avait dit qu'Angelo pouvait la protéger… pourtant le courriel est arrivé avant qu'Adamson ne l'attaque…*

> Lorsque Ève aura un arc, je te demande de l'abattre proprement, de l'effacer complètement. Ta pitance se situe au cœur de l'arbre.
> Bien entendu, je ne veux plus te revoir. Je ne fréquente pas les bûcherons.
> Le patron.

Sarah avait tôt fait de décoder l'essentiel. Le contrat arrivait à terme avec du nouveau dans la procédure. Au lieu de décapiter un cadavre et y foutre le feu façon mafia, elle devait l'achever elle-même, faire disparaître le corps de la meilleure manière possible. Elle apprit également que les codes d'accès à son compte suisse se trouvaient sur le moniteur cardiaque d'Adamson ou alors, sur le traceur GPS. De bonnes nouvelles qu'elle comptait alors célébrer avec Vivianne.

Avec les récents événements et la réception du dernier SMS, Sarah sait maintenant que le sommeil ne viendra pas. *Difficile de dormir avant de tuer quelqu'un. Je pourrai pas entrer chez lui sans laisser de traces d'infraction. Je vais devoir attendre qu'il sorte. Faudra que ce soit chez Vivianne… quand il se pointera à son rendez-vous de 15 h. Qu'est-ce que ?*

Un nouveau courriel est apparu dans sa boîte de réception. Encore le patron.

> Deux détails, maintenant que tu sais ce qu'il faut faire.
>
> Primo, je ne veux pas que l'arbre abîme davantage ma sculpture de Jade.
>
> Secundo, il y a un produit qui permettra à l'arbre de ne pas souffrir lors de l'opération. Il se trouve dans ta boîte postale.
>
> Adieu.
>
> Le patron.

Un sourire se dessine sur le visage fatigué de Sarah. *C'est plus clair… le patron = Angelo. Intéressant… j'aurai qu'à questionner Viv pour en savoir plus. Bon… j'ai du courrier à ce qui paraît…*

Lorsque Sarah ouvrira le colis emballé de papier kraft, elle disposera avec méthode son contenu sur le comptoir de cuisine. Elle y trouvera une forte dose de penthotal, un sac de soluté avec injecteur, une note imprimée, une liasse de trente billets de cent dollars, son passeport et les cartes d'identité qu'elle avait laissés en garantie. La note imprimée sera un mode d'emploi en quatre images pour installer le soluté. Il y aura aussi ces lignes : «Tu termines le 10, pas avant, sinon tes fonds seront retenus. Prends soin de

Vivianne pendant ce temps. Le soluté contient assez de jus pour le garder endormi pendant trois jours. Ne change pas le réglage. Je sais, ce n'était pas prévu ainsi, d'où le dédommagement. » Sarah restera pensive devant cet attirail. Elle commencera à douter des intentions véritables du patron. Sans arriver à définir la logique du casse-tête, elle ira s'étendre auprès de Vivianne. En regardant son joli visage fermé par le sommeil, Sarah repensera à sa théorie instantanée sur la lune. « Les gens sont mauvais quand c'est la pleine lune… Il y a trop d'eau dans les corps pour pas avoir des grandes marées intérieures… Il y en a que ça rend fou… »

— Tu tiens ça d'où, Vivianne ?

— De nulle part… je le sais, c'est tout…

NE JAMAIS DOUTER DE LA FIDÉLITÉ D'UNE VIEILLE PUTE

5 h 15 – Humidex : 35 °C

Luc a suivi les conseils de Monique. Il a attendu un samedi matin, juste avant la mise en place des déjeuners, histoire de profiter de l'état d'ébriété avancé de son patron. Car Roland Malarche, réglé comme une horloge, picole au restaurant chaque nuit du vendredi au samedi. Spécifiquement pour l'occasion, Luc est arrivé une demi-heure plus tôt. Il a préparé du café avant de poser l'unique question capable de provoquer une réponse. Malarche terminait une Molson à la bouteille quand Luc osa parler.

— M'sieu Malarche, qu'est-ce qui s'est passé en 1992 ?

Malarche regarde son café comme s'il s'agissait d'un animal mort.

— T'avais quel âge en 1992 ?

— Sept ans… C'est juste que j'ai entendu des affaires…

— Monique…

Malarche ponctue sa phrase d'un signe de la main suggérant une pie bavarde. Luc acquiesce en levant les épaules.

— Aussi ben que tu l'apprennes de moi… Au moins t'auras la bonne version… Mais tu parles de ça à personne. Pis quand je dis à personne, je suis très, très sérieux.

Malarche regarde Luc avec une sévérité qui cadre mal avec son visage bouffi. Les deux hommes avalent une gorgée de café noir fraîchement préparé. « En 1992… Pour comprendre ce qui s'est passé en 92, il faudrait que tu connaisses l'histoire de ma bâtisse. Si tu savais pas… Le Galant, c'est moi qui l'a fait construire. Moi, pis un associé qui est mort avant la fin du chantier… J'avais vingt-neuf ans quand ils l'ont fini, Le Galant. Comment j'avais fait pour avoir l'argent ? Ça, c'est pas tes affaires. J'avais des beaux projets pour le quartier… Mon restaurant… ma bâtisse à studios loués au mois… mes filles… » Malarche prend une autre gorgée de café. « Manque de cognac, ton café… »

— Vos filles ? Vos serveuses ?

— Hehehe… mes serveuses. Disons, un peu de ça, pis un peu d'autre chose. Laisse-moi continuer. En 1967… il y a eu l'expo, pis ses touristes… pas longtemps après, il y a eu l'université qui a poussé, pas trop loin… mes filles travaillaient beaucoup. Des clients, il y en avait en maudit… D'ailleurs, c'est en 1967 que Monique a commencé à travailler pour moi… elle avait seize ans… belle comme un cœur… C'est aussi en 1967 que le fils unique de mon associé a eu ses vingt-deux ans… Comme prévu dans le testament de son père, il devait passer son barreau avant d'hériter de ses parts dans la business…

— C'est flou, votre histoire… Je suis pas certain de comprendre, m'sieu Malarche.

Malarche inspire par le nez en grimaçant. Il frotte son ventre et pète un coup. Luc est habitué aux manières discutables de son patron. « Écoute-moi de la bonne manière, pis tu vas comprendre. À la fin des années 60, il y avait le restaurant qui roulait… c'était McCaan qui était le chef dans les cuisines… moi, je m'occupais de mes filles, pis de la business de mon nouvel associé… j'avais seize filles… elles vivaient, pis travaillaient au Galant… »

— Seize serveuses ! Ça marchait fort…

Malarche lève les yeux vers le plafond constellé d'éclaboussures graisseuses.

— Tabarnak Luc. Faut-tu que je te fasse un dessin. OK… Mes serveuses, c'était des putains… je les montrais dans le restaurant… pis après, elles passaient au Galant pour faire leur client… là, tu comprends mieux ?

— Ça veut dire que madame Laramée…

— *Right on…* C'était ma meilleure. Verse-moi un autre café…

Luc garde les sourcils bas en se dirigeant vers la cafetière. Il revient avec une tasse pleine et de nouvelles questions en tête. Cette fois, il a pensé au cognac.

— Ça fait que si je comprends… la business de votre associé… c'était la dope ?

— Là, tu commences à prouver que ta tête est pas juste décorative. Meilleur, ton café…

— Pis vous avez jamais eu de problèmes ?

— C'est sûr qu'il y a eu des problèmes… au printemps 1969, j'ai été pris pour engager un gardien de nuit pour éviter qu'on brûle mon resto… il y avait des grosses tensions entre les familles. Faut dire… mon associé avait les dents longues. Dans les années 70, il y a eu la commission d'enquête… c'était la mode, à l'époque… un gros show. Au début des années 80, j'ai perdu beaucoup de filles… trop vieilles… des enfants ou ben des overdoses… comme la poudre commençait à percer… on a fait de l'argent comme de l'eau. Surtout mon associé…

— Oui, mais en 1992, il s'est passé quoi ?

Malarche grimace à nouveau, expulse un autre gaz. « Je devrais plus manger de la salade de pois chiches… En 1992 ? En 1992, il y a eu un gros changement sur le terrain… Moi, je faisais affaire avec les Italiens depuis le début… question de fidélité, de respect… Mais en 1992, les motards ont commencé l'agrandissement de leur terrain de jeu. Il y a eu des Italiens qui voulaient rien céder… presque tous les Italiens… pis il y en avait une couple qui voulaient collaborer. C'était le cas de mon associé. Compte tenu de la situation… je m'en suis bien tiré… »

— C'est-à-dire ?

— J'étais pogné entre deux feux… l'associé qui tirait d'un bord… le reste des familles qui tiraient de l'autre.

Moi, ma fidélité était avec les Santini… ça fait que je suis resté avec les Santini…

— C'est qui les Santini ?

Malarche se redresse. « Luc, sacramant… tu viens de quelle planète ? Les Santini, c'est la famille fondée par Enzo Santini – paix à son âme. C'était lui le père de mon associé… »

— Pis son nom à lui, c'est quoi ?

Malarche regarde Luc et son regard naïf, docile.

— Pourquoi tu veux savoir ça ?

— Je sais pas… je connais rien de vous… je suis curieux… c'est tout…

— Il y a des curiosités qui sont pires que d'autres… Si jamais tu répètes un mot…

— Vous savez que je parle pas souvent, m'sieu Malarche…

Roland passe une main dans ses cheveux, tire son front vers le haut. Le temps d'un battement de paupières, ses rides disparaissent. « OK… c'est pas comme si c'était un secret, *anyway*… Il s'appelle Angelo Santini… »

— Bon, avec des noms, c'est plus facile à comprendre.

— Hum… En tout cas. En 92, Angelo a transféré une partie de sa business aux motards… Mon resto allait rester comme entrepôt pour les livraisons… J'avais le système de sécurité, pis toutes les affaires qui fallait… Mais il y avait un problème. Moi. Moi, pis mon vieil hôtel à putes du Quartier latin, j'étais trop voyant. Angelo m'a conseillé de prendre des vacances. J'ai saisi le message… je suis parti au Costa Rica. Quand je suis revenu, ma bâtisse avait été placée au nom de Monique, pis le resto m'était loué avec un bail de cent ans pour une piastre par année. C'est ça qui est arrivé en 92, le jeune…

Luc se frotte le bout du nez. Des éléments lui manquent. Il aimerait en savoir plus, mais c'est tout ce qu'il aura à se mettre sous la dent. Malarche regarde déjà sa montre et sait qu'il doit ouvrir pour les premiers clients, dont Edward, qui attend sur le seuil de la porte, l'estomac dans les talons, les cernes bas.

Sur l'histoire de 1992, Malarche n'était revenu qu'une fois. C'était avec son associé, le premier dimanche de janvier 1998. Comme à son habitude, Angelo Santini était passé par la porte arrière pour prendre un café avec son vieil ami, histoire de parler beau temps et affaires. Roland avait le moral lourd cette journée-là. « Je veux pas te manquer de respect mon ami… mais, je dois te demander si t'as vraiment tout tenté pour moi en 1992 ? »

— Tu sais qu'il y a un manque de respect dans ta question, Rolando. Je t'ai jamais trahi, tu dois en être sûr. Mais je t'en veux pas… tu penses avoir beaucoup perdu. Ta question est franche. Alors je vais te répondre avec une franchise égale : j'ai fait un miracle pour toi, Rolando… un très gros miracle…

— C'est ça que je pensais aussi… C'est logique. Je sais pas pourquoi, je m'étais dit que le cas Michaud, ça remontait à loin… Je pensais que c'était effacé, cette histoire…

— Maintenant, ça l'est.

Malarche repense à cette conversation en allumant la Vulcan. Luc et ses questions l'ont replongé dans cette triste époque. Roland sait aujourd'hui à quel point Angelo l'avait protégé. Dans sa vingtaine, Malarche avait fait plusieurs coups au nom de Santini père pour mériter le droit de construire et d'opérer Le Galant. Rosser des mauvais payeurs, incendier des tripots, collecter les tenanciers, placer des filles, éliminer certains gêneurs avec force et discrétion, du travail de terrain.

C'était un des vieux coups de Malarche qui avait fait surface à la négociation de 1992 entre Angelo Santini et les motards. Un nouveau partenaire d'affaires essentiel au bon commerce réclamait sa part de vengeance. Un caïd de quartier appelé Junior Michaud. Il accusait Malarche d'avoir bétonné son père en 1962, pour une vieille affaire de territoire. Et Junior avait raison. Le cas Michaud avait été la dernière tâche lourde de Roland Malarche. C'était grâce à elle qu'Enzo Santini avait accepté de le prendre comme associé dans le projet du Galant. Trente ans plus tard, Junior Michaud acceptait de pactiser avec le clan Santini à condition de se faire livrer l'assassin. Pendant une nuit complète, Angelo s'assura de négocier une sortie honorable pour son vieil associé. Il raconta que Malarche était atteint d'un cancer, qu'il allait s'éteindre d'ici une année ou deux, qu'il ne valait pas le prix d'une balle ni celui d'un bâton de baseball. Au matin, du bout des lèvres, Junior Michaud accepta de laisser vivre Malarche en échange d'un appui stratégique dans une prise de contrôle dans l'ouest de la ville. Le lendemain, pour authentifier sa bonne foi, Angelo transféra Le Galant au nom de Monique et conseilla à Malarche de prendre un avion pour la villa Santini, à Tamarindo. Monique avait été un choix stratégique pour Angelo. Junior Michaud était persuadé d'avoir mis la légendaire pute du Galant dans son camp puisqu'il la baisait sans frais depuis plusieurs mois. Dans sa vision des choses, Monique allait lui permettre de couper l'herbe sous le pied d'Angelo et de lui remettre Malarche sur un plateau. Une erreur.

Au bout du compte, Junior Michaud avait sauté avec sa Mercedes à l'été 1997, lors d'un règlement de comptes entre motards. Monique s'était chargée de mettre la table. Michaud allait trahir l'ensemble de ses associés en voulant bousculer Angelo après cinq années de paix. Michaud devenait gênant pour trop de gens. Sa voiture sauta à deux rues du Galant, en plein jour. Trois secondes après la déflagration, Monique, qui buvait un verre de pinot gris à une table du Malarche lança cette phrase à Roland : « Il faut jamais douter de la fidélité d'une vieille pute. »

Avec la mise à l'écart de Junior Michaud, Malarche savait qu'Angelo allait lui offrir de reprendre ses fonctions antérieures, par principe. Et selon la règle, Roland devait le remercier de sa générosité, décliner l'offre et confirmer sa fidélité. D'une certaine manière, Roland voyait cette évolution comme une mise à la retraite officielle. Il avait agi comme conseiller pour Monique depuis son retour du Costa Rica. Il s'était remis à la cuisine avec son vieil ami McCaan. Les filles, Le Galant, le stress du boulot, les informations à obtenir, les comptes à régler, tout cela était terminé. Et ça lui allait. C'était la vie qui avançait avec lui.

— Pis on peut pas se battre contre la vie…

— Vous dites quoi m'sieu Malarche ?

— Oh… rien, Luc… rien… coupe d'autres patates, on en manque.

LA VÉRITÉ EST UN BIEN PRIVÉ

5 h 35 – Humidex : 35 °C

Daphnée a préféré régler son réveille-matin avant de se coucher. Avec la visite impromptue de Zach hier matin, elle n'avait pu passer le test de grossesse. Côté angoisse et rongements d'ongles, rien pour aider. Le réveille-matin n'a pas sonné longtemps. Quelques secondes de vibrations cristallines dans l'air crasse. Daphnée étire ses jambes, pose ses pieds sur le sol, frotte ses yeux, regarde autour d'elle, secoue ses cheveux. *Personne... parfait. Ça m'aurait étonné de le voir ici ce matin...*

Daphnée est satisfaite de son stratagème. Zach s'est non seulement fait prendre dans le piège porno, mais en plus, il est tombé sur son propre film avec elle derrière l'épaule. *Je pensais pas que Kaviak était pour monter son film si vite. Il veut vraiment me revoir... un de plus à mettre sur la liste...* En voyant Zach dans une séquence fellation / pénétration / éjaculation faciale en montage rapide pour les besoins promotionnels, la réaction de Daphnée avait été plus forte qu'anticipée. Un coup de poing. Un direct à l'oreille de Zach. *On avait trop fumé... comme d'habitude... je me contrôle mal quand je suis gelée... j'aurais mieux fait de lui parler avant de le frapper...* Après le coup, Daphnée pensa dire quelque chose, formuler une insulte, une injure, un mot d'esprit, n'importe quoi. Seul un soupir rageur sortit de sa bouche. Incapable d'improviser, elle quitta l'appartement de Zach en claquant la porte le plus fort possible.

Daphnée passa le reste de la soirée à se questionner sur sa réaction explosive. *Pourquoi ça m'a tant choquée ? Il m'a pourtant trompée plusieurs fois… avec ce vieux débris de cocaïnomane… avec des filles qu'il doit ramener de l'université… Et c'est pas comme si je m'attendais pas à voir ce que j'ai vu. Remarque, faut dire que ses anciennes baises… je les voyais pas… peut-être que ça a réveillé ma colère des premières fois… peut-être que ça m'affecte vraiment. C'est possible. Je l'aime bien, quand même…* Assise au centre de sa solitude de quatre cents pieds carrés, Daphnée ressentit un retour acide monter à l'assaut de son œsophage. Elle n'allait pas vomir, elle n'avait pas assez mangé pour expulser du solide. Elle frappa sa table de la tranche du poing. *Eh crisse… belle soirée… complètement gelée, le cœur sur la langue… c'est mauvais comme mélange… faudrait que je me calme un peu… parler à quelqu'un…*

Daphnée fit défiler sa liste téléphonique par deux fois sans trouver le numéro d'une oreille compatissante. Sans se démonter, elle improvisa une scène de confidences téléphonique pour mieux se vider le cœur. *C'est mieux que rien.* Au bout du fil, elle visualisait une interlocutrice pragmatique jouée par une Mia Farrow aux lunettes rondes. Daphnée se calma après une dizaine de minutes de verbiage émotif. Elle arriva à la question fondamentale de sa dynamique avec Zach : qui avait été le premier à tromper l'autre ? *C'est vrai… qui a commencé ? Qui est le responsable ? Pourtant… ça s'annonçait pas de cette manière, au début… pas du tout. Je parie qu'on s'est cocufié en simultané. Ce serait notre genre…*

Au début, Daphnée avait cru trouver un jeune homme confiant, baiseur agile, doté d'une bonne tête. *Une rareté dans cette ville de tarés…* À cette époque heureuse, elle s'amusait à penser à Zach en termes élogieux, à le séduire chaque jour, à élaborer des projets. « On pourrait aller voir mes parents à la campagne, cet été… / On pourrait aller à Toulouse chez tes vieux, on boufferait des saucisses en buvant du rosé… / Je vais te laisser ma clé, ça va être plus simple… / T'aurais envie qu'on achète un meuble ensemble ?» *Ce foutu meuble… une télé et un lecteur DVD… c'est pas un meuble. Au moins le crédit est remboursé…*

Lors des premiers mois, Daphnée avait gardé son agent et les autres prétendants à l'écart. Mieux, elle y avait pris plaisir. Elle jouait les femmes comblées et inaccessibles, la distance *classy* d'une Greta Garbo mêlée à l'assurance tragique d'une Sigourney Weaver. Les perversions simples et l'accent chantant de Zach lui suffisaient. En ces jours meilleurs, Zach travaillait sans fatigue à ses études de pharmacien tout en vendant diverses drogues aux locataires du Galant pour le compte de Roland Malarche. Ce côté illégal l'avait excité ; son homme était intelligent et rebelle, à sa manière. Tout était parfait. *Jusqu'à ce qu'il commence à trop fumer. Rien de plus triste qu'un revendeur de drogue qui devient son meilleur client…* Sans autre justification raisonnable qu'un glissement tranquille vers l'accoutumance, le *nightcap* de Zach devint le spliff de fin de soirée. Le spliff de fin de soirée devint l'apérispliff. L'apérispliff, le tarpet de midi. Le tarpet de midi, un pousse-café matinal. En très peu de temps, Zach passa d'un ou deux joints par jour à plus d'une quinzaine de fumettes quotidienne ; perte de mémoire, paranoïa et profonde apathie en prime. Daphnée s'était fait partiellement aspirer dans la manœuvre. Chaque jour, elle faisait la gueule jusqu'à sa première fumette. Les journées où elle ne pouvait consommer avant 17 h lui donnaient envie d'arracher des têtes. Ce fut la perte d'un rôle lors d'une audition prétendument gagnée d'avance qui la persuada de couper sec dans le Québec Gold. Zach, lui, n'arrêta rien. Et sa léthargie d'enfumée solitaire, Daphnée ne la toléra pas longtemps. Zach s'était mis aux silences abusifs, aux jeux vidéos, aux mensonges sans finesse « Désolé, mon portable était déchargé / Excuse-moi, je me suis trompé de journée dans mon agenda / Je reste chez moi ce soir, j'ai une chiasse de la mort / Peux pas, j'ai du ménage à faire /

Désolé, j'ai pas un rond pour sortir.» Devant tant d'inepties, Daphnée s'était vite retrouvée à cheval sur une monture plus dynamique. Son agent. Le plus facile des coups disponibles. Un truc sûr. Baiseur correct, meilleur en durée qu'en intensité, mignon à regarder, délicieux au goût, agréable à entendre. Le lendemain de cette escapade, Daphnée entendit Zach souffler chez sa voisine mitoyenne. Il râlait. Elle couinait. *Ça m'avait vraiment fait chier... me tromper avec une vieille peau... une de ses clientes... c'est insultant...* Daphnée songea très sérieusement à plaquer ce Français et à passer à autre chose le soir même. Elle le fit venir chez lui le jour d'après, le toisa longuement, puis eut une idée instantanée. Il mentait, elle allait mentir. C'était du jeu d'acteur. Jouer à dominer l'autre. Jouer à détenir la vérité. Jouer à être plus crédible que l'autre. *Je suis persuadée que je l'aurai à l'usure. Et quand j'aurai fini, quand il sera à ma poigne, j'aurai qu'à le jeter...* Depuis cette réflexion, Daphnée continue son téléroman personnel sans trop savoir où la mène cette histoire. *Au moins, c'est divertissant...*

Hier soir, Daphnée se coucha nue sous un drap blanc en étirant ses pensées jusqu'au sommeil. Elle passa une nuit agitée, peuplée d'éveils en sursaut provoqués par des cauchemars abstraits (Une montgolfière transportant des quartiers de porc s'écrase à ses pieds et souille sa robe juste avant une audition / Zach baise en trio avec sa mère et sa sœur alors qu'elle n'a plus de cigarettes / Un basset en laisse lui chante la relativité restreinte avec la voix de Tom Waits alors qu'elle ne peut dire autre chose que «La vérité est un bien privé, seulement la vie privée est vraie.») À chaque fin de cauchemar, Daphnée se leva pour pisser. Elle avait faim sans avoir faim, mal au cœur sans avoir envie de vomir. Elle voulait dormir, sans rêves, sans mouvements, sans vessie qui lui démange. *Pas moyen...* Son dernier rêve (Marie-Laure qui lui taille les ongles de pieds avec un cimeterre) la réveilla dix minutes avant l'heure programmée de son réveille-matin. Elle se leva une seconde avant la sonnerie, désactiva l'appareil dès qu'il sonna, s'étira, frotta ses yeux, secoua ses cheveux, resta assise sur le rebord du matelas.

Daphnée est toujours assise. Elle vient de penser à quelque chose et se tape la paume contre le front. *Shit! shit! shit! Ma pisse sera pas bonne si j'ai pissé toute la nuit... crisse!...* Daphnée ne songe pas à lire les instructions du test de grossesse qui accepte n'importe quel type d'urine. Encore faudrait-il que Daphnée se rapproche de ce test. *Tabarnak. J'ai aucune raison d'être enceinte... aucune... j'ai pris mes précautions...* Daphnée lève les yeux. Elle remarque une tache mouvante au plafond. Une araignée s'y déplace mollement. Cette image débloque un circuit dans sa tête. À grande vitesse, un souvenir oublié percute les fondements de sa certitude. Daphnée en est secouée dans toutes ses cellules. Elle revoit son gérant faire la gueule en retirant un condom / elle est couchée sur le dos, soûle / une araignée se déplace au plafond / son entrejambe est plus humide qu'à l'accoutumée / son gérant glisse un doigt dans son vagin, il gratte vers l'extérieur – *il fait jamais ce genre d'attouchement d'habitude...* / son gérant semble vouloir parler et ne dit rien / son gérant se lève, jette la capote dans la cuvette – *il jette jamais ses capotes dans les toilettes... il est trop écolo pour ça... oh ciboire...*

Daphnée n'attend plus. Elle est debout, dans sa salle de bains. Dans sa main, il y a le test de grossesse sur lequel elle vient de tirer un jet d'urine tiède comme son corps. Une ligne et tout est OK, son ventre serait vide. Deux lignes et ce serait la merde. Le mode d'emploi, lu en diagonale, ne disait pas littéralement ce genre de choses. Techniquement, elle devrait attendre une minute avant qu'un résultat n'apparaisse.

— Nooon...

Deux lignes, foncées, indélogeables.

— Câlisse…

Daphnée est enceinte. Elle repense à son dernier avortement, il y a deux ans et à son premier, il y a quatre ans.

— Je suis aux vingt-quatre mois où quoi ?

Daphnée regarde son visage dans le miroir. Ni triste ni colérique, un visage neutre, résigné. Elle ne ressemble à aucune actrice. Elle ne joue pas. *C'est la vie… la maudite vie… c'est quoi l'idée de me donner un pouvoir comme ça… j'en veux pas… je veux pas créer de la vie… il y en a déjà trop…* Daphnée pose une main sur son ventre comme elle le fait si souvent depuis une semaine. Elle sait qu'il est de son agent, celui-là. *N'empêche que le mélange d'un Black avec une rousse, ça doit pas être laid…* Daphnée flatte son ventre avec une tendresse qui échappe à sa conscience. Elle imagine un bébé à la peau noire, aux cheveux rouges, aux yeux vert émeraude ; elle imagine la tête de son gérant qui n'est pas un mauvais bougre, elle se voit avec lui dans un loft du centre-ville, réunis autour d'un berceau où dort leur petit métisse, il lui murmure des mots doux à l'oreille, elle sourit, tout ressemble à un film bien cadré.

— Franchement… reviens sur terre ma fille…

Mieux vaut pas attendre… je dois être à ma quatrième ou ma cinquième semaine… avec un peu de chance, je me taperai une fausse couche et ce sera réglé discrètement… j'ai juste à faire quelques conneries pour aider. Daphnée se frappe le ventre en regardant son nombril comme s'il était un ennemi. *Si rien fonctionne, d'ici un mois, ce sera l'avorteur. Pas question d'attendre à la dix-huitième semaine… trop dur pour le moral… beaucoup trop… les petits bras… la petite tête qui commençait à me ressembler.* Daphnée frappe son ventre plus solidement cette fois. *Si la nature a fait que les enfants ressemblent à leurs parents, c'est pour éviter qu'ils les détestent dès le début…*

Daphnée se regarde de profil dans le miroir. Elle connaît les questions rituelles. Regarder la légère courbe de son ventre, se demander si elle parviendra à la cacher, préparer ce qu'elle répondra aux questions indiscrètes. *Ce sera facile cette fois… avec la chaleur, j'aurai qu'à parler de rétention d'eau. S'ils insistent, je leur parlerai de ma cambrure… ça les fera regarder mes fesses… et personne parle quand c'est mon cul qu'on regarde…*

DEVANT LA PORTE OÙ L'ON NE COGNE PAS

6 h 55 – Humidex : 35 °C

Marie-Laure compte faire d'une pierre deux coups. 1. Obtenir un retour au prix normal pour la coke. 2. Offrir une thérapie de choc à Zach. *Il semble en avoir besoin…* Marie-Laure attend devant la porte de l'appartement 501. Elle sait que Zach s'y trouve, stone et réveillé. Elle l'a observé de la ruelle en faisant une promenade matinale. Zach ne dort jamais le matin. C'est à peine s'il ose fermer les yeux pour dormir, depuis quelques mois.

Marie-Laure s'estime chanceuse, son nez l'a graciée ce matin. Aucun éternuement. Aucun saignement. Aucune gerçure. *La crème pour les narines a fonctionné à merveille…* Pour sa rencontre avec Zach, Marie-Laure a opté pour une robe légère, presque sexy. Depuis sa perte de poids et la disparition de ses bourrelets de ménopause, elle se permet ce genre de coquetterie. *Mais cette fois, c'est de la coquetterie tactique…* Marie-Laure espère profiter de ce qu'elle a entendu hier soir chez sa voisine mitoyenne. Un appel de l'actrice rousse qui racontait ses déboires sans retenue, presque en criant – Zach a fait ceci. Zach a fait cela. Zach est un trou d'cul. Zach, etc. Une visite rapide sur un site Internet XXX confirma les informations qui avaient traversé la ridicule minceur du mur. *Tourner un film porno… drôle de gaffe… il a fait exprès… n'empêche qu'il devait pas penser se faire prendre aussi vite…* Marie-Laure avait presque profité de l'occasion pour se précipiter chez Zach, jouer la consolatrice, négocier sa coke à rabais. La poignée du 501 dans la main, elle s'était ravisée. *Non…*

pas le soir. Il va vouloir me sauter. Demain matin, ce sera mieux… moins risqué…

Ce matin, debout à nouveau devant la porte de son revendeur, Marie-Laure pense à la possibilité de se retrouver au lit avec Zach. *Te fais pas croire que tu y songes pas… tu t'habilles sexy… tu sors de la douche… manque seulement le parfum…* Marie-Laure n'a pas cogné à la porte de Zach. *Après tout, c'est moi qui l'avais abordé la première fois. Il s'était pas battu, faut dire…* Selon Zach, Marie-Laure avait été la première femme à corrompre sa fidélité à Daphnée. Un fait qu'il aimait lui rappeler de façon régulière. *Une manière de me culpabiliser, je suppose… son côté vieux catho français, j'imagine…* Toujours selon Zach, Marie-Laure avait profité d'une faiblesse de sa part (engueulade avec Daphnée + envie de se soûler + envie de sniffer + flagrant manque de sexe). Elle aurait manœuvré telle une chasseresse pour l'attirer contre sa peau adoucie par les années, il aurait été la pauvre proie livré sans défense à l'appétit de la bête. Cette histoire, Marie-Laure n'y avait jamais adhéré. *Trop charmant comme déroulement… je passe pour une experte. Comment je pourrais être plus attirante qu'un mauvais sosie de Nicole Kidman ? Même à vingt ans, je faisais pas le poids contre ce genre de femme… alors maintenant… faut pas rêver. N'empêche que certaines semaines, il couchait avec moi plus souvent qu'avec elle. Je devais lui apporter autre chose… ou il est attiré par les plus vieilles…*

Marie-Laure ne trouvera pas le détail qui lui avait permis de surclasser Daphnée. Elle ne sait pas que son revendeur a souvent favorisé les femmes ayant passé la mi-quarantaine. Elle ignore que la deuxième amante de Zach avait été une voisine divorcée, mère d'un de ses amis, ancienne maîtresse de son père et principale raison de son exil montréalais.

Marie-Laure ne sait pas à quel point Zach adore le goût d'un sexe féminin ayant passé l'âge fertile ni que Nicole Kidman représente l'unique fantasme échappant à cette préférence particulière. Il ne s'agit pas d'une question d'intelligence pour Marie-Laure. Elle a les moyens intellectuels d'obtenir ce genre d'informations. Il y a vingt ans, dix ans ou quatre jours, sa vieille obsession de tout comprendre aurait réglé cette affaire à grande vitesse. C'était avant qu'elle décide de tourner en dérision les obsessions à l'origine des ratés de sa vie. Il y a deux jours, Marie-Laure a décidé de vivre au petit bonheur. *Carpe diem... et j'emmerde le reste...* Sa vie nouvelle allait s'orienter en fonction de ses besoins fondamentaux (manger, boire, sniffer, dormir, se laver, baiser, dans une moindre mesure). Côté hommes, elle a choisi de consommer ce qu'il y avait de disponible sur le marché pour mieux jeter après usage. Côté boulot, elle s'est engagée sur la route de l'effort minimal, question d'user la corde au maximum, de forcer le journal à lui offrir une retraite selon des termes acceptables. Elle a décidé d'être pauvre en finance, riche en temps et en fond de pension. *Sitôt la retraite arrivée, coke et vin à volonté jusqu'à la cirrhose terminale...*

Cette décision récente, Marie-Laure en fait sa nouvelle liberté, son affranchissement, sa cure de désintoxication sociale dans une société où elle n'est qu'une cocaïnomane irrécupérable, une journaliste finie, une locataire pauvre. Elle se doute qu'il y aura des rechutes. *C'est normal, les rechutes...* Mais cette fois, elle est convaincue de l'excellence de sa décision. *Je serai seule à mourir ma mort... alors je serai seule à vivre ma vie...*

Sous plusieurs aspects, Marie-Laure s'est engagée sur une voie similaire à celle de Lulu. Une révolte privée, une obéissance cynique aux règles du monde. Marie-Laure pourra bientôt en discuter avec Lulu, puisque cette dernière est sur le point de sortir. Marie-Laure ne cognera pas à la porte de Zach. *Non… ce genre de stratagème… c'est l'ancienne moi. Et il va finir par passer chez moi un jour ou l'autre. Pour ma coke à meilleur prix, j'ai qu'à passer directement par Roland. Il me donnera l'heure juste…*

— Bonjour Marie-Laure, t'attends le Français ?

— Bonjour Lulu. Plus vraiment, non…

Marie-Laure regarde Lulu de bas en haut. Elle s'attarde aux yeux.

— Ça va ?

— J'ai besoin de prendre l'air un peu.

— T'aurais pas envie d'un café ?

Les yeux de Lulu se gorgent de larmes. Ses lèvres vibrent. Marie-Laure ne croyait pas ce genre d'expression possible sur un visage si frondeur. Sa gorge se serre juste à la regarder.

— Je te paye un café, viens…

LA DERNIÈRE ATTENTE

9 h 24 – Humidex : 38 °C

Roméo a suivi les conseils de la téléphoniste du 9-1-1. Il garde le corps d'Henriette couvert de glace. Le matelas est trempé de partout, même le sommier commence à boire la tasse. Il faudra tout jeter. *De toute manière… il était plus question que je dorme dans ce lit…*

Henriette n'est pas la seule victime de la canicule. Ce matin, la radio parle d'environ neuf cents décès depuis une semaine. Essentiellement des vieux, des asthmatiques, des pauvres, des bébés. *Toujours les mêmes qui écopent dans ce monde… elle est belle, la justice divine…* Incapables de faire face à l'hécatombe, les morgues et les salons funéraires sont débordés. Une rumeur suggère que les croque-morts louent des camions réfrigérés pour répondre à la demande. Roméo attend depuis près de quinze heures qu'on emmène sa femme au frais. Il a tenté de dormir sur le sofa, là où il couchait depuis le retour d'Henriette à l'appartement. Trop épuisé pour dormir, Roméo regardait le mouvement tranquille des sacs de glace sur le cadavre de sa femme. À chaque seconde, un glaçon se fissurait, laissait un peu d'eau s'échapper. Étrange musique dans la pâle noirceur d'une nuit de pleine lune. Juste assez pour garder les oreilles aux aguets, occupées à chercher l'impossible bruissement d'un retour à la vie, une reprise du souffle, un cœur qui se souviendrait comment battre.

Roméo ne pense pas encore à ce qui suivra. La fatigue le garde à distance des tourments qui manipuleront sa prochaine année. Roméo ne songe pas à sa pire crainte qui s'est réalisée. À Henriette qui a poussé son dernier souffle dans la plus complète solitude. Son nerf sciatique l'avait contraint à quitter le chevet de sa femme. Les Celebrex avaient réussi à atténuer la douleur, mais il devait marcher, remettre ses jambes en mouvement. Il embrassa le front tiède et moite de sa femme en l'implorant de ne pas mourir, mit une main sur un livre de mots croisés, posa l'autre sur sa canne, se dirigea vers la porte, regarda Henriette en lui murmurant un inaudible «je t'aime». *Une petite marche... juste pour me dégourdir...* Roméo emprunta le circuit habituel de sa petite marche. Deux quadrilatères vers l'est, acheter un Pepsi au dépanneur du coin, prendre une pause devant la phonothèque, noircir quelques grilles de mots croisés, regarder les arbres figés dans le smog, retourner au bercail. Ce parcours était le préféré d'Henriette. Les haltes, les bancs, les zones ombragées, tout ça lui plaisait. *Elle a jamais aimé marcher... toujours la télévision... sans arrêt... toujours assise...* Roméo ne voulut pas l'admettre, mais cette sortie lui faisait un bien fou. De son banc habituel, il entendait le vacarme lointain d'un système d'alarme de voiture, la joie des fêtards hâtifs du vendredi, l'accroissement du nombre de voitures modifiées aux systèmes de son surpuissants, la taille de plus en plus minuscule des vêtements sur le corps des jeunes femmes. Roméo pensa que la vie faisait tout en son pouvoir pour ignorer cette canicule. *La vie, elle est partout sauf chez moi...* Roméo resta plus longtemps qu'à l'ordinaire sur son banc. Il dessina ses mots croisés. Un oiseau, une ville, un labyrinthe, une tasse à café, un transatlantique à trois cheminées.

Sur le chemin du retour, il piqua vers le sud et osa entrer dans un bar d'effeuilleuses qu'il avait l'habitude de fréquenter. Dans la salle obscure, des vieux et des moins vieux aux communes solitudes s'attroupaient autour de la scène, chacun une bière à la main. Roméo n'était pas entré dans ce bar depuis des années. Un souvenir heureux lui revint à l'esprit en voyant une cabine semi-privée. Roméo ne put expliquer pourquoi ses pieds avaient porté le reste de son corps vers cet endroit, pas plus qu'il ne comprit pourquoi il venait de commander une bière. Il leva les yeux vers la scène lorsqu'il entendit l'annonceur susurrer au micro : « Et voici la séduisante Bianca pour son spectacle érotique. » Roméo vit une très jeune fille juchée sur des talons incroyablement hauts. Une femme chat avec de l'Italie plein le corps. Elle devait avoir dix-neuf ou vingt ans avec les formes propres à cet âge sémillant. Le temps d'un couplet, elle retira le haut pour libérer deux seins refaits. Au refrain, sa culotte touchait la surface métallique de la scène. Roméo regardait la danseuse rouler des hanches, approcher son sexe des spectateurs hypnotisés. Il avait vu ce genre de performance des milliers de fois. Mais hier soir, Roméo voyait surtout les hommes à la merci de ce corps nu, il voyait le bar aux serveuses déjà fatiguées, le DJ à la mine sombre, le portier obsédé par sa montre. Roméo regardait l'ensemble pour la première fois. Le décor, les acteurs, les ficelles, la réalité lente, sans éclat. Déboussolé, il posa une main contre son cœur. *Mon Dieu, je suis mort !* Roméo ne ressentait aucun battement. Il sortit aussitôt du bar climatisé pour retrouver l'épaisseur de la canicule, posa à nouveau sa main contre son cœur, découvrit le livre de mots croisés, dans sa poche de chemise. *J'ai vraiment senti qu'il battait plus…* Roméo releva sa tête.

— Henriette…

Roméo aurait voulu courir ou simplement presser le pas. Son nerf sciatique ne voulait rien entendre. Il se résigna à boiter jusqu'au Galant, serrant le pommeau de sa canne à s'en bleuir les doigts. À l'appartement, rien n'avait bougé, enfin, presque rien. Le téléviseur diffusait un vieux film, les ventilateurs oscillaient pour remuer l'air poisseux, Henriette avait gardé sa position des derniers jours. Roméo ne vit pas immédiatement l'absence de mouvement thoracique. La respiration d'Henriette était si faible depuis la canicule qu'il n'y avait rien d'anormal à cet égard. Roméo regarda longuement sa femme à partir de l'entrée de l'appartement. Il avait honte d'être parti si longtemps, d'avoir failli à sa tâche d'aidant naturel, de s'être laissé charmer par ce bar de danseuses. Cette honte, elle retenait les quatre pas qui le feraient entrer dans une réalité nouvelle, celle de sa femme morte, yeux et bouche ouverts, comme pour laisser filer une âme à laquelle il aura tant besoin de croire.

Premier pas :

Roméo sentit un élancement du genou gauche. D'autres Celebrex allaient lui être nécessaires.

Deuxième pas :

Roméo pensa à la crampe qui gagnait sa main porte canne. Relâcher la tension lui semblait impossible.

Troisième pas :

Sa gorge se resserra, comme s'il avait avalé de travers. Il s'étouffa brièvement en pensant : *si elle est réveillée, elle me fera un signe…*

Quatrième pas :

Henriette. Les yeux ouverts, livides. Roméo ne remarqua pas la bouche. Que les yeux. Il sentit un éclair déchirer son œsophage, son nerf sciatique, sa main, sa gorge. Ses maux s'effacèrent, noyés dans une tristesse ayant l'épaisseur de goudron. Roméo tenta de fermer les yeux de sa femme. Il n'y parvint pas. Henriette refusait de maquiller sa mort en sommeil. Roméo couvrit le visage en tirant le drap, s'allongea à côté du cadavre encore tiède. Il se pressa tendrement contre elle, posa la tête contre sa poitrine décharnée. Roméo sentait les côtes de sa femme saillir contre son oreille. Il ignora les exhalations médicamenteuses qui émanaient de sa peau. Il chercha un signe de vie en se pressant contre elle avec un peu plus de force. *Rien… comme si je me collais contre un objet…*

Roméo ne téléphona pas aux services publics avant la tombée de la nuit. Il avait besoin de temps avec ce qui lui restait d'Henriette. Quand il apprit que la morgue passerait samedi avant-midi, Roméo descendit au Malarche pour chercher des sacs de glace, les déposa sur le cadavre tel que conseillé par la téléphoniste. Roméo n'avait jamais été seul dans cet appartement. Il décida de faire un geste prohibé du temps d'Henriette vivante. Éteindre le téléviseur.

Ce matin, Roméo prête l'oreille aux moindres bruits provenant du couloir. Il a laissé sa porte entrouverte pour ne rien manquer. Il attend le bruit métallique d'un lit roulant, le pas ferme et froid des travailleurs qui collectent les morts. Roméo hésite entre deux émotions. *Tristesse, libération ?* Il n'est pas à l'étape de sa réflexion où il découvrira qu'une libération est toujours proche de la tristesse. Il y songera ce soir. Et il pleurera en souriant.

SOUS-CULTURE
10 h 32 – Humidex : 39 °C

Bob, Mike, Luc, Chloé au garage de pratique, assis à même le sol, en carré.

— Il manque Lulu.

— Je pense pas qu'elle va venir.

— Pis Mélina ?

— Elle doit travailler, me semble.

Luc ne parle pas. Il ne comprend pas pourquoi Lulu n'est pas de cette réunion. *Elle est d'avance d'habitude… c'est pas son genre…* Il regarde le papier accroché à la porte du local de répétition. Les dates de la tournée sont officielles. Aux États-Unis, ils feront la côte est, sud et ouest. Le retour se fera par une traversée du Canada. Ils en auront pour quatre mois.

— On commence.

— Pis Lulu ? On attend pas Lulu ?

— C'est moi pis Mike qui a demandé la réunion…

Luc promène un regard inquiet dans le local. Mike l'accroche au passage.

— Les nerfs, Luc, hostie…

— OK, mais pourquoi Lulu est pas là ?

Bob fait comme s'il n'entendait rien. Il affiche un air de type qui a d'autres items prioritaires à l'agenda (ce qui est vrai : il doit se laver, chier un coup, manger une soupe froide, se faire un *fix*).

— Bon… Comme vous voyez sur la feuille, on va voyager pas mal cet automne… Pis c'est plutôt positif, tout ça. Moi, je me souviens que l'idée de départ, c'était de partir en tournée, pis voir du pays. Mais avec le temps…

j'ai comme senti un problème... j'ai senti que la musique de Claudette Abattage – je veux pas dire que j'en ai honte... pas pantoute... c'est super bon, ce qu'on fait. Non. Ce que je veux dire, c'est qu'avec le talent qu'on a... on pourrait faire mieux...

— Pis plus payant.

— Laisse-moi finir, Mike. C'est pas juste une question de cash. Oui, OK... je suis tanné d'être pauvre... pis considérant qu'il m'en reste pas long à vivre... je me dis qu'on pourrait au moins essayer de composer un hit... une toune qui vendrait... Juste pour essayer, genre...

— Parle pour toi, Bob... Moi, c'est pas pour essayer... je suis sûr qu'on pourrait faire un crisse de hit... C'est ben *cute,* l'underground... ça paraît super bien au niveau de l'intégrité artistique. Mais j'ai pas envie de vivre ce qui me reste avec juste de l'intégrité dans les poches...

Luc regarde son plus vieil ami avec une part de stupeur sur le visage.

— Oui mais, les Sex Pistols... ils en ont fait de l'argent... Les Ramones aussi...

— Luc... Ils ont fait du cash avec le temps. Pis nous autres, du temps, on en a pas...

Un silence gagne le local de pratique. Une corde de guitare se casse en émettant une note dissonante. L'humidité.

— Je t'avais dit de les desserrer, Luc...

— Bob, c'est ta guitare...

— Fuck...

Mike regarde Luc avec l'insistance d'un sergent instructeur. Il sait que son vieil ami le suivra, comme toujours. Luc tente de ne pas confronter directement Mike. Il tourne le visage vers Chloé, silencieuse, évanescente, très stone. Bob s'est levé pour évaluer les dommages sur sa guitare acoustique. Il hoche la tête.

— Toi, Chloé, t'en penses quoi ?

— Moi… je sais pas, Luc. J'trouve ça *bad* pour Lulu. Pis en même temps… on appartient à personne…

Mike s'apprête à parler. Chloé le coupe en poursuivant sa phrase.

— … pis d'un autre côté… je pense que si c'est de la pop qu'on veut faire, ben il nous manque l'élément le plus important…

Luc comprend qu'il ne s'agit pas de lui. Personne ici n'a réellement besoin de son talent discutable, cette offre tient plus de la faveur courtoise que de la nécessité profonde. Luc comprend très bien de quoi veut parler Chloé.

— C'est Mélina que ça prend… c'est ça ?

Chloé caresse le visage de Luc avec une affection quasi maternelle. Bob revient vers le trio avec sa guitare à cinq cordes, désormais.

— *So,* Luc… T'embarques ?

— Qu'est-ce qu'on fait avec Lulu ?

Mike pousse un soupir excédé. Bob revient avec sa question.

— Hostie, t'embarques ou t'embarques pas ?

— Correct, ça va, pogne pas les nerfs…

Bob embrasse Luc sur la bouche et quitte le local en se plaignant de l'odeur de moisissure. Restent Mike et Chloé avec lui. Mike étire le cou pour s'assurer que Bob soit assez loin. Il demande : « Qu'est-ce qui arrive avec Bob depuis son accident ? » Luc hausse les épaules en faisant des yeux ronds.

— Je travaille souvent… je suis pas avec lui vingt-quatre sur vingt-quatre…

Chloé s'étire et bâille un coup.

— Moi je pense qu'il a recommencé à se piquer… il a des marques rouges sur un bras…

Personne ne répond. Une guêpe tourne autour d'une cymbale.

— Écoute… faut que tu me dises, Mike, c'était ton idée ?

Mike baisse le front et cache ses yeux de ses épais sourcils. Il sourit.

— OK d'abord... comment tu vas faire pour convaincre Mélina ?

— Question de temps...

Luc hoche la tête. Il ressent une colère tranquille monter en lui, une colère comme lui seul en a l'aptitude. Luc comprend la raison derrière le changement d'appartement. Lui chez Lulu et Bob, Mélina avec Mike et Chloé. C'était l'idée de Mike. Convaincre Mélina. Gagner à l'usure. Luc a l'impression de s'être fait passer un autobus sous le nez, encore une fois, par Mike. Cette nouvelle trahison ajoute une pierre dans le sac qu'il compte lui lancer au visage, un de ces jours. *Mais pas aujourd'hui...*

— Où tu vas, Luc ?

— Au Malarche. Je veux savoir si l'air climatisé est correct.

— Eille, ramène des hot-dogs si tu peux, il reste pus rien dans le frigo.

Luc aimerait réagir immédiatement. Dire que sa manière de l'exclure lui fait une peine terrible. Mais Mike ne réagit qu'à la manière forte. Coups et menaces. Guerre et attaque. *Attendre un peu... attendre d'avoir assez d'armes...*

— Oui Mike... tu les veux moutarde chou, tes hot-dogs ?

— T'as tout compris.

LE FLEUVE EST UNE MER COMME LES AUTRES

11 h 32 – Humidex : 30 °C

Christian a du sable dans la bouche. *Tabarnak.* S'endormir beurré sur une plage n'est pas une grande idée. C'est la marée qui l'a réveillé. Avec la pleine lune, l'eau dépasse la ligne habituelle. Une fin de vague est venue le mouiller jusqu'aux épaules. Une eau salée, glaciale, arctique. Brusque, comme réveil. Si brusque que Christian n'a pas ressenti le tiraillement de sa nuque. Ça viendra. Ce coup de soleil le fera gémir le reste de la journée.

— Depuis quand ça monte jusqu'icitte ?

Christian avait choisi son lieu de sommeil suivant ses souvenirs. Le second feu de grève, celui d'hier, avait troué la nuit jusqu'au matin. Dernier à quitter le brasier avec un jeune soleil à l'est, Christian évalua la distance entre sa position et la maison. *Environ deux cent cinquante pas… c'est cent de trop…* Christian marcha jusqu'à l'endroit où il avait l'habitude de dormir à la belle étoile, à l'adolescence, entre la crête et l'affleurement rocheux aux coquillages fossilisés. *Même en grande marée… ça monte jamais jusque-là…* Christian se coucha sur le ventre, suivant la croyance voulant qu'il dégrise plus rapidement de cette manière.

Une autre vague arrive. Christian se redresse pour l'éviter, fait dix pas pour grimper sur les roches. *Hostie de grosse marée…* D'une main, il essuie le sable sur ses lèvres, crache une salive granuleuse dans le ressac. Christian a l'impression d'avoir quatre cœurs, dont trois dans le crâne. *Combien j'en ai bu hier…* Il dirige son œil vers l'emplacement du feu de grève. *Dans la flotte… whatever… trop bu…*

Ses vêtements ont pris l'eau sur l'ensemble du devant. Sur l'arrière, une araignée a tissé sa toile dans un repli du pantalon. Deux moustiques s'y sont emmêlés. Du sable s'est infiltré un peu partout : chaussures, chaussettes, caleçon. *Va falloir sécher et bien secouer avant de laver... faudrait pas fucker la machine...* Christian cherche un emplacement pour s'asseoir. Sa tête à trois cœurs lui donne le tournis. Il devrait pisser aussi. Coup d'œil à gauche, coup d'œil à droite, pas de bateau devant, personne derrière.

— Je suis chez moi, crisse...

Christian baisse la fermeture éclair de son pantalon détrempé, désensable son pénis encore surpris par l'eau froide, contracte sa prostate paresseuse. Il tire un jet chaud sur une touffe d'herbes mouillées. *C'est quoi ça qui flotte, non... c'est pas vrai ! Si c'est ce que je pense, faut faire un vœu...* Christian plisse les paupières de son œil pour favoriser une meilleure focalisation. *Ben voyons, c'en est un !*

— Tu devrais faire checker ta prostate si tu pisses toujours comme ça.

C'est Chainsaw Jack, il semble traîner un mal de tête de qualité supérieure. Il tente d'avaler un jus de tomate.

— Gorgée ?

— Nan...

— Tu regardes quoi ?

— Le petit iceberg.

— Ah oui... fais un vœu. Ils sont fréquents ces temps-ci... Pourtant... avec la chaleur qui fait... Ça doit être le Groenland qui part en morceaux.

— Je me suis toujours demandé comment ils font pour remonter jusqu'ici...

— Personne le comprend, notre fleuve...

Chainsaw Jack termine son jus de tomate en grimaçant et retourne à la besogne quotidienne. Des touristes l'attendent devant la boutique. Christian décide de sécher ses vêtements en s'assoyant face au soleil, un peu plus haut, cette fois. *Faudra que je lui demande si les marées ont augmenté... dans le fond, j'ai juste à rester pour voir... c'est la pleine lune...* Christian regarde sa montre résistante à l'eau qui a pris l'eau. *Hostie de cochonnerie made in China...*

— HEILLE... Z'AVEZ PAS L'HEURE PAR HASARD ?

— QUOI ?

Christian fait un geste en pointant son poignet à un cyclotouriste qui cherche un endroit pour casser la croûte. Le type en cuissard moulant roule jusqu'à la maison et pose sa monture de carbone contre le mur du côté.

— Midi moins quart... Est-ce que je peux m'arrêter ici pour bouffer ?

— *Be my guest.*

Le cyclotouriste vient rejoindre Christian sur son bout de plage. Avec un engouement à peine dissimulé, il avale des graines, des noix, du lait de soja, des fruits frais meurtris par la chaleur.

— Vous venez d'où ?

— Québec... J'suis content de sortir du smog... ça brûle les poumons... maudite pollution...

— Z'auriez pas un horaire des marées, par hasard ?

— Marée haute à 13 h 6 aujourd'hui... Z'en voulez un peu ?

Christian reluque les victuailles du type, décline poliment. Leur conversation en reste là. Le bruissement des vagues montantes suffit à meubler le silence entre les deux hommes. Christian reste songeur. *Ça veut dire que le plus haut est à venir... Ça doit pas être drôle avec les marées de tempête au printemps...* Christian commence à craindre pour la maison. *Le gazon... il arrêtait où ? Je suis certain que le terrain était pas aussi court. Faudrait que je trouve des vieilles photos...*

— Merci, monsieur, bonne journée.

— Bonne route.

Des photos, Christian en trouvera vers la fin de l'après-midi dans une boîte du grenier. Plusieurs images. Sa mère, son père, son oncle, tous jeunes, souriants. Des photos de lui et de ses frères ; Thomas en culotte courte sur la plage ; Yvan qui bouquine sur le balcon ; un Noël où chacun avait reçu un bâton de hockey ; un souper de famille avec les parents, l'oncle et un grand-père.

À feuilleter les souvenirs, Christian en oubliera presque de chercher les preuves de l'avancée des eaux. Il y repensera en trouvant cette photo de lui, debout sur une table de pique-nique, prise du deuxième étage de la maison. Il ira se poster à la fenêtre où son frère Yvan avait appuyé sur le déclencheur. Christian dira « shit de marde de câlisse !... » en constatant que le tiers du terrain s'est fait grugé par les grandes marées. Curieusement, il ne songera pas aux dangers de la montée des eaux. Son attention sera attirée par un groupe de bélugas vivotant à proximité du petit iceberg. Avec la vieille paire de jumelles de l'oncle, il regarda les cétacés blancs en souriant, convaincu de vivre un moment privilégié de son existence. Sans chercher d'explication ni de raison valable, dans cette maison menacée par l'érosion, il se sentira à sa place.

LA MÉTAMORPHOSE AVORTÉE

14 h 55 – Humidex : 42 °C

Adamson s'est réveillé. Quelques minutes de lucidité avant d'être envahi par ses blattes imaginaires. Quelques minutes où il s'est souvenu ne rien avoir écrit depuis deux jours, que cette omission était mortelle, sans parvenir à expliquer pourquoi. Sa compréhension logique s'arrêta à ce stade : « Moi + Pas écrit = Moi mort. » La réalité qui échappait à Trevor Adamson est nettement plus détaillée : le signal du plan B est parti hier. Si Trevor retrouve la mémoire, il découvrira qu'il sera impossible d'échapper au plan B. Mais Trevor ne se souviendra de rien. Trevor est déjà convaincu de ne plus être Trevor, *je suis Samuel Nolan… j'ai rien fait de mal…*

Même avec l'identité d'un autre, Trevor reste terrorisé comme un orphelin sous l'orage. Pour des raisons qui lui échappent, son appartement s'est transformé en insectarium. Blattes, mille-pattes, frelons, araignées ont recouvert les murs, le plafond, le plancher. Aujourd'hui, elles forment une architecture noire, grouillante et agressive. Il n'y a pas une minute qui s'écoule sans qu'un escadron ne tente de prendre possession d'une partie de son corps. Il passe son temps à se secouer, à donner du pied, à projeter des insectes sur d'autres insectes. S'il ouvre sa porte, des centaines de bestioles additionnelles s'introduisent chez lui. S'il en tue ou en écrase, des mutants se forment avec l'agglutination des restes. Et ces nouvelles bestioles sont terrifiantes. Depuis une heure, Trevor garde un œil nerveux sur un groupuscule formé de frelons-blattes, veuves noires à mille pattes et arachno-frelons qui semblent préparer une attaque de grande envergure. Trevor regarde sa montre. Il sait qu'à 15 h, il sera définitivement Samuel Nolan. Samuel Nolan qui ne craint rien, ni les insectes ni la mort. À 15 h, Samuel sera avec Jenny et il sera bon avec elle.

Adamson a déjà oublié l'épisode de la veille avec sa putain. Oubliée cette crise à propos de Jade qui n'avait su jouer Jenny jusqu'au bout, oubliée cette baise sordide avec deux transsexuels drogués ; oublié ce mélange de déjections où avait macéré l'identité de Samuel Nolan. Adamson se prépare à la métamorphose définitive. En sortant de l'appartement aux insectes, il sera Samuel Nolan jusqu'à la fin de ses jours. Il ira rencontrer Jenny, tentera de consoler ses peines, de nourrir ses joies. Il lui fera la cour et osera peut-être la demander en mariage. *Si elle porte un vêtement blanc, Samuel se mariera avec elle... oui, oui...*

Adamson regarde à quoi ressemblera Samuel Nolan. Il n'en peut plus d'attendre. Il est si fatigué d'être lui. Sans parler des insectes mutants qui avancent, arachno-frelons en tête. *Fuck off... Il sera à l'avance... Samuel Nolan est toujours à l'avance... c'est un gentleman...* Adamson ouvre la porte de l'appartement. Des dizaines de milliers d'insectes se bousculent pour entrer dans le 405. Un mur d'insectes. Trevor n'arrive pas à voir la lumière du couloir tant leur masse est dense. Il recule de quatre pas. Devenir Samuel Nolan sera plus éprouvant qu'il escomptait. Il devra plonger dans la masse, traverser ce cauchemar. Il en va de la vie de Samuel Nolan. *Je dois fermer mes yeux et ma bouche... boucher mon nez et mes oreilles pour éviter qu'ils entrent... serrer les fesses, au cas où...* Adamson respire péniblement. Derrière lui, les insectes pullulent. L'appartement se remplit à une vitesse effarante. Il doit sortir. *Maintenant...*

Une main, pour commencer. Adamson ressent des milliers de pattes sur la peau de son bras. Rien ne pique. Rien ne mord. Que des chatouillements. Il recule à nouveau. L'espace derrière lui s'est réduit au minimum, l'appartement est comblé du plancher au plafond, il reste tout juste assez d'espace pour permettre le court élan de son bond vers l'extérieur. *NOW!* Un pas, deux pas, il saute. Adamson se retrouve au cœur du mur, couvert d'insectes qui commencent à dévorer sa peau. La douleur est totale, au-delà de l'imaginaire des souffrances possibles. Trevor tente d'avancer dans cette masse grouillante, mais c'est elle qui avance et le repousse vers l'intérieur. Les insectes attaquent déjà ses muscles. La douleur reste insoutenable, sans fluctuation.

— Help me…

Trevor aurait mieux fait de garder la bouche fermée, une douzaine d'arachno-blattes se sont introduites. Il les sent travailler dans sa gorge. Elles tissent une toile épaisse qui ralentit sa respiration. *Help me…* Ses pieds perdent leur contact avec le sol, les insectes semblent avoir raison du Samuel Nolan qu'il espérait devenir. *Help me…*

Trevor ignore que sa montre indique déjà 15 h 17. Il ne voit pas cette femme sur le seuil de sa porte. Trevor n'entend plus rien, ne voit plus rien. Il a l'impression de respirer au travers d'une éponge mouillée.

Trevor Adamson est étendu au milieu d'un délire. Dans l'appartement 405, aucun insecte réel n'est perceptible, sinon cette mouche qui cherche une issue. La femme aux traits tirés qui referme la porte pointe une arme sur lui. Trevor croit sentir une odeur nouvelle dans son délire. Une trace humaine dans un océan d'insectes. Il doit oser une dernière fois. Ouvrir la bouche. Parler d'une voix étouffée et rauque. C'est son dernier espoir.

— Help me…

LA POSITION DU CRÉATEUR
17 h 17 – Humidex : 43 °C

Takao n'a pas mis les pieds hors de son appartement. Au réveil, il a visionné le DVD du film *Last Night,* pour se rappeler une fois de plus que l'humanité pourrait être condamnée sans appel. *Suffirait d'une mauvaise réaction solaire et tout serait effacé… la pensée, la musique, le génie, l'imbécillité… On ne contrôle que nos illusions dans ce monde. Dommage que Don McKellar habite Toronto… je lui rendrais bien visite… je pourrais le remercier d'avoir réalisé un si beau film… hum… peut-être la semaine prochaine…* Après avoir laissé le générique défiler jusqu'aux dernières lignes avec un merveilleux vide au cœur et la chanson *Guantanamera* en tête, Takao se servit un thé froid qu'il but devant sa table à dessin. Sur la surface de travail étaient disposés des crayons classés selon la dureté des mines, des piles de papiers de différentes qualités, des bouteilles d'encre noire, une palette de dilution. Ses outils. *Mes armes…* Takao étouffa sa vision périphérique pour concentrer son regard sur cette surface rectangulaire. *Chez moi, c'est ici et pas ailleurs… sur cette table, je serai toujours chez moi…* Il sélectionna une piste de lecture sur le MacBook Pro. Bruckner, *Symphonie n° 8. Parfait… au travail…* Takao ne se leva pas pour dîner. *Pas faim…* Il pissa vers 13 h, retourna pisser vers 16 h 30.

Il est 17 h 17 à l'écran de l'ordinateur. Takao griffonne, esquisse, peaufine. Il a l'impression de se battre avec cette nouvelle ville et ces nouveaux corps. Les lavis qu'il utilisait pour reproduire le Minami ne fonctionnent pas avec le Quartier latin. Takao doit se rendre à l'évidence. Pour dessiner

Montréal, il devra modifier son style, changer sa manière d'envisager les volumes, les masses, les éclairages. *Surtout les éclairages... la lumière est très différente par ici... probablement à cause de la mer qui est si loin. Peut-être une question de latitude... de smog...*

Il y a un autre problème que Takao refuse d'envisager. Il devra créer une histoire. Pousser cette idée d'explorer les secondes où ses personnages ont sombré dans l'échec. Dessiner ne suffit pas. Il devra apprendre, rechercher, analyser. Et ses délais sont courts. *Trop courts...* Takao avait pourtant étudié l'histoire canadienne-française (deux bouquins), lu quelques romans achetés sur amazon.ca (trois bouquins). *Qui aurait pu croire que quatre cents ans d'histoire pouvaient produire un peuple aussi simple et complexe à la fois ?* Actuellement, Takao est incapable de définir un équilibre entre ses personnages. *Trop d'instabilité en eux... leur logique manque de logique... leur constance est l'inconstance... leur cohérence cultive les paradoxes. Il est évident que leur côté chrétien fait surface. La culpabilité est facile à développer dans une ville aux cent clochers. Mais c'est une culpabilité peureuse... sans honneur ni orgueil. Rien à voir à ce que nous vivons au pays. Une culpabilité de pleutres... et pourtant, ils font tout pour éviter d'être responsables de leurs actes... éviter d'être coupables. Pleutres et couillons à la fois... des fuyards...* Takao est sur le point d'admettre sa méprise initiale. Les Montréalais et leur ville ne peuvent êtres cernés en une semaine et cinq bouquins. *Je ne pourrai pas respecter mes délais. Trop de recherches à effectuer pour faire honneur à mon sens de la réalité... sinon je tomberai dans les clichés. Je dois comprendre leurs intentions profondes... leur manière d'agir... pas question de recycler des clichés sur l'Amérique... il y en a trop en circulation. Je suis capable de perfectionner la perception de ce morceau de planète... d'en faire quelque chose de compréhensible. Créer des liens avec ce qui nous ressemble… tabler sur nos similitudes. Il y en a bien, des similitudes…*

Takao prend une pause. Il fait craquer ses doigts, s'envoie une dose de Ventolin, analyse ses croquis. Près d'une centaine sont épinglés au mur, une trentaine jonchent le sol. Takao maîtrise l'image de Zach sans difficulté. Un crâne ras, des traits anguleux, corps mince et nerveux, tout y est, même l'allure terne de son regard. Tony semble plus difficile à définir. Les dessins sont propres, mais la lourde grâce du personnage n'y paraît pas. À la limite, il ressemble à un super héros dépressif, un peu court sur pattes. *Encore du travail à faire sur lui…* Pour Kaviak, mêmes difficultés. Sur papier, le personnage semble distant et tendu, alors que le vrai dégage une chaleureuse sérénité. *Il va falloir considérer le placer en des positions qui rappellent celles des moines zen dans les mangas de Sakaguchi…* Takao n'a rien dessiné quant au cadavre du Marsouin. Il commence à penser que ce corps décomposé sera probablement un des marqueurs temporels du récit, qu'il servira à équilibrer l'ensemble mobile par sa fixité dégradante. *Pas aujourd'hui… je n'ai pas envie de revoir ces photos aujourd'hui…*

Takao est sur le point de repérer un point de déséquilibre au niveau de ses personnages. Il plisse les yeux en observant le travail de la journée. L'idée se forme en lui. Une évidence déjà énoncée par Zach.

— Imbécile…

Aucune femme… je n'ai pas parlé à une femme depuis mon arrivée. Sauf la propriétaire… et cette serveuse. Ce n'est pas suffisant. Ça m'en prend d'autres… le Français avait raison… Le reste de la réflexion de Takao se prive de l'usage des mots. Il a besoin de personnages féminins. Il empoigne son cellulaire, appuie sur un bouton, dit « Kaviak ».

— Bonjour… j'espère ne pas déranger… Oui, c'est Takao… … … Je dessine. Oui, toute la journée. Je… … …

Ah, merveilleux !… … … Bien sûr… … … Dans cinq minutes… … … OK, j'arrive…

Takao appuie sur la barre d'espacement du clavier pour interrompre l'orchestration sirupeuse d'une gymnopédie de Satie. Devant le grand miroir, il replace quelques mèches de cheveux, boutonne sa chemise en laissant le col entrouvert. Sa peau réagit mal à la chaleur québécoise. L'absence de climatisation commence à lui donner le mal du pays. Il pourrait se procurer la machine nécessaire, mais reste convaincu qu'en subissant la réalité non altérée de cette ville, son témoignage sera bonifié. Il devra trouver de bons personnages féminins. *C'est essentiel…* Il devra aussi comprendre les raisons d'agir de ce jeune peuple, comprendre sa nature, sa manière de supporter l'absurde, le vide qui lui pend au nez. *Le travail risque d'être long…*

LE SEXE DES PEUPLES

18 h 2 – Humidex : 42 °C

Kaviak s'étonne de recevoir autant de visiteurs à son nouvel appartement. *Au moins un par jour… ce doit être le quartier qui provoque ce genre de comportement… le petit côté festif… latin…* Aujourd'hui, c'est Takao qui est devant lui, la tête saturée de questions. *Peut-être que les choses vont se calmer dans les prochaines semaines… ce serait souhaitable…*

Takao Ibata est un homme fort en protocole. Voilà près de quarante minutes qu'il spirale et virevolte autour de son objectif. Amusé, Kaviak admire le resserrement du mouvement, déjà conscient du point d'arrivée de la spirale.

— Il y a plusieurs réquisitions dans ta demande, Takao… T'as besoin d'accélérer la réalité pour les besoins de ton travail… soit… c'est une procédure que je connais bien… la majorité des abonnés de mon site porno croient que je recrute mes filles dans les bars et qu'elles font ça *gratos*. Des filles, je peux t'en présenter. Mais si j'ai bien suivi ton explication, c'est de personnages que t'as besoin. Il y a une nuance…

— Je suis heureux que tu le remarques.

— Mais…

Kaviak se lève de sa position du lotus. « Mais si j'ai bien saisi… c'est Montréal qui te donne des problèmes. Tu t'es tapé deux ou trois livres, tu as lu les statistiques disponibles sur Internet, tu as posé des questions sur des forums… Ça, c'était la théorie… en pratique, Montréal, elle se laisse pas comprendre sans donner des maux de tête. » Kaviak sait avoir mobilisé l'attention de Takao. Encore une fois, il a lu entre les mots. Qui plus est, les idées qu'il manipule, Kaviak les travaille déjà en vue d'une entrée de son blogue. Une réflexion sur l'idée du passé, l'impression du présent et l'aporie de l'avenir. Il pensait préciser ses idées en compagnie d'un copain nationaliste. *Avec un étranger, ce sera aussi intéressant…*

— OK, si tu veux comprendre Montréal, tu dois te familiariser avec la schizophrénie fonctionnelle. D'abord, il faut mentionner que la ville est double… un côté anglais, un côté français, très peu d'échanges entre les deux… un peu comme deux vieux résignés à vivre ensemble par principe plutôt que par amour… Par tradition culturelle, les uns sont protestants, les autres sont catholiques, donc tous les deux coupables, mais à des degrés différents. Parmi les francophones, il y a ceux qui veulent se séparer du pays et ceux qui désirent rester dans le pays… je parle du Canada, bien sûr… Mais en fait, ça a très peu d'importance… ce sont juste des concepts absurdes d'un point de vue universel… des questions de surface… Ça va jusqu'ici ?

Kaviak regarde le sourire sur le visage de Takao. Un discret pincement des lèvres vers le haut. Il se sait analysé dans ses gestes comme dans ses propos. Il est persuadé que Takao le voit déjà en noir et blanc, dessiné à traits minces, défini par quatre superbes lavis. Cette idée lui plaît.

— Ça va, Kaviak, tu peux continuer.

— Disons que c'est une histoire de couple. Il n'y a pas de dénominateurs communs plus puissants que le couple dans l'humanité. Oui, ça va, tu peux prendre des notes… Non, mieux… attends…

Kaviak sort de l'appartement pour passer à celui d'en face. Le manque d'aération du studio a préservé l'odeur de la baise d'hier. Joli musc à la fois boisé et fleuri. Avec une précaution rodée, il retire la caméra DV du trépied et repasse chez lui. « T'as qu'à filmer… tu connais le fonctionnement. OK… prêt. Je disais que… ah oui… le couple, c'est le meilleur exemple, c'est universel. Imagine que les anglophones et les francophones de Montréal forment un couple. »

— Qui est l'homme, qui est la femme ?

— Aucune importance… à la rigueur, ils sont hermaphrodites… Mise en contexte : Anglais veut vivre peinard sur le terrain qu'il a gagné avec ses efforts de guerre d'il y a deux siècles… vainqueur magnanime, il laisse Français vivre comme il veut. Anglais n'est pas un amateur de génocides et l'assimilation complète, c'est coûteux. Alors, Anglais domine Français pendant presque deux cents ans. Un matin du milieu XXe siècle, Français se réveille et décide qu'il en a assez de vivre sous les ordres d'Anglais. Il fait des grèves, des protestations, du terrorisme, des discours, etc. Anglais, plutôt gentilhomme, décide de laisser Français agir sans vraiment tirer dans le tas. Mais dans la tête de Français, un déchirement s'installe… une partie de lui veut vivre d'égal à égal avec Anglais qui promet de changer sa manière d'être, pendant qu'une autre partie, elle, veut un divorce pur et dur. C'est à ce moment que Français commence à se parler tout seul…

— Je peux t'interrompre ?

Kaviak découpe l'air avec sa main et invite Takao à transformer son soliloque en dialogue. « Moi, je dirais que ton couple, il a bel et bien un sexe… Anglais, il a conquis Français, il l'a dominé pendant deux siècles jusqu'à ce qu'il se révolte et demande l'égalité sous menace de divorce… Selon cette explication, le peuple canadien-français se comporte comme une femme moderne. »

Kaviak se gratte la joue du revers de la main. Cette réflexion lui plaît. *Le sexe des peuples… pas fou…*

— Peut-être que je fais erreur, mais ça me semble évident ; de mon point de vue nippon, il faut dire.

— Pas bête…

— Et le surnom de ce coin de pays, c'est « La belle province » ? C'est féminin, ça aussi…

— Oui… et plusieurs écrivains ont suggéré que Montréal est une femme…

Avec ces mots, Kaviak a provoqué une réaction profonde, une lame de fond. Takao a tourné son regard vers ses propres pensées. Kaviak vient de lui offrir l'élément déclencheur des meilleures réactions en chaîne, le rush des idées, la synthèse instantanée, la drogue parfaite des créateurs. Kaviak connaît la politesse de son invité. S'il quitte au même rythme qu'il s'introduit, l'effervescence sera perdue.

— Allez, Takao… va travailler… dis rien… va travailler…

Takao dépose la caméra et sort de l'appartement, le regard ailleurs. Kaviak profitera des images tournées pour réviser ses idées nouvelles sur le sexe des peuples. Il cherchera un moyen d'agglutiner cette théorie aux précédentes, de définir sa logique d'ensemble, une idée à la fois. Kaviak reste debout dans son appartement pauvre en meubles. Aux écrans des deux ordinateurs défile ce leitmotiv : « La pensée est l'unique mouvement perpétuel. »

GUERRA (VERSION TRADUITE)
18 h 32 – Humidex : 41 °C

Juanita est presque arrivée. Pour meubler l'attente, elle discute avec l'âme que son dieu lui prête. Deux stations de métro et elle sera chez elle. *Miguel sera là. Je sais qu'il sera là… je dois le confronter…* Juanita s'était portée volontaire pour travailler ce samedi. Une commande de caleçon devait quitter le *sweatshop* avant lundi. Elle avait saisi cette occasion d'excuser ses récentes journées improductives.

Dès son éveil, Juanita sut que cette journée serait déterminante. Une intuition qui penchait vers la certitude. Il y a avait la lune ronde, prête à offrir un autre cycle à la terre. *Avec la lune ronde viennent les grands mouvements…* Son arrière-grand-mère guatémaltèque l'avait entraînée à porter attention à ce phénomène céleste. « Tu peux vénérer le dieu des églises à condition de penser au soleil en parlant à Dieu et de penser à la lune en parlant à la Vierge. »

Juanita regarde le couloir qui mène à son appartement. C'est à peine si elle a eu conscience d'être sortie du métro, puis d'être entrée au Galant. *Je commence à m'habituer… c'est bon signe…* Juanita sait combien ce moment sera décisif si Miguel est là. Juanita avance vers le bout du couloir, sa clé déjà en main. *Aide-moi, Seigneur…* Juanita insère la clé dans le penne dormant de la porte. Elle tourne dans le vide. *Il est là… je savais…*

Miguel l'attendait. Il est assis à la table, le dos mou, les jambes croisées comme une femme. Il y a trois jours que Juanita l'a vu. Elle dépose son sac sur le lit, retire ses chaussures sans se pencher. Miguel ne la regarde pas. Il fixe l'acteur Gael García Bernal sur l'affiche du film *La mauvaise éducation.* Juanita marche jusqu'à l'évier pour remplir un verre d'eau. Personne ne semble vouloir briser le silence. Juanita, verre d'eau à la main, se tire une chaise, l'installe face à Miguel, devant l'affiche qu'il regarde. Elle pose les mains sur la table, serre les cuisses. Leurs yeux se croisent.

Miguel soupire.

Juanita inspire.

— Qui est l'autre femme dans ta vie, Miguel ?

— Ah !

— Je vois pas ce qu'il y a de drôle.

Miguel regarde vers le plafond, décroise les jambes, pose ses coudes sur la table.

— Qu'est-ce qui te dit qu'il s'agit d'une femme ?

Juanita se renfrogne. *Pas une femme… ce serait seulement moi, le problème ?*

— Alors, s'il y a personne d'autre… pourquoi tu veux divorcer ?

— J'ai seulement dit qu'il y avait pas d'autre femme.

À quoi il joue ? Il va finir par m'énerver…

— Miguel, qu'est-ce que tu me dis ? Et je t'interdis de te lever !

— Quoi ? Depuis quand tu fais la loi ? Regarde autour de toi… C'est chez moi ici… Et personne m'interdit quoi que ce soit chez moi… COMPRIS ?

— Je v…

— TA GUEULE ! TA GUEULE ! TA GUEULE !

Miguel frappe la table de son poing droit. Les pattes usées du meuble n'ont pas résisté. Juanita a retiré ses jambes juste à temps pour éviter les ecchymoses.

— Miguel ?

Sa voix se veut aimante, maternelle. Juanita avance une main pour caresser la joue de son mari. Miguel la saisit violemment avant qu'elle n'atteigne son visage.

— Tu me fais mal…

— Maintenant tu vas m'écouter… Je suis une tapette, Juanita… un suceur de bite… un enculé… j'ai toujours été comme ça… je veux pas divorcer parce qu'il y a une autre femme… je veux divorcer parce qu'il y a un autre homme…

— Tu mens !

— Je suis aussi tapette que ton enculé de frère.

— MENTEUR !

La force du cri a libéré Juanita de la prise de Miguel. La bouche tordue, les yeux en feu, elle s'éloigne de lui en reculant. Elle révise des masses de souvenirs en vitesse, tente d'y trouver des preuves qui invalideraient cette histoire d'horreur, ce péché mortel, cette profanation sans nom. Juanita reste figée, le dos pressé contre l'affiche de *La mauvaise éducation*. *Rien… rien… je trouve rien !* Juanita est sur le point d'admettre que son mari dit vrai. Lorsqu'elle sera certaine de cette monstruosité, Juanita éclatera de toute part et poursuivra le travail de démolition entamé par Miguel. Elle brisera les armoires, leur contenu ; déchirera le tissu du sofa, cassera le téléviseur ; déchirera des vêtements, le rideau de douche ; elle frappera les murs, la robinetterie, la porte-fenêtre. Elle ne touchera pas à un cheveu de son mari. Elle détruira son univers construit dans le mensonge. Miguel partira peu avant que Juanita termine sa crise. La tête lourde et le cœur léger, relativement déçu d'avoir terni le souvenir de Rafael pour son maigre profit, il ira à l'autre bout du couloir de ce deuxième étage, chez Claude, avec qui il baisera toute la soirée. Et à chaque moment suprême, Miguel jouira assez bruyamment pour être entendu de sa femme. Juanita ne manquera pas d'entendre ces cris, ces trahisons totales. Elle finira la soirée en empilant la somme des vêtements de Miguel dans la ruelle, y jettera trois allumettes. Dans les fumerolles de polyester, elle murmurera « c’est la guerre ».

PARENTS-ÉCOUTE, LA SUITE

18 h 42 – Humidex : 41 °C

Fanny aime la pleine lune. Ce concept l'amuse. *Un grand cercle blanc et gris qui fait écho au soleil pendant toute une nuit… très poétique… un peu cul-cul, mais poétique…* Le schéma lunaire façonné par son imagination reste lié à cette gravure embossée, une représentation d'un ciel étoilé avec pleine lune. Une amie l'avait invitée à parcourir l'œuvre de ses doigts pour illustrer l'idée. Il y avait ce cercle crevassé et une multitude de petits points.

— Le cercle, c'est la lune. Les autres points, c'est les étoiles. Imagine que chaque point est un trou de lumière dans le noir.

Ce que Fanny remarqua sur cette gravure, c'était que les étoiles parlaient braille. Dans le firmament de papier flottaient les mots boîte, main, flibustier, sac, orge, bloc. L'amie avait été enchantée de l'apprendre.

— T'es gentille, mais ça aiderait de savoir ce que c'est la lumière… Un rond sur du papier, ça reste un rond…

C'était il y a vingt ans. À ce jour, le concept de lumière n'est pas réglé pour Fanny. Elle en connaît les propriétés rhétoriques. *Va vers la lumière… Allah éclaire la voie des fidèles… Faire la lumière sur un scandale… siècle des Lumières…* Les propriétés physiques vérifiables. *Une ampoule de cent watts dégage plus de chaleur qu'une de quarante… le soleil donne une lumière chaude sur la peau… les néons bourdonnent sans arrêt… les flashs d'un appareil photo claquent…* Pour Fanny, la lumière n'a jamais été autre chose qu'un concept faisant écho à la chaleur, au bruit. La lueur d'une pleine lune, Fanny ne peut que spéculer sur son aspect.

Une lueur ronde comme un papier creux, une lueur sans chaleur ni bruit, un trou dans le ciel.

Plus concrètement, Fanny aime la pleine lune puisqu'elle s'offre une sortie au cinéma ces jours-là. Des films de répertoire, le plus souvent. Cet après-midi, c'était *Das Boot,* en traduction française. Elle a adoré l'expérience. Histoire de sous-marin qui ne veut pas mourir. De bons dialogues entrecoupés d'excellents silences dans les moments de tension. Les bruits sourds et métalliques du sous-marin en péril l'avaient enchantée. Il y avait une trentaine de spectateurs présents à cette projection, juste assez pour lui permettre de ressentir les tensions lors des scènes où le son ne la guidait plus. *Les spectateurs étaient sensibles… c'était bien. Les gens sont plus sensibles à la pleine lune…*

Fanny compte travailler ce soir. Brancher ses téléphones. L'ambiance du Galant est lourde ce soir. Les Colombiens du deuxième s'engueulent à pleine puissance. La femme semble dominer. Sa puissante voix d'alto traverse les murs avec une étonnante clarté. *Et dire qu'ils habitent un étage en bas, à l'opposé du couloir… leurs voisins doivent être à bout de nerfs… Tiens… qui ça peut être ?* Le téléphone personnel de Fanny carillonne et relègue la querelle colombienne à l'arrière-plan. *Peut-être quelqu'un qui veut me souhaiter bon anniversaire avec du retard…*

— Allo ?

— Oui… euh… c'est moi… euh… André… l'homme qui…

— Oui… oui. Comment allez-vous ?

— Ma femme a décidé d'étirer son séjour à Niagara…

— Oui, mais vous… ça va ?

Un bruit de moteur rugissant couvre la réponse.

— Désolée, j'ai rien entendu…

— Je vais vous rappeler dans cinq minutes… trop de motos qui roulent ici…

Fanny transfère son micro-casque vers sa ligne personnelle et déconnecte la ligne de travail. Faute de pâte à modeler – *j'arrive pas à croire que je l'ai déjà bouffée... je deviens accro...* – elle palpera un coussin couvert de satin synthétique usé. Son téléphone carillonne déjà.

— Oui, André ?

— C'est ça... Désolé, je m'étais stationné trop près de l'autoroute. Je suis content de pouvoir vous parler... j'ai essayé de vous joindre il y a deux jours...

— Qu'est-ce qui s'est passé avec...

— Milly.

— Oui, c'est ça, Milly.

— Par où commencer ?

— Je sais pas... peut-être le lendemain de votre cuite ?

— Le lendemain... le lendemain. Pourquoi pas ? Le lendemain, forcément, j'avais la tête dans le cul. Elle, Milly, ça semblait aller... mal de tête aussi, rien à voir avec ce qui me fendait le crâne... J'essayais de lire mon journal, elle écoutait des vidéoclips à la télé... C'est elle qui a parlé de la veille en premier... Elle a dit : « Je croyais jamais te dire ça, mais c'était super hier soir... Faudrait pas que maman l'apprenne... tu diras rien ? » Comme si j'allais dire quelque chose à sa mère... Milly avait quelque chose de prévu en après-midi... Moi, j'avais du travail. En prenant mes courriels, comme d'habitude, j'avais reçu de la porno... vous savez, le genre qui dit *Live Teen*...

— Désolé, je regarde pas la porno...

— Peu importe. Le fait est que moi non plus, la porno, je la regardais pas... Normalement je jette sans regarder. Mais dans ma boîte, il y avait une fille qui ressemblait à Milly... alors j'ai cliqué sur l'image. C'était un site payant, alors j'ai payé... La fille était là, en images, en vidéo... un vrai sosie... j'étais tout remué. J'ai perdu mon après-midi complet sur le site... Le soir, quand Milly est revenue à la maison, j'ai commencé à douter. La fille du site… son sosie… c'était trop ressemblant…

— Vous croyez que…

— Laissez-moi continuer… Milly voulait passer la soirée avec moi, sans alcool cette fois. Mais je préférais pas… je devais localiser l'hébergement du site où je m'étais abonné. J'ai trouvé rapidement… il a fallu que ça tombe sur Montréal… hébergement, entreprise, tout le reste… cent pour cent montréalais. Cette nuit-là, j'ai pas dormi… j'ai passé mon temps sur les sites affiliés à la compagnie… Chacun d'eux avait des vidéos avec la fille… Selenia Silk… Mardi matin, j'avais vu à peu près l'œuvre complète. Je pouvais pas comprendre comment Milly avait eu le temps de faire tout ça…

— Peut-être que c'était pas elle…

— C'est ce que je me suis dit… mais je voulais en avoir le cœur net. J'avais remarqué sur Google que certains sites étaient indépendants. C'est là que j'ai compris que Selenia Silk devait être représentée par une agence…

— Il y a une chose que j'aimerais savoir, André.

— Oui ?

— Pourquoi vous vouliez savoir si Milly fait de la porno…

— Je devais le savoir… Enfin… me semble… c'est évident… En tout cas, j'ai fini par prendre contact avec l'agence… je me suis fait passer pour un photographe amateur un peu vicieux, plein de cash… je voulais Selenia Silk. J'ai pris rendez-vous avec elle dans une suite du W. J'allais être fixé…

— Le rendez-vous, c'était quand ?

— Jeudi dernier.

— Et puis ?

— C'est pas elle. Selenia Silk est plus petite, trois ans plus vieille, plus vulgaire.

— Vous avez fait quoi ?

— Comme je voulais pas de problèmes, j'ai payé sans prendre de photos. La Selenia Silk, elle comprenait pas… elle croyait qu'elle était pas assez jolie. Elle arrivait pas à se mettre dans le crâne que je cherche pas à la sauter… Vous dites rien ?

— J'ai l'impression que vous avez été déçu de découvrir que ce n'était pas Milly. Je peux me tromper, bien sûr…

— …

— André ?

— …

— André, vous êtes là ?

— Ouais… vous faites chier. Z'êtes pas supposé m'écouter sans rien dire ?

— C'est à mon numéro personnel que vous appelez.

Fanny flatte son coussin comme s'il s'agissait d'un animal de compagnie.

— Oui… j'imagine vous avez raison…

— Alors… pourquoi vous auriez aimé que Milly ait été la fille porno ?

— Je sais pas. Ça m'aurait… autorisé…

— À quoi ?

— À fantasmer… à me branler en pensant à elle… je sais pas…

— Vous l'avez, ce droit…

— Ça va pas la tête ?

— André. C'est votre décision. Si vous fantasmez… vous aurez du mal à vivre avec votre femme… vous irez par erreur dans la salle de bains quand Milly prendra sa douche… vous finirez par vouloir une seule chose au détriment des autres… vous en ferez une obsession qui vous usera sans fin. Vous en faites déjà une obsession…

Fanny entend un tremblement dans la respiration au bout de la ligne.

— Je sais…

— Où êtes-vous en ce moment ?

— Halte routière, entre Québec et Montréal.

— Et Milly ?

— À la maison. Elle voulait faire la fête avec des amis. Je lui ai laissé la maison.

— Il s'est passé autre chose avec elle depuis dimanche dernier ?

— Non, rien d'anormal. Il y a seulement une petite différence dans ses yeux quand elle me regarde…

— De la complicité ?

— Hum… de la complicité. Je sais pas… je sais pas. Il est vraiment temps que ma femme revienne, je pense. Ça va m'aider à me replacer. Je peux vous téléphoner si jamais…

— Bien sûr, André, quand vous voulez.

— Merci… vraiment… merci…

Fanny retire son micro-casque, le dépose sur le coussin. Elle repense aux cas étranges que Parents-Écoute lui a apportés au fil des ans. Les mères dépressives, les pères suicidaires, les incestes de routine, les pédophiles tourmentés, les parents batteurs, parents battus. Fanny croyait avoir tout entendu. *J'ai tout entendu… Le cas d'André n'a rien de nouveau, c'est presque commun, son truc, avec ces familles recomposées n'importe comment. La nouveauté dans son problème, c'est Internet… J'ai pas fini d'entendre parler de lui… sa chute commence. Question de temps… pauvre type… il tombe de haut… ça va être intéressant à suivre.*

LA STRATÉGIE D'INVULNÉRABILITÉ

19 h 59 – Humidex : 39 °C

Trevor Adamson est étendu dans la baignoire de son appartement. Il ne bougera pas. Il s'occupe à rêver malgré ses pieds, mollets, cuisses, bras et mains ligotés. Une balle de racquetball enfoncée dans la bouche, retenue par une bande de *duct tape,* l'oblige à un silence qui semble lui convenir. Dans son poignet, un injecteur laisse filer le soluté responsable de son sommeil artificiel. Sarah termine l'inventaire de l'appartement. Bien peu de choses. Un Vaio démoli, quelques vêtements, des papiers griffonnés, six mille dollars en coupures de cent, des bouteilles vides, du scotch essentiellement. Pour faciliter la phase finale du contrat, Sarah a dévêtu Adamson avant de le ligoter. Elle a immédiatement repéré les deux cicatrices laissées par la mise en place du traceur GPS (au bras gauche) et du moniteur cardiaque (sous le cœur, en plein abdomen). *Je suis persuadée que les codes sont sur le moniteur… le traceur pourrait être retiré sans avoir à tuer… un bras, c'est vite ouvert. Une poitrine par contre… le cœur de l'arbre, qu'il avait écrit…*

Sarah doit finaliser le contrat lundi prochain. L'ordre vient du patron. *Question de logique… on ne fait pas disparaître un cadavre en plein week-end…* Selon le plan qu'elle élabore mentalement, Sarah compte louer une voiture familiale, rouler sans excès vers sa région d'enfance, trouver une clairière à l'abri des regards, brûler les chairs, placer les os dans des seaux de plastique, les remplir de béton à prise rapide, balancer le tout dans la Yamaska, passer dans un casse-croûte, s'assurer de la propreté du véhicule, rapporter la voiture au bureau de location et quitter ce pays à tout jamais.

En voyant le sujet de ses derniers mois de travail ligoté dans une baignoire, Sarah s'amuse à penser à la méthode du nettoyeur telle qu'immortalisée par Jean Reno dans le film *Nikita*. Quatre flacons d'acide à haut rendement, un corps à effacer, une baignoire blanche standard. *Ne manque que l'acide et j'aurais le trio parfait... ça me ferait sauver plusieurs étapes...* Sarah commence à considérer le chemin parcouru depuis son départ de la police de Vancouver. *J'avais rien d'un bon agent de toute manière... trop autonome... trop solitaire... « You do not seem to be here for the good reasons »,* lui avait dit son lieutenant. *Bien sûr que mes raisons étaient pas bonnes...*

Ce lundi, Sarah tuera un homme, son quatrième. *Faut dire, c'est beaucoup pour une seule personne...* Le troisième, le type de la prise d'otage, avait été commis dans le cadre de fonctions officielles. Un meurtre légal. *De loin mon coup le plus simple...* Le second avait été un accident. Elle avait ouvert la gorge d'un inconnu dans une forêt, à l'arrière d'un bar de campagne où elle travaillait, à l'époque. Selon elle, ce meurtre était un cas d'autodéfense. Le type l'avait traînée de force dans les bois pour lui faire passer un sale quart d'heure. Sarah avait attendu le bon moment pour résister. Le canif de son trousseau de clés avait été l'arme choisie. Il avait fallu que le type s'avance au mauvais moment. *Par chance, je savais déjà comment me débarrasser du problème. J'ai été chanceuse pour celui-là... pas la moindre trace d'enquête...* Après son admission à la police de Vancouver, Sarah avait recherché des informations sur cette seconde victime. Elle avait gardé le nom du type en mémoire. Il traînait un imposant casier judiciaire gorgé de viols et autres crimes violents. Il était recherché pour bris de conditions. *Je peux rester tranquille pour celui-là... comme pour Reynald...*

Reynald, c'était le premier meurtre de Sarah. Un collégien qui avait commis l'erreur de battre et de violer sa copine de l'époque. À ce jour, Reynald est techniquement en cavale pour échapper au mandat d'arrestation qui plane audessus de sa tête. Cela remonte à dix ans. Pour répandre son premier sang, Sarah avait tué sec et barbare. Un coup de hache à la tête. Elle avait planifié son coup. Reynald avait été attiré par la promesse d'un accès illimité aux douceurs de son entrejambe. «Je vais planter ma tente dans l'érablière des Beaudin, à soir. Viens me rejoindre à minuit. Parles-en à personne… je veux que les autres continuent de penser que je suis lesbienne.» Sarah avait bénéficié d'un ciel dégagé sous la pleine lune. Reynald avait souri en voyant sa peau nue à l'ouverture de la tente. Sarah l'avait attiré vers lui. «Baisse tes culottes pis ferme les yeux.» Son coup de hache à la tempe avait ouvert le crâne de Reynald du premier coup. Sarah fut couverte de sang. Un liquide chaud, épais, ferreux. Sarah sortit de la tente, retira les piquets, enroula le tissu polymère autour du corps, l'arrosa d'essence, y jeta une allumette. Ses vêtements l'attendaient dans la vieille cabane à sucre des Beaudin. Elle lava sa peau ensanglantée dans le ruisseau du boisé avant de les enfiler. Reynald brûla pendant quelques heures. Peu avant l'aube, il ne restait de lui qu'une masse d'ossements noircis. *La panique qui m'a prise quand j'ai remarqué que les os brûlaient pas… j'étais tellement naïve…* Incapable de faire disparaître l'ensemble de sa victime, Sarah improvisa une solution avec des seaux et un sac de béton trouvé dans la cabane à sucre. Elle brisa les os à la hache pour les couvrir de béton. Sarah venait d'avoir dix-sept ans. Elle passa la semaine qui suivit à trembler dans sa chambre, convaincue que la disparition de Reynald finirait par lui causer des ennuis. Par chance, sa copine avait porté plainte pour viol et blessures le soir du meurtre. La police locale conclut que Reynald s'était enfui. Néanmoins Sarah voulut s'assurer de couvrir ses arrières pour les années à venir. Son été entier fut dédié à l'élaboration d'une stratégie d'invulnérabilité à toute épreuve. Garder ses parents et ses proches dans l'ombre, minimiser les contacts sociaux, éviter l'alcool et les drogues, s'inscrire en techniques policières, terminer parmi les meilleurs de sa promotion, se trouver un job le plus loin possible de son village. Du haut de ses dix-sept ans, Sarah s'était convaincue qu'en joignant la police, elle limitait ses chances d'être suspectée. Et jusqu'ici, sa stratégie avait été fonctionnelle. *Coucher avec l'ennemi... toujours coucher avec l'ennemi...*

Sarah a la conscience claire : elle n'aime pas particulièrement tuer des gens. Elle aime créer des libertés. Se libérer d'un violeur, se libérer d'une menace, libérer un otage, se libérer des soucis financiers. *Ce sera mon dernier... après, j'arrête...*

Observant le futur cadavre étendu dans cette baignoire à l'émail blanc, Sarah a presque pitié pour son contrat tant il semble vulnérable. *Fragile comme un œil atteint d'un éclat de verre...* Dans cet état, Adamson ressemble à une hésitation entre le sommeil et la mort, un préliminaire au néant.

Faute de signe distinctif, Sarah ne peut savoir qu'Adamson rêve. Un rêve hors foyer aux gestes ralentis, un rêve sans insecte où il se nomme Samuel Nolan et discute avec Jenny sous la ramure d'un saule pleureur, au tournant d'une rivière qui ne coule pas. Un rêve digne de ce que Trevor Adamson croit mériter, maintenant qu'il n'est presque plus un homme. Sarah, elle, s'efforce de voir un visage monstrueux fermé sur lui-même, un corps tordu par sa folie, un sexe usé par la dépravation. Rien qui ne puisse ressembler à la vie. *Non, rien...*

Dimanche 9 juillet

La vie n’y est pour rien

LE GRAVIER CONFORTABLE
7 h 4 – Humidex : 34 °C

Presque des miettes, pas tout à fait du sable. Fort probablement des restes du gravier ayant servi à déglacer la ruelle, l'hiver dernier. *J'en ai combien qui s'encastrent dans la joue… dix… vingt… un nombre pair… certainement… un nombre pair… c'est plus confortable…*

Dans cinq minutes, un enfant obèse ira prendre l'air après avoir perdu sa partie Grand Theft Auto sur le disque dur de sa Xbox. Vêtu d'un short, armé d'un fusil à pétards, il verra Tony, étendu face contre terre, le visage bouffi, ensanglanté. L'enfant obèse sera heureux de sa trouvaille. Il utilisera ce corps pour combler le rôle de la victime. Une dizaine de minutes et une cinquantaine de pétards passeront. Après avoir canardé le corps immobile, l'enfant obèse marchera vers sa fausse victime, se penchera vers son visage. C'est à ce moment que Tony lui dira « salut » en crachant une dent sanguinolente. L'enfant obèse sera saisi d'un bref tressaillement. Il regardera la dent entre ses pieds, lancera un court cri apeuré, s'enfuira chez lui, ne cessera d'avancer malgré les crampes, s'enfermera dans sa chambre en geignant. Pendant des mois, l'enfant obèse fera des cauchemars, des crises d'angoisse ; il développera un problème de haute tension à quatorze ans et de palpitation à seize. Il succombera à un AVC dans la toilette d'un bar, le soir de ses dix-neuf ans, suite à l'essai d'une nouvelle drogue à la mode. Mais rien de cela n'a eu lieu. Et en cette année, ce jour, cette minute, l'enfant obèse cherche sa partie sur sa

Xbox alors que Tony Campagnella se demande combien de gravillons lui creusent la joue.

Ça va… ça va… Selon ses critères d'évaluation, Tony n'est pas en si mauvais état. *Une côte fêlée qui se réparera d'elle-même, un genou meurtri, les arcades sourcilières ouvertes, le nez cassé à quelques endroits, la lèvre inférieure fendue, cette dent que je finirai par cracher…* Sa longue expérience des blessures l'aide à profiter du moment. *Rien ne fait mal tant qu'on reste immobile… c'est quand on essaie de revenir à la normale que tout fait chier… présentement il y a pas de mal… aussi bien en profiter…* Tony n'est pas dans son état normal. Se faire péter la gueule ne lui était pas arrivé depuis l'école primaire. *C'est de la faute à Takao… et Sauza… ouais… faut dire, Sauza n'a pas aidé…*

Vendredi dernier, tel que promis, Takao avait remis deux cents dollars à Tony en droits compensatoires sur l'histoire de sa vie. En prime, Takao lui avait payé un repas. Sorti du restaurant, Tony se dirigea vers le sud, sans but apparent, jusqu'à la vue d'une réclame annonçant quatre bouteilles de tequila Sauza pour cent vingt dollars. Tony eut un flashback positif à propos de cet alcool. *Quatre bouteilles contre six billets de papier à l'effigie de la reine d'Angleterre…* L'échange semblait gagnant.

Caisse cartonnée sous le bras, Tony retourna vers son appartement, déposa l'alcool sur le banc d'exercice, ouvrit la boîte, déboucha une bouteille, avala. Petite gorgée. En effet. Tony aimait cette saveur de cactus salé.

Après une douzaine de lampées, la tequila brouillait ses sens, mais pas nécessairement les bons. Écœuré, épuisé d'entendre les plaintes électroniques de la Buick, garé trois étages plus bas, Tony saisit un dumbell de 10 kg, sortit de chez lui, descendit joindre la Buick qui sonnait depuis des heures. Le mécanisme de rétention du capot céda au premier coup. Les connections de la batterie ne résistèrent pas plus à l'acier trempé du dumbell. Le dernier contact électrique rompu, le système d'alarme abandonna, répandant une salutaire vague de silence dans le quadrilatère. Tony n'eut pas connaissance du soupir collectif des centaines de résidents du secteur. À peine avait-il remarqué les briques ayant démoli une partie de la voiture. Tony n'en avait rien à foutre, il avait soif.

Sa première bouteille fut libérée de son ultime goutte deux heures avant la fermeture des bars. Resté à boire dans son appartement, Tony commençait à se sentir idiot. Tapant le cul de sa bouteille, il se demanda s'il avait déjà été aussi beurré et renonça à formuler une réponse. Tony n'avait pas sommeil. *Marcher… j'ai jamais marché la nuit… ouais… marcher…* Tony sortit son sac à dos acheté aux surplus de l'armée, y plaça ses trois bouteilles et retourna vers le monde extérieur.

Au carré Saint-Louis, il décida de s'asseoir sur un banc pour trinquer. En moins de trente minutes, la totalité des sans-abri du parc lui avait quémandé une gorgée.

— Non.

Une cigarette.

— Fume pas.

Un joint.

— Drogue pas.

Un dollar.

— Je suis pauvre.

Plus tard, Tony remarqua une cohésion nouvelle dans les mouvements de trois sans-abri. Il flaira le début d'une manœuvre hostile. Prudent, il rangea sa bouteille dans son sac, se leva, marcha vers la rue la plus éclairée, en direction des bars. Devant le Saint-Sulpice, il prit une pause en se frottant le menton. *Attends… j'ai de l'argent… je pourrais entrer… c'est plein de monde… pourquoi pas ?* Tony salua le portier d'un regard, déposa son sac au vestiaire pour éviter les histoires, prit la direction de la piste de danse. La tequila aidant, il ignora le mur de chaleur additionnel orbitant autour de la marée humaine occupée à mélanger ses sueurs sous les décibels. Tony portait un pantalon d'entraînement avec un t-shirt de la fédération russe de gymnastique. Un t-shirt serré, collé à sa musculature, souvenir d'une soirée sympathique avec Nikolaï Krioukov après les finales d'Anaheim. Quand le rythme de la musique diminua, il vit une fille lui adresser la parole. *Trop forte la musique…*

— QUOI ?

— TON T-SHIRT… GÉNIAL !

— MERCI !

Une nouvelle chanson prenait d'assaut les haut-parleurs. *Un truc électronique… cool…* Tony ne connaissait pas *Get your snack on* d'Amon Tobin. Peu importe, il dansa en parfait synchronisme avec les rythmes syncopés. Son vieil entraîneur aurait apprécié sa chorégraphie. La fille du bar semblait aimer, elle aussi. Tony la regarda au moment où elle lui faisait signe de la suivre.

Passé dans une autre salle, Tony nota la possibilité de communiquer sans crier. Il était soûl, mais en contrôle. Très calme. *C'est le sol qui s'énerve, moi ça va…*

— Toi… t'es un athlète olympique… je suis sûre…

Tony jeta un œil aux paumés qui circulaient dans le bar et décida, exceptionnellement, de réagir avec fierté. Un regard, un redressement de la tête, des épaules, une lueur de vie dans le regard. Son interlocutrice ne lui laissa pas le temps de réagir davantage.

— T'as fait de la gymnastique… ton nom c'est… attends… c'est…

— Tu devineras jamais…

— Si je devine, j'ai le droit de t'amener chez moi. OK ?

Tony regarda brièvement la poitrine de la fille.

— OK.

La fille envoya un clin d'œil.

— Ton nom c'est… Tony Campagnella… Jeux olympiques de Sydney en 2000. Pour Athènes, t'étais blessé…

Le lendemain, vers 14 h, Tony activa ses neurones dans une chambre étrangère aux murs rouge framboise. Une fois sur pied, il repéra son sac et constata une diminution raisonnable de sa réserve de tequila. Pour expliquer sa présence dans cet appartement étranger, Tony élabora quelques pistes de réflexion stériles. Le meilleur indice vint d'une odeur. *Je sens le sexe… OK… je suis chez une fille avec qui j'ai baisé… du Tylenol… j'ai besoin de Tylenol… de l'eau aussi… non… mieux… jus de fruit…* Passé à la cuisine peinte en jaune tournesol, Tony remarqua une note laissée sur la table.

> Superbe, la nuit olympique… je suis partie travailler, je rentre tard. Il y a des œufs dans le frigo, sers-toi. J'aimerais qu'on se revoie. XXX. Nad.

Tony comprit qu'il devait quitter les lieux plus tôt que tard. *Mais pas question de partir avant de savoir qui est cette fille…* Tony passa la première heure à colliger des informations sur l'occupante de l'endroit. De la pile de courrier non ouvert, il apprit qu'elle se nommait Nadia Longchamp. Ses vêtements suggéraient qu'elle était de taille et de poids moyens. *Une photo… ce serait bien… juste me souvenir de quelque chose, ce serait pas mal ça aussi…* Tony mit la main sur un album de photos de voyage. L'œil avide, il fit un tour virtuel de la Gaspésie en compagnie d'une brunette de taille moyenne sans signes distinctifs, d'un homme grassouillet et d'un chien bâtard aux allures de Labrador. *Son ex… le chien devait lui appartenir… ça m'a l'air récent... elle est pas mal, la fille... pas terrible... mais pas mal... j'aurais pu faire pire...*

L'album refermé, Tony prit un bloc-notes et un stylo, remercia la fille, inséra son numéro de téléphone entre deux X suggérant la bise. Il empoigna son sac, passa la porte, nota mentalement l'adresse de l'appartement et chercha un point de repère. Un coin de rue lui suffit. Quartier Saint-Michel, boulevard du même nom. Une bande de terre coincée entre deux sites d'enfouissement sanitaire. Son quartier d'enfance. Plus loin, il voyait la fruiterie DiLalo où il travaillait à douze ans. Tony maugréa en regardant la zone. Il pensa un instant rendre visite à son père, qui logeait à deux rues et renonça à l'idée immédiatement. Tony n'avait pas mis les pieds dans ce secteur depuis le dernier siècle, il n'avait pas d'excuse valable, sans parler de cet affreux mal de tête.

— Taxi !

La course du taxi allégea Tony de vingt dollars. Retour au carré Saint-Louis. Durant le jour, les sans-abri avaient laissé la place aux skinheads, hippies, skaters, rappeurs, altermondialistes, pacifistes et BCBG néolibéraux en tenue de week-end. Bon nombre profitaient de la fontaine malgré l'interdiction de baignade. Même en caleçon, les classes sociales restaient intactes grâce aux tatouages, poils et piercings des uns versus la pilosité absente et le parfait bronzage des autres. Tony ne joua pas le jeu. Il s'assit dans l'eau de la fontaine sans se dévêtir. Vers 18 h, après un passage des policiers, Tony se mit en quête d'un burger. À peine sec, il entra dans un restaurant gras, commanda un spécial avec frites. Le Galant ne se trouvait pas loin, mais l'envie d'y faire un tour, elle, restait introuvable. *Prends ça comme une vacance...*

À la tombée de la nuit, Tony se débarrassait de son avant-dernière bouteille de tequila et retournait visiter la piste de danse du Saint-Sulpice. Toujours le même mur de chaleur, la même musique, les mêmes vêtements, avec d'autres corps à l'intérieur. Aucune trace de Nadia. D'autres filles ni moches ni belles l'avaient remplacée. Pour ce second soir, Tony sentit le cynisme revenir. L'alcool n'y changeait rien. Il contemplait des vides combler d'autres vides en se donnant l'impression de vivre, de suivre un code, un protocole social conçu dans un ridicule désespoir. La magie opérait en sens inverse, les décibels frappaient sec, le plancher tournait plus que la veille.

Vomir… maintenant…

Bien plus par orgueil que par inconscience, Tony vomit sur une demi-douzaine de danseurs avant de se faire escorter hors du bar par un portier. Diligent, le gaillard lui permit de récupérer son sac sans trop tordre son bras.

La bouche rincée à la tequila, Tony retourna vers le carré Saint-Louis. La foule de l'après-midi avait déserté la place. Les sans-abri de routine se mêlaient à nouveau aux drogués, paumés et fugueurs de fin de semaine. Tony repéra les types de l'embuscade avortée, les invita à boire sa dernière bouteille avec lui. Vers trois heures, Tony mit fin à ses vacances improvisées et prit le chemin du Galant, confiant d'éviter les voitures. Juste avant de s'engager dans la ruelle le menant chez lui, Tony entendit un homme crier une suite d'injures. Il vit quatre types très bronzés. Le crieur avait un bras dans le plâtre et un collet cervical.

– C'EST LUI ! C'EST LUI !

Tony n'eut pas l'idée de fuir lorsqu'il vit le groupe fondre sur lui. La ruelle était déserte, isolée, sans issue repérable. Tony encaissa les premiers coups de poing au visage sans broncher. Au onzième coup, il entendit son nez craquer et perdit l'usage de ses yeux sous les larmes. Un coup dans le dos lui fit plier les genoux. Un crochet à l'arrière du crâne le coucha au sol, face contre terre. Puis ce furent les coups de pieds, les crachats, les injures. Tony n'avait pas mal. Il avait sommeil. Une réplique se logea dans sa mémoire, entre deux coups de pieds.

— Compte-toi chanceux que j'ai pas une télé avec moi… je te la rentrerais dans le cul, mon hostie.

Quelques secondes après avoir reçu un dernier coup de pied dans les côtes, Tony relâcha ses muscles, se détendit. Il ronfla presque instantanément.

Vers sept heures ce matin, un moineau qui changeait de poste d'observation laissa tomber une fiente sur le nez de Tony. La brève douleur qui suivit l'impact eut raison de son sommeil. Depuis, Tony compte les gravillons et planifie sa journée. *Quatorze… quatorze miettes de roches… on dirait que c'est une prémolaire qu'ils m'ont pétée… pas grave… il m'en reste d'autres. Faudrait peut-être que j'aille à l'hôpital. Bof… pas tout de suite… ça peut attendre… je suis pas si mal ici. Ça semble amuser quelqu'un… toujours ça de gagné. Ne plus boire de tequila. Et au fond… pourquoi pas ? Je pourrais peut-être devenir portier de bar… ce serait mieux que l'armée, il me semble. Peut-être pas, aussi…*

PINK MATINÉE
8 h 4 – Humidex : 36 °C

Claude est debout depuis une heure. Il s'est rempli un verre de jus de canneberge pour le boire sur son balcon. Ses yeux myopes n'ont pas repéré l'homme sanguinolent, couché dans le gravier, à soixante mètres vers sa gauche. Pour une raison lui paraissant étrange, Claude songeait au Français du cinquième. *Pourquoi j'ai rêvé à Zach... qu'est-ce que mon inconscient essaie de dire ?* Utilisant la canicule comme prétexte à son manque de classe, Claude était sorti vêtu d'un caleçon troué et d'une chemise. Une chemise blanche qui recouvrait tout juste la trace de sperme laissé dans son caleçon, en conclusion du rêve. *Maintenant que j'ai Miguel... je pense à un autre... Misère...* Claude entra chez lui et actionna sa vieille machine à expresso. *Et si je m'étais fait happer par les publicistes... si je m'étais mis à consommer les autres... comment ça aurait pu m'arriver... j'étais secrétaire du parti marxiste-léniniste en 1974. C'est pas comme si j'étais matérialiste... sauf pour les livres... et les vêtements... mais c'est tout...* Après avoir rempli sa tasse et ajouté le lait, Claude avala une gorgée de café non sucré. *Le sucre... maintenant que j'ai mis le lait, il va pas fondre au complet... seigneur... C'est très sérieux tout ça. Est-ce que la réalisation d'un désir entretient mon désespoir ?* Claude avale une gorgée de café nouvellement sucré. Cette fois, le breuvage est à son goût. Il n'y songe déjà plus. *Quand est-ce que Miguel va arriver... il dure longtemps son after-hour. Ce serait vraiment terrible que l'assouvissement d'un désir provoque le désespoir... ou l'angoisse... la peur... la paranoïa. Pourquoi il arrive pas...*

c'est pas son genre… misère… Claude avale une autre gorgée de café sans le goûter. *Ce serait terrible si j'étais dans l'affolement matériel… comme si ma jeunesse avait servi à rien…*

Terminant sa tasse d'une gorgée, Claude eut le plaisir d'entendre sa poignée de porte osciller. *Il était temps… désespoir mon cul…* Claude accueillit Miguel en exagérant sa joie réelle. *Pour me faire pardonner le rêve avec Zach…* Miguel peinait à rester en place malgré son évidente fatigue.

— Yé dansé toute la nuit… c'était super.

— T'es allé où ?

— Yé pas retenu le nom. Tou me fais oun café ?

Claude toisa Miguel un moment. *Il tremble et il veut un café… il veut pas dormir ?*

— Tu préfères pas boire un jus ?

— Yé suis Colombien, *maricón*. Café *o nada*.

Claude concocta un expresso allongé le plus délicat possible. En surveillant l'écoulement du liquide dans la tasse, il osa une question.

— T'as pris quoi ? *Dis-moi seulement que t'as pas fait du crystal…*

— Ça t'intéresse ?

Il arrêta le flot de café, servit la tasse à Miguel d'un geste lent.

— Puisque je t'encule et je te suce, oui, ça m'intéresse.

— Tou penses que yé fait de la meth… c'est ça, hein ?

Claude cligna des paupières avec une lenteur quasi matriarcale.

— Je veux juste savoir… quand j'avais ton âge c'était les joints pour les mous et l'héro pour les fous… Je veux juste me tenir au courant…

— OK, *maricón*… yé fait oune *pink*.

Claude décida de préparer un second café. *Question d'avoir l'air occupé… fondre cette conversation dans la banalité du quotidien… rester léger… Carver faisait ça tout le temps dans ses nouvelles du New Yorker…*

— Et c'est quoi une *pink* ?

— Dou *speed, maricón.*

La conversation sur la substance illicite eut peine à dépasser la barre des cinq minutes. Miguel faisait constamment débloquer ses oreilles en claquant des mâchoires.

— T'as les oreilles qui silent ?

— Mmm…

— Dans ma famille, on disait que c'est signe qu'une personne pense à nous…

Miguel sourcilla sans empressement. Claude devina qu'il comprenait vers quelle direction la conversation s'aiguillait. Pour gagner du temps, Miguel se dirigea vers la douche.

— Tou pourrait mettre oun pantalon… ton caleçon, il est pas chic…

Claude regarda dehors pour contempler un chat de gouttière à l'affût d'un moineau.

8 h 4.

Le chat termine d'avaler les entrailles de sa prise. La douche cesse de couler. Claude jette la moitié de son second café dans l'évier. *Je devrais le confronter dès qu'il sort… lui demander sans détour… si le speed est comme dans le temps, il pourrait s'endormir d'un moment à l'autre… je veux pas perdre la matinée… déjà que je dors mal…*

Claude regarde Miguel sortir. Il ne porte qu'une serviette blanche nouée à sa taille, ses cheveux noirs et mouillés renvoient des éclats lumineux. *Il sait que j'aime le voir comme ça… il veut encore me séduire… petite peste…* Miguel enlace Claude avec une remarquable suavité.

— Ye me souis permis d'outiliser ta crème de corps…

— Miguel ?

— Shhh *maricón*… ye veux entendre ton cœur…

Les deux hommes restent enlacés, debout, devant le lit. Miguel, un peu plus petit, garde la tête contre la poitrine de Claude. *Essaie de profiter du moment… ne pense pas à Juanita… ne pense pas à Zach… regarde-le… il est si beau… si jeune… faire mieux serait difficile… impossible… ne pense pas… essaie de ressentir…*

— Claudio…

— Oui Miguel ?

— …

— Oui ?

— Ye peux habiter avec toi ?

UNE VIE POUR ARRIVER SUR CE BANC

9 h 4 – Humidex : 37 °C

Edward patiente en face de l'immeuble où habite la femme qu'il a aimée. Enfin, celle qu'il croit être la femme qu'il a aimée. *No… there's no doubt, that's her…* Pour l'occasion, Edward porte l'unique complet de sa garde-robe, un habit de fortrel. Faute de chemise, il a choisi son plus récent t-shirt sans imprimés ni déchirures. Sa barbe est rasée, ce qui lui reste de cheveux a été lavé, coiffé, fixé. Pour transformer sa présence en fruit du hasard, Edward s'est posé sur un banc devant le hall de la tour à condos avec les pages économiques de la *Gazette*. D'un œil, il tente de lire les nouvelles du jour. Il en est à un article sur la spéculation relative aux performances des producteurs de cuivre. Même s'il a déjà lu ce papier quarante minutes plus tôt, il ne comprend toujours pas les mots utilisés. À la moindre silhouette féminine apparaissant dans le hall, ses mains font trembler le journal. Les rares passants qui le remarquent pensent repérer chez lui un début de parkinson.

Edward le sait, en bon *gentleman-sponge,* il devrait assister à la crémation d'Henriette à 14 h, cet après-midi. *I really should go… poor Romeo…* Mais s'il parvient à revoir Gina, il a la ferme intention de l'inviter au restaurant. *He'll understand…* Lentement, la chaleur s'accumule sous ses vêtements.

— *Dumb-ass…*

Avec ses décennies de célibat, Edward avait laissé de côté plusieurs bonnes manières. Il se curait le nez et les oreilles avec ses doigts, se grattait l'intérieur des fesses et reniflait l'odeur de ses doigts, rotait et pétait sans gêne ni retenue, cultivait des traces sombres sous ses ongles de mains et de pieds, se lavait aux deux jours l'été et deux fois la semaine en hiver, bâillait et toussait sans mettre la main devant sa bouche, n'utilisait jamais de produits parfumés hormis son savon Irish Spring. Mais en cet exceptionnel matin, l'ensemble de ces habitudes avait connu une révision quasi complète. Seule une inacceptable odeur de transpiration des aisselles avait passé sous le radar.

Par chance, une pharmacie se trouve au coin de la rue. Edward détient en poche la moitié de son fond de retraite, soit cent quatre-vingt sept dollars. Il peut donc s'offrir le luxe d'un bâton de déodorant. Edward se lève. Il devra provoquer la loi de Murphy. *She won't come out... not in the next five minutes... If I was in a movie, she would go out as soon as I step into the drugstore...* Pour conjurer le sort, Edward entre et ressort aussitôt de la pharmacie. Toujours rien. *Anyway, I'm OK... my life ain't no movie...*

Lorsqu'il reviendra à son banc, Edward sera néanmoins convaincu d'avoir raté le passage de Gina. Il commencera à percevoir le reste de ses jours comme une condamnation à chercher cette femme invisible. Pour une raison hors de son contrôle direct, Edward restera assis et se plongera dans la lecture des pages économiques pour la troisième fois. En relisant un article sur un délit d'initié dans le secteur pharmaceutique, il en viendra à la conclusion que sa vie n'aura de sens que le jour où il retrouvera Gina. En lisant une analyse des cycles pétroliers, il reviendra sur sa pensée et ajoutera *« in Montreal »* à la fin de sa réflexion.

– *My life will make sense only if I see Gina again in Montreal... yep... much better that way.*

Edward lèvera la tête pour analyser un mouvement dans le hall. Il verra Gina vérifier son courrier, appliquer du rouge sur ses lèvres, ajuster sa coiffure. Les mains d'Edward se crisperont. Sa gorge s'asséchera. Il se lèvera, marchera vers elle, lui adressera la parole. Son déodorant ne tiendra pas plus de cinq minutes.

L'ACCÉLÉRATION

10 h 4 – Humidex : 38 °C

Zach joue de l'index devant le blogue de Kaviak. La cigarette qui brûle entre ses doigts ajoute un fil de fumée à l'atmosphère dilatée. Hier, Zach a fait le tour des vidéos sur kaviaksex.com. Il s'est branlé à six reprises, malgré les échauffements. En regardant son nouveau pote baiser des blondes, des brunes, des noires, des rousses, Zach avait cru repérer un item subliminal. Juste avant que le sperme de Kaviak n'atterrisse sur la peau blanche, brune, jaune, rouge ou noire de sa starlette, Zach avait aperçu une illumination impure, un flash blanc. Au 32e film, il décida de mettre sa théorie à l'épreuve. Sur l'écran, Kaviak commençait une branlette devant un visage à la bouche ouverte. Zach passa la séquence une image à la fois. Au 117e clic de souris, il vit un fondu blanc diaphane apparaître dans l'écran. Au 120e, il repéra de la typographie de couleur rouge. Au 122e, un texte apparaissait :

More on kaviakmind.com
user : you
pass : wish

Aussi intrigué que satisfait, Zach tapa l'adresse dans son navigateur. Son accès fonctionnel pendant quinze minutes le limitait à une page d'enregistrement. Zach sélectionna l'option de créer gratuitement son propre code pour utiliser le site. Il s'étonna de la quantité d'informations personnelles à fournir. En plus de son sexe, son âge, son nom, son courriel et son lieu de résidence, il dut fournir des renseignements relatifs à sa culture, sa philosophie, sa religion, l'âge de ses premières relations sexuelles, son nombre de partenaires, son orientation, ses préférences, ses fantasmes. Puisque que les mots *« money », « fees »* et *« credit card »* n'apparaissaient nulle part, Zach fournit les renseignements sans trop se questionner, mais sous un pseudonyme. La procédure complétée, il prit connaissance d'un message lui mentionnant que sa candidature allait être examinée, qu'il recevrait une réponse dans les douze heures. Grimaçant, il quitta le site et termina sa soirée devant une nouvelle partie de Civilization.

Le signal de réception d'un nouveau courriel mit fin à sa nuit. Zach s'était à nouveau endormi devant son iBook. Incapable d'utiliser ses yeux ensommeillés, il s'étira pour en finir avec ses nombreuses courbatures. Il était 9 h 40. Pâteux, il passa au frigo, termina son litre de jus d'orange, son litre de jus d'ananas, son pot d'œufs dans le vinaigre, son pain tranché, son pot de marmelade. Depuis l'arrivée de la canicule, Zach avait pris l'habitude de déjeuner debout, devant le frigo ouvert. *Un peu de fraîcheur*... Il se doutait que cette pratique avait tué le premier appareil, il y a six jours. *Comme ils fournissent les meubles, c'est pas un drame*... Sa dernière bouchée avalée, il referma la porte, prit un stylo, un *post-it,* griffonna : « ÉPICERIE URGENT ». En rotant son œuf dans le vinaigre, il alluma une Lucky et se dirigea vers son iBook. Le courriel venait de Kaviak.

> OK, je pourrais jouer au devin et dire t'avoir reconnu selon ton profil. Je pourrais aussi dire que j'ai saisi ton adresse IP. Mais quand un type signe Vincent Auger et m'envoie une adresse courriel qui dit zachleduc@gmail.com, j'ai aucun mérite. Voilà ton *user* : Zach. Voilà ton *pass* : Leduc. Je suis sûr que tu n'oublieras pas -- ; Kaviak.

Histoire de célébrer son accès au blogue de Kaviak, Zach roula un joint avec sa Lucky fumante au bec. Joint dont il aspire la dernière bouffée en ce moment précis.

Zach se donne jusqu'à midi pour explorer ce blogue. Ses billets vidéo offrent des trucs plus abstraits que bandants. Zach regarde Kaviak discourir sur la décadence. Une vidéo publiée il y deux jours. *Ça a du sens ce qu'il déblatère... pas mal pour un Canadien... un peu contradictoire à certains endroits, mais pas mal dans l'ensemble...* À midi, l'agenda de son iBook lui rappellera qu'il doit livrer son LSA, vérifier la croissance de ses plants de Québec Gold, passer un coup de fil à Daphnée pour annoncer sa venue, demain matin. *Qu'elle le veuille ou non...* Zach ne sait comment il obligera Daphnée à ingérer le Cytotec. Inconsciemment, il souhaite que les RU 486 lui dérègleront le système. Juste assez pour qu'elle réclame une cure miracle. Autrement, il devra la forcer. Ou pire encore, lui révéler ce qu'il a fait. Consciemment, Zach préférera ne pas traiter la question. *J'agirai en conséquence quand viendra le temps... c'est tout...*

Vers 15 h, en regardant une vidéo sur les bienfaits de la méditation avec contractions anale, sa pensée produira cette synthèse : *Putain, qu'est-ce qui m'arrive ? Merde... je fais un porno... je laisse un Japonais me dessiner comme bon lui semble... j'ai pété un plomb ou quoi ? Je vais dire quoi à l'université quand on me parlera de tout ça ? Bordel... ils vont se jeter sur moi... Et ça, c'est si j'y retourne à cette université de merde. Je pourrais prendre une sabbatique... laisser retomber la poussière... arrêter la fumette en douceur... parce que je pourrai jamais arrêter d'ici cinq semaines... c'est pas humain. Putain... il faut que le temps arrange les choses... et moi, j'ai avantage à l'accélérer, ce temps... il finira par jouer pour moi. Ouais, c'est décidé... j'appelle l'université aujourd'hui... une sabbatique... je serai bon à rien cet automne. Et qu'est-ce que je veux de plus au fait… j'ai de la drogue à l'infini, une copine qui fait fantasmer les mecs, du fric, un iBook, une PlayStation 3… qu'est-ce que la vie peut m'apporter de mieux ? Franchement, qu'est-ce que je peux espérer de plus ?Faut bien se faire une raison…*

LE DÉJEUNER SUR L'HERBE

11 h 4 – Humidex : 38 °C

Sarah s'est levée tôt pour vérifier l'état d'Adamson, enfermé dans l'appartement 405. *Rien de neuf…* Une paralysie stable, aucun souci. Elle a su neutraliser Adamson avant qu'il n'« endommage » la putain de manière définitive. Endommager. C'était le terme utilisé dans les ordres. *Le patron est un Anglo… normal qu'il ait des problèmes de langue…* Sarah doit attendre vingt-quatre heures de plus pour en finir avec son contrat. Cela fait en sorte que ce dimanche ressemble à un congé. *Presque une journée normale…* En revanche, elle devine que demain deviendra un mauvais souvenir. *Un de plus…*

Allongée avec Vivianne sur le gazon jauni d'un parc, Sarah regarde les chênes étouffer dans le smog. Elle termine une chocolatine mal cuite qu'elle fait passer avec une gorgée de café glacé. Elle regarde Vivianne avec qui elle couchera ce soir puisqu'elle quittera le pays demain après-midi, sans laisser de traces. Elle songe à l'autre bout du monde. *Peut-être la Nouvelle-Zélande… quelque chose de loin… de confortable… pourquoi pas Kiribati… ou Vanuatu… ouais… c'est moins cher par là-bas…*

— Sarah, je me demandais, tu faisais quoi avant ton contrat ?

— Flic…

— C'est pas fou… T'as un peu le style d'une policière…

— Hum, le style…

Sarah jette le reste de sa chocolatine aux pigeons.

— Qu'est-ce que tu vas faire après tout ça, Viv ?

Vivianne fronce légèrement les sourcils. Elle attend qu'une ambulance ait quitté la zone pour formuler sa réponse. La question de Sarah lui mine le moral. Une minuscule tristesse glisse sur son regard, laisse un voile rougeâtre sur ses yeux. *Elle a l'esprit plus fin que je pensais…*

— J'vais continuer… et toi ?

— Hum… Moi aussi… continuer…

Elle n'y peut rien. Sarah ressent quelque chose. Un pincement au cœur, un nerf inédit qui coince. *Fichu regard… je commence à comprendre pourquoi le patron veut la protéger. Oui, OK… ça va… elle est vraiment bien comme fille… mais je peux pas rester à Montréal… je peux même pas penser y revenir un jour… et c'est une pute. J'ai vraiment besoin de me remettre les idées en place… maudite année de cul…*

— Tu penses à quoi ?

— Oh… À demain… au contrat…

— Je pourrais t'aider si tu veux…

— Non… non… T'as pas à faire ça…

Vivianne n'a qu'une idée générale de la tâche qui attend sa protectrice. Sarah se mettra au travail dès l'aube pour être tranquille. Comme d'habitude, elle envisagera ce boulot comme le ferait un boucher devant une carcasse de porc. Elle devra commencer par bien disposer Adamson dans la baignoire, positionner ses pieds de manière à ce qu'ils demeurent plus haut que sa tête ; chemiser les murs, le plafond et le sol de plastiques protecteurs ; visser le silencieux sur son Beretta Px4 Storm, transformer le comateux chimique en cadavre d'un coup de détente, ne pas perdre de temps, prendre un désosseur, ouvrir les artères principales, laisser couler, ouvrir l'eau chaude pour éviter d'engorger la tuyauterie, attendre, attendre encore, se rappeler que les spasmes sont normaux, constater la mise à sec, éliminer les pieds avec une scie sauteuse, couper les tibias en quatre sections, cinq pour les cuisses. Sarah ne sait pas exactement comment elle fera pour débiter le torse et fracturer le bassin dans un si petit espace. *J'improviserai...* Ce dont elle est certaine, c'est qu'elle devra avoir le bon attirail. Sacs à ordures ultra résistants, scie sauteuse, scie à métaux, dix paires de pinces, couteau désosseur fraîchement aiguisé, hachette, lunettes de protection, loupe, gants de caoutchouc, masque de protection, trois seaux en plastique de vingt litres, deux poches de ciment à prise rapide, dix-huit litres d'eau, quatre litres d'essence, bâton de brassage, survêtement de plastique (malgré la chaleur), vêtements et souliers de rechange, eau de Javel, Drano, tampons à récurer, essence à briquet, allumettes, nourriture à haute teneur en protéines, eau en bouteille, quatre sacs de voyage grands formats, voiture climatisée à quatre roues motrices. Techniquement, Sarah aura jusqu'à midi pour terminer la mise en sac d'Adamson. Elle conduira une heure, en direction de la rivière Yamaska. Elle trouvera un champ isolé, brûlera les chairs, versera les restes carbonisés et les outils dans les seaux en plastique, coulera le ciment, ira jeter le tout d'un pont isolé dans une section vaseuse de la rivière.

— Quelle heure ?

— 14 h pile.

— Déjà... excuse-moi Viv... j'ai plein de trucs à acheter... tu sais où je peux trouver une quincaillerie dans le quartier ?

POP OU PAS POP

14 h 4 – Humidex : 44 °C

C'est contraire à l'esprit du groupe. Mais Mike et Chloé sont survoltés. Ils réclament des chansons plus accessibles. De la pop grasse, simple, vendeuse. Leur plan instantané est presque parfait. Ne manque que l'accord de Mélina, qui ne travaille pas aujourd'hui. Ils ont l'après-midi pour discuter. La limonade contient beaucoup de vodka. Un joint de haschich circule.

— La révolution… la révolution… c'est ben cool… mais je commence à en avoir plein le cul de bouffer des spaghettis…

— Moi, je viens de lire un livre qui disait que la contre-culture était devenue la nouvelle forme d'académisme ! Ça dit que la tentative de séduction du public par l'anti-art, ça reste une tentative de séduction… tu te rends compte…

— Quitte à séduire, aussi bien utiliser des meilleurs moyens… des moyens qui rapportent…

Mélina a du mal à croire ce qu'elle entend. Son visage reste néanmoins d'une étonnante neutralité.

— Lulu vous arracherait les yeux si elle vous entendait…

— *Come on*… Lulu pense qu'elle va finir en martyre de la musique… moi, j'ai rien à foutre de ma postérité… je joue du *drum*… le monde se crisse des *drummers*…

— Pis des claviéristes aussi…

— …

— Écoute, Mélina, à moins qu'un hostie de génie se dégraisse les neurones pis accouche d'un miracle, ma vie va être courte… pareille pour Chloé… pareille pour toi… j'ai pas envie de m'accomplir dans le symbolisme… pis encore moins dans le symbolisme d'une autre personne que moi…

— Moi je suis écœurée de sa manière de nous contrôler, il y a pas juste elle qui peut lire des essais pis faire des théories… Pis à part de ça, on sait rien d'elle…

— T'sais, Lulu, elle se pense postmoderniste parce qu'elle dirige un groupe de post-punk… Ben, pour moi, une fille qui veut crever pour son art, c'est une hostie de romantique… une arriérée mentale…

Mélina fait signe à Mike et à Chloé de fermer leur orifice à discours.

— OK, les nerfs… Qu'est-ce que vous êtes en train de dire exactement ?

Mike et Chloé se regardent, le temps de s'accorder sur qui fournira la réponse en premier.

— Fuck Lulu.

— Ouais, comme il dit, fuck Lulu.

Aucun doute ne persiste dans l'esprit de Mélina. Mike et Chloé fomentent leur révolution depuis longtemps. Mélina n'envisageait pas un tel déroulement pour cette seconde journée de congé en autant de jours. Elle pensait aller au local de répétition, boire, fumer, baiser. Journée tranquille, sans conséquence, entre amis. Cette menace de putsch la fait grincer des dents.

— Écoute Mélina, on sait que t'as beaucoup travaillé… désolé de faire chier ton congé… on est juste plus capable de se la fermer…

Mélina se demande si Bob est dans le coup, lui qui est passé hier après-midi au Malarche pour lui dire qu'il ne la voyait pas chanter du post-punk toute sa vie.

— Avec une voix comme la tienne, ce serait de la perte.

C'était ce qu'il avait dit.

Mélina fait signe à ses colocataires qu'elle a besoin d'être tranquille pour réfléchir. Mike et Chloé vont terminer le joint de haschich sur le balcon.

Il fallait que ça arrive... c'était trop évident... on peut pas rester à six sans que ça tourne à la guerre... ça fait chier... tout commence à s'organiser... le disque... la tournée... on sait jamais... ça pourrait mieux fonctionner qu'ils pensent... We Are Wolf... ils ont réussi... bien sûr que je pourrais chanter autre chose... je pourrais tout chanter, tant qu'il y a de quoi boire et fumer... j'ai pas besoin d'eux pour le savoir...

Mélina étire le cou, Mike, accroupi, fait un cunnilingus à Chloé qui relève son cul, accoudé à la rambarde. Mélina sourit. Elle aime l'indécence provocatrice de Mike et l'exhibitionnisme crasse de Chloé. *On peut pas lâcher maintenant... si on fait sauter Claudette Abattage, adieu la réputation dans le milieu. Pop ou pas pop... personne voudra nous avoir. Il faut faire la tournée... vendre le disque... respecter le contrat... après, on verra. C'est vrai qu'elle est bizarre, Lulu, depuis le printemps... elle a droit à ses mauvaises passes... après ce qu'elle a fait pour nous... qu'est-ce que je dis... c'est elle qui nous a faits. C'est pas Bob qui se serait soucié de nous rendre vivants...*

Chloé commence à jouir mollement sous le soleil. Mike se relève, baisse son pantalon et la pénètre sans perdre de temps. Ses hanches bougent lentement. Un travail en profondeur. Chloé relève la tête à chaque enfoncement.

OK... je suis toute seule dans cette affaire. Je peux pas en parler à Lulu... dans l'état où elle est, il y aurait du sang... Luc ? Luc va écouter Mike... Luc a toujours fait ce que Mike voulait... pour Bob... je sais pas... je suis sûre qu'il s'est remis à l'héro... ce serait son genre... et si c'est le cas, il voudra gagner plus de cash pour payer ses doses. Fais chier. Je suis la plus jeune dans le groupe... pourquoi ça tombe sur moi...

Mélina sort sur le balcon, regarde à peine Mike qui tringle Chloé. Elle saisit le joint fumant qu'il gardait entre deux doigts.

— Merci.

— De rien.

En retournant dans l'appartement, Mélina décide de se rincer à la vodka. Après trois gorgées et trois taffes, elle refait le point.

OK... Mike arrive à peine à payer sa dope avec les journaux... Chloé a plus de vélo ni de salaire... Bob a plus de vélo, ni de jambe valide, ni de salaire... Luc gagne moins que moi... Lulu... au fait... elle vient d'où l'argent de Lulu... ses contrats de sérigraphie... pas seulement ça... je peux pas croire... Autres gorgées, autres taffes. Ce joint de haschich ne veut pas mourir. *Donc... en plus du pouvoir financier... j'ai la chance d'être la voix... alors ils vont m'écouter. On fait la tournée... on prend tous les contrats qui passent et après, on verra pour ce qui suit...*

Mike continue de pilonner Chloé par-derrière. Il commence à gémir lorsque Mélina revient sur le balcon.

— Écoutez, si on fait pas la tournée, on brise le contrat pis ça, c'est pas fort... On fait la tournée, on sort le disque, on prend ce qui passe... Ça vous empêche pas d'écrire des chansons de votre bord... Lulu nous a jamais empêchés de faire autre chose.

Mike n'arrête pas complètement son mouvement.

— *Come on,* Méli...

— Il y a pas de *come on...* On se tape le tour des *States* tous les six... j'ai pas envie de passer à côté de ça...

— Arrête d'inventer des conneries... tu te sens coupable envers Lulu, c'est juste ça...

— Tsé Mike, c'est pas parce qu'on te laisse croire que t'es intelligent que tu l'es vraiment...

Chloé pouffe de rire. Un rire si sec qu'il éjecte le sexe de Mike. Mélina ne lâche pas le morceau.

— Tsé, tu peux me le dire si t'as de la misère à jouer du *drum* comme Lulu te demande…

— Va chier, hostie.

Mike retourne vers l'appartement, donne un coup de pied sur un des matelas posés au sol. Chloé regarde Mélina. Ses culottes sont à ses chevilles, sa jupe reste retroussée.

— T'es raide avec lui Méli…

— Pis ? Chacun son rôle.

Mélina enfonce trois doigts dans la chatte ouverte de Chloé. Presque immédiatement, Chloé se retrouve avec des jambes de coton et une folle envie de crier. Lorsque Mélina lui fait remarquer qu'un groupe d'adolescents l'observe depuis l'autre côté de la rue, Chloé se laisse aller. Elle offre à ses spectateurs un orgasme d'une puissance sans équivoque. *Chacun son rôle…*

L'AVENIR EST UNE BOÎTE À BRÛLER

15 h 4 – Humidex : 45 °C

Autour de Roméo se dresse un complexe de marbre et de verre d'une propreté exagérée. *La mort... maudite bonne business...* Roméo se félicite d'avoir souscrit à une assurance vie pour Henriette il y a vingt ans. Même si une bonne partie du montant se trouve dans les poches des croque-morts à vestons griffés, il pourra se payer quelques objets utiles, peut-être même un voyage. *Ou des billets de loterie...*

Depuis quatre minutes, Roméo fait retarder la descente du cercueil vers le sous-sol du bâtiment, là où deux préposés se chargeront de mettre la boîte au frais, dans l'attente de la crémation. À l'origine, Henriette souhaitait une mise en terre. Roméo avait promis de respecter sa volonté lors de la rédaction du testament olographe, en 1980. Mais avec la hausse du coût des parcelles disponibles dans les cimetières de la ville, l'incinération s'était imposée.

— Elle saura pas.

— Non, elle saura pas.

Cette voix, c'est celle de Roland Malarche qui pose son épaisse main sur l'épaule courbée de Roméo. Malarche est le seul des invités à s'être déplacé pour la cérémonie. Roméo espère en silence qu'un d'entre eux arrivera dans les prochaines minutes. Il espère voir Edward arriver avec Monique en pestant contre le trafic, contre sa LeBaron finie, contre les travaux de la voirie. *N'importe quoi...* Roméo a renoncé à voir Simone, l'épouse de Roland, qui ne sort plus de chez elle depuis son accident. Roméo se gratte la joue. *Non, j'ai pas invité d'autre monde... Il faut qu'ils viennent...* Son mal de crâne ne le lâche pas. Son nerf sciatique le force à prendre appui sur sa canne.

À côté du cercueil se tient un officier de la maison funéraire. Un homme bien habillé, poli, décoratif. Le modus operandi de l'établissement prévoit ce genre de débordement horaire. Quinze minutes de retard sont autorisées aux endeuillés. Au-delà de cette limite, l'officier doit regarder le client droit dans les yeux avec un air grave et affecté. Une fois l'attention captivée, il doit dire : « Je suis désolé, nous ne pouvons attendre davantage. » Si le client refuse, pique une crise ou se met à sangloter, l'officier doit prononcer la phrase suivante : « Je vous laisse une dernière minute pour faire vos adieux. » La minute écoulée, il appuie sur un bouton, fait descendre le cercueil au sous-sol, escorte la famille, laisse place au deuil suivant.

Roméo n'a pas eu les moyens de payer l'embaumement ni l'exposition. Sitôt entrée à la morgue, Henriette s'était fait remiser nue au congélateur. Une thanatologue s'était chargée de faire disparaître les bijoux (boucles d'oreilles en plastique, chaînette d'argent, bracelet d'argent, bague de mariage or quatorze carats, bague de fiançailles or dix carats) et de les remiser dans une petite boîte cartonnée. Encore sous le choc du décès de sa femme, Roméo dut sélectionner le contenant de crémation dans lequel il la ferait brûler.

— Contenant de crémation ?

— Oui, c'est le terme employé, monsieur McCaan.

— Je pensais que c'était un cercueil.

— Si on met en terre, c'est le mot juste. Autrement, il s'agit d'un contenant.

— Ça vous dérange pas si j'appelle ça un cercueil ?

— Pas du tout, monsieur.

— Je vais vous prendre le moins cher…

15 h 14.

Roméo regarde sa montre. Personne n'arrive à la course derrière lui. Ses épaules restent basses et lourdes comme sa tête. Malarche ne sait plus où se mettre dans cette immense salle au toit de verre. Il boirait un gin tonic. Il ne sait pas pourquoi il a cette envie dans la gorge. L'officier transpire. Une goutte de sueur perle au bout de son nez. Depuis une semaine, malgré les efforts du système de climatisation, le funérarium s'est transformé en serre. Sa principale peur concerne les odeurs. Le corps d'Henriette est sorti du congélateur depuis près de trois heures. Selon son angle de vue, l'officier remarque une fuite humide dans un coin du contenant de crémation. Il est sur le point de se diriger vers Roméo pour mettre fin à la cérémonie.

— C'est correct… vous pouvez…

— Oui, monsieur.

D'un rythme lent, régulier, Henriette plonge vers le sous-sol de la maison funéraire. L'imitation de la mise en terre est sans faille. Roméo se sent presque en accord avec les dernières volontés de son épouse. Sitôt les portes refermées, Malarche passe son bras autour des épaules de Roméo et l'escorte hors de l'établissement. Son envie de gin tonic persiste.

Depuis une semaine, la canicule joue la faucheuse dans la ville. Les services de santé publique sont pris de court. Au complexe funéraire, l'incinérateur fonctionne vingt-quatre heures sur vingt-quatre grâce aux employés étudiants qui espèrent ramasser la manne de ce rush caniculaire. Devant les portes du congélateur, l'un d'entre eux blague en attestant que ce métier est le meilleur moyen de gagner de l'argent avec les vieux. Une jeune femme répond à sa blague en rigolant. Cette dernière saisit la boîte d'Henriette, y inscrit le chiffre 378 avec un feutre noir, colle le dossier de la cliente avec du ruban gommé.

— Pas avant une semaine… peut-être dix jours… méchant bordel…

En plaçant le contenant de crémation sur le sol d'un congélateur rempli au triple de sa capacité, les deux employés s'obstinent sur le prochain client à passer au four.

— On est à 229.

— Mais non… on est rendu à 230.

L'argumentaire reste bref. Le congélateur est à -18 °C, 64° de moins qu'à l'extérieur et 918° de moins qu'à l'intérieur de l'incinérateur.

— Le 230 est juste là…

— OK…

— Homme ou femme ?

— Homme… soixante-quinze ans… Guy Sergerie… tu parles d'un nom… comme une bergerie pour les Serge !

— T'es niaiseuse.

— Ce doit être ça l'insoutenable légèreté de l'être…

— Vraiment niaiseuse.

LES JOIES TERRESTRES

16 h 4 – Humidex : 46 °C

Edward marche vers Le Galant. Le repas était délicieux. Cela faisait des années qu'il avait mangé du poisson. Il n'a pas trop bu, pas roté, n'a émis aucun borborygme. *A true gentleman-sponge…*

Edward avait dû l'admettre, cette femme n'était pas Gina. Ni sa sœur. Ni sa cousine. Qui plus est, elle n'était pas d'origine italienne, mais portugaise. Cette femme ressemblait à Gina comme une photographie floue peut prendre l'apparence d'un lointain souvenir. Une ressemblance plus poétique que factuelle.

Edward l'avait abordée de la même manière qu'il y a neuf jours. En lui demandant l'heure.

— C'est vous l'homme au t-shirt « *Have a Bud Light!* » ?

— *Yes…*

— Ces vêtements vous donnent meilleure allure. *Much better.*

Edward décida de plonger, armé d'un sourire enfantin.

— *My name is Edward, you are ?*

— Andelina. Andelina Vieira.

Edward reçut cette information comme un trophée dédié à sa propre stupidité. *Of course dumb-ass, it could not have been her… she would have recognized you…* Edward pensa demander si elle ne connaissait pas une certaine Gina Sembera, question d'éliminer ses doutes pour de bon. Une intuition le poussa à retenir sa langue. Le temps d'un klaxon lancé dans la rue, Edward reprit son air effondré caractéristique. *Why in the world would she come back to Montreal? I'd better excuse myself and go to Henriette's funeral…*

Edward releva la tête pour saluer Andelina. Il regarda ce visage qui lui avait fait revisiter ses meilleurs souvenirs. *At least she made me realise that I'm still hunting a ghost… I should be grateful of her help…* Edward palpa l'argent dans sa poche. Sur un coup de tête, il invita Andelina à dîner.

— Comme c'est galant… j'y allais justement… ça me fera de la compagnie !

Andelina avait accueilli l'invitation d'Edward avec un sourire qui lui rappela celui de Gina. Un bonheur pesant, une joie terrestre. « Vous savez, vous me rappelez quelqu'un, un vieil ami », ajouta Andelina en entrant dans le restaurant. Edward rougit aussitôt. Il sut qu'il devait s'expliquer à cette femme.

Edward mit près de trois heures à raconter son histoire. Andelina l'écoutait avec une attention soutenue, à la fois fascinée et touchée par le récit qui parvenait à ses oreilles. Arrivé à la banalité du moment présent, Edward rigola un brin, puis émit un commentaire sur le ridicule de sa vie. Andelina le corrigea en demandant l'addition.

— Ce n'est pas tant ce qu'on a vécu, Edward. C'est ce qu'on a compris qui est important.

— I don't know if I really understood something…

— Moi, j'ai compris que vous vivez par amour pour une personne invisible… vous êtes presque un moine.

Edward regarda les yeux sombres d'Andelina. Elle n'avait pas la magie ni la perfection de sa Gina, du moins, de la Gina dont il avait entretenu le souvenir. *A monk devoted to his goddess… maybe that's what I am, after all…*

— Vu votre situation, j'insiste pour payer… non, vraiment, ça me fait plaisir.

— I don't know how to thank you, Andelina…

— Bien, vous pourriez revenir dîner avec moi la semaine prochaine… Cette fois, ce sera à mon tour de parler… Ça vous va ?

— Yeah, of course !

Andelina doit se diriger vers le centre-ville. Elle quitte Edward en lui serrant la main, souriante, heureuse. Elle n'a presque rien révélé sur elle durant ce repas. *Why do I feel so good?* Edward n'en est pas encore conscient; il ne considère plus Gina comme un poids sur sa mémoire, comme si ce contact avec Andelina avait allégé son passé. En marchant vers Le Galant, l'œil rêveur, Edward repasse le film de son après-midi. *I know this feeling... when was the last time I felt like this. No... get outta here...* Edward cesse de marcher. Il y a des années qu'il ne s'est pas senti comme cela. Plus exactement, il ne s'est pas senti si léger depuis l'hiver 1969. *And what if it really was her... Her with a new name? Another version of her..* Edward songe au papier sur lequel Andelina a écrit son numéro de téléphone. Il l'a rangé au cœur de sa liasse d'argent, solidement serré au creux de son poing, bien enfoui au fond de sa poche. Edward retourne au Galant avec plus de questions que de réponses, mais cette fois, il se sent presque jeune, tourné vers l'avenir. *Whoever she is, I really like her... yep... I like her a lot...*

MONIQUE ON THE ROAD
17 h 4 – Humidex : 45 °C

Monique a sorti sa Volvo S40. Elle a retiré la housse protectrice, ouvert le coffre, l'a chargé de ses bagages, est passée à une station-service pour gonfler les pneus et faire le plein. C'était cet avant-midi, vers 11 h. Actuellement, Monique approche de Tadoussac, sur le traversier. Elle regarde l'eau noire du Saguenay entrer en collision avec l'eau verte du Saint-Laurent. Elle grille une Du Maurier, la dernière de son paquet. Tout est réglé avec Christian. Elle le verra demain. Edward pourra s'occuper du Galant pendant la semaine qui vient. Pourvu qu'il trouve la note laissée à son intention. Selon elle, la preuve de son amour envers Christian est irréfutable. Elle compte remettre indéfiniment ses prochaines interventions chirurgicales. Fini le bistouri et le botox. *Il sera tellement content d'apprendre ça…* Désormais, Monique place sa confiance dans le DHEA. *C'est peut-être ça qui me donne autant le goût de baiser… c'est aussi pire qu'à ma fin de trentaine…*

Un peu plus tôt cet après-midi, incapable de réprimer son besoin d'orgasme, Monique gara sa voiture dans une aire de repos et se masturba pendant une dizaine de minutes avec son vibrateur. Sur le traversier, elle y songe à nouveau. *La dernière fois que je me suis vibrée… c'était quand… me vibrer pour moi… on s'entend…*

Zach avait été rapide pour trouver du DHEA. Il avait livré la marchandise hier, à l'aurore, avec la mention « pas plus qu'un cachet par jour, sinon, vous deviendrez insomniaque, nymphomane et boutonneuse en très peu de temps ». Monique rigola en lisant la note. *On dirait une description de mon adolescence...* Elle avala deux comprimés sans sourciller.

Les effets, Monique les perçut vers la fin de l'après-midi. *Je m'endors pas...* Sitôt, elle songea aux sept cafés consommés depuis le début de sa journée pour expliquer sa vitalité. *Ben non... seulement sept cafés... c'est moins que l'habituel...* Le soir venu, elle tournait en rond dans son appartement avec un trop plein d'idées en tête. C'est à ce moment qu'elle téléphona à Christian pour annoncer qu'elle venait le rejoindre. Après avoir rempli sa boîte vocale, Monique fit ses bagages.

Le lendemain, c'est-à-dire ce midi, son cellulaire sonna alors qu'elle roulait entre deux raffineries, dans l'est de Montréal.

— Monique ?

— Oui, Christian ! Comment ça va ?

— Tu t'en viens ? C'est ça ?

— OUUIIII !

— T'as sniffé ?

— Mieux que ça !

Monique réalisa qu'elle n'avait aucune idée où se trouvait Christian.

— Christian, t'es où ?

— ...

— Christian... je t'entends pas...

Une Toyota joua du klaxon pour réveiller Monique. Elle chevauchait deux voies à 150 km/h.

— Tu conduis ?

— C'est sûr, je m'en viens !

— Pis tu parles avec ton cellulaire...

Christian sait que la conduite automobile et Monique forment deux phénomènes difficilement conciliables. Son permis lui avait été accordé essentiellement grâce à sa performance orale sur la banquette arrière de son véhicule d'évaluation, il y a plus de trente ans. Depuis, elle prend le volant environ dix fois par année. Ce midi, elle effectuait sa première excursion sur une autoroute en plus de douze ans.

— VA CHIER TROU D'CUL ! Non, pas toi Christian, c'est la folle derrière…

— Monique, calme-toi… fais pas d'accident…

— Pas de danger… j'ai une Volvo !

La ligne coupa sur cette réplique.

Lorsque la conversation reprit, Monique analysait les petits caractères d'une contravention.

— Te rends-tu compte… sept cent dix piastres pour la vitesse… pis cent quinze pour le cellulaire… me reste juste deux points…

— Monique…

— Non, je roule pas… je suis sur l'accotement… Bon… t'es où ?

— Je suis à Rivière-au-Tonnerre… Promets-moi de pas faire de niaiseries au volant… t'es sûre que t'as pas recommencé la coke ?

— Oui, minou… je prends juste des nouvelles hormones… t'inquiète pas… c'est où ton endroit ? Ah non, laisse faire… je vais m'acheter une carte…

Vers Québec, Monique consulta la carte routière acquise sur les lieux de sa vibrette. Elle s'estima chanceuse d'avoir roulé dans la bonne direction. *Et en plus… je suis du bon côté du fleuve…* En lisant sa carte, elle remarqua que sa route passait par Tadoussac. *Ah oui… c'est là qu'ils avaient tourné L'hôtel New Hampshire… super… j'ai toujours voulu y aller… j'espère qu'ils ont de la place…*

Monique ne remarque déjà plus à quel point elle pétille. Son cœur bat à un rythme rapide, ses paupières sont grandes ouvertes, son sourire est naturel, elle ne pense plus à ses cicatrices. Elle danserait toute la nuit, accumulerait les orgasmes et l'alcool jusqu'à éclatement, comme avant. Alors que la berge de Tadoussac approche, elle téléphone à Zach pour le remercier. Ce dernier ne mentionnera pas qu'il faut compter entre cinq et dix jours pour remarquer une amélioration relative au DHEA. Il se dira heureux de la savoir en pleine cure de jouvence, préférant attendre pour aborder le sujet de sa réduction de loyer.

LES POLITESSES

18 h 4 – Humidex : 43 °C

Vivianne regarde Sarah lécher son clitoris depuis cinq minutes. Elle observe sa langue pointue, ses doigts robustes et courts retenant ses grandes lèvres. Vivianne aimerait ressentir une excitation, un chatouillement. *Je mouille pas… comment ça se fait ? Peut-être à cause du détraqué… un traumatisme… peut-être que mes nerfs sont à bout… peut-être que j'ai besoin de vacances. Pourquoi je jouis juste avec les clients… j'ai aucun désir pour mes clients. C'est peut-être la position…* Vivianne examine sa situation. Elle se trouve étendue sur la table de cuisine entre un plat de salade aux trois quarts plein, deux fourchettes, une bouteille de jus de canneberge couverte de condensation, deux verres vides et une bouteille de vodka. La journée avait été planifiée pour arriver à une conclusion heureuse. Le pique-nique dans le parc, les petits baisers, les caresses furtives, les jeux de regards. *On a passé l'après-midi à préparer notre coup… pourquoi ça fonctionne pas ?*

Sarah ne semble pas à son aise entre les jambes de Vivianne. Elle change régulièrement de position sur sa chaise, hésite à déplacer ses doigts, peine à maintenir le rythme. *Ne la décourage pas… tu pourrais faire semblant… juste un peu… pour détendre l'atmosphère… comme avec… comme avec un client… on pourrait aussi…*

— Sarah, tu voudrais qu'on passe au lit ?

— Oui, bonne idée.

Vivianne n'y songe pas sur le moment. Ce lit est le sien. Ses draps n'ont pas touché une autre peau que la sienne. *C'est déjà mieux que la table…* Sarah redouble d'ardeur dans sa tentative de stimulation clitoridienne. *Rien… nada. Pourquoi Jade peut jouir et pas moi? C'est pas juste.* Vivianne glisse la main vers le visage de Sarah. Elle relève sa tête et l'attire vers le haut de son corps. Sarah porte encore ses vêtements. *C'est peut-être que ça…* Vivianne glisse ses mains sur les hanches de Sarah et retire son t-shirt. Sarah rougit légèrement. Son sein gauche fait deux fois la taille du droit.

— Une de mes ex m'appelait l'amazone.

Vivianne répond en léchant le mamelon du plus petit en pariant qu'il est le plus sensible. Progressivement, elle descend sa langue vers le ventre de Sarah et fait sauter l'attache de son pantalon avec deux doigts agiles. Sarah se retrouve nue. Vivianne remarque son épais triangle de poils. Elle sourit à l'idée d'y enfouir son visage. Elle la touche d'un doigt. Son sexe est déjà humide.

— Non… reste sur le dos.

Vivianne approche son visage du sexe de Sarah en se mordillant l'intérieur de la joue. L'odeur ne fonctionne pas. La propreté n'y est pour rien. Question d'hormones, d'enzymes incompatibles. *Trop tard pour reculer…* D'un mouvement souple, Vivianne oriente sa bouche vers le clitoris de Sarah qu'elle découvre d'un coup de langue. Le goût correspond malheureusement à l'odeur. *N'y pense pas… elle m'a tirée d'un mauvais pas… je lui dois au moins ça…*

Sarah partira demain. Vivianne le sait. *J'aurais préféré qu'on se fasse de meilleurs adieux…* Vivianne aurait préféré faire l'amour sans avoir à être Jade. Être celle qui reçoit, qui entretient le mystère. Depuis la naissance de Jade, Vivianne n'est plus en mesure de coucher avec un homme ni d'entretenir une relation sérieuse. Sa dernière idylle est vieille de deux ans. Trois mois houleux partagés avec une ancienne collègue de Sensualgoddess. *Celle-là aura duré trois jours… c'est mieux que rien…* Vivianne dissimule son visage mélancolique dans le sexe touffu qu'elle lèche. Sa peine lui rappelle les vieilles raisons de sa solitude… *Toujours plus de larmes que de sourires dans les histoires d'amour… faudrait que je m'en souvienne pour de bon cette fois…*

— Viv… ça va ?

Vivianne ne lèche plus. Sa tête reste à cinq centimètres du sexe de Sarah.

— Non… je vais bien… écoute, ça te dirait de m'appeler Jade, juste pour jouer…

— OK. OK…

LA PLUIE ET LE BEAU TEMPS

20 h 4 – Humidex : 36 °C

Fanny avait passé plusieurs jours à s'interroger sur les activités du nouveau locataire à l'étage du dessous. Par ses mélanges de musique sérielle, de chants tibétains, de rigolades tranquilles, elle avait cru déceler un jeune intellectuel. *Juste un garçon dans la mi-vingtaine peut rire de cette façon…* Par la subtilité de ses mouvements, elle avait perçu une présence calme, assurée. *Il est confiant… probablement plus grand que petit… les petits hommes ont souvent un tempérament nerveux…* Suite à sa conversation de mercredi soir avec Zach, Fanny précisa le profil de son voisin. *Pornographe indépendant et bouddhiste… je savais que c'était un intello…*

Ce soir, Fanny s'est enfin décidée. Elle avait deviné que son voisin travaillait au montage d'une vidéo. *Il est seul… bon timing…* Elle passa une main humide sur sa tête pour contrôler ses mèches rebelles, s'assura au toucher que son chandail noir ne laissait paraître aucun cerne de sueur, enfila sa paire de sandales, agrippa son sac, ajusta ses Wayfarer. En posant sa main libre sur sa canne blanche, elle hésita. *Oui, il va mieux comprendre s'il me voit avec… et ça m'évitera de compter mes pas…* Quarante-sept pas plus loin, Fanny cognait à la porte de Kaviak.

— Oui ? Bonsoir ?

Il sourit… sa voix sourit… c'est bien… ni trop petit ni trop grand… à peine plus grand que moi… lève la tête avant de parler…

— Bonsoir, je suis votre voisine d'en haut…

— Oh… désolé… le son… vous devez avoir les oreilles fines… je vais…

Agitant la main, Fanny expliqua qu'elle était descendue pour lui souhaiter la bienvenue. Elle termina sa phrase en révélant une bouteille de vin au fond de son sac.

— Si je dérange pas…

Après les présentations d'usage et autres échanges incontournables (Vous aimez ici ? / Il faut que vous alliez voir tel endroit / Oui, l'ascenseur fait toujours ce bruit / Au moins ici, on est proche de tout), Fanny proposa d'ouvrir le vin. Kaviak passa à la cuisine. *Voyons voir… jouons un peu avec lui…*

— C'est charmant chez vous.

Kaviak répondit avec une brève expiration nasale suggérant l'apparition d'un court rictus.

— Merci…

Il serait logique qu'il me regarde… il m'évalue… il peut penser que je joue la comédie derrière mes lunettes… continue de sourire… tourne la tête vers la gauche… il est à un mètre… il se lave au savon à la crème… pas de parfum… shampoing antipelliculaire…

— Je suis curieux, vous lisez quoi ces temps-ci ?

Merveilleux… merveilleux… il comprend déjà…

— Je termine *A Brief History of Time* de Hawkin et je suis à la moitié de *L'invention du paysage* de Cauquelin. Je vous le conseille…

— En braille ?

— Oui pour le premier et avec une lectrice pour le deuxième. Le choix est meilleur en anglais pour le braille.

Kaviak passa une main rapidement devant les Wayfarer de Fanny.

— Vous savez… je vois rien, mais les déplacements d'air, je peux les sentir, sans parler du craquement dans votre poignet.

Vaut mieux ne pas l'effaroucher... reste un peu plus conventionnelle...

Le temps d'une demi-bouteille, Fanny et Kaviak parlèrent de leurs gagne-pain. Sans parvenir à en identifier les raisons exactes, Fanny percevait une pudeur, une tension dans les paroles de Kaviak. Son souffle restait court, quasi inaudible, comme si un stress immobilisait son ventre. Fanny pensa au principe des similitudes. *Il doit être du genre à lire dans les gens... un regard dans les yeux et hop... il vous cerne et se transforme en bouée de sauvetage ou en missile... je ne peux pas lui montrer mes yeux... jamais lors d'une première rencontre...* Le vin n'arrivait pas à dissiper la tension. Fanny osa une nouvelle approche.

— Vous auriez envie de méditer dos à dos ? Cela fait des mois que je me cherche un partenaire de méditation.

L'ambiance s'allégea presque instantanément.

Près d'une heure fut passée en méditation conjointe. Fanny avait eu du mal à faire le vide, trop occupée à analyser les sensations offertes par ce dos pressé contre le sien. Sitôt son corps redevenu un simple brûleur d'oxygène, elle se laissa submerger par la présence de Kaviak. Fanny avait l'impression d'irradier, de faire vibrer l'air et de voguer sur les ondes de chaleur. Il y avait longtemps qu'elle n'avait su moduler la réalité avec tant d'adresse. C'est Kaviak qui donna le signal de retour.

— C'est fou... on se ressemble plus que je croyais.

OK... c'était pas une impression creuse...

— Je crois qu'on peut se tutoyer maintenant...

— OK, Kaviak... ouf... c'était bien... il est quelle heure avec tout ça ?

— 20 h 4.

Fanny est sereine. Elle se souvient des amants recrutés en employant cette méthode méditative. Plus jeune, elle aurait été à l'étape de la persistance, du dépassement. Elle aurait demandé à toucher le visage de Kaviak, aurait fait courir ses doigts avec sensualité, en parfait accord avec ces histoires où l'aveugle séduit le voyant. Après le toucher, elle serait restée tout près de lui, frontale. Le reste serait arrivé de lui-même. Mais Fanny n'a plus vingt ans, elle entame sa pré-ménopause et n'envisage plus le sexe de la même manière. *J'en n'ai plus autant besoin... c'est tout... c'est plus sain de cette façon... sans désir, plus d'anticipation, sans anticipation, il ne reste que le présent... ma seule richesse...*

— À quoi tu penses ?

Ne fais pas comme d'habitude... réponds pas que tu penses à rien...

— Je me disais que le présent est ma seule richesse.

Fanny ne peut voir l'illumination dans le regard de Kaviak, pas plus qu'elle puisse se douter du respect qu'elle éveille en lui. Fanny mordille sa lèvre inférieure, concentrée sur sa prochaine question. *Je sais pas si je devrais demander... tant pis... mieux vaut ça qu'un trop long silence...*

— J'voulais savoir... pourquoi tu fais de la porno, Kaviak ?

— Parce que la philosophie, ça fait juste vivre les vieux professeurs...

— D'accord... et ?

— Et parce que j'aime être solitaire sans avoir à m'isoler complètement... Sans parler que ça règle la question du désir et des fantasmes. En les comblant, je les annule.

Fanny plisse son nez. De fines rides deviennent visibles entre ses sourcils. Kaviak vide la bouteille dans les coupes et s'empresse de prendre une gorgée avant de poursuivre.

— Je cherche simplement à comprendre la vie. Pas lui donner un sens. La comprendre... c'est déjà assez.

— Et qu'est-ce que t'as compris de la vie jusqu'à maintenant ?

Kaviak dépose sa coupe, réfléchit quelques secondes, se lève. Selon Fanny, il se dirige vers un ordinateur dont elle entend le ventilateur tourner. Elle entend des touches tapées avec des mains agiles suivi de cliquetis de souris. Fanny entend la voix de Kaviak sortir des haut-parleurs. « Chaque vérité deviendra une erreur, rien n'est en mesure de figer le sens des choses… Aucun livre, aucune pensée, ni aucune idée sauraient accomplir cette fixité… L'univers existe sans notre aide. Toute philosophie qui suggère le contraire n'est qu'une fabulation, un bavardage sur les concepts admissibles de l'angoisse et de la domination… Personne ne doit oublier que l'intelligence humaine sera toujours soumise à notre biologie, que l'âme n'est qu'une croyance rassurante, une fabulation qui fait passer le corps comme un vulgaire objet pratique… Le corps est notre seul objet. » Kaviak clique à nouveau sur la souris.

— C'est pas un peu pessimiste comme réflexion… un peu trop près du vide ?

— Non. Pas du tout. L'appréhension du vide nous permet de concevoir un monde qui ressemble à un espoir, à une fuite ou à une sentence… tout dépend de qui interprète le vide… tout est relatif…

— OK, et la vie dans tout ça ?

— La vie n'y est pour rien.

La ville et ses mouvements s'éteignent dans les oreilles de Fanny. Aucun cri, aucun moteur, aucune musique ne traversent les murs. Seulement la mélodie sourde de ses mouvements vitaux, ses poumons qui se remplissent, son cœur qui bat. Le smog de cette fin de journée porte les arômes des forêts brûlées. Fanny consomme cette paix soudaine. Elle aimerait croire que les dernières paroles de Kaviak ont su greffer des paupières à ses oreilles. *La vie n'y est pour rien…* Cette phrase tourne dans sa tête comme le vin dans sa coupe. *La vie n'y est pour rien…* Fanny ne désire pas donner suite à ces mots. Elle les mettra sous cloche, dans un boîtier d'urgence imaginaire.

— En cas de besoin, brisez la vitre.

— Quoi ?

— Non, rien. J'pensais tout haut… Tu sais qu'ils prévoient un peu de pluie demain soir ?

— Ah oui ? Ça fera du bien.

Lundi 10 juillet

Remerciez le ciel, car il fabrique la pluie

LA RÉALITÉ FINALE
2 h 46 – Humidex : 34 °C

Il fait trop chaud depuis dix jours. Record de température par-dessus record de température. Les plus faibles meurent, les plus forts suent. Les actualités sont composées de reportages sur les cadavres dus à la canicule, les champs desséchés, les agriculteurs déprimés, les passants révoltés qui commentent : « On est au XXIe siècle… Ça devrait plus arriver d'avoir autant de morts… » En dix jours, le smog est un état banal, une part du quotidien qui s'insère dans les conversations ordinaires parmi les mots argent, vitesse, sexe. Les mieux nantis de ce monde se climatisent, les pauvres, eux, endurent. Des reportages diffusés hier laissaient courir la rumeur d'un risque de pannes électriques dans les grandes villes américaines aux tours de verre, là où la climatisation est devenue vitale. « Pour créer de l'énergie et fabriquer du froid, on brûle plus de gaz et de charbon. Malheureusement, en procédant de cette manière, on épaissit la couche de smog, on accélère le réchauffement climatique… c'est un cercle vicieux terrible… Il faudra bien s'en sortir un jour… »

Sur cette phrase d'un climatologue pessimiste, Kaviak avait interrompu le visionnement d'un reportage en diffusion Web. Il devait dormir, se préparer au tournage de ce soir, avec une autre fille, une jamais baisée, cette fois. Mais Kaviak a perdu l'habitude des baises à répétition depuis son retour au célibat, il y a trois ans. De petites taches rouges sont visibles sur son gland et le bas de son dos lui démange. Plutôt que de s'endormir vers 4 h du matin, comme à l'accoutumée, il s'est couché vers 1 h, vanné, poussé vers son lit par la chaleur et la perspicacité de cette aveugle avec qui il avait passé la soirée.

Kaviak dort d'un sommeil créatif. Il rêve qu'il enregistre une capsule pour son blogue dans un avenir éloigné. Ses cheveux ont blanchi. Il porte une courte barbe d'une pâleur similaire. Son décor n'a pas vraiment changé. Encore un endroit dépouillé, lumineux. Devant lui, aucune caméra n'est visible, l'écran de son ordinateur occupe un mur complet. Kaviak parle sans hésiter avec une voix sereine. Pour une raison qui lui échappe, il sait avoir des centaines de millions d'auditeurs, que ses mots sont diffusés en plus d'une centaine de langues grâce à une technique de traduction futuriste. Au-delà des paroles qu'il prononce – presque un prêche – il ressent l'état du monde, l'ambiance de crise mondialisée, l'état de panique, d'effritement des civilisations traditionnelles. Il sait qu'une majeure partie des grandes cités sont sous les eaux, que les réfugiés dépassent le milliard d'individus. « Nous avons passé le sommet des catastrophes, car désormais, nous agissons pour Gaïa. » Kaviak est persuadé d'être octogénaire, à la tête d'une organisation ou d'un mouvement majeur.

Kaviak s'éveille sans sursauter. Il est dans son appartement du Galant. Une ambulance déchire la quiétude approximative du quartier. *Ce rêve…* Kaviak se lève et se rend au frigo, palpe sa joue quasi imberbe. Bouteille d'eau fraîche. Déglutitions. Ce rêve, il le fait depuis des années, surtout s'il se sent particulièrement fatigué. Selon son père adoptif, il s'agit d'une prémonition sûre, une illustration directe de son karma. Selon sa mère adoptive, ce rêve illustre le but de sa réincarnation actuelle. *Quelle partie de moi désire se conformer à ce rêve ? Jusqu'à quel point ce discours imaginaire conditionne le mien ? Et si je savais déjà ces choses sans pouvoir les articuler… Et si je n'avais pas l'âge d'agir en maître ? Et si c'était de la foutaise, tout ça ? Non, c'est pas possible… il faut que ce soit vrai.*

CYTOTEC

5 h 50 – Humidex : 36 °C

Daphnée est surprise. Cette main qui cogne sèchement à sa porte est facile à reconnaître. Celle de Zach.

— Daph… je sais que t'es là. Ouvre… … … C'est important…

Daphnée sourit, elle ne croyait pas que Zach reviendrait vers elle si rapidement. *Tu vas en baver mon vieux*… Daphnée enfile un pantalon bouffant et un t-shirt avant de lui ouvrir.

— Ça va, je sais… je suis un salaud, un enculé, une sous-merde… mais je dois te donner un truc ce matin… T'as pas pris mon message ?

Daphnée fait signe que non.

— Tu dois prendre ça. J'avais prévu te les donner il y a quelques jours…

— Quoi, tu veux me tuer au cyanure ?

— C'est des bêtabloquants, OK… c'est aujourd'hui ton tournage ? Ça va t'aider à être au top. Billy Crystal en prenait toujours avant d'animer les Oscars.

— Et pourquoi tu me ferais ce cadeau ?

— Pour me faire pardonner… OK, c'est pas des fleurs, disons que c'est un début… tu sais combien ça vaut ces trois cachets…

— Attends… tu me dis que t'avais acheté ces pilules je sais pas quand dans le but de te faire pardonner ?

Zach pâlit à vue d'œil. Il semble avoir perdu le sommeil depuis trop de nuits.

— OK… quitte-moi, balance-moi aux ordures, mais prends ces trois cachets… c'est pour ton bien… je suis très sérieux…

— Dégage.

Daphnée referme la porte au nez de Zach. Elle a gardé les cachets au creux de sa main. *Bêtabloquants... j'avais vu un reportage là-dessus... les concertistes en prennent pour les aider à performer... ça pourra pas me faire de mal... et ça aiderait peut-être l'embryon à lever le camp...* Daphnée se frappe le ventre de la tranche du poing et laisse les trois cachets sur le comptoir de cuisine. Ses maux de cœur sont raisonnables ce matin, rien qui ne menace sa journée de travail. L'envie de vomir est tapie au fond de son ventre, sous contrôle. *À la douche...* Avec l'eau tiède contre sa peau et la caisse de résonance de céramique autour d'elle, Daphnée répète le ridicule jingle de la publicité. Elle compte l'enregistrer en une prise. *Vite fait, bien fait...*

En sortant de la douche, Daphnée flashe sur quelque chose, saisit son cellulaire, appuie sur la touche 1.

— Phil. Oui, c'est ta préférée. Désolé de te réveiller... t'es tout seul ? Ah bon. Elle va bien ? Tu la salueras de ma part. Mais non, je niaise. Pour la pub... ils fournissent les vêtements, *right* ? C'est ce que je me disais. OK... bye...

Ça simplifie tout. Je m'habille léger et professionnel. Une jupe... définitivement... je serai en jambes aujourd'hui. Pour le haut... chemisier ou truc stretch. Shit !... j'aurais mieux fait de demander les préférences du réalisateur. Il préfère les seins ou les jambes. Tant pis... un peu des deux... soignée et sexy... classe avec une touche de salope exécutive. Talons aiguilles, bien sûr... pour relever mollets, cuisses et fesses. À moins que ça me grandisse trop. Talons moyens donc. Fuck... la couleur fonctionne pas...

Daphnée étale ses six paires de souliers autour des vêtements qu'elle portera. Aucune ne s'agence parfaitement à l'exception d'une paire de sandales passée de mode, achetée à l'Armée du salut. *Ciboire, c'est quoi le problème ?* Cette fois, c'est un étourdissement. Un coriace. Le plancher tangue. Daphnée se croit momentanément sur un transatlantique dans la tourmente. Elle doit poser une main quelque part pour éviter de s'effondrer. Il y a le lit, le frigo, le comptoir. Sa main ne parvient à rejoindre aucune de ces cibles. Une haleine chaude lui monte à la gorge, son regard s'embrunit jusqu'à l'opacité totale. Daphnée tombe à la renverse vers le lit qui absorbe sa chute avec un grincement de ressorts usés. Sa tête demandait un surplus de sang. Elle revient progressivement. *OK… ça va… je suis dans mon lit… tout est sous contrôle. Ce doit être la faim…faut bouffer. Ça peut pas être la nervosité… j'ai déjà le contrat. Mieux vaut les prendre, ces bêtabloquants…*

LA BOUCHERIE NÉCESSAIRE

6 h 4 – Humidex : 38 °C

Hier après-midi, Sarah s'est dotée des outils pour terminer le contrat. D'abord, la voiture, une Subaru familiale à quatre roues motrices avec climatisation. Ensuite, la quincaillerie nécessaire : outils, sac, instruments, matériaux. Finalement, quelques vêtements confortables pour quitter ce pays proprement. *Ce sera Tuvalu pour la première année, c'est décidé…*

Sarah pointe son Beretta trois centimètres au-dessus de la cicatrice du moniteur cardiaque d'Adamson. Elle ne veut pas abîmer les codes à cause de l'impact de la balle. Adamson semble traverser une période de transe muette. *Il ressemble à un somnambule quadraplégique…* Sarah avait deux choix, l'overdose de penthotal – *méthode douce* – ou le Beretta – *méthode américaine…* Sa décision avait été instantanée. *Faut bien que je m'en serve une fois avant de m'en débarrasser…* Elle vissa le silencieux, plaça un épais oreiller dans le dos d'Adamson au cas où la balle traverserait de bord en bord, se plaça en position de tir. Techniquement, la balle aurait été supposée crever le cœur d'Adamson à 6 h pile. Sarah prend un cruel plaisir à déterminer son point d'impact.

Bon, assez rigolé…

La détonation est sourde, similaire à celle entendue dans les films. Un sifflement qui rappelle une flèche traversant l'air. *Au moins, il y a ça de vrai au cinéma…* La balle du Beretta a transpercé le cœur et s'est logée dans un disque de la colonne vertébrale. Adamson n'a rien bougé à l'impact. Ni paupières, ni lèvres, ni membres. Rien. Comme s'il avait décidé de s'éteindre avant l'arrivée de la balle. *Et tant pis, une autre... pour la chance...* La seconde détonation sifflante perce un cercle rouge dans le front d'Adamson. Encore là, aucun mouvement de sa part. *OK... une étape à la fois, maintenant...*

Sarah retire l'oreiller du dos d'Adamson. Elle sera brûlée et cimentée avec l'ensemble. Le survêtement de plastique qu'elle a enfilé avant les tirs lui colle déjà à la peau. *Pas le choix... je boirai en plus grande quantité... c'est tout...* Sur le sol de la salle de bains sont disposés les outils nécessaires. Sa main s'arrête sur un couteau désosseur Henkel à manche noir. Avec la pointe, Sarah taillade une incision dans la poitrine d'Adamson avec la cicatrice du moniteur cardiaque comme guide. *Shit!... j'oubliais...* Sarah retire la lame de la plaie, lève les yeux brièvement. Elle tranche la jugulaire et l'artère principale de la cuisse droite d'Adamson. Deux ouvertures profondes. *Plus il sera vide, plus vite il brûlera...* Sarah revient à sa première incision. La chair saigne à flots lents d'un rouge épais, presque gras. Elle doit se concentrer, chercher un contact métal sur métal.

— Le voilà.

Sarah ouvre la plaie de manière à pouvoir y insérer ses doigts gantés. Un premier écarte la peau et pénètre. *Ça va...* Trois autres suivent. Le pouce reste appuyé à l'extérieur. La chaleur humide du corps d'Adamson enrobe les doigts de Sarah. Une température équivalant à l'air ambiant. Sarah n'y voit aucune différence. Index et majeur repèrent le moniteur cardiaque. Elle tire un coup, puis un deuxième. *Voilà... c'est plus gros que je pensais... rincer à l'eau tiède. Ma loupe. Voilà les codes...* Sarah doit attendre qu'Adamson devienne exsangue pour continuer. Elle pratique quelques entailles additionnelles pour accélérer la saignée : carotide, aorte, artères des poignets. *Aucune raison de rester ici pendant qu'il se vide...* Sarah retire le survêtement de plastique, sort de la salle de bains. Son ordinateur est posé sur la table de cuisine. *Profitons-en pour vérifier si le compte y est...*

— Bravo.

Deux cent soixante-quatre mille dollars sont présents dans le compte suisse. *Ça y est, je suis riche...* À la vue des six chiffres, Sarah ressent une chaleur dans sa poitrine, une chaleur qui n'a rien à voir avec cette canicule qui chauffe la ville à blanc depuis dix jours. Cette bouffée est celle d'un intense réconfort, une dose de sérénité qui construit en elle un nid d'oxygène. Quelques clics plus tard, Sarah se retrouve sur un site de voyages. *Tuvalu... comment s'y rendre ? Montréal / Los Angeles, Los Angeles / Sydney, Sydney / Funafuti... tout simple...* Sarah referme l'écran. Elle songe aux neuf atolls de Tuvalu, à ces îles perdues dans le Pacifique où cohabitent douze mille âmes. *Le rêve... la paix totale...* Par contre, s'établir à Tuvalu n'est pas au programme. Pour vieillir en paix, Sarah devra trouver un autre paradis. Tuvalu est un caprice. Elle veut connaître ce pays miniature avant qu'il ne soit englouti par la montée des eaux. *Après, j'irai à Kiribati... c'est pas trop loin... Adamson doit être à point maintenant. 6 h 42... faudrait pas faire trop de bruit... pas avant 8 h... retour au plastique...*

Adamson baigne dans la rougeur de son hémoglobine. Ses entailles ne coulent plus, seule l'artère de la cuisse droite laisse filer un mince écoulement brunâtre. Sarah évalue le travail à venir. Elle commencera par la jambe gauche. *Désosseur...* D'un geste précis, elle décrit un cercle autour du genou, divise la peau, révèle les nerfs. *Ça va...* Le désosseur tranche nerfs, tendons et muscles avec une dérangeante aisance. Sarah déboîte la capsule osseuse du genou. Un craquement sourd résonne dans la salle de bains. Elle sépare le tibia de l'articulation de la cuisse d'un coup de hachette. Le second genou subit un traitement identique. Sarah effectue le même travail de coupe au niveau des avant-bras qu'elle désarticule comme s'ils étaient de vulgaires ailes de poulet. Elle garde les épaules et les aines pour la scie sauteuse. *La tête maintenant… en souhaitant qu'elle soit vide… scie à métaux…* Sarah abaisse le crâne d'Adamson pour dégager la nuque. Elle appuie la scie à métaux entre la sixième et la septième cervicale. La scie taillade sans rouspéter. Des jets de sang tachent ses lunettes de protection. *C'était à prévoir… ils se vident jamais au complet…* Sarah préfère couper la tête d'un élan pour garder le momentum. Elle ignore cette goutte de sang qui perle sur le rebord de ses lunettes. Les passages creux de la gorge accélèrent la découpe et augmentent les effusions sanguines. Après quelques éclaboussures rouges sur son survêtement, il ne reste qu'un fil de peau entre le cou et la tête. Sarah redresse le crâne en tirant les cheveux pour rompre ce dernier cuir. *Voilà…* La tête d'Adamson rejoint les quatre demi-membres laissés près du renvoi d'eau, sous le robinet ouvert. *OK, la pire étape… j'aurais mieux fait de m'équiper d'un masque à gaz. La prochaine fois j'y penserai…* Sarah inspire un grand coup, reprend le désosseur et ouvre le ventre d'Adamson du pubis à la gorge. Elle examine les nombreuses cellules graisseuses, puis entaille l'abdomen à nouveau. Elle peut maintenant ouvrir le thorax comme une chemise.

— Je m'y ferai jamais…

Face aux organes de couleurs pastel, Sarah tente de rester stoïque. Par expérience, elle voudra garder l'intestin intact pour éviter de répandre de la merde un peu partout. Elle commence par crever vessie et prostate, dégage l'accès à la fin du colon qu'elle coupe et pince immédiatement. *Par chance… vide…* En plissant les yeux, elle repère le haut de l'intestin grêle, sectionne et pince à nouveau. *Un peu de courage…* Opération délicate maintenant. Retirer l'intestin. L'expérience fait travailler Sarah de manière ordonnée. Au lieu de concevoir l'intestin comme une masse, elle l'envisage tel qu'il se présente : un long tube, un boyau mou. Premier sac à déchet. Le bout de l'intestin grêle et sa pince y atterrissent. Sarah déroule l'organe avec une minutie d'orfèvre. Connaissant la puissance des odeurs enfermées dans cette fabrique à merde, elle préfère éviter les perforations. L'opération dure près de dix minutes. *Impeccable... parfait... les reins maintenant... toujours aussi simples ceux-là. Et hop... dans le sac. OK, au tour du foie...* À nouveau, Sarah use de précautions et perce la vésicule biliaire avec la pointe du désosseur. Aussitôt, la bile ronge la surface des chairs rapprochées. Sarah ne voulait pas en recevoir sur ses gants. *Ça brûle vraiment, ce truc...* Manœuvre réussie. Le foie va rejoindre l'intestin et les reins. Le pancréas et l'estomac suivent sans problème, tout comme le cœur. Pour les poumons, Sarah utilise sa hachette. Elle fend le sternum, brise les côtes au niveau des flancs. Un solide coup de désosseur dans la chair coriace de la trachée permet le retrait des poumons. Sarah ne prête pas attention aux chairs qui tombent sur le sol, plastifié pour l'occasion. Néanmoins, elle javellisera le carrelage à deux reprises avant de quitter. Effacer le visible, éliminer les odeurs. Pour les tuyaux, elle balancera une forte dose de Drano pour prévenir un quelconque refoulement de matières organiques. Rien ne laissera croire qu'une telle boucherie ait eu lieu dans cette salle de bains. Adamson sera fiché comme il l'est actuellement : manquant.

Voilà, Adamson n'a plus rien dans le thorax. Il est un tronc sans tête pourvu d'un sexe, de demi-jambes, demi-bras. Le sac à organes est fermé le plus hermétiquement possible. Sarah a chaud. Le survêtement de plastique colle à sa peau. Elle étouffe. Les prochaines étapes du dépeçage devront être effectuées à la scie sauteuse (débiter le corps en morceaux d'environ neuf centimètres cubes). Il n'est pas 8 h. Sarah est en avance. *Je dois boire et manger quelque chose... je brûle trop de calories avec ce maudit survêtement.*

J'espère que mes barres d'énergie et mes laits de soya seront efficaces. Sarah retire le survêtement et sort de la salle de bains en soufflant. Elle n'a pas coupé les organes génitaux. *Pas question que je touche à ça tant que c'est d'un seul morceau... à la scie sauteuse, comme le reste...* Sarah jette un œil vers le rideau tiré devant la porte-fenêtre. Derrière le tissu se cache un paysage de briques, de béton et d'asphalte qu'elle ne reverra plus. Sarah a cette soudaine conviction que, même loin d'ici, elle restera ce qu'elle a toujours été. *Une sauvage, une autonome...* Dans la pénombre du 405, Sarah se doute qu'elle jouera les mercenaires à nouveau. *Un quart de million, c'est vite dépensé... je pourrais devenir espionne... je serais pas mal dans ce rôle, il me semble...* Sarah laisse son regard errer sur le rideau souillé par des années de poussière. *Dans quelques jours, derrière les rideaux, ce sera le Pacifique Sud...*

UN VISAGE TRISTE COMME LA VIE

9 h 30 – Humidex : 39 °C

— Mélina ? Tu travailles pas ?

— Congé.

— Qu'est-ce tu fais à l'atelier ?

Mélina fait un visage sans équivoque. Elle veut parler. Ce sera sérieux.

— OK… laisse-moi finir mon passage, il me reste juste trente affiches. Place mes feuilles. Ça va aller plus vite.

Mélina examine brièvement les alentours de l'atelier de sérigraphie. Les murs sont couverts d'affiches, de cartons d'invitations, de billets de spectacles passés. Lulu occupe une des trois tables d'impression. Personne d'autre ne travaille. La chaleur. Mélina se positionne à côté de Lulu, entre la table d'impression et le vieux séchoir grillagé. Elle place une feuille de format affiche entre les guides. Sur le papier, un passage rouge fait croire à un début de squelette. Lulu abaisse sa soie d'impression, applique une couche de vert qui dessine des veines sur l'armature osseuse. Le fond est noir, mat.

— Cool comme dessin… mais les couleurs… ça fait pas un peu Noël ?

— Justement… c'est pour les Satan Klaus, tu les connais ?

— Pantoute.

— Si tu penses que Claudette Abattage fait du hard, t'as rien vu… au dernier show, le chanteur a tué un lapin, l'a vidé pis s'en est servi comme chapeau. Il a fait tout le show avec… Mets une autre feuille… faut pas que l'encre bouche les pores de ma soie…

Lulu met une quinzaine de minutes à compléter son passage. Mélina la regarde passer la raclette. Elle comprend l'origine de ses épaules carrées. Lulu imprime à bon rythme malgré une fatigue évidente. Ce sera son dernier passage pour la journée. *De toute manière, je m'étais dit que je prenais congé…*

— Je peux-tu aider ?

— Pas vraiment… Ah, ben oui, nettoie ma table pendant que je rince…

Lulu ne voit pas les tressaillements de Mélina lorsqu'elle retire le ruban gommé de la soie. Ce bruit à faire grincer des dents, elle ne l'entend pas plus que le vacarme de l'eau sous pression percutant sa soie tendue comme un tambour. Question d'usure, d'habitude.

— T'en as pour longtemps ?

— J'arrive, Mélina… De quoi tu veux parler ?

Mélina fait signe à Lulu de s'asseoir sur la table d'impression fraîchement lavée. Elle n'a pas vu les bancs de métal rangés sous un comptoir.

— C'est pas facile, Lulu.

— *Come on,* parle… au point où j'en suis, il y a pas grand-chose qui peut me décourager.

Mélina raconte sa conversation de la veille avec Mike et Chloé. Elle résume la grogne qui se répand chez les membres de Claudette Abattage.

— C'est surtout Mike qui chiale… il veut faire de l'argent…

Lulu encaisse la nouvelle sans surprise, comme si elle avait anticipé cette dissidence. Elle se tourne vers Mélina, le visage neutre. « Pis t'as répondu quoi ? »

— Je leur ai dit qu'après la tournée, on verrait… Je sais qu'ils peuvent rien faire sans ma voix.

Lulu regarde Mélina. Elle lui sourit amoureusement. *Elle sera la seule à le savoir…*

— Mélina… je veux que t'embarques avec eux… Je te demande juste une chose : garde le contrôle. Sinon, ils arriveront à rien.

— T'es sûre ?

— Profite de la tournée pour travailler avec eux autres… moi je vais me tenir à l'écart. J'aurai pas le choix de toute façon.

Ces derniers mots, Lulu les a prononcés avec un visage triste comme la vie. Celle qui condamne à l'absurde, sans procès ni justifications. Lulu voit l'effet de son intensité tragique sur le corps de Mélina. Un infime rétrécissement des pupilles, un effondrement contrôlé de la posture, un mince repli des muscles sur la tristesse. La minute qui parcourt l'espace de l'atelier circule entre les mailles d'un épais silence. Les prochains mots seront lourds de conséquences. Mélina s'accroche à cet acceptable pourcentage d'innocence qui lui permet de croire à un meilleur scénario. *Dis rien… laisse-la comprendre…* Mélina redresse la tête. Elle va parler.

— C'est commencé ?

Lulu inspire par les narines. L'air siffle au passage.

— C'est commencé.

Le silence revient dans l'atelier. Il s'insère partout, recouvre chaque surface. Lulu se sent fatiguée d'être forte. *Je dois m'accrocher à quelque chose… à ses yeux… oui… ses yeux…* Dans ce silence, Lulu restreint l'univers aux yeux de Mélina. Deux iris marron sertis d'une couronne pourpre. Deux pupilles noires, profondes comme un océan. *C'est mon refuge, un abri contre l'effacement…* Mélina ne parle pas. Elle transforme son effondrement en ouverture. Deux bras ouverts pour faire mentir l'infinie solitude de Lulu. Lulu qui n'arrive pas à quitter les yeux de Mélina et ne voit rien de cet appel au réconfort. Lulu qui a une seule envie. Enfreindre une règle élémentaire de la commune positive.

Une loi qu'elle avait défendue avec hargne à chaque dérapage. Lulu voudrait dire à Mélina qu'elle l'aime, qu'elle veut passer le plus de temps possible en sa compagnie, tranquille, sans les autres. *Maintenant que j'achève, je me mets à déraper. Faiblesse stupide. C'est pas le moment de renier mes convictions. Au contraire. Rester intègre… digne de ce que je suis… c'est dans un moment comme celui-là qu'on évalue la valeur d'une vie… l'entêtement… l'obstination…*

— Je vais prendre soin de toi, Lulu.

— Dis rien aux autres. J'veux faire la tournée sans faire d'histoires.

Mélina enlace Lulu, presse sa tête contre ses seins, embrasse son front. Lulu reçoit une goutte d'eau sur le nez. Une larme de Mélina qui agite les lèvres comme si elle n'arrivait pas à former les mots qu'elle a dans la gorge.

— Lulu…

Lulu relève la tête.

— Chhhh… Non… s'il te plaît…

Avec une tendresse meilleure qu'un mot d'amour, Lulu dépose un baiser sur les lèvres de Mélina. Elle chantonne une musique en posant sa tête au creux de son épaule. Un air délicat qui ressemble à un amalgame de vieilles berceuses, une musique sinueuse et profonde comme les tragédies lentes. Cet air, Mélina l'aura en tête pendant des mois. C'est lui qui sera à l'origine de l'unique succès populaire de Claudette Abattage. À chaque spectacle, la gorge nouée, Mélina dira avoir écrit cette chanson à la mémoire d'une personne qui avait trop d'amour pour aimer.

LES VÉTÉRANS

10 h 30 – Humidex : 39 °C

Malarche appuie sur le bouton *start* de la nouvelle unité d'air climatisé. Il a fallu remplacer la machine en entier. *Au moins c'était pas les frigos...* La nouvelle mécanique produit un air frais en émettant le ronronnement d'un jaguar replet. *Rien à voir avec le raffut de l'ancien système... N'empêche que je ferais mieux de mettre la radio... la vieille machine, au moins, elle remplissait les vides...*

Aujourd'hui, lundi 10 juillet, le Malarche n'ouvre ses portes pour aucun client. Une feuille collée à la porte vitrée avise les éventuels passants. « Fermé pour cause de deuil. » Malarche, Edward et McCaan occupent une table rectangulaire. McCaan est attablé du côté long, face à la vitrine et aux mouvements de la rue, les deux autres occupent les bouts. Placé ainsi, Roméo McCaan ressemble à une solitude entre parenthèses. Devant chacun trône une bouteille de bière. Aucune conversation n'arrive à prendre racine. Malarche entend sa bière pétiller dans la bouteille. *Ça suffit...* Roland se lève lourdement, passe derrière le comptoir pour allumer la radio. Un poste de classique. Du Mozart. *C'est jamais triste, du Mozart, qu'ils disent...* Malarche revient à la table avec trois nouvelles bouteilles de bière.

— À la santé d'Henriette.

— *For* Henriette.

— À ma femme.

Les trois bouteilles s'entrechoquent et leur contenu est rapidement dirigé vers les gosiers.

À son bout de table, Edward peine à trouver une position confortable. Il hésite à regarder Roméo. Malgré ses excuses répétées dans les deux langues, Edward est honteux d'avoir déserté la cérémonie funéraire d'Henriette, même si personne ne lui en tient rigueur. Edward avait de solides raisons, à vrai dire, la seule qu'il pouvait avancer sans que sa crédibilité cause problème. Pour dissiper le malaise, avant d'ouvrir sa première bière, Roméo lui avait parlé. « Eddie, si tu m'avais dit pas être venu parce que t'avais des tuyaux à réparer ou ben parce que tu trouvais pas de vêtements propres, je t'en aurais voulu. Mais tu pensais avoir retrouvé ta Gina. Pis, je te le dis mon vieux, il faut que l'amour reste plus fort que la mort. »

— *I'll drink to that.*

Roméo avait cru en finir avec les regrets d'Edward. Passer à la prochaine étape. À ce vide qu'il devait combler sans savoir comment. Mais Roméo avait utilisé plus de cinq mots dans une phrase. Pire, il avait parlé pendant plus de dix secondes. Edward fut secoué par cette éloquence, si étonné qu'il associa cette volubilité soudaine à un choc nerveux. Edward conclut qu'il valait mieux persister à se maudire d'avoir laissé tomber son ami. Et depuis cette intervention de Roméo, malgré l'augmentation du volume d'alcool chez les vétérans du Galant, personne ne parle.

Malarche déteste ce genre d'ambiance. Particulièrement dans son restaurant. *Un restaurant, c'est pas conçu pour les drames… mieux vaut passer aux choses sérieuses…* « Assez pour le déjeuner, quand on boit au souvenir de quelqu'un, on boit pas de la bière. » Roméo tourne son visage vers Roland. Pour une très rare fois, McCaan semble plus vieux que son âge. Edward reste perplexe.

— *What do you wanna drink, Roland ?*

— Cognac.

Edward aimerait ajouter quelque chose, suggérer qu'il est trop tôt pour boire du cognac, qu'il craint la réaction de son foie qui le tourmente depuis son dîner avec Andelina. Comme Roméo semble aller de l'avant, Edward se rallie avec un haussement de sourcils. La symphonie qui se termine à la radio fait place à une animatrice à la voix feutrée, vaguement hautaine. « Que c'est beau, cette musique… La légèreté du mouvement, une ondulation douce, une finesse de l'esprit… Contre la facilité du malheur et la gloire artificielle des tristesses ordinaires, il n'y a pas meilleure preuve d'intelligence qu'un accès instantané à la légèreté, à l'envol, à l'abandon. Si Mozart était maniacodépressif, il aura eu le mérite d'être pudique quant à ses déprimes. Allez, on se fait plaisir… voici la *Sonate pour piano n° 11 en la majeur,* K. 331, à la turque… et je vous mets au défi de ne pas sourire. »

Roland Malarche achève de remplir les ballons à cognac avec l'arrivée des premières notes de piano.

— Cul sec pour Henriette.

Les trois hommes avalent leur cognac sans grimacer. La sonate de Mozart emplit le Malarche d'une gaieté qui semble atteindre Edward. En rotant une vieille gorgée de bière, il secoue la tête sur l'air enjoué. Malarche, de son côté, commence à pianoter sur sa bedaine. Roméo reste immobile jusqu'à l'arrivée de la partie célèbre de la sonate. C'est à ce moment qu'il reconnaît la musique, le mouvement de ses yeux ne trompe personne. Malarche note immédiatement ce changement de regard et commence à chanter l'air en imitant un pianiste de concert, les mains sur la table, cette fois. Edward le suit sans attendre. Roméo ressemble maintenant à une solitude entre deux pianistes sans instruments. Il n'a pas le choix de joindre sa voix à celle de ses amis.

Le temps de cette brève allégresse, les trois hommes parviennent à oublier les fardeaux qu'ils traînent. Edward ne pense plus à la Gina qu'il ne reverra jamais. Malarche ne songe plus à sa femme figée dans l'inertie d'une tête à demi-valide. Roméo ne pense plus aux meubles qu'il devra jeter, à cet abonnement coûteux à la télé par satellite qu'il annulera, à l'appartement qu'il fera repeindre pour chasser la tenace odeur de maladie. Pendant quelques minutes, avec l'aide du cognac, les vétérans du Galant rigolent avec Mozart comme s'ils n'avaient rien de mieux à faire. Les trois hommes ont relevé leurs coins de bouches tirés vers le bas par des années de tracas, leurs pattes d'oie issues de milliers de plissements de paupières, leurs fronts crevassés par les soucis de routine, leurs bajoues relâchées par des décennies de fatigue ; toutes ces marques s'atténuent jusqu'à devenir imperceptibles, secondaires. Baignant dans la musique, Edward, Malarche et McCaan sourient avec l'essentielle fatalité des vieux. Du point de vue d'un passant dans la rue, ils sont heureux.

La sonate de Mozart en est à ses dernières notes. L'animatrice parlera à nouveau, mais cette fois, personne ne lui portera attention.

— C'était bon cette musique.

— *Very good…*

— Ouais…

Malarche regarde le visage de Roméo retomber tranquillement dans la tristesse. À chaque seconde, une année s'ajoute à ses traits. *Je vais pas attendre qu'il ait l'air d'avoir cent ans…*

— Méo… je voulais te demander. J'aurais besoin de toi dans les cuisines… je m'ennuie avec les jeunes autour… pis en plus, ils connaissent rien…

Malarche n'a pas réussi à bloquer le retour à la lourdeur. Néanmoins, Roméo observe autre chose que son verre vide. Il regarde ce clochard entre deux âges qui cogne à la porte du restaurant comme si sa vie en dépendait.

— *That guy doesn't know how to read or what ? Stupid tramp… no respect… no respect at all…*

Malarche ne dit rien. Il se contente de remplir les ballons de cognac pour une seconde tournée. Roméo hume la boisson en regardant le clochard s'éloigner. La remarque d'Edward restera suspendue dans l'air du Malarche comme une désagréable odeur dont personne ne parle. Après de très longues minutes et un troisième remplissage des ballons à cognac, Edward tentera de favoriser un nouvel échange.

– *They say it's gonna rain tonight*… Il va faire plus cool.

Personne ne répondra.

LA VENGANZA PERPETUA (VERSION TRADUITE)
12 h – Humidex : 39 °C

Juanita a passé l'avant-midi à coudre des élastiques blancs *made in Canada* sur des caleçons noirs *made in China*. Près de quatre pièces à la minute. Sa supérieure a été soufflée par cette productivité survitaminée. Le double de ses collègues. Une gigantesque pile de caleçons parfaitement assemblés, jetée en vrac.

— Chérie, tu te défonces aujourd'hui !

Ce matin, Juanita restait penchée sur sa machine Overlock avec la résignation d'une bête de somme. Elle repensait à son frère Rafael, pécheur, même dans la mort ; à son mari, pécheur lui aussi et unique responsable possible des déviances sexuelles de Rafael ; à son récent exil, cette fuite pour aboutir derrière une machine à coudre au milieu d'une bâtisse poussiéreuse, sise sur une terre qu'elle ne connaît pas, peuplée d'inconnus sans dieu ni morale. Ce matin, il y avait deux Juanita, celle du corps derrière la machine et celle de l'âme qui s'évertuait à trouver des moyens d'agir. *Pourtant le Padre Nuñes m'avait conseillé de suivre Miguel jusqu'ici. Si Dieu voit tout… le Padre Nuñes devait savoir que Miguel est une tapette. Au moins, j'ai quelques certitudes en main… Un : mieux vaut le laisser rejoindre son enculé de pédé. Deux : lui faire cracher le morceau pour Rafael, je veux l'histoire au complet. Trois : ne jamais lui accorder le divorce, je pourrais être expulsée du pays, sans parler du péché que ça représente. Quatre : cette petite merde sur pattes doit payer le prix de sa trahison à tous les jours de sa vie… Cinq : ne plus jamais lui remettre un seul de mes chèques de paie, je lui dois plus rien...* Son récent chèque, Juanita l'avait dissimulé entre sa fausse semelle et le fond de sa chaussure. Sa collègue Célina allait lui donner l'info pour qu'elle puisse toucher l'argent. *Par chance que je peux compter sur elle...* Voilà pourquoi Juanita passe ses minutes de lunch avec cette femme ronde à la peau sombre.

— OK... le magasin avec un auvent jaune et un signe de dollar en néon... J'irai ce soir...

— T'as qu'à venir avec moi. Tu sais, Juanita, t'es pas la seule avec une histoire bizarre par ici. On est presque toutes dans la même situation. Les voilées, les points dans le front, les bridées, les Latinas, les Blacks... C'est la même merde pour toutes. Les hommes... dès qu'ils arrivent dans ce pays, ils changent très vite... Mais nous, les femmes, on est supposé rester comme avant... travailler comme des idiotes et leur livrer l'argent, leur faire des enfants et les élever... Eh bien moi, je leur dis merde, aux hommes...

— Tu veux dire quoi ?

— Une femme a pas besoin de personne pour vivre ici. C'est pas le Guatémala.

Juanita cesse de mastiquer. Elle ne savait pas que Célina venait du pays de son arrière-grand-mère. *C'est un signe... pas de doute...*

— Merde, t'en fais une tête... Il y a pas de mal à être libre. Et oublie les prêtres, ils ont aucun pouvoir par ici. Comme si Dieu devenait myope quand il regarde Montréal... Ce doit être à cause du smog... Il voit plus rien !

— C'est peut-être ça...

— Juanita, tu sais ce que tu devrais faire si tu veux te venger de ton mari ?

— Non.

— Devenir meilleure que lui.

Juanita se redresse, brusque. Son poing menace de s'abattre sur la table de formica. Elle semble avoir doublé de volume. Les femmes autour ont levé la tête. Juanita s'assoit avant de se mettre à rougir.

— Je suis déjà meilleure que lui.

— Calme-toi, petite. Ton meilleur, Juanita, c'est le meilleur de ton pays… C'est pas le meilleur d'ici…

Le meilleur d'ici ? Le meilleur, c'est pas mobile…

Célina se penche vers Juanita comme si elle voulait lui confier un secret d'État.

— Écoute-moi… Ici, les meilleurs, ce sont pas ceux qui font leurs prières ni ceux qui obéissent aux prêtres… Les meilleurs, ce sont les plus riches et les plus célèbres. Et fais pas cette tête. Il fait quoi, ton mari ?

— Serveur dans un bar.

— Merveilleux… t'auras aucun mal à le battre… Tu peux continuer à travailler ici ! Tu gagneras plus d'argent que lui avec le temps… Surtout si tu continues à produire des caleçons à cette vitesse, ma petite.

Juanita jette un œil en direction de la salle de travail. Plusieurs filles avec un foulard sur la tête continuent le travail. Elles n'ont pas atteint leurs quotas.

— Tu crois que je peux devenir meilleure que lui en travaillant ici ?

— Bien sûr… Prends-moi comme exemple. J'ai beaucoup plus d'argent que mon salaud. Si tu veux mon conseil, fous-le à la porte, ton mari… Il aura qu'à se faire vivre par sa maîtresse… enfin… son enculé. Quand il verra que t'as pas besoin de lui, ça le rendra malade… tu verras… Et si jamais tu veux un homme, un vrai… prends-toi un Blanc… Même pauvres, les Blancs sont moins pauvres que nous… Moi, j'ai fait deux pays avant d'arriver ici… Et je peux te le dire, c'est pareil partout… c'est toujours le même échange… des heures de nos vies contre des billets de pauvreté… Et c'est toujours des Blancs qui les donnent ces billets…

— Alors, pourquoi tu restes ici ?

— Qui t'a dit que je resterais ici ? J'ai une cousine à New York, moi. J'attends seulement d'avoir l'argent. Il paraît que tout est possible là-bas.

Juanita fait mine de comprendre ce que dit Célina. Elle a déjà entendu parler de New York. Une ville dure, rapide, violente. *Ce doit être étrange comme endroit...* Juanita ignore avoir vu New York des centaines de fois dans les films qui passaient au cinéma en plein air de Boyacá. Pour elle, toutes les villes de gratte-ciel se ressemblent.

Juanita termine la dernière bouchée de son sandwich. Elle rince le tout avec une gorgée d'eau à saveur métallique.

— Bois pas l'eau du *sweatshop*... elle donne mal au ventre.

Juanita recrache instantanément la gorgée dans son verre. *Pourtant, j'en bois depuis le début et j'ai pas eu mal... elle doit savoir mieux que moi...* Célina sort un paquet de cigarettes de son sac, en offre une à Juanita.

— Non, merci... je préfère pas. Célina, juste comme ça, tu viens de quel endroit au Guatémala ?

— L'Altiplano. Pourquoi ?

— Pour savoir. Ton accent ressemble à celui de mon arrière-grand-mère.

La cigarette de Célina terminée, Juanita retournera au travail avec une rage mieux contenue. Elle tentera d'envisager le *sweatshop* comme le lieu de fabrication de sa vengeance. Une vengeance perpétuelle, lente, méthodique. Ses doutes sur les moyens suggérés par Célina seront nombreux, mais elle ne pourra s'empêcher de croire à la justesse de ses propositions. *Célina est dans ce pays depuis plus longtemps que moi... elle est plus vieille, aussi...* Lorsque Juanita rentrera à l'appartement aux meubles détruits, elle lira le mot laissé par Miguel lui indiquant qu'il part vivre avec son amant. *Rien à propos d'un divorce. Tant mieux.* Les mains jointes devant sa bouche, en conversation silencieuse avec un dieu muet, Juanita aura la certitude de se trouver au cœur d'une solitude si vaste qu'elle se sentira libre. *Comme un poisson dans un lac sans rivière… Tout ira bien, mon Dieu. Regarde-moi, je triompherai.*

LES FANGES DE LA YAMASKA

15 h 30 – Humidex : 42 °C

Il ne restera pas une trace. Rien qui ne puisse l'incriminer. Il faudrait un assèchement complet de la rivière doublée d'une érosion accélérée du ciment pour retracer Adamson. *Pourvu qu'il ait assez d'eau...* Au Galant où Sarah ne remettra jamais les pieds, la salle de bains a été lavée, nettoyée, récurée, désinfectée. L'endroit est nickel. Une redoutable cure de rajeunissement. Les murs en carreaux de céramique verte à coulis gris sont devenus jaunes, à coulis blancs. Le sol est passé du gris sale au gris propre, tout comme la baignoire, maintenant d'un blanc éclatant.

Le travail de scie sauteuse terminé, Sarah déposa les morceaux d'Adamson dans les sacs à ordures. Dans un autre, elle rangea ses outils, ses plastiques de protection, le survêtement mouillé par sa sueur. Le robinet de la baignoire coulait à grand jet, emportant dans le drain les dernières traces de sang et autres miettes organiques. Sarah rinça soigneusement les surfaces à l'eau de javel. Elle frotta avec un épais tampon à récurer. Ses expériences antérieures l'avaient bien servie. La saignée initiale avait évité plusieurs problèmes. Seules quelques taches éparses, avaient été interceptées par les plastiques de protection. Le plafond était resté immaculé. Les murs aussi. Du temps gagné.

— Parfait.

Sarah empaqueta Adamson dans trois sacs de voyage. Le premier contenait les éclats et découpures de tête, les restes de bras, les organes vitaux (35 kg). Le second avait été dédié aux découpes du torse et des hanches (29 kg). Le troisième contenait les sections de jambes ainsi que les pieds (31 kg). *J'espère avoir coupé assez petit pour les jambes...* Les outils, plastiques, gants et autres objets souillés allèrent remplir le quatrième sac (6 kg). Adamson avait subi une importante réduction en volume. Son corps dépecé en cent quarante morceaux formait trois masses visqueuses. L'étape du transport était nouvelle dans le processus meurtrier de Sarah. *Si je risque de commettre une erreur, c'est là... mieux vaut descendre deux sacs à la fois... avoir l'air de rien...* Par le passé, Sarah dépeçait, brûlait et cimentait sur place. Elle tenta de lever un sac d'une main. *Trop lourd... voyons, c'est pourtant logique... j'avais du mal à le déplacer quand il était entier... en morceaux, ça change rien au poids. Tant pis... je descendrai un sac à la fois...*

Sarah ouvrit la porte-fenêtre, posa les quatre sacs de voyage sur le balcon. Elle descendit le sac des outils en premier. La voiture de location se trouvait dans la ruelle, deux étages plus bas. Le balcon commun du quatrième était désert. Une longue surface de béton à rambarde de fer forgé, ponctué de trois chaises en PVC. Idem pour celui du troisième, à l'exception des chaises, absentes. Au deuxième, Sarah croisa un sexagénaire costaud portant un t-shirt décoloré à l'imprimé *« Have a Bud Light ! »*.

– *Hi there.*

– *Hello.*

– *Going for a trip ?*

– *Yeah.*

Sarah remonta vers le quatrième balcon et empoigna le sac contenant les morceaux de torse. L'escalier en colimaçon ne facilitait pas la descente.

– *That's one heavy bag, lady !*

– *I hate to travel light.*

– *Anymore of those ? Maybe I can give you a hand.*

Sarah considéra la proposition de cet étranger. Elle analysa son regard. Il avait bu. Des veines rougissaient le bout de son nez. Ce type buvait souvent. Une éponge. *Une éponge qui joue au gentilhomme... Refuser pourrait éveiller un plus grand soupçon... je pourrais me blesser à transporter les sacs... glisser, perdre pied. Il pourrait peut-être aider... il a l'air assez solide...*

– So ?

Vas-y à l'intuition...

– Sure, thanks.

L'homme descendit les deux derniers sacs, les déposa dans le hayon de la Subaru, entre les seaux en plastique et le sac de ciment. Sarah préféra devancer l'interrogation du type.

– Don't worry, that's not part of my luggage... It's my friend's car... He lives in the suburbs.

– Yeah, sure... need anything else ?

– No, Mister ?

– Edward.

– No, Mr. Edward. Thanks, you are a kind man.

Sarah passa derrière le volant, mit le contact, passa la première, transforma Le Galant en image fuyante dans le rétroviseur. *Un autre souvenir désagréable à faire passer...* Il était 11 h. Sarah avait gagné une heure sur son programme initial. Elle roula sur un pont à structure d'acier, une autoroute, deux routes de campagne. Vers 12 h 20, elle arrivait dans un secteur boisé de sa paroisse d'enfance. Sarah braqua les roues de la Subaru sur un chemin de terre cahoteux, roula quelques minutes jusqu'à une clairière isolée, bordée d'érables, de bouleaux et de jeunes pins. Sarah descendit de la voiture. L'odeur des herbes séchées debout lui donna une envie de sourire qu'elle ne comprit pas. *Ce bout de pays m'a jamais rien apporté de bon, qu'est-ce que j'ai à sourire ?* Sarah marcha vers la maigre fraîcheur du boisé bordant la clairière. Elle rassembla des branches mortes, les disposa en un large cercle. Sur les branches, elle mit les quatre sacs de voyage, ouvrit leurs compartiments par les fermetures éclair, récupéra le désosseur, et avec sa pointe, ouvrit les sacs à ordures. Les viscères avaient commencé leur décomposition. L'intestin s'était percé. L'écœurante odeur fit reculer Sarah de trois pas. *Je m'y ferai jamais...* Les autres morceaux d'Adamson produisaient une forte odeur de sang coagulé. De nombreux moustiques sortirent des zones ombragées pour inspecter le festin. Sarah n'y porta aucune attention. Elle lança les petites bûches d'érable achetées en chemin, arrosa le tout de ses quatre litres d'essence, laissa imbiber une brève minute, jeta une allumette. La pile s'embrasa d'un souffle, presque un claquement. La toile des sacs de voyage fondit rapidement, tout comme les sacs à ordures. Les chairs éparses d'Adamson commencèrent par cuire en dégageant une odeur de barbecue pétrochimique. Après une trentaine de minutes, elles carbonisaient. Sarah se demanda si la colonne de fumée risquait d'attirer des curieux. *Les deux autres fois, je brûlais de nuit. Encore une erreur...* Par chance, la fumée se noyait dans l'épaisseur du smog. Personne ne vint jouer les curieux au bout de ce cul-de-sac privé.

Les derniers tisons s'étouffèrent sous des coups de bâton. Les sacs de voyage s'étaient volatilisés, les différentes matières plastiques, elles, avaient rejoint le paysage en fines particules noires. Les chairs d'Adamson étaient devenues une suie épaisse, grasse comme une terre noire. De rares morceaux de chair carbonisée résistaient sur certains éclats d'os. *Trop petit pour accélérer l'érosion du ciment...* Sarah récupéra soigneusement les cent quarante morceaux de corps. Elle en jeta quatre-vingt-dix dans le premier seau et cinquante dans le second avec les restes d'outils carbonisés. Dans le troisième, elle mêla le ciment sec à l'eau, créa une épaisse boue grise qu'elle versa sur les ossements carbonisés. Tout fonctionnait. Elle décida d'enterrer les restes d'outils à l'emplacement du feu et lança le troisième seau dans l'érablière. *Si quelqu'un trouve ça, il pensera qu'un fermier a brûlé ses vieilles cochonneries...*

Les instructions sur le sac de ciment suggéraient un temps d'attente de quinze minutes pour obtenir une matière solide acceptable. Sarah patienta plus d'une heure pour ne rien risquer. *Avec le feu, j'avais quelque chose à regarder. Et la radio qui capte rien d'intéressant… j'aurais mieux fait de prendre l'option du truc satellite…* Sarah promena son regard sur les arbres. Elle avait choisi cette clairière en cul-de-sac, car elle faisait partie de la forêt d'une ancienne voisine. Personne ne passait par ici, sauf au temps des sucres. Elle reconnut les bosquets de framboisiers derrière lesquels cette voisine avait levé sa robe pour la première fois, à dix ans. C'était le premier souvenir rattaché à cet endroit. Une robe relevée par défi. La confirmation d'une similitude d'entrejambe. L'envie de toucher. Faute d'avoir mieux à faire, Sarah s'amusa à retracer les autres fois où elle était venue dans cette clairière. *Il y a cette fois, celle où on cherchait un endroit pour camper… on était passé entre l'aubépine et le grand pin. Ah oui… la fois où Bertrand s'était embourbé en camion pour essayer de nous impressionner. Où est-ce qu'il s'était enfoncé ?* Sarah marcha jusqu'à l'entrée de la clairière pour retracer le lieu de l'enlisement. Le souvenir du vieux Ford envasé jusqu'aux essieux lui glaça le sang. Le camion s'était enlisé là où était garée la Subaru. *Mais non, idiote… il fait sec depuis trop longtemps… tu paniques sans raison. Vivement que ça finisse…*

Sous le smog devenu banal, Sarah hissa péniblement les deux seaux dans le hayon de la voiture et mit le contact. Elle emprunta le rang de sa maison d'enfance. *Tiens, elle a brûlé…* Au bout du rang, elle tourna sur un chemin de terre jusqu'à un pont à travées de bois. Sarah gara la voiture à côté des marguerites sauvages, à l'entrée de la structure. Elle ouvrit le hayon, sortit les seaux de ciment en déployant deux titanesques efforts, les traîna sur la travée, regarda sa montre.

— 15 h 30… Ça va… j'aurai de l'avance.

Ce pont, Sarah l'avait choisi pour un ensemble de bonnes raisons. C'est de là qu'un ivrogne avait plongé pour gagner un pari en 1996. Le pauvre type n'avait jamais refait surface. Il avait traversé le petit mètre d'eau brune pour s'enfoncer dans la fange de la tête aux cuisses. C'était ce qu'avaient déclaré les plongeurs de la police provinciale, le lendemain matin, en sortant son corps. Ça et : « On espère jamais avoir à replonger dans cette maudite rivière à fumier, on ne voit rien dans cette eau-là. » Quand Sarah avait eu à se débarrasser définitivement des preuves de ses deux premiers meurtres, cet emplacement lui était apparu comme un sanctuaire idéal.

Sarah regarde l'eau inerte, couverte d'algues bleues. Elle respire l'odeur de la Yamaska à plein nez. Avec la chaleur, ses effluves sont particulièrement prenants. Elle sait que le niveau d'eau peut baisser d'un bon cinquante centimètres par temps sec. *C'est probablement le cas... bof, trente centimètres d'eau de cette rivière réussiraient à masquer un miroir. Allez... un dernier effort...* Sarah lâche un premier seau qui s'enfonce vers le fond en diffusant de molles ondes sur la peau verdâtre de l'eau. *Disparu... parfait...* Le second seau est lâché à un mètre de distance. Celui-ci laisse une écume blanchâtre au point d'entrée. *Voilà... terminé. J'ai terminé !*

De retour derrière le volant de la Subaru, Sarah prend la direction de la ville. Plus précisément, de l'aéroport Montréal-Trudeau. Elle n'a pas envie d'arrêter manger comme elle avait prévu. Arrivée sur l'autoroute, elle s'amusera à visualiser son site d'entreposage au fond de la Yamaska. Six seaux en plastique, six ossuaires de béton recouverts d'un limon toxique, issu des fumiers épandus en abondance, des herbicides, des pesticides, des engrais chimiques. Sarah ne peut s'empêcher de rire en pensant à ce cimetière improvisé. Un rire nerveux, obligé. Sarah en a besoin.

Laisser filer la pression, oublier les mois à suivre Adamson, le vide total qu'elle retrouve. *Ne pas penser à ce qui a été… se purger du passé qui ne changera jamais… modifier la mémoire, créer une nouvelle personne… une femme libre cette fois… l'employée de personne… l'amoureuse de personne. Quand on me demandera d'où vient mon argent, je parlerai d'un héritage tombé du ciel… une libération en signe de dollars…* Quand Sarah sera bloquée sur la route de l'aéroport, elle commencera à penser au sable de Tuvalu qui glissera entre ses orteils d'ici quarante-huit heures, aux fruits qu'elle achètera aux habitants locaux, aux poissons qu'elle choisira directement des barques de pêcheurs. Arrivée à l'aéroport Montréal-Trudeau, Sarah sera convaincue qu'une vie paisible l'attend sur un atoll du Pacifique. Que Tuvalu lui permettra de créer la femme qu'elle souhaite devenir pour les prochaines années. *Ma petite fortune sera la mère de ma renaissance… elle sera ma maison, ma nourriture, un ventre pour renaître en paix…*

LA LIBÉRATION COUPABLE

16 h – Humidex : 42 °C

— Avec le journal du samedi, on aurait de meilleures chances de trouver.

— Yé sais, yé sais.

Miguel regarde les mains blanches de Claude qui tiennent les pages des annonces classées. L'encre n'a pas taché ses doigts. *Ses mains, comme Nuñes... pourquoi j'avais pas remarqué ces ressemblances ?*

Miguel comprend mieux les raisons derrière son attirance pour Claude. Cet homme lui rappelle son chez-lui, son passé, celui où l'amour motivait ses gestes et ou Dieu jouait un rôle de silencieux complice. Bien sûr, Miguel n'est pas exclusif à Claude. Il baise régulièrement avec d'autres hommes, des clients du bar surtout. Normalement, ces échanges ont lieu dans les toilettes. Des toilettes spacieuses, conçues pour accueillir ce genre de besoin pressant. Serrer un sexe dans la main, l'avaler jusqu'à la base, lécher des couilles sans poils, goûter un anus bien rose, s'offrir en cul, prendre celui de l'autre, pincer des mamelons, planter ses ongles dans les muscles, répandre sa semence sur un visage sans nom, posséder un corps, le plus de corps possible, le plus souvent possible. Les toilettes du bar où travaille Miguel offrent une multitude d'appuis solides, presque confortables. Le papier hygiénique s'y trouve en grande quantité, sans parler du distributeur à capotes qui demande une recharge aux deux jours. Avec ses petites fesses rondes et dures, avec sa tête de jeunot exotique, Miguel se fait près d'une dizaine d'hommes par semaine. Parfois pour un meilleur pourboire, parfois non. Sa constante demeure le refus des baises sans capote, seule exigence de Claude en échange d'une pleine tolérance. Mais depuis l'arrivée de Juanita, Miguel est resté tranquille. Quelques clients du bar, de temps à autre, seulement des anciennes baises, des valeurs sûres. Et depuis sa blessure au cul, plus personne.

— Tou sais Claudio… Quand ye baisais avec d'autres lé mois passé, ye pensais toujours à toi.

— Je déteste quand tu mens, Miguel.

— Ye suis sérieux… Y'aurais préféré que ces hommes, ils aient été toi… tou me manquais.

— Hum… Écoute… il a l'air intéressant, lui : « Deux chambres, grand salon, cuisine neuve, ensoleillé, au cœur du Village, 900 $ par mois. » On pourrait téléphoner…

Miguel préfère répondre par un signe de tête et un grognement. La description correspond à l'objet de leur recherche, même le loyer semble abordable. *Alors pourquoi ça me fait rien ?* Visiblement, quelque chose ne va pas. *Je devrais être heureux… tout fonctionne plus vite que je pensais. Alors pourquoi je fais cette tête ? Merde, je suis libre… je devrais courir dans les rues en riant… fini la Juanita… fini la Colombie…* Depuis son arrivée à Montréal, Miguel avait été à la poursuite d'un objectif : se dégager de sa promesse. Pour ce qui allait suivre, il n'y avait pas réfléchi. *Qu'est-ce que j'ai, merde ?*

Claude repère une seconde annonce, ajuste ses lunettes, éclaircit sa voix. Il lit d'une voix professorale. Miguel n'entend rien. Il a l'impression de flotter au milieu d'un vide trop abstrait pour provoquer le vertige. *Il me manque un but… je dois avoir un nouveau but…* Ses cours universitaires à temps partiel lui viennent en tête. *Une profession… je pourrais apprendre un métier… quel métier je pourrais faire avec des études en sciences sociales ?* Claude repère un troisième appartement potentiel. Miguel n'entend que son prix trop élevé et le nom d'une rue associée à un mauvais souvenir.

— Pas bon celui-là.

— D'accord. Je le raye.

Miguel pose une main sur la nuque de Claude, il caresse délicatement la frange de ses cheveux gris. *Je pourrais rien faire avec des sciences sociales. À part professeur. Et j'aurais beaucoup d'études… des années. Oui, Claudio pourrait m'aider à trouver un poste… et même là… il faudrait qu'il m'aime encore quand j'aurai les diplômes…*

— Pfff…

— Te décourage pas, Miguel. On va trouver ce qu'on cherche.

— Mouais…

— Qu'est-ce qu'il y a ?

La réponse vient en forme d'image dans l'imaginaire de Miguel. Il voit le visage de Rafael se transformer en celui de Juanita, il voit Rafael avec des seins, Juanita avec des testicules. Leurs lèvres bougent comme si elles tentaient de sculpter leurs souffles en mots, même s'il n'y a rien à entendre. Miguel sent ses épaules ployer sous un invisible fardeau, son dos se courbe, son visage s'affaisse.

— Estoy cansado… Me voy echar la siesta.

Miguel ne remarque pas l'étonnement de Claude derrière ses lunettes. Ce dernier ne lève pas les yeux du journal pour éviter d'accentuer sa remarque.

— Ça faisait longtemps que tu m'avais pas parlé en espagnol, Miguelito.

Miguel se pose sur le lit, placé tout près.

— Ye n'ai pas parlé español.

— Si, habló en español.

— Tou es sérieux ?

Claude regarde Miguel en glissant ses lunettes sur le bout de son nez.

— Dans ce cas, Claudio, y'ai vraiment besoin d'oune sieste.

— Dors bien.

Sur le lit, Miguel s'empresse d'étirer ses membres et de couvrir ses yeux avec le loup de Claude. Miguel ne s'endort pas. Il pense aux corps transsexués de Rafael et Juanita Galofre Montes. Il aimerait participer à cette recherche d'appartement, aux jours qu'il partage avec Claude, à cette Amérique du Nord qui lui est maintenant offerte sans restrictions, exactement comme la terre d'espoirs qu'elle avait été, dans ses rêves d'exil. Miguel est convaincu que Claude l'observe et qu'il en déduit qu'il ne dort pas. Claude ouvre la radio, la laisse jouer à faible volume. Une chanson de Brassens, en sourdine, *La mauvaise réputation.* Claude tourne les pages avec sa délicatesse caractéristique. Miguel perçoit chaque froissement du papier. Il sourit intérieurement. Ce bruit l'apaise comme une main sur son cœur. Il lui rappelle la rougeole tardive qui l'avait cloué au lit avec un épais bandeau sur les yeux. Il avait fêté ses huit ans la semaine avant. Son père en chômage l'avait veillé toute la semaine, passant le temps à feuilleter un journal en mâchant de la gomme. Il y avait le Padre qui passait chaque matin, après la messe. Il priait Dieu de lui laisser des yeux en bonne santé. Miguel se souvient des frictions à l'eau bénite, de la sainte main du Padre contre son front, de l'odeur d'encens de la soutane. Il se souvient de son père qui lui lisait les résumés des matchs de foot et les critiques de cinéma. Il se souvient du disque de Chavela Vargas qu'il passait, une fois par jour. *Celui qui sautait au début de la troisième chanson… Chavela chantait El cielo / El cielo / El cielo jusqu'à ce que papa se lève pour ajuster l'aiguille…*

Miguel ne dormira pas, mais il préfère laisser le loup sur ses yeux. Garder cette barrière entre sa vue et l'univers immédiat. Ce Canada, cette Montréal, ce Galant qu'il habite depuis trois ans. Miguel se rappellera son enfance, sa vieille idée de devenir champion de foot pour gagner des millions, acheter la plus grande maison de Boyacá. Ses douze ans, ce moment décisif où la somme de ses désirs se concentrèrent vers les yeux sombres de Rafael Galofre Montes. Il repensera à cette bouche qu'il voulait sur la sienne, à ce cœur contre le sien, cette queue sur sa queue. Il reverra ses seize ans, la soirée où il avait pensé s'enfuir avec Rafael, quitter Boyacá pour des cieux meilleurs. Se rendre à Madrid, la Madrid de *Todo sobre mi madre* d'Almodóvar, la ville des travelos et des *maricóns* qui vivent en paix avec les gens ordinaires. Il reverra la détermination de ses dix-sept ans, cette promesse à remplir, ce pays à quitter avant de se faire forer le crâne au calibre 38. Il survolera les débuts de sa vie nord-américaine, les baises libres en grande quantité, sa période sur les trottoirs, cette recherche de Rafael dans les corps étrangers. Miguel se convaincra que l'arrivée de Juanita l'a déchargé de ses obligations, qu'il a honoré les dernières volontés de Rafael, qu'il peut en finir avec le deuil de son amour, de sa famille, de son village, de son pays. *En finir… est-ce que je veux vraiment en finir ?* Miguel repensera aux mains de Claude qui tournent les pages du journal. Il imaginera son amoureux vêtu d'une soutane et cette image le fera sourire. Avant la fin de la journée, après le repas, Miguel proposera ce déguisement à Claude. « Seulement pour voir », insistera-t-il. Claude le regardera d'un œil mi-intrigué, mi-séduit, viendra poser un baiser sur son front. Il se dira enchanté par l'idée.

LES COULISSES
16 h 30 – Humidex : 36 °C

Il fallait que ce soit maintenant... FAIT CHIER... Daphnée évalue les maigres solutions envisageables. *Tant pis...* Elle déroule la moitié d'un rouleau de papier hygiénique, compresse le tout en une masse épaisse, se bourre le vagin le plus profondément possible. La seconde moitié du rouleau sert à chemiser le fond de sa culotte taille basse. *Ils verront rien. Juste faire attention de pas avoir une bosse qui remonte derrière. OK...* Daphnée cesse d'examiner ses hanches dans le miroir. Elle regarde son reflet livide avec intensité, ajuste sa jupe.

— Ça va bien aller. Ça va bien aller.

Une voix filtre par la porte.

— Daphnée... Ça va ?

— Tout va bien Phil.

— C'est qu'on t'attend, baby...

— Ça va... je sors...

En temps normal, l'agent de Daphnée ne l'accompagne pas lors des tournages. Mais cette fois, le réalisateur est un ami à lui.

— Baby... qu'est-ce que t'as mangé ? T'es toute pâle...

Phil se tourne vers l'arrière.

— *MAKE-UP !*

— C'est pas si pire qu... AÏE !

— *Shit baby, you're in pain !*

Daphnée n'a pu dissimuler sa dernière crampe. La douleur l'a foudroyée d'un coup, déformant son visage, obligeant ses genoux à plier et ses mains à retenir son ventre. *Respire doucement... doucement...* Faute d'expérience, Daphnée ne sait pas que ces crampes sont des contractions qui rappellent les premières phases d'un accouchement.

— Ça devrait aller Phil… je vais finir la prise, terminer tout ça…

— Montre-leur ce que tu vaux, baby.

— Arrête de dire baby.

Daphnée regagne le plateau de tournage. La distance à franchir jusqu'au X gommé sur le plancher lui permet de faire le point à grande vitesse. *Test positif… grosses crampes… menstruations exagérées. Je fais une fausse couche, c'est ça…*

— Aïe…

Cette fois, Daphnée est tombée sur les genoux, ventre plié, front posé contre le plancher. Cette fois, tout le monde l'a vue. Le réalisateur, son assistante, le directeur photo, les employés du concessionnaire automobile condamnés à travailler avec des fils qui partout jonchent le plancher. Sans parler de Phil qui accourt pour l'assister.

— Daphnée… Si tu peux pas, je veux le savoir. Il reste juste une prise… tu parles pas sur celle-là… tu prends un air ravi, comme si je t'apportais un bouquet de fleurs, pis que les fleurs, c'étaient des billets de mille piastres…

Daphnée reprend son souffle. La douleur s'estompe peu à peu. Elle a l'impression d'avoir un utérus en pierre.

— C'est juste trois minutes, baby… *You can do it…*

Daphnée se relève en inspirant. *« Of course I can do it. »* Pour les trois minutes qui suivent. Daphnée décide qu'elle n'aura pas mal, que son corps sera soumis à sa volonté. Elle pense au personnage joué par Chaplin dans *Limelight,* se rappelle la chanson *The Show Must Go On* enregistrée par Freddie Mercury six mois avant sa mort. *Je peux le faire… je vais le faire… je le fais…*

Son agent murmure un truc inaudible dans l'oreille du réalisateur qui opine du chef en serrant les lèvres. Daphnée se tient sur le X. *Un bouquet de milliers de dollars... un bouquet de milliers de dollars...*

— OK... silence... Ça roule.

Daphnée concentre le peu d'énergie qui lui reste vers ses extrémités. Les mains, les jambes, le visage. Elle étend les bras et feint une joie immense, totale.

— *Cut*. Daphnée... un peu moins intense, la joie... C'est juste une pub de char, pas la loterie... OK... Ça roule.

Daphnée envoie le même message au cerveau. Son énergie baisse. Un peu moins de vitalité parvient aux mains, aux jambes, au visage. Un peu moins, mais encore trop.

— Non. Trop contente... Ça marche pas. Allez... on enchaîne, *next*.

Toujours le même message envoyé au cerveau. Beaucoup moins d'énergie disponible. Ses mains semblent accueillantes ; ses jambes, offertes avec une juste pudeur ; son visage, un sourire radieux et riche.

— Super. Parfait... garde la pose... on va faire un dix secondes pour le montage... après c'est fini.

Dix secondes. J'ai pas mal... j'ai pas mal... j'ai pas mal... Daphnée voit la caméra, l'équipe, son agent. Elle monopolise ses forces pour garder la pose. Elle s'écroulera après la prise, au besoin. L'éclairage lui assèche les lèvres. Elle a soif. Elle a mal. *Encore deux secondes...* Daphnée ressent une pression dans son entrejambe. Une pression chaude, onctueuse. Elle a réussi à encaisser une forte crampe sans sourciller.

— COUPEZ... NOM DE DIEU !

Son agent se rue vers elle, suivi de près par le maquilleur. Daphnée reste debout. Elle se sent un peu mieux.

— Qu'est-ce qui se passe ?

— Baby, faut aller à l'hôpital. *CALL AN AMBULANCE.*

— Je vais mieux, Phil.

Daphnée ne porte pas attention aux fines chaleurs qui recouvrent l'intérieur de ses jambes. Elle ne voit pas les coulisses de sang qui descendent des cuisses aux chevilles. Quelqu'un arrive avec des essuie-tout et les donne à l'agent.

— Qu'est-ce que tu fais ?

— Allonge-toi par terre, baby, *everything's OK*…

Daphnée ne comprend pas l'urgence, mais concède qu'elle se sentirait mieux à l'horizontale.

— *Could you leave us alone for a moment ?*

Daphnée ne voit plus que son agent et le plafond de tôle blanche du concessionnaire. La fraîcheur du sol de céramique lui fait un bien fou. Ses nouvelles crampes semblent moins pénibles en cette position. Phil éponge le sang qui déborde de la petite culotte de Daphnée avec une impudeur qui étonne l'attroupement, en retrait. Daphnée entend poindre une rumeur, un murmure sur le mal qui la frappe. Son agent remarque la présence de fins morceaux de chair dans le flot sanguin. Daphnée voit son visage revenir vers le sien. Un visage ouvert, débordant d'une insoupçonnable bonté. Elle plonge ses yeux dans les siens. Pendant de longues secondes, il n'y a rien à dire. Daphnée a fait son contrat, elle sera payée. Qu'elle se tape une fausse couche sur le plancher d'un concessionnaire automobile n'y changera rien. Son agent garde un morceau d'essuie-tout souillé entre ses doigts. Daphnée n'a jamais cru cet homme capable d'un regard empreint d'une telle sollicitude. Elle se sent faible et fébrile à la fois. Des larmes lui viennent aux yeux. *Ce sont mes hormones… je fais une fausse couche… c'est normal d'avoir les hormones en bordel. C'est pas l'embryon que je pleure… pas du tout… pas du tout…* Ses yeux pâles se gorgent d'eau, une larme coule sur sa tempe jusqu'au canal de l'oreille. Une seconde emprunte le même tracé. Daphnée a libéré un œil, juste assez pour voir de nouveau les yeux de son gérant, eux aussi, mouillés, tristes.

— Je t'accompagne à l'hôpital, baby.

De nouvelles larmes viennent embrouiller sa vision. Son gérant lui prend la main. Des paumes sûres, réconfortantes.

— OK… merci Phil, merci…

NUAGES À TONNERRE
18 h 30 – Humidex : 28 °C

Christian s'était levé avec un goût amer dans la bouche et un orage dans le crâne. *Elle… icitte…* Monique allait se pointer à Tonnerre, là où Christian avait décidé de laisser courir, de vivre seul, tranquille. *Elle… icitte…* Une tasse de café instantané à la main droite, un toast au beurre d'arachide dans la gauche, Christian regarda autour de lui. Les objets, le décor, le paysage. À peine venait-il de trouver un coin à lui que Monique s'empresserait de se l'approprier, de le polluer avec sa présence artificielle. Comme le café baissait dans la tasse, Chainsaw Jack ouvrit la porte arrière et lança un paquet de Natives sur la table.

— *Shit man…* c'est pas des *smokes* que t'as besoin… attends, je reviens avec une meilleure médecine.

La médecine de Chainsaw Jack n'avait pas changé. Bourbon et Roman Red. Une culture privée pour le Roman Red, celle de son frère, parqué dans une réserve, un peu plus à l'Ouest. Quant au bourbon, il semblait authentique. La bouteille, tout au moins.

— Pas encore ton tord-boyau… Câlisse Jack, c'est le matin.

— Ta yeule. Avale, pis fume.

Contrairement aux normales appréhensions de Christian, le bourbon n'arrachait pas tout sur son passage. Il se présentait même avec une pointe de vanille.

— Mon frère s'est payé des vieux fûts de chêne il y a cinq ans… Ça fait toute la différence.

Chainsaw Jack attendit la fin du troisième verre pour jouer le psychologue. Il était aussi fait que Christian.

— C'est une femme, le problème. C'est ça ?

— C'est ça.

— Explique.

— Rien à expliquer.

Christian jeta un œil mélancolique en direction du large. Chainsaw Jack commença à émietter sa cocotte de Roman Red sur la table en arborite.

— Elle vient d'où ?

— Montréal.

— La poupée de ville que tu me parlais.

— C'est ça.

— Elle veut quoi ?

— Venir icitte.

— Pis toi.

— Veux pas, stie.

— Je vois pas le problème.

— Elle arrive aujourd'hui.

— Ah.

— C'est ça.

— T'es dans marde…

Chainsaw Jack versa un quatrième verre de bourbon frelaté. Du bout des doigts, il roula un joint dodu coupé au tabac de Natives. Le pétard enfuma la maison en quelques minutes. Personne ne parlait. Les vagues lointaines de la marée basse restaient inaudibles. Au bout d'un quart d'heure silencieux, Chainsaw Jack se leva, regarda Christian comme s'il allait lui lancer un mot d'esprit, puis se contenta d'aller ouvrir son magasin.

Initialement, Christian avait prévu passer à Baie-Comeau pour changer d'adresse au bureau de l'aide sociale. Les effets de la médecine de Chainsaw Jack l'obligèrent à un changement d'organisation. Il passa au salon et décida d'attendre Monique en écoutant les chaînes de télé disponibles.

— Ah, elle est bonne celle-là…

Son oncle était allé du côté des malfrats avec le temps. Il y avait près de trois cents chaînes satellite piratées. Christian accueillit cette découverte comme une excellente nouvelle. Il mit plus d'une demi-heure à zapper l'ensemble des postes, incapable de fixer son attention sur une émission précise. Le pouce fatigué d'appuyer sur le bouton dédié au changement de poste, Christian entendit une voiture se garer dans l'entrée vers la fin d'après-midi. Il se leva, frotta son œil. Sans surprise, il vit la Volvo S40 de Monique. *Je sors où je sors pas ?* Avant d'avoir trouvé sa réponse, Christian mettait un pied dehors en direction de Monique qui s'étirait, face au fleuve.

Christian profita de cet instant pour regarder Monique avec une attention particulière. Il regarda ses pieds, ses mollets, l'arrière de ses genoux, ses cuisses. Il regarda son cul, petit, bien retroussé. Il détailla ses hanches, sa taille, ses omoplates, ses fines épaules, sa nuque, ses cheveux blonds remontés avec leurs mèches descendantes. Cette femme venait de rouler pendant des heures et se tenait droite comme un soldat, sans réfléchir à ses cicatrices, sans calculer ses mouvements. Christian eut envie de dire quelque chose, une formule d'accueil, un mot de bienvenue. Dix pas le séparaient de Monique qui n'avait pu faire autrement que de l'entendre approcher. Monique venait de franchir plus de mille kilomètres pour le rejoindre. Christian comprit que les dix derniers pas étaient son affaire. Il remarqua Chainsaw Jack du coin de l'œil. Ce dernier grillait une Native sur le porche arrière du magasin. Il faisait de grands signes avec les mains et semblait crier *« go, motherfucker, go »* sans émettre de bruit. *Il a toujours adoré les blondes. Moi aussi, quand j'y pense…* Christian franchit les dix pas en cinq enjambées, posa ses mains rugueuses directement sous la fine camisole de Monique, appliqua un baiser humide sur sa nuque. Monique savoura quelques secondes et se retourna pour l'embrasser avec une ferveur à peine contenue. En moins de deux, ils se retrouvaient nus, frénétiquement emboîtés sur le sofa du salon, la table du salon, le tapis du salon, le plancher de la cuisine. Monique hurla de plaisir à plusieurs reprises. Christian gueula une fois en répandant son foutre sur les seins de Monique et la porte du four.

Monique n'essuya pas le foutre de Christian. Elle demanda une cigarette. Ces mots étaient les premiers depuis son arrivée.

— Elles sont bonnes.

— C'est les mêmes qu'à Montréal.

— Sont meilleures ici.

Christian eut l'impression que le reste de la journée risquait de passer à la lourdeur. Il n'avait rien à dire à Monique. Il opta pour la courtoisie.

— La route était pas trop longue ?

— Entre Tadoussac pis Baie-Comeau, j'avais l'impression de pas avancer tellement le paysage restait pareil.

Monique ne demanda pas les raisons de la présence de Christian dans cette maison. Elle remarqua les photos de jeunesse un peu partout et pensa avoir les informations nécessaires.

— T'as faim ? On peut faire livrer.

— Super.

La baise avait laissé Christian en état de choc. Rarement avait-il joui avec une telle puissance. Il avait littéralement explosé. Monique avait un petit quelque chose de nouveau dans le regard, une indicible gourmandise qui l'avait survolté. Histoire de vérifier s'il avait vu juste, il fourra une main au cul de Monique qui répondit aussitôt. Christian se retrouva subséquemment avec la queue dans la main de Monique, la bouche de Monique, le con de Monique. Il éjacula sur ses reins. Une plus modeste flaque, cette fois. La tendance se confirmait, Monique revenait à sa libido des bons jours.

Christian fait descendre un morceau de pizza avec une rasade de Labatt Bleue. Par chance, la conversation est apparue avec le repas.

— Tu m'as manqué, Christian. Plus que je pensais… Je m'excuse pour les derniers mois… j'ai été chienne…

— Je pensais que tu voulais plus rien de moi. Tsé, à part le cul, j'ai pas grand-chose à donner à une femme comme toi.

— C'est en masse.

Monique glisse son pied nu sous les testicules de Christian, elle chatouille son périnée du gros orteil au travers ses boxers.

— OK… *time-out*… J'ai besoin d'un petit repos…

— Mais oui, c'est juste un massage de repos…

Ce massage de repos fera durcir Christian une troisième fois. Monique offrira son sexe comme dessert. Bon prince, Christian la léchera pendant près d'une heure. Constatant l'étonnante persistance de son érection, il prendra Monique en levrette au bord de la fenêtre avec vue sur le fleuve. Avec la normale irritation, la douleur surclassera le plaisir pour transformer l'acte en un exercice cardio-vasculaire au concept agréable. En pilonnant, Christian verra poindre un vaste système orageux couvrant le golfe au complet. La baise sera assez longue pour qu'il remarque un mouvement des nuages vers leur point objectif. Christian reconnaîtra plus tard avoir repéré une des rares tempêtes tropicales à venir s'abattre à cette latitude.

Le lendemain, recommençant une énième séance de sexe échauffé, Christian ne pourra s'empêcher d'associer l'arrivée de Monique avec celle de la tempête ayant remué la canicule. Il passera de longues heures à déterminer la valeur de ce symbole. *Bonne chose, mauvaise chose*… Il ne saura dire.

PLUIE ET FOUDRE

19 h 30 – Humidex : 29 °C

La météo avait prédit un important ennuagement en fin de journée. Personne n'avait anticipé cette masse de nuages noirs comme la mort. Kaviak a tout observé. Il a ressenti la chute de pression barométrique dans son oreille interne, comme un déblocage en altitude. L'humidité et le smog qui enserraient Montréal se sont dissipés vers 16 h. L'air poisseux est monté au ciel pour gonfler un immense réseau de cumulo-nimbus masquant tout l'est continental. Vers 17 h 30, quelques gouttes éparses touchèrent le sol. De vives rafales de vent diffusaient de providentielles masses d'air frais. Les citadins profitèrent de l'occasion pour respirer à pleins poumons, ouvrir leurs fenêtres. Vers 18 h 15, une nuit artificielle tomba. Les lampadaires commencèrent leur processus d'allumage. Les passants pressèrent le pas. Kaviak n'avait pas besoin d'informations météo pour deviner l'avenir immédiat. Il sentait l'air s'électrifier. Par précaution, il déconnecta ses ordinateurs et profita de ce début de tempête pour méditer.

Assis au sol, en position du lotus, Kaviak n'arrivait pas à la non-pensée. Il songeait à la fille prévue pour ce soir. À Vincent qui devait le rejoindre. *Il y a un autre détail qui m'échappe aussi. Ah oui… le nom… elle a besoin que je lui crée un nom…* La fille de ce soir n'était pas une actrice. Kaviak la soupçonnait de travailler comme escorte, vu la référence l'ayant menée à lui. Sa photo lui avait plu. Ne manquait qu'un nom de *pornstar*.

Kaviak rebrancha un ordinateur pour consulter le registre de ses filles, ses 123 KaviakGirls. D'office, il élimina les noms en A (Angel Eyes, Anna Lane, Anna Star, Aztec Virgin, etc.) tout comme ceux entre B et M (Brianna Cum, Britney Smears, Baby Spice, B.B. Blows, Claire Cocks, Chantal Shaft, Cherry Potter, Cummy Bear, Donna Winter, Do-Me More, Emma Twat, Franny Fuck, Flik Shagwell, Glory Street, Georgia Swallows, Hemi Smut, Hannah Moon, Imani DeSodom, Irina Ram, Jade Pink, Judy Star, Julie Dream, Juny Nextdoor, Justine Young, Katia Reynolds, Katherine Russian, Krispi Kream, Kylie Clash, Lana Load, Lana L'Ass, Leia Prince, Lesby Ann, Lilas LeMay, Lina Soft, Lucie Drill, Maggie Lipps, Marina Luv, Melinda Clit, Melly Goth, Mira Deep, Mulan Sweet). Arrivé aux noms en N, il eut quelques tentations. Il pensa croiser Naomi DuBoulevard avec Nika Lick pour faire Nicky Street et rejeta aussitôt l'idée. Kaviak chargea la photo de la fille pour analyser son visage. Vincent arriva sans prendre la peine de cogner.

— *Yo*. Il va faire méchant dehors.

— C'était pas barré dans le hall ?

— Une aveugle m'a laissé entrer… Tu fais quoi ?

— Je dois baptiser celle-là… je suis un peu à court d'inspiration.

Vincent approcha de l'écran en se grattant le menton.

— Elle a quelque chose de timide… tu pourrais l'appeler Shy Lay.

— Tope là.

La monstrueuse tempête ne commença pas avec la pluie. Le début prit la forme d'un éclair immédiatement suivi d'un coup de tonnerre puissant comme une bombe. Le Galant en fut secoué jusque dans sa moindre brique. L'électricité coupa deux secondes. Ensuite, ce fut la pluie, les cordes.

— J'espère qu'elle prendra pas l'eau…

— Justement, ça sonne.

Vincent alla chercher la fille dans le hall, l'escorta jusqu'au studio. Kaviak fut satisfait par ce qu'il vit entrer. Une fille mignonne. Un visage typé, un corps mince, désirable. Des vêtements simples à retirer. Une allure vaguement campagnarde malgré ses piercings, ses tatouages et son style gothique.

— Bonjour, moi c'est Kaviak.

La fille baissa les yeux, vaguement gênée.

— Je sais… Moi c'est Shanny.

Elle tendit une main molle à Kaviak.

— Lui, c'est Vincent, le cameraman.

Shanny regardait un peu partout, visiblement inconfortable.

— C'est ta première fois ?

— Oui.

— Tu travailles comme escorte d'habitude ?

— Non.

Shanny baissa la tête pour cacher le rouge qui transparaissait sous son maquillage. Kaviak demanda si elle avait des questions. « Non, pas vraiment. » Si elle avait des restrictions. « Pas de pénétration. »

— Comment ça pas de pénétration ?

— J'suis courte, en bas… Pis je vous ai vu sur Internet… trop long… ça rentrera pas…

— Pis ton cul.

— Ah non, ça fait trop mal…

— Tu veux juste me sucer ? C'est moins payant.

— C'est pas grave, je le fais super bien.

La lueur d'un éclair filtra par les joints du gypse recouvrant la porte-fenêtre. Son coup de tonnerre, d'une puissance similaire au premier, fit sursauter les occupants du studio. Vincent regarda vers le plafond.

— On dirait que c'est sur nous que ça tombe…

La fille s'éclaircit la voix pour rediriger les regards vers elle.

— Vous payez combien ?

— C'est tout ce que tu veux faire, me sucer ? Vraiment ?

— …

— Deux cents pis cinquante de plus si t'avales.

La pluie frappait comme un torrent sur les fenêtres condamnées. Kaviak demanda à Vincent de sortir pour cinq minutes. Il s'approcha de Shanny pour expliquer qu'elle pouvait reculer, qu'il comprenait. « Non, ça va. » Kaviak demanda pourquoi elle avait choisi de venir avec lui alors qu'il existe des sites spécialisés en fellations.

— Parce que vous avez l'aír respectueux.

— OK. Dans ce cas, dis-moi tu, je t'en prie.

— Est-ce que vous m'avez trouvé… pardon. Est-ce que tu m'as trouvé un nom ?

— Shy Lay.

— Shaille Lé, ouais, c'est cool.

Kaviak fait revenir Vincent dans le studio.

— Pis ?

— On le fait, oral seulement.

— Correct… En passant… Le tonnerre, ça dérange pas ?

— Non, ça fera dramatique.

— Pas si on manque d'électricité.

— On manquera pas d'électricité.

Vincent allume les *floodlights* sur Shanny. Elle est debout devant le lit. Elle porte une robe noire, très courte. Aucun bas ne recouvre les jambes. Des sandales romaines montent à mi-mollet. Son sexe est recouvert d'un string noir.

— OK, on y va. Action, je veux dire.

Kaviak se trouve hors champ.

— *So… What's your name little cutie ?*

— Quoi ? C'est que je parle pas anglais.

Kaviak et Vincent se regardent et rigolent. Un autre solide coup de tonnerre ébranle Le Galant.

— On recommence… Un, deux, trois…

— Alors, ma jolie, c'est quoi ton nom ?

— Shaille Lé.

— Et qu'est-ce qui t'amène ici, Shy Lay ?

La réponse ne vient pas. Seulement un timide sourire.

— OK… une petite vicieuse… pourquoi est-ce que tu me montres pas de quoi t'as l'air ?

Shanny retire sa robe. Elle dévoile des seins blancs où s'entassent six grains de beauté. Un soleil bleu encercle son nombril percé d'un anneau argenté, un dragon rouge vole sur ses reins. Voyant qu'elle ne joue pas avec ses mamelles, Kaviak s'introduit dans l'image et palpe la poitrine de Shanny d'une main souple. Par chance, son actrice du jour répond bien à cette forme de caresse. *Elle est jolie comme ça, très bien…* Shanny soupire longuement, une expression rêveuse au visage.

— J'ai entendu dire que tu suçais comme une championne, ma petite Shy Lay.

— Mhhmhh…

Kaviak pose ses lèvres sur celles de Shanny. Des lèvres un peu molles, mais aptes. Les mouvements qu'il induit sont rapidement calqués par la bouche adverse. Kaviak descend la main vers le string, glisse son majeur sur le clitoris. Sitôt la zone atteinte, Shanny tressaille et plonge sa langue dans la bouche de Kaviak. Vincent capte la scène en plan américain. Il ne saisit pas le subtil mouvement de recul de Kaviak. *Moyen comme haleine…*

— Qu'est-ce que tu dirais si je te bouffais la chatte ?

— Mhhmhh.

Shanny s'étend sur le lit sans cérémonial. Elle porte toujours son string. Kaviak écarte ses cuisses et déplace la mince bande de tissu. Il approche sa bouche du minuscule clitoris de Shanny, donne deux coups avec le bout de sa langue, aspire progressivement la peau entre ses lèvres. En peu de temps, Shanny augmente la cadence de sa respiration.

Elle pose une main dans les cheveux de Kaviak. Elle apprécie. Ses petites lèvres s'humectent. Kaviak glisse deux doigts sur les grandes lèvres mouillées, glissantes. *Voyons voir si elle est aussi courte qu'elle dit...* Profitant de l'abandon relatif de sa starlette, Kaviak introduit son index dans le vagin. À sa surprise, il parvient immédiatement au col utérin. Son doigt n'est enfoncé qu'à moitié. *C'est pas possible... pauvre fille...*

Kaviak ne lèche plus. Shanny repousse sa tête d'une main et ses jambes se referment. Son visage a pris une expression qui ne l'avantage pas.

— Je t'avais dit pas de pénétration.

— C'était juste un doigt.

— J'en veux pas de ton doigt... J'aurais jamais dû venir icitte.

Kaviak fait signe à Vincent de couper et de sortir à nouveau. Comme il referme la porte, un nouvel éclair coupe l'électricité pendant près d'une minute. Pendant cette minute de noirceur quasi totale, Kaviak se concentre sur la présence de Shanny, sur les émotions qui lui travaillent l'intérieur. *Elle est en colère. Excédée aussi... Je savais pas qu'on pouvait avoir un si petit vagin...* Quand la lumière revient, Shanny est assise sur le lit, le dos au mur, les mains sur les seins, les jambes repliées sur le côté.

— Je pourrais avoir mes vêtements ?

— Écoute, je suis désolé... je savais pas...

La pluie continue de fouetter Le Galant sous les éclairs.

— Pourquoi t'es venue me voir, Shanny ?

— Besoin de cash.

Kaviak regarde Shanny immobile sur son lit de travail. *Je sais pas pourquoi, mais cette fille a quelque chose de touchant... j'arrive pas à me foutre d'elle comme avec les autres. Je dois fatiguer... trop de baises successives...*

— Je peux te poser une question ?

«Si c'est à propos de ça», Shanny pointe son pubis, «ben non, tu peux pas». Faute de trouver une autre question signifiante, Kaviak se lève, récupère les vêtements de Shanny. *Ça doit être l'horreur pour elle.... impossible de garder un gars dans ces conditions... à moins qu'il ait un pénis de la taille de mon pouce. Je lui souhaite franchement d'être lesbienne...*

— Tu t'habilles pas?

Shanny détourne les yeux vers le mur. Elle serre les mâchoires.

— J'ai vraiment besoin de cash...

Kaviak recule. Cette fille n'a plus la tête de l'emploi avec cet air. Pendant un bref moment, il songe à lui donner deux cents dollars pour en finir avec cette histoire. Sous la chaleur des *floodlights,* essuyant une goutte de sueur à son front, il se ravise en hochant de la tête. *Une règle pour toutes... si elle parle, ce sera mauvais pour moi...*

— OK... comme tu veux... on va le faire... VINCENT.

Vincent ouvre la porte. Il semble vaguement outré.

— Pis, je reste où je décrisse?

Kaviak fait rebondir la question jusqu'à Shanny.

— Ça va... on va le faire.

— T'es sûre... J'ai pas envie de sortir une autre fois. D'autres choses à faire, moi... On se met en place... et ça tourne.

Shanny dégrafe le pantalon de Kaviak avec une moue mi-triste, mi-sévère. Elle libère son célèbre sexe, gobe son gland mollasson. Vincent resserre le plan sur le visage de Shanny qui suce convenablement sans réinventer la technique ni étonner par la vigueur du geste. La pluie à l'extérieur redouble d'ardeur et recouvre une partie de la captation sonore. Le torrent semble avoir fait place à une chute d'eau. Un éclair coupe brièvement l'éclairage. Son coup de tonnerre fait tressaillir Shanny.

— On fait quoi, Kaviak?

— Continue à filmer, on coupera ça au montage.

Shanny ravale la queue de Kaviak. Jusqu'à sa base cette fois. Cette nouvelle approche procure de meilleurs résultats, Kaviak se sent durcir entre ses lèvres.

Kaviak regarde la bouche de Shanny qui travaille son sexe. *Sa technique est pas mauvaise… sans être géniale… si c'est tout ce qu'elle a pour faire plaisir à un homme, je la plains, vraiment…* Kaviak observe ce visage aux paupières closes qui tente de le mener à l'orgasme. Il sait d'avance qu'il devra se branler pour mettre fin à la séance. Kaviak commence à remarquer de curieux mouvements du torse de Shanny. De légers spasmes abdominaux. *Elle va vomir ?* Immédiatement, Kaviak se retire. Dans le viseur de la caméra, Vincent voit Shanny aux yeux rougis qui penche vers l'avant, les épaules tombantes, le visage à l'orée de la déprime. Kaviak, hors champ, se branle avec hésitation, par peur de perdre l'érection en cas de reprise de l'action.

— Désolée… Je vais m'en aller… c'est pas pour moi, ces affaires-là… désolée…

En moins d'une minute, Shanny enfile ses vêtements et quitte les lieux sans réclamer le moindre sou. Kaviak reste assis sur son lit de travail, nu.

— Pff, amateure…

— On a combien de minutes de pipe, Vincent ?

— Quatre.

— Et de cuni ?

— Cinq.

Kaviak enfile une jambe dans son caleçon.

— De toute manière, on pourra pas l'utiliser… je l'ai pas payée.

— C'est vrai, t'aurais pu lui verser quelque chose, elle t'a quand même sucé.

— J'y ai pas pensé.

Vincent coupe l'alimentation de la caméra, puis celle des *floodlights*.

— N'empêche… elle était bizarre.

— Elle était vraiment courte de l'intérieur, c'est fou…

Vincent lève les épaules. Kaviak retire les draps du lit.

— Non… je veux dire, c'était son visage. Elle avait comme un air de famille avec toi. Je sais pas… l'arrête du nez, la forme des yeux…

— T'es sérieux ?

— Remarque, c'est juste une impression… tu vérifieras sur la vidéo…

— T'es vraiment sérieux.

Cette nuit, dans le vacarme persistant d'un très long orage, Kaviak ne pourra s'empêcher d'apprécier les traits de cette Shanny. Son nez, ses yeux, la ligne de ses sourcils. Kaviak aura l'impression de s'en faire pour un rien. Il relèguera ce non-événement à une zone obscure de sa mémoire. Lors de ses vacances tant souhaitées, au cœur du monastère Tam Bao Son, il rêvera à cette Shanny. À son retour, Kaviak demandera à son père adoptif si l'un de ses parents biologiques avait eu une fille après lui. Son père répondra de la pire manière possible : « Je ne crois pas. » *Je ne crois pas… tabarnak…*

GRÊLE

20 h 30 – Humidex : nul

Il y a eu la canicule, la foudre, la pluie, maintenant, il y a ça… en moins de six heures… ce pays est vraiment fait d'extrêmes… Takao contemple le généreux massacre des matières cassantes. Il regarde des grêlons gros comme des clémentines cabosser les carrosseries de voitures, fissurer les parebrises, casser les vitrines, déchirer le feuillage des arbres. Des millions de projectiles glacés saturent l'atmosphère. La canicule a fait place à la fraîcheur avec violence. L'air chaud a quitté le sol. L'air froid est descendu en cordes d'eau, puis en boules de glace. *Fabuleux comme revirement… l'Amérique attaque l'équilibre climatique, le climat contre-attaque. Une autre de ces guerres perdues d'avance… je dois mettre ça dans mon histoire…*

Takao prend des photos. Il a entrouvert sa porte-fenêtre pour éviter le bariolage des vitres sur ses clichés. Sans cette barrière de verre, il prend l'entière mesure du phénomène qui attaque Montréal. Le bruit du bombardement de glace, les vitres qui éclatent, les systèmes d'alarme, le tonnerre qui en remet, le vent qui charrie les grêlons, le ciel, noir et mauvais, l'électricité qui hésite, les cris de joie de certains locataires du cinquième, ceux qu'il compte visiter demain, s'il en a le temps.

Des photos, Takao en prend près d'une centaine. Entre ses coups de déclencheur, il ébauche une piste de réflexion pour envisager les habitants de ce pays. *Ce climat ressemble à ses habitants… Instable, hypocrite… exagéré… souvent stagnant. À bien y penser, personne n'habite un pays… On habite un territoire qui nous procure un lot de contraintes.*

Les gens qui partagent une même géographie partagent les mêmes problèmes. L'identité collective, ça ne peut pas être autre chose... et l'identité collective, c'est l'unique différence entre les peuples. Un menteur qui habite Osaka et un menteur qui habite Montréal, c'est fondamentalement la même chose, il n'y a que sa culture qui change, sa manière de mentir, sa méthode... celle qui convient aux gens qui l'entourent. Je devrais noter tout ça...

Takao ferme la porte-fenêtre puisque le vent tourne à nouveau en direction du Galant. Il ouvre son MacBook Pro pour entrer ses dernières idées sur une page de son traitement de texte. Devant le premier paragraphe, il reste pensif. La soudaine coupure d'électricité ne l'arrache pas à son ordinateur, maintenant alimenté par sa pile. Takao a l'impression qu'il est à un cheveu de trouver la solution à son prochain récit. Il est si concentré qu'il remarque à peine la grêle qui frappe sa porte-fenêtre. *Je dois rester ici plus longtemps. C'est l'unique moyen de comprendre ces gens... le climat de Montréal...*

Cette dernière réflexion implique beaucoup de choses pour Takao. Il devra prendre une pause plus longue qu'anticipée. Ne rien produire pendant des mois. Observer, noter, analyser. Créer une nouvelle mythologie pour son univers, se placer comme un sujet parmi les autres. *Après tout, je ne suis qu'un type parmi tant d'autres dans ce pays...*

Demain, comme la canicule reprendra ses droits sur Montréal, Takao renoncera à visiter les punks du cinquième. Il sera frappé par la suite de sa réflexion entamée sous l'orage. *Mon personnage principal, ce sera le climat. Pas moi... le climat. C'est bien mieux. Il sera seul à être de toutes les scènes... il sera la goutte de sueur sur un front, le thermomètre accroché à une porte, un groupe de personnages dévêtus, un ventilateur qui ne remue plus rien... et comme je verrai l'hiver, il sera la blancheur sur la page, le vide en équilibre avec la saturation, l'air frais et invisible, comme à Sapporo… Si je donne le premier rôle au climat, j'ai besoin de l'hiver pour trouver le point d'équilibre avec cette chaleur. C'est absolument nécessaire…* Ce soir-là, Takao écrira à son éditeur pour lui demander de remplir une demande de visa de séjour étendu. L'idée soudaine de ne pas savoir quand il reverrait Osaka le remplira d'une joie tranquille.

Dans les mois qui suivront, sans suivre d'horaire ni de programme particulier, Takao visitera chaque occupant du Galant. Il découvrira les six membres de Claudette Abattage et sera enchanté par leur musique ; il continuera à fréquenter Zach pour la drogue et Kaviak pour le plaisir ; il aura de longs échanges sur l'Amérique avec un exilé de la Floride ; il profitera des services particuliers d'une pute aux yeux tristes qui se fait appeler Jade ; il repoussera les avances d'une quinquagénaire cocaïnomane et acceptera celle d'une jolie aveugle, par curiosité ; il se fera expliquer la foi en Dieu dans un français très approximatif par une jeune Colombienne aux mains gercées ; il prendra des photos de la copine de Zach, une rousse exubérante supposément actrice ; il reverra Tony coiffé d'un képi, habillé pour la guerre ; il dessinera à quelques reprises au côté de monsieur McCaan dans un silence apaisant ; il se fera raconter de vieilles histoires de putasserie par la propriétaire de l'immeuble sous le regard vitreux de son amant, affiché en photo, à un mur de la réception ; il composera le 9-1-1 lorsqu'il verra Roland Malarche s'écrouler sur le sol, la main droite sur le bras gauche et le visage crispé, après avoir bu quelques bières salées, une nuit d'octobre, en sa compagnie.

L'orage persiste à ébranler la ville. Takao referme son ordinateur. Il comprend. Il désire vivre Le Galant un visage à la fois. Non comme un exploitant du réel, mais comme un participant à part entière, un locataire pauvre, incrusté dans l'intimité sordide de cet immeuble trop jeune pour être vieux et trop usé pour être neuf. En ce lundi soir de juillet, dans l'ambiance lugubre d'une queue d'ouragan, Takao détermine qu'il mérite un temps d'arrêt. De brèves vacances pour transformer son quotidien en un doux privilège, celui de réanimer ce visage fermé qui est le sien, celui de vivre le fiasco fonctionnel qu'est Montréal, celui de se promener, libre et sans attentes, parmi les jours de la canicule des pauvres.

REMERCIEMENTS

Merci à la Nasa pour le libre accès à ses archives, ainsi qu'à Environnement Canada pour la simplicité de l'accès aux données passées.

Sur un plan plus personnel, je remercie messieurs Vincent Corbo, Robert Perron et Jean-François Plante d'avoir contribué à parfaire mes connaissances en neuropsychiatrie, en météorologie, ainsi qu'en pharmaceutique. Merci également à Julie Doucet, Émilie Granjon, Laurent Lamarche, Ani Darveau, Guillaume Vigneault et Jérôme Fortin d'avoir éclairé ma démarche aux bons moments.

Plus spécialement, je remercie Andrée-Anne Dupuis-Bourret qui a été ma conseillère, ma première lectrice, mon lien avec le réel. Sans sa présence quotidienne, ce livre n'aurait pas vu le jour.

Pour plus d'informations :
http://jsdrblog.blogspot.com

Et parce que l'ironie dépasse les prétentions à la sagesse, je dédie ce livre à ceux qui ne lisent pas.

ROMANS, RÉCITS, NOUVELLES ET JOURNAUX

Germaine Beaulieu	*Sortie d'elle(s) mutante*
Claude Bertrand	*Le retrait*
Louise Bouchard	*Décalage vers le bleu*
	Les images
Monique Brillon	*La fracture de l'œil*
Nicole Brossard	*Journal intime* suivi de *Œuvre de chair et métonymies*
Marie-Geneviève Cadieux	*Ne dis rien*
Hugues Corriveau	*Les chevaux de Malaparte*
Bianca Côté	*Carnets d'une habituée*
	Cher Hugo, chère Catherine
	Faux partages
Carole David	*Histoires saintes*
	Impala
Michael Delisle	*Drame privé*
Roger Des Roches	*La jeune femme et la pornographie*
	Le rêve
France Ducasse	*La double vie de Léonce et Léonil*
	Le rubis
	La vieille du Vieux
Jean-Pierre Guay	*Bungalow*
	Le cœur tremblant
	Démon, la voie royale
	Flâner sous la pluie
	Fragments, déchirures et déchirements
	François, les framboises et moi
	Le grand bluff
	J'aime aussi les bisons
	Maman
	Le miracle
	Mon ex aux épaules nues
	La mouche et l'alliance
	Où je n'écris plus rien

	La paix, rien d'autre
	Seul sur le sable
	Un certain désemparement
	Un enfant perdu dans la foule
	Un homme trop bon
Charles Guilbert	*Les inquiets*
Jean Hamelin	*Un dos pour la pluie*
Lise Harou	*Exercices au-dessus du vide*
	Un enfer presque familier
Pauline Harvey	*Les pèlerins*
	Un homme est une valse
(Danielle Roger)	*Lettres de deux chanteuses exotiques*
Louis-Philippe Hébert	*La bibliothèque de Sodome*
	La séparation
Corinne Larochelle	*Ma nuit est sans épaule*
Luc LaRochelle	*Ada regardait vers nulle part*
Monique LaRue	*La Cohorte fictive*
Luc Lecompte	*L'ombre du chien*
	Rouge Malsain
Michel Lefebvre	*Les avatars de Bertin Lespérance*
	Le changement comme passe-temps
	La douceur du foyer
	On va gagner !
Jeanne Le Roy	*La zébresse*
David Macfarlane	*L'arbre du danger*
Roy MacSkimming	*Coups de cœur*
Roger Magini	*Saint Cooperblack*
	Un homme défait
	Un voyageur architecte
Alain Bernard Marchand	*C'était un homme aux cheveux et aux yeux foncés*
	Le dernier voyage
	L'homme qui pleure
	Lettres d'un cracheur d'étoiles

Carole Massé	*Dieu*
	L'ennemi
	L'existence
	Hommes
	Nobody
	Qui est là ?
Albert Martin	*Knock-out*
André Martin	*Crimes passionnels*
	Darlinghurst Heroes
Dominique Robert	*Jours sans peur*
Danielle Roger	*Est-ce ainsi que les amoureux vivent ?*
	Le manteau de la femme de l'Est
	Petites fins du monde et autres plaisirs de la vie
	Petites vies privées et autres secrets
	Que ferons-nous de nos corps étrangers ?
(Pauline Harvey)	*Lettres de deux chanteuses exotiques*
Pierre Samson	*Catastrophes*
	Il était une fois une ville
	Le Messie de Belém
	Un garçon de compagnie
Elizabeth Smart	*À la hauteur de Grand Central Station je me suis assise et j'ai pleuré*
Jean-Yves Soucy	*La buse et l'araignée*
	Les chevaliers de la nuit
	Le fruit défendu
France Théoret	*L'homme qui peignait Staline*
	Huis clos entre jeunes filles
	Laurence
	Nous parlerons comme on écrit
	Une voix pour Odile
François Tourigny	*Le technicien*
Lise Vaillancourt	*Journal d'une obsédée*

Éditions Les Herbes rouges
C.P. 48880, succ. Outremont
Montréal (Québec) H2V 4V3
Téléphone : (514) 279-4546

Document de couverture :
Sans titre, Laurent Lamarche, 2007

Distribution : Diffusion Dimedia inc.
539, boulevard Lebeau
Montréal (Québec) H4N 1S2
Téléphone : (514) 336-3941

Diffusion en Europe : Librairie du Québec
30, rue Gay-Lussac
75005 Paris (France)
Téléphone : (01) 43-54-49-02
Télécopieur : (01) 43-54-39-15

Cet ouvrage a été achevé d'imprimer
sur les presses de Marquis imprimeur
à Cap-Saint-Ignace en septembre 2009
pour le compte des
Éditions Les Herbes rouges

Imprimé au Québec (Canada)